MIRA®

Sharon Page

Blutrote Nächte

Roman

Aus dem Amerikanischen von
Ira Severin

MIRA®

MIRA® TASCHENBUCH
Band 35043
1. Auflage: Juni 2012

MIRA® TASCHENBÜCHER
erscheinen in der Harlequin Enterprises GmbH,
Valentinskamp 24, 20354 Hamburg
Geschäftsführer: Thomas Beckmann

Titel der nordamerikanischen Originalausgabe:
Blood Wicked

erschienen bei: Aphrodisia Books, New York

Published by arrangement with
Kensington Publishing CORP., New York, NY, USA.

Dieses Werk wurde vermittelt durch die Literarische Agentur
Thomas Schlück GmbH, 30827 Garbsen

Konzeption/Reihengestaltung: fredebold&partner gmbh, Köln
Umschlaggestaltung: pecher und soiron, Köln
Redaktion: Bettina Lahrs
Titelabbildung: Thinkstock / Getty Images, München
Satz: GGP Media GmbH, Pößneck
Druck und Bindearbeiten: CPI – Ebner & Spiegel, Ulm
Printed in Germany
Dieses Buch wurde auf FSC®-zertifiziertem Papier gedruckt.
ISBN 978-3-86278-324-3

www.mira-taschenbuch.de

PROLOG

Dartmoor, 1820

„Das is' das Wasserbecken, Mylord. Das, wo Ihr Bruder reingeguckt hat, bevor er verschwunden is'."

Heath Winthrope, Earl of Blackmoor, schwang sich von seinem Pferd. Tom, der Einheimische, der ihn hierher geführt hatte, zeigte auf einen kleinen, mit Granitblöcken eingefassten Teich.

Der Vollmond hing blau-weiß schimmernd am Himmel. Sie waren ganz allein mitten im Moor. Ringsum gab es nur stille Hügel, bewachsen mit hohem Gras, durch das der Wind strich. Heaths Kiefer kribbelte, wie immer, bevor seine Eckzähne durchbrachen. Während er mit großen Schritten auf die Granitblöcke zuging, achtete er darauf, sein Gesicht abzuwenden. Es war besser, wenn der arme Tom nicht erfuhr, mit wem er es in Wahrheit zu tun hatte.

Heath stützte einen Fuß auf einen hohen Stein und schaute hinunter in das kleine Becken. Die gekräuselte Oberfläche funkelte im Licht der silbrigen Mondstrahlen. „Und Sie behaupten, das Spiegelbild, das man in diesem Teich sieht, zeigt den Menschen, der als Nächster sterben wird?"

Tom nahm seine Mütze ab und drehte sie zwischen den Händen. „So is' es, Mylord. So sagt man hier in der Gegend. Wenn Sie ins Wasser gucken, sehen Sie das Gesicht der Person, die sterben wird. Der junge Mr Winthrope glaubte das nicht, Mylord und wollte unbedingt beweisen, dass diese Sage nur Gerede ist."

Himmel, er würde wohl einen Blick riskieren müssen. Heath beugte sich vor und starrte mit gerunzelter Stirn genau das Spiegelbild an, das zu sehen er erwartet hatte.

Es war sein eigenes Gesicht, welches sich während der vergangenen zehn Jahre nicht verändert hatte. Immer noch sah er aus wie ein Mann von achtundzwanzig Jahren. Keine einzige

Falte durchzog seine Stirn, seine klaren Züge waren scharf geschnitten, seine silbergrünen Augen funkelten hochmütig in dem Wissen, dass er ewige Jugend besaß.

Tom hielt sich so weit im Hintergrund, dass das Wasser sein Gesicht nicht reflektieren konnte. Heath starrte in seine eigene ernste Miene. Die magischen Fähigkeiten dieses Tümpels waren, genau wie er vermutet hatte, nichts als ein Mythos.

Plötzlich stiegen rechts von seinem Spiegelbild Luftblasen auf. Dann wurde die Wasseroberfläche wieder glatt, und neben seinem Kopf war nun das Gesicht einer Frau zu sehen. Es handelte sich um ein bezauberndes Antlitz. Blaue Augen, groß und strahlend vor Klugheit und Lebenslust. Die Gesichtsform war oval, die Wangen rund und elfenbeinfarben. Wie gesponnenes Gold fielen lange Haare auf ihre schmalen Schultern.

Durch den schimmernden Schleier ihres Haars konnte er ihren Hals sehen, lang und schlank und glatt wie aus weißem Marmor.

Dieser Anblick hatte dieselbe Wirkung auf ihn wie eine Flasche Portwein oder der Geruch von Opium auf einen Süchtigen. Seine Eckzähne wuchsen unaufhaltsam.

Jetzt sah er mehr von ihr. Sie war nackt, und er stellte fest, dass sie zwei perfekt geformte, elfenbeinfarbene Brüste mit pfirsichfarbenen Nippeln besaß. Einen sanft gerundeten Bauch. Geschwungene Hüften.

Er war hart vor Verlangen und verging vor Hunger nach ihrer Kehle … Dann blinzelte er verwirrt. Nackte Brüste und ein unbedeckter Hals, die sich direkt neben ihm im Wasser spiegelten?

Heath fuhr herum. Sein normalerweise ruhiger Herzschlag pulsierte heftig in seiner Kehle. Tom, der sich hinter einem Granitfelsen versteckt hatte, hob ängstlich den Kopf. Ringsum erstreckten sich menschenleer und still die Hügel von Dartmoor. Von dort, wo Heath stand, konnte er meilenweit sehen – bis hin zu seinem Besitz, der sich in der Ferne weit über die Landschaft erstreckte, umgeben von einer Steinmauer, hohen Bäumen und den kleinen weißen Flecken schlummernder Schafe.

Hinter ihm stand keine nackte Frau.

Tom musterte ihn mit einem unbehaglichen, neugierigen Blick. „Welches Gesicht haben Sie gesehen, Mylord?"

Wie konnte er eine Frau sehen, die nicht einmal hier war?

Nun, Heath, wie kannst du ein Vampir sein, der dem Tod ein Schnippchen schlägt und von Blut lebt? „Ich schaute in einen Teich, in den das Mondlicht fällt. Natürlich habe ich mein eigenes Gesicht gesehen."

Tom stieß einen leisen Schreckenslaut aus.

Heath stöhnte. „Verdammt noch mal, Bursche. Ich werde auf keinen Fall demnächst sterben. Das kann ich Ihnen versichern. Ihre Geschichte ist nicht mehr als ein Märchen, das sich irgendjemand ausgedacht hat, um den Leuten Angst zu machen und sie zu unterhalten."

Unter allen Menschen, die in England lebten, war es am unwahrscheinlichsten, dass ausgerechnet er eines plötzlichen und viel zu frühen Todes starb. Er war bereits dicht davor gewesen, diesen Schritt zu tun und war dem Letzten Gericht im letzten Moment entgangen. Nun war er unsterblich. Ein Untoter. Ein Nosferatu.

Aber diese Frau ...

Eisiges Unbehagen umklammerte sein Herz. Er drehte sich noch einmal zu dem Teich um. Wie war es möglich, dass er dort unten ihr Spiegelbild sah? Konnte er tatsächlich jemanden sehen, der bald sterben würde? Wer war sie? Er wusste es nicht, also konnte er sie auch nicht auffordern, vorsichtig zu sein, wenn sie sich in der Nähe von Kutschen, Feuerwaffen und fremdartigen Pflanzen aufhielt.

Dann wurde seine Kehle eng. In der Reflexion auf dem Wasser strich die Frau ihm mit der Hand über die Brust und kniete sich dann vor ihm nieder. Geschickt befreite sie seinen Schwanz aus der Hose. Und Heath machte die erstaunliche Erfahrung, aus der Entfernung zuzusehen, wie eine schöne Frau seinen Schaft tief in ihren Mund saugte. Zum Teufel ...

Wieder blubberte das Wasser. Dieses Mal verschwand sein

Spiegelbild. Die Frau rekelte sich auf einem Sofa, die Hand verführerisch auf die kurvige Hüfte gestützt. Hinter ihr stand ein Mann. Doch das war nicht er. Es war sein Bruder Raine, der seit zwei Wochen verschwunden war. Und Raine sah die wunderschöne blonde Frau verliebt an.

War das da unten das Spiegelbild einer Frau, die seinem Bruder Schaden zugefügt hatte? War diese Frau ebenfalls verschwunden? Er kannte sie nicht, warum hatte er dann gesehen, wie sie ihn leckte?

Wer auch immer sie war, er musste sie finden.

1. KAPITEL

London, zwei Wochen später

Als sterblicher Mann hatte Heath Frauenbrüste angebetet. Sie schienen ihm ein perfekter Akt der Schöpfung zu sein. Prall, elastisch und verführerisch, und wenn er sich damit vergnügte, bereitete er der Frau ebenfalls Lust.

Als Vampir fand er sie unwiderstehlich.

Seit zehn Jahren war er nun ein Nosferatu, einer der Untoten, und ebenso lange quälte ihn das Verlangen, seine Eckzähne im Busen einer Frau zu versenken und auf diese Weise von ihrem köstlichen Blut zu trinken.

Er hatte der Versuchung widerstanden. Doch verdammt noch mal, es war nicht leicht gewesen.

Und jetzt stand er im Salon eines Bordells, und eine törichte Frau meinte, ihn verführen zu müssen, indem sie ihre Brüste entblößte. Hennarote Locken kringelten sich um ihr Gesicht. Sie warf ihm unter ihren dichten Wimpern einen koketten Blick zu, schürzte ihre scharlachroten Lippen und ließ dann das Seidentuch von ihren Schultern gleiten.

Er wusste, er hätte wegschauen sollen. Dann hätte sie sich verärgert dem nächsten Opfer zugewandt. Die Hälfte der Männer im Raum beobachtete, wie der Seidenstoff von ihren wohlgeformten Schultern rutschte und an der Wölbung ihres üppigen Busens hängen blieb. Sie schenkte ihm ein verruchtes Lächeln. Dann machte sie eine schlangenhafte Bewegung, damit der Stoff weiter nach unten rutschte. Zwei erstaunlich große Brüste wurden sichtbar – sie waren rund und elfenbeinfarben, und die Nippel waren verführerisch scharlachrot gefärbt.

In drei Teufels Namen!

Die beiden Vampire, die direkt vor der Kurtisane saßen, tauschten lüsterne Blicke, bevor sie sich über die Brüste beugten, die sich ihnen darboten. Doch keiner der Männer saugte an den geschwollenen Nippeln; beide hieben ihre Zähne in die seitliche

Rundung des Busens. Was sie wollten, war Blut.

Das verführerische metallische Aroma erfüllte den Salon.

Die Frau stieß ein sinnliches, lustvolles Stöhnen aus und ließ ihren Kopf nach hinten fallen. Die Vampire wussten, wie viel Blut sie trinken durften, um ihr zu einer erregenden erotischen Erfahrung zu verhelfen. Sie würden sie nicht töten. Sie würden ihr unfassbare Lust schenken, indem sie sanft ihr Blut aus ihrem Körper saugten, während sie ihre Nippel und ihre heiße, nasse Spalte streichelten.

Plötzlich spürte Heath all die Jahre der Entsagung in seinem Blut. Sein Schwanz schwoll an und erhob sich.

Nein. Er würde der Versuchung nicht erliegen.

Während er zusah, wie zwei Männer seine Fantasie für sich wahr werden ließen, spannte sein Körper sich an wie die Sehne eines Bogens, und seine Lippen öffneten sich, bereit für den Biss. Seine behandschuhten Finger umklammerten das Brandyglas viel zu fest. Mit einem zarten *Pling* zerbarst es. Er ließ die Scherben auf den Tisch fallen und schaute sich um. Er musste hier raus. Wo zum Teufel war Julian geblieben?

Die Frau mit den rotblonden Locken war eindeutig nicht diejenige, nach der er suchte.

Er hatte bereits die Tür erreicht, als die Bordellwirtin sich aus dem Schatten löste und ihm mit ihrem drallen Körper den Weg verstellte. „Sind Sie heute nur hier, um zu speisen, Mylord, oder steht Ihnen der Sinn auch nach anderen Lustbarkeiten?“

„Weder noch.“ Heath räusperte sich und bemühte sich, die beiden Schwächen zu verbergen, die drohten, ihn zu überwältigen. Lust und Hunger. „Ich bin auf der Suche nach meinem Bruder.“

Sie zog ihre gezupften Brauen hoch. „Aber Ihr Bruder ist kein Vampir, nicht wahr?“ Die beleibte Frau war etwa vierzig. Ein eng sitzendes Mieder drückte ihren Bauch flach und hob ihren Busen so an, dass er wie ein ausladender Erker aus weißem Fleisch nach vorn ragte. Das war die Besonderheit in diesem Bordell. Die Frauen hier besaßen die größten Brüste in ganz London.

„Inzwischen ist er einer. Durch meine Schuld …" Er stockte. Himmel, es bestand keinerlei Notwendigkeit, der Bordellwirtin seine private Hölle zu schildern. Er beeilte sich, Raine zu beschreiben.

Die Frau schüttelte den Kopf. „Nein, er war nicht hier. Aber Sie müssen sich stärken, Mylord. Ich kann Ihre Qual spüren." Sie wollte nach seinem Arm greifen.

Und obwohl er unermessliche Kräfte besaß, zuckte Heath vor ihr zurück wie ein erschrockener kleiner Junge. „Ich brauche nichts", erklärte er knapp. „Allerdings versuche ich, etwas über eine bestimmte Frau herauszufinden. Sie hatte Kontakt mit meinem Bruder. Ihre Haare haben einen dunklen Goldton. Sie ist wunderschön. Blaue, riesengroße Augen."

„Die Beschreibung passt auf viele meiner Mädchen. Sie werden sie alle betrachten müssen, Mylord."

Er erhaschte einen Blick in ihre Gedanken. Sofort suchten ihn Tausende ihrer ganz persönlichen, nutzlosen Bilder heim – von Kleidern, von Schmuckstücken, von den Orten, wo die Schlüssel zu ihren Schubladen versteckt waren, von der nackten Brust eines Dieners, mit dem sie geschlafen hatte. Dann drängte ein Bild die anderen in den Hintergrund. Das Gesicht eines Mannes mit kastanienbraunen Haaren, strahlenden grünen Augen und Sommersprossen auf den Wangen. *Raine.* Schließlich sah er sich selbst zusammen mit seinem Bruder.

Eines Tages war Raine ihm hierher gefolgt. Vor einem Jahr, als sein Bruder noch sterblich gewesen war und keine Ahnung gehabt hatte, in was er da hineingeriet.

Offenbar erinnerte sich die Bordellwirtin an das letzte Mal, als sie Raine gesehen hatte. Also sagte sie die Wahrheit, wenn sie behauptete, ihm während der vergangenen Wochen nicht begegnet zu sein.

In ihrem Kopf sah er auch die Bilder mehrerer blonder Frauen. Es war nicht schwierig, ihre Gedanken zu lesen. *Er will eine Blondine. Sally? Sie hat blaue Augen. Er sucht eine ganz bestimmte Frau … Wie bringe ich ihn dazu, stattdessen eines von meinen Mädchen zu wählen?*

Heath zog sich aus dem Kopf der Madame zurück, und die Rollläden seines Verstandes schlossen sich scheppernd wie Eisentore.

„Kommen Sie." Mit einem strahlenden Lächeln auf den rot bemalten Lippen stellte sich die Bordellwirtin neben ihn. „Lassen Sie uns nach der Frau Ausschau halten, nach der es Sie heute Nacht gelüstet."

Er kannte das Spiel. Sie versuchte, ihn zum Bleiben zu bewegen und wollte ihn dazu bringen, sich all ihre üppigen, halb nackten Flittchen anzusehen, in der Hoffnung, er würde unter ihnen eine entdecken, der er nicht widerstehen konnte.

„Nein, vielen Dank. Ich bin nicht auf der Suche nach einer Frau zum Vögeln. Ich suche eine, der ich ein paar wichtige Fragen stellen kann."

„Wie ... merkwürdig. Ich spürte Ihre Qual, Mylord. Zwar weiß ich, dass Sie kein Blut trinken wollen, aber ich fürchte, es wird langsam wirklich schmerzhaft, wenn Sie sich noch länger die Stärkung versagen. Wie lange ist es her, seit Sie zuletzt Blut zu sich genommen haben?", erkundigte sie sich in mitfühlendem Ton. Doch er wusste, dass ihre Besorgnis nur gespielt war.

„Eine Woche."

„Das ist viel zu lange. Gefährlich lange. Das wissen Sie sicher selbst, Mylord."

„Ich habe es schon länger ausgehalten." Drei Monate. Das war die längste Zeit, die er durchgehalten hatte. Dann war er so schwach gewesen, dass er geglaubt hatte, er würde sterben. Schließlich hatte ein Diener ihn geweckt und ihm gesagt, Raine sei dem Tode nah. Daraufhin war er gezwungen gewesen, sein Schlafzimmer zu verlassen, genug Blut zu trinken, um wieder zu Kräften zu kommen und zu seinem Bruder zu eilen. Um Raine nicht für immer zu verlieren, hatte er ihm das ewige Leben geben müssen.

Es war Monate her, seit er zuletzt an einem Ort wie diesem gewesen war – in einem Bordell, wo Blut ebenso feilgeboten wurde wie Fleischeslust. Er hatte sich geschworen, nie wieder ein solches Haus zu betreten. Nicht, nachdem er beim letzten Mal die Kontrolle verloren hatte.

Je länger er versuchte, ohne Blut auszukommen, umso grausamer wurde der Hunger danach. Es war verantwortungslos von ihm, sich unter Menschen zu bewegen, ohne seinen Durst nach Blut auf die … freundlichste Art zu stillen, die ihm möglich war. Es wäre am besten gewesen, das Angebot hier anzunehmen, wo er die Sicherheit der Frau, die ihn von ihrem Blut trinken ließ, garantieren konnte. Doch er wandte sich ab und ging zur Tür.

Wo auch immer du gerade bist, Julian. Komm her. Wir müssen weiter.

Er verfluchte die Ratsversammlung der Vampire dafür, dass sie ausgerechnet Julian Tremaine als seinen Begleiter ausgewählt hatte. Tremaine hätte auf ihn aufpassen sollen, aber Heath verbrachte den größten Teil seiner Zeit damit, seinerseits den Kerl zu beaufsichtigen.

Hinter ihm kicherte Madame leise vor sich hin. Das entging seinem außerordentlich feinen Gehör nicht, obwohl er gleichzeitig Julian Tremaines Schritte wahrnahm, die sich einen Flur entlang näherten. „Sie kommen ganz sicher zurück“, murmelte die Bordellwirtin vor sich hin.

Nein, eher würde er sich selbst einen Pflock ins Herz treiben, als noch einmal schwach zu werden.

Als er das letzte Mal in diesem Bordell Blut getrunken hatte, war er einer üppigen Frau in ihr Zimmer gefolgt. Das Mädchen hatte sich aufs Bett fallen lassen und ihre Haare zurückgeworfen, um ihre Kehle zu entblößen. Dann hatte sie mit toten, gleichgültigen Augen auf seinen Biss gewartet.

Nie zuvor war ihm so schnell der Appetit vergangen. Die Frauen wurden rasch süchtig nach diesem Vorgang, wie man nach Gin oder Opium süchtig werden kann. Dann brauchten sie es, gebissen zu werden, brauchten den Schmerz und die gewaltige Lust, zum Höhepunkt zu kommen, während jemand ihr Blut trank. Die Hure hatte ihm wimmernd erzählt, ihr vorheriger

Kunde sei grob und rücksichtslos gewesen. Mit verzweifeltem Blick hatte sie sich an seinen Arm geklammert. Sie war starr vor Angst, aber sie *brauchte* es, dass jemand sich an ihrem Blut labte.

Er hatte es getan, trotz seines Ekels vor dieser Welt und vor allem vor sich selbst. Während er trank, hatte das Mädchen geweint, und ihre Gefühle waren beim Trinken durch seinen Körper geflossen, sodass ihr Blut nach Essig und fauligen Früchten geschmeckt hatte. Er hatte ihr ein paar zusätzliche Goldmünzen zwischen die zur Faust geballten Finger gesteckt und ihre Hand gegen ihr Herz gedrückt.

Seit jenem Tag hatte er nur noch Tierblut getrunken. Er fühlte sich schwach und unbefriedigt. Aber er musste wenigstens keine Frau berühren, die in Wahrheit nicht von ihm berührt werden wollte.

Heath schüttelte die sentimentalen Gedanken ab und ging zum Fuß der Treppe. Er war nur hierhergekommen, um nach Raine und nach der Frau zu suchen, die er im Teich gesehen hatte. Er stützte sich aufs Geländer und brüllte die Stufen hinauf: „Julian, beweg deinen Hintern hierher. Ich gehe jetzt."

Ein Diener eilte herbei und öffnete ihm hastig die Tür. Heath sprang die Treppe vor dem Eingang hinunter und entfernte sich vom Haus. In dieser Straße lagen drei Bordelle, deren Dienste auf die Bedürfnisse und Vorlieben der „Bruderschaft der Nacht" ausgerichtet waren. Die Kunden waren männliche Vampire, die es vorzogen, ihren Durst bei Freiwilligen zu stillen und ihre Opfer am Leben zu lassen.

„Heath, warte …" Julian rannte hinter ihm aus dem Freudenhaus. Im Laufen band er seine Krawatte, während seine Hose noch halb offenstand, weil er vergessen hatte, einen der Knöpfe zu schließen.

Heath rieb seine Schläfe. „Deine Hose."

„Ach, richtig. Ich war gerade mittendrin in einer Sache. Hättest du mir nicht noch ein paar Minuten Zeit lassen können?"

„Du warst gerade mittendrin in einer *Person.* Und nein, ich hätte dir nicht noch mehr Zeit geben können."

Julian leckte sich über die Lippen und entfernte dabei ein paar Blutstropfen. „Sie schmeckte gut, aber ich war noch nicht beim besten Teil angekommen, bei dem ich tief in ihr stecke, während ich trinke und ihr Fleisch sich um mich zusammenzieht, wenn sie kommt."

„Ein andermal."

Julian starrte finster vor sich hin. Er war noch sehr jung. Erst zweiundzwanzig. Ein Neuling im Kreise der Bruderschaft, denn er war noch nicht einmal seit einem Jahr Vampir. „Du hast mir versprochen, dass ich dürfte. Und als Gegenleistung habe ich zugestimmt, heute Abend nicht so genau hinzusehen, was deine Aktivitäten betrifft. Schließlich sind wir hier nicht an einem der fünf Tatorte."

Scheinbar handelte es sich um einen seltsamen Scherz des Vampirrats, ausgerechnet Julian zu beauftragen, dafür zu sorgen, dass Heath seine Mission erfüllte. Er sollte den Sukkubus finden, einen weiblichen Dämon, die fünf englische Adlige getötet hatte. Aber Julian war jung, rebellisch und sexbesessen. Er war Raine sehr ähnlich. In seiner Gegenwart musste Heath sich praktisch in jedem Moment mit den Fehlern auseinandersetzen, die er seinem Bruder gegenüber gemacht hatte.

Sie hatten den Auftrag, die Orte zu besuchen, an denen die Männer gestorben waren, und dort Befragungen durchzuführen, um Beschreibungen der Geliebten und Kurtisanen der Opfer zu bekommen. Mit anderen Worten: Sie sollten den Sukkubus zur Strecke bringen. Doch ebenso dringend musste Heath Raine finden.

Der Rat der Vampire würde ihn vernichten, wenn er den Sukkubus nicht vor dem nächsten Vollmond stellte. Aber die Ratsversammlung hatte auch das Todesurteil über seinen nichtsnutzigen Bruder verhängt. Und das Leben seines Bruders hatte Vorrang.

Julian zog einen Schmollmund. Er brachte seine Hose in Ordnung und holte eine Zigarre aus der Tasche. „Nach wem oder was suchst du denn nun genau?"

„Ich suche nach einer Frau."
„Davon hatten sie einige da drinnen."
„Aber nicht die, die ich will."
„Wie kannst du dir da so sicher sein?" Während er ein Streichholz an die Spitze der Zigarre hielt, die jetzt zwischen seinen Lippen steckte, warf Julian einen sehnsüchtigen Blick zurück zum Bordell. „Wir hätten länger bleiben müssen, um alle Frauen zu untersuchen, damit wir ganz sicher sein können, dass keine von ihnen der Sukkubus ist, den wir suchen sollen."
„Ich bin durchaus in der Lage, so etwas herauszufinden, ohne allzu viel Zeit zu verschwenden, Julian. Und zieh um Himmels willen nicht wieder diese alberne Schippe."
Er konnte Julian nicht die Wahrheit sagen. Heute Abend suchte er nicht nach dem Sukkubus. Er war auf der Suche nach der Frau, die er im Teich gesehen hatte. Und er musste sichergehen, dass die Ratsversammlung nicht erfuhr, was er tat. Auf keinen Fall durften sie durch ihn einen Hinweis auf Raines Aufenthaltsort bekommen. Denn es durfte ihnen nicht gelingen, seinen Bruder vor ihm zu erreichen.
Die meisten Vampire fürchteten die Vampirjäger, die für die Königliche Gesellschaft arbeiteten, um rätselhafte Phänomene aufzuklären. Aber Heath hatte mehr Angst vor der Ratsversammlung der Vampire. Die Vampirjäger wussten von der Existenz der Ratsversammlung, doch da der Rat Vampire vernichtete, ließen die Vampirjäger die Ratsmitglieder in Ruhe. Und im Laufe der Zeit war der Rat immer gefährlicher geworden.
„Was genau ist ein Sukkubus?" Julian paffte seine Zigarre. „Die alten Vampire in der Ratsversammlung haben es mir nicht erklärt."
„Eine Frau, die deine Seele stehlen kann, während sie mit dir vögelt."
Der Bursche erstarrte, das brennende Streichholz in der Hand. „Verdammt!" Er wedelte die Flamme aus, aber seine Fingerkuppe war bereits verbrannt.
Beim Anblick des naiven Schreckens in Julians jugendlichen,

gut aussehenden Zügen schüttelte Heath den Kopf. „Du solltest vorsichtig sein, wenn du deine Hosen herunterlässt."

„Was sollte ein Sukkubus mit uns anfangen, Blackmoor? Wir haben keine Seelen, die man uns nehmen könnte."

Das war ein gutes Argument. Er hatte keine Ahnung, was geschah, wenn ein Sukkubus mit einem Vampir schlief. Die Mitglieder der Ratsversammlung würden es wissen. Sie beschäftigten sich ständig mit Regeln und Legenden und Überlieferungen. „Machen wir uns auf zum nächsten Bordell. Das ist jedenfalls der Schauplatz eines der Verbrechen ..." Er stockte. Sein übernatürlich scharfes Gehör hatte ein leises Geräusch wahrgenommen.

Aus einer dunklen Allee drang ein angstvolles Keuchen. Eine der Straßenlaternen warf ihr Licht auf ein Schild. Derwent Lane war der Name der schmalen Gasse, in der zwei Fußgänger kaum aneinander vorbeikamen. Die Straßenbeleuchtung störte Heath; sie verhinderte, dass er in der Dunkelheit so gut wie üblich sehen konnte. Deshalb gelang es ihm nicht, bis ans Ende der dunklen Gasse zu schauen.

Die Töne waren von einer Frau gekommen. Es waren unterdrückte, angstvolle Schmerzensschreie gewesen.

Er bezweifelte, dass es die Frau war, nach der er suchte. Er war jetzt seit einer Woche auf der Suche nach ihr in London unterwegs. Also würde er schwerlich durch reinen Zufall über sie stolpern. Doch ein Untoter zu werden bedeutete nicht, dass ein Mann seine Ehre vergaß.

Heath trat in die Einmündung der Straße.

„Komm her, Liebchen." Die raue, heisere Männerstimme unterbrach Vivienne Dares im Kreis rasende Gedanken, während sie die übel riechende Derwent Lane entlanghastete und sich immer tiefer in den Gassen von Whitechapel verlor.

Sie hob in genau dem Moment den Kopf, in dem ein grobschlächtiger Mann aus einer Tür trat und ihr den Weg versperrte. Er war riesengroß und breit genug, um die enge Gasse vollkommen zu blockieren. Sein Körper war von einer ledernen

Schürze umhüllt, die über und über mit dunklen Flecken bedeckt war. Er verschränkte die Arme vor seiner mächtigen Brust und grinste anzüglich, während er sie mit seinen Schweinsäuglein betrachtete. „Du riechst gut, Mädchen. Was willst du für einen kurzen Fick gleich hier an der Hauswand?“

Der Gestank von Blut und frisch geschlachtetem Fleisch umwehte ihn. Ihr drehte sich der Magen um. Am meisten Angst machte ihr aber seine Größe. Vivienne wusste, wozu ein so kräftiger Mann in der Lage war.

Sie tastete nach der Pistole in ihrer Tasche und legte die Hand um den glatten Griff. Sie hatte sich die Kapuze ihres langen Umhangs tief in die Stirn gezogen. Eine zerzauste graue Perücke verbarg ihr blondes Haar. Mit Kohle hatte sie sich Falten ins Gesicht gemalt. Sie hatte gehofft, so wie ein verschrumpeltes altes Weib auszusehen.

Aber der Schlachter schien es besser zu wissen, trotz der Dunkelheit, ihrer Bemalung und ihres gebückten Gangs.

Das passierte ihr immer wieder, ganz gleich, wie sehr sie sich verkleidete. Fünf Mal war sie bereits auf ihren Ausflügen zur Apotheke von fünf verschiedenen riesigen, gefährlichen Fremden verfolgt worden. Jedes Mal hatte sie um ihr Leben kämpfen müssen. Aber einem so großen Mann wie diesem hatte sie noch nie gegenübergestanden.

Er leckte sich über die Lippen und trat auf sie zu. Seine affenartigen Arme hingen an seinen Seiten hinab. „Komm schon, Kleine.“ Grinsend strich er mit den Händen über die Vorderseite seiner Schürze und ahmte mit seinen Fingern die Größe einer Erektion nach. „Ich habe einen langen Schwengel, und der ist nur für dich. Nun sei ein gutes Mädchen. Ich will dir nicht wehtun müssen.“

Doch das wollte er. Sie wusste es. Sie erkannte es an seinem lüsternen, spöttischen Grinsen und an der ungezügelten Erregung, die in seinen kleinen, hässlichen Augen aufleuchtete.

Bleib ruhig und denk nach.

Vor vielen Jahren war sie dieser finsteren Umgebung entflohen. Hatte ihren Weg aus den Slums in die glitzernden Ballsäle Mayfairs gefunden, und zwar mithilfe ihres Verstandes und nicht ihrer Brüste. Sie war Londons eleganteste und teuerste Kurtisane geworden. Dann hatte sie auch diese Welt verlassen. Um ihrer Tochter willen. Für *Sarah.*

Sie hatte sich geschworen, nie wieder zuzulassen, dass ein Wüstling sie berührte oder sie gar verletzte.

Und sie hatte keine Zeit zu verschwenden. Also zog sie die Pistole hervor, streckte den Arm aus und zielte auf die fleckige Schürze. „Zur Seite! Lass mich vorbei."

In seine Augen trat ein wilder, hungriger, fanatischer Glanz. „Steck das Spielzeug weg. Ich will dich jetzt haben."

Spielzeug? War er verrückt? Gütiger Himmel, sie hatte geglaubt, er würde zurückweichen, wenn er die Waffe sah. Sie wollte ihn nicht erschießen. Aber sie durfte keine Zeit verlieren, kostbare Zeit, die Sarah womöglich nicht mehr hatte …

Der Mann, der einem Affen ähnelte, nutzte den kurzen Moment ihrer Verwirrung, um überraschend auf sie loszugehen. Ihr Finger war nicht in der Nähe des Abzugs, sodass er ihr die Pistole leichter wegnehmen konnte, als wenn er ihr einen Handschuh abstreifen würde. Und das nur, weil sie nicht in der Lage war, ihn zu töten. Nun konnte er sie vergewaltigen und umbringen. Und Sarah würde nie ihre Medizin bekommen und die Nacht nicht überleben …

Nein!

Vivienne hämmerte mit den Fäusten gegen die Brust, die wie eine Mauer vor ihr aufragte. Ihre Hände prallten ab, aber dadurch bekam sie mehr Schwung für weitere Faustschläge. Ihre Pistole rutschte ihm aus der Hand und fiel scheppernd auf das Pflaster. Sie trat nach ihm und bearbeitete mit ihren festen Stiefeln sein Schienbein.

„Verdammt! Hure!", rief er. Seine Faust flog ihr wie ein Ziegelstein entgegen und traf ihren Kopf so heftig, dass sie gegen eine Wand stürzte. Tränen schossen ihr in die Augen. Nie zuvor hatte sie einen so heftigen Schmerz gespürt.

Und die Faust kam schon wieder auf sie zu …

Sie rutschte an der Wand hinunter, und seine Hand krachte gegen die harte Mauer. Der Mann jaulte vor Wut. Er würde sie töten und damit nicht einmal lange genug warten, um sie vorher zu vögeln.

Vivienne warf sich zur Seite, aber er packte ihr albernes Cape und zerrte sie zurück. Ihre Perücke fiel auf den Boden, und er grinste sie an.

„Du bist ’ne ganz Hübsche. Mannomann, wir werden eine Menge Spaß haben …“ Etwas blitzte silbern auf. Er hatte ein Messer aus der Schürzentasche gezogen. Nun presste er die Spitze gegen ihre Wange und bohrte sie ins Fleisch.

Sie zog ihr Knie hoch und rammte es in seinen Körper. Stieß es in seine Geschlechtsteile, und als er sich vor Schmerz krümmte, durchschnitt das Messer ihre Haut. Mit seiner freien Hand hielt er seine verletzten Hoden. Seine Augen funkelten wütend.

Die Klinge glitt an ihrem Gesicht hinunter und hinterließ einen Schnitt, aus dem heißes Blut strömte. Stechende Schmerzen durchfuhren ihre Wange. Ihre Beine zitterten, aber sie schlug auf seinen Arm, um das Messer abzuwehren.

Plötzlich hob ihr Peiniger vom Boden ab.

Er flog durch die Luft, segelte die Derwent Lane entlang und landete mit einem dumpfen Laut in der Finsternis. Mit ihm war auch sein Messer verschwunden.

Vollkommen reglos starrte sie die Ziegelsteine vor sich an, obwohl sie wusste, dass nun ein anderer Mann neben ihr stand. Ein Mann, welcher ihren Angreifer, der sicher fast so viel wie zwei Kartoffelsäcke wog, einfach die ganze Straße entlanggeschleudert hatte. Dieser Mann hatte sie soeben gerettet und war nicht einmal außer Atem.

Ihre Knie drohten, unter ihr nachzugeben.

„Obwohl ich Ihnen das Leben gerettet habe, gönnen Sie mir nicht einmal einen Blick? Wollen Sie mich nicht wenigstens mit einem Lächeln belohnen?“ Seine Stimme war sanft, tief, kultiviert und freundlich – so sprach ein wohlhabender Gentleman, wenn er versuchte, eine Frau in sein Bett zu bekommen. Es klang vollkommen anders als die barschen, knappen, kalten Worte, die dieselben Männer benutzten, wenn sie einen hinterher rasch wieder loswerden wollten.

Vivienne kannte jedoch auch die verführerischen Töne nur zu gut. Und in diesem Augenblick brachten sie sie zum Zittern. Sie wandte ihm ihr Gesicht nicht zu, sondern hielt den Kopf weiter so, dass es im Schatten lag. Mit der Hand verbarg sie die Schnittwunde auf ihrer Wange. Sie musste die süße, sittsame Unschuld geben, die soeben gerettet worden war. Vor allem aber musste sie so schnell wie möglich weiter.

„Viel… vielen Dank. Ich danke Ihnen sehr, dass Sie mich gerettet haben. Entschuldigen Sie, dass ich Ihnen kein Lächeln schenken kann. Keine Bezahlung. Aber ich muss weiter …"

„Ich erwarte keine Bezahlung, meine Kleine." Er stützte sich dicht neben ihrem Kopf mit der Hand gegen die Mauer. „Rettung aus der Not ist ein Dienst, den ich kostenlos verrichte. Ohne Bedingungen zu stellen."

Plötzlich wurde ihr schwindelig, und vor ihren Augen verschwamm alles. Das geschah ohne jede Vorankündigung, und sie blinzelte verzweifelt und versuchte, ihre Gedanken unter Kontrolle zu bringen.

Der Mann starrte sie an, als hätte sie zwei Köpfe. Er wollte ihr Kinn anfassen, doch sie stieß seine Hand weg.

„Wer sind Sie?", murmelte er. „*Was* sind Sie?"

Er blockierte ihren Fluchtweg. Sie schaute die Straße hinunter, dorthin, wo der Schlachter noch immer ausgestreckt am Boden lag, ohne sich zu rühren.

„Sein Kopf ist ziemlich hart aufgeschlagen", bemerkte ihr Retter. Aus dem Augenwinkel sah sie einen hohen, glänzenden Kastorhut. Eine saubere Krawatte war um einen gestärkten weißen Kragen geschlungen. Er trug einen warmen, teuren Mantel. Dieser Mann wirkte sehr wohlhabend und besaß das lässige Auftreten, das mit Reichtum einhergeht. „Wenn er Glück hat, wacht er in ein paar Stunden mit schlimmen Kopfschmerzen auf. Wenn er ein Pechvogel ist, erwacht er überhaupt nicht mehr."

Sie musste krampfhaft schlucken.

„Und jetzt sagen Sie mir, was Sie sind …"

Sie drehte sich rasch von ihm weg und lief die schmale Gasse entlang zu dem reglosen Körper. Ihr Retter würde nicht erwarten, dass sie zu dem Mann rannte, der sie angegriffen hatte. Sie versuchte, über den ausgestreckten Körper zu springen, doch es gelang ihr nicht. Ihr Fuß landete auf seinem Arm, sie verlor das Gleichgewicht und fiel nach vorn.

Eine starke Hand legte sich um ihre Taille, und Vivienne wurde rückwärts gegen einen muskulösen Männerkörper gezogen. Sandelholz. Leder. Pferd. Mann. In einem einzigen schwindelerregenden Moment, in dem sie gegen die Brust ihres Retters gedrückt wurde, roch sie all diese Dinge.

„Wie …?", keuchte sie.

„Ich bin ein Vampir, meine Kleine. Ich kann mich sehr schnell bewegen, wenn ich will. Und wenn es nötig ist, kann ich fliegen. Aber ich bin sicher, das wissen Sie ohnehin. Sie haben Ihre Gedanken abgeschirmt, sodass ich sie nicht lesen kann."

„*Was* habe ich getan? Sie … Sie sind verrückt!", rief sie mit erstickter Stimme. Benommen und schockiert lehnte sie sich zurück und sah zu dem eleganten Kastorhut und dem schneeweißen Kragen hinauf.

Er lächelte sie an, als sei sie ein köstliches Häppchen, welches er im nächsten Augenblick verschlingen würde. Doch plötzlich verschwand sein Lächeln, und er legte seine behandschuhten Hände grob um ihre Arme. „Was haben Sie mit meinem Bruder gemacht?", herrschte er sie an. „Und wo, zum Teufel, ist er jetzt?"

„W…wer?", keuchte sie.

Silberne Augen. Seine Augen hatten einen merkwürdigen, spiegelnden Silberton, und während er ihr Gesicht betrachtete, weiteten sich seine Pupillen. Sie schmeckte das Blut, das von dem Schnitt in ihrer Wange langsam auf ihre Lippen tropfte. Dabei fiel ihr plötzlich auf, wie schön sein Mund war. Sie bemerkte seine perfekt geschwungenen Lippen, obwohl sie wusste, dass dieser Gedanke in ihrer Situation verrückt war. Seine Unterlippe war sehr ausgeprägt, und sein Gesicht hatte einen exotischen, sinnlichen Ausdruck, in dem sie auch Zorn und Misstrauen erkannte.

„Mein Bruder", brummte er. „Ich weiß, dass Sie seine Geliebte waren. Und ich weiß, dass Sie keine Sterbliche sind."

„Ich habe keine Ahnung, wovon Sie reden!" Vergeblich versuchte sie, ihn wegzustoßen.

Er sah sie von oben herab an. Sein Hut war durch ihre Attacke nicht einmal verrutscht.

Dann drückte er sie rückwärts gegen die Mauer und beugte sich vor, als wollte er seinen Mund auf ihre Lippen pressen, um sie zu küssen.

„Nein!" Sie warf ihren Kopf zur Seite und wandte ihm ihre brennende, blutende Wange zu. Auf keinen Fall würde sie ihn an ihren Mund heranlassen.

Während er sein Gesicht dem ihren näherte, schob er seine Zunge hervor. Ganz sanft berührte er mit der Zungenspitze den Rand ihrer Wunde. Von dieser Stelle aus durchlief sie eine seltsame heiße Welle, kroch über ihren Körper und schien ihr Gehirn zu überfluten. Er folgte mit der Zunge dem Schnitt von einem Ende zum anderen und setzte an den Stellen, die er berührte, ihre Haut in Flammen. Sie verstand nicht, wieso das geschah. Denn sie wollte seine Zärtlichkeit nicht.

Er hielt dort inne, wo der Schnitt zu Ende war. An ihrem Hals. Und begann dort zu saugen. Vivienne konnte nicht anders, als ihren Kopf rückwärts gegen die Mauer fallen zu lassen. Heftige Empfindungen stiegen in ihr auf. Sie fühlte Dinge, die sie seit vielen Jahren nicht gefühlt hatte. Verlangen. Sehnsucht. Hunger.

Nein! Sarah brauchte sie. Der Gedanke an Sarah, die allein und krank zu Hause lag, durchfuhr Vivienne wie eine Klinge. Sie wehrte sich, und der Fremde ließ sie los. Und stützte gleich darauf mit einem sanften Lächeln direkt neben ihren Schultern die Hände gegen die Mauer, sodass sie zwischen seinen Armen gefangen war. „Na also. Das sieht schon viel besser aus. Sie sind viel zu schön, um von einer Wunde verunstaltet herumzulaufen.“

Sie riss ihr Knie hoch, aber irgendetwas hielt sie auf und drückte ihr Bein wieder nach unten. Das konnte nur seine Hand gewesen sein, aber sie hatte keine Bewegung wahrgenommen – seine Hände waren immer noch neben ihrem Körper an die Wand gestemmt.

Eiskalte Angst lief ihr Rückgrat hinunter. Die Schnittwunde tat nicht mehr weh. Sie legte ihre Fingerspitzen gegen ihre Wange, und als sie sie wieder fortnahm, war kein Blut daran zu sehen. Aber auf der Wunde war kein Schorf. Ihre Haut fühlte sich vollkommen glatt an. Es gab keinerlei Anzeichen mehr für einen Schnitt.

„Sie sehen so vollkommen aus wie vor der Verletzung“, erklärte er mit leiser Stimme.

„Aber wie haben Sie das gemacht?“

„Ich bin ein Vampir und in der Lage, zu heilen. Und ich kann mich so rasch bewegen, dass ein normales menschliches Auge es nicht erkennt. Das sind einige der Vorteile, von denen es leider nur sehr wenige gibt. Und nun erzählen Sie mir von meinem Bruder. Sie haben gesehen, was ich mit dem da gemacht habe.“ Mit seinem Kinn deutete er in Richtung des bewusstlosen Schlachters. „Es ist besser für Sie, wenn Sie anfangen, zu reden.“

Sein Mund wurde zu einer schmalen Linie. Er kniff die silbrigen Augen zusammen, und ihr wurde klar, dass dieser Mann sehr grausam sein konnte, wenn er wollte.

Sie hatte schon oft genug die Anzeichen gesehen, um das zu erkennen. Sie kannte die Männer. Andere Kurtisanen sahen immer nur die Belohnung an, richteten ihren Blick ausschließlich auf die Juwelen. Vivienne jedoch schaute den Gentlemen in die Augen, wenn sie ihr Geschenke überreichten. Was war darin zu lesen? Freude? Stolz? Schuldgefühle? Oder war es der Ausdruck, der in die Augen eines Mannes trat, wenn er die Flucht ergreifen wollte? Alle Geschenke dienten der Bestechung. Entweder ging es darum, eine Frau zu umgarnen, oder der Mann wollte sich den Weg zurück in die Freiheit erkaufen. Sie hatte überlebt, war erfolgreich gewesen und hatte auf sich selbst aufpassen können, weil sie keine Kurtisane war, die ihr eigenes Gesicht im Spiegel betrachtete. Sie sah die Männer an.

Deshalb wusste sie, wie ein Mann aussah, wenn er zornig wurde. Oder wenn er seine Maske fallen ließ und seine Grausamkeit zeigte. Wenn er vorhatte, im nächsten Moment brutal zu werden.

„Lassen Sie mich gehen. *Bitte!*“, flehte sie, obwohl sie wusste, wie sinnlos es war, einen Mann anzubetteln. „Ich weiß nichts über Ihren Bruder. Ich muss dringend in eine Apotheke. Meine Tochter ist krank. Sie stirbt. Lassen Sie mich bitte gehen?“

Der selbstsüchtige Bastard schüttelte den Kopf. „Das kann ich nicht, meine Liebe. Nicht bevor ich die Wahrheit herausgefunden habe.“ Grob umklammerte er mit seiner behandschuhten Hand ihren Arm.

„Sie stirbt, Sie Ungeheuer!“, schrie sie in sein schönes Gesicht. „Gütiger Gott, lassen Sie mich gehen!“

„Ich habe herausgefunden, dass Gott nicht sonderlich gütig ist, Liebste. Und ich kann Sie nicht gehen lassen.“

Nackte Angst durchlief sie. Dann hörte sie den harten Klang von Stiefelabsätzen auf den Pflastersteinen und sah, wie ein weiterer Mann in die Gasse einbog. Im schwachen Licht waren nur seine Umrisse zu erkennen. „Sie sagt die Wahrheit über ihre Tochter, Heath. Ich kann ihre Worte bestätigen.“

„Tatsächlich, Julian?“ Die Stimme ihres bedrohlichen Retters war angespannt und misstrauisch.

„Ich habe es in ihren Gedanken gelesen.“ Der blonde Mann war vollkommen ernst, obwohl ihr klar war, dass er Blödsinn redete. Niemand war in der Lage, Gedanken zu lesen.

„Sie hat wirklich Angst um das Leben ihrer Tochter, Heath“, fuhr der Mann namens Julian fort. „Und sie sagt die Wahrheit: Sie ist auf dem Weg in eine Apotheke.“

„Ach, wirklich?“ Der Mann, der sie festhielt, sprach in so

eisigem Ton, dass sie erschauderte. „Na gut, dann werde ich Sie begleiten, sodass Sie Ihre Medizin abholen können, und anschließend bringe ich Sie nach Hause. Dort werden wir dann eine kleine Unterhaltung führen." Seine Augen waren kalt wie Glasscherben.

Plötzlich wurde ihr klar, was er da sagte. „Sie wollen mit mir gehen? Das ist unmöglich!"

„Nein, meine Liebe. Sie haben keine andere Wahl."

„Heath ..."

„Wir werden der Dame helfen, ihre Besorgung zu erledigen, Julian. Ich bin sicher, sie benötigt unseren Schutz."

„Und die Ermittlungen?"

„Müssen ein wenig warten. Eine kranke Tochter ist wichtiger."

„Deine Aufgabe ist es, für die Ratsversammlung zu arbeiten und nicht irgendeiner Frau in Not zu helfen, ihr krankes Kind wieder gesund zu machen."

Vivienne starrte Julian an. Sie konnte nun erkennen, dass er ein hochgewachsener, gut aussehender Mann von Anfang zwanzig war. Er hatte hellblondes Haar, große Augen und war schön wie ein Engel. Doch auch seine Augen ähnelten einem blanken Spiegel. Sie wandte sich dem anderen Mann zu. Heath. „Können Sie meine Tochter heilen, wie Sie den Schnitt in meiner Wange geheilt haben?"

„Das weiß ich nicht. Es gibt Dinge, die nicht einmal ein wohlmeinender Vampir kurieren kann. Lassen Sie uns zuerst die Medizin holen, meine Liebe, und dann nach Hause zu Ihrem Kind gehen." Er wandte sich an Julian. „Wenn ich ein sterbliches junges Mädchen heilen kann, muss ich es tun. Alles, was du tun musst, ist, dem Rat gegenüber zu schweigen."

Vampir. Er musste wirklich verrückt sein, wenn er sich einbildete, er sei ein Nosferatu. Diese Wesen waren Märchenfiguren, mit denen man Menschen Angst machen wollte. Im wahren Leben gab es keine Vampire.

Dennoch hatte er drei Dinge getan, die eigentlich völlig unmöglich waren. Er hatte scheinbar mühelos einen riesigen Mann die Straße entlanggeschleudert, ohne dass ihm auch nur der Hut verrutscht war. Er hatte allein durch die Berührung seiner Zunge ihre Wunde zum Verschwinden gebracht. Und er hatte sich so rasch bewegt, dass sie ihm mit ihren Blicken nicht hatte folgen können.

Wie war das alles möglich?

In London gab es Illusionisten. War er einer von ihnen? Nein. Er hatte diese Dinge wirklich getan. Es waren keine Tricks gewesen.

Und nun erwartete er von ihr, dass sie ihn mit zu sich nach Hause nahm, nachdem sie die Medizin besorgt hatten. Sie sollte ihn einlassen, damit er sie über seinen Bruder befragen konnte.

Gütiger Himmel, wenn sein Bruder nun einer der Männer war, die man sie gezwungen hatte, zu verführen? Einer der fünf Adligen, die hinterher auf geheimnisvolle Weise gestorben waren?

Julian zögerte. „In Ordnung. Ich hatte eine jüngere Schwester, die an Scharlach gestorben ist. Ich hätte alles gegeben, um sie zu retten. Versuch, diesem Mädchen zu helfen; ich werde dem Rat nichts davon sagen."

Es klang, als ob der jüngere Mann derjenige war, der das Sagen hatte. Aber ihr war klar, in Wahrheit bestimmte Heath, was getan wurde. Nun griff Heath plötzlich nach ihrem Ellbogen.

„Kommen Sie, meine Liebe. Zeigen Sie uns den Weg. Julian und ich werden dafür sorgen, dass Sie Ihr Ziel sicher erreichen."

Und Vivienne wusste wieder einmal, dass sie keine andere Wahl hatte, als einem Mann das Kommando zu überlassen und zu tun, was er ihr sagte. Doch sie hatte ein oder zwei Dinge gelernt. Sie würde ihn *glauben machen,* dass er bestimmte, bis sie eine Möglichkeit fand, zu fliehen.

Über der Tür des Ladens hing kein Schild. Auf die dreckigen Fensterscheiben war kein Name geschrieben. Aber durch die dicke Schmutzschicht waren einige Flaschen zu erkennen. Und eine einzelne Lampe, in der eine kleine Flamme brannte, was bedeutete, dass Mrs Holt da war.

Zweifellos wartete sie auf Viviennes Besuch. Noch nie hatte Vivienne jemand anders den Laden betreten sehen.

Sie blieb stehen und wandte sich ihren Rettern zu. Heath hatte zwei weitere Grobiane vertrieben, die versucht hatten, sich ihr zu nähern. Ohne ihn wäre sie vielleicht niemals hier angekommen. „Sie werden hier draußen warten müssen. Ich weiß nicht, ob Mrs Holt mich bedient, wenn Sie mich begleiten. Und ich brauche diese Medizin."

„Warum sollte sie Sie nicht bedienen? Ich bin ein Earl. Gewöhnlich erwarten Ladeninhaber nicht von mir, dass ich draußen vor der Tür bleibe."

Ein *Earl.* „Gütiger Gott, bitte!"

„Und ich glaube, Sie haben vor, durch die Hintertür davonzulaufen."

„Oh", stieß sie hervor. Sie schob ihn zur Seite und ging zur Tür. Hinter sich hörte sie seine Stiefelsohlen auf dem Boden. Eine kleine Glocke schepperte. Eine Tür im Hintergrund des Ladens öffnete sich, und Mrs Holt schlurfte herein. „Sie sind spät dran, meine Liebe. Was hat Sie denn aufgehalten?" Die Frau linste zwischen ihren wirren grau-braunen Locken hindurch. „Ah, ich sehe schon. Nun, Mylord, wenn Sie bitte dort in der Ecke warten."

Offenbar wusste Mrs Holt, dass dieser Mann ein Adliger war. Vivienne erschauderte, sagte dann aber entschlossen: „Ich brauche Sarahs Medizin."

„Natürlich." Vor sich hin gackernd, nahm Mrs Holt das Fläschchen aus dem kleinen Schrank mit der Glastür hinter dem Tresen. Es hatte die gleiche Größe wie die vorherigen und würde wieder nur für drei Tage reichen.

„Könnten Sie mir nicht mehr geben? Bitte, *bitte.* Ich zahle jeden Preis."

Mit ihren von der Gicht gekrümmten Fingern zog Mrs Holt das Umschlagtuch dichter an ihren Körper. „Für drei Tage. Oder gar nichts."

„Was kostet die nächste Flasche?“ Wie eine gerissene Hure ließ Mrs Holt sich die Arznei immer im Voraus bezahlen. Da sie ebenso klug war, hatte Vivienne sich zunächst geweigert, sich darauf einzulassen. Dann war Sarah immer kränker geworden, und ihr Fieber stieg und stieg. Sarah war dem Tode nah gewesen. Und Vivienne war hierher zurückgerannt und hatte versprochen, *jeden* Preis für die Medizin zu bezahlen.

Mrs Holt hatte kein Geld und keine Juwelen verlangt. Stattdessen hatte sie von Vivienne verlangt, dass sie den jungen, gut aussehenden Earl of Matlock verführte.

Die Frau war wahrscheinlich verrückt. Doch in jener Nacht war Vivienne aus Angst um Sarah vollkommen verzweifelt gewesen. Sie hatte ein freizügiges Kleid angezogen, den jungen Mann in Covent Garden aufgestöbert und ihn umgarnt, bis er kaum noch seinen eigenen Namen kannte. Obwohl sie sich geschworen hatte, nie wieder als Kurtisane zu arbeiten, hatte sie einen Mann verführt, den sie nicht einmal kannte, und ihr erster Sex mit ihm hatte im Stehen an der Wand des Theaters stattgefunden.

Mrs Holt hatte ihr daraufhin eine Tagesdosis gegeben. Und ihr die „Abmachung“ näher erläutert. Wenn Vivienne einen Monat lang mit dem Mann schlief, würde sie jeweils die Dosis für drei Tage bekommen. Jedes Mal wenn ein Fläschchen verbraucht war, wenn nicht öfter, musste sie ihren Liebhaber in sexuelle Ekstase versetzen – das war dann der Preis für die nächste Phiole.

Es war verrückt. Was für eine Art von Bezahlung sollte das sein? Was hatte Mrs Holt für einen Vorteil davon, wenn Vivienne sexuelle Abenteuer mit einer ganzen Reihe junger Gentlemen hatte?

Aber sie hatte es getan. Und jetzt waren diese Männer – die fünf Männer, die ihre Liebhaber gewesen waren – allesamt tot. Und ein Earl wollte wissen, was seinem Bruder zugestoßen war.

Wenn sie doch nur herausfinden könnte, woraus die Medizin bestand. Sie hatte sie zu einem Dutzend Apotheken in London gebracht, aber niemand hatte ihr die Zutaten nennen können.

Mrs Holt senkte den Kopf. „Der Preis ist derselbe wie immer."
„Wer ... wer ist es dieses Mal?"
Nachdem sie dem Mann in der Ecke einen misstrauischen Blick zugeworfen hatte, krümmte Mrs Holt ihren Zeigefinger, um Vivienne näher zu sich heranzuwinken. „Sein Name ist Lord Blackmoor", krächzte sie. „Es wird sehr schwierig sein, diesen Mann zu verführen."
Vivienne zog eine Braue hoch. Sie hatte noch nie einen Mann kennengelernt, der ihr widerstehen konnte. Denn sie kannte alle erotischen Tricks und Kniffe. Früher einmal hatte sie gehofft, auf diese Weise Liebe erringen zu können. Doch jetzt ging es ihr nur noch um Sarah. Sie schob das Fläschchen in die geheime Tasche an der Innenseite ihres Mieders. „Ich bin sehr, sehr gut, wenn es um Verführung geht. Wo finde ich diesen Gentleman?"
„Oh. Ihn werden Sie nicht finden, Liebchen."
Vivienne knirschte mit den Zähnen. „Und wie soll ich ihn dann verführen? Spielen Sie nicht mit mir, Mrs Holt. Nicht, solange es um Sarahs Leben geht. Wenn sie stirbt, dann weiß ich nicht ..." Ihr Herz tat entsetzlich weh. Sie hatte die Spielchen der Hexe satt. Sie *hasste* diese Frau, die sie wie eine Marionette nach ihrem Willen tanzen ließ, indem sie mit Sarahs Leben als Belohnung winkte.
„Er wird Sie finden. Ich glaube sogar, er hat Sie schon gefunden."

2. KAPITEL

Er hatte sich in einen Untoten verwandelt, der Blut aus dem Hals eines Fremden trank, ihm war ein Fluch auferlegt worden, und er hatte seinen Bruder zur ewigen Finsternis verdammt – dennoch haute *das hier* Heath fast um.

Um das alte Weib für ein Fläschchen Arznei zu bezahlen, sollte die üppige blonde Frau ihn verführen. Und genau diese Frau hatte er im Teich mit Raine gesehen. Im Spiegel der Wasseroberfläche war sie an seinem eigenen Körper abwärts geglitten und hatte ihn in ihren heißen Mund genommen.

Mit seinen scharfen Vampirohren hatte er von der Ecke aus die gesamte Unterhaltung verfolgt. Er hatte gehört, wie die kühle Stimme der blonden Frau zornig, verzweifelt und unbeherrscht geworden war. Die Antwort der alten Frau hatte vor Kraft und Selbstbewusstsein gestrotzt, und in ihren Worten war die verfluchte, perverse Freude mitgeschwungen, anderen wehzutun. Eine Freude, der er in der Welt der Dämonen ständig begegnete.

Die alte Frau war keine Sterbliche. Sie konnte ihre Gedanken vor ihm verbergen.

Ebenso wie die blonde Schönheit, der er das Leben gerettet hatte. Er hatte versucht, die Pforten zu ihrem Geist zu öffnen und ihre Gedanken zu lesen, aber er hatte nur eine große Leere gesehen. Was bedeutete, dass ihre Gedanken vor ihm abgeschirmt waren, aber offenbar nicht vor Julian.

Das ergab alles keinen Sinn. Doch als die blonde Frau an ihm vorbei zur Tür lief, nahm er sich die Zeit, über seine Schulter der Alten einen Blick zuzuwerfen. Sie lächelte ihn an und entblößte dabei erstaunlich weiße Zähne. Ein Lidzucken später war er bei ihr, doch sie war bereits fort, und er stand allein vor dem unaufgeräumten Verkaufstisch.

Was wusste diese Frau über ihn? Offensichtlich so einiges. Wie sollte sie sonst in der Lage sein zu erzählen, dass er schwer zu verführen war? Schließlich war er verflucht. Und dieser Fluch verhinderte, dass er jemals mit ein und derselben Frau zwei Mal das Bett teilte.

Er hatte die blonde Frau fragen hören, was sie dieses Mal als Bezahlung tun sollte. Bedeutete das, dass sie auch schon andere Männer verführt hatte, um die Medizin zu bekommen? War es zu weit hergeholt, darüber nachzudenken, ob sie die fünf adligen Gentlemen verführt und getötet hatte? Hingen die zwei Rätsel, die er lösen musste, vielleicht sogar zusammen?

„Lassen Sie mich los!"

Er fuhr herum und sah, dass die Blonde wie wild gegen Julians Schienbeine trat. Er musste dazwischengehen. Julian, der Neuling, konnte seine Kraft noch nicht einschätzen, und er hatte den Arm der Frau so fest gepackt, dass sie auf die Knie gesunken war. Der junge Vampir war kreidebleich und sah aus, als wollte er sich vor Bedauern das eigene Herz aus der Brust reißen.

Heath trat durch die Tür nach draußen und warf sie hinter sich zu. Er konnte später in die Apotheke zurückkehren. „Lass sie los, Julian. Und Sie, meine Liebe", wandte er sich an die blonde Frau, „versuchen nicht, davonzulaufen. Ich versichere Ihnen, jeder Fluchtversuch ist zwecklos. Ich fange Sie sofort wieder ein. Mit Leichtigkeit. Sie haben mir gesagt, Sie wollen so rasch wie möglich zu Ihrer Tochter zurück. Also bringe ich Sie dorthin. In meiner Kutsche."

Sie hob das Kinn, während ihr Blick ruhelos umherwanderte, offenbar auf der Suche nach einem Ausweg. Immer noch waren ihre Gedanken vollkommen gegen ihn abgeschirmt. Und er wusste nicht, warum das so war.

„Ich habe selbst eine Kutsche und brauche Ihre Hilfe nicht."

Er verbeugte sich vor der zitternden Blonden. Der Frau musste klar sein, dass sie ihm ausgeliefert war, doch diese Erkenntnis ließ sie nur noch kämpferischer dreinschauen.

„Es geht nicht um Hilfe, meine Beste. Möglicherweise haben Sie es nicht bemerkt, aber Sie sind nun meine Gefangene. Ich werde Sie nicht gehen lassen, bevor ich die Wahrheit aus Ihnen herausgebracht habe."

Ihre Augen weiteten sich vor Zorn und funkelten ihn wütend

an. Es waren dieselben Augen, die er im Spiegelbild des Wassers gesehen hatte. „Was glauben Sie eigentlich, wer Sie sind?", fauchte sie und sah aus, als würde sie sich im nächsten Augenblick in einen Feuerball verwandeln.

Er spielte nicht mehr mit dem Feuer. Er lebte in einer ewigen Nacht, für immer kalt, für immer dunkel, für immer innerlich tot. „Ach, meine Kleine, Sie haben keine Ahnung, wie genau Ihre Frage den Kern trifft. Können Sie es sich nicht denken? Ich bin Blackmoor. Der Mann, mit dem Sie den Auftrag haben zu schlafen. Und nun sagen Sie mir, wer *Sie* sind!"

Das Mädchen in dem riesigen Bett wirkte zerbrechlich. Wie eine der Porzellanpuppen, die seine Tochter so geliebt hatte.

Plötzlich konnte Heath den Schmerz wieder spüren, einen raschen, scharfen Stich. Er wusste, wie es sich anfühlte, ein Kind zu verlieren. *Meredith.* Seine Tochter. Einen Menschen, dem er versprochen hatte, ihn für immer vor allem Bösen zu beschützen. Als er sein kleines Mädchen zum ersten Mal in den Armen gehalten hatte, hatte er sich geschworen, dass sie niemals einen Grund zum Weinen haben sollte.

Nun war sie fort.

Ihm blieben nur Erinnerungen. Überlagert von Schmerz und Schuld wanden sie sich wie dornige Ranken um sein Herz. Für einen Vampir, der ewig leben würde, waren Erinnerungen höchst gefährlich, und sie verblassten nur sehr langsam.

Die Blonde schob sich an ihm vorbei und durchquerte mit leichten, raschen Schritten das Schlafzimmer. Sie setzte sich auf die Bettkante und streichelte zärtlich das blasse Gesicht ihrer Tochter. Fältchen bildete sich in den Winkeln ihres geschwungenen Mundes. „Sarah? Ich habe deine Medizin mitgebracht, mein Liebling. Lass mich dir beim Hinsetzen helfen, damit du sie trinken kannst."

Heath verschränkte die Arme vor der Brust und zog sich in den Schatten zurück. Er hatte Julian wieder zu der Apotheke geschickt, nachdem er die Adresse der blonden Frau in Erfahrung gebracht hatte. Also war er jetzt allein mit der Frau, ihrer Tochter und ihren schlafenden Dienstboten.

Er beobachtete sie. Ariadne hatte ihre gemeinsame Tochter auf die gleiche Weise berührt, mit dieser einzigartigen Mischung aus Liebe und Entschiedenheit, über die nur eine Mutter verfügte. Es schmerzte höllisch, aber er konnte nicht wegschauen.

„Nein", stieg ein schmerzlicher Schrei zwischen der schweren Bettdecke und den schneeweißen Laken auf. „Es schmeckt schrecklich. Ich will das nicht mehr. Ich hasse das. Hasse das!"

Ihre Mutter versuchte sich an einem beruhigenden Lächeln. Doch ihre Lippen bebten. Blonde Locken fielen über ihren Rücken. Sie war eine wunderschöne Frau. In diesem Augenblick, in dem sie die Hand ihrer Tochter hielt, war sie umgeben von einem engelhaften Leuchten.

„Wir haben keine andere Wahl, Sarah." Er konnte hören, dass ihr Herz plötzlich viel heftiger schlug. Sie hatte Angst um ihr Kind. „Du musst das trinken. Um wieder gesund zu werden."

Um am Leben zu bleiben.

Obwohl er diesen Gedanken nicht lesen konnte, konnte er ihn erraten. Sie hatte ihm nicht ihren richtigen Namen genannt, als sie schließlich in der Kutsche seine Frage beantwortet hatte. *Mein Name ist … ist Mrs Tate,* hatte sie gesagt. Sie war zu abgelenkt, zu sehr in Sorge um ihre Tochter gewesen, um überzeugend zu lügen.

Nach der Ankunft hier hatte er sie zur Treppe vorausgehen lassen und rasch die Einladungen auf dem Tisch neben der Tür angeschaut. Sie war Vivienne Dare.

Er erinnerte sich, dass es früher eine schöne Kurtisane gegeben hatte, die als Miss Dare bekannt gewesen war. Vollbusig. Elegant. Reizvoll. Der Typ der verlockenden, üppigen Verführerin, die einen Gentleman dazu brachte, seine Seele zu verkaufen oder zumindest seinen gesamten Besitz zu verschleudern, um sie in sein Bett zu bekommen.

Man sagte, nach einer einzigen Nacht war ein Mann ihr für immer verfallen. Dass keine andere Frau so begehrenswert war wie sie. Zu jener Zeit war Heath ein verheirateter Mann gewesen, der seiner Frau treu war und die Welt bereiste. Er hatte dem Gerede nicht viel Beachtung geschenkt. Doch er konnte verstehen, warum Miss Dare Männer so sehr faszinierte. Sie besaß die Anziehungskraft einer Dämonin.

Nun hatte sie eine sterbende Tochter. Und das elegant eingerichtete Schlafzimmer des jungen Mädchens deutete darauf hin, dass Vivienne Dare unermesslich reich war.

Was hatte sie also von Raine gewollt? Eine Seele hätte sie nicht von ihm bekommen. Nicht einmal kostbare Geschenke.

„Nun komm, mein Engel." Miss Dare half ihrer Tochter, sich aufzurichten. Dabei gurrte und schmeichelte sie, wie eine Henne ihr Küken lockt.

Miss Dares Anblick auf der Bettkante gefiel ihm. Ihre Röcke waren unter ihr üppiges Hinterteil gestopft. Im Profil hatte ihre Nase einen entzückenden kleinen Schwung nach oben, und ihre Wangen waren sanft gerundet. Ihr Mund war unglaublich verführerisch. Er war ständig in Bewegung.

Miss Dare goss etwas von der Flüssigkeit aus dem Arzneifläschchen auf einen Silberlöffel und verschloss die Phiole wieder mit dem Stopfen. Ihre Tochter war von ätherischer Schönheit. Ihr hübsches, feengleiches Gesicht war umgeben von langen goldenen Haaren. Sie hatte große blaugrüne Augen, eine winzige Nase und niedliche, spitz zulaufende Ohren, die ihr Ähnlichkeit mit einer kleinen Elfe verliehen. Doch sie war mindestens sechzehn, wenn nicht sogar älter. Weil sie so dünn war, hatte er sie auf den ersten Blick für jünger gehalten.

Miss Dare legte den Arm um die Schultern des Mädchens. Auf ihrem Gesicht zeigten sich die sorgenvollen Falten einer Mutter, selbst als sie die Lippen erneut zu einem leichten Lächeln verzog. „Es ist doch gar nicht so schlimm. Nur ein rascher Schluck. Dann bekommst du eine Tasse heiße Schokolade, damit du etwas Süßes hinterhertrinken kannst."

„Will ... keine ... Schokolade. Will ... will schlafen. Im Dunkeln. Bitte." Das Mädchen klammerte sich an die Arme seiner

Mutter und starrte mit leeren, angstvollen Augen zur Decke hinauf.

Er hörte, wie Miss Dares Herz einen Schlag aussetzte. Was auch immer ihre Tochter mit ihren Worten meinte, sie hatte es offenbar nie zuvor gesagt. Und Miss Dare war entsetzt.

„Mach den Mund auf. Ein einziger Schluck, dann ist es vorbei." Miss Dare schob den Löffel zwischen die Lippen ihrer Tochter.

Das Mädchen wehrte sich. Versuchte, die Flüssigkeit auszuspucken. Doch mit mütterlicher Strenge drückte Miss Dare den Kiefer ihrer Tochter zusammen, sodass dem Kind nichts anderes übrig blieb, als zu schlucken. Dann legte sie ihre Hand auf die bleiche Stirn ihrer Tochter.

„Mir ist nicht mehr so kalt, Mummy", wisperte das Mädchen.

„Oh. Das ist sehr gut, mein Liebling", flüsterte Miss Dare und schluchzte auf. Sie umarmte ihre Tochter.

Heaths Herz zog sich zusammen.

Draußen im Flur vor der Schlafzimmertür waren leise Schritte zu hören. Als Julian auf der Schwelle erschien, wandte Heath sich ihm zu.

„Hast du das alte Weib aus der Apotheke mitgebracht?", erkundigte er sich leise.

Julian schüttelte den Kopf. „Als ich zurückkam, war sie fort. Der Laden war abgeschlossen. Ich bin eingebrochen …"

„Eingebrochen? Verdammt, die Frau wird es sofort bemerken, wenn sie zurückkommt."

Julian schob die Unterlippe vor. „Ich war vorsichtig. Das Schloss habe ich mit einem Dietrich geöffnet und ansonsten nichts angerührt. Sie wird nichts merken. Alles ist schmutzig und eklig. Es waren viele Behälter mit Dingen da, die sie wahrscheinlich benutzt, um ihre Arzneien herzustellen."

„Irgendetwas Ungewöhnliches? Molchaugen? Ausgeweidete oder verstümmelte Tiere?"

„Keine Tiere. Nur Puder und Flüssigkeiten." Julian machte eine Kopfbewegung in Richtung Bett. „Was fehlt dem Mädchen?"

„Ich weiß es nicht. Kannst du fühlen, ob sie im Sterben liegt?"

„Ich höre ihr Herz." Er zuckte mit der Gleichgültigkeit eines jungen Mannes mit den Schultern. „Ihr Herzschlag ist schwach und langsam. Kannst du sie heilen?"

„Ich weiß es nicht. Aber ich werde es versuchen." Das Leben eines jungen Mädchens würde nicht im Entferntesten die Schlechtigkeiten ausgleichen, an denen er als Vampir schon beteiligt gewesen war. Aber es wäre ein Anfang. „Ich muss für einige Zeit mit der Dame und ihrer Tochter allein sein."

Julian runzelte die Stirn. Dann nickte er plötzlich. Er drehte sich auf dem Absatz um und verließ das Zimmer. Dabei umwehte ihn sein Mantel wie die Flügel einer Fledermaus.

Vivienne saß mit dem Rücken zu Heath. Sie hatte ihre Handschuhe abgestreift – was er seltsamerweise nicht bemerkt hatte – und sie auf den Fußboden geworfen.

Sie hielt ihren Rücken aufrecht und gerade, während sie liebevoll und beruhigend mit der Hand über die langen Locken ihrer Tochter strich. Ihr Blick hing an ihrer Tochter, und sie wandte sich kein einziges Mal um, doch er war sicher, dass sie sich seiner Anwesenheit bewusst war.

Er wartete, während sie erneut die Stirn des Mädchens befühlte. Sie zog die Decken hoch, glättete sie, steckte sie fest und packte ihre Tochter wieder warm und sicher ein.

Es war schwer vorstellbar, dass diese Frau einst für ihre Fähigkeit bekannt gewesen war, einen Mann mit dem geschickten Gebrauch einer Reitgerte und ihrer Zunge oder sogar nur mit einem Lächeln in den Wahnsinn zu treiben.

Noch unvorstellbarer, dass sie eine Dämonin war.

Mit der Kerze in der Hand zog sie sich langsam zurück, und erst als sie sich ein Stück vom Bett entfernt hatte, wandte sie sich ihm zu. In ihren großen blauen Augen leuchtete Hoffnung auf. „Glauben Sie, dass Sie etwas tun können?"

„Ruhig. Kommen Sie mit. Wir müssen unter vier Augen reden. Darüber, was nicht in Ordnung ist, was getan werden kann … und was Sie bereits getan haben."

Sarah war wieder in Sicherheit. Für ein paar Tage. Und nun musste Vivienne den Preis für dieses zeitlich begrenzte Wunder bezahlen. Dieser Preis folgte ihr in ihr Wohnzimmer und verströmte dabei all die männlichen Düfte, die sie so gut kannte. Sandelholzseife, mit der er seine Haut eingeschäumt hatte, Zaubernuss, mit der er sich nach dem Rasieren die Wangen benetzte, die Schuhcreme, mit der seine Lederstiefel poliert worden waren, und der erdige Geruch seines Schweißes.

Sie erinnerte sich an seine verrückte Behauptung, er sei ein Vampir. Er roch wie ein lebendiger, gesunder, sinnlicher Mann.

Mit unsicheren Schritten ging Vivienne zur Brandykaraffe. Sie wollte ihn nach seiner Meinung zu Sarah fragen, aber erst musste sie ihn verführen – obwohl sie nichts anderes wollte, als sich auf den Teppich fallen zu lassen, die Augen zu schließen und zu schlafen.

„Möchten Sie etwas trinken?“, erkundigte sie sich und achtete darauf, dass ihre Stimme verführerisch heiser klang.

Ein Stuhl knarrte leise, als Heath sich darauf niederließ. Er streckte seine endlos langen Beine aus. Sein Freund Julian hatte das Haus verlassen. „Sparen Sie sich die Mühe, meine Liebe. Angewärmter Brandy und flatternde Lider werden bei mir keine Wirkung zeigen. Ich habe schon den Besten widerstanden.“

Es gab *keine*, die besser war als sie. „Vielleicht geht es mir darum, Ihnen dafür zu danken, dass Sie mich auf der Derwent Lane gerettet haben. Vielleicht will ich nichts anderes, als Ihnen auf diese einfache Weise zu dienen und Freude zu machen.“

„Sie haben eine hübsche Stimme und sind eine reizende Frau, Miss Dare. Aber ich glaube Ihnen nicht, dass Sie mir für das Geschehene danken wollen.“

Miss Dare. Er hatte sie bei ihrem richtigen Namen genannt. Woher kannte er ihn?

„Ich weiß, dass Sie mit meinem Bruder zusammen waren. Und jetzt ist er verschwunden.“

Er hatte sie schon einmal nach seinem Bruder gefragt und dabei grob ihren Arm umklammert, sodass sie Brutalitäten von ihm erwartet hatte. Doch selbst das hatte sie nicht so sehr erschreckt, wie es nun seine gesenkte Stimme tat – sie klang wie der Donner vor einem Unwetter, das die Bäume an einem Berghang wie Streichhölzer umknicken konnte.

„Ich weiß *absolut nichts* über Ihren Bruder“, wiederholte sie mit einem resignierten Seufzer.

„Natürlich wissen Sie etwas. Was ist mit Lord Matlock? Haben Sie mit ihm geschlafen?“

Sie zuckte zusammen, und Brandy spritzte auf die Einlegearbeiten der Tischplatte. Woher wusste er das mit Matlock? „Ja“, antwortete sie, und gab sich gelassen. „Obwohl Sie das nichts angeht.“

Unvermittelt schleuderte er ihr vier weitere Namen entgegen und sah sie dabei unverwandt, durchdringend und ohne jedes Blinzeln an. *Lord Wentworth. Cavendish. Beltane. Avers.*

Sie hatte sich hinter den Tisch zurückgezogen, umklammerte mit ihrer behandschuhten Hand die Karaffe und bemerkte, dass sein Blick an ihren Fingern hängen blieb. Ihm musste auffallen, dass sie das Glasgefäß wie eine Waffe hielt.

„Waren die Männer Ihre Liebhaber?“

„Nein“, flüsterte sie. Dann erkannte sie einen Ausweg. „Ja. Und es waren alles Adlige – also ist es offensichtlich, dass ich niemals mit Ihrem Bruder im Bett war.“

„Die Art, wie sie alle zu Tode gekommen sind, hat mich neugierig gemacht. Sie schlafen einen Monat lang mit einem Mann. Vierzehn Tage später, bei Vollmond, stirbt er an einem Herzanfall. Matlock kam im Boxring zu Tode. Wentworth in einer Spielhölle. Der dritte Mann, Cavendish, in einem Bordell.“ Er zählte mithilfe seiner langen, eleganten Finger weiter. „Der Vierte bei einem Pferderennen. Der Fünfte im Bett seiner Frau.“ Selbst im Dämmerlicht funkelten seine Augen. Zwei Silberscheiben, die wie die Augen eines Raubtiers leuchteten.

Bei der Erwähnung des letzten Mannes errötete sie. Normalerweise hatte sie sich nur unverheiratete Liebhaber genommen. Aber bei diesem Mann hatte sie keine Wahl gehabt. Trotz ihrer heftigen Proteste hatte Mrs Holt sich nicht erweichen lassen. „Ich habe nichts verbrochen“, erklärte sie. „Und ich habe niemandem etwas zuleide getan.“ Aber stimmte das wirklich?

„Ich soll also glauben, es sei ein reiner Zufall, dass fünf Ihrer Liebhaber tot sind?“

„Sie sind alle eines natürlichen Todes gestorben. Ihre Herzen hörten auf zu schlagen. Menschen sterben nun einmal, Mylord. Sie trinken zu viel, sie leben gefährlich, und sie sterben.“ Mit einem lauten Knall stellte sie die Karaffe hin. „Wer ist Ihr Bruder, Mylord? Wie sind Sie auf die Idee gekommen, ich könnte etwas mit ihm zu tun haben? Ich weiß nicht einmal, wer er ist.“

„Sein Name ist Raine. Raine Winthrope.“ In seiner Stimme schwang Schmerz mit. „Bruder des Earl of Blackmoor.“ Er atmete tief durch. „Er sieht genau wie ich aus, nur besser.“ Als er über seine eigenen Worte lächelte, bildeten sich um seinen sensiblen Mund fächerförmige Fältchen. Doch trotz seines kurzen Anflugs von Heiterkeit reflektierten seine Augen immer noch kühl das Licht.

Angst erfüllte das Blut, das durch ihre Adern strömte. Was würde passieren, wenn sie Mrs Holts Preis nicht bezahlen konnte? „Warum glauben Sie, dass ich irgendetwas mit Ihrem Bruder zu tun habe? Oder mit seinem Verschwinden?“

„Ich habe Sie gesehen.“

Ihre Hand krampfte sich um die Glaskaraffe. „Das ist unmöglich. Ich war nie mit ihm zusammen. Ich kenne keinen Mann mit dem Namen Raine. Und ich bin noch nie einem Mann begegnet, der Ihnen ähnlich sieht.“ Was der Wahrheit entsprach. Alle ihre Liebhaber waren erfreulich gut aussehend gewesen, aber keiner von ihnen hatte Augen besessen, die funkelten wie Mondschein, der den Schatten durchdrang. Oder ein Lächeln, das ihre Knie weich werden ließ. Oder eine raubtierhafte Geschmeidigkeit, die man sogar sah, wenn er sich nicht bewegte. Nie zuvor hatte sie einen Mann mit Haaren in einem so dunklem Kastanienton gesehen oder einen, dessen Kiefer so energisch ausgeprägt war, der derart hohe Wangenknochen hatte und seltsam geschwungene rotbraune Augenbrauen.

„Wie ist es dann möglich, dass ich Sie neben ihm stehen sah?"

„Könnte es sein, dass Sie nicht ganz bei Verstand sind?", schleuderte sie ihm entgegen. Gleich darauf fluchte sie lautlos. Das war wohl kaum der richtige Anfang für eine Verführung. „Das wollte ich nicht sagen", fügte sie mit sanfter Stimme hinzu. Sie ging auf ihn zu und schwang dabei ihre Hüften. Dies war die Art, sich zu bewegen, von der man sagte, sie würde Männer hypnotisieren. Und er starrte sie bei jedem einzelnen Schritt an. „Nicht nach allem, was Sie für mich getan haben. Natürlich ist es auch meiner Aufmerksamkeit nicht entgangen, dass all meine früheren Liebhaber getötet wurden. Aber *ich* habe es nicht getan."

Mit einer einzigen ruckartigen Handbewegung riss er seine Krawatte in zwei Hälften. Sein Kragen öffnete sich, und die blasse Haut seiner Kehle wurde sichtbar. Seine Haut schien im Licht zu schimmern. Sie konnte sehen, wie er schluckte. „Und Sie meinen, ich glaube Ihnen das?"

„Warum sollte ich es getan haben? Was hätte ich davon, diese Männer zu töten? Sie waren … Freunde. Sie bedeuteten mir etwas. Ihr Tod brachte mir kein Geld ein. Ich hatte keinen Grund, ihnen etwas zuleide zu tun."

Das Licht, welches seine Augen reflektierten, fiel ihr ins Gesicht.

„Wer glauben Sie denn, hat es getan?"

Es schien ihr, als würde er mit ihr spielen. „Ich weiß es nicht. Vielleicht sind sie vergiftet worden. Vielleicht hörten deshalb ihre Herzen auf zu schlagen. Es waren Adlige. Irgendjemand hat von ihrem Tod profitiert."

„Richtig. Wer ist Sarahs Vater?"

Sie blinzelte verwirrt. Warum, um alles in der Welt, wollte er das wissen? „Sie nehmen doch wohl nicht an, Sarahs Vater hätte diese Männer aus Eifersucht getötet? Ich war eine Kurtisane. Die Männer liebten mich nicht. Sie besaßen meinen Körper für eine kurze Zeit, bis eine neue, aufregende Versuchung des Weges kam."

„Sie sagten, Sie *waren* eine Kurtisane. Ich dachte, Sie seien immer noch eine, meine Schöne."

„Ich … Ich bin es nicht. Ich habe kein Geld und keine Geschenke von diesen Männern angenommen. Ich habe sie nicht aufgefordert, mich zu bezahlen." Während sie nur für sich selbst Brandy einschenkte, spürte sie seinen Blick.

„Warum nicht?", erkundigte er sich.

„Ich habe alles, was ich brauche." *Außer Sarahs Gesundheit. Außer der Gewissheit, dass meine Tochter am Leben bleibt.*

„Sie haben die Männer verführt, um das alte Weib für die Medizin zu bezahlen. Aus welchem Grund wollte sie das?"

„Ich weiß es nicht. Können Sie sich nicht denken, dass ich sie tausend Mal gefragt habe? Und dass ich keine Antwort erhielt?"

Nun stand sie dicht vor seinen ausgestreckten Beinen. Sie ging um ihn herum und trat neben seinen Stuhl, wo sie auf die Knie fiel.

Männer mochten es, wenn eine Frau sich unterwarf. Wenn sie das hier tat, genügte diese schlichte Geste normalerweise, einen Mann zu bekommen. Ein kleines bisschen Unterwerfung konnte dafür sorgen, dass eine Frau die Oberhand gewann.

Er schüttelte den Kopf, und verzog die Lippen zu einem mitleidigen Lächeln. „Es macht keinen Sinn, dass Sie versuchen, mich zu verführen, während Sie aussehen, als würden Sie im nächsten Moment vor Erschöpfung umfallen, meine Liebe. Gehen Sie ins Bett. Gehen Sie schlafen."

Aber sie musste es versuchen. Musste einfach. Doch er stand so rasch auf, dass sie die Bewegung nicht wahrnahm. „Kommen Sie mit mir ins Bett?", fragte sie verzweifelt.

„Ich schlafe niemals vor der Morgendämmerung. Und Sie wollen doch sicher tagsüber bei Ihrer Tochter sein. Ich würde Sie gerne vögeln, bis Sie um Gnade flehen, aber heute Nacht werden wir nichts dergleichen tun."

Ich würde Sie gerne vögeln, bis Sie um Gnade flehen. Seine groben Worte machten sie wütend. Sie hasste es, dass ihr beim Klang seiner tiefen, hochmütig klingenden Stimme heiß wurde.

„Gehen Sie ins Bett, Miss Dare. Tapfere, wagemutige Miss Dare.“ Und dann nahm er sie, erneut mit einer Bewegung, die schneller war als der Wind, in seine starken, muskulösen Arme.

Sie war nicht mutig. Verzweifelt vielleicht, und Verzweiflung brachte eine Frau dazu, verrückte Dinge zu tun. Sie hielt sich an den Aufschlägen seiner Weste fest. Eigentlich hatte sie vorgehabt, sich zu wehren, aber er bewegte sich, als würde sie nichts wiegen. Und seltsamerweise wollte sie auch gar nicht gegen ihn ankämpfen, sondern sich noch dichter an ihn schmiegen.

Sie *musste* ihn in ihr Bett locken. Sanft rieb sie ihre Wange an seiner eleganten Weste. Und gurrte: „Bitte, bitte schlafen Sie mit mir.“

Männer mochten das. Eine Frau, die sich vor lauter Bedürftigkeit erniedrigte. Weil sie *diesen einen Mann* brauchte.

„Ich kann es nur ein einziges Mal tun, meine Liebe. Und ich würde es viel lieber machen, wenn Sie munter genug sind, um mich wild und heftig zu reiten und Ihre Nägel in meine Haut zu bohren, wenn Sie kommen.“

Während diese Worte in ihrem Kopf widerhallten, sah sie, wie ihre Tür aufsprang, nachdem er mit seinem Stiefel dagegengetreten hatte; sah, wie ihr Bett rasch auf sie zukam. Unendlich sanft legte er sie nieder.

„Ich muss mich ausziehen“, flüsterte sie müde.

„Ich kann das für Sie tun, Miss Dare“, murmelte er. Die kleinen Knöpfe ihres Kleides sprangen auf, und er befreite sie von dem schweren Stoff. Sie bemerkte, dass sein Kiefer sich verkrampfte, als er ihr Korsett und ihr dünnes Unterkleid sah, dessen feiner Musselin sich eng an ihre runden, rosigen Nippel schmiegte. „Sie sind in jeder Beziehung eine Versuchung, stimmt's?“, erkundigte er sich mit einem angespannten Lächeln.

„Sie gehören ganz Ihnen. Spielen Sie damit, auf welche Weise Sie auch immer wollen. Schließlich habe ich ein Kind zur Welt gebracht. Wenn es Ihnen gefällt, können Sie ruhig grob mit meinen Nippeln umgehen. Ich werde es genießen.“

Seine Kehle bewegte sich, als er heftig schluckte. „In einer anderen Nacht. Wenn wir genug über einander wissen, um uns auch wirklich zu mögen. Wie hört sich das an?"

Dann löste er rasch die Bänder ihres Korsetts und zog es über ihre Hüften. Er schob ihre Füße unter die Laken und zog die Decke bis unter ihr Kinn. Plötzlich war ihre Müdigkeit verschwunden. „Sarah ..." Sie hatte es nicht laut sagen wollen. War Sarah in der Nähe dieses Verrückten in Sicherheit?

„Sie haben Angst um sie. Sie vertrauen mir nicht."

„Ich will, dass Sie hier bei mir in meinem Bett bleiben." Sie schob die Laken weg, die er so sorgfältig festgesteckt hatte, und entblößte ihre nackten Brüste. Die meisten Männer konnten durch den Anblick von Brüsten, die wogten, schwangen, bebten oder einfach nur dalagen, während die Nippel auf die Berührung eines Mundes warteten, von absolut allem abgelenkt werden.

„Ah, ich verstehe. Auf diese Weise werden Sie wissen, wo ich mich aufhalte. Und Ihre Tochter ist in Sicherheit." Er zog seine Stiefel aus – handgenähte Stiefel, die sich eng wie Handschuhe an seine muskulösen Waden schmiegten. Das geschah so rasch, dass sie in dieser Zeit kaum ein einziges Mal blinzeln konnte. Normalerweise benötigte man dazu einen Stiefelknecht und eine Menge Anstrengung. Dann zog er die Brauen hoch, und sein Blick war scharf wie die Schneide eines Messers. „Nun also. Wie nackt wünschen Sie mich?"

„Völlig", erklärte sie kühn.

Ohne jeden Widerspruch zog er seine Frackjacke aus. Es war beste Schneiderarbeit, aber er warf sie wie einen Lumpen auf den Fußboden. Die Seide seiner Weste schimmerte kurz im Mondlicht, als sie neben die Jacke flog. Das Hemd folgte. Weißes Leinen flatterte durch die Luft wie ein verwirrter Geist.

Mondlicht badete seinen Körper, strich über seine breiten Schultern, ergoss sich auf die Wölbung seiner Brustmuskeln. Sofort zogen sich seine Nippel zusammen. Weiche, ebenfalls kastanienbraune Haare bedeckten die Muskeln und zogen sich bis hinunter auf den harten Bauch.

Als Nächstes zog er seine Hose hinunter, und er musste sich

bücken, um aus ihr herauszusteigen. Deshalb konnte sie für einen kurzen, atemlosen Moment nicht erkennen, ob …

Dann sah sie es. Er war nicht erregt. Nein, sein Penis war weich und lag nach rechts gekrümmt da, doch selbst in diesem entspannten Zustand reichte er weit an seinem Schenkel entlang. Gütiger Himmel.

„Er ist gewachsen", erklärte er in zwanglosem Ton. „Als ich zu einem Untoten wurde, war das interessanterweise das einzige meiner Körperteile, das sich veränderte. Um bemerkenswerte und oft lästige zehn Zentimeter." Bei diesen Worten zwinkerte er ihr zu.

Er musste verrückt sein, wenn er glaubte, er sei ein Vampir. Aber er war ein schöner, starker, gut ausgestatteter Verrückter. Sie hielt seine Länge nicht für lästig, sondern fand sie faszinierend.

Doch er stieg auf der anderen Seite in ihr Bett, als wären sie ein altes Ehepaar und er würde erwarten, in der gemeinsamen Lagerstatt Schlaf und Wärme, aber keinen Sex zu finden.

In Vivienne explodierte die Nervosität wie das Feuer einer Kanone. Sie hatte gelernt, in Gegenwart eines Mannes immer auf sich selbst aufzupassen, aber als sie abends in der Gasse von dem Grobian angegriffen worden war, hatte sich herausgestellt, dass sie längst nicht so unbesiegbar war, wie sie versucht hatte, sich einzureden.

Sie rutschte zu Heath hinüber. Obwohl sie schrecklich müde war, streckte sie die Hand nach seinem nackten Körper aus. Warum kam sie sich nach all den Jahren, in denen sie mit so vielen Männern zusammen gewesen war, plötzlich so linkisch vor?

Sie teilte das Bett mit einem Fremden. Zwar war er ein Adliger, aber eben ein ihr unbekannter Adliger. Sie achtete stets darauf, so viel wie möglich über ihre Liebhaber herauszufinden, bevor sie ihnen auch nur erlaubte, ihr Schlafzimmer zu betreten. In den Bordellen hatte sie erlebt, wozu Männer fähig waren. Selbst Gentlemen. Auch diejenigen, die lächelten, gut gekleidet waren und eine Frau „Liebste" nannten, bevor sie ihr ins Gesicht schlugen.

Es war gefährlich, mit einem völlig Unbekannten zusammen zu sein. Wirklich gefährlich. Auf diese Weise konnte eine Frau den Tod finden – und sie musste Sarah beschützen. Sie hatte als Kind erlebt, wie ihre Mutter für ein paar Münzen flüchtigen Sex anbot, um für das Dach über ihrem Kopf bezahlen zu können.

Nun tat sie dasselbe. Weil sie dazu gezwungen war. Um ihre Tochter zu retten.

Sie berührte seine Taille und staunte darüber, wie fest sich die Muskeln unter seiner glatten Haut anfühlten. Doch er packte sie beim Handgelenk und schob ihre Hand weg.

„Heute Abend sollten Sie lieber schlafen, meine Liebe", wiederholte er. „Wir werden einander berühren, wenn wir bereit dazu sind."

Bereit? Wofür? Sie bebte innerlich. Ihr war heiß, sie war verwirrt, es brodelte in ihr, sie spürte Sehnsucht. Und sie hatte Angst. „Können Sie meine Tochter wirklich heilen?"

„Ich weiß es nicht, und die Morgendämmerung ist schon zu nahe. Lassen Sie heute Nacht die Medizin wirken, und morgen Nacht versuche ich es."

In der kommenden Nacht. Um den Preis für die Arznei zu bezahlen, musste sie ihn Nacht für Nacht verführen. Aber sie hatte nie zuvor mit einem Mann zu tun gehabt, der sie nicht wollte. Er schob den Arm unter seinen Kopf und lächelte sie an. Offensichtlich hatte er nicht vor, sie anzufassen. Doch sie spürte Vorfreude und Verlangen, Gefühle, die ihr seit vielen Jahren fremd waren.

Ohne sie auch nur zu berühren, verführte er sie auf irgendeine Weise, die sie nicht verstand.

Vivienne hatte erwartet, dass sie die ganze Nacht wach liegen würde. Stattdessen musste sie in dem Augenblick eingeschlafen sein, in dem ihr Kopf das Kissen berührte, denn sie sah sich selbst an einem sonnigen Frühlingsnachmittag im Hyde Park. Es war die Stunde, bevor die adlige Gesellschaft sich dort tummelte. Jene Zeit, zu der die Kurtisanen dorthin kamen, um mit den Gentlemen zu flirten, denen man später an der Seite ihrer Ehefrauen im Park begegnen würde.

Ihr war klar, dass sie nicht in Wirklichkeit dort war. Wie Träumer es manchmal tun, wusste sie, dass nichts von dem, was sie sah, tatsächlich passierte. Erregung stieg in ihr auf, und die Anspannung wuchs und wuchs, so wie Seide sich mehr und mehr dehnt, bis der Punkt erreicht ist, an der ein wenig mehr Zug dafür sorgt, dass sie zerreißt.

In ihrem Traum wusste sie, dass sie hierhergekommen war, um den Earl of Blackmoor zu verführen. Etwas flüsterte das in ihrem Kopf. Und diese Stimme warnte sie, dass sie etwas unerhört Gewagtes tun musste, damit es ihr gelang …

Die Morgendämmerung brachte ihm den Schlaf. Heath hatte die Vorhänge in Miss Dares Schlafzimmer zugezogen, um seine Haut vor der Sonne zu schützen. Dann wurde ihm klar, was sie morgens als Erstes tun würde: die Vorhänge öffnen. Also hatte er ihr Bett verlassen und auf dem Dachboden eine dunkle Ecke gefunden, wo er den Tag schlafend verbringen konnte.

In einem Moment hatte er noch in die Dunkelheit gestarrt und jede Einzelheit der Dachbalken und jedes Staubkörnchen in der Luft gesehen. Im nächsten Augenblick starrte er in tanzende grüne Blätter, auf die das Sonnenlicht helle Flecke zeichnete.

Er hörte das Klappern von Hufen, das Wiehern von Pferden, die Rufe von Gentlemen und das helle Lachen junger Damen.

Ungläubig schaute er sich um.

Hyde Park.

Wie, zum Teufel, war er hierher gelangt?

Er war nicht dort. Also träumte er wohl.

Es war noch nicht die Stunde, zu der die feine Gesellschaft dort spazieren ging. Die hübschen Frauen waren Kurtisanen. Die Gentlemen sahen sich mit der Aufgabe konfrontiert, das Angebot an Schönheiten zu sichten und sich eine neue Geliebte auszusuchen. Er war nicht zu Pferd unterwegs, sondern ging zu Fuß. Vom Sonnenlicht übergossen, schwang er seinen Spazierstock und war sich der vielen schwellenden Brüste ringsum, die aus engen, tief ausgeschnittenen Miedern quollen, sehr bewusst. So sehr, dass er sich versucht fühlte, sich nackt auszuziehen und es mit einer der üppigen Frauen direkt dort im weichen Gras zu treiben.

Von hinten strich eine Hand an seinem Rücken hinunter. Als sie immer tiefer glitt, richtete sich sein Schwanz auf. Er wandte sich um und atmete den Duft der Sünde ein: Jasmin, Rosen, ein schwüles, exotisches Aroma und den satten, köstlichen Geruch einer erregten Frau.

Vor ihm stand Miss Dare.

Er senkte den Kopf. „Ah. Man erwartet von Ihnen, dass Sie mich verführen. Nun, wollen wir uns nach einem abgeschiedenen Ort umsehen?" Im Traum konnte er sich nicht durch den Sex in einen Dämon verwandeln. Beim allerersten Mal konnte das sowieso nicht passieren …

„Warum sollen wir kostbare Zeit damit verschwenden, uns hinter einem Baum zu verstecken?", konterte sie und klang keck, süß und verführerisch. So musste das Versprechen des ewigen Lebens für einen Mann klingen, der sterbend im Dreck lag.

Sie legte ihre Hand gegen seine Brust. Dann bewegte sich zunächst ihr Körper nach unten, ihre Hand folgte langsamer. Er brauchte eine volle Minute, bis er begriff, was soeben geschah. Sie glitt an seinem Körper abwärts, wie in dem Spiegelbild, das er im Teich gesehen hatte. Und alle Männer um ihn herum schauten erstaunt zu.

„Ich will Sie. Und ich habe vor, Sie zu nehmen, Mylord. In aller Öffentlichkeit." Inzwischen kniete sie vor ihm und schaute zu ihm auf. Ihre Augen weiteten sich. Sie waren blau wie Saphire, blau wie der Himmel über ihnen. Sie leckte sich über die Lippen. „Man hat mich gewarnt, Sie seien schwer zu verführen. Also musste ich nachdenken: Wie sollte ich Sie dazu bringen, vor Verlangen verrückt zu werden, wenn ich doch sicher sein konnte, dass Sie schon *alles* ausprobiert haben?"

Das hier war verrückt. Es konnte nicht wahr sein. Und doch betrachtete sie seinen Schwengel mit hungrigen Blicken.

„Ich musste sehr, sehr hart nachdenken, Mylord."

Er war sehr, sehr hart. Und so geschwollen, dass er dick war wie zwei Schiffsplanken. Er hätte sie aufhalten müssen. Die Menge um sie herum war vollkommen erstarrt – niemand redete oder rührte sich oder atmete. Alle sahen zu. Sahen zu, wie sie seine Hose öffnete. Dann zog sie sie hinunter und präsentierte sein Hinterteil den wichtigsten Mitgliedern der guten Gesellschaft. Und ihm war es vollkommen egal. Es kümmerte ihn nicht, dass jeder seine Hinterbacken begutachten konnte. Er war einfach nicht in der Lage, sich darum zu kümmern, weil sie seine Hoden streichelte, bis er nicht mehr anders konnte, als den Kopf in den Nacken zu legen und ein Stöhnen hinauf zum Himmel zu schicken.

Dann trat ihr Mund in Aktion, um ihm den Rest zu geben.

Ihre verdorbene kleine Zunge legte sich über die Spitze seines Schwanzes. Sie reizte ihn nur ein winziges bisschen und trieb ihn damit schon in den Wahnsinn.

„Nun werde ich Ihnen auf der ganzen Länge Vergnügen verschaffen, mein erfahrener Lord", wisperte sie.

Er vergaß das Atmen, als jene üppigen Lippen sich teilten und ihn aufnahmen. Sein Schaft tauchte in eine himmlische, unglaubliche Hitze ein.

Und sie saugte ihn in ihren Mund. Saugte so heftig, als wollte sie ihm durch den Schwanz sein Hirn herauslutschen. Er konnte nicht anders, als ergeben den Kopf nach vorne fallen zu lassen. Denn ihre Zunge war Himmel und Hölle in einem.

Beim Sex konnte er sich eigentlich bestens beherrschen.

Doch nicht jetzt.

Zunächst fing er an zu keuchen. Dann stöhnte er. Und als sie ihn bis zum Anschlag aufnahm und ihn leckte und saugte, heulte er wie ein Wolf angesichts des riesigen blutroten Herbstmondes.

Ringsum hörte er die raschen Atemzüge sämtlicher Männer

in der Nähe. Er spürte ihren Neid wie scharfe Klingen auf seiner Haut. Und er genoss es. Dann schaute sie mit unschuldigem Blick zu ihm auf. Verdammt, sie lächelte mit seinem steinharten, geschwollenen Schaft im Mund, lächelte wissend.

Er war ihr Sklave.

Hätte sie ihn in diesem Moment gebeten, ihr den Mond vom Himmel zu holen, er hätte auf der Stelle mit dem Bau einer eisernen Brücke begonnen, obwohl er wusste, dass es vollkommen unmöglich war.

Gott! Dann war er dicht davor. Wusste, er konnte es nicht zurückhalten. Hastig griff er nach ihrer Hand und hinderte sie daran, ihm weiter damit Vergnügen zu verschaffen. Er legte seine Finger gegen ihre Wange und schob sie von sich.

Ihr Lächeln verblasste. „Aber Sie haben nicht …"

„Noch nicht, schönste Blume. Ich finde, Sie sollten vor mir kommen." Er zog sie auf die Füße und fiel vor ihr auf die Knie. Nun war er an der Reihe, seiner Göttin zu huldigen. Er hob ihre Röcke und sah sich zwei bebenden, cremeweißen Schenkeln gegenüber. Und goldfarbenen Löckchen, die vor Erregung bereits feucht waren.

Er packte ihr Hinterteil, zog sie abrupt zu sich heran und presste seinen Mund auf die elastischen Locken, vergrub sein Gesicht in ihrer süß duftenden, für ihn bereiten kleinen Spalte.

Sie schmeckte einfach köstlich.

Er fuhr ein einziges Mal mit seiner Zunge durch den Schlitz, da packte sie seinen Kopf schon mit beiden Händen und drückte seinen Mund fest gegen ihren Körper. Sie schrie in Ekstase auf, zuckte und zitterte hilflos und rieb ihre triefende Öffnung an seinem Gesicht.

Sein Orgasmus kam gleichzeitig mit ihrem. Überrollte ihn und brachte ihn zum Schreien, Zucken und Heulen, während sein Schwanz praktisch explodierte und der Höhepunkt ihn gründlich durchschüttelte, bis er zusammenbrach und keuchend nur langsam wieder zu sich kam …

Auf dem Fußboden.

Vivienne schrie auf. Sie fuhr in ihrem Bett hoch und warf die Decken und Laken von sich. Ihr war schwindlig vor Lust, ihr Herz raste, und ihre Lungen schienen bersten zu wollen.

Der Traum war so realistisch gewesen, dass sie immer noch meinte, Heaths erdiges Aroma schmecken zu können. Und sie war tatsächlich gekommen.

Dann bemerkte sie es, ohne hinzusehen. Die andere Seite des Bettes war leer. Er war fort.

„Nun, meine Blume, was Sie betrifft, hatte ich zweifellos recht. Sie sind keine gewöhnliche Kurtisane. Kein Wunder, dass jeder Adlige in London vollkommen verrückt nach Ihnen war."

Die Stimme kam von der Tür. Dort lehnte er völlig nackt im Türrahmen. Mit den Armen stützte er sich ab, die Beine waren an den Knöcheln gekreuzt.

Sie starrte ihn an. „Wovon reden Sie?"

Sein Gesicht war gerötet, und sein Atem ging rasch.

„Sie sind ein Sukkubus, meine Liebe. Wenn Sie mich jetzt entschuldigen wollen, ich brauche meinen Schlaf. Aus dem Sie mich mit Ihrem wollüstigen Traum geweckt haben, Miss Dare. Sie rühren sich nicht von der Stelle, meine Liebe, bis ich wieder wach bin und mich zu Ihnen gesellen kann."

3. KAPITEL

Sukkubus.

Er hatte ihr nicht gesagt, was er damit meinte, was das Wort überhaupt bedeutete. Nein, arrogant hatte Lord Blackmoor sich umgedreht und war verschwunden, nachdem er das Wort in ihr Schlafzimmer geworfen hatte wie eine brennende Kanonenkugel.

Vivienne sprang aus dem Bett und griff nach ihrem Morgenmantel. Sie warf ihn über ihren nackten Körper und eilte hinaus auf den leeren Flur. Die Tür zur Dienstbotentreppe stand offen, und sie lief die Hintertreppe hinauf in die pechschwarze Dunkelheit. Sie rutschte von den Stufen ab, stieß sich die Schienbeine und kam doch endlich oben an. Dort suchte sie in den verschiedenen Räumen des Dachbodens nach ihm und stellte fest, dass eine der Türen verschlossen war.

Verdammt. Sie war ihm zwar hinterhergerannt, aber er war so viel schneller gewesen als sie, dass er Zeit genug gehabt hatte, die Tür abzuschließen.

Er schlief im dunklen, unbenutzten Teil des Dachbodens. Aus den Schlafzimmern der Dienerschaft drang leises Schnarchen. Noch einmal versuchte sie, den Türknauf zu drehen. Er bewegte sich nicht. Sie rüttelte daran, doch sie wagte nicht, gegen die Tür zu trommeln oder nach ihm zu rufen. Damit würde sie alle wecken, die hier oben schliefen.

Der Fremde hatte sie aus einem ihrer eigenen Räume ausgesperrt.

Sie stemmte ihren Fuß gegen den Türrahmen und zog, doch die Tür blieb zu. Diese Tür gehörte ihr; warum sollte er darüber bestimmen dürfen? Sie musste sich geschlagen geben und stapfte wieder nach unten. Ihr Zorn brachte ihre Augen zum Brennen, und nur aus Dickköpfigkeit hielt sie die Tränen zurück.

Und als sie später am Morgen versuchte, ihr eigenes Haus zu verlassen, hielt sie ein grobschlächtiger, stiernackiger Kerl zurück.

Sie stand auf der Schwelle ihrer Haustür, und es war ihr nicht möglich, einen weiteren Schritt zu tun, ohne gegen die Mauer zu stoßen, die dieser Mann dort bildete. Sie hatte Angst, versuchte aber, sie mit Wut zu bekämpfen. „Wer zum Teufel sind Sie? Und was meinen Sie damit, dass ich mein Haus nicht verlassen darf?"

Er tippte sich gegen die Mütze. Nie zuvor hatte sie so riesige Hände gesehen. „Befehl von Seiner Lordschaft, Ma'am", erklärte er. „Ich stehe in seinen Diensten. Und Seine Lordschaft besteht darauf, dass Sie bis zum Eintritt der Dunkelheit im Haus bleiben."

Knisternder Zorn stieg in ihr auf. „Das hier ist *mein* Haus. *Ich* bin diejenige, die hier Befehle erteilt."

Der riesengroße Mann schüttelte den Kopf. „Seine Lordschaft hat erklärt, dass es um Ihre Sicherheit geht, Ma'am."

Sie drohte dem Mann mit allem, was ihr einfiel, angefangen von ihrer Pistole bis hin zu einem Dutzend Jahren in New South Wales, wohin er mit einem Gefangenentransport geschafft werden würde, aber er wandte ihr einfach seinen breiten Rücken zu und verschränkte die Arme.

„Ich werde Sie mit Gewalt entfernen lassen", brüllte sie seinen Rücken an. Auf dem Gehsteig unter ihr gingen Leute vorbei. Sie trugen aufgespannte Schirme, um sich vor dem Regen zu schützen, und bemerkten nicht, in welch absurder Lage sie sich befand.

„Das dürfte sich als schwierig erweisen, Ma'am. Bevor Lord Blackmoor mich eingestellt hat, stand ich Wache vor der Tür einer Spielhölle. Ich bin es gewohnt, meine Stellung zu behaupten."

Na wunderbar! Es war zwecklos, einen ihrer Diener herauszuschicken, damit er die Sache regelte. Dieser Mann war es offenbar gewohnt, Schädel zu zerschmettern.

Schäumend vor Wut marschierte sie ins Haus zurück. Hier stand ein weiterer riesiger Mann und rauchte eine Zigarre. Innerhalb weniger Minuten fand sie heraus, dass „Seine Lordschaft" rings um ihr Haus Männer aufgestellt hatte.

Sie stapfte die Treppe hinauf, dämpfte jedoch ihre Schritte, als sie Sarahs Zimmer betrat. Warmer Frühlingssonnenschein fiel durchs Fenster, und eine leichte Brise blähte die seidigen Vorhänge. Ihre Tochter schlief noch. Vivienne setzte sich auf den Stuhl, der stets neben dem Bett bereitstand.

Wie hatte das geschehen können? Ein Dutzend Jahre voller Schmerz und Unterwerfung und Sparsamkeit und Duldsamkeit, und *wieder* befand sie sich in der Gewalt eines Mannes.

Bei Einbruch der Nacht taten Regen, Ruß und Nebel sich zusammen, um den Himmel über dem East End kohlrabenschwarz zu färben und es für einen Vampir leicht zu machen, ungesehen unterwegs zu sein. Ganz besonders bekleidet mit einem schweren Umhang mit Kapuze. Heath blieb vor dem Eingang der Apotheke stehen und hob die Hand, als Julian, der ebenfalls einen Umhang trug, auf die Tür zustrebte. „Warte", forderte er ihn auf.

Er wollte sich einige Augenblicke Zeit lassen, um die Einzelheiten dieses Ortes in sich aufzunehmen, die er bei seinem ersten Besuch ignoriert hatte.

Gestern hatte all seine Aufmerksamkeit Vivienne gegolten. Die Apotheke hatte er nur am Rand wahrgenommen. Als er nun durchs Fenster schaute, bemerkte er Staub, Schmutz und ein Durcheinander von alten Flaschen.

Er trat ein paar Schritte zurück. Nebel waberte durch die Gasse; die Pflastersteine waren glitschig und glänzten feucht. Das Geräusch klappernder Hufe wehte von einer anderen Straße herüber. Das Geschäft war klein und drängte sich zwischen ein leeres Gebäude und den Laden eines Flickschusters.

Julian rüttelte an der Tür. „Schon wieder verschlossen."

„Hast du etwas anderes erwartet?"

„Als wir gestern Abend zusammen mit der Kurtisane kamen, war geöffnet."

„Miss Dare", korrigierte ihn Heath. „Sie ist keine Kurtisane mehr." Er zog einen dünnen Dietrich hervor, und eine Sekunde später sprang das Schloss auf.

„Ich habe das schneller hinbekommen."

„Und ungeschickter. Du hast Kratzer hinterlassen. Kratzer, die vielleicht bemerkt wurden, vielleicht auch nicht. Wir müssen in dieser Sache sehr vorsichtig sein, Julian. Und leise."

„Warum? Wenn Dämonen hier sind, bemerken sie Eindringlinge auch ohne jedes Geräusch."

„Richtig. Doch es riecht leer hier."

„Ich kann nichts riechen. Nur den Gestank von Nachttöpfen und Verwesung. Ebenso wie gestern."

„Genau deshalb weiß ich, dass niemand – sterblich oder unsterblich – da drinnen ist." Die Tür öffnete sich mit einem leisen Knarren. Heath ging durch die Dunkelheit zum Tresen. Dahinter hatte Mrs Holt die von Vivienne so dringend benötigte Medizin verwahrt. Die hölzernen Regale waren mit Flaschen vollgestopft.

„Das habe ich schon alles durchsucht. Wonach halten wir eigentlich dieses Mal Ausschau?"

Heath blickte auf. Julian starrte mit gerunzelter Stirn den Verkaufstresen an und kräuselte vor Abscheu die Lippen.

„Ich will wissen, was Mrs Holt ist. Was sie will. Und wer wirklich die Zaubertränke herstellt, die es hier zu kaufen gibt. Hier müssen einige Antworten zu finden sein. Lass uns nach hinten gehen."

Vivienne hatte die Anweisung bekommen, ihn zu verführen. *Warum?* Wenn er sich darauf konzentriere, über dieses Geheimnis nachzudenken, würden seine Gedanken sich nicht selbstständig machen, und er würde nicht ständig daran denken müssen, wie es sein würde, wenn er zuließe, dass Vivienne ihn küsste, ihn berührte, und sich schließlich, wenn er schon fast vor Verlangen anfing zu schreien, auf ihn setzte …

Zum Teufel.

Hinter einem schmuddeligen Vorhang waren einige schmale, ausgetretene Stufen verborgen. Heath stieg sie so rasch hinauf, dass die Treppe keine Zeit hatte zu knarren. Nun stand er in dem Zimmer, in dem die Apothekerin die Medizin zubereitete.

Auf einer Seite erstreckte sich über die ganze Länge des engen Raumes ein hoher Holztisch. Über die Arbeitsplatte waren Becher und Mörser verteilt. Schwaches Licht drang durch die Vorhänge, glänzte auf der Holzfläche und beleuchtete Flecke, Puderreste und ehemals glitschige Hinterlassenschaften, die inzwischen getrocknet waren. Scharfe Aromen drangen in Heaths Nase, zusammen mit dem Geruch verwesenden Fleisches. An der Wand waren unter den Regalbrettern Fässer aufgereiht.

„Körperteile", murmelte er vor sich hin.

„Herr im Himmel!" Julians Ausruf sorgte dafür, dass Heath sich auf dem Absatz umdrehte. „Die waren gestern noch nicht hier."

Während er diese Worte hervorstieß, sprang Julian zurück. Ein Stapel riesiger Gefäße schwankte, wackelte, und Heath sprang hinüber zum Tisch, um sie festzuhalten …

Er stützte sie mit der Hand und sorgte dafür, dass sie wieder ruhig standen. In einer gelblichen Flüssigkeit schwammen Augäpfel. Julian deutete auf den Arbeitstisch und grinste dümmlich. „Die waren vergangene Nacht auch noch nicht da."

Heath bemerkte ein Etikett, das an einem der Gefäße befestigt war. *Getrockneter Elefantenpenis* stand darauf. „Arme Kerle."

Am Ende des Tisches lag ein Stapel Bücher. Heath betrachtete das Oberste. Es handelte sich um eine Abhandlung über den Einsatz von Kräutern und Pflanzen in der Medizin. Die nächsten beiden Bücher befassten sich mit menschlicher Anatomie. Es waren normale, akzeptable Bücher für einen Ort, an dem Arzneien hergestellt wurden.

„Hinter diesem Raum liegen drei Schlafzimmer", erzählte Julian. „Der größte Raum befindet sich ganz hinten und ist der einzige, der benutzt wird. Die anderen beiden Zimmer stehen leer."

„Eine Menge Apotheken sind erfolgreicher, als diese zu sein scheint", stellte Heath fest. „Viele Apotheker leben mit ihren Familien in dem Haus, in dem ihr Laden liegt." Hier stimmte etwas nicht. Etwas fehlte … „Wo sind hier die Treppen?"

„Da drüben", erklärte Julian.

„Nein. Ich meine, es sollte Treppen geben, die hinauf in ein weiteres Stockwerk führen. Diese schmalen Läden haben alle drei Etagen. Wir befinden uns hier im zweiten Stock, und ich sehe keine Treppen, die weiter nach oben führen. Also müssen sie versteckt liegen."

Er begann, sich an den Wänden entlangzutasten und klopfte dagegen, bis unter seiner Faust ein hohles Geräusch zu hören war. Im Putz waren keine Ritzen zu entdecken. Wie öffnete sich dann die Tür zu der aufwärts führenden Treppe? Offensichtlich durch Magie. Mithilfe eines Zauberspruchs, den er nicht kannte. Also hob er seinen Fuß und rammte seinen Stiefel durch den Putz und die dahinterliegende Holzplatte.

Julian machte einen erschrockenen Sprung. „Verdammt. Ich dachte, wir wollten leise sein."

Heath ignorierte den jüngeren Vampir und trat ein Loch in die Tür, das groß genug war, um hindurchzusteigen. Nun stand er am Fuß einer weiteren schmalen Treppe. Nichts war zu hören, außer dem leisen Geräusch, mit dem immer noch kleine Stückchen Putz durch die Luft segelten und auf den Boden fielen. Er eilte nach oben. Die Treppe führte in einen Raum, der das gesamte obere Stockwerk einnahm. Er war wie das Arbeitszimmer eines Gentlemans eingerichtet. Es gab einen mit Schnitzereien verzierten Schreibtisch und große Ledersessel.

Er brauchte nur einen kurzen Moment, um festzustellen, dass sich in dem Zimmer weder Dämonen noch Apotheker aufhielten. Als Erstes durchsuchte Heath den Schreibtisch. Er riss die Schubladen auf und stellte fest, dass sie leer waren – außer der letzten, in der ein schweres Siegel lag. Er nahm es heraus, um sich anzuschauen, welches Bild der Stempel zeigte.

Er kannte das Muster gut. Es handelte sich um ein breites Kreuz, welches mit Schnörkeln und Schleifen verziert war. Als er es sah, wanderten seine Gedanken sofort in die Vergangenheit. Er erinnerte sich an die Flammen eines Lagerfeuers, an das Heulen von Wölfen und das Gebell verängstigter Hunde. Ein Mann im Pelz nahm ein Brandeisen aus den Flammen, und das

Kreuz, das es zeigte, war rotglühend.

Heath erinnerte sich an den sengenden Schmerz, den Gestank seines eigenen verbrannten Fleisches, während der Diener seines Meisters ihn brandmarkte. Gleichzeitig hatte der alte Vampir den Fluch über ihn ausgesprochen.

„Was ist das?", erkundigte sich Julian.

„Nichts."

Nun war ihm klar, warum Mrs Holt gewusst hatte, wer er war. Der Vampir, der dieses Zimmer benutzte, war sein Meister. Nikolai, der fünfhundert Jahre alte Vampir, der ihn erschaffen und ihn verflucht hatte.

Welche Rolle spielte Vivienne in dieser Geschichte? Erwartete man von ihr, den Dämon in ihm zu wecken, um auf diese Weise für die Medizin zu bezahlen?

Es war bereits dunkel, als Seine Lordschaft sich endlich bequemte, wieder nach unten zu kommen. Aus Geschichten wusste Vivienne, dass Vampire das Tageslicht meiden mussten und tagsüber schliefen. Aber sie schliefen in Särgen. Außerdem existierten Vampire nicht wirklich.

Sie presste die Lippen zusammen und beobachtete ihn aufmerksam, als er in Sarahs Zimmer schlenderte. Er schien nur aus langen Beinen und beweglichen Schultern zu bestehen. Der arrogante Kerl bemerkte scheinbar den Zorn nicht, der in ihr brodelte. Zwar trug er Hose und Hemd, ging jedoch barfuß. Er bewegte sich lautlos und anmutig.

Am Fußende des Bettes blieb er stehen, senkte den Kopf und betrachtete Sarah nachdenklich. Dabei atmete er tief ein, als würde er etwas wittern.

Vivienne öffnete den Mund, doch er sprach zuerst. „Schläft sie sonst auch so viel?"

Mit dieser Frage traf er exakt die schreckliche Angst, die tief in ihr lauerte. „Sie hat noch nie zuvor den ganzen Tag geschlafen. Sie muss sehr müde gewesen sein …"

„Sie wird immer schwächer, und die Medizin hilft nicht. Das

ist es, was Sie befürchten."

Während er sich Sarah näherte, ballte Vivienne die Fäuste und ließ ihn nicht aus den Augen. Als er Sarahs Hals mit zwei Fingern berührte, zuckte sie zusammen, doch dann begriff sie, dass er Sarahs Puls fühlte.

„Wenn ich versuche, Ihrer Tochter zu helfen, bedeutet das, dass sie mein Blut trinken muss. Sind Sie bereit, das zuzulassen?"

„N…nein. Das ist grotesk." Sie stockte. Ärzte waren hier gewesen und hatten Sarah geschröpft. Der Blutverlust hatte nichts an ihrem Zustand geändert. „Sie haben über meine Wunde geleckt, und sie ist verschwunden. Ist es das, was geschehen würde, wenn Sarah Ihr Blut trinkt?"

„So einfach ist es nicht. Ich kann ihr bei einem einzigen Mal nicht so viel Blut geben, dass es jede Krankheit besiegen würde. Nicht ohne zu riskieren, dass ich sie in einen Vampir verwandle. Ich nehme an, das wäre nicht die Zukunft, die Sie sich für Ihre Tochter wünschen?"

„Nein!"

„Dann gehen wir langsam vor. Immer nur wenig Blut auf einmal. Auf diese Weise wird sie es gut vertragen. Und in ein paar Tagen werden wir wissen, ob es funktioniert."

Ein paar Tage. „Und haben Sie vor, mich die ganze Zeit gefangen zu halten?"

„Ich habe vor, Sie in meiner Nähe zu behalten. Bis wir meinen Bruder finden."

Auch wenn er sich selbst als Vampir bezeichnete, war er doch ebenso starrsinnig, wie es jeder ihrer Liebhaber gewesen war. Aber sie konnte sich jetzt nicht gegen ihn auflehnen, ja, noch nicht einmal ihre Unschuld beteuern. Wenn sein Glaube, sie würde seinen Bruder kennen, ihn dazu brachte, hierzubleiben und Sarah zu helfen, würde sie den Mund halten. „Dieser Name, den Sie mir gegeben haben. Sukkubus. Was bedeutet er?"

Sie war stolz auf die Bibliothek, die sie besaß, denn sie wollte, dass Sarah belesen war. Doch in keinem ihrer Bücher war das Wort zu finden.

Er hatte Sarah genau betrachtet. Nun sah er Vivienne an. „Es gibt eine Möglichkeit, zu beweisen, welche Art von Wesen Sie sind, Miss Dare. Doch das würde heißen, dass Sie keinen Sex haben dürften – weder in Ihren Träumen noch im wachen Zustand."

„Sie können unmöglich denselben Traum gehabt haben wie ich. Das ist vollkommen unmöglich!"

Langsam verzog sein Gesicht sich zu einem Grinsen. „Sie sanken im Hyde Park vor mir auf die Knie." Er sprach so leise, dass Sarah ihn nicht hören konnte. „Sie saugten an meinem Schwanz, bis ich kurz vor dem Höhepunkt war. Und was tat ich dann?"

Sie errötete. „Sie zogen mich wieder auf die Füße und knieten sich vor mich hin und …"

„Sie sehen, es war derselbe Traum. War Ihr Orgasmus im Traum so gut wie meiner?"

Ohne ihre Antwort abzuwarten, wandte er sich von ihr ab und zog ein Messer aus dem Taillenbund seiner Hose. Es hatte eine lange, dünne Klinge. Er zog sie über sein Handgelenk, und das Messer hinterließ eine Blutspur.

Dieser Anblick weckte schreckliche Erinnerungen in ihr. Sie sah vor sich, wie ihrer Mutter das Blut aus der Nase getropft war, nachdem ein Mann sie geschlagen hatte. Vivienne erschauderte. All ihre mütterlichen Instinkte drängten sie, Sarah zu beschützen. Und sich gegen diesen Mann zu wehren, der in ihr Haus eingedrungen war und ihren Widerstand mit etwas bekämpfte, das viel stärker war als Gewalt: *Hoffnung.*

Mit zitternden Fingern betastete sie ihre verheilte Wange. Sie musste es versuchen. War sein Versprechen wirklich so viel unglaubwürdiger als das, was das alte Weib ihr über die Medizin erzählt hatte? Doch Sarah sah so klein und wehrlos aus. Beging sie Verrat an ihrer Tochter? Während ihr Herz schwer wie ein Stein in ihrer Brust lag, fragte sie leise: „Müssen wir sie wecken?"

Er schüttelte den Kopf. Dann berührte er mit der Hand den

schmalen Streifen an seinem Handgelenk und brachte das Blut dazu, schneller zu fließen. „Nein. Alles, was ich tun muss, ist, dafür zu sorgen, dass sie das Blut auf ihren Lippen spürt. Dann wird sie automatisch das Richtige tun." Ein leises Lächeln spielte um seinen Mund. „Wie ein Baby an der Brust der Mutter."

Doch als er sich auf die Bettkante ihrer Tochter setzte und seinen Ärmel hochzog, rannte Vivienne zum Kamin und griff nach dem Schürhaken. Gleichzeitig sah sie vor sich, wie der Schlachter in der Lederschürze die Gasse entlanggeflogen war. Mit dem Eisenstab würde sie Heath kaum aufhalten können.

Aber es war besser als nichts.

Heath redete leise auf Sarah ein. Vivienne verstand nicht, was er sagte, doch seine Stimme klang beruhigend. Sie spürte, dass ihr Griff um den Schürhaken sich lockerte. Sofort schüttelte sie den Kopf, um zu Verstand zu kommen, und packte ihre Waffe wieder fester. Es hatte Gentlemen gegeben – Schurken und Halunken – die sich an sie herangemacht hatten, um Sarah zu bekommen. Sie war nicht naiv.

Heath hielt sein Handgelenk an Sarahs Lippen. „N…", setzte Vivienne zum Protest an, doch zu ihrer Überraschung legte Sarah ihren Mund auf die Wunde. Die Augen ihrer Tochter waren immer noch fest geschlossen, aber sie trank gierig. Plötzlich schoss Sarahs Hand unter der Bettdecke hervor und umklammerte Heaths Finger, damit er seinen Arm nicht wegziehen konnte.

Heath machte Vivienne ein Zeichen, näherzukommen. Mit dem Schürhaken in der Hand folgte sie seiner Aufforderung.

„Sehen wie, wie fest sie mich hält. Ist ihr Griff immer so kräftig?"

„Himmel, nein." Viviennes Zunge fühlte sich dick und plump an. „Sie ist immer so schwach."

„Dann ist das hier ein gutes Zeichen." Er schaute sie von unten an. Sein kastanienbraunes Haar fiel ihm ins Gesicht, zerzaust und rötlich leuchtend wie eine Flamme. Das Mitgefühl und die Hoffnung in seinen seltsamen silbrig funkelnden Augen erstaunten sie. Sie war eine Fremde für ihn. Weshalb sollte Sarahs Schicksal oder ihres ihn kümmern?

Und warum sah er sie so freundlich an, wenn er glaubte, dass sie seinem Bruder etwas angetan hatte?

Wie hypnotisiert sah sie Sarah beim Trinken zu. Eigentlich hätte diese Sache ihr Angst machen müssen, doch nun sah sie, wie Sarahs Wangen rosig zu schimmern begannen. Seit Monaten hatte die Haut ihrer Tochter keine andere Farbe als die von Kreide gehabt.

„Das ist genug, mein kleiner Liebling“, flüsterte Heath.

Sarah riss die Augen auf und umklammerte seine Hand noch fester. In ihrem Blick funkelten Zorn und Verzweiflung.

„Nein, Sarah“, versuchte es Vivienne. „Du musst jetzt aufhören …“

Aber Sarah ignorierte sie. Heath sprach merkwürdige Worte: „*Arnum aria enta.*“

Es klang wie Latein, aber Vivienne verstand die Bedeutung des Satzes nicht. Sarah ließ sein Handgelenk los und fiel zurück in die Kissen. Ihre Augen waren geschlossen. Ihre Haut glühte jedoch und sah nicht mehr aus wie durchscheinendes Pergament.

„Geht … geht es ihr gut?“ Schuldgefühle und Angst umklammerten ihr Herz wie eine starke Faust.

„Sie braucht jetzt Schlaf. Ihr Körper muss verarbeiten, was auch immer mein magisches Blut an heilenden Substanzen enthält.“ Er stand auf, und wieder war Vivienne erstaunt über seine Größe. Sein Kopf berührte den mit Fransen versehenen Rand von Sarahs Betthimmel.

„Sie sieht so viel gesünder aus.“ Vivienne war entschlossen, jedes winzige Stückchen Hoffnung in ihrem Herzen zu bewahren. Vor Tränen konnte sie Sarah nur undeutlich erkennen, doch das Gesicht ihrer Tochter sah so hübsch aus wie früher und nicht mehr ausgemergelt und krank. Viviennes Augen flossen über. „Die Medizin hat nie so gut gewirkt.“

Heaths sinnlicher Mund verzog sich zu einem bitteren Lächeln. „Ich vermute, die Medizin war nur dazu bestimmt, sie gerade eben am Leben zu erhalten. Sie sollte sie nicht heilen."

„Aber warum nicht? Ich habe den Preis bezahlt." Sie starrte ihn an, bevor sie daran dachte, ihre Tränen abzuwischen.

Sein Blick blieb an ihren feuchten Wangen hängen. „Und wenn Sarah gesund geworden wäre, hätten Sie aufgehört, den Preis zu zahlen. Ein Sukkubus stielt jedes Mal, wenn sie mit einem Mann schläft, einen Teil seiner Seele. Mrs Holt wollte nicht, dass Sie aufhören."

„Ich bin kein Sukkubus. Ich stehle keine Männerseelen. Eher haben Männer *mir* die Seele weggenommen."

„Das glaube ich nicht." Er sah hinüber zum Bett. „Sie lieben Sarah viel zu sehr, um keine Seele zu haben. Ich glaube, falls die Männer tatsächlich irgendetwas getan haben, dann haben sie Ihre Seele stärker gemacht."

Das war völliger Blödsinn. Sie war dicht davor, ihm zornige Worte an den Kopf zu werfen, als er den Mund zu einem trägen Lächeln verzog. Dann griff er nach dem Schürhaken und nahm ihn ihr aus der Hand.

„Eine bewaffnete Frau ist immer gefährlich. Sie wissen, es gibt eine Möglichkeit, festzustellen, ob Sie ein Sukkubus sind oder nicht." Nachdenklich strich er sich mit der Hand übers Kinn. „Was die Einzelheiten dieses Beweises betrifft, muss ich in einem ganz bestimmten Buch nachlesen."

„Dann gehen Sie und sehen nach. Und lassen Sie mich in Ruhe." Sie stockte. „Es tut mir leid. Ich wollte nicht ..."

„Natürlich wollten Sie", erwiderte er in sanftem Ton. „Sie sollten sich jetzt ankleiden. Meine Männer werden das Haus bewachen, und ich nehme an, Sie werden Ihre Dienstboten anweisen, nach Sarah zu sehen."

Sie starrte ihn an. „Ich lasse meine Tochter ganz bestimmt nicht allein."

„Doch, das werden Sie tun – für ein paar Stunden. Ich muss das Haus verlassen, weil ich das Buch besorgen muss. Außerdem muss ich meinen Bruder suchen, und ich muss herausfinden, wer Sie dazu benutzt hat, Englands Adligen die Seele zu stehlen."

Vivienne konnte all die gefährlichen Dinge, die sie im Verlauf des vergangenen Tages getan hatte, nicht einmal mehr an ihren Fingern abzählen. Und nun folgte sie einem gut gebauten, muskulösen Gentleman, der sich selbst als Vampir bezeichnete, in ein dunkles Haus. Sie hatte keine Waffe und niemanden, der sie beschützte. In ihrer Nähe befanden sich einige Diener, doch sie standen alle in seinen Diensten.

Er hat Sarah geholfen.

Heath hatte ihr ein Wunder geschenkt. Und schon allein aus diesem Grund musste sie tun, was er von ihr verlangte.

Die Tür fiel hinter ihr ins Schloss, und der Knall hallte in der riesigen Eingangshalle seines Stadthauses wider. Sie erstarrte bei diesem lauten Geräusch und krallte die Finger in den Stoff ihres Umhangs.

„Was ist mit Ihnen, Miss Dare?" Mondstrahlen fielen durch die Oberlichter und streiften sein Gesicht wie Messerklingen. Im bläulichen Schein schimmerten seine Augen silbern. Überirdisch. „In meiner Halle gibt es nichts, wovor Sie sich fürchten müssen."

Oh doch, es gibt etwas. Sie. „Warum haben Sie meiner Tochter geholfen, obwohl Sie mich des Mordes für fähig halten? Obwohl Sie – wenn auch fälschlich – annehmen, dass ich etwas mit dem Verschwinden Ihres Bruders zu tun habe?"

„Ihre Verbrechen sind nicht die Verbrechen Ihrer Tochter."

„Werden Sie mich wieder zurück zu ihr nach Hause gehen lassen?"

„Ich will meinen Bruder finden." Er musterte sie aufmerksam. „Wie auch immer, ich habe nicht vor, mich zu rächen. Rache zu planen ist eine verdammte Zeitverschwendung, und sie dann auch noch in die Tat umzusetzen, ist höchst gefährlich."

Sie gab sich große Mühe, nicht zu zeigen, wie viel Angst er ihr machte. „Hängt in diesem dunklen Haus ein Porträt Ihres Bruders? Ich würde gern den Mann sehen, den ich angeblich verführt haben soll."

„Ich habe Ihnen gesagt, wie er aussieht", erwiderte er nach

einem kurzen Schweigen.

„Ja. Genau wie Sie, nur besser. Ich würde es vorziehen, das mit eigenen Augen zu sehen."

Mit dem für einen Gentleman typischen Selbstbewusstsein reichte er ihr seinen Arm. Angesichts der Tatsache, dass sie seine Gefangene war, erschien diese Geste absurd. Schließlich betrachtete er sie nicht als Dame. „Kommen Sie", forderte er sie auf.

Sie seufzte, bevor sie ihn anfasste. Ihre Hand glitt an seinem Unterarm entlang. Er fühlte sich an wie ein Felsen. Wie Eisen. Steinhart. Ein Prickeln stieg von ihren Fingerspitzen aufwärts und endete in ihrem Bauch. Nie zuvor war ihr bei der Berührung eines Mannes so schwindlig geworden.

Das musste die Anspannung sein.

„Zur Galerie geht es hier entlang."

Sie musste sich anstrengen, um mit ihm Schritt zu halten. Durch eine Tür traten sie in einen großen, dunklen Raum. Als er sich von ihr fortbewegte, fröstelte sie. Er zog die Vorhänge zurück, und silbriges Licht fiel durch die Fenster.

Mit gespreizten Fingern fuhr er sich durchs Haar. Sie hatte überlebt, indem sie gelernt hatte, die Gefühle der Männer zu erkennen. Männer zeigten viel offener als Frauen, was sie fühlten. Frauen, die nicht auf die Zeichen achteten oder sie sogar bewusst übersahen, brachten sich selbst in Gefahr. Wenn sie Heath anschaute, erkannte sie großen Schmerz.

Er deutete auf ein lebensgroßes Porträt, das hinter ihr an der Wand hing. „Das sind mein Bruder und ich", erklärte er mit heiserer Stimme. „Sein Name ist Raine."

Von der Leinwand starrten zwei junge Männer herab. Heath war derjenige, der saß; sie erkannte ihn auf den ersten Blick. Dieselbe Fülle kastanienbrauner Haare, doch auf dem Bild wurden sie von einem mit Samt überzogenen Reifen zurückgehalten. Die gleiche stolze Nase und der gleiche sinnliche Mund, aber seine Augen waren grün. Er lehnte sich lässig zurück, wirkte gleichzeitig jedoch so, als würde er jeden Moment aus dem Rahmen springen. Sein Bruder Raine sah dünner und weniger selbstbewusst aus. Seine Hände lagen auf der Stuhllehne, als würde er sich an seinem Bruder festhalten und Kraft aus ihm ziehen. Er wirkte sehr jung. Und trotz ihrer jugendlichen Gesichter trugen sie elegante blaue Fräcke, makellose Kragen und Krawatten.

„Dieses Bild wurde vor langer Zeit gemalt", stellte sie fest. „Dennoch haben Sie sich kaum verändert."

„Es entstand vor meiner Hochzeit. Und ich werde mich niemals verändern, meine Liebe. Ich werde niemals altern. Meine Seele ist zu Staub zerfallen. Von außen betrachtet, würden Sie niemals vermuten, dass ich eigentlich tot sein müsste. Der Unterschied ist nicht zu sehen."

Seine Ehe. Er hatte ganz nebenbei davon gesprochen, aber er hatte keine Ehefrau erwähnt. „Und Ihr Bruder?"

„Er hat sich verändert. Seitdem das Bild gemalt wurde, ist er gealtert. Er hat sich erst vor wenigen Monaten in einen Vampir verwandelt."

Vivienne betrachtete seinen Bruder aufmerksam. Sie versuchte, sich Raine älter vorzustellen – mit grauen Haaren und mit Falten oder mit irgendwelchen anderen Zeichen, die die Jahre bei ihm hinterlassen haben mochten. „Ich habe ihn nie gesehen. Das ist die reine Wahrheit."

„Ich glaube Ihnen."

Sie fuhr herum. Um ihn tanzten Schatten, als wollten sie seinen Körper liebkosen. „Warum glauben Sie mir jetzt plötzlich?"

„Sie sind wütend. Wenn Sie nicht unschuldig wären, würden Sie Angst haben. Sie sind aber einfach nur ungehalten über mich."

„Ja", stimmte sie ihm zu. „Und zwar sehr. Ich habe keine Ahnung, was Ihrem Bruder zugestoßen ist. Und ich weiß nicht, warum diese adligen Gentlemen gestorben sind. Oder was Mrs Holt erreichen will."

„Sie glauben nicht, dass Sie den Männern die Seele gestohlen haben?"

„Natürlich nicht! Ich glaube nicht an Magie – nicht an schwarze, nicht an weiße und nicht an irgendeine andere."

„Das ist interessant. Sie sind eine sehr erfahrene Frau, aber Sie sind immer noch erfüllt von Hoffnung. Sie leuchtet aus Ihnen heraus. Ich kann fast schmecken, wie sie Ihnen entströmt."

Hoffnung. Vivienne zuckte zusammen. Eigentlich war Hoffnung etwas, das für ein Mädchen nicht existierte, dessen Mutter eine Hure gewesen war, die für brutale Zuhälter arbeitete und in schmutzigen Absteigen wohnte. Dieses Gefühl hätte für alle Zeit aus ihr herausgeprügelt sein müssen. Dennoch hatte er ihr neue Hoffnung geschenkt.

Hoffnung war immer ihr kleines Geheimnis gewesen. Das und Entschlossenheit.

„Ich werde dafür sorgen, dass es uns besser geht", hatte sie ihrer Mutter versprochen. Und Mama hatte ihr übers Haar gestrichen und sie es wieder und wieder sagen lassen – bis der Gin ihrer Mutter die Hoffnung ersetzt hatte und sie beide aufgehört hatten, einander zuzuhören.

„Sie sagten, dass Sie verheiratet sind. Wo ist Ihre Ehefrau?"

Seine Augen veränderten sich; sie wurden schwarz. Pechschwarz, als hätten seine Pupillen alle Farbe aufgesogen. „Sie starb neun Jahre nach unserer Hochzeit."

„Wie lange ist das her?"

„Zehn Jahre. Eine kleine Ewigkeit. Ich will nicht darüber sprechen. Sie ist im Himmel und ich in der ewigen Verdammnis, wo ich hingehöre."

„Warum glauben Sie das?" Sie näherte sich ihm, doch er zog sich in den Schatten zurück.

„Wir sind hier, damit ich Ihnen Fragen stellen kann."

„Nun, ich habe noch eine Frage an Sie. Was haben Sie bis jetzt unternommen, um Ihren Bruder zu finden? Es gibt Männer, die man beauftragen kann, solche Dinge zu erledigen. Private Ermittler."

„Mein Bruder ist ein Vampir. Das ist schwer zu erklären, selbst jenen, die bereit sind, für Geld fast alles zu tun. Ich habe ganz London nach ihm abgesucht – und nach Ihnen, weil ich im spiegelnden Wasser eines Teichs gesehen habe, wie Sie direkt neben Raine standen."

„Das ist unmöglich. Ich war niemals in seiner Nähe."

„Es ist ein magischer Teich, weit draußen im Moor. Man sagt, er zeigt das Gesicht desjenigen, der als Nächster sterben wird. In diesem Teich sah ich Sie und meinen Bruder."

„Ich bin sicher, Sie scherzen. Wenn Sie in einen Teich schauen, sehen Sie dann nicht Ihr eigenes Spiegelbild?"

„Das ist es, was den meisten Menschen widerfährt, die einen Versuch wagen. Und jeder von ihnen ist, der Legende zufolge, kurz darauf gestorben. Wahrscheinlich waren sie so verdammt nervös, dass sie auf irgendeine Weise ihren Tod selbst verursacht haben. Und ja: Als ich in den Teich schaute, sah ich zunächst mich selbst. Aber natürlich werde ich nicht sterben. Dann sah ich Sie. Sie spiegelten sich zusammen mit mir, als würden Sie … äh, hinter mir stehen. Dann verschwand mein Spiegelbild, und ich sah meinen Bruder. Und an der Art, wie er Sie anschaute, konnte ich erkennen, dass er Sie mochte und begehrte."

„Sie glauben das? Magische Teiche und wilde Prophezeiungen! Wahrscheinlich waren Sie betrunken und haben sich das alles nur eingebildet."

„Vampire können sich nicht betrinken. Lassen Sie uns in die Bibliothek gehen." Er streckte ihr die Hand hin.

Erschrocken begriff sie, dass er vorhatte, sie an der Hand durch sein Haus zu führen. Rasch legte sie ihre Finger auf seinen Unterarm. Hand in Hand zu gehen erschien ihr zu intim. Seine kastanienbraunen Brauen schossen nach oben, aber er sagte nichts. Und war so still wie das totenstille Haus, während er sie durch die Dunkelheit führte.

Stille Männer hatten sie schon immer nervös gemacht. Ebenso wie der Himmel dunkel wurde, wurden einige Männer sehr, sehr ruhig, bevor sich ein Gewitter entlud. Betrunkene flößten ihr am meisten Angst ein. Jeder Mann, der nicht anfing zu schwatzen wie ein Narr, wenn er zu viel getrunken hatte, war ein Mann, dem man aus dem Weg gehen musste.

Wie stand es mit stillen Vampiren? Sein Schweigen verunsicherte Vivienne. Ihre Stiefeletten brachten die Holzdielen des Fußbodens zum Knarren, und ihr Atem rauschte in der Stille, während sie durch das Haus gingen. Heath bewegte sich vollkommen geräuschlos.

„Das ist die Bibliothek." Er ließ sie in der Finsternis stehen, und sie erschauderte. Einen Augenblick später sah sie einen blauen Funken und roch Schwefel. Eine Flamme entzündete einen Docht nach dem anderen. Schon bald brannten alle Kerzen eines Kandelabers, und helles Licht fiel auf einen langen Holztisch. Es beleuchtete auch Heaths starken Unterarm und ließ sein Haar rot aufleuchten. Goldbuchstaben funkelten, als er mit dem Leuchter in der Hand an den Regalen entlangging, die sich endlos in die Dunkelheit zu erstrecken schienen.

„Was können Sie mithilfe dieser Bücher beweisen?" Es mussten Tausende von Büchern sein. Zehntausende. Sie hatte Affären mit reichen und mächtigen Männern gehabt. Keiner von ihnen hatte so viele Bücher besessen.

Er strich mit dem Fingern an den Titeln entlang, hielt jedoch das Licht hinter sich. Offensichtlich musste er sie nicht sehen. „Dass Sie ein Sukkubus sind. Kommen Sie her. Sehen Sie sich die Bücher in diesem Regal an." Er stellte den Leuchter auf den Fußboden.

Das Regal, das er meinte, war zehn Fuß lang. Die Bücher standen dicht bei dicht. Vorsichtig griff sie nach oben. Einer der Bände direkt vor ihr sah sehr alt aus. Die anderen Bücher waren so fest daneben geklemmt, dass sie es nicht herausbekam. „In all diesen Büchern geht es um das Wort, das Sie genannt haben? Sukkubus?"

„Ein Sukkubus ist ein weiblicher Dämon, der Männern in ihren Träumen erscheint. Sie ist nackt, schön und erotisch erfahren. Ich vermute, jeder lebende Vampirjäger hat entweder ein Buch über Sukkuben geschrieben – oder würde es gern tun, meine Blume."

Ein weiblicher Dämon?

Behutsam zog er das Buch hervor und schlug es auf. Im Kerzenlicht erkannte Vivienne auf dem vergilbten Papier ein Bild. Eine Frau mit wallenden Haaren, großen nackten Brüsten und spitzen Eckzähnen saß mit gespreizten Beinen auf einem Mann. „Das *kann* unmöglich ich sein. Ich habe keine solchen Eckzähne. Ich beiße Männer nicht."

„Ich glaube, Sie könnten es aber tun. Unter den richtigen Umständen." Er bewegte sich hinter ihr. Seine harten, straffen Schenkel streiften ihr Hinterteil. Sie machte einen Schritt nach vorn, von ihm weg. „Ein Sukkubus stiehlt einem Mann die Seele, wenn er in ihr zum Höhepunkt kommt. Die Eckzähne sind nicht notwendig."

Sie atmete tief durch. „Wenn ich eines dieser Wesen wäre, wie hätte meine Mutter mich dann zur Welt bringen und ich hier in England leben können? Ich bin eine ganz normale Frau."

Seine Stimme wurde weich. „Ich vermute, Sie sind eine sehr außergewöhnliche Frau."

Es war verrückt, aber ein freudiges Zittern durchlief sie, als sie seine schmeichelnden Worte hörte. Rasch unterdrückte sie das Gefühl. „Ich bin ganz *gewöhnlich.*" Ein weiteres Bild fiel ihr ins Auge. Eine blonde Frau presste ihren Mund an den Hals eines Mannes und hielt seinen Schwengel in der Hand, während er sich vor Lust und Schmerz unter ihr wand. „Ich war kein Sukkubus. Ich war eine Hure." Sie hasste es, dieses Wort auszusprechen und konnte selbst den Zorn darin mitschwingen hören. Er vibrierte wie eine dünne Stahlklinge. „Ich war verflucht. Aber nicht auf die Weise, die Sie zu vermuten scheinen."

„Ich muss heute Abend ein Bordell durchsuchen. Sie werden nicht verstehen, warum ich recht habe, es sei denn, Sie begleiten mich dorthin."

Gütiger Himmel, sie wollte nie wieder einen Fuß an einen solchen Ort setzen. Sie hatte sich mit letzter Kraft aus dem Freudenhaus gerettet. „Nein!"

Er senkte den Kopf. „Sie haben keine Wahl. Ich nehme Sie mit. Und wenn wir vor Tagesanbruch zurückkehren, werde ich Ihrer Tochter wieder zu trinken geben."

„Sie irren sich. Ich *habe* eine Wahl …" Sie stockte. Sie wusste, was er tun würde. Was jeder Mann tat, um zu bekommen, was er wollte. Er würde böse und mitleidlos sein. „Sie werden Sarah nicht helfen, wenn ich nicht mitkomme."

Er fuhr zusammen, als hätte sie ihn geschlagen. „Ich würde Ihre Tochter niemals benutzen, um Sie zu erpressen. Niemals. Ich wollte nur sagen, dass ich es tun könnte, wenn …"

Ein Schrei kam über ihre Lippen, als er sich mit einer einzigen Bewegung rasend schnell auf sie zu bewegte und sie hochhob. Die Regale huschten an ihr vorbei, während sie durch die Luft flog und kopfüber auf seiner Schulter landete. Er legte die Hand fest auf ihr Hinterteil.

„Sehen Sie, meine Liebe. Sie haben keine Wahl. Sie müssen Versuchung kennenlernen, die ohne Erfüllung bleibt. Wenn Sie das noch nicht erlebt haben, wissen Sie nicht, wer Sie in Wahrheit sind."

Sie hatte keine Ahnung, wovon er sprach. Wild hämmerte sie mit den Händen auf seinen Rücken und strampelte mit den Beinen. Sein Griff wurde härter, und höchst schockierende erotische Gefühle strömten von der Stelle, wo seine Finger sich auf ihren Hintern pressten, durch ihren Körper. Sie durfte durch das hier *nicht erregt* werden.

Genauso verhielten sich Männer. Wenn sie auf keine andere Weise ihr Ziel erreichen konnten – weder mit Geld noch mit Worten oder Macht – benutzten sie ihre Größe und ihre Kraft.

Das durfte sie nie vergessen.

Und sie würde nie wieder zulassen, dass sie bei seiner Berührung heißes, erotisches Verlangen spürte.

Heath ließ ein Paar eiserne Handschellen vor ihren Augen baumeln, und Vivienne erstarrte auf dem mit Samt bezogenen Sitz der Kutsche. Dann fand sie ihren Verstand und ihre Wut wieder. „Was genau haben Sie mit diesen Dingern vor?"

Er grinste nur. „Ich habe vor, einen widerspenstigen Sukkubus zu unterwerfen. Ich gehe davon aus, dass Sie bereits einige Fesselspiele genossen haben. Ihre kunstfertige Verwendung der Reitgerte ist legendär."

Genossen. Er hatte absolut keine Ahnung. Durch zusammengepresste Lippen erklärte sie: „Ich habe Männer gefesselt. Nie ließ ich zu, dass sie mich fesselten. So sind meine Regeln, niemals …"

Mit einer rasend schnellen Bewegung griff er nach ihrem Handgelenk und zog überraschend sanft ihren Arm nach hinten.

„Lassen Sie mich los! Ich will nicht gefesselt werden!"

Mit ihrem Wutausbruch erreichte sie nur, dass sein Grinsen breiter wurde und sich in ein strahlendes Lächeln verwandelte. Tiefe, verführerische Linien zeigten sich rechts und links von seinen Mundwinkeln. „Sie haben ein Problem damit, zu vertrauen."

„Ich vertraue Ihnen nicht …" Sie stockte, als etwas Weiches an ihrem Handgelenk entlangstrich. Eine langsame, sinnliche Liebkosung sorgte dafür, dass ihre Schultern wie verrückt zitterten, während sich die Härchen in ihrem Nacken aufrichteten. „Nein, tun Sie das nicht. *Bitte.*"

„Sie können mir vertrauen", murmelte er, und seine Stimme glitt wie eine seidige Berührung über ihre Wange und sorgte dafür, dass eine absolut unsinnige heiße Welle ihren Körper überschwemmte und es zwischen ihren Schenkeln pochte. „Ich würde Ihnen niemals wehtun. Aber, Liebste, ich muss sichergehen, dass Sie mir nicht davonlaufen."

Das Schloss rastete mit einem sanften Klicken ein. Welcher Mann mit Handschellen in seinen Händen hörte einer Frau überhaupt noch zu? Sie war gefangen.

Das Metall war mit Samt überzogen. Es lag so fest um ihr Handgelenk, dass ihre Haut kribbelte, aber nicht schmerzte. Diese Handschellen waren offensichtlich für erotische Spiele gedacht, nicht für polizeiliche Festnahmen.

Und was hatte sie getan, während er die Dinger um ihre Handgelenke gelegt hatte, sie alberne Idiotin? Sie hatte vor Erregung gestöhnt. Ohne nachzudenken hatte sie ihm vertraut, weil er so sanft mit Sarah umgegangen war.

„Ich nehme eine Frau niemals mit Gewalt, meine Liebe. Ganz gleich, wie die Umstände sind. Das hier ist nur, damit ich sicher bin, dass Sie noch hier sind, wenn ich zurückkomme."

Sie versuchte, sich loszureißen und trat gleichzeitig mit den Füßen um sich. Dabei traf sie sein Schienbein. Er zuckte nicht einmal zusammen, sondern führte die Kette der Handschellen durch eine Metallöse, welche an der Wand der Kutsche angebracht war.

„Wofür ist das gedacht?"

„Ich musste auch früher schon Dinge fesseln", erklärte er lässig.

„Widerspenstige Frauen?"

„Nein, etwas weniger Gefährliches. Blutrünstige Dämonen."

Mit Lichtgeschwindigkeit befestigte er die zweite Schelle an ihrem anderen Handgelenk. Die Kette war sehr kurz, was bedeutete, dass ihre Arme hinter ihrem Kopf gefesselt waren. Wütend versuchte sie, sich zu befreien.

Heath legte den Kopf schief und bewunderte sein Werk. Da ihre Arme hinten gehalten wurden, wölbte ihr Busen sich weit vor und presste sich fest gegen die sittsame graue Seide ihres Kleids. „Sie können die Rückseite der Kutsche nicht einschlagen, Miss Dare. Das haben schon Dämonen versucht. Nachdem einige von ihnen geflohen waren, habe ich herausgefunden, wie man den Wagen verstärken muss."

„Aber warum nehmen Sie Dämonen gefangen? Sind Sie nicht selber einer?"

„Noch nicht“, erwiderte er, was kaum als befriedigende Antwort zu betrachten war.

Er hatte von Dämonen gesprochen. Sie hatte ihre eigenen – gefesselt zu sein, unfähig, sich zu verteidigen, gehörte dazu.

Sie war vollkommen bekleidet und ihr Mantel war bis unters Kinn zugeknöpft. Dennoch fühlte sie sich schutzlos und verletzlich. Aber auch verrucht – und schrecklich erregt. Sie war eine unglaubliche Idiotin, weil sie noch andere Gefühle als Wut hatte.

Sie erwartete, dass er sie anfasste und streichelte, weil sie sich nicht wehren konnte, weil sie sich fühlte, als werde sie zu seinem Vergnügen auf dem Silbertablett serviert.

Aber er berührte sie nicht. Er hatte sie in diese Lage gebracht, in der sie ihm vollkommen ausgeliefert war, und er tat nichts anderes, als sich zu verbeugen. „Verhalten Sie sich einen Augenblick ruhig, meine Liebe. Ich muss mit Julian reden. Er ist uns hierher gefolgt.“ Sein silberner Blick hielt den ihren fest. „Sie müssen in Julians Gegenwart vorsichtig sein, Liebste.“

Vorsichtig in Julians Gegenwart!

„Wenn er herausfindet, dass Sie der Sukkubus sind, nach dem der Rat der Vampire sucht, wird er Sie dorthin bringen. Und das wollen Sie nicht, glauben Sie mir.“

Rat der Vampire? Das war verrückt. „Ich hasse Sie“, flüsterte sie. Aber sie fürchtete, dass sie nicht ihn hasste, sondern ihren Körper, der ihn so sehr wollte. „Ich hasse es, dass ich Sie um Sarahs willen brauche. Aber ich stehe für immer in Ihrer Schuld, weil Sie ihr geholfen haben. Wenn Sie mich also in Ihre Kutsche sperren wollen, habe ich keine andere Wahl, als zu tun, was Sie von mir erwarten.“

Er zwinkerte ihr zu, der Schuft. Dann verschwand er durch die Tür. Die Kutsche schwankte, als er hinunter auf die Straße sprang.

Heath fand Julian in seinem Arbeitszimmer, wo er lässig in einem Ledersessel lehnte und eine Zigarre rauchte. Und zwar nackt, weil er seine Gestalt verändert hatte, um zu Heaths Haus zu fliegen.

Bevor der jüngere Vampir ihm eine Frage stellen konnte, hob Heath die Hand. „Ich weiß. Du willst wissen, was ich tue, weil du der Ratsversammlung Bericht erstatten musst. Also gut. Heute Abend werde ich das Bordell besuchen, in dem Lord Cavendish gestorben ist.“

Julian blies einen Rauchkringel in die Luft. „Und du nimmst Miss Dare mit. Sie verflucht dich im Stillen schon ziemlich heftig.“

Es ärgerte ihn maßlos, dass Julian ihre Gedanken lesen konnte und er nicht. „Es ist nicht nötig, dass du dich mit Miss Dare beschäftigst. Sie hat nichts mit den Morden zu tun. Sie ist lediglich eine ehemalige Kurtisane mit einem kranken Kind.“ Er bemühte sich, Julian seinen Willen aufzuzwingen. Normalerweise gelang ihm das bei einem rangniederen Vampir. Doch Julians Geist widerstand. Der Kerl war mächtiger, als er aussah.

Der jüngere Vampir beäugte ihn misstrauisch. „Sie ist der Sukkubus. Ich weiß, dass sie es ist; ich habe es in ihren Gedanken gelesen. Sie wollte dich verführen. Und sie hat mit den fünf Männern geschlafen, die gestorben sind.“

Nackte Panik durchfuhr ihn. „Was auch immer sie ist, sie hatte keine Ahnung davon. Sie wird von jemandem für seine Zwecke benutzt, und ich muss herausfinden, wer das ist. Wenn du sie dem Rat übergibst …“

„Das habe ich nicht vor. Ich mag diesen Haufen alter, arroganter Vampire ebenso wenig wie du, Heath. Ich muss Befehle von ihnen entgegennehmen. Was nicht heißt, dass ich alles tue, was sie von mir verlangen.“

Julian verzog seinen Mund zu einer missmutigen Schnute, aber Heath kaufte ihm seine offen zur Schau getragene Rebellion nicht ab. Er beschloss, weiterhin auf der Hut zu sein. „Ich muss jetzt gehen, Julian. Du darfst nach Herzenslust von meinem Brandy trinken, aber ich verbiete dir, von meinen Hausmädchen zu naschen …“

„Denkst du, dass Miss Dare etwas mit dem Verschwinden deines Bruders zu tun hat?"

„Sie bestreitet es. Und ich glaube ihr."

Julian grinste. „Tatsächlich? Gibt es zwei gute Gründe dafür? Üppig und prall vorne an ihrem Oberkörper? Oder die Rundungen an ihrer Rückseite, die ebenso verführerisch sind?"

„Gütiger Himmel", murmelte Heath. Ihm war klar, dass dieser Fluch aus dem Mund eines Vampirs recht seltsam klang. „An einer Frau ist mehr als Busen und Hintern, Julian."

„Wenn diese Miss Dare eine Dämonin und eine Mörderin ist, was wird dann mit ihr geschehen? In der Welt der Sterblichen würde sie aufgeknüpft werden. Ich weiß nicht, was der Rat mit ihr täte, aber es wäre sicher nicht angenehm. Es scheint mir eine Schande zu sein, eine so schöne Frau zu vernichten. Und ihre arme Tochter würde allein zurückbleiben."

Manchmal versetzte Julian ihn in Erstaunen. Der Knabe erkannte den Kern der Dinge. „Ich glaube, Miss Dare ist eine ahnungslose Komplizin", bemerkte Heath. „Ich muss mehr über die Apothekerin herausfinden." Und über das Siegel, welches das Zeichen zeigte, mit dem er gebrandmarkt worden war. Bedeutete es, dass sein Meister sich in London aufhielt? Eigentlich hätte Nikolai nicht in der Lage sei dürfen, die Karpaten zu verlassen …

„Du hast doch wohl nicht vor, mich wieder in die Apotheke zu schicken, anstatt mich in die Bordelle gehen zu lassen, oder etwa doch?", erkundigte sich Julian.

„Nein. Halt dich von dort fern. Forsche weiter in den Bordellen nach."

„Wirst du dich von Miss Dare verführen lassen?" Julian musterte ihn. „Du könntest auf diese Weise eine Menge herausfinden. Und du begehrst sie, nicht wahr?"

„Halt den Mund, Julian. Ich kann nicht mit ihr ins Bett gehen. So einfach ist das."

Der Bursche lächelte verschlagen. „Du könntest ein einziges Mal mit ihr schlafen, alter Mann. Es braucht zwei Runden im Heu, ehe der Fluch wirksam wird."

„*Das* ist ein Bordell?“

Heath beobachtete, wie Miss Dare ihre Augen weit aufriss, als sie die opulent ausgestattete Eingangshalle sah. In der Mitte sprudelte eine Fontäne. Die Wände waren mit purpurfarbener Seide bespannt. Elegant gekleidete Diener boten den Gästen auf Silbertabletts Gläser mit Champagner an, während in durchsichtige Schleier gehüllte Dirnen verführerische Posen zeigten.

Entweder war sie eine hervorragende Schauspielerin, oder sie war tatsächlich noch nie hier gewesen. Ihre blauen Augen waren groß wie Untertassen. Vor Staunen vergaß sie, ihn wütend anzufunkeln, wie sie es getan hatte, seit er zur Kutsche zurückgekehrt war und sie befreit hatte. Offensichtlich gefiel es ihr nicht, seine Gefangene zu sein, obwohl er sich wie ein perfekter Gentleman verhielt.

Sie fürchtete sich davor, die Kontrolle zu verlieren. Und sie hatte Angst, jemandem zu vertrauen. Wahrscheinlich war sie in der Vergangenheit oft verletzt worden.

„Lord Cavendish ist hier gestorben.“ Er bemerkte, wie sie zusammenzuckte.

Dennoch huschte ihr Blick nicht wie der einer verängstigen Kreatur auf der Suche nach einem Ausweg durch den Raum. Stattdessen sah sie ihm stolz ins Gesicht. „Es war vollkommen überflüssig, mich hierher zu bringen. Ich bin unschuldig …“ Dann bemerkte sie etwas hinter seinem Rücken, das sie vor Schreck die Hand vor ihre vollen Lippen schlagen ließ.

„O Gott!“, keuchte sie.

Sie sah eine Frau, die mit nichts als einem schwarzen Korsett bekleidet war und das nackte Hinterteil einer zweiten Frau mit einer Reitgerte bearbeitete.

Heath hob Viviennes behandschuhte Finger zum Mund und hauchte einen neckischen Kuss darauf. „Ich habe Sie hierher gebracht, weil dies das perfekte Bordell ist, um Ihnen vorzuführen, was ich Ihnen gerne zeigen möchte.“

Vivienne nippte an der goldgeränderten Champagnerflöte, die Heath ihr gebracht hatte. Luftperlen prickelten auf ihren Lippen und tanzten auf ihrer Zunge, aber ihre Angst ließ den Champagner wie Essig schmecken. In ihrem Kopf flüsterte unablässig eine verängstigte Stimme. Was, wenn er recht hatte? Weshalb sonst waren diese Männer gestorben?

An Heaths Seite ging sie einen überraschend leeren Flur entlang. In den Bordellen, die sie kannte, stolperten überall betrunkene Männer und Frauen herum, und die Frauen kreischten und wehrten sich ihrer Haut.

Aber dieses Haus wirkte wie eine herrschaftliche Residenz. Durch offenstehende Türen hatte sie in zwei Schlafzimmer geschaut. Keines davon wurde gerade benutzt, und die Betten sahen aus wie Sahnetorten. Sie nahm an, dass die Leintücher sauber waren, was in den Freudenhäusern, die sie früher kennengelernt hatte, niemals vorgekommen war.

Die Frauen hier waren anders als die, denen sie bisher in einer solchen Umgebung begegnet war. Bisher hatte sie in Bordellen nur berechnende Dirnen oder betrunkene Penny-Huren erlebt, stark geschminkt, grell und laut, aber mit ebenso wenig echter Lust auf Sex, wie Vivienne sie empfand.

„Das hier ist absolut sinnlos, Blackmoor." Sie blieb im Flur stehen. „Ich wüsste nicht, wie durch unseren Aufenthalt hier irgendetwas bewiesen werden sollte. Ich bin keine Dämonin, die in der Hölle geboren wurde, es sei denn, Sie glauben, das East-End von London sei das mit Pech und Schwefel gefüllte Schlupfloch des Satans."

Als er lächelte, blitzten seine weißen Zähne auf. Und sie bemerkte die längeren, spitzeren Exemplare an den Seiten, die an die Reißzähne eines Wolfs erinnerten. „Sie sind eine bemerkenswerte Frau, Miss Dare. Sie scherzen, obwohl Sie Angst vor dem haben, was ich Ihnen zeigen werde."

„Ich fürchte mich nicht." Doch in Wahrheit tat sie es. Seit sie das Wunder erlebt hatte, welches Heaths Blut bei Sarah bewirkt hatte, konnte sie nicht weiter darauf beharren, dass etwas wie

Magie nicht existierte.

„Falls ich ein Sukkubus bin, was ist dann meine Tochter? Ist sie auch einer? Und was bedeutet das für sie?“

Sie erschauderte beim ängstlichen, verzweifelten Klang ihrer eigenen Stimme.

Heath blieb ebenfalls stehen, und in dem Blick, den er ihr zuwarf, lag Besorgnis. Seine Hand streifte ihre Hüfte. Und sein Was-kostet-die-Welt-Charme war plötzlich verschwunden. „Ich weiß es nicht, Vivienne“, erklärte er in sanftem Ton.

„Können Sukkuben Kinder bekommen?“, beharrte sie.

Stöhnen drang durch die geschlossene Tür direkt neben ihnen. Auf ein Crescendo aus Keuchen, Schreien und Schluchzern folgte ein einziger Aufschrei aus Frauenmund. Erstaunt wandte sie sich der Tür zu und starrte sie an, während Heaths Hand auf ihrer Hüfte ruhte.

„Es klingt, als hätte die Dame ihren Spaß“, bemerkte er.

Als sie sich ihm wieder zuwandte, lag plötzlich sein Mund auf ihrem. Sie versuchte, sich zu befreien, aber er hielt sie mit seinem Kuss gefangen. Sanft strich er über ihre Lippen. Es war kein leidenschaftlicher Kuss, sondern einer jener Sorte, die sie in Sarahs Haar hauchen würde. Und er sorgte mit dieser zarten Berührung dafür, dass ihr Tränen in die Augen stiegen.

Er gab ihre Lippen frei und flüsterte: „In den Büchern steht nichts darüber, ob ein Sukkubus ein Kind haben kann. Die meisten Bücher über Okkultismus und Dämonen wurden von Männern mit geringen wissenschaftlichen Kenntnissen und viel Aberglauben geschrieben. Es wäre möglich. Aber ich habe keine Ahnung, was das für Sarah bedeuten würde.“

„Es ist völlig unmöglich“, erklärte sie in scharfem Ton. Sie schob seine Hände weg und vergoss dabei den Rest ihres Champagners.

„Sind Sie bereit, mit mir zu kommen und es herauszufinden?“ Heath beobachtete, wie sie sich auf die Unterlippe biss. Selbst ohne in ihre Gedanken einzudringen, wusste er, dass sie Nein sagen wollte. Und fortlaufen. Doch sie schob entschlossen ihr

Kinn vor. „Gut."

„Zunächst habe ich aber noch etwas anderes zu erledigen." Er führte sie weiter den Flur entlang. „Ich muss mehr über Lord Cavendish herausfinden. Es ist wichtig für mich zu wissen, was für eine Art Mann er war."

Ihr Kopf fuhr herum.

„Ich frage Sie, weil ich wissen muss, wie er war, wenn ich herausfinden will, was ihm zugestoßen ist."

„Er war ziemlich groß. Sehr muskulös. Mit kräftigem Körperbau. Er hatte dunkles Haar, tiefschwarz. Und grüne Augen."

„Ich habe sein Porträt gesehen, meine Liebe. Ich weiß, wie er aussah. Aber ich gehe davon aus, dass Sie eine ganze Menge mehr über ihn wissen." Sie hatten das Ende des Flurs erreicht, und er klopfte an eine blaue Tür. Sie öffnete sich sofort, und er führte Vivienne, die erneut ihre Augen weit aufriss, über die Schwelle.

Das Zimmer sah aus wie das Atelier eines Künstlers, und mehrere Gentlemen waren dort mit Malen beschäftigt. Entweder arbeiteten sie an Leinwänden, auf denen kurvige nackte Frauen zu sehen waren, oder an den Damen selber und taten unartige Dinge mit den Pinseln.

Mehrere üppige Frauen standen Modell. Zwei der hübschesten von ihnen huschten zwischen den Männern herum, verteilten Küsse und rieben ihre vollen Busen an den Männerbrüsten.

Heath betrachtete Miss Dare prüfend. Sie konnte den Kopf nicht von den kichernden Mädchen abwenden. Dann kreuzte ihr Blick den seinen. „Sie sind bemerkenswert gute Schauspielerinnen", erklärte sie trocken. „Sie erwecken tatsächlich den Eindruck, als hätten sie Spaß."

„In diesem besonderen Bordell haben sie Spaß. Und versuchen Sie nicht, das Thema zu wechseln, sonst rufe ich einige von ihnen zu uns herüber und sorge dafür, dass sie Sie küssen und liebkosen."

Sie zog die Brauen hoch und fuhr sich so langsam mit der Zunge über die Lippen, dass seine Knie weich wurden. „Vielleicht würde mir das ja gefallen.“

Die Lust traf ihn wie ein Schuss mit einem Bolzen. Aber das durfte er ihr nicht zeigen. Ihre blauen Augen funkelten siegessicher, und er begriff, dass sie ihn absichtlich quälte.

„Cavendish.“ Der Name kam nur mühsam aus seiner rauen Kehle. Es war so lange her, seit er zuletzt mit einer Frau geschlafen hatte. Wonach er sich aber wirklich sehnte, waren das Lachen, die Freude und das Spiel, die mit der Lust kamen. Das vermisste er so sehr, und er war ein Riesendummkopf gewesen, weil er nicht verstanden hatte, wie kostbar diese Dinge waren, als er sie noch genießen konnte.

Vivienne würde ihn nicht verführen. Es war nicht mehr nötig. Und er hätte erleichtert sein sollen und nicht sehnsüchtig wie ein liebeskranker Junge.

Er legte den Arm um sie und führte sie in eine schummerige Ecke in diesem Raum voller Männer und Kurtisanen. Sie alle waren zu sehr mit Sex und Verführung beschäftigt, um sie zu bemerken, aber er wollte, dass Vivienne sich auch wirklich unbeobachtet fühlte.

„Cavendish war nur zwei Monate lang mein Liebhaber“, erklärte Vivienne und runzelte die Stirn. „Und ich rede nie mit einem Mann über einen anderen Mann.“

„Ich bin nicht Ihr Liebhaber. Und ich werde auch nicht mit Ihnen schlafen, also erübrigt es sich, mir zu erzählen, dass ich der Beste bin oder der Größte oder der einzige Mann, der es jemals geschafft hat, dass Sie kommen.“ Er grinste, als sie ihn überrascht anschaute. „Wir Männer sind nicht so leicht zum Narren zu halten, wie Sie vielleicht denken. Und jetzt erzählen Sie mir, wie Cavendish war – als Mann.“

Sie kräuselte die Lippen. „Er liebte wilde Abenteuer, und er ging gern Risiken ein.“

„Was für Risiken? Risiken in Ihrem Bett?“

„Nein. Er …“

Wer hätte gedacht, dass eine erfahrene Kurtisane erröten konnte?

„Er war immer oben“, berichtete sie. „Es gefiel ihm, meine Arme über meinem Kopf festzuhalten, sodass ich mich unter ihm nicht rühren konnte. Während der Hälfte der Zeit konnte ich kaum atmen. Ich kämpfte praktisch ums Überleben, bis er endlich fertig war.“ Sie warf einem kichernden Mädchen einen prüfenden Blick zu. „Wenn diese Mädchen tatsächlich so fröhlich sind, können sie nicht viele Erfahrungen mit Männern gesammelt haben, die sie für Sex bezahlen.“ Ihre Augen wirkten so leer, wie er sich fast immer fühlte.

Verzweifelt sehnte er sich danach, sie wieder zu küssen. Er wollte ihre Lippen liebkosen und ihr zeigen, zu welchen Gefühlen sie fähig war. Aber es war schon ein Risiko gewesen, sie ein einziges Mal zu küssen. Und dabei war nichts anderes herausgekommen, als dass er sie jetzt noch mehr begehrte. „Nun gut. Welche Risiken ging er denn dann ein?“

„Er spielte um hohe Einsätze. Aber meistens gewann er, sodass ich das nicht als Risiko bezeichnen würde. Er unternahm gern Expeditionen. Meistens nach Afrika und Indien.“ Sie stieß einen tiefen Seufzer aus. „Ich fürchte, ich kann Ihnen nichts Hilfreiches über den Mann erzählen. Wenn wir zusammen im Bett waren, habe ich nichts von einer Herzkrankheit bemerkt. Und falls ich seine Seele gestohlen habe …“ In ihren Augen glitzerten Tränen, „… hatte ich keine Ahnung davon.“

„Wie hat es sich angefühlt, mit ihm zu schlafen?“

„Ich kämpfte um Luft zum Atmen. Er war groß und schwer. Es war die Hölle.“

„Und wenn er zum Höhepunkt kam, haben Sie Hitze gespürt? Durchlief Sie ein Gefühl der Macht? Sahen Sie bunte Lichter?“

„Manchmal sah ich aus Sauerstoffmangel Sterne. Ich bat ihn, mich nicht so fest aufs Bett zu drücken, während wir Sex hatten. Aber er hörte mir gar nicht zu. Es war meine Aufgabe, ihm das zu geben, was er wollte.“

„Aber Sie sagten, er habe Sie nicht bezahlt.“

„Das tat er auch nicht. Aber er wusste, dass ich eine Kurtisane gewesen war. Ich hatte kein Recht, den großen Earl of Cavendish um etwas zu bitten, nicht wahr?“ Bitterkeit ließ ihre Stimme hart klingen. „Ich erinnere mich nicht, im Bett mit ihm irgendetwas gefühlt zu haben. Ich tat es, um den Preis für Sarahs Medizin zu bezahlen.“

„Arme, liebe Miss Dare.“

„Bemitleiden Sie mich nicht, Heath. Ich bin weder arm noch lieb.“

Er packte sie beim Ellbogen und zog sie noch weiter in die Ecke hinein. Mitten im Raum klatschten zwei nackte Mädchen einander spielerisch auf die Hinterteile. Alle schauten dorthin. „Hatte irgendjemand einen Grund, seinen Tod zu wünschen? Helfen Sie mir, Vivienne. Nur auf diese Weise kann auch ich Ihnen helfen.“

Vivienne wusste, was er meinte. Sarah. Sie verdankte diesem Mann das Wunder ihrer beginnenden Genesung. „Er besaß einige Schuldscheine anderer adliger Gentlemen. Einige von ihnen über große Geldsummen.“

„Kennen Sie die Namen der Gentlemen, die die Schuldscheine ausgestellt haben?“

„Nein. Solche Dinge gehen eine Mätresse nichts an.“

„Einer dieser Männer könnte also ein Motiv haben. Oder sein Erbe. Fällt Ihnen noch jemand ein?“

Vivienne zuckte mit den Schultern. „Er hat nicht sehr viel mit mir geredet. Ich glaube, alles was er von mir wollte, war, dass ich unter ihm um mein Leben kämpfte, während er in mich hineinstieß.“ In ihren Augen brannten Tränen, und sie hoffte, dass Heath sie nicht sah.

Wieder nahm er ihren Arm und führte sie durch den Raum zu einem Sofa, auf dem eine nackte blonde Frau ruhte. Ein Maler porträtierte sie, und hinter ihm stand ein Gentleman und sah zu, wie das Bild langsam entstand. Auf dem Gemälde war neben der Frau ein Mann mit einem enormen Schwanz zu sehen. Offensichtlich inspirierte dieser Anblick den Gentleman, denn er streichelte die Vorderseite seiner Hose.

Dann bekam Vivienne einen vorsichtigen Stoß, und Heath führte sie im Kreis durch den ganzen geräumigen Salon. Sie sah den intensiven Blick, mit dem er jede Kurtisane und jeden Gentleman musterte und gleichzeitig sie beobachtete.

Schließlich blieb er neben einer älteren Prostituierten stehen und begann, sie über Cavendish zu befragen. Vivienne musste heftig schlucken, als er erklärte, Cavendish sei in diesem Raum gestorben. Dann hörte sie Heath fragen: „Und die Dame neben mir – haben Sie sie schon früher hier gesehen?“

„Nein, Mylord.“

Als er sie weiter durch den Raum führte, wandte Vivienne ihm zu. „Sie befragen die Leute, um festzustellen, ob ich jemals hier war?“

„Das muss ich tun, obwohl ich nicht glaube, dass Sie mich in dieser Frage belogen haben. Sie schienen ehrlich überrascht über den Anblick, als wir das Haus betraten.“

„Und Cavendish ist hier gestorben“, stellte sie erschaudernd fest.

„Denken Sie jetzt nicht daran. Ich werde später noch mehr Leute befragen. Doch zunächst möchte ich Ihnen ein ganz bestimmtes Zimmer zeigen. Ich gehe davon aus, dass um diese Zeit der Akt, den Sie sehen sollen, gerade stattfindet.“

Wenige Minuten später stand Vivienne vor einem breiten Samtvorhang in dunklem Burgunderrot. Sie hatte keine Ahnung, was genau Heath ihr beweisen wollte, aber sie war nervös.

„Es handelt sich um eine Szene, von der ich glaube, dass Sie sie genießen werden, meine Liebe. Eine Frau hat das Kommando über mehrere Männer, die alles tun werden, um sie zu befriedigen.“

Vivienne runzelte die Stirn, als sie in seine funkelnden, spiegelnden Augen sah. „Eine Frau, die das Sagen hat? Womöglich sieht es so aus, aber ich bezweifle stark, dass es tatsächlich so ist.“

Heath deutete auf den Vorhang. „Bitte. Schauen Sie durch den Spalt.“

Seine Arroganz ärgerte sie. Sie wusste, er wollte sie herausfordern, also trat sie vor und schaute hin. Sie musste ein paarmal blinzeln, bevor sie klar sehen konnte …

In der Mitte des Zimmers lag ein nacktes Paar auf einem ovalen Bett und hatte Sex. Die Frau, eine Rothaarige mit riesigen Brüsten, war oben. Aber die beiden waren nicht allein. Eine Mann mit schokoladenbraunen Haaren kniete hinter der Frau, die Hand fest um seinen geschwollen Schaft gelegt. Seine Finger reichten kaum um seinen Schwanz herum, und sie wusste, wie groß eine Männerhand war. Er war sogar noch großzügiger ausgestattet als Heath.

Der Mann hielt ein Fläschchen über den Hintern der Frau, und eine goldfarbene Flüssigkeit strömte langsam heraus. Es floss zäh und langsam wie Öl auf ihren Po und lief zwischen die Backen.

Der braunhaarige Mann beugte sich langsam vor und strich mit seinem enormen Penis durch das goldene Öl. Er massierte das Hinterteil der Frau mit seinem Schwanz, bevor er ihn langsam in ihre gekräuselte Rosette bohrte.

Vivienne hielt den Atem an. Sie hatte schon davon gehört, dass ein Mann in den Hintereingang einer Frau eindrang. Sie selber hatte es nie zugelassen. Die Frau, die zwischen zwei Männern gefangen war, stöhnte laut. Wenn man bedachte, dass sie bereits einen Mann ritt, wie konnte dann der andere noch in sie hineinpassen, selbst wenn er sich in ihren Hintern schob?

Ein weiteres kleines Stück des dicken Schwanzes glitt in die Frau hinein. Der zweite Mann hob beide Hände und dirigierte nur durch das Vor und Zurück seiner Hüften seinen Schaft. Der sich ein kleines Stück nach vorn schob. Und weiter. Und noch weiter.

Die Frau schrie auf, als er ein letztes Mal zustieß. Seine Leiste presste sich nun fest an ihren Po. „Oh, ich fühle mich so wunderbar ausgefüllt“, rief sie.

Der Mann mit den schokoladenbraunen Locken lachte. „Wir haben gerade erst angefangen.“ Er beugte sich vor und griff nach einem Elfenbeinstab, der auf dem Bett lag. Solche Stäbe waren dazu gedacht, dass eine Frau sie selbst in sich hineinschob – um sich Befriedigung zu verschaffen oder einem Mann Lust zu machen, der sie dabei beobachtete.

Das Elfenbein schimmerte im Licht. Offenbar war es bereits geölt worden.

Der Mann zog sich ein kleines Stück aus der Frau zurück, sodass sein geschwollener Schaft zu sehen war, bevor er wieder zwischen den weißen Backen verschwand. Vivienne blieb die Luft weg. Es sah höchst erotisch aus.

Nun hielt der Mann die Spitze des Elfenbeinstabes neben seinem Schwanz an ihre gedehnte Rosette.

„Oh, Mylord“, kreischte die Frau. „Was machen Sie da?“

„Ich zeige dir, was ausgefüllt sein wirklich meint, meine Liebe.“

Wie eine gehorsame Dienerin nickte das Mädchen. Aber sie schrie, als er den Stab in sie hineinschob. Mit beiden Händen krallte sie sich an die Brust des ersten Mannes, der kohlrabenschwarze Haare hatte. Er lächelte sie an. „Wird es dir zu viel?“

Ihr Gesicht war knallrot. „Nein. Nein, es ist nicht zu viel. Ich *will* es.“

Die Augen des zweiten Mannes leuchteten vor Vergnügen. Mit weit aufgerissenen Augen schaute Vivienne zu, wie der Elfenbeinstab trotz seines Umfangs in das Mädchen hineinglitt.

Die Frau keuchte. „Oh. Ich habe gefühlt, wie ich mich dehnte.“

„Ich auch“, murmelte der Mann.

„Gütiger Himmel“, wimmerte sie. „Ich bin so voll. Sie beide allein sind schon wirklich riesig.“

„Aber du bist nicht wirklich vollgestopft, nicht war, Liebste?“ Der braunhaarige Mann bewegte mit einem Ruck die Hüfte nach vorn.

Das Mädchen schüttelte den Kopf.

Vivienne schnappte nach Luft. Sein flacher Bauch stieß gegen das Ende des Elfenbeinstabes. Sein Schwanz und der elfenbeinerne Stab glitten tiefer in den Hintern der Frau. Tauchten zum

Teil wieder auf. Schoben sich erneut hinein.

Vivienne bemerkte, dass sie ihre Hände zu Fäusten geballt hatte, genau wie das Mädchen. In ihrem Kopf herrschte ein heilloses Durcheinander. Zwischen ihren Schenkeln pochte es heftig. Selbst ihr Hintern kribbelte bei der Vorstellung, derart ausgefüllt zu sein …

Der erste Mann rief lachend: „Komm schon, Bedowin. Wir brauchen einen Schwengel für ihren Mund. Und bring die Klammern für die Nippel mit."

Alles ging ganz schnell. Ein dritter Mann – er war blond – trat hinter einem Vorhang hervor. Er war erregt. Von der purpurroten Spitze seines Schwanzes tropfte silbrige Flüssigkeit. In der Hand hielt er kleine Spangen, die einige Lederstreifen zusammenhielten. Flink befestigte er die Klammern an den dicken braunen Nippeln und reichte die Lederstreifen den anderen beiden Männern. Dann spreizte er die Beine über dem Kopf des Mannes, der unten lag und schob seinen geschwollenen Penis in den nur zu willigen Mund des Mädchens.

Die drei Männer stießen wild in das Mädchen hinein, das sich wand und zuckte und bebte, als sei es von Dämonen besessen. Ihre Schreie wurden vom Schwanz des blonden Mannes gedämpft. Plötzlich bäumte das Mädchen sich auf und krallte sich mit beiden Händen in den Hintern des dritten Mannes. Sie klammerte sich krampfhaft an ihn, und ihre Lippen hielten seinen steifen Schwengel fest, während sie hilflos zuckend zwischen den beiden anderen Männern lag.

Und diese Männer lachten freudig auf und vögelten sie schonungslos und heftig. Das Mädchen kam wieder und wieder, und Vivienne spürte wie einen Stein auf ihrer Brust die wachsende Erregung, die das Zimmer füllte.

Ihr wurde klar, was die Männer taten: Sie machten verzweifelt immer weiter. Keiner von ihnen wollte derjenige sein, der als Erster kam. Derjenige mit dem geringsten Durchhaltevermögen.

Endlich rief der Mann mit den dunkelbraunen Haaren: „Verdammt, ich kann nicht mehr!" Er schob seine Hüften nach vorn und verströmte alles, was er hatte, in den Hintern des Mädchens, dabei schrie er „O Gott“, so laut er nur konnte. Vivienne war verblüfft. Normalerweise grunzten Männer. Oder ächzten. Ihr Orgasmus entpuppte sich aber oft auch als die einzige Gelegenheit, bei der sie still waren.

Nicht jedoch dieser Mann. Er warf den Kopf nach vorn und gleich wieder nach hinten, während er kam. Er brummte, brüllte und klatschte seinen Bauch mit aller Kraft gegen das Hinterteil des rothaarigen Mädchens. Die anderen beiden Männer gaben angesichts seines offensichtlichen Vergnügens rasch auf, doch bei keinem von ihnen war es so aufregend, den Orgasmus mitzuerleben, wie bei dem Mann mit den braunen Haaren. Die beiden stöhnten ein wenig, erstarrten und entspannten sich wieder.

„O Molly, du bist das aufregendste Mädchen in ganz England“, ächzte der braunhaarige Mann. Vorsichtig zog er den Elfenbeinstab aus dem Hintereingang des Mädchens und gleich anschließend seinen eigenen Schwanz.

Er klatschte in die Hände, und ein Diener hastete mit einer Schüssel voll heißem Wasser herbei. Über dem Arm trug er gefaltete Handtücher – vorgewärmte Tücher aus dickem weißem Leinen. Aus der Schüssel und von den Handtüchern stieg Dampf auf.

Der Mann mit den braunen Haaren reinigte sich selbst hastig mit einem Tuch. Dann griff er nach einem anderen Lappen, tauchte ihn ins Wasser und wischte Molly sanft damit ab. Auch die beiden anderen Männer zogen sich aus ihr zurück, stiegen wortlos aus dem Bett und verschwanden hinter dem Vorhang.

Viviennes Herzschlag stolperte, während sie zusah, wie der fremde Mann vorsichtig seine Geliebte wusch. Sie fand diesen Anblick höchst erstaunlich. Und Molly kicherte die ganze Zeit.

Etwas Derartiges hatte sie nicht erwartet.

„Fanden Sie es erregend?“ Heath legte die Hände auf ihre Schultern.

Vivienne zuckte zusammen. Während sie beide die Szene beobachtet hatten, hatte er sie nicht berührt, sondern stumm hinter ihr in der Dunkelheit gestanden. Und jetzt war sie fast bereit zu schnurren, als sie den Druck seiner Finger spürte …

Nein, das würde sie nicht tun. Obwohl sie sich am liebsten umgedreht, ihm die Kleider vom Leib gerissen und sich wie eine Tigerin auf ihn gestürzt hätte.

„Es kommt noch mehr“, erklärte er mit einem verheißungsvollen Lächeln. „Die Nacht hat gerade erst angefangen.“

„Wenn Sie vorhatten, mich in Erregung zu versetzen, ist Ihnen das gelungen“, sprudelte sie hervor. „Doch ich war gestern bereit, mit Ihnen zu schlafen, ohne all … all das.“

„Sie waren bereit, sich *zu opfern,* indem Sie mit mir Sex hatten, um die alte Frau in der Apotheke zufriedenzustellen.“

Sie wirbelte herum und sah ihn an. „Was hat das alles zu bedeuten? Hat sie dafür gesorgt, dass Sie das hier arrangieren?“

„Ich empfange keine Befehle, meine Liebe. Nicht einmal von Männern, die mir mit Freuden einen Pflock ins Herz stoßen würden, wenn ich mich weigere, ihnen zu gehorchen.“

Um festzustellen, ob Miss Dare tatsächlich ein Sukkubus war, musste Heath sie in Erregung versetzen. Er musste sie so starken sexuellen Versuchungen aussetzen, dass sie die Wände hochging.

„Kommen Sie, Miss Dare. Ihre Nacht der erotischen Erfahrungen hat gerade erst begonnen.“

Dunkelheit. Es war entsetzlich dunkel um sie herum.

Vivienne riss ihre Augen weit auf. Doch außer Schwärze sah sich absolut nichts. Sie befand sich nicht mehr in dem Bordell. Wo sie skandalöse Dinge gesehen hatte. Verrückte, erregende Szenen, mit mehreren Menschen, die miteinander Sex hatten, mit Männern, die ihre steifen Schwänze in jede vorstellbare Körperöffnung steckten …

Plötzlich machte ihr Herz einen Sprung in ihrer Brust. Sie sog die Luft so tief ein, wie sie nur konnte. Panik stieg in ihr auf, aber sie war nicht in der Lage, langsamer zu atmen. Heftiger Schmerz pochte in ihren Schläfen, umklammerte ihr Herz wie eine Faust und stach ihr in die Seiten. Ihr war kalt, als wäre sie in einer Winternacht in die Themse gefallen.

Sie rollte sich aus dem Bett. Ihr Atem ging rasch. Viel zu rasch. Und obwohl sie verzweifelt nach Luft schnappte, erreichte kein Sauerstoff ihre Lungen. Was war los? Warum hörte das nicht auf? Sie musste ...

Starke Arme hoben sie hoch, sie verlor den Boden unter den Füßen und wurde gegen eine warme, nackte Männerbrust gepresst.

Heath.

Sie versuchte, ihm ins Gesicht zu sehen. Doch vor ihren Augen lag ein dunkelroter Schleier. Ein durchsichtiges Tuch, das die Farbe von Blut hatte ...

„Was ist mit Ihnen, Liebste?"

Sie versuchte zu sprechen. Enger und enger fühlte sich ihre Brust an, als würde sie von einem Metallband umschlossen. „Ich ..."

Plötzlich legte sich seine Hand von unten um ihre linke Brust. Durch den Stoff ihres Nachthemds musste er spüren, wie wild ihr Herz klopfte.

„Ich ... kann nicht atmen." Sie fuhr zusammen, als ein weiterer scharfer Schmerz wie ein Beil ihren Kopf durchschnitt. „Sie ... Sie sehen plötzlich ganz rot aus."

Schauer überliefen sie. Vivienne spürte die Hitze seines Körpers nicht mehr, obwohl seine kräftigen Armen sie immer noch umschlangen und an die harten Muskeln seiner warmen Brust pressten. Doch ihr war so kalt, dass sie sich nicht mehr bewegen konnte.

„Sarah", krächzte sie mit tauben, eisigen Lippen. Würde sie sterben und Sarah allein zurücklassen?

„Verdammt", stöhnte Heath. „Was habe ich getan?"

Das Nächste, was sie sah, war der Himmel ihres Betts über sich. Sie lag flach auf dem Rücken, und Heath hatte ihr Nachthemd hochgeschoben. Mit beiden Händen spreizte er ihre kalten Beine. Sein Atem strich über ihren nackten Bauch. Er fühlte sich so wunderbar heiß an. Sie brauchte mehr davon, um die Kälte zu vertreiben. Sie versuchte, ihn bei den Schultern zu packen und näher an sich heranzuziehen, aber sie konnte ihre Arme nicht bewegen.

Dann beugte er seinen Kopf, und seine Zunge glitt heiß und nass durch ihre Spalte.

5. KAPITEL

Sein Plan war absolut idiotisch gewesen.

Heath presste seinen Mund auf die weichen Löckchen zwischen Viviennes Schenkeln. Sie lag leblos auf ihrem riesigen Bett, und sein Herz, sein so lange tot geglaubtes Herz, pochte bei diesem Anblick angstvoll und dumpf. Leise Schmerzenslaute kamen über ihre zitternden Lippen. Schauer ließen ihren bleichen, üppigen Körper erbeben. Sie sah so verletzlich aus. So schwach und krank und verängstigt.

Er wusste, wie der Tod aussah. Und sie befand sich auf seiner Schwelle.

Das war seine verdammte Schuld.

Wieder einmal hatte er sich hochmütig verhalten, hatte gedacht, er wüsste, was richtig ist.

Er war davon ausgegangen, es würde ihr Verlangen schüren, wenn er sich ihr verweigerte. Er hatte nicht damit gerechnet, dass sie Schmerzen leiden und ihr Körper so eiskalt werden würde. Es war, als würde die Lebenskraft ihren Leib verlassen. In dem nur schwach beleuchteten Schlafzimmer konnte er fast sehen, wie ihre Energie, goldenem Feenstaub gleich, über ihr schwebte.

Er musste dafür sorgen, dass das aufhörte. Er musste sie retten.

Mit seiner Zunge fuhr er durch ihre zuckende Spalte. Ihr Geschmack – salzig, vollmundig, erdig, reif – explodierte in seinem Mund. Ihre Schamlippen fühlten sich an wie mit Sahne bestrichene Seide. Doch selbst hier, an der intimsten Stelle ihres Körpers, wurde sie bereits kalt.

Er hatte keine Zeit für Raffinesse. Oder für einen langen, langsamen Akt, bei dem er sie verwöhnte, bis sie schrie.

Sanft leckte er ihre Klitoris. Ihr erregter, verzückter Aufschrei hallte im Zimmer wider, und ihr kleiner Knopf schwoll in seinem Mund an und wurde hart. Aber sie hatte auch Angst. Das spürte er bei jedem ihrer Herzschläge. Denn sie hatte keine Ahnung, was mit ihr geschah.

Er ließ seine Zunge fest und rasch über ihre Perle tanzen, und sie bäumte sich unter ihm auf. Ein Schwall ihrer Säfte ergoss sich in seinen Mund.

Gott, sie schmeckte so köstlich! Mit der Zungenspitze fuhr er sich über die Unterlippe, um für den Bruchteil einer Sekunde ihr wunderbares Aroma zu genießen. Dann liebkoste er mit seiner Zunge wieder ihre errötende, geschwollene Knospe. Nach ihrem Geschmack konnte er süchtig werden.

Er wusste, ihm blieb keine andere Wahl, als der Versuchung nachzugeben. Er musste riskieren, etwas zu begehren, das er nur ein einziges Mal und dann nie wieder haben konnte.

Er legte seine Lippen um ihre Klitoris und saugte daran. Ihre Hüften hoben sich von der Matratze. Ihre Haut bekam wieder Farbe, als sie langsam wärmer wurde. Ihr Körper sah nicht mehr aus wie bläulicher Gips.

In seinem Mund kribbelte es, seine Mundhöhle wurde heiß, und er fuhr zurück, als seine Eckzähne hervorschossen.

Er musste sich beherrschen, denn er durfte sie nicht beißen.

Er musste ihr Lust verschaffen.

Nie zuvor war es so gewesen.

Vivienne krallte sich in das zerknüllte Laken. Einmal, als sie noch sehr jung gewesen war, hatte sie versucht zu fliegen, indem sie aus dem Fenster der Absteige sprang, in der sie lebte. Nur für Sekunden war sie geschwebt und dann wie ein Stein gefallen – zum Glück in einen Karren voll Lumpen.

Auch jetzt schwebte sie. Wirbelte federleicht durch Lust und Freude. Heiße Wellen durchliefen ihren eisigen Körper. Ihre Haut fühlte sich lebendig an, empfindsam, erregt. Dort, wo der Saum des Nachthemds ihren Bauch berührte. Wo die Spitze ihres Mieders sie kitzelte. Und ganz besonders da, wo sie selbst mit den Fingerspitzen ihre Brüste streichelte.

Dann durchfuhr sie ein scharfer Schmerz, und ihre Hände erstarrten auf ihrem Busen.

Plötzlich packte Heath ihre Hüften. Er drehte sich auf den Rücken und zog sie mit sich, sodass ihre Pussy auf seinem Mund lag. Erschrocken schrie sie: „Was tust du da? Ich werde dich ersticken, wenn ich so auf dir liege.“

Wieder glitt seine Zunge über ihre Klitoris. Seine Liebkosungen waren verschwenderisch und freigiebig, und sie musste die Augen schließen.

„Mach dir keine Sorgen um mich, Liebste. Sei einfach nur still, während ich dafür sorge, dass du kommst. Lass mich den Angriff beginnen.“

Seine Worte ließen sie erschaudern.

Eine weitere spielerische Berührung seiner Zunge ließ sie aufstöhnen. Sie verstand sehr schnell, was er mit „Angriff“ meinte. Er schob die gespreizten Finger unter ihr nacktes Hinterteil und hob es an. Hob sie hoch, sodass ihre Schamlippen sich für ihn öffneten und er an ihrer Perle saugen konnte. Bei jedem zärtlichen, sanften Ziehen war nur noch Raum für Freude in ihrem Kopf, und alle anderen Gedanken wurden verdrängt.

Gütiger Himmel, er streichelte sie zwischen ihren Hinterbacken. Als er ihren engen Eingang berührte, durchzuckte sie ein heftiges, ein überwältigendes Gefühl. Sie keuchte erschrocken, erstaunt über die Lust, die sie empfand. Er versuchte nicht, einzudringen, streichelte sie einfach nur.

Nie zuvor hatte sie jemandem erlaubt, sie so zu berühren. Es fühlte sich unglaublich gut an.

Und der Schmerz verschwand.

Er schob zwei Finger in ihre Muschi, während er seine Zunge um ihre Perle kreisen ließ und sie damit vollkommen verrückt machte. Ihre inneren Muskeln zogen sich fest um seine Finger zusammen, als würde sie um seinen Schwanz betteln. Nie zuvor war sie so nass gewesen. Nie hatte sie sich da drinnen so leer gefühlt.

Sie brauchte ihn. Verzehrte sich nach ihm.

Schamlos rieb sie sich an seinem Gesicht, hörte aber sofort wieder damit auf. Das musste ihm wehtun.

Doch er packte ihren Hintern fester und zog ihn dicht an sein Gesicht heran. Scheinbar mochte er es, wenn sie sich ein wenig ordinär gab. Er presste ihre Spalte an seinen Mund. Seine Finger glitten aus ihrer Öffnung heraus, doch sein Zeigefinger kreiste immer noch um ihre enge, empfindliche Rosette.

Das war so gut. Sie hatte den Schmerz vergessen. Wärme stieg in ihr auf. Wärme, die entfacht wurde durch die flammende Hitze in ihrem Schoß, Heaths brennend heiße Hände auf ihrem nackten Po, seinen heißen Atem, der über ihre intimsten Stellen strich, und das feuchte Feuer seiner Zunge, mit der er sie leckte.

Jede seiner Liebkosungen fühlte sich so intensiv an, als sei sie nie zuvor berührt worden. Allerdings hatte auch noch nie jemand mit seiner Zunge ihre Spalte verwöhnt, während er mit den Fingern an ihrem Hintereingang herumspielte. Und dann schob er zu ihrem Entsetzen seinen Finger langsam dort hinten in sie hinein. Glitt wieder hinaus und tat es noch einmal.

Ihr Körper leistete Widerstand. Aber es gefiel ihr, und dieser Widerstand machte es nur noch aufregender.

Dann machte er alles gleichzeitig. Er reizte ihre Klit mit seiner Zunge, schob zwei Finger in ihre heiße Muschi und zwei andere in ihren nun willigen Po. Da waren nun also skandalöserweise zwei Finger an einem Ort, an dem sie sich nie zuvor von einem Mann hatte berühren lassen. Niemals hätte sie gedacht, dass es sich so gut anfühlen würde. Die Finger, die in ihrer Pussy steckten, sorgten dafür, dass ihr Po sich eng anfühlte, und seine Finger in ihrem Hintereingang ließen ihr ihre Möse wunderbar ausgefüllt erscheinen.

Das war einfach zu viel. Zu viel Lust, die sie von überall her durchlief.

Ihr Körper explodierte, als hätte Heath einen Knopf betätigt. Sie kam. Löste sich auf. Ihre Schreie stiegen zur Decke auf, und sie zuckte heftig. Er hielt sie fest, während sie sich an ihm rieb. Lautes Stöhnen erfüllte das Zimmer – ihr Stöhnen, während ihr Orgasmus erneut tief in ihrem Inneren aufbrandete. Es war, als würde er niemals enden.

Heath leckte sie immer weiter. Trieb sie über jede Grenze hinaus, die sie jemals überschritten hatte. Es war wunderbar. Unerträglich aufregend. Fast schon … beängstigend.

Nie zuvor war sie gekommen, ohne sich selbst zu berühren. Nur sie wusste, wie sie sich die Lust verschaffen konnte, durch die sie zum Höhepunkt kam, und selbst wenn sie mit einem zahlenden Liebhaber zusammen gewesen war, hatte sie sich insgeheim angefasst, um ihr Vergnügen zu finden.

Heath hatte dafür gesorgt, dass sie die Kontrolle aufgab. Und auf diese Weise zu kommen, ganz allein durch das, was er tat, und genau dann, wenn er es wollte und zuließ, war ... äußerst erfreulich gewesen.

Langsam verebbte die Lust. Und sie saß immer noch auf ihm. Wohlig streckte sie ihre Hände und ihre Zehen, wand sich dabei und stöhnte vor Behagen.

Er hob sie hoch und schob sie auf seine Schultern hinunter. „Wie fühlst du dich, Liebste?"

„Gut", gelang es ihr zu flüstern.

Sie schaute ihn von oben an. Seine Lippen und seine Wangen glänzten im Licht der Lampe. Allmächtiger, ihre Säfte waren auf der Haut um seinen Mund verteilt! Er leckte sich über die Unterlippe und lächelte frech, während er ihren Geschmack genoss.

„Hast du noch Schmerzen?"

„Himmel, nein." Da fiel es ihr erst auf. „Nein. Mir ist auch nicht mehr kalt." Ein schrecklicher Schmerz durchbohrte ihr Herz. Sie umklammerte ihre Brust. Und brach über ihm zusammen.

Durch das Brausen in ihren Ohren hörte sie schwach seine Stimme.

„Verdammt, das reichte nicht. Aber ich kann es nicht tun, Vivienne, ich darf meinen Schwanz nicht in dich hineinschieben." Er klang heiser, und sie wimmerte leise. Der Schmerz war doppelt so stark wie vorher. Sie hatte sich auf seinem Körper zusammengerollt.

„Sonst kann ich alles tun", flüsterte er. „Alles, was wir uns nur vorstellen können."

Sie spürte seinen Herzschlag. Warum sie ihn so deutlich fühlen konnte, wusste sie nicht. Sie lag quer über seinen Hüften, und ihr Bauch presste sich an seine lange, harte Erektion. Irgendein Instinkt ließ sie an seinem Körper aufwärts rutschen, mit den Fingern über seine kräftige Brustmuskulatur streichen und die Hände dann über die harte, gerade Fläche seines Bauches abwärts bewegen, um durch den Stoff seiner Hose seinen dicken, steifen Schaft zu packen.

„Bitte", wisperte sie.

Tu es und lebe. Nimm ihn und lebe. Sie wusste nicht, wo die Worte herkamen. Sie schienen aus ihrer Seele aufzusteigen. Sie musste Sex mit ihm haben. Sie musste ihn dazu bringen, ihren brennend heißen Schoß auszufüllen, damit die Kälte verschwand, an der sie zu erfrieren drohte.

Wild zerrte sie am Verschluss seiner Hose.

Es war nicht genug.

Heath wusste es. Er hatte die Dämonin in ihr geweckt. Und diese Dämonin verlangte nach der Lust eines Mannes. Ihr eigener Orgasmus reichte nicht aus, um sie zu befriedigen. Sie brauchte seinen Höhepunkt, sonst würde sie wahrscheinlich sterben.

Welchem Mann würde das nicht gefallen: eine Frau, die bereit war, alles zu tun, damit er kam? Doch es brach Heath das Herz.

„Nein, Liebste." Er griff nach ihren Händen und zog sie von seinem pochenden Schwanz weg. Sein überdimensionaler Vampirpenis dehnte und streckte sich und zuckte in seiner Hose. Auf der Suche nach ihrer Hitze – ihrem heißen Mund, ihrer Hand, ihrer brennenden, süßen Muschi. Aber er durfte nicht mit ihr schlafen.

Falsch. Er durfte nicht *zwei Mal* mit ihr schlafen.

Sanft ließ sie über ihm ihre Hüften kreisen. Diese schlichte Bewegung kostete ihn fast den Verstand. Sie trug immer noch ihr Nachthemd, aber die Schwellungen ihrer Brüste waren unter dem Stoff als zwei steile Hügel zu erkennen. Ihre Wangen glühten rosig. Und sie war immer noch atemlos von dem Orgasmus, den er ihr verschafft hatte.

Es gab nichts Erotischeres, nichts Erregenderes als eine Frau, die eine Weile nach ihrem heftigen Höhepunkt immer noch nach Luft schnappte.

Verdammt.

Das hier war sein verfluchter Fehler.

Sie versuchte, ihre Handgelenke seinem Griff zu entwinden. „Ich will dich. Ich brauche dich. Bitte … Niemals habe ich jemanden so sehr begehrt, wie ich dich gerade jetzt begehre.“

„Es ist ein Verlangen, das du nicht kontrollieren kannst“, flüsterte er. „Wenn du keinen Sex mit mir hast, wird dein Körper nicht überleben.“ Ein einziges Mal war kein Problem. Er konnte sie immer noch auf seinen Lippen schmecken, und er wollte sie. „Ich weiß, du tust das hier nicht, weil du es wirklich willst, aber ich schwöre, ich werde dafür sorgen, dass es sich gut für dich anfühlt.“

Sie streichelte sein Gesicht. Ihre Liebkosung war so zärtlich, dass sie sein Herz berührte. Und dadurch wurde sein Verlangen nur noch größer.

„Du irrst dich“, flüsterte sie. „Es ist nicht einfach nur Begehren. Nicht einfach nur ein Bedürfnis. Seit dem Augenblick, als ich dabei zugesehen habe, wie du meiner Tochter halfst, sehne ich mich nach dir. Ich habe versucht, dagegen anzukämpfen. Aber das will ich nicht mehr tun.“

Sie beugte sich vor und ließ ihr sündig schönes Haar über ihn fließen. Ihre Lippen berührten seine.

Was für ein Kuss. Sanft und liebevoll, langsam und leidenschaftlich, zum Dahinschmelzen. Es war der Kuss einer Frau, die ihn bewunderte.

Er wusste, dass sie von unkontrollierbarer Lust angetrieben wurde. Sie hatte miterlebt, wie er zwei gute Taten vollbrachte, eine für sie und eine für ihre Tochter. Doch sie hatte keine Ahnung, was für ein Unhold er in Wirklichkeit war.

Und das konnte er ihr in diesem Moment auch nicht erzählen. Er musste sie jetzt vögeln, musste dafür sorgen, dass sie kam. Und dann würde er sich selbst im Orgasmus seines Lebens auflösen.

Hungrig erwiderte er ihren Kuss. Er hob die Arme und umfasste mit den Händen ihre üppigen Brüste. Spielerisch ließ er sie zwischen seinen Fingern beben, auf und ab hüpfen und gegen seine Hände klatschen. Mitten im Kuss stöhnte sie auf. Eine Dämonin wie sie liebte wilde Spiele.

Er öffnete den Verschluss ihres Nachthemds. Ihre Brüste fielen ihm direkt in die Hände, rund, goldfarben, mit rosigen Spitzen. Konnte er sich mehr ersehnen? Nach diesen Brüsten konnte ein Mann süchtig werden. Und er würde sie nur ein einziges Mal genießen können.

Mit seinen Daumen rieb er über ihre Nippel. Erfreute sich an ihrem wilden Stöhnen. Ergötzte sich daran, wie ihre Brustspitzen hart wurden, während die übrige Haut unter seinen Fingerspitzen samtweich war. Genoss es, wie er ihre Nippel mit einer leichten Berührung größer und dicker werden lassen konnte.

Sie reagierte so heftig auf ihn und war so willig. Es mussten die Instinkte der Dämonin sein, die in ihr erwacht waren. Vor dem heutigen Abend hatte sie sich wie eine Frau verhalten, die Sex nicht mochte, weil sie rücksichtslos genommen worden war und nun von diesen Erinnerungen verfolgt wurde.

Er schaute lächelnd zu ihr auf. Gott, sie war unglaublich schön. Das Leuchten ihrer strahlendblauen Augen erinnerte ihn an den Himmel, den er nie wieder sehen würde. Sie hatte ein Gesicht, das jeder Mann für den Rest seines Lebens würde betrachten wollen, denn es veränderte sich in jeder Sekunde. Es war ihm unmöglich, den Blick abzuwenden. Sie senkte den Kopf und ließ ihr seidiges Haar über ihre glatten, cremefarbenen Schultern fließen. „Bitte“, wisperte sie.

Seit langer, langer Zeit hatte er nicht auf diese Weise mit einer Frau geschlafen. Mit einem Lächeln auf den Lippen und wild pochendem Herzen.

„Gut, Vivienne“, murmelte er. „Aber um unserer Sicherheit willen, überlass mir die Führung.“

Ihre Brauen bildeten zwei hohe goldene Bögen. „Um unserer Sicherheit willen?“

„Ich bin ein Dämon, Liebste. Das dürfen wir nicht vergessen."

„Ebenso wie ich", erwiderte sie mit sanfter Stimme.

Er lächelte sie an. „Heute Nacht beabsichtige ich, dich wie ein Dämon zu lieben." Für das erste und einzige Mal, das es für sie beide gemeinsam geben durfte.

Vivienne hatte keine Ahnung, wie der Sex mit einem Dämon sein würde. Doch plötzlich wurde sie hochgehoben und auf den Rücken gelegt. Unter ihr bebte ihre weiche Matratze. Es war, als würde sie auf einer Wolke geliebt – oder wohl eher gevögelt.

Heath zerrte seine Hose herunter und enthüllte seinen bemerkenswerten, steifen, riesigen Schwanz. Unglaubliche Erregung stieg in ihr auf, und sie streckte die Hand aus, um ihn zu berühren. Sie streichelte seine Brust, ließ die Finger über seine schmale Taille und seinen flachen, harten Bauch gleiten, liebkoste seine vorstehenden Hüftknochen und die tiefe Einbuchtung darunter. Sein Schaft deutete hinauf zur Decke. Ein Beweis dafür, dass er das hier ebenso sehr wollte wie sie.

Sie packte ihn bei den Hüften und versuchte, ihn zu sich herunterzuziehen.

Mit einem Lächeln, das ihr Herz zum Stolpern brachte, nahm er seinen Schwanz in die Hand und senkte sich zwischen ihre Schenkel. Mit einem tiefen, selbstbewussten Stoß schob er sich in sie hinein.

„Ooooh." Aus ihrem Mund kam ein langes, lustvolles Stöhnen. Sie war von ihrem Orgasmus noch feucht gewesen; nun war sie sogar noch nasser vor lauter Verlangen nach *dem hier.*

Er übernahm die Führung. Es erstaunte sie, wie sehr sie wollte, dass er das tat. Bei Heath hatte sie keine Angst, spürte kein Bedürfnis, sich zu wehren, als er ihre Handgelenke packte und über ihrem Kopf festhielt. Er bewegte sich so sachte in ihr, so kontrolliert, dass es sich himmlisch anfühlte. Mit seinem wuchtigen Schwanz reizte er ihre enge, nasse Pussy. Sie legte die Beine um seine Taille, entschlossen, ihn für immer in sich festzuhalten.

Er glitt tief in sie hinein, und die Eichel seines dicken Penis stieß tief in ihrem Leib gegen einen Widerstand. Und bei jedem Stoß durchfuhr es sie wie ein Bolzen aus reiner Lust.

„Das …“ Ihre Stimme erstarb. Ihre Beine waren fest um ihn geschlungen und ruhten auf seinen herrlichen Hüften.

„Das ist mein harter Schwengel, der dich ausfüllt“, keuchte er. „Das sind meine Stöße, tief in dich hinein. Das ist Lust, und das ist Sünde. So fühlt es sich an, ein Dämon zu sein, meine Liebste.“

„Ja“, flüsterte sie. Sie genoss den köstlichen Laut, mit dem sein Unterleib wie zu einem feuchten Kuss gegen den ihren stieß. Auch er stöhnte und atmete bei jedem Stoß schwer. Unter ihnen knarrte das Bett, und der Baldachin darüber schaukelte. Nie zuvor war sie mit einem Mann zusammen gewesen, der sich im Bett so heftig bewegte und so hart zustieß. Fast hob er das Bett von seinen Beinen.

Und sie liebte es. Heath machte ihr keine Angst – nicht einmal, wenn er völlig außer sich vor Lust und Verlangen war und sie wie ein Wilder vögelte. Er stützte sich neben ihrem Körper ab und tauchte tief in sie hinein, ohne ihr wehzutun. Er wollte, dass es sich gut für sie anfühlte. Er sorgte sich um sie, selbst während er sich wie wild der Erfüllung entgegenstieß.

Ihre inneren Muskeln zerrten an ihm, zogen sich um ihn zusammen. Tief in ihr baute sich die Anspannung auf.

Sie öffnete weit die Augen. Etwas Überirdisches breitete sich in ihrem Körper aus. Ihre Finger verflochten sich mit seinen. Sie wölbte ihren Rücken und kam so heftig, dass sie nicht anders konnte, als zu schreien: „Heath. Heath. Heath!“

„Gott, ja, Vivi. Komm für mich. Komm um mich herum. Pack meinen Schwanz und quetsche ihn zusammen.“

Sie musste kichern, obwohl sie nach Atem rang.

Er lachte mit ihr gemeinsam, stieß einen kurzen, harten Ton aus. Dann beugte er plötzlich seinen Kopf. Sein Körper bebte. Und er kam ebenfalls.

Zusammen mit ihr.

Sie konnte wegen der wunderbaren Wellen ihrer eigenen Lust seine Ekstase kaum genießen. Er stützte sich über ihr ab, und sie sah die heftige Qual in seinem Gesicht.

Schließlich stieß er ein tiefes, raues Ächzen hervor. „Vivienne, Liebste … noch nie war es so wie eben mit dir."

Und er legte seinen Mund auf ihren, küsste sie tief und mit einer Leidenschaft, wie sie sie nie zuvor erlebt hatte.

Verdammt, er war hungrig.

Heath ging im Dunkeln umher, kämpfte gegen seinen Durst nach Blut und bewachte Viviennes Schlaf. Ihr Atem war leise und sanft. Es hatte gewirkt, mit ihr zu schlafen; sein heftiger Orgasmus hatte ihr Bedürfnis nach der Lust eines Mannes gestillt.

Zu schade, dass sie das nie wieder gemeinsam erleben durften.

Er musste nur ihr Fenster öffnen. Dann könnte er fliegen, wohin auch immer er wollte. Es würde leicht sein, einen ahnungslosen Sterblichen zu finden und bei ihm seinen Appetit auf Blut zu stillen.

Er konnte den Herzschlag jeder Kreatur im Haus hören. Es war ein beständiger, gleichmäßiger Ton. Es war die Versuchung. Wenn er zu Hause war, konnte er seine eigenen Blutquellen benutzen. Er kaufte Tierblut von den Schlachthäusern.

Er hätte Blut trinken sollen, als er Vivienne in seine Bibliothek geführt hatte. Wenn er versuchte, noch länger ohne Nahrung durchzuhalten, würde er zusammenbrechen.

Durchs Fenster erspähte er einen dunklen Schatten, der sich vor dem Nachthimmel bewegte und über dem Dach von Viviennes Haus schwebte.

Heath trat vom Fenster weg. Es war Julian.

6. KAPITEL

Sie war tatsächlich ein Sukkubus.

Vivienne richtete sich in ihrem Bett auf. Durch einen Spalt im Vorhang stahl sich Mondlicht in ihr Schlafzimmer. Sie konnte die Umrisse ihres weißen Schreibtischs schimmern sehen, ebenso die geschwungenen Linien der beiden Sessel, die vor dem Kamin standen. Ihr Zimmer sah wunderbar normal aus. Doch sie war es nicht.

In der vergangenen Nacht hatte sie Schmerzen und große Angst gehabt. Sie war von dem Bedürfnis erfüllt gewesen, Sex mit Heath zu haben. Sie war wild entschlossen gewesen, mit ihm zu schlafen. Selbst wenn sie dazu seine Hosen in Stücke reißen und … und ihn hätte zwingen müssen.

Glücklicherweise hatte er freiwillig mitgemacht.

Sex hatte den Schmerz und die Kälte vertrieben. Bedeutete das, sie konnte sterben, wenn sie keinen Sex hatte? Warum hatte sie nie zuvor diesen Schmerz gespürt? Wie konnte sie ein Sukkubus sein, ohne es zu wissen?

Vivienne schluchzte in der Dunkelheit leise auf.

Heath hatte gesagt, er wisse nicht, was das für Sarah bedeutete. Was, wenn der Grund für Sarahs Krankheit darin lag, dass sie ebenfalls ein Sukkubus war? Oder halb Sukkubus, halb Mensch, falls es das gab? Sie hatte Sarah nie verraten, dass ihr Vater ein bösartiger Wüstling gewesen war. Er hatte sich grausam verhalten, doch er war ein Mensch.

Sarah war achtzehn. Sie selber hatte Sarah im Alter von siebzehn zur Welt gebracht. Und von da an hatte sie getan, was sie nur konnte, damit ihre Tochter niemals dieselben Risiken eingehen und dieselben Schrecken erdulden musste wie sie. Ihr Ziel war immer gewesen zu verhindern, dass Sarah gezwungen war, ihren Körper zu verkaufen, um zu überleben.

Was, wenn Sarah war wie sie? Wenn ihre Tochter mit Männern schlafen musste, um am Leben zu bleiben?

Es gab nur eine Person, an die sie sich mit ihren Fragen wenden konnte. Und er hatte bereits ihr Bett verlassen.

Leise Männerstimmen drangen durch ihre Schlafzimmertür. Heath. Er sprach mit einem anderen Mann. Während sie in ihren Morgenmantel schlüpfte, öffnete sie die Tür und sah, wie Heath quer durch den Flur auf Julian zuging. Energisch packte er das Kinn des jüngeren Mannes und zwang ihn, ihm sein Gesicht zuzuwenden.

Vivienne unterdrückte ein erschrockenes Keuchen. Julians Lippen waren blutverschmiert. Und ein kleines rotes Rinnsal lief aus seinem Mund.

„Du hast getrunken", stellte Heath ohne Umschweife fest.

Julian schob Heaths Hand weg. Dann ordnete er seine Kleidung. Sie kannte diese Geste. Er war in seinem Stolz verletzt und warf sich in Positur, um Heath, dem offensichtlich Überlegenen, gegenüberzutreten. „Ich bin ein Vampir. Ich habe nicht vor, mich zu Tode zu hungern wie du."

Sie schnappte nach Luft. Sie hatte bisher nicht gesehen, dass Heath jemanden gebissen hatte. Vampire mussten Blut trinken. Aber Heath hatte sie nicht gebissen. Und er hatte auch Sarah nichts getan.

„Von wem hast du getrunken, Julian?", blaffte Heath. „Hast du sie am Leben gelassen oder sind sie tot?"

Sie verstand nicht. Wenn er selbst ein Vampir war, warum klang er dann so zornig?

Plötzlich brüllte Heath, packte Julian bei der Schulter und schubste den jüngeren Mann zur Seite. Während Vivienne die beiden Männer verwirrt und schockiert ansah, zerbarst das Fenster am Ende des Flurs. Die von den Stangen gerissenen Vorhänge flogen nach innen, und Glasscherben regneten auf den Fußboden.

Aus irgendeinem Grund hatte Heath gewusst, dass das Fenster kaputtgehen würde, und er hatte Julian in Sicherheit gebracht. Nun wandte er sich ihr zu. Er war so schnell, dass sie nicht sah, wie er sich bewegte. „Geh zurück in dein Schlafzimmer", befahl er. „Und schließ deine verdammte Tür ab."

„Warum?“ Sie nahm keine Befehle entgegen …

Eine Art schwarze Flüssigkeit ergoss sich durch das Fenster. Dann verteilte sich die dunkle Wolke, und sie erkannte, was es war. Fledermäuse. Hunderte von ihnen. Ihre Flügel rauschten, als sie durch das zerbrochene Fenster flogen und den Flur entlang Heath und ihr entgegenflatterten.

Was war hier los? Sie musste Sarah aus dem Haus schaffen …

Aber Heaths Hand umklammerte ihre Schulter, und sie konnte nicht losrennen. „Geh in dein Zimmer. Sarah ist in ihrem in Sicherheit. Ich kann die Fledermäuse vertreiben.“

„Gütiger Himmel, wie?“

Er schob sie nach hinten und trat der flatternden Fledermausarmee entgegen. Die schwarzen Tiere umringten ihn. „Sie wollen *mich*“, rief er Vivienne über das Schwirren der Flügel hinweg zu. „Ich werde vorgeladen. Du bist in Sicherheit. Ich muss gehen. Und ich muss dafür sorgen, dass die Ratsversammlung nicht erfährt, was du bist …“

Dann wirbelten die kleinen schwarzen Körper rascher um Heath herum, und sie konnte ihn nicht mehr sehen. Plötzlich änderten die Fledermäuse die Richtung und strömten durch das zerbrochene Fenster wieder nach draußen. Mit ihnen war auch Heath fort.

Vivienne lief zum Fenster, wurde jedoch von festen Händen bei den Schultern gepackt und zurückgezogen. Sie starrte in die silbrigen Augen des blonden Mannes namens Julian. „Das Glas, Miss Dare. Sie würden Ihre Füße verletzen.“

Sie schaute hinunter auf die Scherben, die ihre Fußsohlen vollkommen hätten zerschneiden können. Aber das war ihr egal. „Was ist mit Heath passiert? Wohin ist er gegangen?“

„Die Fledermäuse haben ihn mitgenommen. Er wurde vor den Rat der Vampire beordert.“

„Rat der Vampire?“, wiederholte sie, und ihre Stimme war schrill vor Fassungslosigkeit. „Ein Rat der Vampire hat Hunderte von Fledermäusen geschickt, um … um ihn abzuholen?“

Julian nickte. „Natürlich. So machen sie das.“

Aber sie konnte die Angst in Julians Gesicht erkennen. „Was ist los? Ist er in Gefahr?“

„Das könnte sein. Die Ratsversammlung möchte ihn wegen des Fluchs vernichten.“

In ihrem Kopf ging es drunter und drüber. Fluch? Der Fluch, ein Vampir zu sein? „Ihn vernichten?“, echote sie leise. „Er ist … ein unsterblicher Vampir.“

„Wir können vernichtet werden“, erklärte Julian.

Ihr war übel. Was wurde aus Sarah, wenn er nicht zurückkam? Ihre Tochter brauchte noch mehr von Heaths Blut.

Eine weitere Sorge, eine, mit der Vivienne sich nicht auseinandersetzen wollte, brannte in ihrem Herzen. Sie wollte nicht daran denken, dass Heath in Gefahr war. Sie wollte sich nicht vorstellen, dass er *vernichtet* werden könnte.

Sie kannte dieses Gefühl. Die Art, wie ihr Magen sich hob. Der scharfe Schmerz, der ihr Herz durchfuhr. Sie fing an, etwas für Heath zu empfinden.

Dabei wusste sie nichts über ihn. Außer der verrückten Tatsache, dass er ein Vampir war und sie eine Dämonin. Und irgendwie, inmitten all dieses Wahnsinns und Horrors, hatte sie ihm ihr Herz geöffnet. Obwohl sie sich geschworen hatte, niemals wie ihre Mutter zu werden. Sie würde Sarahs Leben nicht ruinieren, indem sie der Liebe eines Mannes hinterherjagte. Deshalb hatte sie vor sich einen Eid abgelegt, niemanden außer ihrer Tochter zu lieben.

„Wir müssen ihn retten“, stieß sie hervor.

Julian schüttelte den Kopf. „Unmöglich. Niemand kann aus dem Herrenhaus fliehen, in dem der Vampirrat seinen Sitz hat. Wir können nur abwarten – dann sehen wir, ob er überlebt.“

Gejagt von einer Armee von Fledermäusen, stürzte Heath aus der Luft in die Eingangshalle des stillen Herrenhauses in der Curzon Street Nr. 10. Seine Knie krachten auf den Marmorboden. Er rang nach Luft. Die Fledermäuse hatten ihn gezwungen, seine geflügelte Gestalt anzunehmen, damit er fliegen konnte, und ihn dann mit Beißen und Kratzen vorwärtsgetrieben.

Zweifellos hatte er ein Problem.

Wann hatte er jemals keine Probleme mit dem verdammten Rat gehabt? Mehr Sorge machte ihm, dass Vivienne und ihre Tochter schutzlos zurückgeblieben waren, falls Julian sich ihrer nicht annahm.

Hinter ihm schloss sich leise eine Tür, und Hopkins, Lord Adders stets korrekter Butler, trat auf ihn zu. Nichts brachte Hopkins aus der Ruhe, nicht einmal das plötzliche Auftauchen eines nackten Earls in der Eingangshalle. Der Butler hielt ihm einen Morgenmantel aus schwarzer Seide hin. „Die Ratsversammlung erwartet Sie, Mylord. Wenn Sie so freundlich wären, mir zu folgen."

Heath stieß ein heiseres Lachen aus. „Als hätte ich eine Wahl, Hopkins." Hopkins diente Adder seit fünfzehn Jahren – und war dabei sterblich geblieben. „Warum sind Sie nicht schon vor Jahren schreiend davongelaufen, Hopkins?", erkundigte er sich, mehr um den bedächtigen Mann zu schikanieren, als in der Hoffnung auf eine Antwort.

„Ich bin sehr zufrieden mit meiner Stellung hier, Mylord." Die Schritte des Butlers hallten von den Wänden des riesigen Foyers wider, als er vor Heath herging. „Es verletzt mich, dass Sie mir diese Frage stellen."

Heath schlüpfte in den Morgenmantel und folgte dem Butler. Adder war nicht in den Adelsstand geboren, sondern hatte sich in der Welt der Vampire selbst zum „Lord" ernannt. Alle sechs Mitglieder der Ratsversammlung hatten sich diesen Titel zugelegt. Vor der mit Blattgold verzierten Doppeltür blieb Hopkins abrupt stehen. „Hier hinein, Mylord."

Heath zog eine Braue hoch. „Nicht in den Raum, wo der Rat normalerweise tagt?"

„Nicht heute Abend, Mylord." Der Butler zog sich in den Schatten zurück, doch Heath konnte die Angst im Gesicht des Mannes erkennen. Nie zuvor hatte er gesehen, dass irgendein Gefühl die ausdruckslose Maske von Hopkins Gesicht veränderte.

Bei dem Anblick, der sich ihm drinnen im Zimmer bot, verdrehte Heath die Augen. Auf den Fußboden war mit Blut ein Stern in Form eines Pentagramms gemalt. In der Mitte des Pentagramms stand eine große goldene Schüssel. Das silbrig schimmernde Wasser darin war still wie ein Spiegel.

„Was wollen Sie? Mir den Hintern verhauen, weil ich noch keinen Schurken gefunden habe?"

Niemals betrat er dieses Haus ohne eine Frechheit auf den Lippen. Es war nicht so, dass er diese Männer hasste, weil sie vorhatten, ihn zu vernichten. Das würde er als Befreiung und Gnade empfinden. Er hasste sie, weil sie vorhatten, seinen Bruder zu töten.

Der Rat der Vampire saß auf hohen, thronartigen Stühlen, die in einem Halbkreis um das Pentagramm herum aufgestellt waren. Heath schlenderte auf sie zu. Äußerlich mochte er unbeeindruckt wirken, doch innerlich war er höchst wachsam.

„Lord Blackmoor."

Adder war derjenige, der ihn ansprach. Er hielt sich selbst für den Vorsitzenden. Alle sechs Vampire trugen schwarze Umhänge mit Kapuzen, die ihre Gesichter beschatteten. Adder schob seine Kapuze nach hinten, sodass seine scharf geschnittenen Züge zu sehen waren – die vorstehenden Wangenknochen, eine Nase wie eine Messerklinge, ein großes Kinn. Schwarze Augen, die das Licht nicht wie bei anderen Vampiren spiegelten, sondern es aufsogen. Sein kohlrabenschwarzes Haar reflektierte den Kerzenschein; es war mithilfe von Pomade zurückgestrichen.

Kalt durchschnitt Adders Stimme die Stille des Zimmers. „Sie haben sie also gefunden. In der vergangenen Nacht gelang es uns, Julian zu überzeugen, uns gegenüber seine Pflicht zu erfüllen."

„Überzeugen?" Heath zog eine Braue hoch.

„Genau. Folter. Julian informierte uns, dass Sie eine Kurtisane gefunden haben, die ein Sukkubus ist und bei der es sich um die Frau handelt, die die Seelen der fünf adligen Gentlemen aufgesogen hat. Aber Sie haben die Kurtisane nicht zu uns gebracht."

„Es gibt bis jetzt noch keinen Beweis, dass sie für den Tod dieser Männer verantwortlich ist."

„Sie hatte Geschlechtsverkehr mit ihnen, und sie ist ein Sukkubus."

„Wir befinden uns hier in England, Gentlemen." Heath bemühte sich, seinen Zorn unter Kontrolle zu halten. Ganz gleich, was geschehen war, Vivienne *war* unschuldig. Sie hatte nicht einmal gewusst, dass sie ein Sukkubus war. „Wir verurteilen Menschen nicht ohne Gerichtsverhandlung und Beweise. Ich wiederhole – sehr langsam, damit Sie es dieses Mal mitbekommen: Ich habe keinen Beweis. Ja, diese Männer waren ihre Liebhaber. Aber ich weiß mit Sicherheit, dass sie nicht in Lord Cavendishs Nähe war, als er starb. Wenn ein Sukkubus einen Mann tötet, geschieht das, indem sie ihn beim Sex vollkommen aussaugt. Ich habe die Theorie, dass der Sukkubus unschuldig und jemand anders der Mörder ist."

Adders Hände umklammerten die geschwungenen Armlehnen seines Throns fester. „Sie wissen gar nichts. Es ist nicht Ihre Aufgabe, Theorien aufzustellen. Die Frau dient einer stärkeren Macht als Werkzeug. Ihre Pflicht ist es, sie zu uns zu bringen."

Stärkere Macht? Verdammt, konnte das Nikolai sein? „Ich bringe sie nicht her, damit sie getötet wird, ohne dass sie die Möglichkeit hat, sich zu verteidigen."

„Wir haben nicht vor, sie zu töten, sondern beabsichtigen, die Wahrheit herauszufinden. Denn wir müssen wissen, welches Wesen sie beherrscht."

„Sie weiß es nicht. Sie kann Ihnen nichts sagen."

Adder sprang von seinem Stuhl auf. „Natürlich weiß sie es", zischte er. „Aber Sie haben sie nicht gezwungen, ihr Wissen zu enthüllen. Sie waren zu beschäftigt damit, selber intime Beziehungen mit ihr zu haben." Er nahm einen Stab von der Armlehne seines Stuhls und bewegte ihn durch die Luft.

Das Wasser in der goldenen Schüssel kräuselte sich, wie es das Wasser in dem Dartmoor-Teich getan hatte. Dann waren

Szenen aus seiner Liebesnacht mit Vivienne auf der Oberfläche zu erkennen.

Diese verdammten Kerle. Sie hatten kein Recht, etwas so Intimes zu beobachten.

Aber Heath konnte seinen Blick nicht von Vivienne abwenden. In dem silbernen Wasser konnte er sehen, wie sie sich unter ihm bewegte, wie ihre Hüften aufwärts stießen, um seine zuckende Erektion tief in sich aufzunehmen, während ihr Busen sich an seine Brust drückte. Er sah, wie sie ihre langen nackten Beine um seine Taille schlang und wie sie sich während ihres Höhepunkts aufbäumte und ihm entgegenwölbte.

Gott, sie war unglaublich schön!

Und natürlich bekam er vor der Ratsversammlung eine verdammte Erektion. Zum Glück hatte er den Morgenmantel an. Er hörte das Gemurmel der Ratsmitglieder. Er hörte das Knarren der Stühle, als die Vampire auf den Anblick der nackten, schönen, hemmungslosen Vivienne reagierten.

Es reichte. Er würde ihre Schüssel mit magischem Wasser leeren, damit dieser Voyeurismus ein Ende hatte.

Aber bevor er einen Schritt tun konnte, stöhnte sie in dem Spiegelbild heiser und riss ihre Augen weit auf. Sie schaute ihn an, aber er hatte soeben einen Orgasmus, und seine Lider waren geschlossen. Dennoch leuchteten ihre Augen für ihn.

Sie sah aus, als sei sie von ihm geblendet.

Heath ging zu einem Kandelaber, der nicht angezündet war, und riss eine der Kerzen aus der Halterung. Er warf sie in die Schüssel. Es spritzte, und die Oberfläche kräuselte sich, sodass das erotische Bild verschwand.

Wütend funkelte er Adder an, der wahrscheinlich für die Aufstellung der Überwachungsschüssel gesorgt hatte. „Sie hatten kein Recht, sie auf diese Weise zu beobachten."

Adder grinste ihn spöttisch an. „Wenn Sie Ihren Auftrag ausgeführt hätten, wäre das nicht nötig gewesen."

Heath ahnte, was nun kommen würde. Der verdammte Rat würde jemand anders losschicken, um sie gefangen zu nehmen.

Himmel. Jetzt verstand er, warum er hier war. Sie hatten die Fledermäuse benutzt, um ihn von Vivienne zu trennen, damit ein anderer Vampir sie holen konnte. Möglicherweise Julian.

Was bedeutete, dass er wie der Teufel hier hinaus und zurück zu Vivienne eilen musste.

Er schloss die Augen und nahm seine andere Gestalt an. Die Verwandlung fühlte sich an, als würde man sein Innerstes nach außen stülpen. Sein Körper streckte sich, verdrehte sich und schrumpfte, und das alles dauerte nur einen Herzschlag lang. Sein Schrei dröhnte dem Rat entgegen. Dann war es getan. Er breitete seine Flügel aus. Ausladende Schwingen, denn seine Gestalt ähnelte nun einer großen Fledermaus.

Wild mit den Flügeln schlagend stieg er bis unter die Decke. Die gewölbten Glasscheiben der Oberlichter lockten; durch sie konnte er die Sterne sehen. Mit ungebremster Geschwindigkeit flog er auf das Glas zu und brach hindurch. Splitter bohrten sich in seinen Körper. Sein Blut begann zu fließen.

Kein anderer Vampir wäre in der Lage gewesen, dieses Glas zu zerstören. Das war einer der Vorteile, wenn man Jünger von einem der ältesten und mächtigsten Untoten war.

Unter sich hörte Heath Wutschreie erschallen, doch er breitete in dem Luftstrom, der über der Themse aufstieg, seine Flügel aus und raste auf Viviennes Haus zu.

7. KAPITEL

„Trinken Sie das."

Der barsche, knappe Befehl durchdrang Viviennes Benommenheit. Mühsam öffnete sie die Lider. Schwaches Licht fiel auf ein schönes Gesicht. Eine Fremde mit hellblondem Haar und schwarzen Augen beugte sich über sie. Die Frau packte Viviennes Kinn, drückte mit rauer Gewalt ihren Kopf in den Nacken und öffnete grob ihre Lippen.

Vivienne wehrte sich, aber der Griff der Frau war zu fest. Sie versuchte, die Hände zu heben und das übel riechende Getränk wegzuschieben, aber ihre Arme bewegten sich nur ein winziges Stück, gleichzeitig klirrten Ketten, als wollten sie sich über sie lustig machen. Ihre Arme und Beine waren gespreizt und an ein schmales Bett gefesselt. Über ihrem Körper war eine Samtdecke ausgebreitet, doch darunter war sie nackt.

„Nein", krächzte sie, aber die Finger hielten gnadenlos ihren Mund geöffnet, und Flüssigkeit lief auf ihre Zunge. Verzweifelt versuchte sie, sie auszuspucken. Aber es gelang ihr nicht. Sie war zu dickflüssig und glitt ihre Kehle hinunter.

Sie erschauderte. Der Geschmack war widerwärtig und brachte ihre Kehle zum Brennen.

Wo war Sarah? War Sarah in Sicherheit?

Verzweifelt versuchte sie, nach ihrer Tochter zu fragen. Aber es gelang ihr nur „Sar..." zu keuchen, bevor ihre Stimme versagte. Sie hatte so lange geschrien und gekreischt, dass aus ihrer ausgedörrten Kehle nicht einmal mehr ein Flüstern kam.

Wie lange wurde sie hier schon gefangen gehalten? Stunden? Oder Tage? In ihrem Kopf herrschte ein schreckliches Durcheinander.

Da war ein Mann in einem schwarzen Umhang mit Kapuze gewesen. In *ihrem* Haus. Sie hatte versucht, vor ihm davonzulaufen, doch plötzlich war er vor ihr aufgetaucht. Und innerhalb der flatternden Ränder seiner Kapuze hatte er kein Gesicht gehabt. Dort, wo sein Gesicht hätte sein sollen, war nur ein schwarzes Loch. Dann hatte er ihre Arme gepackt.

Panisch hatte sie geschrien. Der Lärm, den sie veranstaltete, weckte Sarah schließlich aus ihrem tiefen Schlaf. Während Julian die übrigen Fledermäuse bekämpfte, um sie zu beschützen, drang eine Gruppe Männer in Umhängen in ihr Haus ein. Drei von ihnen gingen auf Julian los und schlugen auf ihn ein. Julian brach zusammen; er hörte ganz plötzlich auf, sich zu bewegen. Seine silbrigen Augen sahen starr und leer zur Decke hinauf.

Sie wehrte sich verzweifelt und rief Sarah zu, davonzulaufen. Doch es war zu spät. Die gesichtslosen Männer fingen sie beide ein, brachten sie hierher und warfen sie in einen Kerker …

Sie hielt das nicht länger aus. Sie musste für Sarah da sein und sie beschützen. Sie wollte ihre Tochter in den Armen halten.

Und Heath. Wahrscheinlich war er tot, ebenso wie Julian.

Tränen quollen aus ihren Augen. Bei dem Gedanken, Heath verloren zu haben, zog sich ihr Herz zusammen, und sie fühlte sich innerlich ganz leer. Doch das war falsch. Sarah war der einzige Mensch, der ihr wichtig sein sollte …

Sekunden später begann das Brennen. Es flammte in ihrem Bauch auf und raste von dort zwischen ihre Schenkel. Vivienne zerrte an den Eisenschellen, mit denen ihre Hände und Füße gefesselt waren, aber sie konnte sich nicht befreien. Was geschah mit ihr? Unter der Samtdecke brach ihr der Schweiß aus. Ihre Haut begann zu kribbeln. Sie spürte jedes ihrer Nervenenden überdeutlich und bemühte sich, tief durchzuatmen. In ihrem Unterleib entstand ein heftiger Druck. Ihre Muschi war heiß und pochte wie ein zweiter Herzschlag. Sie wand sich auf dem Bett. Ihr Unterleib schien bersten zu wollen und brannte vor wildem, heftigem Begehren.

Sie wusste, was das Verlangen löschen konnte. Die dicke Erektion eines Mannes, die in sie hinein- und wieder hinausglitt. Tiefe und harte und langsame Stöße, so wie die von Heath …

Gott, was dachte sie da eigentlich? Sie musste sich befreien. Aber sie konnte die Metallschließen an ihren Handgelenken und ihren Knöcheln nicht erreichen. Sie war kaum in der Lage, sich zu bewegen. Und jetzt konnte sie nicht einmal mehr denken …

Konnte an nichts anderes denken, als daran, mit Heath zu schlafen. Stöhnend schloss sie die Augen. Er sah so wunderbar aus, wenn er über ihr war. Wenn er sich tief in sie hineinbohrte, sie ganz weit drinnen mit seinem Schwanz küsste und sich dann wieder zurückzog.

Sie hatte es geliebt, wie er keuchte, während er in sie hineinstieß. Hatte alles daran geliebt, wie er sie vögelte. Seinen dicken Schwanz. Die rauen Töne, die er ausstieß. Seine Schweißtropfen, die auf ihre Brüste fielen.

„Interessant. Der Trank sollte erst nach einer halben Stunde wirken. Doch bei Ihnen ist die Wirkung schon jetzt eingetreten."

Mühsam versuchte Vivienne, sich auf die Stimme zu konzentrieren. Sie bemühte sich, nicht mehr an Heath zu denken, wie er über ihr war, wie er in ihr kam. Aber es war so schwierig, ihre Gedanken auf irgendetwas anderes zu richten …

Gütiger Himmel, da stand ein Mann direkt neben ihr, und alles, woran sie denken konnte, war Sex – Sex mit dem wunderschönen Heath. Aber dieser Mann … sie konnte riechen, wie böse er war. Er bedeutete Gefahr.

Sie drehte sich auf dem Bett um und versuchte, ihn zu sehen.

Da. Die Hand am Kinn, wanderte er langsam um sie herum. Dann lächelte er auf sie herab. Sein schwarzes Haar klebte feucht an seinem Kopf und schimmerte im schwachen Kerzenschein. Er hatte eine lange, schnabelförmige Nase. Augen wie dunkle Pfützen. Wieder verzog er die Lippen zu einem grausamen, anzüglichen Grinsen.

Das unkontrollierbare Verlangen in ihr starb sofort. Stattdessen spürte sie Angst.

„Nun, Miss Dare, es wird Zeit, Sie loszumachen und in den Altarraum zu bringen. Sie sind sehr schön. Ich nehme an, mir steht die erregendste sexuelle Erfahrung meiner gesamten Existenz bevor."

Sein böser, hämischer Blick fühlte sich auf ihrer Haut an wie Tausende von krabbelnden, glitschigen Käfern. „Nein!" Als sie diesen Schrei ausstieß, spürte sie einen messerscharfen Schmerz in ihrer Kehle. Aber ihre Angst und ihr Ekel gaben ihr Kraft. Sie würde nicht zulassen, dass er das mit ihr tat. Sie würde sich nicht von ihm anfassen lassen.

Nicht, nachdem Heath sie auf so wunderbare Art berührt hatte. Nicht, nachdem er ihr gezeigt hatte, wie es sich anfühlte, von einem wahren Gentleman liebkost zu werden: einem Mann, dem sie etwas bedeutete, der Mitgefühl besaß und der Sarah und sie gerettet hatte.

Sie würde kämpfen. Treten, schreien, beißen, kratzen. Sie würde niemals zulassen, dass dieser Mann sie schändete. Und wenn sie ihren Widerstand mit dem Leben bezahlen musste.

Kam er zu spät?

Heath schwebte über den Außenbezirken von Mayfair, über den Häusern, den zahlreichen Kutschen auf den Straßen, den funkelnden Lichtern der Feste, die die Halbwelt feierte.

Er war nicht stark genug, sich dem Schlimmsten zu stellen. Der Möglichkeit, Vivienne leblos zu finden … tot. Und Sarah … Zum Teufel, er konnte den Gedanken nicht ertragen, zu spät zu kommen, um ein unschuldiges Kind zu retten. Nicht schon wieder. Er konnte sich kaum noch an das Gesicht seiner Tochter erinnern. *Meredith.*

Nachdem es geschehen war, hatte er sich zunächst gezwungen, sie zu vergessen. Das sollte seine Strafe sein. Er war so zornig über das gewesen, was er getan hatte. Er beschloss, dass er kein Recht hatte, sich mit den Erinnerungen an ihr Lächeln und ihr Lachen zu trösten.

Er würde es nicht ertragen, erneut darin versagt zu haben, ein junges Mädchen und eine schöne, mutige Frau zu beschützen.

Irgendwie hatte Vivienne, indem sie ein einziges Mal mit ihm schlief, die Schmerzen in seinem Herzen wieder zum Leben erweckt. Die Faszination, die von ihr ausging, hatte ihn wieder dem Schrecken der Liebe ausgeliefert.

Im Sturzflug glitt Heath zu ihrem Haus hinunter und segelte durch das zerbrochene Fenster. Die Pein seiner Verwandlung durchfuhr ihn, dann stand er im Mondlicht nackt auf ihrem Flur. „Vivienne?“, rief er. Seine Stimme hallte durch die stumme Dunkelheit.

Er konnte niemanden in der Nähe spüren, nahm jedoch die langsamen Atemzüge ihrer Dienstboten wahr. Der Rat musste sie in einen tiefen Schlaf versetzt haben. Julian konnte er nirgendwo fühlen.

Einen Herzschlag später stand er in Viviennes Schlafzimmer. Ihre Laken lagen am Boden. Ihr Kleiderschrank war umgefallen. Ihre Tagesdecke war zerfetzt, und die Füllung aus ihrer Matratze flog überall herum. Die Fledermäuse hatten alles in Stücke gerissen.

Sarah.

Er eilte zum Zimmer des Mädchens und stieß die Tür auf. Auch hier herrschte ein heilloses Durcheinander. Die spitzengesäumten Bettlaken waren auf den Boden gezerrt worden, die Möbel lagen kreuz und quer im Raum.

Heath hörte nur noch den lauten, zornigen Donner seines eigenen Herzschlags.

Und er roch Blut in der Luft. Jetzt begann sein Herz in seiner Brust zu stolpern. Er entdeckte kleine Blutspritzer auf dem Fußboden. Es musste Sarahs Blut sein. Was bedeutete, dass sie verletzt war, aber nicht allzu schlimm.

Er beugte sich tief über die Flecke und atmete den einzigartigen Geruch tief ein. Dass er Sarah sein Blut gegeben hatte, schaffte ein Band zwischen ihr und ihm wie zwischen einem Vater und seinem Kind. Er konnte bereits Sarahs Anwesenheit in seinen Gedanken spüren. Er konnte sie sehen. Sie lag zusammengerollt auf einem nackten Fußboden. Seine Angst wurde zu einem schweren Gewicht, welches sein Herz zusammendrückte, und zu einem scharfen Brennen auf seiner Zunge. Um Sarah herum war Dunkelheit, aber er konnte die Finsternis mit seinem Blick durchdringen. Dann wusste er, wo sie sich befand: in einer der Zellen unter dem Sitz des Rats der Vampire.

Wenn Sarah dort war, musste auch Vivienne sich in diesem Gebäude aufhalten. Er musste sie beide retten, bevor sie verletzt wurden. Oder ihnen noch Schlimmeres passierte.

Vor dem prachtvollen Eingang zum Ratsgebäude flackerten Fackeln. Die Fratzengesichter steinerner Wasserspeier starrten zähnefletschend von den Rändern des Daches. Die Dutzenden von Glasfenstern über der Tür waren dunkel und wirkten seelenlos und leer, aber Heath ging davon aus, dass die sechs Vampire dort drinnen waren, ebenso wie mindestens hundert Diener. Es versprach, eine interessante Aufgabe zu werden, in das Haus einzudringen und zu Vivienne zu gelangen.

Viviennes natürliches Parfüm war voll erotischer Würze – Zimt, Jasmin, die geheimnisvollen Düfte des Ostens. Sarah roch wie Tausendschönchen. Er konnte beide Gerüche im Haus erspüren.

Heath schlug mit seinen großen Flügeln und schwebte über dem Sitz des Rates. Hinter den Fenstern standen sicher Vampirdiener Wache. Die Türen waren abgeschlossen und verbarrikadiert. Das Oberlicht, das er zerstört hatte, war bereits wieder repariert und von innen mit Metallstreben verstärkt worden.

Er musste einen Schwachpunkt finden. Heath entfernte sich ein wenig von dem Gebäude und flog dann eine weitere Runde über dem Dach. Seine Flügel kräuselten sich, während er über dem großen Haus im Georgianischen Stil dahinsegelte. Er hielt großen Abstand, weil er nicht die Instinkte der Vampire da drinnen wecken wollte, die dann sofort die Gefahr erkannt hätten.

Was hast du vor, Heath, verdammt noch mal? Sie ist da drinnen, aber sie werden dich entdecken, bevor es dir auch nur gelingt, in ihre Nähe zu kommen.

Julians Stimme durchschnitt seine Gedanken. Heath wandte sich auf einem Luftwirbel um und sah den jüngeren Vampir in seiner geflügelten Gestalt. Mit entblößten Eckzähnen schnappte er nach Julian und zwang ihn auf diese Weise zu einem gefährlichen Sturzflug, um ihm zu entkommen. *Verschwinde, Julian, bevor ich dich in Stücke reiße. Du hast sie zu Vivienne geführt. Du hast zugelassen, dass sie sie und Sarah mitnahmen.*

Julian wich noch weiter vor ihm zurück. *Das habe ich nicht getan. Sie hätten mich fast vernichtet, als sie versuchten, zu den Frauen zu gelangen. Ich habe nur mit knapper Not überlebt.*

Du arbeitest für den Rat. Ich habe Spritzer von Sarahs Blut auf dem Boden gefunden, was bedeutet, dass sie verletzt wurde …

Ich werde dir helfen, Blackmoor, ob du willst oder nicht.

Unvermittelt drehte Julian sich in der Luft und flog zum Haus. Seine geschmeidige schwarze Gestalt glitt an den Fenstern entlang, wendete und schwebte zurück. Ein Fenster flog auf, und kreischende Fledermäuse stürzten heraus. Sie verfolgten Julian, der Spiralen flog, um ihnen zu entkommen. Nachdem Julian die Wachen fortgelockt hatte, flog Heath hinunter zum Dach und direkt in den Schornstein hinein.

Rauchschwaden stiegen auf und nahmen ihm die Luft zum Atmen. Ruß rieselte auf ihn hernieder. In rasender Geschwindigkeit schoss er aus einem Kamin hervor und glitt dabei dicht über das Feuer. Die Flammen leckten ihn am Bauch, doch er blieb unverletzt. Er landete in einer heißen, verlassenen Küche, wo er sich rasch in seine menschliche Gestalt zurückverwandelte.

Heath wusste, dass Julian schneller fliegen konnte als die Fledermäuse und ihnen entwischen würde. Offenbar wollte Julian den Verrat an Vivienne und Sarah wiedergutmachen.

Dann nahm Heath den Duft von Tausendschönchen wahr. Ein Hauch davon wehte durch das Kellergeschoss. Selbst durch die Steinmauern roch er den Blütenduft und bewegte sich mit übernatürlicher Geschwindigkeit darauf zu.

Dabei raste er durch enge Gänge. Gewundene Treppen hinab. Er eilte so rasch an den sterblichen Dienstboten vorbei, die hier unten arbeiteten, dass sie ihn nicht sehen konnten. Dann öffnete sich vor ihm ein stockfinsterer Flur, der Gang zu den Zellen. Hier musste er zwei kräftige Männer niederschlagen. Die beiden muskelbepackten Vampire sackten mit einem dumpfen Laut in sich zusammen. Vorsichtig trat Heath in den Gang, der nur so breit wie seine Schultern war und eine gewölbte Decke und gemauerte Wände hatte. An seinem Ende traf er auf ein Gitter aus fingerdicken Metallstäben.

Das hielt ihn einige Minuten auf. Nachdem er die Stäbe aus ihren Halterungen gerissen hatte, machte er einen großen Schritt über die Trümmer. Nun stand er in einem großen, leeren, runden Raum. Und hielt inne.

Rasch duckte er sich.

Die Klinge einer Axt bohrte sich in die Ziegel über seinem Kopf, und Staub rieselte auf ihn herab. Mit Lichtgeschwindigkeit packte Heath den Griff der Axt und entwand ihn den Händen des Vampirs, der versucht hatte, ihn zu enthaupten.

Mit einem Tritt sorgte er dafür, dass sein Angreifer ausgestreckt am Boden lag, sodass Heath ihn betrachten konnte. Dieser Vampir war breit wie ein Ochse und mindestens doppelt so groß. Er trug eine braune Mönchskutte, und seine Beine sahen aus wie gefällte Bäume.

Heath packte den Griff der Axt fester und flog über den Vampir hinweg. Seine nackten Füße krachten im selben Moment auf die harten Steinfliesen, in dem die Wache wieder aufsprang. Jedes Ungeheuer, das bei Verstand war, wäre geflohen, nachdem es seine Waffe verloren hatte. Doch diesem Vampir war sicher die Strafe bekannt, die ihn ereilen würde, wenn er den Befehl der Ratsversammlung nicht ausführte. Zur Wahl stand, mit kochendem Öl übergossen zu werden, auf dem Scheiterhaufen zu verbrennen oder von den Fledermäusen gevierteilt zu werden. Der Rat kannte keine Gnade.

Der Vampir brüllte und entblößte seine Eckzähne. Heath hob die Axt. „Das ist nicht sonderlich klug“, erklärte er. „Keine Bewegung.“

Doch das Ungeheuer bewegte sich. Und Heath durfte seine Zeit nicht mit einem Kampf verschwenden.

Der Vampir holte einen silbernen Dolch hervor und schleuderte ihn in die Richtung von Heaths Herz. Heath hielt den Griff der Axt in die Flugbahn. Er konnte sich nicht überwinden, dem Vampir den Kopf abzuschlagen.

Nun zog der Vampir eine Waffe nach der anderen aus seiner Kutte. Zwei weitere Dolche. Dann einen Wurfstern. Heath schlug ihm mit dem Griff der Axt die Waffen aus der Hand. Aber er wurde langsam müde. Und der andere Vampir war stark.

Nun warf der Vampir sich ihm mit zwei kleinen Messern in den Händen entgegen. Heath hob die Axt; der Vampir lief direkt in die Klinge hinein, die in seine Brust eindrang. Eine solche Wunde würde einen so riesigen Vampir nur ein wenig schwächen, doch Heath sah, wie die Wache auf die Knie fiel und dann mit dem Gesicht zuerst zu Boden stürzte. Der mächtige Körper zitterte, zuckte und zerfiel dann zu Staub.

Es war also eine verzauberte Axt.

Von der Wache war nur noch die Kutte übrig. Heath fischte den Ring mit den Zellenschlüsseln aus einer der Taschen.

Von dem kreisförmigen Eingangsbereich gingen sieben Gänge ab, doch aus einem der mittleren Flure drang der Duft von Tausendschönchen in seine Nase.

Sarah hatte sich, in eine dunkle Decke gehüllt, in die hinterste Ecke gedrückt. Oben schaute aus der grauen Wolle eine blonde Locke hervor und unten ein Zeh. Er konnte den zerrissenen Saum ihres mittlerweile völlig verschmutzen Nachthemds sehen.

Der verdammte Rat! Wenn er Adder fand, würde er ihn in Stücke reißen.

„Sarah?“ Er probierte drei Schlüssel aus, bevor er den richtigen fand. Die Gittertür schwang lautlos auf. Mit einem entsetzten Aufschrei zog das arme Mädchen die Decke dichter an sich heran.

„Alles ist gut, Liebes. Ich bin hier, um dich nach Hause zu bringen.“

Die Decke bewegte sich. Im Dunkeln konnte er durch eine kleine Lücke im Stoff Sarahs Gesicht erkennen und die großen blaugrünen Augen funkeln sehen. „M…Mylord?“, wisperte sie.

Es durchfuhr ihn heiß und kalt. Sie klang so sehr wie Meredith ... Er schüttelte den Kopf, um die Erinnerung zu vertreiben. Dies war nicht seine Tochter – und er war gerade dabei, Sarah zu retten und nicht, ihr hilflos beim Sterben zuzusehen. „Ja, ich bin's. Blackmoor", erwiderte er mit leiser Stimme. „Kannst du aufstehen?"

Sie schluchzte leise. „Ich kann nicht. Meine Beine wollen sich nicht bewegen. Sie ... sie sind abgestorben."

Obwohl er kein Blut roch, fragte er: „Bist du verletzt? Haben sie dir wehgetan?"

„N...nein."

„Haben sie deiner Mutter etwas getan?"

„Nein. Aber Männer in schwarzen Umhängen haben sie mitgenommen. Für eine Zeremonie, haben sie gesagt."

Eine Zeremonie. Er kniete sich vor Sarah hin und schob die Decke zur Seite. Zu spät fiel ihm ein, dass seine Kleider noch an dem Ort waren, wo er sich in seine fliegende Gestalt verwandelt hatte.

Beim Anblick seiner nackten Brust weiteten sich Sarahs Augen. Sie stieß einen erschrockenen Schrei aus und kroch rückwärts von ihm weg. Abscheu stieg in Heath auf. Sarah hatte Angst vor ihm. Was nur bedeuten konnte, dass einige von Viviennes Liebhabern dem Mädchen einen Grund gegeben hatten, sich vor Männern zu fürchten. Hatte Vivienne ihr Leben als Kurtisane aufgegeben, um Sarah zu schützen, nur um dann gezwungen zu sein, Männer wegen der verdammten Medizin zu verführen?

„Ich tue dir nichts. Ich musste meine Kleider ausziehen, um hierherkommen und dich holen zu können. Sieh her." Seine Muskeln zuckten und verdrehten sich, seine Knochen dehnten sich, und aus seinem Rücken wuchsen Flügel. Er hatte seine Gestalt verändert und bewegte leicht seine Flügel, um vom Boden aufzusteigen. Dann verwandelte er sich wieder zurück.

Sarahs Augen waren nun vor Staunen geweitet und nicht vor Angst. „Er hat gesagt, dass Sie das können."

„Wer, mein Engel?“

Sie verzog ihren Mund zu einem unsicheren Lächeln. „Julian. Er hat es mir auch gezeigt. Als ich Angst hatte. Er sagte mir, er werde dafür sorgen, dass niemand mir etwas tun könne. Aber dann tauchten diese Männer auf, und sie fingen an, ihn zu schlagen. Ich versuchte, sie davon abzuhalten, aber da schlugen sie mich. Ich muss … in Ohnmacht gefallen sein, denn ich erinnere mich an nichts mehr, bis ich in einem Wagen erwachte. Mama und ich wurden darin hierher gebracht.“

Sie versuchte, ihre Hand zu heben, doch ihr Arm fiel kraftlos wieder herunter.

Er musste ihr von seinem Blut geben. Mit einem seiner Eckzähne ritzte er sein Handgelenk an. Sofort krabbelte Sarah auf ihn zu, angezogen vom Geruch seines Bluts. Er nahm sie in seine Arme. Sie war federleicht und sank gegen seine Brust. Dann presste er sein Handgelenk an ihre Lippen. „Trink dies, während wir deine Mutter holen.“

Sarah nippte ein wenig und wandte sich dann von seiner Hand ab. „Glauben Sie, dass die Männer mit den Umhängen ihr … wehtun?“, flüsterte sie.

Wo mochte sie sein? Im Versammlungsraum des Rates oder in einem Schlafzimmer?

Heath schlich einen der Dienstbotenaufgänge hinauf und drückte dabei Sarah an seine Brust. Seit sie von seinem Blut getrunken hatte, war sie kräftiger. Sie hatte ihre Arme fest um seinen Nacken geschlungen. Ihr Herz pochte rasch und ängstlich.

„Die Männer sahen aus wie Ungeheuer. Sie hatten schwarze Umhänge an und … und keine Gesichter. Sie sagten ihr, sie würden mir wehtun, wenn sie ihnen nicht gehorcht.“

Die Mitglieder des Rats. Was wollten sie von Vivienne? Und natürlich benutzten die Bastarde ihre unschuldige Tochter, um sie zu erpressen.

Heath kannte Viviennes Duft. Da er aber mit ihr nicht durch

Blut verbunden war, konnte er nicht in Gedanken mit ihr in Verbindung treten. Er musste blind wie ein sterblicher Mann herumstolpern.

An den Wänden des Versammlungsraums flackerten Fackeln, doch der Saal war leer. Das ganze verdammte Gebäude schien leer zu sein. Sämtliche hundert Räume. Er hätte längst jemandem begegnen müssen – zumindest einem Diener. Entweder einem Sterblichen oder einem Vampir. Was zum Teufel ging hier vor? Er hoffte inständig, dass sich nicht alle versammelt hatten, um zuzusehen, wie Adder niederträchtige Dinge mit Vivienne anstellte.

Schritte hallten durch den Korridor. Jemand rannte auf sie zu. Heath stellte Sarah auf den Boden. Ihre Beine gaben nach, und er fing sie auf.

„Ich weiß nicht, was los ist“, wimmerte sie. „Warum fühlt sich mein Körper schon wieder so schwach an?“

„Ich denke, weil man dir Betäubungsmittel gegeben hat. Mein Blut kämpft nun gegen die Wirkung an.“

„Ich wurde betäubt?“ Ihre Augen weiteten sich zu großen blaugrünen Kreisen. „Sie haben mich tatsächlich gezwungen, etwas zu trinken.“

Er zog Sarah in das Zimmer, neben dem sie standen, und schloss die Tür bis auf einen kleinen Spalt. Die Schritte hielten inne. Es war ein Vampir. Heath nahm den verlockenden Duft wahr, den Nosferatus benutzten, um Sterbliche zu verführen. Dann roch er Kölnisch Wasser.

Verdammt. Er ging zur Tür, riss sie auf und zog einen nackten Julian ins Zimmer. Viele kleine Kratzer bedeckten Julians bronzefarbene Haut. Die Wunden verschwanden langsam. „Du bist ihnen entkommen.“

Julian blickte finster auf die zahllosen Schnitte hinab. „Ich wollte helfen. Mich als Opfer darzubringen war nicht meine Absicht.“

„Du meine Güte!“ Das Flüstern kam von Sarah. Sie lächelte jetzt und hatte einen Schluckauf wie eine Dame, die zu viel Likör getrunken hatte. Ihr Blick wanderte über Julians Körper, von seinen blonden Haaren bis zu seinen nackten Füßen.

Julians Augen weiteten sich. „Was hast du mit ihr gemacht? Sie sieht … betrunken aus."

„Ich habe nichts getan. Das war der verdammte Rat. Sie haben ihr irgendwelche Drogen gegeben und sie in eine Zelle gesperrt. Ich ließ sie etwas von meinem Blut trinken. Seine Wirkung, zusammen mit der Wirkung der Droge, haben sie in diesen Zustand gebracht. Kann ich sie dir anvertrauen? Ich brauche dich, damit du Sarah trägst, denn ich muss Miss Dare hier hinausbringen."

Julian nickte. „Als der Rat uns in Miss Dares Haus angriff, habe ich gehört, wie zwei von ihnen über irgendeine Zeremonie sprachen – sie benötigten Miss Dare dafür."

Heath vermutete, dass es um schwarze Magie ging. „Ich fürchte, was auch immer sie vorhaben, ein Bett spielt dabei eine wichtige Rolle", sagte er leise.

„Oh!" Sarah schrie auf.

Heath roch Blut, und seine Eckzähne brachen hervor, während er herumwirbelte. Sarah hatte sich auf ein Knie fallen lassen und hielt ihren nackten rechten Fuß fest. Sie zitterte und war weiß wie ein Laken. „Ich habe mich geschnitten."

Heath beugte sich hinunter, um die Wunde zu betrachten. Sarah war auf einen kleinen Stein getreten, einen glänzenden, scharfkantigen schwarzen Stein. Er hob ihren Fuß und küsste sanft die blutende Stelle. Die Berührung seiner Lippen heilte den Schnitt.

„Kümmere dich um sie, Julian." Seine Stimme war heiser. Er erinnerte sich, wie er die Finger seiner Tochter zu küssen pflegte, wenn sie sich geschnitten hatte. Dazu flüsterte er immer: *Nun ist der Schmerz verschwunden, denn ich habe ihn fortgenommen. Ich habe dafür gesorgt, dass es wieder gut ist.*

Sarah kicherte leise, als der Bursche sie hochhob. Doch im selben Augenblick, in dem Julian sie gegen seinen Körper presste, richtete sich sein Schwanz auf. Heath ging zu ihm und packte ihn bei der Schulter. „Denk nicht mal daran, sie zu verführen." Als er Sarah betrachtete, die plötzlich ebenso reizvoll und sinnlich wie ihre Mutter wirkte, wurde Heath bewusst, dass sie älter war, als er gedacht hatte. Mindestens achtzehn.

Julian schüttelte den Kopf. Mit leiser Stimme erwiderte er: „Blackmoor, jedes Mal wenn irgendetwas meine Haut berührt – und sei es ein Luftzug – werde ich steif. Ich dachte, das gehört dazu, wenn man ein Vampir ist."

Ganz besonders einer, der im Alter von zweiundzwanzig transformiert wurde. „Pass einfach nur auf sie auf."

Heath ging den Flur entlang voraus und suchte nach einer weiteren Hintertreppe, und Julian folgte mit Sarah auf den Armen. Der Rat besaß einen Raum für „heilige" Rituale, in dessen Mitte ein steinerner Altar stand, auf dem Opfer dargebracht wurden. Ringsum verlief eine Galerie, von der aus Zuschauer die blutige Zeremonie verfolgen konnten. Von dort aus würde er am leichtesten dort hineingelangen.

Er weigerte sich, den quälenden Stimmen in seinem Kopf zuzuhören, die ihm sagten, dass er bereits zu spät kam.

Zu Heaths Erstaunen war die Galerie leer. Sie verlief auf halber Höhe rings um den Raum, und man blickte von dort aus direkt auf den Altar. Dort unten standen die Ratsmitglieder in zwei Reihen zu beiden Seiten des großen Steins. Dutzende von Vampiren waren dort aufgereiht und schauten zu.

Doch was er auf dem Altar sah, fuhr Heath wie ein Bolzen ins Herz.

Nackt lag Vivienne auf dem erhöhten Opferstein. Ihre Arme waren an den Handgelenken zusammengebunden, ihre Knöchel an Metallringe gefesselt, welche am Stein befestigt waren. Ihr Haar schimmerte im Licht Dutzender von Kerzen und umgab ihren Kopf wie Wellen aus Feuer. Heath konnte ihre Angst spüren. Aber er fühlte noch etwas anderes, das ihn verwunderte: ihre Wut.

Gott, diese Frau versetzte ihn in Erstaunen. Die ruhige Stärke seiner Frau hatte ihn immer wieder beschämt. Vivienne war eine vollkommen andere Frau, und sie besaß ebenso viel, wenn nicht mehr, Mut und Stärke.

Was bedeutete, dass er ihrer nicht würdig war.

Wie gut, dass er das wusste, denn er konnte sie ohnehin nicht haben.

Nun musste er sie jedoch erst einmal befreien – indem er die sechs mächtigen Vampire des Rats besiegte und außerdem ihre Diener und ihre Fledermausarmee.

Auf Viviennes Körper war Farbe zu sehen. Man hatte Muster auf ihre Haut gemalt. Kunstvoll gezeichnete Blüten schmückten ihre Brüste. Weinreben schlängelten sich an ihrem glatten, leicht gewölbten Bauch abwärts. Auf ihre Arme und Beine waren Zahlen geschrieben.

Eines der Ratsmitglieder, das Gesicht unter der Kapuze verborgen, trat vor. „Lord Adder, es ist an der Zeit für die Vorführung, die Sie uns versprochen haben."

Hochmütig fuhr Adder mit der Hand durch die Luft. „Ruhe. Alles muss genau so gemacht werden, wie es in dem großen Buch steht." Er schnippte mit den Fingern, und ein Diener, gekleidet in eine schwarz-goldene Livree, brachte ihm einen Kelch. Der Vorsitzende der Vampire griff nach dem Silberbecher und nahm einen großen Schluck.

Der Diener nahm den Kelch zurück und huschte davon.

Adder streifte seinen Umhang ab und enthüllte einen kräftigen nackten Körper. Die anderen Vampire begannen zu singen.

Hölle und Verdammnis. Wie sollte er Vivienne befreien? Falls sein Versuch misslang, würde er vernichtet werden – und Vivienne wäre Adders Grausamkeit ausgeliefert.

8. KAPITEL

Vergeblich zerrte Vivienne an den Seilen, mit denen ihre Knöchel gefesselt waren. Der glatte steinerne Altar war mit weichem Samt bedeckt, doch man hatte sie festgebunden wie eine Opfergabe in einer Horrorgeschichte.

Sie war so wütend über ihre Nacktheit, dass sie deswegen fast ihre Angst vergaß.

Die Kerzen flackerten, als der Vampir, der sich selbst Adder nannte, seinen Umhang fallen ließ und sich nackt zur Schau stellte. Er hatte die Art von Männerkörper, die sie hasste. Es war ein Körper, der auf Stärke und Dominanz hindeutete, auf die Fähigkeit, Schmerzen zu verursachen. Er besaß ausgeprägte Muskeln, eine Brust wie ein Stier und breite Schultern.

Ein Wimmern kam über ihre Lippen. Instinktiv wusste sie, dass er nicht vorhatte, sie lebend wieder freizulassen.

„Du bist es“, erklärte er mit leiser Stimme. „Du wurdest als stärkste Waffe gegen Männer erschaffen.“ Dazu lächelte er anzüglich. In seinen Augen leuchteten missionarischer Eifer und ekelhafte Erregung.

Ihr wurde übel.

Sie war keine Waffe. Wie sollte sie das sein? Sie war an einen Steintisch gefesselt und vollkommen hilflos.

Doch auch die Frau hatte ihr davon erzählt. Jene Frau, die all die Zeichen auf ihren Körper gemalt hatte, während vier Männer sie festhielten. Dass sie die Mächtigste ihres Geschlechts war. Dass ihr üppiger Körper erschaffen worden war, um Männer in Versuchung zu führen und sie dann in den Tod zu locken. Dass sie so kurvenreich und hübsch war, um Böses tun zu können.

Adder näherte sich grinsend. Sie konnte den Anblick seines dicken Schwengels mit der roten Spitze nicht ertragen. Dieser Mann war ein echtes Scheusal. Er bewegte sich voll Stolz, offenbar selbst höchst angetan von dem keulenartigen Ding zwischen seinen Schenkeln.

Sie durfte nicht zulassen, dass dieser Unhold den Sieg davontrug.

Sie könnte sich aufbäumen und versuchen, sich zu wehren. Könnte ihn beißen. Doch tief in ihrem Inneren wusste sie, dass es ihr nicht gelingen würde, zu fliehen.

Es tut mir so leid, Sarah. Sie hatte gesehen, was auf dem Podest neben dem silbernen Becher lag. Es war ein Dolch mit glänzender Klinge und silbernem Griff. Sie würde nackt und gefesselt sterben, weil sie irgendeine Art von Ungeheuer war.

Denk nach, Vivienne. Es spielte keine Rolle, was sie war. Sarah hatte außer ihr niemanden.

Die Männer im Raum begannen zu singen. Es war ein schrecklicher, trauriger Klang, der aus ihren Kehlen kam. Adder grinste böse, dann bückte er sich und küsste die Zehen ihres rechten Fußes. Sie versuchte, den Fuß wegzuziehen, doch es gelang ihr nicht, und nun nahm er sich ihren linken Fuß vor und saugte daran. Seine sanfte Berührung war Betrug. In seinen silbrigen Augen konnte sie die Vorfreude funkeln sehen. Er hielt seinen Schwanz in der rechten Faust und ließ die Hand langsam an dem dicken Schaft auf- und abgleiten. Dabei murmelte er irgendwelche Worte vor sich hin, sanfte Worte, die in ihren Kopf eindrangen und sie umnebelten.

Da erkannte sie die Wahrheit, die hinter diesem Albtraum steckte. Die Bedeutung des Trunks, den man ihr eingeflößt hatte. Der Zauberformel, die Adder sprach. Die Worte entfachten die schreckliche, unkontrollierbare Lust neu, die der Trunk ausgelöst hatte.

„Fassen Sie mich nicht an.“ Sie musste sich anstrengen, um die Worte hervorzustoßen. „Ich werde Sie töten, genau wie ich vor Ihnen schon viele, viele andere Männer getötet habe.“ Das war eine leere Drohung. Falls sie tatsächlich schon Männer umgebracht hatte, wusste sie nicht, auf welche Weise das geschehen war.

Adder hob eine seiner riesigen Hände. Sie hatte in der Menagerie Bären gesehen, und seine Hände waren größer als die

Pranken dieser Bären. Der Gesang erstarb. Seine dicken Lippen verzogen sich zu einem hässlichen Lächeln. „Das waren sterbliche Männer. Du hast dich von Lord Blackmoor vögeln lassen, und ihm ist nichts geschehen. Es wird auch mir nichts anhaben, denn ich gehöre zu den Untoten."

Er wusste es. Wusste, dass sie mit Heath geschlafen hatte. Aber wie hatte er das erfahren? War Heath gefoltert worden, bis er es verriet? Oder war es noch schlimmer – hatte er sie verraten? War er in Wirklichkeit gar nicht von ihr „verzaubert" gewesen? Vielleicht hatte man ihn gar nicht umgebracht. Vielleicht lag ihm nicht das Geringste an ihr oder Sarah, weil er immer noch glaubte, sie hätte seinem Bruder etwas angetan …

„Ich würde das sein lassen, wenn ich Sie wäre, Adder." Kühl und tief durchschnitt Heaths Stimme die Stille.

Der nackte Ratsvorsitzende, der am unteren Ende des Altars stand, fuhr herum. Heath trat aus dem Schatten in das goldene Licht der Fackeln. Ebenso nackt wie Adder, doch umwerfend schön schritt er durch den Raum.

Vor Erleichterung und Hoffnung wurde ihr schwindelig. Er war nicht umgebracht worden. Er hatte sie nicht verraten. Stattdessen war er gekommen, um sie zu retten.

Ihr Herz fing an zu stolpern. Es bekam Flügel. Und wurde dann doch vor Angst wieder schwer wie ein Stein. Offensichtlich trug er keine Waffe bei sich. Er hatte nichts als seinen Körper und seine Stärke. Doch er war von bewaffneten Männern umgeben, den Dienern des Rats. Er würde getötet werden. Vor ihren Augen. Ihretwegen. Und sie konnte nichts dagegen tun.

Adder wandte sich wieder um. Die Möglichkeit, Heath zu verletzen, erregte ihn offenbar, denn sein Penis war noch geschwollener als zuvor. „Packt ihn!", brüllte er. Und natürlich zogen sämtliche Diener Dolche hervor. Sechs der Männer liefen auf Heath zu.

Er hob seine Arme, und die Diener fielen rückwärts um, als hätte eine unsichtbare Welle sie von den Füßen gehoben.

Sie starrte Heath mit offenem Mund an … und sah den fassungslosen Ausdruck auf seinem Gesicht, als er seine Hände betrachtete. Weitere Männer stürmten auf ihn zu, doch er hob erneut die Arme, und auch sie flogen zurück.

Adder sprang die Stufen vor dem Altar hinunter, und sie wusste genau, wo die Gefahr lauerte.

„Heath!“ In ihren Ohren klang ihre Stimme wie ein Flüstern, doch er wandte ihr den Kopf zu. „Da ist ein Messer. Auf dem Podest.“

Adder hechtete durch die Luft zu dem Podest. Er griff nach dem Dolch, doch im selben Moment, in dem er auf sie zu rannte, hob Heath ein weiteres Mal seine Handflächen. Adder schrie auf und flog nach hinten. Er krachte mit dem Rücken gegen die Wand. Das Messer fiel klirrend auf den Boden. Dann, als wäre Magie im Spiel, stieg der Dolch auf, segelte durch die Luft und landete sicher in Heaths ausgestreckten Händen.

Einen Herzschlag später war Heath bei ihr. Er zerschnitt die Seile, mit denen ihre Arme gefesselt waren. Seine Hände streiften ihre Handgelenke und setzten ihre Haut in Flammen.

„Wie … wie hast du das gemacht?“ Sie konnte ihre eigene Stimme kaum hören, während Heath ihr sanft dabei half, sich aufzurichten.

„Ich habe keine Ahnung. Das habe ich bisher noch nie gemacht.“ Er schenkte ihr ein breites Grinsen. Es wirkte schelmisch und ein bisschen verrucht, genau wie das köstliche Lächeln, welches auf seinem Gesicht gelegen hatte, als er ihr dabei zugesehen hatte, wie sie kam …

„Sarah?“, flüsterte sie.

„Ich habe sie schon aus der Zelle geholt. Sie ist bei Julian in Sicherheit. Lass uns meine neue, erstaunliche Fähigkeit nutzen, um uns hier herauszubringen.“

Sekunden später hatte er auch die Seile an ihren Knöcheln zerschnitten. Verschwommen huschte der Raum an ihr vorbei, als er sie auf seine Arme hob. Die Vampire rappelten sich vom Boden auf, aber Heath umschlang Vivienne mit einem seiner starken Arme, und mit der Macht seines anderen Arms brachte er die Männer wie Kegel ins Wanken. Die hochgewachsenen, schreckenerregenden Vampire versuchten weiter, zu ihm zu gelangen, aber mit einer weiteren Bewegung hielt Heath sie auf.

Dann schien der Raum mit Lichtgeschwindigkeit auf sie zu zu rasen, und um sie herum verschwamm alles. Heath bewegte sich so schnell, dass sie nichts erkennen konnte. Als er stoppte, fiel sie fast aus seinen Armen. Er stellte sie auf die Füße. Und Sarah stand direkt vor ihr.

Tränen flossen aus Viviennes Augen und rollten über ihre Wangen. Sie lief zu ihrer Tochter und vergrub ihr Gesicht in Sarahs wirren Locken.

Sie verdankte Heath so schrecklich, schrecklich viel. Wie könnte sie das jemals wiedergutmachen? Gütiger Himmel, es interessierte sie nicht, dass er ein Vampir war. Er war der wunderbarste Mann, den sie jemals getroffen hatte.

Heath hatte keine Ahnung, was geschehen war. Wo seine besonderen Kräfte hergekommen waren und wie er sie hatte benutzen können. Als er das erste Mal die Hände gehoben hatte, war es seine Absicht gewesen, die Diener dazu zu bringen, sich zurückzuziehen, und plötzlich waren sie durch die Luft geflogen.

Er hatte keine Zeit für Spekulationen. Sie befanden sich in einem Salon, der prächtig im orientalischen Stil eingerichtet war. Er hasste es, die Umarmung zwischen Vivienne und ihrer Tochter zu unterbrechen, aber ihm blieb keine andere Wahl. „Wir müssen uns beeilen, meine Damen. Es wird Zeit, dass wir hier herauskommen."

Sarah löste sich aus den Armen ihrer Mutter. Die Decke, die um ihre Schultern lag, rutschte zu Boden. Ihr Nachthemd hing zerrissen und schmutzig von ihren schmalen Schultern. Sie erschauerte und umschlang ihren Körper schützend mit den Armen. „Du solltest die Decke nehmen, Mama."

Doch Vivienne, die immer noch nackt war, hob sie auf und wickelte Sarah darin ein. Heath schluckte mühsam. Er konnte kaum den Blick von Vivienne losreißen, während sie sich um ihre Tochter herumbewegte. Nie zuvor hatte er eine reizvollere Frau gesehen. Ihre großen Brüste wogten auf und ab, ihr Bauch bildete eine verführerische Wölbung, und ihr Hinterteil …

Es war seine Aufgabe, die beiden Frauen zu retten und nicht dazustehen und die üppigen Halbkugeln von Miss Dares Hintern zu bewundern.

„Halt die Decke fest, Sarah“, wisperte sie. „Du hast nichts außer deinem Nachthemd an, und das ist vollkommen zerrissen. Du wirst frieren, wenn wir nach draußen gehen. Außerdem musst du dich bedecken. Ich will nicht, dass jemand dich halb nackt sieht.“

„Mama, wir wurden von Vampiren entführt und von Männern gerettet, die keinen Fetzen am Leib tragen und wie griechische Statuen aussehen. Ich glaube nicht, dass ich mir Sorgen über die Schicklichkeit meines Aufzugs machen muss.“

Vivienne errötete. Es schien fast, als würden die Beobachtungen ihrer Tochter sie mehr aus der Fassung bringen als die Tatsache, dass man sie nackt an einen Altar gefesselt hatte. Sie warf ihrer Tochter einen mütterlich strengen Blick zu und verschränkte die Arme vor ihrem Busen. „Du wirst dieses Haus nicht verlassen, ohne deine Blöße zu bedecken.“

Heath hatte bisher selten miterlebt, wie eine Mutter ihren Pflichten nachkam. Seine eigene Mutter hatte ihn ignoriert. Seine Frau war eine wunderbare Mutter gewesen, doch er hatte so gut wie nie die Schönheit der Mutterliebe mit ansehen können, weil er so oft unterwegs gewesen war.

Viviennes Hände bewegten sich mit zärtlichem Nachdruck, während sie Sarah enger in die raue braune Wolle hüllte. Sie zog ihre Tochter dicht an sich heran. Es wunderte ihn, dass Vivienne nach ihrem schrecklichen Erlebnis in der Lage war, sich ausschließlich auf Sarah zu konzentrieren. Sarah war ebenfalls durch die Hölle gegangen, aber er konnte sehen, dass Viviennes Liebe ihr helfen würde, weiterzuleben. Soeben hatte sich bei Sarah die störrische Seite ihres Charakters gezeigt, doch in den Armen der

Mutter entspannten sich die Züge des Mädchens.

Rasch ging er zu einer Ottomane und griff nach dem seidenen Überwurf, dessen Ränder mit langen Fransen geschmückt waren. Er legte ihn Vivienne um die Schultern. „Das ist für dich."

Dann ging er zum Fenster und öffnete es. Schritte hallten den Flur entlang. Julian hatte eine Stuhllehne unter den Türknauf geschoben, aber das würde die Vampire nicht aufhalten.

„Komm, Vivienne. Du zuerst." Er streckte ihr die Hand entgegen und half ihr, aus dem Fenster in die Büsche darunter zu springen. Sie stieß einen leisen Protestschrei aus, als sie zwischen den Zweigen landete, kämpfte sich dann aber daraus hervor. Sarah stand hinter ihm und wartete darauf, dass sie an die Reihe kam, doch er schickte Julian als Nächsten hinaus und legte Sarah in seine Arme.

Julian behandelte Miss Dares Tochter mit größter Sorgfalt und Vorsicht.

Heath sprang als Letzter aus dem Fenster. Draußen kam Vivienne, in das Seidentuch gehüllt, auf ihn zu.

„Wie kommen wir von hier weg?", flüsterte sie in angespanntem Ton. „Ihr Männer seid nackt, ich habe nichts am Leib als einen breiten Seidenschal, und Sarahs Nachthemd hängt in Fetzen herunter. Wir sehen aus, als wären wir aus dem Tollhaus entsprungen. Ich habe kein Geld für eine Mietdroschke."

„Beruhige dich, Vivi. Ich bringe uns in Sicherheit."

„Nein, Heath, ich kann mich nicht beruhigen. Was hast du vor? Ich kann Sarahs Leben niemandem vollkommen blind anvertrauen."

Sie vertraute ihm nicht. Er hatte ihr das Leben gerettet, aber es war, als könnte sie tief in ihn hineinblicken. Als wüsste sie, dass er vor vielen Jahren seine Frau und seine Tochter im Stich gelassen hatte.

„Wir müssen so schnell wie möglich von hier weg", erwiderte er. „Julian und ich werden unsere Gestalt verändern, und du und Sarah müsst auf uns reiten."

„Reiten?" Drei Stimmen – eine weiche Mädchenstimme, eine

heisere Frauenstimme und die erstaunte Stimme eines Vampirs – zischten ihn an.

„Es ist möglich, Julian. Wir können uns in größere Geschöpfe verwandeln. Das wird uns zwar viel Energie kosten, aber unsere restlichen Kräfte werden ausreichen, um einen sicheren Ort zu erreichen. Dann werden wir uns stärken müssen. Und zwar ausgiebig." Er war nicht sicher, ob seine übliche Ersatznahrung – Tierblut – ausreichen würde. Er war bereit, zu leiden. Aber Julian …

Nie zuvor hatte Julian überraschter dreingeschaut. „Wo um Himmels willen können wir denn Zuflucht finden, Heath? Kein Vampir wird bereit sein, sich dem Rat zu widersetzen …"

„Es gibt einen, der es tun wird. Hör auf, Fragen zu stellen, und verwandle dich."

Heath änderte seine Gestalt sofort, nachdem er Julian den Befehl gegeben hatte, es ebenfalls zu tun. Seine Knochen bogen und seine Gelenke verdrehten sich; seine Rippen schienen sich auszudehnen und weit zu öffnen. Flügel wuchsen und entfalteten sich. Obwohl sich die Form seines Körpers kaum veränderte, wurde seine Haut dunkler, bis sie ein tiefes, silbriges Grau angenommen hatte. Vivienne starrte ihn an, als würde sie ein Ungeheuer sehen.

Der Anblick ihres Entsetzens nach allem, was sie bereits gesehen hatte, durchfuhr ihn wie eine scharfe Klinge.

Es stimmte, dass er ein Ungeheuer war. Mithilfe seines Fluchs könnte er die Menschheit auslöschen, wenn er sich in einen Dämon verwandelte. Und er würde ein Dämon werden, wenn er das Eine begehrte, was er niemals haben durfte: Liebe.

Julian spielte sich vor Sarah auf. Er flatterte mit seinen Flügeln, flog eine Runde und landete zu ihren Füßen. Heath erwartete, dass sie verschreckt reagierte. Stattdessen flüsterte sie: „Ich verlasse mich darauf, dass Sie mich nicht fallen lassen."

Julian grinste. Er ließ sich auf einem Knie nieder. „Ihr Streitwagen steht bereit, Mylady."

Sie kicherte scheu, dann kletterte sie auf seinen Rücken. Ihre

Beine glitten um seine Taille, die Arme schlang sie um seinen Nacken. Als Julian abhob und durch die Luft segelte, schnappte sie nach Luft. Heath ließ sich ebenfalls auf einem Knie vor Vivienne nieder. Es erinnerte ihn daran, wie er Ariadne den Heiratsantrag gemacht hatte und wie hochmütig er damals gewesen war. *Natürlich wird sie Ja sagen. Wie könnte sie ablehnen?* Er war so überzeugt von sich gewesen.

„Vertrau mir, Vivienne“, sagte er mit heiserer Stimme.

„Es ist verrückt. Wie willst du mit mir auf dem Rücken fliegen?“

Er bewegte seine Flügel. „Willkommen in der Welt der Verrückten, Liebste. Vertrau mir, ich werde in dieser Welt dein Führer sein.“

9. KAPITEL

Vivienne konnte kaum glauben, dass sie über den Straßen von London dahinflog, den Körper an Heaths Rücken gepresst, die Beine fest um seine Taille geschlungen. Seine kräftigen Muskeln drückten sich gegen ihre Brüste. Sie hatte das Seidentuch wie ein Kleid um sich herumgewickelt, doch durch den Stoff spürte sie die Wärme und Festigkeit seines Körpers, und seine Flügelspitzen kitzelten ihre nackte Haut, wenn sie sich über ihr durch die Luft bewegten.

Sie legte die Arme um seinen starken Nacken und sah sich nach ihrer Tochter um.

Julian flog an Heaths Seite, und Sarah saß auf seinem Rücken. Mit ihren blonden, im Wind tanzenden Locken und dem dünnen weißen Hemd, welches um sie herum flatterte, sah ihre Tochter wie eine leibhaftige Fee aus. Doch es war der entzückte Ausdruck auf Sarahs Gesicht, der Vivienne überraschte.

Seit Jahren hatte Sarah nicht so glücklich ausgesehen.

Und das, obwohl sie um ihr Leben fürchten mussten und ihre arme Tochter in einer Zelle eingesperrt gewesen war. Erschrocken erkannte Vivienne, dass irgendetwas Sarah all die Jahre bedrückt haben musste. Obwohl sie selber ständig bemüht gewesen war, ihrer Tochter alles zu geben, was sie selber nie gehabt hatte.

Noch nie hatte sie Sarah so stark gesehen, wie sie in diesem Moment wirkte.

„Wohin fliegen wir?“, schrie Vivienne gegen das Rauschen des Windes an.

„An einen sicheren Ort“, rief er zurück. Sie segelten in großer Höhe durch die Luft, weil Heath erklärt hatte, das würde die Fledermausarmee des Rates daran hindern, ihnen zu folgen. Eine beachtliche Menge der geflügelten Kreaturen war aus dem Ratsgebäude geströmt und hatte die Verfolgung aufgenommen, doch Heath hatte recht gehabt. Als sie durch die dichten Wolken gestoßen waren, hatten die Fledermäuse aufgegeben und sie entfliehen lassen.

Sie waren in Sicherheit – zumindest für den Moment.

„Halt dich fest“, warnte Heath sie.

Als würde sie das nicht ohnehin tun! Julian bewegte sich als Erster im Sturzflug der Erde entgegen, und ihr Herzschlag setzte aus Angst um ihre Tochter kurz aus. Doch Sarah stieß einen begeisterten Schrei aus. Heath folgte dem jüngeren Vampir, und sie rasten nach unten. Seltsam, dass die Wolken von oben wie fester Boden wirkten und doch nichts als Dampfschwaden waren, wenn man sie durchstieß. Als sie die weißen Nebel hinter sich gelassen hatten, breitete sich die Stadt unter ihnen aus.

Zwischen den beleuchteten Gebäuden schlängelte sich ein funkelndes schwarzes Band dahin. Das war die Themse, und sie folgten ihrem Verlauf. Sie entfernten sich vom Stadtzentrum und näherten sich den größeren Anwesen, die rechts und links vom Fluss lagen. Riesige Häuser schienen in der Dunkelheit zu schlummern, und weite Rasenflächen erstreckten sich bis zum Wasser. Dann ließ Heath sich erneut in Richtung Boden sinken, dieses Mal in einem steileren Winkel. Vivienne umklammerte seinen Hals noch fester. Dünne Mondstrahlen stahlen sich durch die Wolken, während sie der Erde entgegenschwebten. Im silbrigen Licht tauchte vor ihnen ein Haus auf – ein lang gestrecktes, elegantes Herrenhaus, stuckverziert und mit hohen Schieferdächern.

„Ist das eines deiner Häuser?“, stieß sie dicht neben Heaths Ohr hervor.

„Nein. Es gehört einem uralten Vampir und ist ein Zufluchtsort für Vampire, die vom Rat gejagt werden. Es ist aber auch ein Ort, wo die Untoten alle nur erdenklichen erotischen Freuden genießen können.“

„Ich glaube nicht, dass ich jemals wieder sexuelles Verlangen spüren werde“, flüsterte sie. Doch der Trunk, den man ihr eingeflößt hatte, brachte ihr Herz dazu, bei ihren Worten rascher zu klopfen, und Hitze durchlief ihren Körper. Sie unterdrückte das Verlangen, sich an Heaths Rücken zu reiben. Ihr Schoß war fest an seinen steinharten Hintern gepresst.

Es schien, als würde der leiseste Gedanke an Sex ihre Lust wieder entfachen. Und das brachte sie zum Nachdenken. Angst durchfuhr sie. „Ist Sarah an einem solchen Ort sicher?“

Sie wird vollkommen sicher sein. Dafür werde ich sorgen.

Vivienne keuchte vor Schreck. Sie hatte seine Worte in ihrem *Kopf* gehört. Als könnte sie seine Gedanken lesen. „Wie …?“

Als du und ich miteinander geschlafen haben, ist dadurch eine ganz spezielle Verbindung zwischen uns entstanden, Vivi. Vorher konnte ich deine Gedanken nicht erkennen. Das kann ich immer noch nicht, aber wir können uns auf diese Weise unterhalten. Du kannst mir deine Gedanken senden, genau als würdest du mit mir reden.

Das war vollkommen unmöglich. Doch wieder geschah das Unfassbare. *Wie muss ich das machen? Kannst du mich jetzt hören?*

Ja, Vivienne, Liebste, ich höre dich. Er wandte den Kopf, um sie anzusehen. Um seine Lippen spielte ein Lächeln.

Aber sie konnte es nicht erwidern. Ihre Angst war zu groß. *Ich befürchte, dass Sarah dort nicht sicher ist. Wie soll das in einem Haus möglich sein, in dem Männer ihren Lüsten frönen? Wie willst du sie schützen? Sarah ist schön – ich will nicht, dass man ihr nachstellt. Ich habe Angst, dass man ihr Gewalt antut. Das würde ihre Seele zerstören. Das darf ich nicht zulassen, Heath …*

Sie unterbrach ihre Gedanken, als Heath auf dem Erdboden landete. Sanft ließ er sie von seinem Rücken gleiten. Das Mondlicht spiegelte sich in seinen Augen, als er ihr aufmerksam ins Gesicht sah. *Ist das mit dir geschehen?*

Trotz des silbrigen Scheins las sie Schmerz in seinen Augen. Ihretwegen. Das erschreckte sie. Sie krallte sich in das Seidentuch, das um ihren Körper gewickelt war, und hielt es so fest, wie sie nur konnte. Kein Mann hatte sie jemals angesehen, als würde sie ihm etwas bedeuten.

„Ich bin nie vergewaltigt worden. Meine Mutter beschützte mich, bis ich sechzehn war. Dann, nach ihrem Tod, sorgte ich dafür … Ich ging sicher, dass ich meine Liebhaber selbst aussuchte."

Heath nahm ihre Hand und hob sie an seine Lippen, wie ein Gentleman es bei einer Frau tat, die er bewunderte. Und seine silbrig grünen Augen musterten sie so interessiert, dass sie nicht anders konnte, als ihre Lider zu senken. Ein Schauer überlief sie, obwohl die Nacht warm und sie in Seide gehüllt war. Es war sein Blick; sie konnte mit einem Blick wie diesem nicht umgehen.

Hastig entzog sie ihm ihre Hand und umklammerte fest das Seidentuch. „All die Dinge, die mir als junges Mädchen in den Bordellen Angst gemacht haben – die körperliche Überlegenheit der Männer, ihre Gewalttätigkeit, die Trunksucht meiner Mutter – diese Dinge erscheinen mir bedeutungslos, verglichen mit den Ängsten, die ich nun habe. Jetzt weiß ich, ich bin ein Sukkubus, und eine Gruppe verrückter Vampire will mich und Sarah töten."

„Vivi …" Doch Heath stockte, als Julian auf den Rasen hinunterstieß. Er landete mit Sarah, die von seinem Rücken rutschte. Die Decke fiel ins Gras und enthüllte ihren schlanken Körper, der nur von ihrem dünnen, zerfetzten Nachthemd bedeckt wurde. Doch das bemerkte Sarah gar nicht. Ihre Wangen glühten rosig. „Das war einfach herrlich, Mutter! Es war furchtbar, gefangen gehalten zu werden, aber über London dahinzufliegen – lieber Himmel, das war so aufregend!"

Vivienne wollte schimpfen – schließlich hätte Sarah getötet werden können –, aber andererseits wollte sie das Mädchen nicht anfahren, nachdem es eine solche Tortur überstanden hatte.

Heath umfasste ihr Handgelenk. *Es ist besser, sie glücklich sein zu lassen, Vivi.* Das war wieder seine Stimme in ihrem Kopf. *Wir sollten ihr keine Angst machen.*

Sie ist *meine* Tochter, dachte sie wütend. Sarah war alles, was sie hatte. Sarah war ihr Leben. Und sie hatte nicht vor, ihre Tochter in Angst zu versetzen, sondern versuchte nur, sie zu beschützen. Hastig befreite sie ihren Arm aus Heaths Griff.

Er ließ sie los. Und sie umarmte Sarah fest. Es war wunderbar, dass Sarah sich nicht fürchtete. Aber sie wollte, dass ihre Tochter sich ihre Vorsicht, ihr Misstrauen, ihre Empfindsamkeit – was genau, wusste sie eigentlich nicht – bewahrte.

Julians Körper begann, sich zu krümmen. Seine Muskeln verdrehten sich und zuckten, als wollten sie sich von seinem Fleisch lösen.

„Du liebe Güte", keuchte Sarah und streckte die Hand nach Julian aus. Vivienne zog ihre Tochter zurück.

Julian schrie auf, und ein weiterer rauer Schrei ertönte hinter ihnen. Vivienne fuhr herum und sah, wie Heaths Körper sich wand, seine Muskeln sich streckten, seine Kinnlade von einer Seite zur anderen ruckte. Es wirkte, als wollte sein Körper explodieren. Er sah aus, als kämpfe er um sein Leben. Sie erstarrte aus Angst um ihn.

Ihr war klar, was soeben geschah. Die beiden Vampire transformierten sich, wie sie es vorher auch getan hatten. Sie wusste, sie würden es überleben, aber es war dennoch schrecklich anzusehen. Ganz langsam fielen ihre Flügel in sich zusammen und schrumpften. Heaths Haut wurde heller, als würde die Sonne ihn bescheinen, doch diese Veränderung geschah von innen heraus.

Sarah umklammerte ihre Hand.

Vivienne riss ihren Blick von dem sich verwandelnden Heath los und schaute ihrer Tochter ins Gesicht. Sarah beobachtete Julian und fürchtete offenbar um ihn.

Und das versetzte Vivienne in Angst.

„Gütiger Himmel", murmelte Julian. Er sah wieder aus wie ein normaler nackter Mann. Nun schüttelte er seinen Körper wie ein Hund, der in den Regen gekommen war. Sie sah wieder Heath an. Er tat dasselbe und streckte auf diese Weise seine Muskeln.

Dann bot Julian zu Viviennes Schreck Sarah seinen Arm wie ein Gentleman, der eine Dame begleitet. „Nein", widersprach Vivienne mit fester Stimme. „Ich kümmere mich um sie. Sie sind nackt und ein Vampir, und Sarah trägt nur ein zerrissenes Nachthemd am Leib."

„Mutter! Ich werde nicht hinschauen."

Mit einem verlegenen Blick hob Julian die Decke auf und schlang sie sich wie ein Handtuch um die Hüfte. Sarah wisperte „Danke.“ Sie ließ ihre Mutter stehen und trat neben Julian.

Vivienne schluckte mühsam. Sie hatte sich so sehr daran gewöhnt, Sarah als zerbrechliches Wesen zu betrachten, dass sie ganz vergessen hatte, wie stark, stur und entschlossen ihre Tochter sein konnte.

Doch Sarah war auch verletzlich. Vivienne hatte ihre Tochter nicht vor den Dingen gewarnt, vor denen sie selbst gelernt hatte, sich in Acht zu nehmen, als sie in den Freudenhäusern aufgewachsen war. Sie hatte vermeiden wollen, dass Sarah ihre Naivität verlor. Nun musste sie verhindern, dass Sarah ihr Herz an einen Vampir verlor.

Um Himmels willen, was dachte sie da? Es gab nun wirklich weitaus dringendere Probleme. Vollkommen nackt trat Heath neben sie, um sie zum Haus zu geleiten.

Sie zog die Brauen hoch und sah ihn finster an. „Du hast gesagt, dies sei ein Zufluchtsort für Vampire, aber es wirkt wie ein herrschaftliches Anwesen. Ich bin schon in einigen Häusern hier in der Gegend gewesen. Sie gehören Earls und Dukes. Wie konnte ein Vampir diesen Besitz erwerben? Oder ist er, wie du, ein adeliger Vampir?“

„Wir sollten erst einmal hineingehen.“

Ihr fiel auf, dass er keine ihrer Fragen beantwortet hatte, aber sie ließ zu, dass er ihr den Arm reichte. Sie eilten durch die Nacht auf das Haus zu. Im vom Mond beschienenen Garten wehten ihnen Stimmen entgegen, obwohl alle Fenster dunkel waren. Doch als sie Sarah und Julian zu einer gefliesten Terrasse folgten, blieb sie stehen.

Sie konnte Heath nicht einfach blind vertrauen. Das konnte sie bei keinem Mann tun. „Hat der Vampir jemanden getötet, um in den Besitz dieses Anwesens zu kommen?“ Ohne Antworten würde sie keinen Fuß in dieses stockdunkle, doch offensichtlich belebte Haus setzen.

„Das spielt keine Rolle, Vivienne. Es ist ein sicherer Ort für

Sarah und dich. Mehr musst du darüber nicht wissen."

„Das genügt mir nicht", rief sie. „Ich …"

Die Glastüren wurden aufgestoßen. Zwei schwarz gekleidete Männer stürmten aus dem Haus. Sie waren mit Armbrüsten bewaffnet. Einer von ihnen stieß die Absätze zusammen und verbeugte sich zackig. „Lord Blackmoor. Wir wussten nicht, dass Sie vorhatten, zurückzukehren."

„Das wusste ich ebenso wenig", erwiderte Heath in lässigem Ton, als würde er nicht nackt neben einer Frau stehen, die lediglich mit einem Seidentuch bekleidet war. „Ich nehme an, Seine Gnaden befindet sich im Haus?"

„Sicher. Folgen Sie mir. Ich führe Sie zu ihm."

Seine Gnaden. Es handelte sich um einen *Duke,* der ebenfalls ein Vampir war? Warum wollte Heath ihre Fragen nicht beantworten?

Doch Sarah ging fröhlich neben Julian ins Haus. Und Viviennes Blut rann eiskalt durch ihre Adern. In Geschichten wurde beschrieben, dass Vampire in der Lage waren, große Anziehung auf menschliche Wesen auszuüben. Falls Sarah keinerlei Dämonenblut von ihr geerbt hatte … machte sie das nicht zur leichten Beute von Julians Vampirkünsten?

Die beiden Männer brachten vier Morgenmäntel aus schwarzer Seide. Julian half Sarah in einen von ihnen hinein. Vivienne schlüpfte mit einem erleichterten Seufzer in ihren. Er war prächtig und warm, und endlich waren Sarah und sie wieder vollständig bekleidet. Die Männer baten sie, ihnen zu folgen, und führten sie durch das Haus.

Ihr fiel auf, dass Heath von der Seite Julian aufmerksam betrachtete.

Sie durchquerten einen riesigen Ballsaal. Ein Geigentrio spielte, doch die Gäste tanzten nicht. Schöne, seltsam gekleidete Männer und Frauen rekelten sich auf Samtsofas. Die Frauen trugen nur eng geschnürte Korsetts und Strümpfe mit Strumpfbändern aus rotem Satin. Rote Spitze schmückte ihre Körper; einige hatten rote Satinbänder um den Hals gebunden. Alle tranken Champagner aus goldenen Flöten.

Vivienne entdeckte nichts Anstößigeres als ein Paar, das sich ausgiebig küsste. Dennoch geriet sie in Panik. Die Gäste waren so aufreizend gekleidet, und selbst in den leisen Stimmen, mit denen sie sich unterhielten, schwang Sinnlichkeit mit. Überall wurden nackte Brüste zur Schau gestellt. Ein gut aussehender Mann zog soeben sein Hemd aus. *Sarah.* Sarah sollte so etwas nicht zu sehen bekommen.

Heath gab Julian mit der Hand ein Zeichen. Vivienne fuhr herum. Auf Heaths Anweisung hin bedeckte Julian Sarahs Augen mit der Hand. Und ihre naive Tochter protestierte. „Also wirklich“, beschwerte Sarah sich. „Ich bin kein Kind mehr.“

Nein, aber ich will, dass du dir deine Unschuld bewahrst, dachte Vivienne verzweifelt. „Das hier ist unmöglich. Ich kann nicht zulassen, dass Sarah hierbleibt“, verkündete sie.

Heath beugte sich zu ihr herunter. Seine Stimme war sanft und verführerisch. „Ich hätte Sarah nicht in dieses Haus gebracht, wenn sie hier nicht in Sicherheit wäre. Dimitri hält ein Apartment für Vampire bereit, die einen Unterschlupf brauchen. Das Betreten dieser Zimmer ist seinen anderen Gästen untersagt, und kein Vampir würde auch nur im Traum daran denken, sich Dimitris Anordnungen zu widersetzen. Ich verspreche dir, Sarah kann sich hier völlig gefahrlos aufhalten.“

Wahrscheinlich hätte sie dankbar sein müssen, weil er sie nicht darauf hingewiesen hatte, dass es ohnehin keinen anderen Ort gab, wohin sie hätten gehen können. Was schließlich der Wahrheit entsprach. In ihrem Haus waren sie nicht sicher. Würden sie jemals in das Stadthaus zurückkehren können, für dessen Kauf sie fast ihre Seele verpfändet hatte?

Wenn sie weiter darüber nachdachte, würde sie früher oder später verrückt, also konzentrierte sie sich auf die Gegenwart. „Dimitri?“

„Ein sehr alter Vampir.“

Warum gab er ihr Antworten, die absolut nichtssagend waren? „Ich werde in Sarahs Nähe bleiben …“ Sie stockte, als Heath den Kopf schüttelte.

Wieder beugte er sich zu ihr herab. Sie spürte, wie sein warmer Atem am Rand ihrer Ohrmuschel entlangstrich. Ein Schauer lief über ihren Rücken und entzündete Verlangen in ihrem Schoß. Und dann – Herr im Himmel – begann das Pochen und Ziehen.

„Ich werde dich nach unten führen", murmelte er. „Du wirst heute Nacht Vergnügen brauchen."

Empfindsamkeit und Wärme verließen sie. Eiskalte Angst strömte durch ihre Adern. Selbst als er ihr zuflüsterte: „Ich werde bei dir sein. Ich werde auf dich aufpassen. Aber ich darf nicht mit dir schlafen."

Was, um alles in der Welt, sagte er da zu ihr? „Warum nicht? Willst du mich nicht?"

„Du hast keine Ahnung, wie sehr ich dich will. Aber ich verspreche, dich zu beschützen …"

„Das musst du nicht. Ich brauche nichts." Doch das stimmte nicht. Ihr Herz pochte heftig. „Sie haben mir etwas zu trinken gegeben, Heath. Ich weiß nicht, was es war, aber es …" Sie senkte die Stimme, um mit einem leisen Flüstern fortzufahren, von dem sie nicht sicher war, ob er es verstehen würde. „Es löst Verlangen in mir aus."

Er stöhnte auf. „Adder muss dir ein hochwirksames Aphrodisiakum gegeben haben."

Der Diener blieb vor einer Tür stehen und klopfte. „Lord Blackmoor ist eingetroffen, Euer Gnaden."

Das Stöhnen einer Frau drang hinaus auf den Flur. Anschließend war eine Männerstimme, ein ungeduldiger, harter Bariton, zu hören. „Blackmoor? Kommt er wieder angekrochen? Oder stolziert er hochmütig zurück in mein Haus, immer noch vollkommen von sich überzeugt?"

Der Diener blieb erstaunlich teilnahmslos. „Er hat Gäste mitgebracht. Und er kam völlig nackt hier an, Euer Gnaden. Die Damen, die ihn begleiten, waren ebenfalls unzulänglich gekleidet. Es ist offensichtlich, dass sie Ihre Hilfe benötigen."

„Damen? Er hat Damen mitgebracht? Interessant", erklang

die tiefe Stimme hinter der Tür. „Blackmoor muss in Schwierigkeiten sein. Schick sie alle herein."

Vivienne zog die Laken über der schlummernden Sarah gerade. Ihre Tochter hatte sich zusammengerollt und die Arme um das weiche weiße Kissen geschlungen. Das Bett war riesig und üppig mit Seidentroddeln und Spitze geschmückt.

Für den Moment waren sie in Sicherheit. Dimitri, der geheimnisvolle Vampir, den jeder nur als „Seine Gnaden" bezeichnete, obwohl er bestritt, ein Duke zu sein, hatte Sarah und ihr gestattet, in diesem pompösen Apartment zu bleiben, solange sie wollten.

Dimitri hatte sich als gut aussehender Riese von äußerst imposanter Größe entpuppt. Er hatte schokoladenbraunes Haar, eine lange, aristokratische Nase und pechschwarze Augen und ähnelte ein wenig dem Vorsitzenden des Vampirrats, Adder. Doch trotz der scharf geschnittenen Züge wirkte sein Gesicht freundlicher. Er hatte Sarah und sie die ganze Zeit angelächelt.

Sie waren in den Salon neben Dimitris Schlafzimmer geführt worden und an einer Frau vorbeigekommen, die auf einem Sofa lag, Tee trank und darauf wartete, dass ihr „Lord" die Angelegenheit zu Ende brachte. Der attraktive Dimitri war nach der Mode des vergangenen Jahrhundert gekleidet: Er trug eine blassgrüne Seidenjacke, deren Ärmel mit breiten Spitzen verziert waren.

Mit einem Händeklatschen setzte er eine ganze Armee von Dienstboten in Bewegung, die er beauftragte, Essen und Kleidung zu bringen. Vivienne hatte nun eines der Kleider an, die man herbeigetragen hatte, ein Meisterstück aus scharlachroter Seide. Es schmiegte sich an ihren Körper, als sei es für sie gemacht worden. Unter den wirbelnden Röcken konnte sie ihre himmlisch weichen Pantoffeln aus feinster, mit goldfarbenen Diamanten geschmückter Seide sehen.

Allein diese Pantoffeln mussten tausend Pfund wert sein.

Doch sie hatte Heath und Dimitri beobachtet, bevor die Hausmädchen gekommen waren, um Sarah und sie nach oben zu führen, wo sie baden, sich ankleiden und in den prächtigen Zimmern einrichten sollten. Heath wirkte gehetzt, Dimitri wütend.

Was geschah da zwischen den beiden Männern?

„Mmmm“, murmelte Sarah im Schlaf. Vivienne hatte Angst, sie zu wecken. Sie entfernte sich vom Bett und trat ans Fenster, das mit schwarzen Vorhängen verhängt war.

Ihre Haare waren frisch gewaschen und rieselten in ungebändigten Locken ihren Rücken hinab. Die Farbe, mit der die Dienerin der Vampire sie bemalt hatte, war verschwunden. Sie war nicht mehr in Gefahr, doch sie fühlte sich ruhelos. Was würde mit ihr und Sarah geschehen? Wohin konnten sie fliehen, um wirklich in Sicherheit zu sein? Trotz Dimitris großzügiger Worte glaubte sie nicht daran, dass er ihnen erlauben würde, für immer zu bleiben.

Das wollte sie auch nicht. Sie sehnte sich danach, nach Hause zurückzukehren. Doch wie sollte sie Sarah vor dem Rat der Vampire beschützen – vor ihren Waffen, ihren Fledermäusen und ihrer vollkommenen Verrücktheit?

Vivienne ging im Zimmer auf und ab und fächelte sich dabei mit der Hand Luft zu.

Noch vor wenigen Tagen, bevor sie Heath getroffen hatte, war die Existenz von Vampiren etwas völlig Absurdes für sie gewesen. Und jetzt lebte sie bei einigen von ihnen und versteckte sich hier vor weiteren dieser Wesen.

Konnten Sarah und sie fliehen? Und irgendwo ein Zuhause finden, wo sie nicht wieder angegriffen wurden? Doch was war mit Sarahs Krankheit? Sarah war nun kräftig und gesund, doch das hatte sie nur Heath zu verdanken. Sie durfte ihre Tochter nicht von Heath fortbringen, weil sie dann wieder krank werden würde …

Vivienne blieb mitten im Zimmer stehen. Ein kalter Schauer überlief sie, und sie musste ihre Arme reiben, um wieder warm zu werden. So war es schon seit mindestens einer Stunde. Ihr wurde so heiß, als wollte sie in Flammen aufgehen. Ihr brach der Schweiß aus, und sie fächelte sich verzweifelt Luft zu. Dann, Sekunden später, überlief es sie eiskalt.

Und nun kam der Schmerz. Zuerst pochte er ganz tief unten in ihrem Leib. Doch schon bald würde sie ihn, wie vorher auch, an anderen Stellen ihres Körpers spüren. So war es in der Nacht gewesen, in der sie mit Heath Sex gehabt hatte.

Jemand klopfte an die Tür. „Vivienne, Liebste. Begleitest du mich? Julian und zwei Diener werden bei Sarah wachen."

Es war Heath. Er war gekommen, um sie nach unten zu geleiten, in jene Räume, in denen die Vampire ihren Lüsten frönten. Sie eilte zur Tür und öffnete sie. „Ich will sie nicht allein lassen. Ich kann die Schmerzen ertragen."

Vivienne sah, wie Heaths verführerischer Mund sich in einen schmalen Strich verwandelte. „Das kannst du nicht, Liebste. Sie haben dir eine Droge gegeben, die dein Verlangen anstachelt. Heute Nacht werden die Schmerzen noch viel, viel schlimmer sein."

Heath lehnte im Türrahmen und ergötzte sich an Viviennes Anblick in dem aufreizenden scharlachroten Kleid. Der tiefe Ausschnitt beschrieb eine schwungvolle Linie, die ihre Brüste eng umschloss und sie als üppige Hügel darbot. Ihr Kleid schmiegte sich so eng an ihren Körper, dass es fast wie ein tiefes Erröten wirkte und nicht, als würde der Stoff ihre Formen verhüllen. Heath verspürte den Wunsch, Dimitri in den Hintern zu treten. Sie sah aus, als wäre sie als Versuchung für jeden Mann erschaffen worden, und Dimitri wusste sehr genau, dass Heath nicht mit Vivienne schlafen durfte. Das hier war offensichtlich nach Dimitris Ansicht ein gelungener Scherz.

Nun würde er zusehen müssen, wie die anderen Vampire im Haus Vivi begehrten, sie verführten und ihr Lust verschafften. Er würde sie überreden müssen, sich einem anderen Mann hinzugeben. Damit ein anderer Mann ihr das Leben retten konnte.

Er war verflucht worden, weil er es verdient hatte. Sollte er den Schmerz, den er spürte, nicht sogar genießen?

Sarah und sie waren hier in Sicherheit. Diesmal hatte er zwei unschuldige Wesen, die auf seine Hilfe angewiesen waren, nicht im Stich gelassen. Doch er sehnte sich danach, mit Vivienne zu schlafen. Er wollte ihren herrlichen Körper genießen, sein Verlangen nach ihr ausleben, seine Angst um sie in Lust verwandeln. Doch das durfte er nicht.

Mit einem kläglichen Lächeln sah er sie an. „Du brauchst eine Nacht voll wildem, hemmungslosem Sex. Das ist die einzige Möglichkeit, die Wirkung der Droge zunichtezumachen."

Vivienne kaute an ihrer üppigen Unterlippe. „O Liebster", wisperte sie. Sie lehnte sich kraftlos an die offene Tür und legte ihren Handrücken gegen die Stirn.

Auch er berührte sie dort mit den Fingerspitzen. Sie glühte.

„Ich habe Angst, Sarah allein zu lassen."

Er strich ihr leicht über die Haut. Allein diese Berührung sorgte dafür, dass er hart wurde und ein sehnsüchtiges Pochen zwischen den Schenkeln spürte. „Sie ist in Sicherheit. Dieser Ort ist unerreichbar für den Rat. Und niemand, der sich als Gast hier aufhält, würde es riskieren, Dimitris Unwillen zu erregen, indem er sich Sarah nähert. Außerdem würde keiner der Gäste versuchen, eine Frau zu verführen, die nicht bereit dazu ist."

„Warum nicht?"

„Weil es hier Dutzende von willigen Frauen gibt. Und weil Dimitri und ich diesen Mann in Stücke reißen würden." Er seufzte. „Aber jetzt muss ich für deine Rettung sorgen. Schon sehr bald wirst du sehr dringend Sex brauchen – und zwar eine Menge davon."

„Und du wirst es nicht wieder sein, der mir Erleichterung verschafft", stellte sie mit tonloser Stimme fest. Sie klang wie eine Frau, die einen Mann aus tiefstem Herzen verachtete.

Er fühlte sich mehr denn jemals zuvor in seinem Leben verdammt. „Zum Teufel, wenn ich könnte, würde ich mich mit dir in deinem Schlafzimmer einschließen und die ganze Nacht Sex mit dir haben. Aber das kann ich nicht, denn ich bin verflucht."

Sie berührte seine Brust. Himmel, ihre Finger fühlten sich durch den Stoff seiner Kleidung wie Feuer an.

„Du meinst, du bist verflucht, ein Vampir zu sein."

„Nein, mein Fluch besteht in etwas anderem. Es ist ein magischer Spruch, den mein Meister mir auferlegt hat, als ich transformiert wurde …"

„Transformiert?"

„So nennen wir Vampire den Moment, in dem ein anderer Vampir uns beißt und uns von seinem Blut trinken lässt, um uns zu einem der ihren zu machen. Mein Meister – der Vampir, der mich erschaffen hat – benutzte einen alten Zauberspruch, um mich zu verfluchen. Wenn ich zwei Mal mit derselben Frau schlafe, verwandele ich mich von einem Vampir in einen Dämon."

„Und wie geht das vor sich?"

„Ich weiß nicht, wie es genau funktioniert."

„Aber was für eine Art Dämon? Ich meine …"

„Du meinst, dass ich schon einer bin?" Er stöhnte auf. „Nein, Liebste, denn ich kontrolliere meine Triebe. Der Dämon, in den ich mich verwandeln würde, wäre ein grausames Ungeheuer. Ich hätte die Macht, England vollkommen zu zerstören. Mir wurde gesagt, ich hätte die Kraft, das Ende der Welt herbeizuführen."

Ihre blauen Augen waren vor Angst weit aufgerissen. Ihre verführerischen Brüste hoben und senkten sich rasch. Sie trat hinaus auf den Flur und schloss die Tür zum Zimmer ihrer Tochter hinter sich. „Aber du weißt es nicht genau. Denn du hast dich nie zuvor in einen Dämon verwandelt."

Vivienne war gefährlich. Sie schien in seine Gedanken zu schauen und die dunkelsten Winkel seines Herzens zu finden. Er wollte nur zu gern glauben, dass er mit ihr schlafen konnte, ohne dass das Schlimmste geschah.

„Doch, es ist mir widerfahren", gestand er mit leiser Stimme. „Als ich transformiert wurde, erhielt ich eine Demonstration, wie es sein würde, wenn ich mich in einen Dämon verwandle. Mein Meister hatte einen Zauberer zu seinem Sklaven gemacht. Er befahl diesem alten Mann, mir einen Vorgeschmack zu geben, wie ich werden würde, wenn ich den Fluch missachtete. Mithilfe von Magie verwandelte er mich in einen Dämon und auch wieder zurück. Eine halbe Minute lang war ich ein Dämon, und in dieser kurzen Zeit tat ich verschiedene unaussprechlich furchtbare Dinge. Oh nein, ich habe nie gewagt zu riskieren, dass es tatsächlich geschieht.

Das herrliche Dekolleté, welches sich seinen Blicken darbot, färbte sich rosa. Wenn er sich ihr entgegenneigte, ihre Lippen küsste, anschließend seinen Mund auf das tiefe Tal zwischen ihren Brüsten presste, dann ihre Röcke hob und mit der Zunge durch ihre Spalte fuhr, wo würde sie am heißesten sein?

„Du hast also niemals mit irgendeiner Frau ein zweites Mal geschlafen?“, erkundigte sich Vivienne.

„Nicht, seit ich zum Vampir wurde. Der Fluch war die Strafe für den Tod meiner Frau. Um zu verhindern, dass ich jemals wieder Liebe erfahre. Und falls ich mich verliebe, muss ich leiden, ohne Erfüllung zu finden.“ Heath schloss die Augen, doch selbst auf diese Weise konnte er der Versuchung nicht entgehen. Nach ihrem Bad duftete sie wie eine Rose. „Doch gerade jetzt denke ich daran, wie es wäre, noch einmal mit dir zu schlafen.“

Vivienne bemühte sich, den Schmerz zu unterdrücken, der in ihr wuchs. Doch es gelang ihr nicht. „Nun, dann haben wir ein Problem. Weil du gesagt hast, dass ich unbedingt Sex brauche.“

Heath schlug mit der Faust gegen die Wand neben der Tür. Plötzlich wuchsen vor ihren Augen seine Zähne, und die Eckzähne wurden lang und spitz. Doch sein Anblick machte ihr keine Angst. „Ich weiß“, brummte er. „Verdammt, wie gut ich das weiß. Und heute Abend werde ich die Ehre haben, dabei zuzusehen, wie man dir herrliche Lust verschafft. Komm, Vivi.“

Vivi. Plötzlich fiel ihr auf, dass er sie schon einige Male so genannt hatte. Und auch manchmal „meine Blume“. Eine Ewigkeit hatte niemand ihr einen liebevollen Kosenamen gegeben. Nicht, seit ihre Mutter sie Vivi gerufen hatte, als sie noch sehr klein gewesen war. In glücklicheren Zeiten. Wenn Heath ihn mit seiner tiefen, verführerischen Stimme aussprach, klang der Name irgendwie … lustvoll.

Er versuchte, sie mit sich zu ziehen, doch sie weigerte sich und bohrte die Absätze ihrer geliehenen Pantoffeln in den Boden.

„Wobei genau, stellst du dir denn vor, mir zuzusehen?"

Seine knappe Antwort machte sie wütend. „Vertrau mir."

Das war zu viel verlangt. „Nein. Du musst mir verraten, was ich deiner Meinung nach tun werde."

„Dimitri sagte mir, es seien vier sehr erfahrene Vampire anwesend, die dich begehren. Ich möchte dich nicht mit ihnen teilen, aber du brauchst etwas, was ich dir nicht geben kann."

Vier sehr erfahrene … Vampire? Gütiger Himmel, er konnte unmöglich meinen, dass sie mit allen gleichzeitig Sex haben sollte, wie Molly im Bordell! „Nein, Heath. Ich will keinen anderen Mann als dich."

„Es geht nur um erotische Freuden, Vivi. Es ist kein Ausdruck von Liebe, sondern nur eine Möglichkeit, ein wenig herumzuspielen. Und ich habe vor, teilzunehmen – wenigstens zuzusehen. Um nichts in der Welt würde ich es verpassen wollen, wie du Sexspiele für dich entdeckst."

Oh, sie fühlte sich schrecklich unsicher. Unbehaglich. „Aber wirst du nicht … wütend werden? Männer sind sehr besitzergreifend, das weiß ich aus Erfahrung."

„Das hier ist die Welt der Vampire. Vampire wählen Gefährten. Dabei geht es um eine tiefe Verbindung von Herz zu Herz. Die Spiele, die hier stattfinden, machen niemanden eifersüchtig, weil die Partner wissen, wie stark das Band zwischen ihnen ist. Ich könnte sehr leicht mein Herz an dich verlieren, Vivienne, obwohl ich weiß, dass ich es nicht tun sollte. Mir ist klar, dass es hier nur um erotische Spiele geht. Dimitris Orgie beginnt bald, bevor die Morgendämmerung kommt. Tu, was ich dir rate: Breite deine Schwingen aus und spiel."

Sie war eine Kurtisane gewesen. Und so verrückt es sich anhören mochte, sie musste Sex haben oder sie würde sterben. Sie konnte es tun, oder etwa nicht? Denn genau dasselbe hatte sie gemacht, als sie die bezahlte Geliebte mächtiger Männer gewesen war, ohne diese Männer zu begehren. Sie war in der Lage, ihren Kopf dabei auszuschalten.

Doch sie sah Heath an. Seine silbergrünen Augen funkelten,

als würde ein Feuer in ihnen brennen. In seinen Mundwinkeln bildeten sich sinnliche Fältchen, die sich vertieften, wenn er sprach oder lächelte. Sein Anblick ließ ihre Knie weich werden. Es waren jedoch nicht nur die grünen Augen, die dichten kastanienbraunen Haare und der Körper eines griechischen Gottes, die Verlangen in ihr weckten. Dies war der Mann, der Sarah das Leben geschenkt und der auch sie gerettet hatte. Sie wollte *ihn.*

Sie konnte es nicht tun. Sie wollte keinen anderen Mann als Heath. Nicht einmal, wenn ihr Leben davon abhing.

Seine Worte hallten in ihrem Kopf nach. *Ich könnte mich leicht in dich verlieben.*

War es möglich, dass er sich irrte, was den Fluch betraf?

10. KAPITEL

Heath hatte recht gehabt. Alles war anders.

Zuerst dachte Vivienne, er hätte sich geirrt. Da fand keine Orgie statt. Sie hatte erwartet, überall Menschen zu sehen, die in aller Öffentlichkeit Sex hatten. Dass all die Frauen in knappen Korsetts und all die halb nackten Männer sich auf den Fluren, in den Schlafzimmern und auf den Treppen herumwälzen würden. An allen nur denkbaren Orten und in jeder vorstellbaren Stellung.

Zuerst war *überhaupt nichts* dergleichen zu sehen. Sie ging an Heaths Seite durch ein Labyrinth aus Gängen und Fluren im Erdgeschoss.

„Es ist höchst faszinierend, den Ausdruck in deinem Gesicht zu beobachten, Vivi."

Sie fuhr zu ihm herum. „Was für einen Ausdruck?"

„Nie zuvor habe ich eine Frau inmitten einer Orgie so ernst dreinblicken sehen. Oder so enttäuscht. Was denkst du gerade?"

Sie biss sich auf die Unterlippe. Dimitris „Zusammenkunft", wie eines der Hausmädchen es bezeichnet hatte, schien den anstößigen Abendgesellschaften zu ähneln, an denen sie früher teilgenommen hatte. Bei diesen Festen waren die Gäste wahllos von einem Bett zum anderen gewandert, aber oberflächlich betrachtet erschien die Feier so kultiviert und normal, als wäre eine langweilige, äußerst seriöse Duchess die Gastgeberin.

„Ist alles in Ordnung mit dir?", erkundigte sich Heath. „Du musst erschöpft sein."

„Ich nehme an, das sollte ich sein. Aber mein Blut fühlt sich an, als würde es … in Flammen stehen." Ihre Nerven waren schrecklich angespannt. In einer Sekunde hatte sie das Gefühl, in Eiswasser getaucht zu werden, in der nächsten stand ihr Körper in Flammen.

Irgendwo in Dimitiris Haus schlug eine Uhr die dritte Stunde.

„Nun fängt es an", erklärte Heath.

„Was fängt an?"

Die Tür zu einem der Salons wurde plötzlich aufgestoßen. Vivienne schaute hinein und sah, dass sich in dem dämmerigen Raum etwa ein Dutzend Männer und Frauen befanden. Und vor ihren Augen ließen diese Menschen plötzlich sämtliche Hemmungen fallen. Auf einem Sofa in der Mitte des Zimmers begannen sie alle, einander zu betasten und zu küssen. Das hier war wie die Orgien, von denen sie gehört hatte, und es geschah nur wenige Schritte von ihr entfernt.

Aus anderen Zimmern strömten Menschen auf die Flure. Die Szenen, die sich um sie herum abspielten, waren höchst obszön. Paare, Dreier- und Verergrüppchen hatten an allen nur erdenklichen Orten Sex. Und niemand erschien auch nur im Geringsten schockiert.

Heath führte sie in den großen Salon. Als sie auf die Schwelle traten, bemerkte Vivienne zwei Vampire, die sich unverwandt ansahen, während sie sich aufeinander zu bewegten. Der männliche Vampir war erstaunlich groß und muskulös und besaß goldfarbenes Haar, das er zu einem Zopf zusammengefasst hatte. Die Frau war eine schöne, engelhaft aussehende Blondine. Und dann, ohne auch nur ein Wort zu wechseln, hatte das Paar an der Wand stehend Sex. Sie bewegten sich in perfektem Einklang und kamen fast sofort gleichzeitig zum Höhepunkt, ohne irgendetwas zu sagen. Die einzigen Äußerungen, die sie austauschten, waren Stöhnen und Seufzer und die ekstatischen Schreie der Frau gewesen.

Und es war offensichtlich, dass diese Frau tatsächlich Lust empfunden hatte.

Dann, während die Frau immer noch tief ein- und ausatmete, lachte der Mann leise. Und sagte schließlich etwas. „Wie wäre es, wenn wir uns zurückzögen, meine Liebe?“, schlug er vor. „Wenn Sie gerne meine Zunge in Ihrem Hintereingang spüren möchten, machen Sie mir die Freude, mich in mein Bett zu begleiten.“

Gütiger Himmel, die beiden waren tatsächlich Fremde. Und dennoch hatte er ihr etwas so Schockierendes, so Intimes vorgeschlagen, ohne auch nur mit der Wimper zu zucken. Die Frau nickte einfach nur. Hand in Hand verschwanden sie.

Seine Zunge in ihrem Hintern? Bei dieser Vorstellung begannen Viviennes Knie zu zittern. Und ihr wurde heiß, schrecklich heiß. Das Tal zwischen ihren Brüsten war feucht. Du liebe Güte! Wie es sich wohl anfühlen würde … wenn Heath das bei ihr tat? Ob er es jemals gemacht hatte …?

Heath beobachtete sie von der Seite. Um seine Lippen spielte ein wissendes Lächeln. „Du bist schockiert von dem, was du gesehen und gehört hast?“

Ironisch zog sie eine Braue hoch. „Ehrlich gesagt, glaube ich nicht, was du mir über dieses Haus erzählt hast. Wie kann es sein, dass alle diese Leute nur aus Spaß und Freude Sex haben?“

„Glaub es einfach. Es ist wahr.“

Sie war umgeben von verführerischen Gerüchen, das Aroma des männlichen Samens und der erdige Duft weiblicher Säfte lagen in der Luft. Alle Männer hier waren muskulös und gut gebaut, und viele von ihnen waren vollkommen nackt. Die Frauen waren entweder sehr kurvenreich oder von geschmeidigem Liebreiz.

„Alle Vampire sind schön“, spöttelte Heath.

Doch es stimmte. Das waren sie. Und Heath, stellte sie fest, war der attraktivste von allen Männern. Der Anblick all der herrlichen Leiber wirkte anziehend auf sie. Das konnte sie nicht leugnen.

Wie es wohl wäre, einfach nur zum Spaß Sex zu haben? Nicht weil sie das Eigentum eines Mannes war, seine bezahlte Mätresse. Sex hatte für sie Überleben bedeutet. Als Kurtisane hatte sie niemals einfach nur ihre Lust ausleben können. Aber sie hatte auch niemals wahres Verlangen empfunden.

Wie es sich wohl anfühlte, wollüstig zu sein?

Es war so verlockend …

Nein. Sie war nur hier, um die Schmerzen zu lindern. Auf keinen Fall würde sie so dumm wie ihre Mutter sein und süchtig nach Sex und Lust werden.

Das war es, was an Heath wirklich gefährlich zu sein schien.

Nicht seine Eckzähne. Und auch nicht die Tatsache, dass er Blut trinken musste, obwohl sie niemals gesehen hatte, dass er es wirklich tat.

Die eigentliche Gefahr, die von ihm ausging, bestand darin, dass er sie dazu verführte, die Vorsicht fallen zu lassen, die sie während all der Jahre gelernt hatte.

Heath wollte, dass es mehr als erotische Turnereien waren, die Vivi das Leben retteten. Obwohl er ihr nicht viel geben konnte, wollte er ihr zwei Geschenke machen. Er wollte ganz sichergehen, dass Sarah ihre Krankheit überwunden hatte. Und er wollte, dass Vivienne ihre Angst vor Sex vergaß und lernte, Lust zu akzeptieren und zu genießen.

Das war alles, was er ihr geben konnte.

Obwohl er nicht einmal in der Lage war, seinen eigenen Bruder zu finden. Und es war ihm nicht gelungen, seine Frau und seine Tochter zu schützen. Er musste vollkommen verrückt und äußerst hochmütig sein, sich einzubilden, er könne irgendjemand anders retten.

Plötzlich legte sich ein Tuch vor seine Augen. Dann hörte er ein keckes Kichern. „Lord Heath! Es ist so lange her, seit Sie zuletzt hier waren. Dimitri hat mir erzählt, ich könne Sie heute Nacht wieder nicht haben, obwohl Sie anwesend sind. Sagen Sie mir, dass das nicht wahr ist!"

Heath, der die Stimme erkannt hatte, zog sich den Seidenschal vom Gesicht. Er sah Viviennes gekräuselte Lippen und ihre hochgezogenen Brauen. Sie musterte die kichernde blonde Vampirfrau mit einem so eisigen Blick, dass er die Kälte spüren konnte.

„Guten Abend, Sadie." Er verbeugte sich höflich. „Es stimmt. Ich kann mit keiner Frau ein zweites Mal Sex haben."

„Ist das nicht sehr angenehm für Sie, Lord Heath? Schließlich sind Sie bekannt dafür, dass Sie die Abwechslung lieben."

Angenehm. Vor vielen Jahren, vor seiner Ehe, war er wie alle anderen adligen Gentlemen gewesen. Er hatte Sex besonders genossen, wenn er unkompliziert, ausschweifend und abwechslungsreich war. Wegen seines Titels und seines Reichtums hatte er jedes Laster und jede Lust ausleben können. Dann war er Ariadne begegnet und von da an treu gewesen. Sein Ruf war ihm geblieben, aber es fühlte sich an, als würde man über einen anderen Mann reden, nicht über ihn.

Sadie grinste Vivienne anzüglich an. „Lord Dimitri sagte mir, es sei unbedingt … nun, *wichtig* für mich, Ihre Dame zu verführen, Lord Heath."

Vivienne blinzelte verwirrt. In ihrem scharlachroten Kleid leuchtete sie wie ein Rubin. „Mich verführen? Was, um alles in der Welt, meinen Sie damit?"

„Sapphische Freuden", erklärte Heath ihr mit gesenkter Stimme. Er sah, wie ihr Kinn empört zu zittern begann. „Hast du das noch nie getan? Mit einer anderen Frau Sex gehabt?"

„Natürlich nicht." Sie sprach leise und errötete erneut.

„Hat keiner deiner Liebhaber dir ein Vermögen dafür geboten, es zu tun?"

„Woher … Wie kannst du das wissen?"

„Ich weiß, wie Männer denken und fühlen."

„Ich habe abgelehnt. Wann auch immer ich zwei Frauen mit einem Mann sah, hatte das nichts auch nur annähernd Liebevolles an sich." Sie hob ihre Brauen auf unnachahmlich kühle, überlegene Weise. „Die Frauen taten nichts anderes, als zu streiten, zu kämpfen, sich gegenseitig an den Haaren zu ziehen und um den Mann zu wetteifern."

Sadie ließ den Blick ihrer großen blauen Augen zwischen ihnen beiden hin und her wandern.

„Du siehst es, Sadie", wandte er sich an sie. „Deine Mühe wird vergeblich sein. Miss Dare wird deinen Verführungskünsten widerstehen."

Sadie runzelte die Stirn. „Lord Dimitri sagte, ich müsse es unbedingt tun, oder Ihre Dame würde entsetzlich leiden. Er erklärte mir, wenn sie keinen Sex hat, muss sie sterben."

Vivienne hatte begonnen zu zittern. „Er meinte aber sicher,

Sex mit einem Gentleman – obwohl ich keinen anderen Mann als Heath will."

Verdammt. Er hatte so viel Treue nicht verdient. Oder so großes … Verlangen oder was auch sie so entschlossen darauf beharren ließ, sich mit niemandem als mit ihm zu vergnügen. Letztendlich musste sie mit einem anderen Mann schlafen, oder die Schmerzen würden nicht aufhören. Dennoch sagte er mit weicher Stimme: „Warum lässt du dich nicht auf ein Abenteuer ein, Liebste? Wenn du keinen anderen Mann willst, warum genießt du dann nicht die Schönheit, die andere Frauen dir zu bieten haben?"

„Ich … Ich weiß nicht."

„Lord Dimitri behauptet, die Lust werde Ihnen helfen", bemerkte Sadie.

Ach, was wusste Dimitri schon? Vivi straffte ihre Schultern, schob ihr Kinn vor und sah Sadie an. „Aber warum wollen Sie so etwas tun? Wir sind Fremde."

Das Mädchen verzog den Mund zu einem schelmischen Lächeln. „Einige meiner aufregendsten erotischen Erfahrungen habe ich mit Fremden gemacht."

„Wenn es deine Schmerzen lindert, solltest du es tun."

Vivi durchbohrte ihn mit einem vernichtenden Blick. „Sie wollen es unbedingt sehen, Lord Blackmoor, nicht wahr?"

Himmel. Hölle. Die beiden Frauen würden ihm eine wunderbare Vorstellung geben. Heaths Hand krampfte sich um sein Brandyglas.

„Welche Fantasie sollen wir für Sie wahr machen, Lord Heath?" Sadie trug jetzt nur noch ein Korsett. Unter dem mit Seide besetzten Rand konnte er das Dreieck ihrer kurz geschnittenen goldenen Löckchen und die üppige Linie ihrer Hüfte sehen. Sie hatte ihn zu einem dick gepolsterten Ohrensessel geführt, der in einer Ecke des stillen, dunklen Zimmers stand.

Vivienne war gerade eben erst hereingeführt worden. Er bemerkte, wie sie blinzelte. Sie konnte im Dunkeln nicht sehen.

Doch bevor er darum bitten konnte, dass Kerzen angezündet wurden, senkte Sadie ihre Stimme zu einem verführerischen Gurren. „Möchten Sie ein Sultan sein, der die heimlichen Spiele in seinem Harem beobachtet? Oder vielleicht haben Sie sich in ein Mädcheninternat geschlichen und sind nun Zeuge, wie die Schulmädchen sich gegenseitig in den Betten ihres Schlafraums erforschen? Oder bevorzugen Sie als Schauplatz ein Nonnenkloster?"

„Gütiger Himmel." Der bittere Klang von Viviennes Stimme durchschnitt die Dunkelheit. „Männer sind so ... einfältig. Was ist denn nun deine Fantasie, Heath? Ich bin brennend interessiert, es zu erfahren."

Und er verstand. Vivienne hatte sich geschützt, indem sie sich eingeredet hatte, dass alle Männer dumme, von ihren Trieben beherrschte Kreaturen waren. Aber er hatte auch das Beben in ihrer Stimme gehört. Sie wusste, dass er nicht so schlicht dachte und fühlte.

„Zünde ein paar Kerzen an, Sadie", bat er leise. Während sie seinem Wunsch nachkam, gewann er einige Augenblicke. Er musste darüber nachdenken, welche Fantasie Vivi überraschen würde. Es musste etwas Ungewöhnliches sein – obwohl beim Gedanken an eine Szene im Harem, bei der Vivienne mit nichts als einem Schleier bekleidet war, sein Schwanz anfing zu pochen.

Schleier ... „Vielleicht eine Hochzeit", schlug er neckend vor. „Bei der die errötende Braut von ihren Dienerinnen verführt wird."

„Das haben wir noch nie gemacht." Sadie entzündete den letzten Docht, und die Kerzen tauchten das Zimmer in goldenes Licht. Mit ihren blonden Ringellocken, den großen blauen Augen, dem vollen Busen und der schmalen Taille sah Sadie aus wie eine Schäferin aus feinem Porzellan. Sie wandte sich der hinteren Wand des Raumes zu, wo eine Ecke mit schwarzen Vorhängen abgeteilt war. „Kommt jetzt heraus, Jasmine und Zoe. Beeilt euch."

Mit eleganten Bewegungen traten zwei weitere Vampirfrauen

hervor. Sie waren nackt. Jasmine hatte lange, glatte schwarze Haare und exotische mandelförmige grüne Augen. Sie besaß eine schlanke, biegsame Figur mit kleinen kecken Brüsten und langen Beinen.

Die andere Frau, Zoe, war ein temperamentvoller Rotschopf. Sie legte den Kopf schief. „Ich habe einmal gesehen, wie Molly Boys eine falsche Hochzeit gefeiert haben. Sie trugen sogar weiße Kleider."

Als Molly Boys bezeichnete man Männer, die andere Männer begehrten.

„Nein." Vivienne meldete sich zu Wort. „Ich will keine Braut spielen. Ganz gleich, ob errötend oder nicht."

Heath strich sich mit der Hand übers Kinn und tat, als würde er nachdenken. „Ich habe mir schon oft vorgestellt, was die Hausmädchen im Obergeschoss machen, wenn sie nicht arbeiten."

„Sie dienen den Herren des Hauses", behauptete Vivienne trocken. Doch sie zitterte und rieb ihre Arme, obwohl sie ihr schweres Seidenkleid trug.

Er dachte an den Traum, den sie beide über eine Begegnung im Hyde Park gehabt hatten. Das war die Frau, der er den Himmel hatte zeigen wollen: die vorwitzige, lustvolle Verführerin, die es liebte, zu spielen. Er wusste, irgendwo tief in Vivis Inneren verbarg sich diese Frau. Wenn es ihm gelang, bis zu ihr vorzudringen, konnte er Vivis Herz öffnen, dessen war er sich sicher …

Ach zum Teufel, das war doch gar nicht sein Plan. Angesichts des Fluchs, der auf ihm lastete, sollte er wirklich nicht mit den Herzen anderer Menschen herumspielen.

„Oh, mir fallen einige sehr hübsche Dinge ein, die man mit einem Staubwedel machen kann", bemerkte Sadie.

„Ich denke, wir sollten einfach anfangen", schlug Heath vor. „Wenn ich Vivienne dabei zusehen kann, wie sie die Lust entdeckt, brauche ich keine weitere Fantasie."

Er hörte, wie sie nach Luft schnappte – bevor sie mühsam schluckte.

Sadie lächelte. Die Vampirfrau spürte Viviennes Unsicherheit.

Bereitwillig schlüpfte sie in die Rolle der Spielleiterin. Sie deutete erst auf Zoe, dann auf Jasmine. „Ihr zwei zeigt Lord Heaths Liebster, wie es ist, wenn eine Frau einer anderen Frau Vergnügen bereitet. Gebt ihr eine Vorstellung, während ich ihr helfe, sich zu entkleiden. Ich muss zugeben, sie sieht so üppig und reizend aus, dass ich mich darauf freue, sie nackt auszuziehen."

Heath nahm den Geruch von Blut wahr.

Er senkte den Blick. In seiner geballten Faust war sein leeres Glas in große Scherben zerbrochen. Er saugte an seinem Finger und heilte ihn – bevor drei Vampirfrauen ihm anbieten konnten, es für ihn zu tun.

Vivienne war nicht darauf vorbereitet, zu einem Schemel gezogen und von Sadie sanft darauf niedergedrückt zu werden. Die blonde Vampirfrau arbeitete flink. Innerhalb kürzester Zeit fiel Viviennes Kleid auseinander. Sadie zog das Mieder nach unten. „Sie sind sehr großzügig ausgestattet. Kein Wunder, dass Lord Heath vernarrt in Sie ist."

Vernarrt. „Das ist er nicht, Sadie", widersprach sie.

Hinter ihr zog Sadie an den Korsettschnüren. „Lord Dimitri sagte, Sie sind ein Sukkubus. Was ist das für ein Gefühl? Macht es Spaß, Männer in ihren Träumen zu verführen?"

„Nein", antwortete sie, ohne zu zögern. Doch der Traum vom Hyde Park, den Heath und sie miteinander geteilt hatten – dieser Traum hatte ihr ... Vergnügen bereitet.

„Seine Gnaden erzählte mir, Sie hätten gerade erst erfahren, dass Sie eine Dämonin sind. Er sagte, das macht Ihnen Angst. Sie sollten sich deshalb nicht fürchten."

Vivienne wandte sich auf dem Hocker um und schaute Sadie an, die inzwischen an den Schnüren ganz unten am Korsett zog. Viviennes Augen waren fast genau auf einer Höhe mit Sadies nackten, aufgerichteten Nippeln. Es machte sie verlegen, Sadies entblößte Brüste zu sehen, obwohl sie wirklich hübsch waren – wunderbar rund und voll. Viviennes Wangen glühten immer noch vom Anblick der beiden anderen Frauen, Jasmine und Zoe.

Dies war ihre erste Chance, mit jemandem zu reden, der sie vielleicht besser verstand als Heath. Sie durfte sich nicht von ein wenig Scham daran hindern lassen. „Hatten Sie keine Angst, als sie zum Vampir wurden?"

„Natürlich. Aber ich war allein. Ich hatte keinen Gentleman wie Lord Heath an meiner Seite, der mir half."

Mitgefühl stieg in Vivienne hoch. Sie berührte Sadies Arm. „Allein? Was ist geschehen?"

„Wir wollen jetzt nicht über so ernste Dinge reden. Das können wir später noch machen. Jetzt tun wir das hier." Sadie legte Vivienne die Hände auf die Schultern und drehte sie auf dem Schemel herum.

Zoe und Jasmine saßen zusammen auf einem großen Sofa und küssten sich. Dann schlug Zoe spielerisch mit der Hand auf Jasmines glatten, schmalen Hintern.

Vivienne verschlug es die Sprache. Dann sah sie Heath an. Oh, gütiger Himmel!

Er lehnte lässig in seinem Sessel. Das leere Brandyglas in seinen biegsamen Fingern war zerbrochen. Seine Beine waren gespreizt, und sie konnte deutlich sehen, wie lang und muskulös sie waren. In seinen glänzenden schwarzen Stiefeln sahen sie herrlich aus. Wo seine Schenkel zusammenstießen, war eine große Beule zu sehen.

Die kichernden Frauen und ihre Küsse erregten ihn. Sie konnte den Blick nicht von ihm wenden. Es *gefiel* ihr, ihn dabei zu beobachten, wie er die Frauen beobachtete.

Sie wollte zu ihm laufen, ihm seine Hosen herunterreißen und ihn tief in ihren schmerzenden Schoß aufnehmen.

„O nein", sagte Sadie neben ihr. „Sie dürfen nicht mit Lord Heath schlafen. Sie haben es schon einmal getan. Unglücklicherweise ist das alles, was Sie bekommen werden. Aber Sie können das hier haben."

Eine volle Brust stieß gegen ihre Wange.

Sadie sah sie hoffnungsvoll an. In den leuchtenden blauen Augen und der atemlosen Vorfreude erkannte Vivienne das junge

Mädchen hinter der Fassade der erfahrenen Vampirfrau. „Sie könnten meinen Nippel küssen, Miss Vivi."

Sie konnte es nicht tun.

Sadies Nippel unterschieden sich sehr von ihren. Sie waren zart und von einem ganz blassen Rosa. Sehr süß und ziemlich klein für so große, runde Brüste.

Sollte sie es wagen?

Heath beobachtete sie. Da war etwas in seinen Augen ...

Er glaubte nicht, dass sie es tun würde. Sein Blick glitt zurück zu Zoe und Jasmine. Gütiger Himmel, die beiden Mädchen küssten sich jetzt gegenseitig die Brüste. Und ihre Hände ... Zoes Finger spielten mit den dunklen Löckchen zwischen Jasmines Schenkeln, und als Gegenleistung versenkte Zoe zwei ihrer langen Finger tief im Schoß ihrer Gespielin. Mit einem schmatzenden Geräusch stieß sie die Finger in Jasmine hinein und zog sie wieder heraus. Der kräftige Geruch weiblicher Erregung füllte den Raum.

Heath rieb sich heftig das Kinn. Er hatte das zerbrochene Glas zur Seite gestellt, und seine Hand näherte sich langsam seiner enger werdenden Hose.

Plötzlich wollte Vivienne diejenige sein, die ihn erregte. Ihr natürlicher Ehrgeiz meldete sich.

Mit einem unterdrückten Seufzer, vielleicht um sich selbst Mut zu machen, küsste sie die üppige Rundung von Sadies rechter Brust. Es war ein flüchtiger Kuss mit gespitzten Lippen. Ihr Mund berührte die feuchte Haut, die nach Vanille und der Süße von Frauenschweiß schmeckte.

„Ja", stöhnte Heath am anderen Ende des Zimmers.

„O ja", echote Sadie.

Die Reaktion der beiden spornte Vivienne an. Sie ließ ihre Zunge über die herrliche elfenbeinfarbene Haut gleiten, weil sie Heath damit einen verlockenden Anblick bot. Sein lautes Keuchen war wie ein Sieg. Sie strich mit der Zunge abwärts, genoss die federnde Elastizität von Sadies Brust und leckte dann rasch über den runden rosafarbenen Nippel.

„Oh, das gefällt mir“, flüsterte Sadie. „Und wenn Sie saugen wollen, können Sie …“

„… es heftig und grob tun?“, erkundigte sich Vivienne leise. Als Sadie nickte, lächelte sie, weil sie sich daran erinnerte, wie sie Heath mit genau diesen Worten in Versuchung geführt hatte.

Es war ein seltsames Gefühl, Sadies Nippel in ihren Mund zu nehmen. Sie spürte eine gewisse Lust, wenn ein Mann ihre Brustspitzen mit den Lippen liebkoste. Heath hatte ihr auf diese Weise viel Vergnügen bereitet. Aber sie wusste nicht, wie sie es angenehm für Sadie machen konnte.

Also probierte sie es aus. Sie saugte kräftig. Dann fuhr sie mit ihrer Zungenspitze rasch über den Nippel. Sie imitierte, was Männer bei ihr gemacht hatten. Was eigentlich merkwürdig war. Als Frau hätte sie wissen müssen, was sich gut anfühlte. Aber sie wusste es nicht …

„Saugen Sie ganz stark. Das mag ich“, keuchte Sadie.

Vivienne warf einen Blick zur Seite. Zoe und Jasmine lagen auf dem Sofa. Sie stießen ihre Hände – die ganzen Hände – in die Öffnung der jeweils anderen. Dabei ächzten sie und wanden sich auf den Seidenkissen.

Während Vivienne verwundert zusah, wie heftig die beiden mit ihren Fäusten zustießen, befreite Sadie ihre Brustwarze aus Viviennes Mund. Und plötzlich lag Sadie vor Vivienne auf den Knien. Vivienne hatte ihr Kleid noch an, doch es war vollkommen in Unordnung. Ihr Korsett war gelöst und fiel auseinander. Sadie warf ihr ein Lächeln zu, dann schob sie Viviennes Beine auseinander. Viviennes Herz begann, noch schneller zu schlagen; die Schmerzen in ihrem Schoß wurden stärker, und sie konnte nicht widerstehen.

Atemlos vor Verlangen – und Schreck – sah sie zu, wie Sadies Zunge über ihre feuchten, glänzenden Schamlippen glitt. „Oh“, keuchte sie. „Tun Sie das nicht.“

Doch Zoe und Jasmine machten es auch. Sie lagen nun so da, dass Jasmine unten war und Zoes Spalte sich direkt über Jasmines Mund befand. Zoes Kopf steckte zwischen Jasmines Schenkeln.

Es war atemberaubend. Während Sadie sie leckte und an ihr saugte, konnte sie zusehen, wie die beiden anderen Frauen dasselbe taten. Jedes Mal, wenn eine von ihnen vor unbändiger Lust stöhnte, tat Vivienne es ihr gleich. Sie wiegte sich im selben Takt auf dem Hocker, in dem Sadie gekonnt an ihrer geschwollenen Perle saugte.

„Schieb deine Finger in meinen Hintern", befahl Zoe ihrer Gespielin. Die andere Frau gehorchte und ließ drei Finger zwischen Zoes üppige Hinterbacken gleiten.

Fast hätte Vivienne aufgeschrien, als ein heißer Lustpfeil sie durchfuhr. Es war ... köstlich, zuzusehen. Und Zoe – Himmel! Sie schob ihre Finger in Jasmines Schoß und in ihren Hintern und saugte gleichzeitig an der Klit der dunkelhaarigen Schönheit. Plötzlich begannen Jasmines Hüften heftig zu zucken. Jetzt kam auch Zoe und presste dabei ihre Pussy an Jasmines gierigen Mund. Das Aroma ihrer sprudelnden Säfte erfüllte die Luft.

Vivienne warf heftig den Kopf herum und schaute zu Heath hinüber. Er schien in großen Nöten zu sein. Seine Hand lag auf der mächtigen Beule in seiner Hose. Seine Brust hob und senkte sich mit seinen raschen Atemzügen. Er sah sie an, und in ihrem Kopf hörte sie seine heisere Stimme. *Ich will sehen, wie du auch kommst, mein Engel.*

Sein Befehl löste ihren Orgasmus aus. Ihr Hinterteil begann auf dem harten Schemel zu zucken, und Sadie packte ihre Schenkel. Gnadenlos saugte die Vampirfrau an ihrer Klit, während die Lust in Vivienne immer weiter wuchs. Ihr wurde schwindelig. Sie fürchtete, ohnmächtig zu werden ...

Dann fiel sie, doch Sadie stand rasch auf und fing sie in ihren Armen auf. „Oh, Miss Vivi", wisperte sie. „Das war wunderbar."

Zoe krabbelte vom Sofa. Auf ihren Brüsten glänzte Schweiß, und ein rosiger Hauch überzog ihren Körper. „Zungen sind schön und gut, aber ich habe so lange die Beule in Lord Heaths Hose angestarrt. Ich möchte etwas Großes, Langes in mir spüren."

Doch Heath schüttelte den Kopf. „Nein, meine Liebe."

Sadie tänzelte nach vorn. „Darf ich einen Vorschlag machen, Mylord?“

Und zu Viviennes Entsetzen spreizte die blonde Schönheit die Beine und begann, direkt vor Heath Augen, ihre Spalte zu befingern. Zoe stieß ein wildes Lachen hervor, ließ sich hinter Sadie auf die Knie fallen. Dann küsste Zoe Sadies runde Hinterbacken und leckte die üppigen Rundungen gründlich, während die Blondine sich selbst energisch Lust verschaffte.

Schließlich schob Zoe ihre Finger in Sadies Hintereingang. Und Sadie kam mit einem lustvollen, lauten Schrei zum Höhepunkt.

Armer Heath. Heftig atmend, zwinkerte Sadie ihm zu. „Warum probieren Sie das nicht, Mylord?“

Vivienne hielt die Luft an.

Er öffnete seine Hose.

Erhitzt und erschöpft sah Vivienne zu, wie er seinen Schwanz hervorholte. Sie hatte ihn schon mehrmals gesehen – und jedes Mal aufs Neue war sie erstaunt über seine Länge und seinen Umfang.

Auf dem Teppich lagen die anderen Mädchen bäuchlings im Kreis um ihn herum. „Endlich, Mylord“, rief Jasmine.

„Wie ist es Ihnen gelungen, so lange zu warten?“, erkundigte Zoe sich kichernd.

Fasziniert schaute Vivienne ihm dabei zu, wie er sich selbst befriedigte. Seine Hand bewegte sich langsam von der Wurzel bis zur Spitze. Dann packte er mit der freien Hand seine Hoden und bewegte die andere Hand schneller. Unglaublich schnell glitt sie an seinem Schaft auf und ab.

Er würde gleich kommen. Die anderen Frauen krochen auf Händen und Knien zu ihm hin. Er sah ihnen dabei zu, und in seinen silbrig grünen Augen schienen sich Flammen zu entzünden. Seine Hand pumpte heftig und rasch. Aus irgendeinem Grund fingen die Frauen an zu drängeln und versuchten, sich gegenseitig wegzuschieben.

Es gelang Sadie, sich zwischen die beiden anderen zu pressen.

Einladend reckte sie ihm ihre feuchten Brüste entgegen. „Hier, Mylord. Spritzen Sie hierhin."

Vivienne riss die Augen weit auf. Sie wollte es sehen …

„Gott!", schrie Heath. Sein Oberkörper krümmte sich nach vorn, seine Beine streckten sich. Er umklammerte seine Hoden fest, seinen Schaft wohl noch fester. Und aus der Spitze seines Schwanzes schoss ein weißer Strahl und zeichnete einen Bogen in die Luft. Dann verteilte sich die cremige Flüssigkeit auf Sadies herrlichen Brüsten.

Zoe und Jasmine lachten. „Glückliches Mädchen", stießen sie im Chor hervor. Sie warfen Heath Handküsse zu, wackelten mit ihren Hinterteilen und verschwanden wieder hinter dem Vorhang. Sadie stand auf und strich ihre feuchten Locken nach hinten. Heath lächelte, und Sadie glühte vor Freude.

Vivienne hätte eifersüchtig sein sollen. Aber das gelang ihr nicht, und sie wusste nicht einmal, warum das so war.

Heath stand langsam aus seinem Sessel auf. Und sie war es, auf die er zukam. Immer noch außer Atem, lächelte er zu ihr herunter. „Gott, Vivi. Es war der Ausdruck in deinem Gesicht. Die Lust und die Vorfreude darauf, mich kommen zu sehen. Das katapultierte mich über den Rand des Abgrunds."

Sie blinzelte verwirrt. Sie hatte es getan? Sie hatte seine Explosion ausgelöst? Nicht Sadies Brüste und ihr Verlangen, seinen Samen auf ihren üppigen Rundungen glitzern zu sehen? Nicht die Tatsache, dass drei reizvolle, nackte Frauen um diese Ehre gekämpft hatten?

Du warst es, sagte er in ihren Gedanken. *Du bringst mich dazu, auf diese Weise zu kommen. Und als ich kam, explodierte auch mein Herz und flog zu dir.*

Sadie kam auf sie zu. „Lassen Sie mich Ihr Kleid in Ordnung bringen, Miss Vivienne." Nach dem, was zwischen Sadie und ihr geschehen war, hatte Vivienne keine Ahnung, was sie sagen sollte. Sie spürte, dass sie rot geworden war.

Geschickt schnürte Sadie ihr Korsett wieder zu. „Sie müssen mich als Freundin ansehen. Wir sind einander sehr nahe gekommen, also bin ich jetzt Ihre Freundin."

Vivienne fühlte einen Stich. Viele Jahre hatte sie keine Freundin gehabt. Als Kurtisane war sie zu argwöhnisch gewesen, um Freundschaften zu schließen. Sie hatte sich in ihrer Welt nach oben arbeiten müssen.

Die alte Unsicherheit stieg in ihr auf. Das Gefühl, sie wolle keine Freundin, weil sie ihre Kraft brauchte, um ums Überleben zu kämpfen. Und plötzlich verstand sie. Sie hatte Angst, jemanden zu nah an sich heranzulassen. „Danke", flüsterte sie. „Ich freue mich, dich zur Freundin zu haben."

Sadie brachte ihr Kleid in Ordnung. „Das war's. Es ist ein wenig zerknittert, aber du siehst reizend aus." Ungestüm umarmte Sadie sie. Es war seltsam, sich vorzustellen, dass sie eine Freundin hatte. Aber es war auch schön.

Sie war auf das, was zwischen Heath und ihr geschah, nachdem die anderen Frauen gegangen waren, nicht vorbereitet gewesen.

Mit undurchdringlicher Miene krümmte er seinen Finger, um sie zu sich heranzurufen, und sie ging auf ihn zu. Unter der Seide ihres Kleides trocknete ihr Schweiß auf der Haut und kühlte sie. Aber es war nicht mehr so, dass sie in einem Moment brennende Hitze und einen Herzschlag später eisige Kälte spürte. Der Schmerz war fort.

„Es hat funktioniert", wisperte sie. „Aber wie?"

„Vielleicht, weil ich für dich gekommen bin. Nur für dich." Er zog sie auf seinen Schoß. Seine Hose und ihr Petticoat bildeten eine Barriere zwischen ihrem Schoß und seinem nun weichen Schwanz. Sie wünschte sich, sie könnte allein mit Gedankenkraft all den Stoff fortschaffen …

Er kniff sie sanft in ihren linken Nippel, rollte ihn zwischen den Fingern, zupfte daran. Seine andere Hand tauchte tief unter ihre Röcke und zwischen ihre feuchten Löckchen. Seine Männerhand teilte ihre Schamlippen und streichelte ihre Knospe. Sie wollte das hier. Einfach nur ein bisschen mehr Vergnügen mit ihm.

Ihr Orgasmus überrollte sie sofort. Sie schrie auf, während

sie nichts als reine Freude spürte.

Ein bisschen Vergnügen? Was dachte sie denn da? Es war unglaublich. Und er hatte nichts anderes getan, als sie einfach nur zu berühren.

Errötend und um Atem ringend bemerkte sie sein Lächeln. Ihr war klar, dass sie ihn aus weit aufgerissenen Augen verwundert anstarrte. „Ich wusste nicht, dass es möglich ist, noch einen zweiten Höhepunkt zu haben."

Seine Lippen teilten sich zu einem frechen Grinsen. „War es gut?"

„Es war mehr als gut." Sie schaute nach unten. Er war wieder hart, und sein Schwanz drängte sich von innen gegen seine enge Hose. „Aber was ist mit dir? Du bist wieder erregt." Sie wusste, dass Männer sich ständig über eine Sache beklagten – über den Schmerz, wenn sie Verlangen spürten und unbefriedigt blieben. „Du musst Schmerzen haben."

„Das ist nichts, was ich nicht ertragen könnte. Und ich habe vor, mir selbst mit meiner rechten Hand aus der Misere zu helfen. Während ich an dich denke, Liebste, und mich daran erinnere, wie wunderschön du aussiehst, wenn du kommst."

Sie errötete erneut. Nie zuvor hatte sie sich so gefühlt, nachdem sie Sex gehabt hatte.

Normalerweise war sie … traurig. Sie wusste nicht, warum das so war. In dieser Nacht spürte sie keinerlei Bedauern, nur ein noch größeres Verlangen nach Heath.

Und das war dumm. Er war ein noch unerreichbarerer Traum als die albernen Fantasien, die sie in ihrer Kindheit gehabt hatte. Damals stellte sie sich vor, dass ein adliger Mann sich ernsthaft in sie verlieben und den Wunsch haben würde, sie zu mehr als seiner Mätresse zu machen.

„Komm, mein Engel. Du warst die ganze Nacht auf", murmelte Heath. „Es wird Zeit, dass wir dich in dein Bett schaffen, damit du schlafen kannst."

Die schrecklichen Dinge, die sie im Haus des Vampirrats erlebt hatte, lagen erst wenige Stunden zurück, doch es schienen ihr Tage zu sein. Dennoch … „Ich glaube nicht, dass ich schlafen kann, Heath. Was sollen Sarah und ich tun, wenn …?“

„Ihr seid in Sicherheit. Dafür werde ich sorgen.“

„Nein.“ Sie glitt von seinem Schoß herunter. „Ich musste mein ganzes Leben auf mich selbst aufpassen. Ich möchte deine Hilfe, natürlich, doch dies ist mein Kampf. Ich kann mich nicht einfach verstecken und beten, dass du auf mich aufpasst.“

Heath sagte kein Wort. Und sie war zu müde zum Streiten.

„Ich muss nach Sarah sehen, bevor ich zu Bett gehe.“

Er führte sie zurück in ihr Zimmer. Obwohl sein Arm sie umschlang, spürte sie Kälte – in ihrem Herzen. Sie hatte Sarah so viel mehr geben wollen, als sie selbst gehabt hatte. Sie hatte gearbeitet und gekämpft, um für Sarah ein Vermögen zusammenzubekommen.

„Einen Penny für deine Gedanken“, sagte Heath mit sanfter Stimme.

Und sie tat etwas, was sie noch nie zuvor getan hatte. Sie vertraute sich ihm an. Sie erzählte ihm von all den Hoffnungen, die sie für Sarah gehegt hatte. „Ich wollte, dass sie reich ist, damit sie frei sein kann.“

„Das wird sie auch sein, meine Blume. Ich verspreche es dir.“

„Aber was, wenn sie wie ich ist? Was kann sie dann tun?“

„Was auch immer sie will“, erklärte er in festem Ton. „Sie kann durch die Welt reisen. Oder sich ein hübsches Haus in England kaufen. Zum Teufel, sie könnte ihr eigenes Theater gründen und die beste Schauspielerin werden, die England je gesehen hat. Geld bedeutet Macht.“

Vivienne schüttelte den Kopf. „Das stimmt nicht. *Herkunft* bedeutet Macht. Ich habe mir immer Sorgen gemacht, dass Sarah nicht in die Gesellschaft aufgenommen wird, weil sie die Tochter einer Kurtisane ist. Doch nun ist sie in Wirklichkeit die Tochter einer Dämonin.“

Doch Heath ging auf ihre Ängste nicht ein. „Du hast davon geträumt, dass sie eine Countess oder eine Duchess wird?“

Ihre Wangen begannen erneut zu glühen. „Es klingt albern,

wenn du es so sagst. Ich wünschte mir einfach nur, dass sie werden kann, was auch immer sie möchte."

„Das kann sie, Vivi."

Inzwischen standen sie vor der Tür zu Sarahs Zimmer. Heath war ein sehr außergewöhnlicher Gentleman. Nie zuvor hatte ein Mann sich für ihre Ängste und Sorgen interessiert. Er bot ihr auch seine Freundschaft. Noch nie war sie mit einem Mann gleichzeitig durch Leidenschaft und Freundschaft verbunden gewesen …

Aus dem Zimmer drang ein Schrei. „Hilfe!" Sarahs Stimme klang schrill und entsetzt. „Wo bist du, Mama? Hilfe!"

Vivienne stieß die Tür auf, doch es war Heath, der als Erster hindurchstürmte. Sarah saß aufrecht im Bett und wedelte wild mit den Armen durch die Luft. Julian, der jetzt einen schwarzen Morgenmantel trug, versuchte, sie zu beruhigen. „Sarah, lass mich dir helfen", rief er verzweifelt. „Es ist nur ein böser Traum, Liebste."

Heath schob sich an Julian vorbei. „Es könnte mehr als ein Traum sein." Er biss in sein Handgelenk und drückte Blut aus der Wunde, während Vivienne ebenfalls an Sarahs Bett eilte. Sarah schlug wild nach Heath.

„Sarah, ich bin hier. Deine Mama. Ich bin für dich da."

Aber Sarah hörte nicht auf zu kämpfen. Heath legte die Hand um Sarahs Kopf und hielt ihr sein Handgelenk an den Mund.

„Lass das sein!", schrie Vivienne. „Du tust ihr weh."

Aber er hielt ihre Tochter fest und presste sein blutendes Handgelenk an ihre Lippen. Sarah wimmerte, doch als sie Heaths Blut schmeckte, beruhigte sie sich.

Was war geschehen? Und was konnte sie tun? Ihre Tochter hatte sich beim Klang ihrer Stimme nicht beruhigt. Vivienne stand ganz still da und kam sich entsetzlich hilflos vor, während sie die Hände an ihren Seiten zu Fäusten ballte.

Wenn Sarah früher aus einem Albtraum erwacht war, hatte Vivienne sie in die Arme genommen. Und dann war alles gut gewesen.

Sie berührte Heaths Schulter. „Was meintest du mit ‚mehr als ein Traum'?" Ihre Stimme zitterte vor Angst.

„Ich konnte ganz kurz ihre Gedanken lesen, bevor sie vor mir abgeschirmt wurden. So wie deine immer abgeschirmt sind, Vivi. Ich sah einen Vampir. Und er flehte Sarah an, ihm ihr Herz zu öffnen. Sich mit ihm zu vereinigen."

Sie warf Julian einen Blick zu.

„Es war nicht Julian", beruhigte Heath sie.

„Wer denn sonst?"

„Das kann ich nicht sagen. Ich sah ihn von hinten."

„Kannst du nicht noch mehr erkennen?" Etwas Nasses berührte Viviennes Wange. Eine Träne, die aus ihrem Auge gerollt war. „Wie kann ich dafür sorgen, dass sie in Sicherheit ist, wenn diese verdammten Vampire in ihren Kopf eindringen können?"

„Wir können etwas dagegen tun. Mach dir keine Sorgen." Er nahm sein Handgelenk von Sarahs Mund. Dann beugte er sich über sie, murmelte mit sanfter Stimme einige Worte und half ihr, sich wieder in ihrem Bett auszustrecken. Schließlich zog er die Decke über sie.

„Was war das? Magie?"

„Nein." Er schaute sie an, und sie sah Schmerz in seinen Augen. „Ein Schlaflied."

Vivienne hörte ihr eigenes tiefes, erstauntes Durchatmen. Und spürte ein heftiges Ziehen in ihrem Herzen, so stark wie jenes, das sie gefühlt hatte, als sie Sarah zur Welt gebracht und zum ersten Mal im Arm gehalten hatte.

11. KAPITEL

Heath trug Vivienne zu ihrem Bett. Dort ließ er sich auf ein Knie nieder und legte sie auf die frischen Laken. „Mach dir keine Sorgen. Sarah ist bis morgen in Sicherheit. Sie wird ruhig schlafen, nachdem sie mein Blut getrunken hat. Es sorgt dafür, dass sie völlig entspannt ist, und auch Albträume wird sie nicht mehr haben."

In Wahrheit waren es nicht die bösen Träume, wegen denen er sich Gedanken machte. Sein Blut würde Sarahs Gedanken hoffentlich schützen, sodass kein anderer Vampir in ihren Kopf eindringen konnte.

„Gut", flüsterte Vivienne.

Er sah zu, wie sie ihre nackten langen Beine mit den wohlgeformten Waden und den cremeweißen, glatten Schenkeln ausstreckte. Dann half er ihr aus ihrem Kleid und zog ihr das geliehene Nachthemd über den Kopf. Und die ganze Zeit sagte er sich selbst immer wieder: Reiß dich zusammen, reiß dich zusammen, reiß dich zusammen.

Schließlich zog er die Decke über sie, doch er gab ihr keinen Gutenachtkuss, so sehr er sich auch danach sehnte. Es hatte keinen Sinn, so zu tun, als könne er ihr wirklich nah sein. Er löschte die Kerze mit den Fingern, verließ ihr Zimmer und schloss die Tür hinter sich.

Es war schon fast Morgen. Die Fenster waren mit dichten schwarzen Gardinen verhängt, doch Heaths Körper konnte das nahende Tageslicht spüren. Eine Uhr schlug die halbe Stunde. Halb fünf.

Er schlenderte zu Dimitris Gemächern.

Die Privaträume des älteren Vampirs waren riesig und nahmen fast den gesamten Ostflügel des Herrenhauses ein. Heath hob die Faust, um zu klopfen, doch Dimitri rief: „Blackmoor. Kommen Sie herein."

Dimitri war nackt, lehnte lässig in einem lederbezogenen Klubsessel und trank Brandy – mit Blut gemischten Brandy. Sein

Gastgeber deutete auf die Karaffe und lächelte ihn an. „Nehmen Sie einen Drink. Das Zeug ist köstlich. Das Blut von Jungfrauen macht es unwiderstehlich."

Heath musterte Dimitris Züge, um festzustellen, ob er scherzte. Doch er wusste, er hatte keine Wahl. Die sexuelle Enthaltsamkeit, die er sich Vivi gegenüber auferlegte, verursachte ihm einen wahren Heißhunger. Ihm war klar, was geschehen würde, wenn er diesen Hunger nicht stillte. Seine wilden Vampirinstinkte würden hervorbrechen. Er würde jede Kontrolle verlieren, losziehen und sich mit menschlichem Blut stärken.

Also schenkte er sich etwas ein. Die dunkelorangefarbene Flüssigkeit strömte in das Glas. Er kippte den Inhalt hinunter. Das Jungfrauenblut war an ihn verschwendet. Er behielt es nicht lange genug auf der Zunge, um etwas zu schmecken.

„Ich bin gekommen, um zu fragen, ob Sie wissen, warum mein Meister, Nikolai, sich in London aufhält."

Dimitri trank von seinem Drink und kratzte sich träge die Hoden. „Nikolai ist hier? Die letzte Neuigkeit, die ich von ihm gehört habe, lautete, dass er in den Karpaten von einem entschlossenen jungen Vampirjäger zur Strecke gebracht wurde."

Das überraschte Heath. „Haben Sie Beweise für seine Vernichtung?"

Der einzige Hinweis, den er gefunden hatte, dass Nikolai sich in London aufhielt, war das Siegel. Vielleicht gehörte es nicht einmal seinem Meister. Oder falls doch, war es womöglich aus dem Schloss seines Meisters in den Karpaten gestohlen worden.

„Nur Gerüchte." Dimitri griff nach der Karaffe und füllte sein Glas neu. „Aber Sie scheinen sicher zu sein, dass er in London ist ..."

„Nein, ich bin nicht sicher. Ich habe ihn nicht gesehen. Aber ich glaube, dass er etwas mit einer Apotheke zu tun hatte, einem Laden ein wenig abseits der Newark Street, hinter dem Krankenhaus. Dort bekam Vivienne die Medizin für ihre Tochter, das Zeug, für das sie bezahlen musste, indem sie Männer verführte."

„Sie glauben also, Nikolai wollte, dass Vivienne die Seelen

dieser Männer stiehlt.“ Während Dimitri nachdachte, funkelten seine scharfen dunklen Augen. „Aber aus welchem Grund?“

„Ich habe nicht die leiseste Ahnung.“ Was der Wahrheit entsprach. Er verstand nicht, weshalb sein Meister, der seit dem vierzehnten Jahrhundert ein Vampir war, mithilfe eines Sukkubus englische Adlige ermorden sollte. Rasch erzählte er, dass er Vivienne zu der Apotheke begleitet hatte. „Die geheimnisvolle Mrs Holt erklärte Vivienne, ich sei der Mann, den sie als Nächsten verführen sollte.

„Und Mrs Holt wusste, dass Sie kein sterblicher Earl sind?“

„Ja.“ Heath begann, im Zimmer auf und ab zu gehen. „Ich frage mich, ob Nikolai es war, der Vivienne und mich zusammengeführt hat.“ Das klang verrückt, doch er wusste, dass Nikolai unglaubliche magische Kräfte besaß. Hatte Nikolai in jener Nacht, als Vivienne so verzweifelt die Medizin für ihre Tochter gebraucht hatte, dafür gesorgt, dass sie ihm begegnete? War es Nikolai gewesen, der Raine entführt oder gar vernichtet hatte, damit Heath sich auf die Suche nach ihm machte?

„Wenn es Vivienne gelungen wäre, mich zwei Mal in ihr Bett zu locken“, erklärte er langsam, „hätte sie meinen Fluch freigesetzt.“

„Sie meinen, er will Sie in einen Dämon verwandeln?“

„Ja, denn wäre ich ein Dämon, könnte er mich als Waffe verwenden. Ich entfloh ihm in den Karpaten, und damals dachte ich, er könne mir nicht folgen. Er trug seinen eigenen Fluch. Er durfte sich nicht weiter als hundert Yard von seinem Schloss entfernen oder er würde zu Staub zerfallen.“

„Wie kann er denn dann in London sein?“

„Ich weiß es nicht. Als ich ihn zum ersten Mal traf, versuchte er, den Fluch loszuwerden. Damals sagte er, er würde noch zehn Jahre brauchen, um sich davon zu befreien. Ich frage mich, ob er will, dass ich mich verwandele, damit er mich auf die Welt loslassen kann. Wenn ich zu dem Dämon werde, den er mir als Fluch auferlegt hat, bin ich in der Lage, die gesamte Menschheit zu vernichten. Der Fluch, der ihn für fünfhundert Jahre an sein

Schloss fesselt, wurde von einer sterblichen Frau ausgesprochen, die sich auf Hexerei verstand."

„Und Sie glauben, er will Rache nehmen." Dimitri ließ den Brandy in seinem Glas kreisen. Scharlachrote Schlieren durchzogen die Flüssigkeit. „Ich habe nie verstanden, was so faszinierend daran sein soll, die Welt zu zerstören. Diese uralten Vampire sollten eine gute Orgie schätzen lernen." Dimitri trank, doch über den Rand seines Glases beobachtete er Heath aufmerksam aus seinen funkelnden Augen. „Und was ist mit Ihrem Bruder? Einige Besitzerinnen von Vampirbordellen haben mir erzählt, dass Sie nach ihm suchen. Doch der Vampirrat beabsichtigt, ihn zu vernichten, sobald er wieder auftaucht. Ich gehe davon aus, Sie suchen ihn nicht, um ihn dann Adder und dem Rest des Rates auszuliefern."

„Bei Gott, nein!"

„Sie wissen, dass Sie nie hätten einwilligen dürfen, für den Rat zu arbeiten."

Heath lachte bitter auf. „Ich habe nicht eingewilligt. Man ließ mir keine Wahl, Dimitri. Seit ich Nikolai entflohen und nach England zurückgekehrt bin, setzt der Rat mich unter Druck, indem er droht, meinen Bruder zu töten. Zunächst als er ein unschuldiger Sterblicher war, und erst recht seit er ein Vampir ist."

Dimitri beobachtete ihn und schwieg dabei irritierend lange. Schließlich sagte er: „Sie sind ein Mann, dem auf den ersten Blick kein Ausweg bleibt. Aber ich kenne jemanden, der Ihnen helfen könnte, Heath. Ein Gentleman, der vor zwei Wochen aus den Karpaten nach England zurückgekehrt ist."

„Wer, Dimitri?"

„Guidon, der Geschichtsschreiber der Vampire. Wenn es jemanden gibt, der weiß, was mit Ihrem Meister geschehen ist, dann ist es Guidon."

Heath musste sich damit abfinden, dass es so war. Er hatte Guidon nicht mehr gesehen, seit er in Nikolais Kerker gesessen hatte. Damals war der Geschichtsschreiber jede Nacht die enge, steile Steintreppe heruntergeschlurft, sein Buch in den Händen, auf dem er Feder und Tintenfass balancierte. Guidon pflegte sich auf einen Schemel vor Heaths Zellentür zu setzen und ihm eine Frage nach der anderen zu stellen. *Wo wurden Sie geboren? Wer war Ihre Mutter? Warum sind Sie hierher in die Karpaten gekommen? Wie lauten die Namen der Frauen, mit denen Sie geschlafen haben? Haben Sie Kinder gezeugt?* Zuerst hatte Heath sich hartnäckig geweigert, zu antworten. Da begann die Folter. Er war ausgepeitscht, mit glühenden Eisen bearbeitet und gebissen worden. Und während Nikolais Lakaien ihm all diese entsetzlichen Dinge antaten, waren Guidons Fragen wieder und wieder auf ihn niedergeprasselt.

„Ich will die Wahrheit hören, Dimitri. Haben Sie meinen Bruder gesehen?"

„Nein. Aber ich nehme an, Sie haben noch nicht in jedem Freudenhaus Englands nach ihm gesucht?"

Er brauchte Antworten. Er musste herausfinden, ob Nikolai versuchte, Viviennes Geist zu beeinflussen.

„Nun gut, Dimitri. Wo ist Guidon? Und welchen Preis hat Ihre Antwort?"

Ihm blieb noch eine Stunde, vielleicht auch weniger, bis zum Morgengrauen.

Heath sprang in der Charing Cross Road aus der Kutsche. Im selben Moment, in dem die Sohlen seiner Stiefel die Pflastersteine berührten, schnalzte der in einen Umhang gehüllte Kutscher mit der Peitsche. Die Räder quietschten, als der Wagen mitten auf der verlassenen Straße wendete. Dann fuhr er dorthin zurück, wo sie hergekommen waren. Dimitris Kutscher war ebenfalls ein Vampir. Heath ging ein großes Risiko ein, indem er so kurz vor Tagesanbruch unterwegs war; und er hatte nicht vor, den Kutscher derselben Gefahr auszusetzen.

Er hätte rascher hierher fliegen können, als er mit der Kutsche in diesen Teil der Stadt gelangt war, doch wenn er sich verwandelte, hatte er keine Möglichkeit, Kleidung oder Waffen mitzunehmen.

Sehr wahrscheinlich würde er in Schwierigkeiten geraten.

Rechts und links der Charing Cross Road gab es zahlreiche kleine Buchhandlungen, die jedoch um diese Zeit alle noch geschlossen waren. Nach kurzer Zeit stand Heath vor dem Laden, der sein Ziel war. Der Name des Geschäfts stand auf einem Schild, das über der Tür im Wind hin und her schwang.

Er erwartete, dass die Tür abgeschlossen war, aber sie öffnete sich geräuschlos und er konnte in einen dunklen Raum sehen, an dessen Wänden mit Büchern gefüllte Regale standen. Hinter der Tür lauerte niemand. Aber er spürte etwas im Gebäude. Einen Vampir.

Papier raschelte. Irgendwo im Laden hatte jemand eine Seite umgeblättert. „Ich bin hier hinten", krächzte eine Stimme. Etwas krachte laut. „Kommen Sie her, damit ich Sie sehen kann."

Heath gehorchte. In der hinteren rechten Ecke des Geschäfts beugte sich ein alter Mann über einen Schreibtisch. Es handelte sich zweifellos um Guidon. Kein anderer Vampir war klein und missgestaltet mit einem krummen Rückgrat und Büscheln gelblich-grauer Haare. Heath hatte mehrere Monate damit verbracht, mit trübem Blick durch die Gitterstäbe seiner Zelle den kleinen, gnomartigen Körper anzustarren. Als Heath sich ihm näherte, blickte der Geschichtsschreiber auf und sah ihn mit klaren silbrig blauen Augen an. „Sie", zischte er. „Sie gehören zu den Vampir-Lords. Was ist Ihnen in den Sinn gekommen? Ihre Bande hat meine Bibliothek zerstört. Alle Bücher – all diese kostbaren Worte – sind verloren."

„Ich bin kein Vampir-Lord. Und ich denke, es waren Vampirjäger der Königlichen Gesellschaft, die das Versteck der Bibliothek in den Tunneln unter Londons Straßen gefunden haben."

Mit vor Zorn rotem Gesicht stand der Gnom von seinem Stuhl auf. „Und das haben wir nur dem Hochmut und der Dummheit der Vampir-Lords zu verdanken. Sie sind so besessen von ihrer Macht und nur damit beschäftigt, den Vampirköniginnen ihre Überlegenheit zu beweisen. Solche verdammten Idioten." Er setzte sich wieder und murmelte dabei vor sich hin: „Frauen sind immer stärker als Männer. Sie bringen Kinder zur Welt. Die menschliche Rasse könnte mit nur einem Mann überleben, aber es braucht dazu viel mehr Frauen."

Heath seufzte. Er wollte nicht über die Vampirgesellschaft diskutieren. „Guidon, ich bin in aller Ergebenheit zu Ihnen gekommen, weil ich Informationen brauche." Er wusste, wie man der Eitelkeit des kleinen Mannes schmeichelte. „Ich ..."

„Ich weiß, wer Sie sind", unterbrach Guidon ihn. „Ich kenne jede unsterbliche Kreatur in dieser verdammten Stadt. Sie sind Blackmoor. Ich habe Sie befragt, als Sie in Nikolais Gefängnis vor sich hin moderten. Im Kerker des großen Kriegsmeisters." Die letzten Worte sprach er mit unverhohlenem Spott aus. „Sie waren ein sehr widerspenstiges Subjekt. Warum sollte ich Ihnen also helfen?"

Natürlich holte seine Vergangenheit ihn ein und versetzte ihm einen Tritt in den Hintern. „Zwei schöne Frauen sind in großer Gefahr, und Ihr Wissen könnte sie retten."

Die blauen Augen blinzelten, zeigten jedoch keinerlei Mitgefühl.

„Na gut", fuhr Heath fort. „Wie haben Sie die Tür geöffnet? Ich hatte keine Ahnung, dass Sie magische Kunststücke beherrschen."

Die dünnen, trockenen Lippen teilten sich zu einem Grinsen. „Guter Trick, nicht wahr? Wirkt magisch, ist aber einfach nur mechanisch." Guidon hielt das Ende eines schwarzen Fadens hoch. „Das hier und ein paar Rollen. Dann erscheint es Sterblichen von trübem Geist und einigen der weniger brillanten Vampire, als könnte ich die Tür mit der Kraft meiner Gedanken öffnen." Er keckerte vor sich hin. „Und so ist es wohl auch."

„Sie haben mich hereingelegt. Ich wäre nie auf den Gedanken gekommen, nach einer natürlichen Erklärung zu suchen."

„Und was brauchen diese Frauen nun also? Ich habe nicht viele Bücher, die Sie interessieren könnten, Blackmoor. Hier drinnen gibt es kaum Werke mit erotischen Darstellungen." Wieder kicherte der alte Mann, dann schaute er plötzlich niedergeschlagen vor sich hin. „Mir sind überhaupt nicht mehr viele Bücher geblieben."

„Ich benötige kein Buch, sondern Informationen. Und ich bin bereit, gut dafür zu bezahlen."

„Und was soll ich mit Ihrem Geld anfangen? Ich werde bis in alle Ewigkeit damit beschäftigt sein, den Inhalt all der gestohlenen Bücher aus dem Gedächtnis wieder aufzuschreiben. Sie dürfen mir eine einzige Frage stellen."

Es gab so viele Dinge, die er wissen musste. Über seinen Meister. Über Vivienne, über die Medizin und darüber, was irgendein Unbekannter von Vivienne wollte. Über Raine. „Ich brauche mehr als das."

„Dann sorgen Sie dafür, dass es sich für mich lohnt."

„Sie sagten, Sie wollen kein Geld. Was kann ich Ihnen sonst geben?"

„Wie wäre es mit Ihrem erstgeborenen Kind."

Heath fuhr zusammen. „Sie … sie ist tot."

Guidon schlug sein Buch wieder auf. „Das ist sehr schade. Sie haben mein Mitgefühl. Es gibt keinen größeren Schmerz, als ein Kind zu verlieren. Wie wäre es denn dann mit Ihrem nächsten Kind?"

„Es wird kein nächstes Kind geben."

„Seien Sie sich dessen nicht zu sicher."

Heath schlug mit der Faust auf den Tisch. „Nennen Sie mir irgendeinen realistischen Preis, und ich werde ihn bezahlen."

Doch Guidon schob seinen Stuhl zurück und sprang von ihm herunter. Der winzige Mann trippelte hinter dem Schreibtisch hervor und murmelte dabei vor sich hin: „Heathcliff George Stephen Winthrope, siebter Earl of Blackmoor. Erstgeborener Sohn von Amelia und Harold Winthrope. Gefolgt von einem zweiten Sohn, Raine William Harold. Ich mache genealogische Aufzeichnungen. Es gibt zwei verschiedene Listen. In einer erfasse ich das sterbliche Leben eines jeden Vampirs, in der anderen halte ich seine Abstammung fest."

Heath wedelte ungeduldig mit der Hand. „Genealogie interessiert mich nicht …" Er stockte. War das als Hinweis gedacht? Guidons Fragen waren immer direkt gewesen. Im Gespräch war er es nicht. „Was ist mit einem Sukkubus namens Vivienne Dare? Haben Sie ihren Stammbaum?"

Die blauen Augen weiteten sich, und in dem Zwergengesicht flammte Panik auf. „Dare. Sukkubus." Im Seitwärtsschritt wie ein Krebs huschte Guidon zu einem Bücherstapel. Dicke Bände polterten von den Regalen. Einen von ihnen ließ Guidon durch die Luft segeln, sodass er auf dem Schreibtisch landete und sich öffnete.

Heath schaute hinunter auf die Seite. Darauf stand eine Liste mit Frauennamen. Und Daten. Der letzte Name auf der Liste lautete Vivien Rose Crumley. „Da steht sie, nicht wahr?", krähte Guidon. „Dare … Das ist nicht ihr Name. Nicht annähernd der richtige Name. Dies ist der Name ihrer Mutter. Crumley." Guidon hastete zurück zum Schreibtisch und deutete mit seinem krummen Finger auf den Eintrag. „Der Name ihres Vaters … Er steht hier nicht. Ich verstehe das nicht."

„Sie erinnern sich nicht an ihn?"

Der alte Bibliothekar stöhnte verzweifelt auf und lief im Kreis herum, während er sich die Hände gegen die Schläfen presste. „Ich kann mich nicht erinnern. Aber das ist unmöglich! Ich habe jedes einzelne Wort aus den Vampirbüchern in meinem Kopf gespeichert. Aber dieses … An dieses kann ich mich nicht erinnern."

„Ich kann es herausfinden. Ich besorge Ihnen den Namen, wenn ich Ihnen mehr als eine Frage stellen darf."

In Guidon schien das Verlangen mit seiner naturgegebenen Knausrigkeit zu kämpfen. „Na gut, Blackmoor. Einverstanden. Stellen Sie Ihre Fragen."

„Mein Bruder, Raine Winthrope. Er verschwand vor zwei Wochen. Wissen Sie, wo er ist?"

„Ja."

Das überraschte ihn. Eine so einfache Lösung hatte er nicht erwartet. „Wo?"

„Bei Nikolai natürlich. Bei dem Vampir, der Sie transformiert hat, Lord Blackmoor."

Heath konnte seinen Meister jetzt nicht jagen. Als er aus dem Laden trat, leuchtete am Himmel schon das sanfte Rosa der Morgendämmerung. Er zog seinen Kantorhut tiefer in die Stirn. Sein schwarzer Umhang bedeckte seine Haut und hielt die Wärme der Sonne ab. Aber er würde dennoch die Wirkung des Lichts spüren.

Seine Finger begannen, taub zu werden, ebenso seine Füße. Ungeschickt wie ein Betrunkener stolperte er gegen eine Hauswand. Er hatte das Gefühl, im nächsten Moment zusammenzubrechen; sein Körper wurde schwer, als könnten seine Knochen ihn nicht länger tragen.

Er würde es nicht schaffen.

Er konnte sich verwandeln und versuchen, zu fliegen. Auf diese Weise würde er rascher zu Dimitris Haus gelangen. Allerdings bestand dann für ihn die Gefahr, ins helle Sonnenlicht zu geraten.

Er musste seine menschliche Gestalt behalten. Und er konnte vor Tagesanbruch Dimitris Haus nicht mehr erreichen. Wenn er es versuchte, riskierte er sein Leben. Riskierte es, Vivienne nie wiederzusehen.

Er musste einen dunklen Platz finden, wo er sich verstecken konnte, bis es Nacht wurde. Nachdem er sich in den Schatten eines hohen, schmalen Hauses zurückgezogen hatte, ließ er seinen Blick die Straße entlangwandern. Er hatte sich schon mehrere Häuserblocks von dem Buchladen entfernt. Auf der gegenüberliegenden Straßenseite stand ein verfallenes Gebäude. Schon allein die Größe des Bauwerks deutete darauf hin, dass es eine alte Lagerhalle war. Rußbedeckte, zerbrochene Fenster verliehen ihr ein ganz besonderes Aussehen. Sie sah verlassen aus. Zwar war sie sicher auch schmutzig, stinkend und unbequem, aber es würde der perfekte Ort für einen Vampir sein, der nach einem Schlafplatz suchte.

Rechts von ihm schnaubte etwas.

Ein Hund? Normalerweise mieden Hunde Vampire und liefen vor ihnen davon.

Ein Hauch von Schwefel wehte ihm entgegen. Verdammt, er kannte diesen Geruch. Bis jetzt war er ihm nicht aufgefallen, was bedeutete, dass das Tageslicht ihn rascher entkräftete, als er erwartet hatte.

Seine Muskeln spannten sich an, doch sein Kopf war umnebelt, und brennende Schmerzen huschten über seine Haut wie Sonnenflecken.

Ein großer schwarzer Schatten tauchte aus einer schmalen Gasse direkt vor ihm auf. Heath sprang zurück, und ein riesiger Flügel mit scharfen, knochenartigen Klauen an den Rändern streifte den Gehweg, wo er eben noch gestanden hatte. Die Gestalt war aus der schmalen, dunklen Öffnung zwischen zwei Mauern getreten. Die Kreatur ähnelte einem Gargoyle, dem gotischen Wasserspeier. Sie besaß einen Männerkörper, ein hässliches Gesicht mit einem großen Mund, Krallen an Fingern und Zehen, Flügel mit einer Spannweite von fast zwei Metern.

Es war ein Dämon, einer von der schlichten Sorte. Er hatte kein anderes Ziel als zu töten und lechzte nach dem Blut eines Vampirs.

Der Gargoyle brüllte, und wieder sprang Heath ein Stück zurück. Direkt vor seinem Gesicht knirschten Zähne.

In seinem geschwächten Zustand war ein Kampf das Letzte, was er gebrauchen konnte. Die Zähne näherten sich erneut, und Heath ließ seine Faust seitlich in das Gesicht des Dämons krachen. Durch den Schlag hätte die Kreatur bewusstlos zusammenbrechen müssen, Heaths Faust streifte jedoch nur das hässliche Gesicht.

Die Morgendämmerung hatte Heath zu sehr geschwächt.

Der Dämon stieß einen heiseren Laut aus. Das verdammte Biest lachte über ihn. Heath sah sich nach einer Waffe um. Ein Stapel Holzkisten stand vor einer getäfelten Tür. Er erspähte einen Metallpfosten zum Festbinden von Pferden.

Der geflügelte Dämon griff erneut an. Seine Klauen reflektierten das Tageslicht. Das grelle Licht störte die Kreatur nicht, aber Heath sank gegen die Wand. Seine Beine trugen ihn nicht mehr.

Als die Krallen sich gegen ihn erhoben, warf Heath sich zur Seite, packte eine der Kisten und schwang sie aufwärts, als die Hand des Ungeheuers sich abwärts bewegte. Holz splitterte. Die Kiste blieb an der erhobenen Hand des Biests hängen. Wütend ließ die Kreatur den Kasten gegen die Mauer krachen. Er zersplitterte in Hunderte von Teilen.

Heath sprang zu dem Metallpfosten. Versuchte, ihn aus der Erde zu ziehen. Doch was ihm um Mitternacht mit Leichtigkeit gelungen wäre, war nun unmöglich. Der Pfosten rührte sich nicht vom Fleck.

Er warf eine weitere Kiste nach dem Ungeheuer, und diese traf die schwarze schuppige Brust des Dämons. Wieder lachte das Biest, als die Splitter des Kastens vor seinen Füßen auf den Boden fielen.

Er konnte es nicht besiegen.

Obwohl er es hasste, feige zu sein, drehte Heath sich auf dem Absatz um. Er wollte versuchen, ein anderes Gebäude zu erreichen, in der Hoffnung, dort eine Waffe zu finden, doch seine Beine zitterten und gaben unter ihm nach.

Hinter sich hörte er das Rauschen eines Flügels und duckte sich. Aber seine Reaktion kam zu spät. Schmerz durchfuhr ihn, als das Ungeheuer die Krallen in seinen Rücken schlug. Sein Umhang zerriss, sein Hemd zerfiel in mehrere Teile. Der Geruch seines Bluts umnebelte seine Sinne, und er litt Höllenqualen, so sehr schmerzte sein blutender Rücken.

Das Kopfsteinpflaster kam rasch auf ihn zu und krachte gegen seine Knie.

Der Dämon schien sich köstlich zu amüsieren, während er ihm dabei zusah, wie er versuchte, wieder auf die Beine zu kommen.

Er würde vernichtet werden. In Stücke zerrissen, weil er mittlerweile zu schwach war, um zu heilen.

Niemals würde er Vivienne wiedersehen. Die Gewissheit dieses schrecklichen Verlusts durchfuhr ihn wie ein schmerzhafter Pfeil. Er wollte sie nicht verlieren. Noch vor wenigen Wochen hätte er seiner Vernichtung freudig entgegengeblickt. Dann musste er nicht länger einen Fluch mit sich herumtragen, der die Menschheit vernichten konnte, wenn er entfesselt wurde. Doch nun zog er sich mit den Fingernägeln an den Steinen des Gehwegs vorwärts und kämpfte um sein Leben. Und das nur, weil er den Gedanken nicht ertragen konnte, Vivienne zu verlieren.

Vivienne blinzelte. Im Zimmer war es stockdunkel. Himmel, wie spät war es? Sie hörte keinen Laut. Nicht das Knistern des Feuers, nicht die Schritte der Hausmädchen und das Scheppern ihrer Kohleeimer und Wasserkrüge.

Sie lag allein im Bett.

Vivienne stand auf, tastete sich durch die Dunkelheit zum Fenster und fand sich mitten im weichen Stoff der Vorhänge wieder. Verzweifelt zerrte sie daran. Sie brauchte Licht.

Der schwere Samt glitt zur Seite, und Sonnenlicht fiel in ihr Zimmer. Das Fenster ging auf einen kleinen Garten hinaus. Grünes Laub schimmerte in der Sonne, und hier und dort erspähte sie bunte Frühlingsblumen. Es war herrlich.

Aber warum war es im Haus so still?

Offenbar waren sogar die Diener Vampire, oder sie waren gezwungen, tagsüber zu schlafen, um ihrem Herrn die ganze Nacht zur Verfügung zu stehen. Vivienne schlüpfte in ihren Morgenmantel und eilte in Sarahs Zimmer.

Sarah schlief, zusammengerollt unter einer dicken Decke. Dann erstarrte Vivienne vor Schreck. Julian saß in der Ecke. Langsam stand er auf und verbeugte sich vor ihr. „Ich habe sie bewacht. Um sicherzugehen, dass ihr nichts zustößt. Die anderen Vampire werden wohl nun alle schlafen."

Sie biss sich auf die Unterlippe und beschloss dann, ihm zu vertrauen. „Vielen Dank, Julian."

Er gähnte, ging langsam aus dem Zimmer und schloss die Tür hinter sich. Vivienne küsste Sarahs Locken.

Sie vertraute Heath. Aber ihr war klar, sie konnte sich nicht einfach darauf verlassen, dass ein Mann für ihre Sicherheit sorgte. Sie musste nachdenken, planen und handeln.

Sie musste mit Lord Dimitri reden. Offensichtlich war er ein mächtiger Vampir. Was konnte er ihr über Sukkuben erzählen? Sie würde bis zum Eintritt der Dunkelheit warten müssen, um es zu erfahren.

Aber es hatte keinen Sinn zu versuchen, das Haus zu verlassen. Sie hätte nicht gewusst, wo sie hingehen sollte. Doch die Tatsache, dass sie hier in der Falle saß, bedeutete nicht, dass sie nicht versuchen konnte, selbst die Antworten auf einige Fragen zu finden.

Sie verließ das Zimmer und schlich, so leise sie konnte, den Flur entlang und dann die Treppe hinunter. In der vergangenen Nacht hatte sie ein Zimmer voll Bücher gesehen, wahrscheinlich die Bibliothek. Doch als sie dort ankam, wollte der Türknauf sich nicht drehen. Die Bibliothek war abgeschlossen. Eine ihrer Haarnadeln ließ sich problemlos ins Schlüsselloch schieben, es gelang ihr jedoch nicht, das Schloss damit zu öffnen …

„Ah, Miss Dare, Sie sind wach. Ich dachte mir, dass das Tageslicht Sie wecken würde.“

Vor Schreck wäre Vivienne fast ohnmächtig geworden. Noch bevor sie sich umdrehte, hatte sie den selbstherrlichen Bariton erkannt. „Lord Dimitri. Aber – aber wie kann es sein, dass Sie wach sind?“

„Ich brauche keinen Schlaf, meine Kleine. Was möchten Sie aus meiner Bibliothek? Ich habe den Schlüssel. Das würde viel schneller gehen, als wenn Sie versuchen, das Schloss aufzubrechen.“

Versteckte sich hinter seiner samtweichen Stimme Zorn? Manche Männer wurden sehr ruhig, wenn sie wütend waren. Sie wünschte sich, Heath an ihrer Seite zu haben. Wenn er da war, fühlte sie sich sicher. Dabei hatte sie sich nie zuvor nach der

Gegenwart eines Mannes gesehnt.

Die Tür schwang auf. „Nun, Miss Dare, was möchten Sie haben?"

Dimitris Bibliothek war sogar noch größer als die von Heath. Und ebenso wie Heath es gemacht hatte, zündete Dimitri Kerzen an, damit sie etwas sehen konnte. Der Raum war zwei Stockwerke hoch, und sämtliche deckenhohen Regale waren mit Büchern vollgestopft. „Ich will wissen, was für ein Wesen ich bin. Ich will wissen, warum jemand Sarah wehtut, um mich zu zwingen, Männer zu verführen."

„Die Antworten auf diese Fragen werden Sie nicht in Büchern finden, meine Liebe. Aber ich könnte Ihnen helfen. Für eine bestimmte Gegenleistung." Weiße Zähne blitzten auf. Er lächelte wie ein Gentleman, der wusste, wie gut er aussah.

„Ich werde nicht mit Ihnen schlafen."

„Die meisten Frauen haben nichts dagegen einzuwenden."

„Ich bin nicht die meisten Frauen." Er hatte jedenfalls nicht gesagt „alle" Frauen, fiel ihr im Nachhinein auf.

Seine schwarzen Augen funkelten amüsiert. „Sie hatten in der vergangenen Nacht einigen Spaß. Und ich könnte Ihnen sehr, sehr viel Vergnügen schenken, Miss Dare. Ich könnte Ihnen einen so heftigen Orgasmus verschaffen, dass Sie bis zur Abenddämmerung nicht mehr aufhören würden zu schreien."

Hätte Heath diese Worte gesagt, wäre sie dahingeschmolzen. Aber natürlich würde Heath so etwas nun niemals mehr zu ihr sagen.

Ihr Herz machte einen albernen Sprung.

Dimitri senkte seinen gut aussehenden Kopf. Als ob er den Stich in ihrem Herzen gespürt hätte. „Aber ich vermute, Sie wollen nicht auf diese köstlichste Weise mit mir vögeln, weil Sie Heath lieben."

„Das tue ich nicht!" Sie fühlte, wie ihre Wangen heftig zu brennen begannen.

„Er kann Ihre Liebe nicht erwidern …"

„Das weiß ich. Ich bin *nicht* verliebt. Liebe ist der Wunschtraum von sehr dummen Frauen. Und ich versichere Ihnen, dass ich weitaus mehr Verstand habe. Dennoch bin ich nicht bereit, meinen Körper für Ihre Antworten zu verkaufen. Ich habe entschieden, dass ich nur in das Bett eines Mannes steige, wenn ich ihn *will.*“

„Ich bewundere Sie, Miss Dare. Es gibt wenige Frauen, die es wagen würden, mich derart zu verletzen.“

Seine Worte machten ihr Angst, bis sie sah, dass um seine Lippen ein Lächeln zuckte.

„Sein Fluch ist nicht der einzige Grund, aus dem Heath Sie nicht lieben kann, Vivienne.“ Dimitri trat vor sie hin und legte seine Hand an ihre Wange.

Sie wollte zurückweichen, hielt aber inne. „Wollen Sie sagen, er kann mich nicht lieben, weil ich das bin, was ich bin?“

„Im Gegenteil. Wenn überhaupt, wird er Sie für das, was Sie sind, nur noch mehr lieben. Sie sind mutig, loyal, stark, hingebungsvoll und sinnlich. Aber Heath kann Sie nicht lieben, weil ein Mann ein ganzes Herz braucht, um es einer Frau schenken zu können. Und Blackmoors Herz wurde vor langer Zeit gebrochen. Nur er selbst kann es heilen, aber er gestattet sich nicht, es zu tun.“

„Und warum will er es nicht tun?“

„Weil er seine Frau getötet hat. Und seine Tochter.“

Sie konnte es nicht glauben. Aber sie erinnerte sich an Heaths Worte. *Der Fluch war die Strafe für den Tod meiner Frau.* „Was ist mit ihnen geschehen?“ Sie stieß Dimitris Hand weg. „Wie hat er sie getötet?“

„Das ist etwas, was er Ihnen selbst erzählen muss, aber in seinem Herzen trägt er das Gewicht von Schuld, Trauer und Verlust mit sich herum. Was denken Sie, warum er nicht versucht hat, den Fluch zu brechen? Weil er es nicht wollte. Er will diese Strafe. Er will sichergehen, dass er mit der Frau, nach der er sich verzehrt, nicht zusammen sein kann, falls er sich wieder verliebt. Sie sind sein härenes Hemd, meine Liebe, und er ist glücklich damit.“

Dimitri wandte sich ab und schlenderte zu den Regalen.

„Das ist verrückt", sagte sie zu seinem Rücken. „Ich glaube nicht, dass Heath ein Mörder ist."

„Nein, er ist kein Mörder. Aber Heath war Ehemann und Vater. Was, wenn er versagt hat, als es darum ging, seine Familie zu schützen? Sie kennen ihn erst seit – wie lange – drei Tagen? Aber ich glaube, Sie könnten mir ganz genau sagen, wie Heath sich fühlen würde, wenn er einen Unfall verursacht hätte, der ihm seine Familie entrissen hat."

Das könnte sie.

„Sie wollen wissen, was Sie sind." Seine Worte klangen sanft und freundlich und fühlten sich an wie eine Umarmung. „Sie müssen sehr verwirrt und verängstigt sein. Ich möchte Ihnen die Angst nehmen, Vivienne."

Seine Stimme schien sie anzuziehen. Sie gefangen zu nehmen. Sie verschränkte die Arme vor der Brust. „Alles, was ich weiß, ist, was Heath mir gezeigt hat." Sie hatte nicht gewollt, dass ihre Stimme so zittrig und ängstlich klang. „Ich verstehe nicht, wie ich eine Dämonin sein konnte, ohne etwas davon zu wissen. Ich wollte niemals … jemandem wehtun."

„Heath irrt sich, was Sie betrifft."

„Sie meinen, ich bin gar kein Sukkubus?" Sie spürte, wie Erleichterung sie durchlief.

Doch Dimitris Augen schienen größer zu werden. Er sah aus, als wollte er sie in einem Stück verschlingen. Sie wich zurück.

„Nein, Sie haben nichts zu befürchten. Ich würde Heath nicht auf solch langweilige Weise betrügen. Aber Sie, meine Beste, sind kein normaler Sukkubus."

„Ein *normaler* Sukkubus? Was, um Himmels willen, soll das bedeuten?"

„Wer war Ihr Vater, Vivienne?"

„Warum sollte das eine Rolle spielen? Ich weiß es nicht. Meine Mutter hat es mir nie gesagt. Ich nahm an, dass sie es nicht wusste. Wahrscheinlich bin ich die Tochter eines groben Londoner Schauermanns oder Schlachters, der meiner Mutter in einem Bordell Gewalt angetan hat. Und jetzt sagen Sie mir, was Sie meinten!"

Dimitri setzte sich auf die Armlehne eines Ledersessels. „Falls Ihre Mutter eine Sterbliche war, können Sie nur ein Sukkubus sein, wenn Sie einen Dämon zum Vater haben. Wenn Sie erfahren wollen, was Sie sind, müssen Sie Ihren Vater finden."

„Das ist unmöglich! Ich kenne seinen Namen nicht. Ich weiß nicht, wo er lebte oder wo er herkam. Wie soll ich ihn finden?"

„Es gibt jemanden, der Ihnen helfen könnte. Er ist der Geschichtsschreiber der Vampire. Guidon hat Aufzeichnungen über die Eltern, die Herkunft und die Lebensgeschichte eines jeden Dämons gemacht, den es heute auf der Welt gibt."

„Ich habe keine Ahnung, wer er ist. Wie kann er dann alles über mich wissen?"

„Ich verspreche Ihnen, Miss Dare, er wird alles über Sie wissen. Heath ist heute vor Tagesanbruch aufgebrochen, um mit ihm zu reden."

„Heath? Warum ist er zu diesem Geschichtsschreiber der Vampire gegangen? Wegen seines Bruders?" Das musste es sein. Das war der Grund, aus dem er ein solches Risiko auf sich genommen hatte.

Dimitri musterte sie mit finsterer Miene. „Der Kutscher ist wieder da, aber Heath ist nicht zurückgekehrt. Er wurde mit dem Wagen sicher an sein Ziel gebracht, aber er ist nicht zurückgekommen."

Eine eisige Faust umklammerte ihr Herz. „Es ist längst hell! Er kann nicht draußen sein." Dann nistete sich entsetzliche Angst in ihr ein, als Dimitri einfach nur stumm dasaß. „Sie glauben, dass er getötet wurde, nicht wahr?"

„Bei Vampiren heißt es vernichtet."

Damit hatte sie ihre Antwort, und ihr wurde übel. „Warum haben Sie ihn gehen lassen?"

Im Bruchteil einer Sekunde war Dimitri neben ihr. „Ich ließ ihn nicht gehen. Er beschloss, es zu tun. Obwohl er wusste, wie wenig Zeit er hatte." Sein Blick bohrte sich in ihre Augen, und sie zuckte zusammen. „Verstehen Sie nicht, Miss Dare? Heath hat sich auf diese gefährliche Suche gemacht, weil er herausfinden wollte, wie er Ihnen helfen kann. Und er muss nicht unbedingt tot sein. Wenn er einen dunklen Unterschlupf gefunden hat, sollte er in der Lage sein, den heutigen Tag zu überleben."

Sollte. Aber es gab keine Garantien. Sie hatte nichts, woran sie sich festhalten konnte, außer Hoffnung.

War Heath am Leben? Sie betete verzweifelt, dass es so war. Doch vielleicht war er verletzt oder in Gefahr. Sie war die einzige Person hier, die hinaus ins Sonnenlicht gehen und ihm helfen konnte.

12. KAPITEL

Die Tür schwang lautlos auf und gab den Blick auf einen schmuddeligen Laden frei, in dem sich Bücher stapelten. Der Geruch nach moderigem Papier war überwältigend. Doch Vivienne nahm auch einen schwachen Duft wahr, als sie in das Geschäft eintrat. Einen Hauch von Sandelholz.

Bedeutete das, Heath war hier gewesen?

Leise fiel die Tür hinter ihr ins Schloss.

„Hallo?", rief sie probeweise. Die Tür hatte sich für sie geöffnet, und wer auch immer in der Lage gewesen war, ihr auf diese Weise Eintritt zu verschaffen, wusste nun, dass sie hier war.

Während sie sich umschaute, spürte sie ein Kribbeln im Nacken. Dann entdeckte sie im Licht eines Sonnenstrahls, der sich durch die dreckverschmierte Fensterscheibe gestohlen hatte, einen dunklen Faden. Er lief, von Metallösen geleitet, an der Wand entlang. Dieses Band war an einer Vorrichtung befestigt, welche an der unteren Türangel angebracht war.

„Die Tür hat sich also nicht auf magische Weise geöffnet", murmelte sie.

Schlurfende Schritte näherten sich. Sie wich instinktiv zurück und griff nach dem Türknauf.

„Warten Sie", krächzte eine heisere Stimme. „Gehen Sie noch nicht. Nie zuvor war eine so reizende Person wie Sie hier. Auch keine so kluge. Vor Ihnen hat niemand meinen kleinen Trick durchschaut, bevor ich ihn erklärt habe."

Sie blieb stehen. Ein kleiner Mann schaute zwischen den Regalen hervor. Er reichte ihr kaum bis zur Schulter. Dünne graue Haarsträhnen hingen über seine Ohren. Tiefe Falten durchzogen sein Gesicht. Falls das Drury Lane Theater einen Schauspieler suchte, der die Rolle eines Trolls übernahm, sollten die Zuständigen sich unbedingt an diesen Mann wenden. Doch sein Lächeln besaß etwas Reizvolles, so hässlich er auch war. Und er betrachtete sie voll Ehrfurcht. Dabei sprang er, offensichtlich vor Aufregung, auf sehr trollartige Weise auf und ab.

„Tee!“, rief er. „Ich muss Tee kochen. Kommen Sie, kommen Sie, meine Liebe. Dann werden wir über das sprechen, was Sie wissen möchten.“

„Ich habe keine Zeit zum Teetrinken“, widersprach sie, aber der Mann, bei dem es sich um Guidon handeln musste, verschwand hinten im Laden.

Er spürte, wie das Licht den Boden erwärmte. Noch hatte es ihn nicht erreicht. Heath versuchte, sich zu bewegen – versuchte zu rollen, zu kriechen, zu krabbeln und sogar zu schlittern. Er tat alles, um den Strahlen des tödlichen goldenen Lichts zu entgehen, von denen mehr und mehr durch eine zerbrochene Fensterscheibe drangen, während die Sonne am Himmel höher stieg.

Nichts funktionierte. Sein Kopf sandte seinen Gliedern den Befehl, sich zu bewegen, aber sein Körper reagierte nicht.

Er lag auf dem Bauch. Sein Umhang bedeckte seinen Rücken, seine Arme und Beine, aber im Stoff waren Löcher, die die Krallen des Ungeheuers gerissen hatten.

Der Dämon bestand nun aus einem Haufen Staub, der mitten in diesem leeren Raum, dem verlassenen Lagerhaus, auf dem Fußboden lag.

Der Gargoyle-Dämon war Heath gefolgt, als er über die Straße getaumelt und zu dem vernagelten Fenster in der Vorderseite des Lagerhauses gestolpert war. In letzter Minute hatte Heath sich geduckt, und der mächtige Flügel des Dämons hatte ein Loch in eine der Holzplatten geschlagen, groß genug für Heath, um sich durchs Fenster fallen zu lassen.

Im Inneren des Gebäudes hatte das Ungeheuer ihn herumgeschubst wie ein Spielzeug, hatte hier einen Ritz in seine Haut gemacht und dort ein Stück seines Fleisches herausgerissen.

Das Ding glaubte, er würde nicht mehr lange leben und wollte den Spaß, ihn zu töten, ein wenig verlängern. Es war Heath gelungen, in diesen großen Raum zu wanken, der im hinteren Teil des Gebäudes lag, wo noch immer Dunkelheit herrschte. Dort bemerkte er, dass über seinem Kopf ein Haken an einer Kette herabhing, der offensichtlich dazu gedacht war, Kisten zu heben. Die Kette war über eine Rolle geführt und verlief an der Wand abwärts. In Bodennähe war sie mit einem weiteren Haken befestigt, und davor lag aufgerollt ein weiteres Stück Kette. Er bückte sich nach dem Haken an der Wand.

Glücklicherweise war der Dämon nicht sonderlich schlau. Er folgte Heath. Der wartete, bis das Ungeheuer direkt unter dem von der Decke herabhängenden Haken stand. Dann sammelte er all seine noch verbliebene Kraft und löste die Kette von dem Haken in der Wand. Das Biest hatte nach oben geschaut, und im selben Moment war sein Schädel zertrümmert worden.

Welch eine Ironie des Schicksals, dass er nun von ein paar Sonnenstrahlen verbrannt werden würde, nachdem es ihm gelungen war, einen riesigen Dämon zu besiegen. In etwa einer Stunde würde das Licht direkt auf ihn fallen.

So tat er, was jeder Mann in dieser Situation getan hätte. Er unterhielt sich mit einer hübschen erotischen Fantasie.

„War am frühen Morgen ein Gentleman hier? Ein hochgewachsener Mann mit kastanienbraunen Haaren?"

Guidon hatte Feuer in einem kleinen Herd gemacht und wartete nun, dass das Wasser in seinem Kessel anfing zu kochen. Dabei hüpfte er von einem Fuß auf den anderen, als würden die Flammen unter seinen Sohlen brennen. Vivienne war dicht davor, die Nerven zu verlieren.

Schließlich schien ihre Frage zu ihm durchzudringen. „Sprechen Sie von Lord Blackmoor? Ich habe ihn natürlich sofort erkannt. Das ist der Grund, aus dem ich der Hüter der Aufzeichnungen bin. Ich erinnere mich an alle – an jeden Vampir, der während der vergangenen tausend Jahre auf Erden gewandelt ist. Und jedes Buch, das jemals von einem Vampir geschrieben wurde, ist auch hier drinnen gespeichert." Er tippte sich an die Schläfe. „Die Vampirjäger haben all meine Bücher gestohlen, und ich musste alles wieder aufschreiben. Millionen und Abermillionen von Wörtern."

Vampirjäger? Sie zitterte vor Angst. „Wo ist Lord Blackmoor von hier aus hingegangen?"

„Ich weiß es nicht, Madam. Er verließ meinen Laden. Es war kurz vor Tagesanbruch. Ich nahm an, er musste so rasch wie möglich in seinen Sarg zurückkehren."

„Aber er kam nicht zu Hause an."

„Dann hat er irgendwo Unterschlupf gefunden."

„Aber was, wenn nicht?" Das hier hatte keinen Sinn. Sie wirbelte herum und lief zurück zur Tür. Aber plötzlich stand der kleine Mann direkt vor ihr. Er legte seine gichtgekrümmten Finger auf ihren Ärmel.

„Warten Sie ... Miss Dare, nicht wahr? Lord Blackmoor stellte mir Fragen über Sie ..." Ein Pfeifen unterbrach ihn, das musste der Kessel auf dem Herd sein. „Der Tee ist fertig."

„Ich muss Lord Blackmoor *sofort* finden."

Doch Guidon schüttelte den Kopf. „Wenn er keinen Unterschlupf gefunden hat, ist es ohnehin zu spät. Es macht keinen Sinn, dass Sie hinausrennen, ohne zuvor eine kräftigende Tasse Tee getrunken zu haben. Kommen Sie und setzen Sie sich."

Sie zögerte. Sie erwartete fast, dass der kleine Mann sie mit sich zog. Aber er beobachtete sie nur und legte dabei den Kopf schief. „Fühlt es sich an, als hätten Sie ihn verloren?"

„W...was meinen Sie?"

„Blicken Sie tief in sich hinein, Miss Dare, in Ihr Herz. Glauben Sie, ihn verloren zu haben?"

Sie hatte keine Ahnung, was er meinte. Sie weigerte sich zu glauben, dass Heath für immer fort war. Doch das war die Stimme ihres Herzens und kein Beweis für irgendetwas. „Nein."

Der gnomartige Vampir nickte. Er griff nach einem Stuhl mit einem samtbezogenen Sitz und eilte damit zu ihr zurück. „Das ist für Sie, Miss Dare."

Einen Herzschlag später bekam sie ihren Tee. Guidon war kaum weg, da kehrte er auch schon zurück, in der Hand eine angeschlagene Tasse auf einem Unterteller. Sie nahm sie von ihrem Gastgeber entgegen und nippte rasch daran. Dann beugte sie sich vor, um die Tasse auf dem Schreibtisch abzustellen. Sie musste gehen …

Vivienne schluckte. Der Geschmack war ungewöhnlich, und die Flüssigkeit wärmte sie von innen. Dann hörte sie jemanden atmen. Langsam und gleichmäßig atmen. Sie wandte sich rasch auf ihrem Stuhl um. Doch hinter ihr stand niemand.

„Eine Verbindung zwischen Ihnen und Lord Blackmoor. Interessant." Guidon hatte sich auf einen Hocker hinter dem Schreibpult gesetzt. Er öffnete ein Buch. Tauchte eine Feder in Tinte. „Ihr Eintrag", erklärte er und runzelte die Stirn, „ist nicht vollständig."

Eintrag? „Wollen Sie sagen, ich hätte eben Lord Blackmoors Atem gehört?"

„War es das, was Sie hörten? Ich wusste, da war etwas. Aber Sie haben nur ein einziges Mal am Tee genippt."

Sie starrte hinunter auf ihre Tasse. War es möglich, dass sie mithilfe des Tees Heath gehört hatte? Vielleicht belog Guidon sie, legte sie herein. Vergiftete sie womöglich sogar.

„So etwas würde ich niemals tun." Er hatte seine kleinen Hände in die Hüften gestemmt und zog eine beleidigte Schnute.

Er hatte ihre Gedanken gelesen. „Es … Es tut mir leid. Es ist nur so, dass … So viel ist geschehen. Heath kann nicht draußen im Tageslicht sein …"

„Natürlich nicht. Und Sie machen sich Sorgen um ihn. Wie eine Ehefrau." Guidon nickte. Er drehte das Buch herum, sodass sie darin lesen konnte. „Schauen Sie. Ich habe mit einem Eintrag über Sie begonnen."

Auf der Seite stand ihr richtiger Name. Ihr Geburtsdatum. Der Name ihrer Mutter. Einzelheiten über ihr Leben. „Woher wissen Sie das alles?"

„Wann auch immer eine neue Kreatur erschaffen – oder geboren – wird, weiß ich davon." Er beschrieb mit der Hand einen Kreis. „Das Problem mit Lord Blackmoor ist, dass er sich an seine menschlichen Schwächen klammert. Er hat Angst vor Gefühlen. Er versucht, Schmerz zu vermeiden, indem er die Liebe vermeidet, aber auf diese Weise versagt er sich jedes Glück." Der kleine Mann sah sie listig an. „Ich würde nicht zögern, eine Frau wie Sie zu lieben, Miss Dare."

„Aber Lord Blackmoor wurde verflucht …"

„Flüche können gebrochen werden." Ungeduldig wedelte Guidon mit seiner gekrümmten Hand.

Sie kniff die Augen zusammen. „Wollen Sie damit sagen, *Heaths* Fluch könnte gebrochen werden?"

Zunächst dachte sie, der verkrüppelte alte Mann würde ihr nicht antworten. Er hatte seine Aufmerksamkeit dem Buch zugewandt, das er vor sich gelegt hatte. Nun schlug er eine andere Seite auf und ließ seinen tintengeschwärzten Finger an den Zeilen entlanggleiten. Schließlich hob er den Kopf. „Natürlich ist das möglich."

„Wie?"

„Er hat die Bedingungen des Fluchs anerkannt. Er kämpft nicht dagegen an. Wenn er sie irgendwann nicht mehr akzeptiert, wird er frei sein."

„So einfach kann es nicht sein. Und ich bin sicher, es gab schon eine Frau, mit der er häufiger als ein einziges Mal schlafen wollte …" Sie stockte und spürte, dass sie errötete.

„Offensichtlich war sein Wunsch nicht stark genug. Er fand Mittel und Wege, zu bekommen, was er wollte, und sich dennoch an die Regeln des Fluchs zu halten."

„Sie können nicht ernsthaft vorschlagen, dass wir einfach … versuchen, den Fluch zu brechen." Falls Heath noch am Leben war – oder jedenfalls nicht vernichtet. „Was geschieht, wenn es nicht funktioniert?"

Guidon klopfte sich mit der Feder gegen die Lippen. „Er wird sich entscheiden müssen. Seine Existenz oder sein Tod. Aber so zu leben, wie er es jetzt tut, mit verschlossenem Herzen, sich verzehrend nach etwas, das er sich selbst nie erlauben wird – was für eine Existenz ist das?" Der Vampir sah sie prüfend an. „Sie haben Ihren Tee ausgetrunken. Nun können Sie sich auf die Suche nach Lord Blackmoor machen. Aber zunächst muss ich Ihnen noch eine Frage stellen. Es geht um etwas, das ich nicht weiß, was mich ärgert – denn meine Aufgabe ist es, alles zu wissen.“ Er starrte sie durchdringend an. „Ich brauche den Namen Ihres Vaters.“

„Ich kenne ihn nicht.“

„Natürlich tun Sie das. Ich kann Sie nicht gehen lassen, bevor Sie ihn mir gesagt haben.“

Vivienne wurde schwindelig. Sie klammerte sich an die Stuhllehne und versuchte aufzustehen. Das Zimmer um sie herum wurde schwarz, dann war es erfüllt von einem grellen weißen Licht. Nein … sie hatte offensichtlich so etwas wie eine Vision. Vor sich sah sie einen leeren Raum. Sonnenlicht strömte durch hohe Fenster. Im Schatten lag der Körper eines Mannes …

„Heath!“, keuchte sie. Sie stieß sich vom Stuhl ab und stand auf. „Ich muss gehen. Ich habe … Ich habe ihn gesehen. Er ist in einem Raum. Reglos. Und durchs Fenster fällt Licht.“ Heath war offensichtlich bewusstlos. Was bedeutete, dass er sich vor dem Licht nicht in Sicherheit bringen konnte.

„Nein, Miss Dare. Sie haben meine Frage nicht beantwortet. Sie dürfen nicht gehen.“

Heath war kein komplizierter Mann, wenn es um seine erotischen Vorlieben ging. Also begann seine Fantasie ganz schlicht …

Er war in den Ställen, umgeben vom Duft des Heus. Vivienne kam herein. Sie trug ein enges Reitkostüm aus Samt. Sofort öffnete sie ihre Jacke, zog sie aus und enthüllte ihre üppigen nackten Brüste, die von einem spitzenbesetzten roten Korsett angehoben wurden.

In seiner Fantasie stand Vivienne im Sonnenschein – in den Strahlen, die durch die Stallfenster fielen. Goldenes Licht streichelte ihre nackten Schultern und tanzte über ihren anmutigen Hals. Ihre Brüste wogten und wippten, und das funkelnde Licht traf ihre Nippel, sodass es aussah, als hingen dort kleine Diamanten.

In der Hand hielt sie eine Reitgerte, mit der sie fest gegen die

Innenfläche der anderen Hand schlug. Als das schwarze Leder gegen die glatte Haut klatschte, schluckte er vor lauter Vorfreude mühsam.

Es gab kein Entrinnen. Nicht, wenn er mit gespreizten Armen und Beinen auf einem Heuhaufen lag. Seine Handgelenke waren mit Stricken an Holzpfosten gebunden. Die gleichen Stricke rieben sich an seinen Knöcheln und hielten seine Beine weit auseinander. Er hatte versucht, seine Beine zu befreien, aber Viviennes Knoten waren viel zu klug gebunden und zu haltbar. Er war ihr Gefangener. War ihr ausgeliefert.

Er versuchte, auf dem Boden des Lagerhauses ein Stück zur Seite zu rutschen. Aber er konnte sich immer noch nicht bewegen. Sein Schwanz, eingeklemmt zwischen seinem Bauch und dem Boden, wurde lang und hart, während er sich seiner Fantasie hingab. Das Ding war verdammt empfindlich. Er stöhnte leise.

Vivienne hatte das Sagen … Dieser Gedanke gefiel ihm. Er wollte, dass sie sich stark fühlte. Selbstbewusst. Mutig. Er wollte sie mit eindeutiger Absicht auf sich zukommen sehen, während ihre Brüste bei jeder Bewegung auf und ab schwangen.

Er wollte, dass der Anblick, den er bot, sie erregte – splitterfasernackt gefesselt im Stall, mit senkrecht nach oben zeigendem Schwanz.

Die langsamen Schritte, mit denen sie sich ihm näherte, würden dafür sorgen, dass seine Vorfreude noch größer wurde. Sie würde mit dem Peitschenstiel an seinem steifen Schaft entlangstreichen. Er würde sie herumspielen und ihn hier und da mit ihrer Waffe tätscheln lassen. Und mit angehaltenem Atem und zitternden Gliedern daliegen, wenn sie sacht gegen seine Hoden schlug.

Und vielleicht, einfach um ihn zu necken, würde sie mit leichten Klapsen der Gerte ihre Brüste in Schwingung versetzen …

Heath war zu ungeduldig. Zu erregt. Er sprang direkt zu dem Punkt, wo sie sich mit gespreizten Beinen auf ihn setzte und seine pochende Erektion von der Spitze bis zur Wurzel mit dem seidigen Griff ihres Schoßes umschloss. Sie ritt ihn wie eine Wilde, und bei jedem Stoß ließ sie ihn zwischen seinen Beinen die Gerte spüren.

Nie hatte er einer Frau erlaubt, ihn zu fesseln. Er hatte nie einer Frau die Kontrolle überlassen.

Vielleicht träumte er jetzt davon, weil es seine allerletzte Fantasie war …

Vivienne lief aus dem Geschäft hinaus in den schwachen Sonnenschein. Das Licht kämpfte sich durch die Rußwolken, die über dem East End hingen. Es fiel auf die Menge, die sich nun auf dem Gehweg der Charing Cross Road entlangschob.

Sie war nur eine Viertelstunde in dem Buchladen gewesen. Es kam ihr vor wie eine Ewigkeit.

Wie sollte sie Heath finden? Sie hatte dieselbe Vision immer wieder. Eine große freie Fläche. Licht strömte durch hohe schmale Fenster. Heaths Körper ruhte auf dem Boden. Er lag auf dem Bauch, und ein zerrissener schwarzer Umhang war über ihm ausgebreitet.

In ihrer letzten Vision hatte er laut gestöhnt. Die Zeit wurde offenbar knapp.

Sie stand auf dem Gehweg und drehte sich im Kreis. Welches Gebäude war es? An diesem Abschnitt der Straße lag ein Buchladen neben dem anderen.

Heath hatte von einer Verbindung zwischen ihnen gesprochen. Er hatte seine Gedanken in ihren Kopf projiziert. Konnte sie das jetzt auch tun? Sie musste es versuchen. *Heath, wenn du mich hören kannst, sag mir, wo du bist!*

Vivienne?

Ihr Herzschlag kam aus dem Takt. *Heath, bist du das? Wo bist du? Ich sah dich auf dem Boden liegen. Ich kann dir helfen …*

Ich bin in einem Lagerhaus. Geh die Charing Cross Road entlang. Es ist ein großes Ziegelgebäude. In der Vorderseite sollte ein Fenster zerbrochen sein …

Seine Stimme verhallte. Sie versuchte, ihn in ihren Gedanken noch einmal zu erreichen, bekam aber keine Antwort. Da raffte sie ihre Röcke und rannte los.

Was sollte er jetzt mit ihr machen? Inzwischen hatte er sich von seinen Fesseln befreit und anschließend sie auf dem Heuhaufen festgebunden. In seiner Fantasie leckte er sie nun überall. Er ließ seine Zunge über ihre geschwollenen Nippel gleiten. Leckte ihre Möse, ihre gekräuselte Rosette, und ihre Fußsohlen.

Er schlug sie mit der Gerte leicht auf die Brustspitzen, und sie stöhnte vor Wonne und wand sich in herrlicher Qual. Ihre Nippel waren groß und hart und wurden unter seiner Behandlung scharlachrot.

Ganz leicht zog er die Gerte durch ihre Spalte und klopfte sanft gegen ihre Klit. Sie keuchte und zerrte an den Fesseln und war höchst erregt und schon sehr feucht.

Doch dies war seine allerletzte Fantasie, und so sehr er sich auch danach sehnte, seinen Schwanz tief in ihr zu vergraben, hatte er einen anderen Plan.

Er hatte ihre Handgelenke zusammengebunden und dann mithilfe eines Seils an dem Balken befestigt. Nun half er ihr, sich umzudrehen, und zog sie sanft hoch, sodass sie sich auf ihre Hände und Knie stützte. Die Seile an ihren Knöcheln sorgten dafür, dass ihre Beine gespreizt waren. Ihre Handgelenke waren immer noch vor ihrem Körper gefesselt.

Sie genoss es, seine Gefangene zu spielen. Die heftigen Orgasmen, die sie überrollt hatten, während er sie fesselte, sprachen eine deutliche Sprache. Er befeuchtete seine Finger mit Spucke und massierte die Flüssigkeit in das Tal zwischen ihren Hinterbacken. Ihr üppiger Po bot sich in dieser Haltung wunderbar seinen Blicken dar.

„O ja“, flüsterte sie in seiner Fantasie, „stoß deinen Schwanz in meinen Hintereingang. Ich will ihn ganz tief in mir spüren.“

Sie gab ihm die Erlaubnis, seinen pochenden Schaft in ihre heiße, enge Rosette zu schieben. Mehr Ermutigung brauchte er nicht …

Heath stöhnte schmerzlich auf. Er lag hilflos am Boden, sogar zu schwach, um es sich selbst zu besorgen, und quälte sich mit Vorstellungen und Bildern, die niemals wahr werden konnten. Sein eingeklemmter Schwanz war steif und schwer wie ein Türklopfer. Aber er musste immer neue Stellungen und Liebkosungen ersinnen. In den nächsten paar Minuten hatte er die Gelegenheit, in seiner Fantasie alle nur denkbaren Möglichkeiten der körperlichen Liebe zu erleben.

Schritte klapperten über den Holzboden. „Heath!"

Ganz kurz verfluchte er seinen umnebelten Kopf, weil er ihm Streiche spielte. Weil er ihm vorgaukelte, Viviennes schöne Stimme zu hören, die noch dazu vollkommen echt klang.

Dann begriff er es. Das hier war die Wirklichkeit. Es war Viviennes Stimme. Ihr zarter Duft erfüllte den Raum. Sie sank neben ihm auf die Knie. Das Sonnenlicht fiel auf seinen schwarzen Umhang, und darunter fing seine Haut an, schmerzhaft zu brennen.

„Gütiger Himmel. Was soll ich tun?"

Er war zu schwach zum Sprechen. Dann gelang es ihm doch, zu krächzen: „Aus dem Licht."

Er hätte nicht geglaubt, dass sie ihn bewegen könnte. Doch sie lief zu seinen Füßen, packte mit jeder Hand einen seiner Knöchel und zog. Er rutschte über den Boden. Es tat weh, doch das war ihm egal. Tatsächlich gelang es ihr, ihn in eine Ecke zu zerren. Dann stöhnte sie auf.

Etwas Schwarzes lag auf dem Boden. Sein Umhang. Er musste von ihm heruntergeglitten sein, als sie ihn bewegt hatte. Das bedeutete, sie konnte nun sehen, wie heftig der Dämon seinen Körper zerfetzt hatte.

Es war ein Gargoyle-Dämon. Teils Mann, doch mit Klauen und mächtigen Flügeln. Das Tageslicht hatte mich geschwächt, aber es gelang mir, ihn zu töten.

„Du hast ihn getötet. Gott sei Dank. Aber warum bist du nicht geheilt?"

Es war ein besonderer Dämon, vom Rat geschickt. Vampire

können die Wunden, die er geschlagen hat, nicht heilen."

„Was sollen wir tun?"

„Es gibt nichts, was man tun kann", krächzte er.

„Das glaube ich nicht. Ich kann es nicht glauben, und ich will es nicht glauben. Guidon sagte mir, ich solle in mein Herz schauen. Und wenn ich das jetzt tue, weiß ich, dass ich dich nicht verlieren werde."

Ihre Worte fuhren durch seinen geschwächten Körper wie ein Schwert. Die starke Vivienne, die schon so viel erlebt und ertragen hatte, schaute in ihr Herz und wollte ihn nicht hergeben.

Sie streichelte seine Wange. Obwohl die Haut dort vom Licht versengt war, tat ihre Berührung ihm gut.

„Es muss eine Möglichkeit geben", sagte sie leise. Und er hörte die unbesiegbare Hoffnung in ihrer Stimme. „Könntest du Blut trinken und auf diese Weise heilen, so wie es bei Sarah auch geht?"

Blut trinken. Sie war so klug, seine Vivienne. „Ich könnte es mit deinem Blut versuchen. Es ist kein Vampirblut. Könnte funktionieren …"

Ein Schauer lief durch ihren Körper, und er flüsterte: „Du … musst das nicht tun, Vivi …"

„Wenn es dich rettet, kannst du mein Blut bis zum letzten Tropfen haben." Sie rollte ihren Ärmel hoch, entblößte ihr Handgelenk und presste es an seine Lippen. Das seidige Gefühl an seinem Mund, das Rauschen des Bluts unter ihrer zarten Haut, ihr Duft – all das ließ seine Eckzähne hervorschießen.

Er hatte nicht die Kraft zum Beißen.

Aber Vivi schrammte ihr Handgelenk an seinen Zähnen entlang. Die scharfen Kanten schnitten ihr in die Haut. Blut quoll hervor und berührte seine Lippen und seine Zunge. Der Geschmack war wunderbar. Gott, ja …

Er konnte seine Hand bewegen. Langsam griff er nach ihrem Handgelenk und hielt es dicht vor seinem Mund fest. Als ihr Blut über seine Eckzähne strömte und auf seine Zunge floss, durchlief ihn eine so tiefe Freude wie nie zuvor. Er musste ihr sehr viel bedeuten, wenn sie das für ihn tat. Und sie schmeckte so verdammt gut.

Plötzlich zogen seine Muskeln sich zusammen, und die Lust explodierte. Ein heftiger Orgasmus überrollte ihn.

Vivienne hörte ihn keuchen. Heaths Stöhnen war das erotischste Geräusch, das sie sich vorstellen konnte. So tief und rau und verführerisch. Sie hatte nicht geahnt, wie wunderbar es sich anfühlen würde, ihr Blut mit ihm zu teilen.

Es war ein so wohliges und sinnliches Gefühl. Heath ruhte auf dem Boden, und sie legte sich daneben und kuschelte sich an ihn. Dabei spürte sie, wie die Wärme seinen Körper durchlief.

Plötzlich zuckten seine Hüften. Er ächzte, tief und heiser. Gütiger Himmel, er war gekommen, während er ihr Blut trank.

Und sie war ebenfalls einem Orgasmus nah. Bereit, im nächsten Augenblick in den Abgrund zu stürzen. Es brauchte nur noch einen winzigen Auslöser …

Er saugte ein wenig stärker an ihrem Handgelenk. Er kniff durch den Stoff ihres Kleids in ihren Nippeln. Dann schob er ihre Röcke hoch, und seine Finger tauchten tief in ihre klatschnasse Öffnung.

Ihr Höhepunkt war so plötzlich da wie die Sonne, die sich über den Horizont erhebt und die Welt in ihrem Licht badet. Sie glühte ganz tief innen. Heiß und funkelnd. Sie keuchte seinen Namen. Herzerweichende, wunderbare Lust durchlief sie. Sie ließ sich gegen ihn sinken, und ihre Herzen schlugen Seite an Seite.

Heath stemmte sich vom Boden hoch und versuchte aufzustehen. Seine Beine zitterten. Vivienne half ihm. Sie legte die Arme um seine Taille und hielt seine Hand fest. Zum Teufel, nicht einmal seiner Frau hatte er erlaubt, solche Dinge zu tun. Niemals hatte er Schwäche oder Verwundbarkeit gezeigt.

„Es geht mir gut", murmelte er. Er wollte nicht, dass sie sich irgendeinen Schaden zufügte, während sie versuchte, sein Gewicht auszuhalten. „Meine Kraft kehrt zurück." Die wilden erotischen Fantasien, die er ersonnen hatte, quälten ihn. Er wollte jede einzelne davon mit ihr erleben, sofort.

Das darfst du nicht, du Idiot. Vergiss das nicht.

„Was sollen wir nun tun? Wir können bei Tageslicht nicht zurück in Dimitris Haus fahren, nicht wahr?"

„Es ist zu gefährlich für dich, hier bei mir zu bleiben, meine Blume. Fahr zurück zu Dimitri und warte dort. Bei Sarah."

„Ich habe Sarah eine Nachricht hinterlassen. Und ich werde dich wieder zurückbringen." Sie runzelte die Stirn. „Dimitri war mitten am Tag wach. Ebenso der Vampirbibliothekar Guidon. Wie können sie den Tag überleben?"

Ein bitteres Lächeln legte sich auf seine Lippen. „Weil es nicht nur nachts Albträume gibt."

„Was bedeutet das? Ich bin hierher geeilt, um dich zu retten, und ich will mehr als nichtssagende Antworten von dir."

Er zuckte zurück. Vivienne war völlig anders als Ariadne, seine Frau, die ihm niemals energisch gegenübergetreten war. „Du hast recht, Liebste. Ich schulde dir mehr als das. Aber es ist eine sehr lange Erklärung."

Sie seufzte. „Offensichtlich haben wir eine Menge Zeit."

Der Staub am Boden des Lagerhauses hatte Viviennes dunkelgrünen Mantel dort beschmutzt, wo sie neben ihm gelegen hatte. Ihre Haare fielen in wirren Wellen über ihren Rücken. Er verdankte ihr alles. Das war die reine Wahrheit, oder etwa nicht? Sie hatte seinen verdammten Hintern gerettet. Nicht nur indem sie hier aufgetaucht war und ihm ihr Blut zu trinken gegeben hatte.

Sie hatte sein Leben gerettet, indem sie ihm etwas gab, wofür es sich zu leben lohnte.

„Ich bin seit zehn Jahren Vampir, aber es gibt immer noch viele Dinge, die ich nicht weiß. Mein Meister hat mir nichts darüber erzählt, wie man als Vampir lebt und überlebt. Als ich nach England zurückkehrte, fand Dimitri mich, bevor Vampirjäger mir einen Pflock durchs Herz treiben konnten, und nahm mich mit in sein Haus. Er erklärte mir die Hierarchie innerhalb der Vampirgesellschaft."

„Gibt es wirklich Vampirjäger? Menschen, die Vampire töten?"

„Ja, Liebste. Es gibt eine Königliche Gesellschaft, die gegründet wurde, um sich mit dieser Aufgabe zu befassen."

Sie erschauderte. „Wie funktioniert die Welt der Vampire? Ist der Rat eine Art Regierung?"

„Die Ratsversammlung steht nicht an der Spitze unserer Gesellschaft, obwohl sie gern so tun, als ob es so wäre. Die Ratsmitglieder versuchen, Macht über die anderen Vampire zu gewinnen und sie zu kontrollieren. Der Rat hat sechs Mitglieder, und sie haben sich selbst Magie und die schwarzen Künste gelehrt. Dimitri ist jedoch ein wirklich mächtiger Vampir, einer der ältesten. Dimitri und Guidon sind zwei der sechs ältesten Vampire. Diese Vampire entstanden bei der Vereinigung eines Engels mit einem Dämon."

„Also müssen doch diese sechs ältesten Vampire auch die mächtigsten sein?"

„Nein. Sie sind einfach nur die Ältesten. Die Vampire haben sich weiterentwickelt."

„Weiterentwickelt?" Sie sah ihn fragend an.

„Alle Kreaturen tun das. Ich weiß, dass die englischen Naturforscher diese Feststellung als Sakrileg betrachten, aber es ist die Wahrheit. Das entdeckte ich, als ich noch ein Mensch war und die Welt bereiste. Das ist auch der Grund, aus dem Vampire schon so lange überleben. Wenn ein Vampir einen neuen Vampir erschafft, gleichen sie sich nicht in allen Dingen. Wenn du und ich zum Beispiel in Kind bekämen, hätte unser Baby zwar von uns beiden etwas, wäre aber doch ein vollkommen neues Wesen."

Er bemerkte, dass ihr bei seinen Worten der Atem stockte. Er hatte es als Beispiel benutzt, doch nun fuhr ihm der Gedanke durch Mark und Bein. Ein Kind … mit Vivienne.

Nein. Er hatte ein Kind gehabt. Es würde nie wieder passieren. Und das nicht nur, weil er nicht noch einmal mit Vivi schlafen durfte.

„Die Vampirgesellschaft wird normalerweise von den Vampirköniginnen geführt. Aus diesem Grund wurde der Rat gegründet. Einige männliche Vampire wollten nicht von Frauen regiert werden."

„Natürlich nicht. Männer wollen Frauen beherrschen", stellte sie fest.

„Niemand kann die Königinnen beherrschen. Dazu sind sie viel zu mächtig."

„Aber sie lassen den Rat weiter bestehen?"

„Ich nehme an, sie lassen den Rat bestehen, weil er für sie einem bestimmten Zweck dient. Die Königinnen können die Ratsmitglieder gegeneinander aufhetzen und so erreichen, was sie wollen."

„Das erinnert daran, wie die englische Gesellschaft funktioniert", erklärte sie nachdenklich. „Die adligen Damen haben eine gewisse Macht, die Lords aber auch. Und alle kämpfen die ganze Zeit gegeneinander, um ihre Ziele zu erreichen." Er sah, wie die Erkenntnis sie traf. „Und das ist nun meine Welt, die Welt der Vampire? Aber ich bin kein Vampir? Und ich bin keine Sterbliche? Gehöre ich überhaupt irgendwohin?"

Zu mir. Er sehnte sich danach, ihr das zu sagen. Aber es stimmte nicht.

Sein Rücken begann zu brennen. War ein Sonnenstrahl hierher in den tiefen Schatten gefallen?

„O Gott, dein Rücken blutet wieder. Ich verstehe nicht …" Sie strich mit der Hand sanft darüber, aber er zuckte zusammen. Es fühlte sich an, als würde seine Haut in Flammen stehen.

„Du brauchst mehr Blut, Heath."

Im nächsten Augenblick war ihr süßes Handgelenk an seinen Lippen. Er bohrte seine Zähne hinein, hörte ihren leisen Schmerzensschrei, dann sank sie entspannt gegen seine Schulter. Er trank. Doch der Schmerz ließ nicht nach, seine Wunden heilten nicht.

Er wollte mehr von ihrem Blut. Mehr von dem herrlichen Geschmack.

„Heath?“ Sie versuchte, ihm ihr Handgelenk zu entziehen.

Nein, er konnte sie nicht loslassen.

„Heath, hör auf!“ Sie drückte gegen seinen Kiefer, aber er löste ihn nicht. Sie versuchte, seinen Mund zu öffnen, aber er schloss ihn nur fester um ihr Gelenk. *Sie gehörte ihm. Er würde sie niemals loslassen. Und er würde jeden Tropfen ihres Bluts trinken …*

Vivienne schlug mit der freien Hand nach ihm, aber sie hatte keine Kraft. Da dämmerte ihm die Erkenntnis. Er war dabei, sie zu *töten.* Aber er konnte nicht aufhören. Seine Instinkte befahlen ihm, seine Eckzähne noch tiefer in ihr Fleisch zu bohren und all ihr Blut zu nehmen. Seine Kiefer würden sich vorher nicht lösen.

In Panik bohrte er einen seiner Finger in sein Auge, und der scharfe Schmerz brach den Bann. Sie sackte zusammen und fiel zu Boden, aber er war schnell genug und fing sie in seinen Armen auf.

Heath hielt sie umschlungen. Fassungslos. Entsetzt. Sein Hochmut hatte seiner Frau das Leben gekostet, und jetzt hatte er etwas noch Schlimmeres getan. Beinah hätte er Vivienne getötet, nachdem sie ihn gerettet hatte.

Und nun war sie so schwach. Er leckte über ihr Handgelenk, obwohl er sich fürchtete, es zu tun, aber er musste die Wunde versiegeln.

Der Geschmack ihres Bluts überwältigte ihn dieses Mal nicht, und nachdem er rasch mit der Zunge über die Wunde gefahren war, hörte sie auf zu bluten. Aber ihr Gesicht war kreidebleich, und ihre Lippen von einem rötlichen Blau. Sie schwebte in großer Gefahr.

Hier konnten sie nicht bleiben. Sie durfte nicht auf dem staubigen, feuchten Boden des Lagerhauses liegen, bis die Dämmerung kam. Sie brauchte Wasser und Essen, sie musste in einem ordentlichen Bett liegen und dort wieder zu Kräften kommen.

Er musste sie in eine Mietdroschke setzen und zurück zu Dimitri schicken.

Nein, das durfte er nicht, wenn sie bewusstlos war. Dann bestand die Gefahr, dass sie entführt oder vergewaltigt wurde.

Er musste sie selbst dorthin bringen, aber der Weg zu Dimitris Haus am Fluss war viel zu weit. Er konnte sich in seinem eigenen Stadthaus in Mayfair um Vivi kümmern. Sein zerrissener Umhang würde ihn vor dem Sonnenlicht schützen.

Es war nicht so, dass er seinen eigenen verdammten Hintern retten wollte. Es war jedoch seine Pflicht, am Leben zu bleiben, um Vivi zu helfen, und dann mit Sarahs Heilung fortzufahren.

Vorausgesetzt, Vivienne ließ ihn nach dem, was eben geschehen war, überhaupt noch einmal in Sarahs Nähe.

13. KAPITEL

Ihr Blut strömte aus ihr heraus. Ihr war schwindelig. Panische Angst stieg in ihr auf. Sie schlug ihn, kratzte ihn, schrie ihn an, aber er reagierte nicht. Sie starb, und ihm war es egal. Er hörte einfach nicht auf. Alles, was er wollte – was er jemals gewollt hatte – war ihr Blut …

Vivienne fuhr im Bett hoch. Das Laken rutschte von ihrer Brust, und sie stellte fest, dass sie ihr grünes Kleid trug. Es war voll Schmutz und Staub. Sie hatte auch noch ihre Schuhe an, als hätte jemand sie in größter Eile ins Bett gelegt. Von irgendwoher kamen drei leise Schläge einer Uhr, und Sonnenschein drang durch einen Spalt in den geschlossenen Vorhängen. Wo war sie?

Dann entdeckte sie kleine rote Wundmale an ihrem Handgelenk. Ihr Traum war kein Traum gewesen. Es war wirklich geschehen.

Sie strich ihr wirres Haar zurück und versuchte, sich zu erinnern. Sie wusste noch, dass sie Heaths Stimme in ihrem Kopf gehört hatte und ihr in ein Lagerhaus gefolgt war. In einen Raum, in dem es rasch immer heller wurde. Dann hatte sie ihm ihr Blut angeboten, um ihn zu retten, und er hatte nicht aufgehört zu trinken. Sie hatte sich gewehrt, aber er war viel zu stark. Fast hätte er sie getötet. Der einzige Mann, von dem sie geglaubt hatte, sie könne ihm vertrauen.

Bei diesem Gedanken wurde ihr übel. Und ihr Herz tat weh.

Aber er war ein Vampir. So sehr sie auch versucht hatte, diese Tatsache zu ignorieren, es war nun einmal so. Er hatte ihr Blut geschmeckt und die Beherrschung verloren … Vivienne stieg aus dem Bett. *Denk an die Dinge, die jetzt getan werden müssen.* Während sie die nutzlosen Tränen fortblinzelte, machte sie sich daran, festzustellen, wo sie war. Dies war kein Zimmer in Dimitris Haus. Wenn sie eine Gefangene des Vampirrats gewesen wäre, hätte man sie in eine Zelle gebracht. Es blieb nur noch Heaths Zuhause übrig – sie musste in seinem Haus sein.

Anders als in Dimitris Haus herrschte hier tagsüber keine Totenstille. Vivienne trat hinaus auf den Flur. Ein Hausmädchen mit einem Staubwedel hastete den Korridor entlang. „Warten Sie."

Das Mädchen wandte sich um. Ihre braunen Augen waren weit aufgerissen, und sie versank in einem Knicks. „Oh, Ma'am, ich wusste nicht, dass Sie wach sind. Wünschen Sie ...?"

„Lord Blackmoor. Wissen Sie, wo er sich aufhält?"

„In der Bibliothek nehme ich an, Ma'am."

Und dort fand sie ihn. Sein Krawattenknoten war gelöst, und er trug immer noch seine zerrissenen, blutgetränkten Kleider. Mit leerem Blick starrte er hinunter auf seine dreckigen Stiefel.

„Vivi? Geht es dir gut?"

Der Schmerz in seinen silbrig grünen Augen überraschte sie. Nie zuvor hatte ein Mann sie angesehen, als sei er bereit, sich sein Herz für sie aus der Brust zu schneiden. Sie fand keine Worte – also nickte sie.

Wie ein dahinhuschender Schatten sprang er von seinem Stuhl auf und durchquerte das Zimmer. Er ließ sich vor ihr auf die Knie fallen. „Vivi, es tut mir so leid." Seine raue Stimme klang verzweifelt. „Ich weiß nicht, wie das geschehen konnte."

„Du bist ein Vampir. Du trinkst Blut. Mir ist klar, dass es nicht deine Schuld war."

Durch das Kleid küsste er ihren Bauch und schaute dabei zu ihr auf. Er sah so ängstlich, so verletzlich aus. „Das ist mir noch nie passiert. Ich habe vorher noch nie die Kontrolle verloren."

„Es ist der Beweis", erwiderte sie mit ausdrucksloser Stimme. „Der Beweis, dass wir nicht dafür bestimmt sind, zusammen zu sein. Ich führe dich in Versuchung und du mich. Es ist für uns beide der reine Wahnsinn."

Er senkte den Kopf. Dann beugte er sich vor und drückte durch ihre Röcke einen Kuss auf ihren Schoß.

„Heath!", keuchte sie.

„Ich verspreche dir, es wird nie wieder geschehen. Und vorerst müssen wir zusammen sein, Liebste. Ich muss auf Sarah und auf dich aufpassen."

Sie legte ihre Hände auf seine breiten Schultern. Ihre Warnglocken meldeten sich schrill und unüberhörbar. *Er ist ein Vampir – es musste so enden. Es wird ein noch schrecklicheres Ende nehmen, mit dir als Opfer, wenn du nicht davonläufst, so schnell du kannst.* In der Vergangenheit hatten Vorsicht und Angst ihr Überleben gesichert.

Doch sie ließ sich niedersinken, bis sie auf dem Teppich vor ihm kniete. Ihm blieb nur ein winziger Moment, erstaunt auszusehen, bevor sie ihn küsste. Es war ein lustvoller Kuss mit offenem Mund, bei dem sie ihre Lippen liebevoll über seine gleiten ließ und ihre Zunge mit seiner verschlang. Sie schenkte ihm einen langen, heißen, sinnlichen Kuss, der Vertrauen versprach.

Er erhob sich, nahm ihre Hand und half ihr ebenfalls auf die Füße. Und sie sah in seinen Augen Hoffnung leuchten.

Dann bemerkte sie die Bücher, die geöffnet auf dem langen Tisch lagen, welcher die Mitte der Bibliothek einnahm. In einem von ihnen war eine Seite mit einem Kupferstich aufgeschlagen. Sie runzelte die Stirn und nahm das Buch in die Hand, um sich das Bild anzusehen. Es zeigte einen Männerkörper mit dem hässlichen Gesicht eines Gargoyles, langen Eckzähnen und riesigen Flügeln, an deren Spitzen lange weiße Krallen wuchsen. Klauen bogen sich an Händen und Füßen der Bestie. „*So etwas* hat dich angegriffen?"

„Ja." Um seine Lippen spielte wahr und wahrhaftig ein Lächeln.

Sie presste die Hand vor den Mund, um das Zittern unter Kontrolle zu bringen, das drohte, sie in Pudding zu verwandeln. „Wie hast du *das* besiegt?"

Er stellte sich neben sie, schlang den Arm um ihre Taille und zog sie an sich, sodass ihr Rücken an seiner Brust ruhte. „Mit deiner Hilfe, Liebste."

„Ich war nicht mal dort."

„Du gabst mir die Entschlossenheit, zu gewinnen. Um ihn zu vernichten, lockte ich ihn unter einen schweren Eisenhaken mit einer Kette daran und ließ den Haken auf seinen Kopf krachen."

„Gütiger Himmel! Bist du wirklich zu Guidon gegangen, um die Wahrheit über mich herauszufinden?" Der Geschichtsschreiber der Vampire hatte ihr nur erlaubt, seinen Laden zu verlassen, weil sie ihm versprochen hatte, zurückzukommen und ihm zu sagen, wer ihr Vater war.

„Ich hatte viele Fragen an ihn, doch ja, ich wollte vor allem die Wahrheit über dich in Erfahrung bringen."

„Warum?"

„Warum?" Er zog die Brauen zusammen. „Was für eine Frage, Vivi. Warum denkst du denn? Deine gesamte Existenz hat sich innerhalb weniger Tage geändert. Du hast Angst, und der Rat verfolgt dich. Wie soll ich dich schützen, wenn ich nicht weiß, worum es eigentlich geht?"

Ein energisches Klopfen kam von der Tür. Dann öffnete sie sich knarrend, und ein schlanker Mann betrat die Bibliothek. Er trug gestärkte weiße Ärmel, eine Weste in Flaschengrün und schwarze Hosen. Seine schwarzen Haare waren gelockt. Er sah aus wie ein dünnerer Lord Byron.

„Mein Kammerdiener", erklärte Heath. „Hensworth."

Der Mann klatschte in die Hände, und Hausmädchen eilten herein. Sie brachten Handtücher, Schüsseln mit Wasser und ein Silbertablett mit einigen Metallgegenständen darauf.

„Es hat keinen Sinn, zu versuchen, die Wunden zu nähen", brummte Heath. „Das habe ich Ihnen doch schon gesagt."

Sein Rücken? Plötzlich drang seine Stimme in ihren Gedanken ein. *Sie haben sich vor Kurzem wieder geöffnet. Es blutet nicht stark, aber die Wunden heilen einfach nicht.*

„Ich kann nicht zulassen, dass Sie den ganzen Tag bluten, Mylord." Hensworth schnippte mit den Fingern, und das Tablett mit den scharfen Instrumenten darauf wurde ihm gebracht. „Verdammt", murmelte der Diener. „Da ist kein Faden. Ich glaube, was ich brauche, ist im Naturwissenschaftsraum ..."

„Lassen Sie es da", unterbrach Heath ihn in scharfem Ton. „Ich brauche keinen Faden."

„Der Naturwissenschaftsraum?", echote Vivienne.

„Dort darf niemand hinein." Heaths Stimme war kalt und energisch. „Die Tür bleibt verschlossen."

„Blödsinn." Sie eilte zu den beiden Männern. „Wir müssen uns um die Wunden kümmern." Sie wusste nicht, wie weit sein Diener eingeweiht war. Also musste sie vorsichtig sein. „Wir werden den Faden holen, die Wunden säubern und sie nähen."

„Vivi …"

„So wird es gemacht und nicht anders! Ich werde nicht zulassen, dass du dich zu Tode blutest, wenn wir versuchen können, es zu stoppen." Sie machte eine Handbewegung in Richtung des kleinen eleganten Dieners. „Haben Sie die Schlüssel zu dem Zimmer? Führen Sie mich dorthin." Vivienne wandte sich an Heath. Sie konnte nicht einfach dastehen und nichts tun. „Lass es mich versuchen."

Heath ließ seine Hand in ihre gleiten. „In Ordnung, meine Blume."

Hensworth zog die Brauen hoch, drehte sich auf dem Absatz um und ging voraus. Heath befürchtete, er würde das hier später bereuen, als Vivis Griff fester wurde und sie ihn zu dem Zimmer führte, in dem er seit Ariadnes und Merediths Tod nicht mehr gewesen war.

Hensworth zog den Schlüssel hervor und öffnete die Tür. Das Zimmer sah fast genau so aus, wie Heath es vor zehn Jahren verlassen hatte. Auf dem Rost im Kamin lag noch die Asche. Das war alles, was von dem Buch geblieben war, an dem er damals gearbeitet hatte. Er hatte es Seite für Seite verbrannt.

Spinnweben hingen von den Wänden und der Decke und umgaben den Schreibtisch. Der Boden war mit Büchern übersät. Er hatte jede Ausgabe der Bücher, die er geschrieben hatte, aus der Bibliothek geholt und in dieses Zimmer geworfen. Sein Plan war gewesen, sie alle zu zerreißen und ins Feuer zu werfen.

Vivi drehte sich langsam im Kreis und nahm das Bild der Verwüstung in sich auf. „Was ist hier drinnen passiert?"

„Das habe ich gemacht.“ Er deutete auf die Regale. Dort waren ausgestopfte Vögel in Reih und Glied aufgestellt. „Wenn du Instrumente brauchst – der Koffer steht dort drüben.“ Er hatte die Skalpelle seit mehr als zehn Jahren nicht mehr angefasst. Aber er hatte sie immer mit äußerster Sorgfalt behandelt. Sie würden in ihren samtbezogenen Halterungen stecken, allesamt rasiermesserscharf und sauber. „Darin sollte auch Garn sein.“

Vivi kauerte vor einem Berg aus zerrissenen Büchern und zerfetztem Papier. Sie nahm vorsichtig einen Band hoch. „Du bist der Autor dieses Buches.“ Ihre blauen Augen funkelten erstaunt.

„Sie sind alle von mir. Ich habe sechs Bücher über die Flora und Fauna geschrieben, die ich auf meinen Fahrten durch die Welt vorgefunden habe. Ich war mehr als zehn Jahre auf Reisen.“

„Warum hast du deine Arbeit zerstört?“

„Weil sie das Einzige war, das mir etwas bedeutet hat.“ Er ging zu dem Bücherstapel auf dem Schreibtisch. Er musste ihr zeigen, wie er gewesen war. Was für ein arroganter, umtriebiger Dummkopf, der seine Familie völlig gefühllos weggestoßen und verletzt hatte. Man konnte kaum sagen, ob er damals das schrecklichere Ungeheuer gewesen war oder heute.

Vivi bewegte sich auf ihn zu, und ihre Röcke raschelten um ihre Beine. Als sie die Hände auf seine Brust legte, zuckte er zusammen, weil er erwartete, dass sie ihn wegstoßen würde. Stattdessen sagte sie mit fester Stimme: „Setz dich mit dem Rücken zu mir hin. Ich muss dieses Hemd von deinem Rücken lösen, und ich will dir nicht wehtun.“

„Mach dir keine Gedanken darüber, ob du mir Schmerzen bereitest.“ Schließlich und endlich hatte er sie verdient. Und so tat er, worum sie ihn gebeten hatte: Er wandte ihr den Rücken zu und setzte sich mit gespreizten Beinen mit dem Gesicht zur Lehne auf einen einfachen Holzstuhl.

„Ich sollte mich um ihn kümmern, Madam“, erklärte Hensworth hinter ihm.

„Blödsinn“, erklärte sie schnell. „Aber Sie können mir eine Schere besorgen.“

„Ich sollte wenigstens die Vorhänge öffnen, Madam. In diesem diffusen Licht können Sie nicht arbeiten."

„Nein", bellte Heath, aber Vivi übertönte ihn. Mit sanfter, unnachgiebiger Stimme sagte sie: „Nein, vielen Dank, Hensworth. Es wird so gehen. Meine Augen haben sich schon daran gewöhnt."

Vorsichtig schnitt Vivi sein Hemd entzwei und zog das feine Leinen in Streifen von seinem Rücken ab. Wasser floss plätschernd in die Schüssel, die Hensworth neben ihn gestellt hatte. Heath stieß den Atem zischend durch die Zähne aus, als ein feuchtes Tuch über sein wundes Fleisch glitt.

„Am wichtigsten ist es, die wunden Stellen gründlich zu waschen", erklärte Vivi. „Wir müssen dafür sorgen, dass keine Fasern von deinem Hemd mehr zurückbleiben. Die Infektionen, die im Anschluss an Verletzungen auftreten, sind normalerweise viel gefährlicher als die Wunden selbst." Sie klang sicher und überzeugend.

Zu Heaths Erstaunen äußerte Hensworth nicht mehr als einen leisen Laut der Zustimmung. Normalerweise war es unmöglich, den Mann zum Schweigen zu bringen. Aber woher wusste sie das alles?

Etwas Kaltes bohrte sich tief und fest in die Wunden. „Gütiger Himmel!", stieß er hervor.

„Es tut mir leid, Heath. Aber in den offenen Stellen war Dreck. Es ist ... schwer zu erkennen."

Er knirschte mit den Zähnen, während sie weitermachte. Er wusste, es war einfacher für sie, wenn er sich nicht bewegte. Und es war besser für ihn, wenn er nicht aufschrie und sie erschreckte. Aber ihm war auch klar, weshalb er in Wahrheit keinen Laut ausstieß und vollkommen ruhig blieb. Es war sein Stolz, sein verdammter Stolz, der ihn um alles gebracht hatte, was ihm wichtig gewesen war. Dieser Stolz sorgte jetzt dafür, dass er verzweifelt die Lippen aufeinanderpresste.

„Und jetzt nähen wir die Wunden."

Er wandte sich halb um. Sie hielt eine Nadel in der erhobenen Hand. Im Halbdunkel starrte sie mit zusammengekniffenen Augen das Nadelöhr an, während sie flink das Garn einfädelte. Er schloss die Augen und stützte sein Kinn auf die Hände.

Ihre Hand ruhte fest auf seiner Schulter. „Du wirst einen Stich spüren, Heath."

Zunächst einmal fühlte er ein Prickeln in seinem Schwanz, als sie ihn berührte. Dann spürte er einen kurzen, scharfen Schmerz, der sich in seine Haut bohrte, gefolgt von einem langen Ziehen. Er nahm wahr, wie der Faden durch die Ränder seiner Wunde glitt. Ein weiterer Stich folgte, und ihre Finger schoben geschickt die Nadel durch seine Haut. Er hatte seine Hände zu Fäusten geballt. Schweiß perlte von seiner Stirn. Normalerweise reagierte er kaum auf Schmerz; er konnte viel ertragen.

„Warum hast du deine ganze Arbeit zerstört?", erkundigte sie sich mit leiser Stimme „Sag es mir. Du musst immer noch wütend sein, denn du hast dieses Zimmer abgeschlossen und es nie wieder betreten. Jetzt ist es voll Spinnweben und Staub.

Er hatte beschlossen, dass er ihr die Wahrheit schuldete. Nun musste er aushalten, sie ihr zu sagen. „All das hier", er umfasste das ganze Zimmer mit einer Handbewegung, „und mein dummer, hochmütiger Stolz sind schuld daran, dass ich meine Frau und mein Kind verloren habe." Er stockte. „Ich brauche Sie nicht mehr, Hensworth. Miss Dare wird zweifellos allein zurechtkommen."

„Sehr wohl, Mylord." Hensworth verschwand.

„Was ist ihnen zugestoßen, Heath?"

Wo sollte er anfangen? „Ariadne ertrank bei einem Unfall mit der Kutsche, den ich verursacht habe. Meredith, meine neunjährige Tochter, starb später." Er schloss die Augen, während seine Erinnerungen dunkel über ihn hereinbrachen.

Er sah vor sich, wie er verzweifelt durch das trübe Wasser auf Meredith zu schwamm. Sie trieb unter der Wasseroberfläche dahin, und ihr Kleid wirbelte um sie herum. Er hatte sie in seine Arme gerissen und zum Flussufer getragen …

„Ich bin sicher", erklärte Vivienne mit sanfter Stimme, „dass du nicht schuld an dem Unfall warst. Ich kenne dich, Heath. Ich bin sicher, du hast versucht, das Unglück zu verhindern."

„Es war ganz allein meine Schuld", widersprach er in barschem Ton. „Ich hielt die Zügel der Kutsche in der Hand. Mein Stolz trieb mich, mit höchster Geschwindigkeit nach London zu reisen. Ich wollte die Stadt unbedingt vor Einbruch der Dunkelheit erreichen, um an einem Treffen der Königlichen Geographischen Gesellschaft teilnehmen zu können. Einer meiner Konkurrenten, Lord Crawley, sollte am nächsten Tag die Ergebnisse einer Untersuchung vorstellen. Es ging um dasselbe Thema, mit dem auch ich mich beschäftigte, eine Studie zu den Ursachen für Malariaausbrüche auf dem afrikanischen Kontinent. Ich war besessen von dem Wahn, meine Arbeit als Erster zu präsentieren. Schließlich hatte ich mich vier Jahre damit beschäftigt und einen Großteil dieser Zeit an der Küste Afrikas verbracht, weit fort von meiner Familie. Durch meine Arbeit war ich jahrelang von Ariadne getrennt gewesen. Meredith hatte ich den größten Teil ihres Lebens nicht gesehen. Für meine eigene Tochter war ich ein Fremder, und ich war so ein verdammter Idiot, dass ich nicht bemerkte, wie dumm mein Verhalten war. An jenem Tag hatte ich vorgehabt, so rasch wie möglich nach London zu reisen, allein. Doch Ariadne bestand darauf, dass sie mich begleiten wollten. Ich verbot es, doch als ich zur Kutsche kam, saßen sie beide darin und warteten auf mich. Das rebellische Verhalten meiner Frau machte mich wütend. Ich glaubte, keine Zeit zu haben, mich mit ihr zu streiten, und fuhr in rasender Geschwindigkeit los. Zornig und in größter Eile war ich viel zu waghalsig. Ich verhielt mich wie die meisten englischen Edelleute: Ich sah nur das, was ich sehen wollte. Jedenfalls bemerkte ich den Bauernkarren nicht, der von einem Feld auf die Straße zuckelte, als ich über eine schmale Brücke raste."

Vivienne hatte bereits die Hälfte seiner Wunden genäht. Seine Geschichte lenkte ihn von den Schmerzen ab, doch er fügte damit ihrem Herzen Schmerzen zu.

„Ich zerrte an den Zügeln, damit die Pferde langsamer wurden.

Selbst in diesem Moment war ich so verdammt hochmütig, dass ich die Gefahr nicht sah. Ich war wütend wegen der kostbaren Zeit, die ich verlor. Aber als die Pferde sich aufbäumten und die Kutsche sich zur rechten Seite neigte, bemerkte ich, dass die Brücke unter uns zusammenbrach. Heftiger Regen hatte den Fluss in einen reißenden Strom verwandelt und das Flussbett ausgewaschen. Die Pfosten der alten Brücke gaben unter uns nach, und die Kutsche stürzte ins Wasser."

Seine Stimme klang schrecklich hohl und ausdruckslos. Mit zitternden Händen fädelte Vivienne neues Garn ein.

„Ich erinnere mich, wie schrecklich kalt das Wasser war. Die Kutsche war seitlich hineingekippt und sank dem Grund des Flusses entgegen. Aber die Strömung war stark. Sie warf uns gegen Felsen, und der Wagen begann, auseinanderzubrechen. Ich war vom Kutschbock ins Wasser gestürzt und versuchte schwimmend, die Tür zu erreichen, aber die Wellen rissen mich mit. Glücklicherweise wurde ich erneut gegen einen Felsen geschleudert und konnte mich daran festklammern, bevor die Strömung mich forttrug. Es gelang mir, das Dach der Kutsche zu packen. Mit meinen Stiefeln trat ich die Scheibe in der Tür ein. Dann griff ich ins Innere und zog Meredith heraus. In der Kutsche war noch Luft, doch als ich das Fenster einschlug, strömte Wasser hinein. Ich wusste nicht, ob Ariadne noch am Leben war."

Vivienne blieb stumm. Sie wusste, dass er seine ganz private Hölle noch einmal durchlebte, und sie hatte Angst, er würde aufhören zu reden, wenn sie etwas sagte.

„Ich kämpfte mich durch die Fluten, während ich mit einem Arm Meredith an meine Brust drückte. Fast hätte die Strömung sie von mir fortgerissen, aber es gelang mir, das Land zu erreichen und sie ans Ufer zu tragen. Dann befürchtete ich, das Wasser könnte sie wieder in den Fluss ziehen, so zog ich sie noch weiter von dem reißenden Strom weg. Ich zog meinen Mantel aus, obwohl er klatschnass war, und deckte sie damit zu. Schließlich sprang ich wieder ins Wasser, um Ariadne herauszuholen ..."

Er stockte und erschauderte. „Noch bevor ich untertauchen

konnte, hörte ich das schreckliche Geräusch. Das zersplitternde Holz. Das Wasser schleuderte die Kutsche wieder und wieder gegen die Felsen und machte sie zu Kleinholz. Ich ließ mich von der Strömung zu den Felsen tragen, doch einzelne Teile der Kutsche schossen flussabwärts. Ich glaubte ... Ich glaubte, Ariadnes Hand zu sehen, die sich nach mir ausstreckte. Wie ein Verrückter schwamm ich, während mein Körper mit den Wellen immer wieder aufs Neue gegen die Felsen gedrückt wurde. Ich kam zu spät. Schließlich hörte ich auf zu kämpfen und ließ mich vom Wasser mitreißen. Ich betete, dass es mich dorthin trug, wo es Ariadne hingespült hatte. Doch das geschah nicht. Minuten später waren meine Glieder taub vor Kälte. Es gelang mir, aus dem Wasser zu kriechen und zu Meredith zurückzukehren, aber ich war krank vor Sorge um Ariadne."

Sanft streichelte sie Heaths Schultern. Er senkte den Kopf. „Meine Tochter war mittlerweile umringt von Menschen. Der Bauer hatte seinen Karren angehalten und Hilfe geholt. Ein Kutscher, Gott segne ihn, hatte eine pelzgefütterte Decke aus seiner Kutsche gebracht. Verzweifelt wickelte ich Meredith hinein. Ich wusste nicht, was ich tun sollte. Mir war klar, dass sie Wärme und ein Dach über dem Kopf brauchte, aber ich musste weiter nach Ariadne suchen. Schließlich blieb mir nichts anderes übrig, als zuzulassen, dass Fremde sich um sie kümmerten, damit ich weiter nach meiner Frau Ausschau halten konnte.

Als es dunkel wurde, zogen einige Männer mich mit Gewalt vom Flussufer fort. Sie sagten mir, es sei hoffnungslos und brachten mich in ein Gasthaus. Ich fand heraus, dass man auch Meredith dorthin geschafft hatte. Sie lag in einem der Zimmer und war schrecklich blass. Die ganze Nacht saß ich neben ihrem Bett. Doch als die Morgendämmerung kam, war sie nicht mehr kalt. Sie glühte wie Feuer und zitterte gleichzeitig. Sie sah so aus wie die Menschen, die ich an Malaria hatte sterben sehen. Sie hatte einen Anfall. Dann ... dann war sie tot. Sie hörte auf zu atmen."

Heath schloss die Augen. „Sie haben beide durch meine

Schuld ihr Leben verloren. Wegen meines Hochmuts. Meines blinden, alles zerfressenden Ehrgeizes, der Beste zu sein. Meiner Weigerung, mich auch einmal geschlagen zu geben. Ich bin nie wieder auf meinen Landsitz zurückgekehrt. Stattdessen kaufte ich ein verlassenes Haus im Moor. Dennoch wurde ich unablässig von meinen Erinnerungen verfolgt. Jahrelang hatte ich meine Frau und mein Kind ignoriert, und nachdem ich sie verloren hatte, wurde jede der kostbaren Erinnerungen, die mir geblieben waren, zur Qual. Ich verbrannte die Unterlagen, aus denen mein neues Buch entstehen sollte, und schwor mir, nie wieder etwas zu schreiben. Alkohol betäubte den Schmerz und ließ die Erinnerungen verblassen. Schließlich verließ ich England und reiste auf den Kontinent."

Sie gab sich große Mühe, sich auf das Nähen zu konzentrieren und sehr sorgfältig zu arbeiten. Schon Dutzende von Malen musste sie ihm schrecklich wehgetan haben, aber er zuckte nicht ein Mal zusammen. „Und dort wurdest du gebissen und in einen Vampir verwandelt."

„Ich wusste, wenn ich mir selbst das Leben nahm, hatte ich keine Chance, meine Familie wiederzusehen. Ariadne und Meredith sind im Himmel. Ich war mir sicher, dass meine Tochter zu mir herunterblickte und mich hasste."

Nun war die letzte Wunde mit Garn verschlossen. Vivienne streichelte seinen herrlich geformten Rücken, der nun einem Flickwerk aus schwarzem Zwirn und rohem Fleisch glich. „Du hast versucht, ihr das Leben zu retten, Heath."

Er zuckte mit den Schultern, als wollte er ihre tröstenden Worte abschütteln. Langsam erhob er sich, und sie schnappte nach Luft. Nie zuvor hatte sie im Gesicht eines Mannes so tiefe Verzweiflung gesehen. Der schöne Mund war zu einem höhnischen Lächeln verzogen. Seine Augen brannten wie glimmende Kohle.

„Ich fuhr in die Karpaten, weil ich ein selbstsüchtiger Mann war. Ich floh vor der Verantwortung für meine Besitztümer, vor Kummer und Schuld. Und als es außer Sibirien keinen Ort mehr gab, wohin ich noch hätte fliehen können, versuchte ich auf den Grund einer Flasche zu tauchen. Ich war so verdammt betrunken, dass ich auf der gefrorenen Erde lag und mich fragte, ob es als Selbstmord gelten und ich in die Hölle kommen würde, wenn ich einfach dort liegen blieb. Das Nächste, woran ich mich erinnere, ist, dass mich zwei Buckelige in braunen Umhängen fanden. Sie packten mich jeder bei einem Arm, zerrten mich zu ihrem Karren und warfen mich hinein. Mein Kopf schlug auf die Holzbretter, und ich verlor die Besinnung. Als ich wieder zu mir kam, lag ich in Ketten in einem Verlies, das von vier brennenden Fackeln beleuchtet wurde. Ein Mann betrat den Kerker; ich sah ihn durch die Luft gleiten. Seine Augen leuchteten rot."

„Das war Nikolai?"

„Ja. Er riss mein Hemd auf, das nach Alkohol und Erbrochenem stank, und er berührte mein Herz. Jede einzelne Erinnerung, die ich an Ariadne und Meredith hatte, huschte mir durch den Kopf. Es war das Furchtbarste, was ich jemals erlebt hatte. Ich sah jeden Augenblick mit meiner Familie, und bei jedem Herzschlag wechselte das Bild. Ich sah sie noch einmal sterben. Doch dieses Mal fielen mir auch Dinge ein, von denen mir vorher nicht bewusst gewesen war, dass ich sie wahrgenommen hatte. Die Schreie meiner Frau und meines Kindes, als die Kutsche umkippte. Die verzweifelten Worte, mit denen meine Frau versuchte, Meredith zu beruhigen. Selbst angesichts des Todes galt Ariadnes erster Gedanke Meredith. Sie dachte nicht an sich." Er seufzte. „Ariadne war wie du. Sie war so liebevoll, so selbstlos."

Vivienne starrte ihn verwundert an. „Es klingt, als sei sie eine wunderbare Frau gewesen. Ich glaube nicht, dass ich ihr auch nur im Geringsten ähnlich bin …"

Unvermittelt legte er die Hände auf ihre Schultern. Heiß und leidenschaftlich glitten seinen Lippen über ihre. Als er aufhörte, sie zu küssen, fiel sein Blick auf ihre Hand, in der sie immer noch die Nadel hielt.

„Wo hast du gelernt, wie man Wunden behandelt, Vivienne?", erkundigte er sich mit leiser Stimme.

„Von meiner Mutter. Sie hat das im Bordell gemacht. Und sie wusste es von ihrem Vater. Er war Arzt in Exeter."

Er schaute ihr verwundert in die Augen. „Wie kam es, dass die Tochter eines Arztes in einem Londoner Bordell landete?"

Schließlich und endlich hatte er ihr seine Geschichte erzählt, vielleicht schuldete sie ihm auch einige Wahrheiten. „Dieser Arzt verheiratete seine Tochter mit einem brutalen Mann", berichtete sie in bitterem Ton. „Ich habe nie verstanden, warum er das tat. Er kümmerte sich um Menschen und sorgte sich um seine Patienten. Dennoch verurteilte er seine Tochter – meine Mutter – zu einem Leben in der Hölle. Ihr Ehemann schlug sie. Und er betrog sie. Es machte ihm Spaß, sie zu verletzen. Dann starb er. Es ging das Gerücht um, meine Mutter hätte ihn vergiftet. Also floh sie."

Heath runzelte die Stirn. „Aber du hast doch gesagt, du wüsstest nicht, wer dein Vater ist."

Sie umschlang ihren Oberkörper mit den Armen. „Dieser Mann war nicht mein Vater. Meine Mutter war zwei Mal schwanger gewesen, und beide Male verlor sie ihr Baby, nachdem er sie geschlagen hatte. Aber er gab ihr die Schuld an den Fehlgeburten und verprügelte sie dafür. In London wurde sie dann mit mir schwanger, von irgendeinem unbekannten Mann." Sie wollte nicht länger darüber sprechen. „Können wir zu Dimitris Haus fahren, sobald es dunkel ist? Ich sorge mich um Sarah."

„Sie ist in Sicherheit, aber ich verspreche dir, wir fahren zu ihr, wenn die Sonne untergeht."

Nachdem sie Heaths Geschichte gehört hatte, sehnte sie sich verzweifelt danach, Sarah zu sehen und sie zu umarmen. Wie sehr sie sich wünschte, Heath könnte noch eine Chance bekommen! Sie hatte gesehen, wie liebevoll er sich um Sarah gekümmert und wie er sie beschützt hatte.

Er hatte sich geändert, auch wenn er es selbst nicht glaubte, dessen war sie sich sicher.

„Es wird schon bald Nacht", bemerkte er leise. „Ich muss darüber nachdenken, auf welche Weise ich dafür sorgen kann, dass du befriedigt wirst und es dir gut geht."

Vivienne musste heftig schlucken, als es ihr wieder einfiel. Wie hatte sie vergessen können, dass am kommenden Abend dasselbe geschehen würde wie an den Abenden zuvor? Sie würde Sex brauchen, und Heath würde einen Weg finden müssen, ihr zu verschaffen, was sie brauchte, ohne selbst derjenige zu sein, der es ihr gab.

Zunächst musste er für Viviennes sexuelle Befriedigung sorgen. Dann musste er Nikolai finden.

Heath stand vor der Tür zu Sarahs Schlafzimmer in Dimitris Haus und senkte den Kopf. Von drinnen hörte er Frauenlachen. Ein leises Kichern, das von Sarah stammte, und Viviennes sinnliches Lachen. Er öffnete die Tür. Vivienne und ihre Tochter saßen auf dem Rand des breiten Betts. In Vivis Gesicht sah er die zärtliche Liebe zu ihrem Kind leuchten, und dieser Anblick versetzte ihm einen schmerzhaften Stich.

Sie war wie Ariadne. Es war gut, dass er verflucht war und bereits wusste, dass er nicht hoffen durfte, sie zu der Seinen zu machen.

Hinter ihm raschelten seidene Röcke. Er wandte sich um und schaute in Sadies große blaue Augen. „Lord Heath, ich dachte mir, dass ich Sie hier finden werde. Lord Dimitri schickt mich, damit ich Vivienne heute Abend wieder unterhalte."

Er schüttelte den Kopf. „Vielen Dank, Sadie, aber heute Nacht habe ich vor, Vivi selbst Vergnügen zu verschaffen."

Die langen bernsteinfarbenen Wimpern flatterten. „Sind Sie ganz sicher, Mylord. Ist es nicht zu gefährlich?"

„Ich weiß, welche Vorkehrungen ich zu unserem Schutz treffen muss, Sadie." Dann sandte er Vivi seine Gedanken und hoffte, sie nicht zu erschrecken. *Vivi, wir treffen uns in meinem Schlafzimmer.*

Er hob Sadies Hand an seine Lippen und hauchte einen Kuss darauf. Dann ging er in sein Schlafzimmer und streifte seine Kleider ab. Ein großer Standspiegel zeigte ihm seinen nackten

Körper. Seine Haut war so blass, dass sie im Licht des Kaminfeuers fast leuchtete. Seit er ein Untoter war, hatte er abgenommen. Die Muskeln zeichneten sich deutlich unter seiner Haut ab. Sein Rücken war noch immer nicht verheilt.

Plötzlich hörte er in seinen Gedanken Vivis Stimme. *Ich weiß schon, was ich heute Nacht gern tun würde, Heath. Ich wünsche mir, dass du mich fesselst.*

„Ich will dieses Zimmer verlassen und herausfinden, was für skandalöse Dinge in diesem Haus vorgehen“, rief Sarah in gereiztem Ton. „Ich bin achtzehn Jahre alt und wohl kaum noch ein *Kind.*“

Vivienne zeigte ihre Nervosität, ihre Sorge und ihre Angst nicht, sondern zog eine ihrer Augenbrauen auf höchst mütterliche Weise hoch – zu einem Bogen, der Bände sprach.

Sarah stampfte mit dem Fuß auf und verschränkte die Arme vor dem Mieder ihres Nachthemds. „Du erlaubst mir nicht das kleinste Abenteuer.“

„Nein, das tue ich nicht. Genau das ist die Aufgabe einer Mutter. Ihre Tochter von gefährlichen Abenteuern abzuhalten.“

Neben Vivienne versuchten die hübsche Vampirfrau und ihre neue Freundin Sadie ein Kichern zu unterdrücken.

Sarah ließ sich auf ihr Bett fallen und landete auf der Matratze neben einem kleinen Bücherstapel. Dimitri hatte zu Sarahs Unterhaltung viele Bücher geschickt, darunter auch *Stolz und Vorurteil,* den Roman, der dem König so gut gefallen hatte. Sarah nahm sich einen Schokoladentrüffel aus einer samtbezogenen Schachtel, schlug ihr Buch auf und warf sich das ganze große Schokoladenstück auf einmal in den Mund. „Na gut“, murmelte sie, den Mund voll Süßigkeiten.

Vivienne überließ Sarah ihrer Lektüre und machte Sadie ein Zeichen, ihr in ihr Schlafzimmer zu folgen. Sobald sie sacht die Tür hinter sich geschlossen hatte, warf Sadie einen Blick hinüber zum Bett und schenkte Vivienne ein schelmisches Lächeln. „Nun, Vivienne, möchtest du …“

Errötend flüsterte Vivienne: „Heute nicht.“ Und rasch erläuterte sie Sadie ihr Problem: Sie wusste nicht, wie sie Heaths Schuldgefühle durchdringen und sein Herz berühren konnte. Sie erinnerte sich, dass Guidon ihr erzählt hatte, Heath habe den Fluch dankbar hingenommen. Heute Abend hatte sie erfahren, dass der Geschichtsschreiber der Vampire recht hatte.

Sadie tippte sich nachdenklich mit dem Zeigefinger gegen das Kinn.

„Ich muss ihm zeigen, dass ich ihm vertraue“, wisperte Vivienne.

Sadies Miene hellte sich auf. „Gibt es irgendetwas, das du mit ihm tun kannst, um es ihm klarzumachen? Ich habe sehr lange gebraucht, bis ich es über mich brachte, einen Mann in mein Hinterteil eindringen zu lassen. Aber schließlich war ich sicher, dass er vorsichtig sein würde, und er machte mich so heiß und gab sich unendlich viel Mühe, mich so lange dort zu streicheln, bis ich es auch wollte.“

Vivienne runzelte die Stirn. Das konnte sie nicht tun. Dann fielen ihr die Handschellen in Heaths Kutsche ein. Und sie wusste, was sie machen würde. Eine Möglichkeit, ihm ihr Vertrauen zu beweisen, war, sich von ihm fesseln zu lassen.

Vivienne hatte nicht erwartet, dass Heath sie mit seinen silbrig grünen Augen derart verwirrt ansehen würde, wenn er ihr die Tür öffnete. Sicher konnte er ihr Herz klopfen hören. Es hämmerte schrecklich laut. Und es galoppierte noch schneller, als sie in einer Ecke seines Schlafzimmers den hohen Schrank sah, den er geöffnet hatte. Darin hingen zahlreiche Seile an Haken. Und Peitschen – gütiger Himmel, Peitschen! – klemmten in Halterungen an der Innenseite der Tür.

Heath führte sie ins Zimmer und legte dann fragend den Kopf schief. „Möchtest du wirklich, dass ich es tue?“

„Ja. Fang gleich an.“ Möglicherweise verließ sie der Mut, wenn er zu lange wartete.

„Warum?“

Lieber Gott, warum fragte er sie das? Das taten Männer normalerweise nicht. Eine Frau machte ihnen ein Angebot, und sie beeilten sich, es anzunehmen, damit sie es sich nicht wieder anders überlegte.

„Ich möchte …“ Verzweifelt suchte sie nach einem Grund. Sein Morgenmantel stand offen, und sie konnte seinen Körper sehen. All seine harten Muskeln, seine Schönheit, seine lange, harte Erektion. Wenn sie es tat, überließ sie ihm vollkommen die Kontrolle. Sobald ihre Hände gefesselt waren, würde sie ihm ausgeliefert sein.

Doch nun pochte das Begehren in ihr. Und sie wusste plötzlich genau, warum sie Sadie in ihrem Schlafzimmer diesen Gedanken zugeflüstert hatte. „Ich möchte etwas mit dir tun, was ich noch nie mit jemand anderem gemacht habe."

Sein Atem stockte. Seine Augen leuchteten silberner und reflektierten das Licht stärker, als sie es je zuvor bei ihm gesehen hatte. Er senkte den Kopf und öffnete den Gürtel ihres Morgenmantels. Eine Bewegung seiner Hand, und das seidene Ding rutschte von ihren Schultern und fiel zu Boden. Darunter war sie nackt. Nun ging er zum Schrank und wählte vor ihren Augen ein Band aus rotem Samt aus. Fältchen bildeten sich um seine Augen, und er lächelte sinnlich.

Sie hatte erwartet, dass er ihr erklären würde, was er vorhatte. Doch er kam einfach zu ihr, griff nach ihren Handgelenken und umschlang sie mit dem Band. Dann bildete er mit dem Samtband eine verschlungene Acht. Wortlos nahm er die langen Enden und zog sie daran hinter sich her. Schließlich befestigte er die Enden an einem Haken unter der Decke. Nun war sie mit über dem Kopf erhobenen Armen gefesselt.

Das hatte sie nicht erwartet.

Sie wünschte sich, er würde etwas sagen. Sein Schweigen machte sie nervös.

Doch es ging um Vertrauen. Sie musste ihm vertrauen.

Ihre Brüste mit den geschwollenen Nippeln wippten leicht. Sie konnte die Bewegung im Standspiegel beobachten. Und sie sah … auch ihre Rückseite.

Im Zimmer gab es zwei Spiegel. Einer davon stand hinter ihr, sodass sie auch ihren Po sehen konnte, wenn sie in den Spiegel vor sich schaute. Ihr nacktes Hinterteil, das sie mit erhobenen Armen so schamlos darbot. Und nur zwei Schritte von ihrem entblößten Hintern entfernt befand sich ein Schrank voller Peitschen.

Vertraue ihm, Vivienne.

Er bewegte sich so schnell, dass sie nicht wusste, wo er war, bis er vor ihr auftauchte und ihre Brüste küsste. Sein Mund liebkoste ihre Nippel. Heiße Pfeile schossen von den beiden prallen, glücklichen Spitzen direkt in ihren Schoß. Sie brannte. Zitterte. Verzehrte sich.

„Heath …"

Doch er öffnete seine Hand, und ein schwarzer Lederriemen löste sich daraus. Das Ende hielt er zwischen seinen Fingerspitzen. Der Riemen schien zu schmal zu sein, um jemanden damit zu fesseln …

Jetzt spannte er ihn zwischen beiden Händen, zog so fest daran, dass er sirrte, und hielt ihn dicht vor ihr Gesicht. Da ihre Hände festgebunden waren, konnte sie ihn nicht aufhalten. Er schob ihr den Lederstreifen zwischen die Lippen und band ihn an ihrem Hinterkopf zusammen. Dabei achtete darauf, nicht an den Locken zu ziehen, die sich aus ihrer locker hochgesteckten Frisur gelöst hatten.

Heftige sexuelle Erwartung breitete sich von ihrem empfindsamen Mund bis zu ihrem Schoß aus. Doch mit ihrem nächsten Herzschlag dachte sie: Gütiger Himmel, er hat mich geknebelt.

Das gehört zum Spiel, bemerkte er sanft in ihrem Kopf, und ihr wurde klar, dass sie ihm ihre Gedanken gesandt hatte. *Ich habe nicht vor, dir irgendein Leid zuzufügen. Das hier ist ein Spiel. Du kannst das aufregende Gefühl genießen, dich mir vollkommen auszuliefern, und dabei sicher sein, dass ich dir niemals ernsthaft wehtun werde.*

Sie nickte. Offenbar hatte der Knebel den Sinn, dass sie nicht protestieren konnte.

Du kannst in deinen Gedanken mit mir sprechen, wann immer du willst. Um es mir zu sagen, falls ich aufhören soll.

Früher hätte sie das hier niemals gewagt. Und sie hätte nicht erwartet, dass es sie so sehr erregen würde. Niemals hätte sie es mit einem anderen Mann als mit Heath getan. Zwischen ihren

Schenkeln spürte sie sengende Hitze, und ihre Säfte sprudelten, dabei hatte er sie bisher kaum berührt. Also flüsterte sie ihm in ihren Gedanken etwas zu. *Hör nicht auf.*

Von hinten liebkoste Heath ihre Brüste. Seine großen, fast schimmernden weißen Hände umfassten ihre elfenbeinfarbenen Kurven. Er kniff sie in die Nippel.

Aber sie konnte ihn nicht im Spiegel sehen.

Dann trat er ein Stück zurück, und sie stieß einen leisen enttäuschten Seufzer aus, der vom Knebel in ihrem Mund zurückgehalten wurde. Als er wiederkam, zupfte er an ihren beiden Nippeln gleichzeitig. Er hielt etwas Kaltes, Metallisches in den Händen, und sie fuhr zusammen. Jedenfalls so sehr, wie eine Frau zusammenfahren konnte, deren Arme über ihrem Kopf ausgestreckt waren, und die auf ihren Fußballen balancierte.

Nun klemmte er etwas an ihre Brustspitzen. Der plötzliche Druck erschreckte sie. „Autsch“, keuchte sie, doch der Knebel schluckte den Laut.

Im Spiegel sah sie ihre hochgezogenen Brauen, ihre bebenden Lippen und ihre Verletzlichkeit. Und sie wusste, er würde sie befreien, wenn sie ihn in ihren Gedanken darum bat.

Aber der Schmerz ließ nach. Er hatte Klammern an ihren beiden Brustspitzen befestigt. Kleine Klemmen, die mit Samt bezogen waren. Ketten hingen von ihnen herab, an denen Rubine baumelten. Es waren viele schwere Steine. Sie reflektierten das Licht der Flammen im Kamin und ließen rote Lichter durchs Zimmer flackern.

Heath sank vor ihr auf die Knie und küsste ihren flachen Bauch. Vivienne kicherte um ihren Knebel herum. Seine Zunge zuckte vor und fuhr durch die runde Vertiefung ihres Nabels. Sie wand sich, und die Rubine tanzten, als ihre Brüste bebten.

Auf seinem Weg nach unten reihte er einen Kuss an den anderen.

Er teilte ihre Schamlippen, und ein Schwall ihrer Liebessäfte strömte hervor. An seinem Ächzen erkannte sie sein Erstaunen und seine Freude darüber, wie erregt sie war. Er steckte zwei

Finger in sie hinein. Sie stöhnte, und der Knebel dämpfte den kehligen Laut.

Sanft streichelte er die Spalte zwischen ihren Hinterbacken. Dann ließ er einen Finger, nass von ihren Säften, um ihre gekräuselte Rosette kreisen. Ganz langsam schob er seinen Finger in die Öffnung. Nur die Spitze. Doch sie schnappte nach Luft, so intensiv waren die Empfindungen, die er damit auslöste.

Zwei Finger. Er hatte seine beiden Zeigefinger in sie hineingepresst. Sie füllten die enge Passage aus, dehnten sie. Ihr enger Hintereingang leistete Widerstand. Die Muskeln spannten sich an, und sie stieß hinter dem Knebel einen grellen Protestlaut aus.

Entspann dich. Ich werde dich nicht verletzen.

Das wusste sie. Sie war entschlossen gewesen, ihm Vertrauen zu *zeigen*, doch das war bedeutungslos, wenn sie es nicht wirklich fühlte. Aber nun stieg leiser Zweifel in ihr auf. Sie wusste, dass Männer gern neue Dinge ausprobierten, wenn sie rastlos und gelangweilt wurden. Sie taten exotische Dinge, wenn für sie schon bald die Zeit gekommen war zu gehen.

Nein, mein Engel, behauptete Heath. *Ich möchte diese Dinge mit dir ausprobieren, weil es mir Freude macht zu erleben, wie du eine neue Art der Lust entdeckst. Es erregt mich, zu sehen, wie du deine Augen weit aufreißt und vor Erwartung keuchst.*

Sie erstarrte. *Wie konntest du hören, was ich dachte?*

Du musst mir deine Gedanken gesandt haben. Versehentlich, nehme ich an. Ich mache das hier nicht, weil ich gelangweilt oder rastlos bin, Vivi. Und das sagt ein Mann, der Tausende von Meilen gesegelt ist, um neue Kreaturen zu entdecken, neue Welten, neue Eindrücke. Ich brauchte lange, um zu begreifen, dass jeder Augenblick mit jemandem, der mir etwas bedeutet, das wunderbarste Abenteuer von allen ist. Vertrau mir, Liebste. Ich tue es, weil ich Lust und Verlangen mit dir teilen will.

Langsam strich er mit seiner Zunge über ihre Perle.

Sie stöhnte verzweifelt, als ein unfassbares Gefühl in ihr aufstieg. Sie sah sich im Spiegel. Seine Gefangene – gefesselt, geknebelt, mit Gegenständen an ihren Nippeln, die sie eigentlich hätten quälen sollen, ihr aber stattdessen Lust bereiteten.

Nein, Vivi. Auch mit gefesselten Händen bist du diejenige, die Macht über mich hat. Du hast mein Herz in Ketten gelegt. Ich bin dein Gefangener.

Diese Worte machten ihr Angst. Konnte sie sie ebenfalls sagen? Erklären, dass er ihr Herz gefangen hielt? Es nicht nur fühlen, sondern es auch zugeben?

Die Lust lief wie eine seidige Welle durch ihren Körper. Sie starrte auf Heath hinunter, der sie schmeckte und leckte und liebte. War er aus diesem Grund durch die Welt gereist und seiner Heimat ferngeblieben? Hatte er Angst vor der Liebe? Fühlte auch er jene Angst, die sie stets gefühlt hatte, die Angst, beherrscht zu werden? Vielleicht war es gar nicht die Trauer gewesen, die sein Herz verschlossen hatte, vielleicht war es schon lange zuvor verriegelt gewesen. Aber warum?

Seine Zunge schob sich in ihre Möse und streichelte da drinnen einen geheimen Ort. Die Berührung ließ ihre Beine weich werden. Sie gaben unter ihr nach, bis das Seil straff gespannt war. Heath sank auf die Knie, sodass ihr entblößter Schoß direkt vor seinem Gesicht war.

Sie hatten beide Angst.

Doch mit dem, was sie hier taten, konnte sie einen Schritt in Richtung Furchtlosigkeit tun.

Seine Finger glitten vor und zurück und schoben sich mit jedem Stoß tiefer hinein; seine Zunge wirbelte um ihre Klit, kreiste schneller und schneller. Sie verlor den Boden unter den Füßen. Sein Mund hielt sie in der Schwebe, und vor lauter Lust wurde ihr schwindelig. Sie hatte ihre Augen fest geschlossen, doch nun öffnete sie sie weit. Dies war das erste Mal, dass sie gefesselt und aufgehängt worden war, und sie war entschlossen, jede erstaunliche erotische Sekunde in sich aufzunehmen.

In ihr wuchs unaufhaltsam die Lust, sie wiegte sich vor seinen Lippen in den Hüften und kam dem Gipfel näher und näher. Das Seil zerrte an ihren Händen, der Metallhaken quietschte, und sie rieb sich verzweifelt an seinem Gesicht.

Ja, drängte er sie in ihren Gedanken. *Komm für mich.*

Wie eine Sklavin ihrem Meister gehorcht, tat sie sofort, was er von ihr verlangte. Ihr Höhepunkt brach hervor wie eine riesige Welle. Ihr Schrei füllte ihren Kopf, aber der Knebel hielt ihn zurück. Wieder und wieder schluchzte sie seinen Namen. Während sie kam, zog sie so heftig am Seil, dass der Putz von der Decke auf sie niederregnete. Aber wenigstens hielt der Haken stand. Und Heath brachte sich selbst zum Orgasmus.

Vivienne trieb in einem Meer aus köstlicher Lust dahin.

In meinen Gedanken habe ich jedes Stöhnen gehört, Vivi. Ich hörte dich meinen Namen rufen. Heath sandte diese Worte in ihren Kopf, dann löste er das Seil und befreite sie. Die roten Abdrücke an ihren Handgelenken lösten Schuldgefühle in ihm aus. Sanft massierte er die Stellen, doch sie stieß einen atemlosen Seufzer aus. „Du hattest recht", wisperte sie. „Es war ein Abenteuer. Es war aufregend."

Sofort verwandelte er sich in den Beschützer. Er musste auf sie aufpassen. Rasch hüllte er sie in ihren Morgenmantel. Dimitri hatte Sherry in sein Schlafzimmer bringen lassen; Heath ging davon aus, dass er für Vivi gedacht war. Er schenkte ihr ein Glas ein, während sie auf der Kante seines Bettes saß. Sie sah entzückt aus, aber auch ein wenig erschrocken, und das versetzte seinem Herzen einen Stich.

Schließlich seufzte er. „Ich muss jetzt fort, Vivi. Heute Nacht muss ich versuchen, meinen Bruder zu finden. Und nun, da es dunkel ist, kann ich nach draußen gehen. Du kannst natürlich … Ich meine, wenn du mehr brauchst …"

Sie sah ihn geduldig an, während er mit den Worten kämpfte.

„Ich verstehe es, wenn du heute Nacht noch mit jemand anders schlafen musst", fuhr er schließlich fort. „Das ist es, was ich versuche zu sagen."

Sie schüttelte den Kopf. „Das wird nicht nötig sein. Und ich will es auch nicht."

Früher hatte sie schon einmal ebenso reagiert. Dieses Mal

hoffte er tief in seinem Inneren, dass es wahr war. Er hatte kein Recht auf ihre Treue, aber er konnte die Worte nicht zurückhalten, bevor sie ihm über die Lippen kamen. „Was ich gesagt habe, meinte ich ernst. Ich bin dein Gefangener."

„Und ich kann erkennen, dass es dir Angst macht."

Er riss den Kopf hoch. Nein, sie konnte seine Gedanken nicht lesen. Das erkannte er an dem nachdenklichen Ausdruck ihres schönen Gesichts. An ihrem angestrengten Stirnrunzeln. Sie wusste, was er fühlte, weil ... weil sie ihn verstand.

Himmel, das versetzte ihn in Schrecken. Er entfernte sich vom Bett.

„Ist es, weil du immer noch Ariadne liebst?"

Er hatte gerade sein Hemd anziehen wollen, doch nun ließ er es vor Überraschung auf den Fußboden fallen. „Ich liebe Ariadne nicht mehr", brummte er. Er hasste sich selbst dafür, dass er das sagte, weil er inzwischen wusste, dass es der Wahrheit entsprach. Hatte er sie jemals wirklich geliebt? Auf jene Weise, auf die eine Frau geliebt werden sollte? Unreife und Arroganz hatten einen Idioten aus ihm gemacht. Aufgrund seiner gesellschaftlichen Stellung hatte er seine Frau und seine Tochter als schöne Besitztümer betrachtet, die einem Earl zustanden. War ein hochmütiger Dummkopf zur Liebe fähig?

Bei Vivi, die so stark war und so tief für Sarah empfand, konnte er sehen, wie wahre Liebe sein sollte.

Mit einer ungeduldigen Bewegung hob er sein Hemd vom Boden auf. „Ich liebe sie nicht mehr. Deshalb fühle ich mich so verdammt schuldig. Das war die einzige Pflicht, die ich noch hatte – mich für immer an Ariadne und Meredith zu erinnern. Aber wenn ich mit dir zusammen bin, bist du die einzige Person auf der Welt, an die ich denken möchte. Als ich mit Ariadne verheiratet war, lief ich davon, um Ruhm und Abenteuer zu finden. Jeder Moment mit dir ist ein Abenteuer für mich, Vivienne." Er lachte kurz und bitter auf. „Das ist das Verrückte daran. Die Tatsache, dass mein übermächtiges Verlangen nach dir gleichzeitig bedeutet, dass ich Ariadne betrüge. Ich bin ein verletzter Narr, Vivi, und ich kann dir nicht geben, was du verdienst."

Mit diesen Worten nahm er sein Hemd und verließ das Zimmer. Vielleicht, weil er das sanfte Verständnis in ihren Augen nicht mehr ertragen konnte.

Sein erster Weg führte Heath in Dimitris Studierzimmer. Als er eintrat, fand er dort Sadie vor, die völlig nackt auf einem Sofa lag und mit ihrer Zunge anzüglich an Weintrauben aus dem Gewächshaus herumspielte. Sie winkte ihm fröhlich zu.

„Nein, meine Liebe", knurrte Dimitri, der ebenfalls im Zimmer war, sie an. „Du musst jetzt gehen. Wir haben Dinge zu besprechen, die nicht für deine zarten Ohren geeignet sind."

Ein seltsamer Gedanke in Anbetracht der Tatsache, dass es sich um eine Vampirfrau handelte, doch Sadie war, zumindest in manchen Dingen, naiv und unschuldig. Und die alten Vampire wie Dimitri glaubten noch an die herkömmlichen Hierarchien und patriarchalischen Regeln. Junge Vampire wurden in Unwissenheit gehalten, und Frauen wie Spielzeuge behandelt. Natürlich abgesehen von den mächtigen Königinnen.

Sobald Sadie den Raum verlassen hatte, zog Dimitri einen Stapel gefalteter Zeitungsseiten aus einer Schublade. Er ließ sie auf die Platte seines Schreibtischs fallen. „In den vergangenen zwei Wochen gab es einige Morde in den Straßen rings um die Apotheke, wo Miss Dare die Medizin bekommen hat. Meine Ermittler bestätigen das. Acht Personen wurden mit aufgeschlitzten Kehlen gefunden."

In den Slums waren immer Straßenräuber unterwegs, die bereit waren, wegen ein paar Münzen eine Kehle durchzuschneiden. Doch einem Opfer im Anschluss an das Bluttrinken mit einem Messer die Kehle aufzuschlitzen, war auch eine verbreitete Methode unter Vampiren, um die Tat zu verschleiern. Heath wusste, dass Nikolai entschlossen sein würde, Menschenblut zu trinken. Er kannte keine moralischen Bedenken, die ihn davon abgehalten hätten. Dieser hochmütige Mann würde nicht im Traum daran denken, Tierblut zu sich zu nehmen.

Die Zeitungen raschelten in Heaths Händen. „Haben Sie Männer eingestellt, um die Apotheke zu bewachen, wie ich Sie gebeten habe?“ In der Nacht seiner Ankunft hatte er unter vier Augen mit Dimitri darüber gesprochen.

Dimitri nickte. „Meine Ermittler haben sie aufgesucht und sich von ihnen berichten lassen. Hier sind die Berichte.“

Zunächst überflog Heath die Berichte in den Zeitungen. Der erste Mord war vor zwei Wochen geschehen. Eine Frau in mittleren Jahren war tot in einer schmalen Gasse in der Nähe der Apotheke gefunden worden. Innerhalb weniger Minuten las Heath sämtliche Artikel. Acht Morde hatten im Umkreis von zweihundert Yard um die Apotheke stattgefunden. Die Einwohner von Whitechapel waren verängstigt, die Polizei stand vor einem Rätsel.

Dann vertiefte Heath sich in die Berichte, die Dimitris Ermittler nach ihren Besuchen bei den vier Männern verfasst hatten, welche in der Nähe der Apotheke Wache standen. Sie hatten niemanden in das Gebäude hineingehen oder herauskommen sehen.

Heath runzelte die Stirn. „Ich werde dort mit meiner Suche beginnen. Es muss ganz in der Nähe einen anderen Ort geben, wo Nikolai sich versteckt hält.“

Seine Kutsche hielt in der Whitechapel High Street. Heath sprang heraus, wies den Kutscher an zu warten und bahnte sich seinen Weg zwischen betrunkenen Dandys, groben Händlern und kecken Penny-Huren, die den Gehweg bevölkerten.

Es hatte keinen Sinn, mit seiner glänzenden Kutsche durch die engen Straßen zu fahren, die an Kaninchengänge erinnerten. Zudem war er um einiges tödlicher als ein bewaffneter Kutscher. Jedenfalls wenn er es wollte.

Die Mischung aus Blut und Brandy, die Dimitri ihm erneut eingeschenkt hatte, dämpfte seinen Appetit. Aber es war immer noch ein Kampf, den er auszufechten hatte. Es ging nicht nur um Blut, nach dem seine Vampirnatur verlangte, sondern auch um die Jagd und den Sieg über das verängstigte Opfer. Jahrelang hatte er Nacht für Nacht gegen dieses Bedürfnis angekämpft.

Er huschte in eine Seitenstraße und tauchte in die Dunkelheit ein. Er wurde wieder von den Bildern seiner Sehnsucht heimgesucht – und ein Mann, der heimgesucht wird, liebt die Einsamkeit.

Während des ersten Jahrs, nachdem er Ariadne und Meredith verloren hatte, waren, wo er ging und stand, ihre Gesichter vor ihm aufgetaucht. Sie waren keine Geister, doch seine Erinnerungen umgaben ihn wie Gespenster, und er konnte sich nicht von ihnen abwenden. Und nun war es Vivienne, die ihn verfolgte.

Er konnte sie nicht haben. Was war nur mit seinem verdammten dummen Kopf und seinem Herzen los, die beide das Wort „unmöglich“ nicht verstehen wollten?

Er atmete tief ein. Trotz der übel riechenden Luft, die von der Themse herüberwehte, nahm er den Geruch von Menschenfleisch und Schweiß wahr, der ihm den Weg wies. Den ersten Beobachtungsposten fand er in der Dunkelheit eines Türrahmens hockend, von wo aus er die Apotheke auf der anderen Straßenseite beobachtete. Der dünne, verkrüppelte Bursche trug eine schmutzige braune Mütze und zerlumpte Hosen und beäugte ihn misstrauisch, selbst noch als er erklärte, er sei derjenige, der den Jungen bezahlte. Schließlich drückte er dem Burschen eine Münze in die dreckige Hand, um ihn zum Sprechen zu bringen. Wahrscheinlich hätte er die Entschlossenheit des Jungen, Geld zu verdienen, bewundern sollen. „Also, berichte mir alles, was du gesehen hast. Sind eine grauhaarige Alte oder ein schwarzhaariger Mann hierhergekommen?“

Der Junge schüttelte so heftig den Kopf, dass ihm die Mütze herunterfiel.

„Nein, Mylord. In den zwei Tagen, seit ich hier sitz, is’ keiner gekommen.“

Zwei Tage bewegungslos auf einer morschen Türschwelle.

Heath gab ihm noch zwei weitere Geldstücke. „Wie heißt du, Bursche?“

„Harry.“

„Du hast sehr gut für mich gearbeitet, Harry. Bleib noch einen Tag hier sitzen, und ich gebe dir dafür einen Sovereign.“

Harry war außer sich vor Freude, als Heath ihn verließ, um mit den anderen Jungen zu sprechen. Jeder von ihnen bewachte eine Seite der Apotheke. Er bezahlte sie alle großzügig, und sämtliche Burschen erzählten ihm dasselbe. Sie hatten niemanden gesehen. Er las ihre Gedanken. Selbst wenn Nikolai ihre Erinnerungen manipuliert hätte, wäre ihm an irgendeiner Stelle eine seltsame Leere oder Verwirrung aufgefallen. Doch da war nichts. Nur sehr viel Langeweile und eine gelegentliche Pause, um pinkeln zu gehen.

Doch warum war Mrs Holt nicht wiedergekommen? Hatte sie Vivienne nicht zurückerwartet? Andererseits hatte sie ihn erkannt. Hatte sie erwartet, dass er Sarah helfen würde, ihre geheimnisvolle „Krankheit“ zu besiegen, sodass Vivienne keine Medizin mehr brauchen würde?

Eine Frage bereitete ihm große Sorgen. Was wollte Nikolai von Vivienne? Wie lautete sein Plan, und welche Rolle war ihr darin zugedacht?

Er hatte zwei Jahre als Gefangener seines verdammten Meisters in einem Schloss in den Karpaten zugebracht. Nikolai lebte wie ein Mönch und verbrachte seine Tage damit, in riesige, ledergebundene Bücher zu schreiben, während Heath in einem Kerker verrottete. Nachts durchstreifte sein Meister auf der Suche nach Blut die umliegenden Dörfer. Er ging mit einem Rudel Wölfe, die er an der Leine führte, auf die Jagd.

Heath brach ein weiteres Mal das Schloss der Apothekentür auf und trat ein. In der Nähe dieses Hauses hatten acht Morde stattgefunden. Wenn jemand hierher zurückgekehrt war – ganz gleich, ob es sich um einen Sterblichen, einen Dämon oder einen Vampir handelte –, würde er seine Anwesenheit riechen können. Aber da war nichts außer einem Übelkeit erregenden Gestank, der aus den Gefäßen mit den Medikamentenzutaten stieg, und dem muffigen Geruch von Verlassenheit.

Hier war seit Tagen niemand gewesen. Doch warum brachte Nikolai dann in der Nähe dieses Hauses seine Opfer um? Beobachtete er es, weil er auf Viviennes Rückkehr wartete?

Heath ging zu dem schmutzigen Fenster. Nebel zog durch die schmale Straße und verschluckte das Licht der Laternen. Niedrige Ladenfronten lagen auf der gegenüberliegenden Seite. Hier und da funkelte Kerzenlicht hinter den Fenstern.

Wo zum Teufel lebte Nikolai? Würde er tatsächlich einen Aufenthaltsort hier in der Nähe wählen? Nikolai war stolz auf seine fünfhundertjährige Existenz gewesen, seine noble Abstammung, seinen Reichtum. Er hatte sein Schloss im Stil eines prächtigen türkischen Sultanpalasts eingerichtet …

Heath? Wo bist du? Bist du … in Sicherheit?

Heath fuhr so hastig herum, dass er beinah einige Glasgefäße heruntergeworfen hätte. Es war Vivi. Wie hatte sie ihm ihre Stimme von so weither geschickt?

Ich bin in Sicherheit und stehe gerade in der Apotheke. Du solltest doch jetzt eigentlich schlafen.

Das habe ich getan. Aber nur kurz. Jetzt kann ich nicht mehr schlafen. Und Dimitri kam und sagte mir, er glaube, ich könnte mit dir sprechen, obwohl du so weit weg bist.

Es war der Beweis für die Macht der Verbindung, die zwischen ihnen bestand. Das würde Dimitri ihm erklären, wenn er zurückkehrte. Für einen Vampir, der eine Orgie nach der anderen feierte, wusste Dimitri eine Menge über die Liebe.

Vivienne. Plötzlich wurde Heath klar, wie dumm er gewesen war. Sie war die Verbindung zu seinem Meister. *Vivi,* rief er sie in seinen Gedanken, *warum bist du in diese Apotheke gekommen? Woher wusstest du, dass du die Medizin, die du brauchtest, hier bekommen würdest?*

Meine Mutter ging dort immer hin, als wir im Bordell lebten. Die Apotheke gehörte früher dem alten Joseph Hartley. Er war ein ehrlicher Mann und der einzige Apotheker, den ich kannte.

Es fühlte sich … richtig an, dorthin zu gehen.

Sein Meister war sehr mächtig. Er konnte Sterbliche sehr leicht beeinflussen, sie anlocken und ihnen Ideen einflüstern, ohne dass sie bemerkten, woher sie kamen. War es möglich, dass er Vivienne in die Apotheke gelockt hatte?

Hatte Nikolai das alles geplant, um einen schönen Sukkubus zu Heath zu senden, weil er meinte, er würde nicht widerstehen können? Sein Meister wusste, dass er sich nach dem verzehren würde, was er niemals haben konnte. Eine Geliebte. Eine Ehefrau. Liebe.

Wo genau hast du mit deiner Mutter gelebt, Vivi?

An vielen verschiedenen Orten. Wir mussten von einem Freudenhaus zum anderen ziehen, immer auf der verzweifelten Suche nach einem Bett.

Wo wurdest du geboren? Weißt du das?

Ich wurde … Ihre Stimme erstarb. *Ich wurde in einem Bordell geboren. Es lag in einer engen Gasse abseits der Uferstraße.*

Ganz hier in der Nähe. Hatte Nikolai einen Grund, dorthin zu kommen, wo Vivi geboren worden war? Dann runzelte er die Stirn. Er hatte die Scham in ihrer Stimme gehört. *Du hast keinen Grund, dich zu schämen, Vivi.*

Ich wurde in einem Hurenhaus geboren, Heath. Als Kind einer Dirne. Und du bist ein Earl.

Glaubst du etwa, ich würde denken, ich sei besser als du? Hölle und Verdammnis, Vivi, du bist ohne jeden Zweifel ein besserer Mensch als ich. Und nun muss ich etwas erledigen – versuch nicht, in Gedanken Kontakt mit mir aufzunehmen. Er befürchtete, Nikolai mit seinen mächtigen Kräften würde sie hören. *Ich mache mich auf die Suche nach meinem Meister. Aber ich komme bald zurück.*

Heath, warte dort auf mich. Dimitri sorgt sich um deine Sicherheit, und das macht mir furchtbare Angst. Lass mich zu dir kommen und dir helfen.

Nein, Liebste, das geht nicht. Es gab tausend Gründe, die dagegen sprachen, als Allererstes ihre Sicherheit. Und er konnte besser jagen, wenn er auf niemanden Rücksicht nehmen musste. Aber ihm war klar, dass er vor allem aus einem Grund Nein gesagt hatte: Wenn er mit Vivienne an seiner Seite nach seinem Meister suchte, würde er sie … verdammt, für immer neben sich haben wollen.

Bleib dort, Vivienne. Ich komme zurück nach Hause zu dir. Das hier ist eine Sache zwischen Nikolai und mir.

Dann roch er die Gegenwart eines anderen Vampirs. Er lief zur Tür und stellte sich in den Schatten des Türrahmens.

Ein Mann kam die Straße entlang. Er bewegte sich so rasch, dass es aussah, als würde er schweben. Licht fiel auf seine Haare, aber Heath hatte schon vorher bemerkt, dass sie kastanienbraun waren wie seine. Und er kannte die silbergrünen Augen und die Gesichtsform ebenso gut wie seine.

Raine.

Vor seinem Bruder trat eine Prostituierte aus dem Schatten. Ihre Haare fielen ihr in verfilzten blassblonden Locken, deren Farbe an Butter erinnerte, über den Rücken. Ihr viel zu großes Kleid rutschte ihr von den Schultern. Schmutzstreifen liefen an ihrem Hals entlang, doch die Haut im Ausschnitt zwischen Schlüsselbein und den kleinen runden Brüsten war erstaunlich sauber.

Er konnte Raines Lust auf Blut spüren.

Aber erstaunlicherweise konnte er auch den inneren Kampf seines Bruders fühlen. Raine gelüstete es nach Blut, aber er wollte nicht trinken. Das erstaunte Heath. Als er Raine transformiert hatte, war sein Bruder nicht zimperlich gewesen, wenn es darum ging, das Blut Sterblicher zu sich zu nehmen.

Raine beobachtete die Frau, näherte sich ihr jedoch nicht. Aber er entfernte sich auch nicht von ihr. Heath wusste, warum sein Bruder sich so verhielt. Raine fühlte sich zwischen dem Mitgefühl und der Moral eines Menschen und den starken Instinkten eines Vampirs hin und her gerissen.

Die Züge seines Bruders wirkten verzweifelt. So hatte Raine ausgesehen, nachdem sie ihre Eltern verloren hatten. Zuerst ihre

Mutter; sie war im Kindbett gestorben. Und ihr Vater folgte ihr wenig später, dahingerafft von einem Bienenstich. Raine hatte denselben Gesichtsausdruck gehabt – dieses Entsetzen in seinen Augen –, als er ihren toten Vater angesehen hatte. Damals war er erst sieben Jahre alt gewesen, furchtbar jung und voller Angst.

Heath hatte sich so gut um Raine gekümmert, wie er nur konnte, aber ein älterer Bruder, der mit dreizehn die Aufgaben eines Earls erfüllen musste, konnte niemals einen Vater ersetzen.

„O mein Gott", rief das Mädchen plötzlich. „Wer sind Sie?"

Raine stieß einen verzweifelten Schrei aus und legte den Kopf in den Nacken. Seine Eckzähne schossen hervor und wuchsen zu tödlichen Bögen. Das Mädchen kreischte. Heath sprang aus dem Schatten und riss die Dirne an sich, als sein Bruder sich auf den Hals des Mädchens stürzen wollte. Raine stolperte und streckte die Hände vor. Die Handflächen seines Bruders knallten so heftig gegen die Hauswand, dass kleine Stückchen von der Mauer abplatzten und durch die Luft flogen.

Heath schubste die Frau hinter seinen Rücken. „Lauf!", befahl er ihr, und er wusste, dass sie seiner Anweisung folgen würde. Sie war nicht wie Vivi, war nicht stark genug, ihm zu widerstehen. Die Dirne raffte ihre Röcke und lief schluchzend vor Angst die Gasse entlang.

Raine wirbelte herum, um ihm ins Gesicht zu sehen. Seine Eckzähne waren entblößt, und er zischte wie ein wütendes Tier. Seine Augen leuchteten rot. Als sein Blick auf Heath fiel, wurden die glühenden Pupillen plötzlich schwarz.

Und in Heath erwachte der ältere Bruder. „Raine! Was, in drei Teufels Namen, tust du hier? Wo bist du gewesen? Man sagte mir, dass Nikolai dich in seiner Gewalt hat. Ist das wahr? Nikolai hat mich gemacht; er ist ein brutales Ungeheuer, ein Sadist, ein vollkommen Irrsinniger. Du musst verdammt noch mal sofort nach Hause kommen." Er schrie Raine an und überhäufte ihn mit Fragen und Befehlen, wie er es immer getan hatte, seit er mit dreizehn Familienoberhaupt geworden war.

Raine machte einen Schritt rückwärts. „Es ist dein Zuhause."

Finster schaute er ihn an. „Ich kam immer an zweiter Stelle nach dir. Ich wurde als Ersatz für dich geboren, falls dir etwas passiert, und du hast mich immer als etwas noch Geringeres behandelt. Doch jetzt bin ich so mächtig wie du – mächtiger – mit dem Zauber, den Nikolai mir geschenkt hat."

Das war sein Fehler gewesen. Er hatte Raine zu sehr angetrieben und hatte damit einen Bruder erschaffen, der nach Macht und Stellung gierte. Verdammt, in diesem Augenblick hasste er sich selbst.

„Was ist geschehen?", erkundigte er sich traurig. „Bist du freiwillig zu meinem Meister gegangen oder hat Nikolai dich entführt?" Als Raines einzige Antwort aus einem Knurren bestand, packte Heath seinen Bruder und schüttelte ihn. „Was hat Nikolai vor? Ich vermute, er will den Dämon in mir befreien – oder in dir. Stimmt das?"

Raine fauchte und ließ seine Eckzähne aufblitzen.

Gütiger Gott! „Wir können das nicht zulassen. Benutz deinen Verstand. Wir dürfen die Welt nicht zerstören. Du musst mit mir kommen."

„Nein!" Leidenschaftlicher Stolz blitzte in den reflektierenden Augen seines Bruders auf.

Er hatte es falsch angefangen. Die Dinge waren anders als früher. Seit dem Tod ihrer Eltern hatte er Raine kontrolliert, indem er ihm Befehle erteilte. Damals hatte sein Bruder auf ihn gehört. Doch als er sechzehn wurde, begann Raine, sich gegen alles und jeden aufzulehnen. Nun waren weitere sechzehn Jahre vergangen, und er rebellierte immer noch.

Zum Teufel, was hatte Nikolai mit Raine gemacht? Heath konnte es sich denken. Auf dieselbe Weise wie sein Meister seine Schuldgefühle, seine Trauer und seine Verzweiflung benutzt hatte, um ein Ungeheuer zu erschaffen, benutzte er Raines jugendlichen Stolz und sein Konkurrenzdenken, um ihn in etwas Böses und Zerstörerisches zu verwandeln. Er wollte das nicht tun müssen – gegen seinen Bruder kämpfen. „Warst du mit Nikolai zusammen, seit du aus dem Moor zurück bist?"

„Ja", zischte Raine. „Er kam dort zu mir und bot mir eine Möglichkeit an, mein Leben als Vampir zu genießen. Er bestand nicht wie du darauf, dass wir unsere Lust auf Blut bekämpfen müssen."

„Hier in der Gegend wurden acht unschuldige Menschen ermordet. Warst du das, oder war es Nikolai?"

Ein böses Lächeln zog über Raines Gesicht und zerstörte jede Ähnlichkeit mit Heaths Zügen. „Warum hast du mich gesucht? Was willst du von mir? Mich vor den Vampirrat schleifen und zusehen, wie sie mich dort in Stücke reißen?"

„Natürlich nicht. Du bist mein Bruder." Himmel, er liebte Raine. Und er hatte furchtbar versagt, wenn sein Bruder es für möglich hielt, dass er ihn verriet.

Doch Raine wich zurück und schaute nach oben. Heath war auf seinen Bruder konzentriert und so fahrlässig und dumm gewesen, nicht auf die Umgebung zu achten. Eine dunkle Gestalt schwebte von einem Dach herab und landete lautlos auf dem Kopfsteinpflaster. Unvermittelt stand Heath einem Mann mit weißblondem Haar, schwarzen Augen und einem faltenlosen, engelsgleichen Gesicht gegenüber. Es war Nikolai, der Vampir, der ihn vor zehn Jahren erschaffen und ihn in einem Kerker in Ketten gefangen gehalten hatte. Heath wartete darauf, dass Hass ihn durchfuhr oder auch längst vergessene Angst. Doch er fühlte nichts anderes als das Bedürfnis, Nikolai bei der Kehle zu packen und ihn zu zwingen, ihm zu verraten, was er von Vivienne wollte …

Nikolai hob die Hand und hielt sie mit der Handfläche in Raines Richtung. Heaths Bruder schrie auf, umklammerte seinen Kopf mit den Händen und sank auf die Knie. „Geduld, Raine. Ich kann nicht zulassen, dass du ihn vernichtest." Er wandte sich an Heath. „Aber wenn du mich angreifst, vernichte ich deinen Bruder."

Plötzlich wirbelte blaues Licht um Raine herum. Und als es sich wieder auflöste, war Raine nicht mehr da.

Heath stürzte auf Nikolai zu, doch sein Meister, der älter und mächtiger war als er, konnte sich schneller bewegen. Der blonde Vampir machte einen Salto über Heaths Kopf hinweg. „Noch nicht, Blackmoor. Wir werden uns jedoch schon bald wiedersehen, das verspreche ich."

Und auch Nikolai verschwand in einer Kugel aus blauem Licht.

15. KAPITEL

Sein Bruder war ein verfluchter Idiot.

Aber auch er selber war ein verdammter Narr, weil er Raine direkt in Nikolais Arme getrieben hatte. Weil er sich mehr wie ein befehlshabender Offizier als wie ein Bruder verhalten hatte. Weil er Raine nicht gezeigt hatte, wie wichtig und wertvoll er für ihn war.

Heath ging in sein Schlafzimmer, um sich zu entkleiden. Er riss sich die Frackjacke vom Körper und warf sie quer durch den Raum. Sie traf die geschlossene Kleiderschranktür und glitt daran hinunter. Seine Weste folgte, nachdem die Knöpfe abgesprungen und klappernd auf den Boden gefallen waren.

Er roch *sie* in genau dem Moment, in dem sie sich in seinem Bett aufrichtete. Die dicke weinrote Tagesdecke glitt von Vivis Schultern und enthüllte ihre wunderschöne elfenbeinfarbene Haut und ihre üppigen Kurven. Aus verschlafenen blauen Augen musterte sie ihn von Kopf bis Fuß. „Dem Himmel sei Dank! Du bist in Sicherheit und in einem Stück."

Die Wut auf seinen Bruder und auf sich selbst und der sengende Zorn auf Nikolai tobten immer noch in ihm, aber das Verlangen war größer. Es war die Art von Verlangen, das einen Mann zum Handeln zwang, wenn er nicht Stück für Stück zerbersten wollte – beginnend bei seinem Schwanz.

Dimitri, der verdammte Kerl, hatte Vivi ein neues Nachthemd gegeben. Dieses bestand ausschließlich aus elfenbeinfarbener Spitze. Zwei dünne Träger lagen auf ihren glatten Schultern, und von dort aus floss der Spitzenstoff abwärts, um sich eng an ihre vollen Brüste zu schmiegen. Wenn ihre Nippel hart wurden, würden sie sich durch die Spitzen bohren …

Er würde Dimitri erklären müssen, wie man sich verhielt, wenn man vermeiden wollte, jemanden in Versuchung zu führen.

„Du hättest meinetwegen nicht wach bleiben sollen, Liebste." Ihr Anblick und das Wissen, dass sie niemals die Seine werden würde, verwandelten seinen Zorn in quälende Verzweiflung.

Doch zum ersten Mal lautete sein nächster Gedanken nicht: Und die verdammte Schuld an dem Fluch trägst nur du allein. Dieses eine Mal wollte er sich nicht selbst bestrafen.

„Ich bin nicht wach geblieben. Mir sind die Augen zugefallen." Sie reckte sich, und er verharrte bewegungslos. Ihre Brüste hoben und senkten sich, und dieser Anblick war unendlich faszinierend für ihn. Er hatte recht gehabt: Ihre Nippel bohrten sich durch den dünnen Spitzenstoff.

„Du siehst so enttäuscht aus. So wütend. Hast du deinen Bruder nicht gefunden?"

Sie breitete die Arme aus, um ihn zur Begrüßung zu umschlingen. Herr im Himmel, das haute ihn endgültig um.

Verlangen durchfuhr ihn. Er zerrte sein Hemd über den Kopf und ging zum Bett. Sie hob die Decke, während um ihren Mund ein keckes, gleichzeitig aber süßes und einladendes Lächeln spielte. Er kam sich vor wie in einem Traum. Einem wilden, unrealistischen Traum, in dem er ein ganz normaler Mann war, der heiraten und einer Frau eine Zukunft bieten konnte.

Er zog seine Stiefel aus. Ein Vampir hatte genügend Kraft, um auch die engsten Lederstiefel einfach abzustreifen. Obwohl er noch seine Hose trug, schlüpfte er zwischen die Laken.

Er wollte nicht, dass noch einmal eine Frau auf ihn wartete. Wollte sich nicht vorstellen, dass Vivi ihre Zeit damit verschwendete, auf ihn zu warten, wie er es von Ariadne verlangt hatte.

Sein Bett duftete nach ihrem Parfüm und dem sinnlichen Geruch ihrer Haut. Er konnte nicht widerstehen, schlang die Arme um sie und zog sie eng an sich. Ihre Lippen waren nur ein winziges Stück von seinen entfernt, weich und willig.

Er hielt das hier nicht länger aus. Er konnte es nicht ertragen, sie so sehr zu wollen und nicht haben zu dürfen. Ihm war klar, dass er sie verlassen musste, ehe er vor lauter Qual den Verstand verlor. Doch er konnte nicht gehen, bevor er Sarah von ihrer Krankheit geheilt und dafür gesorgt hatte, dass Vivi und ihre Tochter in Sicherheit waren.

Dann würde er sich der Ewigkeit in dem Wissen stellen

müssen, dass er sein niemals endendes Leben ohne sie verbringen musste.

„Bist du in dem Bordell gewesen, wo ich geboren wurde?" Sie biss sich auf die Lippe, bevor sie fortfuhr. „Wie war es dort?"

„Ich bin hingegangen." Das war nach seinem Zusammentreffen mit Raine und Nikolai gewesen. Er hatte sehen wollen, wo Vivi geboren worden war. „Es gibt dort kein Freudenhaus mehr, Liebste. Das Gebäude ist niedergebrannt. Wahrscheinlich schon vor Jahren." Er streichelte ihre Wange, und sie starrte ihn aus Augen an, in denen unverhohlener Schmerz stand.

„Ich war mir nicht sicher, was ich lieber wollte. Dass du hingehst und herausfindest, wie es dort aussieht, oder ob du es lieber nie erfahren solltest. Nun werde ich niemals wissen, wie du auf die Umgebung reagiert hättest, aus der ich stamme. Und ich weiß nicht, ob ich froh darüber bin oder nicht."

Er wollte ihr klarmachen, dass es für ihn keine Bedeutung hatte, wo sie geboren war. Und ihm kam eine sehr unanständige Art in den Sinn, das zu tun.

Vivienne schnappte nach Luft, als Heath sie plötzlich umdrehte, sodass sie auf dem Bauch lag. „Was hast du vor?", flüsterte sie, als er sich von hinten über sie schob. Seine Beine lagen links und rechts von ihren, und er stützte sich mit seinen starken Armen ab.

„Wenn ich dir sagen würde, was ich beabsichtige zu tun, würdest du mich nicht lassen", murmelte er mit lässigem Selbstbewusstsein dicht bei ihrem Ohr.

Oh nein! Plötzlich glitt ihr Nachthemd nach oben. Er zog es höher und höher, bis ihr Hinterteil entblößt vor ihm lag. Dann versetzte er ihren Hinterbacken einen sanften Klaps. Nie zuvor hatte sie einem Mann erlaubt, sie zu schlagen, doch das hier gefiel ihr. Sie mochte die atemlose Spannung, während sie sich fragte, was er als Nächstes tun würde. Das Beben ihres Pos, wenn er ihr einen leichten Schlag versetzte … Es war sehr erregend.

„Fass dich an", befahl er ihr mit heiserer Stimme. „Spiel an dir herum, während ich mit dir spiele."

Kühn hob sie die Hüften, um ihre Finger zwischen ihre Schenkel gleiten zu lassen. Sie streichelte ihre Spalte. Schon jetzt war sie klatschnass, und ihre Schamlippen fühlten sich glitschig an. Während sie ihr Hinterteil in die Luft reckte, konnte sie sehen, wie ihre Finger zwischen die Falten tauchten und ihre Perle streichelten.

Er ächzte, packte ihre Hinterbacken und zog sie auseinander. „Heath, was willst du …?"

Etwas Warmes, Feuchtes war an ihrem Steißbein. Sie hatte keine Ahnung gehabt, dass eine kleine Berührung dieser Stelle ihr so viel Vergnügen verschaffen konnte, dass sie ihre Zehen krümmte. Sie wandte den Kopf, um zu sehen, was er dort tat. Er leckte das untere Ende ihres Rückgrats. Ließ seine Zunge darübergleiten und schob sie – wie schockierend! – verwegen in das Tal ihres Pos.

Sie erstarrte. Keuchte. Stöhnte. Protestierte.

Aber er hörte nicht auf. Er leckte ihren kribbelnden, engen, empfindlichen Hintereingang. Ließ die Zunge um den Rand tanzen und schob sie dann hinein.

Gütiger Himmel, er tat das … wovon jene beiden Vampire am Abend ihrer Ankunft gesprochen hatten. Jetzt wusste sie, warum. Es war fremdartig, verboten und absolut wunderbar.

Er stieß seine Zunge in ihren Po, und sie fühlte sich da drinnen unglaublich heiß an. In genau demselben Augenblick rieb sie mit den Fingern über ihre Klit. Lust durchfuhr sie. Seine Zunge glitt hinein und wieder heraus, und sie schrie in den höchsten Tönen und kam.

Vivienne fiel aufs Bett und spürte ihr Hinterteil heftig kribbeln. Hinter ihr lachte Heath, dann streichelte er auf teuflisch sanfte Art die Sohle ihres linken Fußes. Sie war dicht davor, aus dem Bett zu springen. „Lass das! Das kitzelt …!"

Sie stockte. Heath kniete jetzt aufrecht auf dem Bett, die rechte Hand hatte er fest um seinen dicken Schaft gelegt, mit der Linken massierte er grob seine Hoden. Immer noch heftig atmend und auf der samtweichen Glückseligkeit der Lust dahingleitend, sah sie ihm zu.

Was die Geräusche betraf, die er hervorstieß, war er ein typischer Mann. Er hatte die Augen geschlossen, und seine langen kastanienbraunen Wimpern ruhten auf seinen Wangen. Er sah beim Masturbieren absolut anbetungswürdig aus, und sie beobachtete jede Bewegung seiner Hände.

Schließlich ließ er den Kopf nach hinten fallen. Sein Mund öffnete sich weit, aber er blieb stumm. Stattdessen packten seine Hände so fest zu, dass sie befürchtete, er würde entweder seinen Schwanz oder seine Hoden verletzen. Dann begannen seine Hüften zu zucken, und er kam. Sein weißes Sperma schoss heraus und spritzte auf seine Hand.

Er stöhnte und fiel neben ihr aufs Bett, während sein Atem rasch und heftig ging. „Selbst wenn du mich nicht mal anfasst, machst du mich vollkommen fertig, meine Blume."

Sie musste lachen. Trotz ihrer Zukunftsängste, ihrer Furcht wegen der Gefahr, in der Sarah und sie schwebten, ihrer Sorge um ihn, konnte Heath sie zum Lachen bringen.

Er lächelte sie zufrieden an. „Es ist mir vollkommen egal, wo du herkommst. Für mich bist du schön, wunderbar, einzigartig. Jedes winzige Stückchen von dir. Und das habe ich dir soeben bewiesen, nicht wahr?"

„Ja", wisperte sie.

Von der Tür kam ein schüchternes Klopfen, und eine leise Stimme fragte: „Mutter?"

Vivienne zog ihr Nachthemd herunter. „Sarah?", rief sie. „Einen kleinen Moment, Liebling, ich komme zur Tür."

Heath musste ihre Verlegenheit bemerkt haben. Rasch brachte er ihr Nachthemd in Ordnung. Gütiger Himmel, eine ihrer Brüste war aus dem Ausschnitt gefallen, und sie hatte es nicht einmal bemerkt. Dann glitt er mit seiner übernatürlichen Geschwindigkeit aus dem Bett, warf sein Hemd über und war auch schon an der Tür.

Sarah blinzelte erschrocken, als sie Heath sah. „Oh, Lord Blackmoor. Das Mädchen sagte, Sie seien noch nicht zurückgekehrt." Sie schaute herüber zu dem zerwühlten Bett. Nie zuvor war Vivienne so verlegen gewesen wie in diesem Moment, als sich die Augen ihrer Tochter beim Anblick ihres offenen Morgenmantels und ihrer wirren Haare weit öffneten. Verzweifelt fragte sie sich, ob sie von der soeben genossenen Lust noch glühende Wangen hatte.

Was würde Sarah denken, wenn sie sie so sah? Oh, Vivienne wusste ganz genau, was ihre Tochter dachte.

„Komm herein, meine Liebe. Möchtest du, dass ich gehe, während du mit deiner Mutter sprichst?"

Sarah lächelte ihr liebreizendes Lächeln. „Sie wissen, dass Sie das nicht müssen."

„Was muss ich nicht?", erkundigte sich Heath. Er erinnerte sich, dass ihn auch die Hälfte von Merediths Bemerkungen verblüfft hatten. Aber wie hätte er ihre Welt verstehen sollen, wenn er so selten da gewesen war, um sie mit ihr zu erleben?

Er bewunderte Vivienne. Weil sie Sarah so viel Zeit widmete. Weil ihre Tochter ihr so viel bedeutete.

Sarah warf ihrer Mutter einen wissenden Blick zu und verschränkte die Arme vor ihrem Morgenmantel aus rosa Seide. „Ich weiß, dass er dein Liebhaber ist, Mama. Ich bin kein Kind mehr."

Die Farbe von Viviennes Wangen glich der seiner Bettdecke.

Unvermittelt lächelte Sarah wieder. Sie sah aus wie Meredith, wenn er von einer langen Reise zurückgekehrt war und ein eingepacktes Geschenk hinter dem Rücken hervorgezogen hatte. Er stellte fest, dass er sich wieder deutlich an Merediths Gesicht erinnern konnte. Daran, wie sie ausgesehen hatte, wenn sie lächelte. An das Zittern ihrer Lippen, bevor sie anfing zu weinen. Seine Unterhaltung mit Vivienne über seine Familie musste die Erinnerungen zurückgebracht haben.

„Du meine Güte", sagte Sarah. „Sie haben das Herz meiner Mutter erobert. Ich dachte, das würde keinem Gentleman jemals gelingen."

Hatte ihn die Erkenntnis über seine Erinnerungen in Erstaunen versetzt, so traf ihn diese Bemerkung wie ein Zusammenstoß mit einer außer Kontrolle geratenen Kutsche.

„Bringt dich das hier aus der Fassung, Sarah?“, erkundigte Vivienne sich vorsichtig. „Das mit … Heath und mir?“

Heath bemerkte, dass sie nichts darüber sagte, ob ihr Herz erobert worden war.

„Natürlich nicht. Ich bin hocherfreut darüber. Ich bin aus der Fassung, weil ich es nicht mehr aushalte, drinnen eingesperrt zu sein, wo ich nichts tun kann außer Bücher lesen und Schokolade essen. Was wird jetzt aus uns? Was werden wir tun? Ich möchte mich nicht für immer in diesem Haus verstecken. Ich würde so gern wieder ausreiten. Oder einkaufen gehen. Oder Eis essen bei Gunters. Ich möchte die Dinge tun, die ich so lange nicht tun konnte.“

Ich habe keine Ahnung, was ich ihr darauf antworten soll, Heath. Früher konnte ich sie immer trösten. Aber jetzt kann ich es nicht.

Die Vertraulichkeit von Vivis Worten und die Tatsache, dass sie sich an ihn wandte, berührten sein Herz. „Sarah, Liebling, es geschieht zu deinem Schutz“, erklärte er. „Es wird nicht ewig dauern, das verspreche ich dir. Aber ich bin derjenige, der diese strengen Regeln aufgestellt hat, damit du und deine Mutter in Sicherheit seid.“

„Sie waren das? Und meine Mutter gehorcht Ihnen. Ich hatte recht damit, wie viel Sie ihr bedeuten. Aber ich will keine Gefangene mehr sein.“ Sarah sah ihn mit ihren unwiderstehlichen blauen Augen an. „Können wir nicht wenigstens nach draußen gehen?“

Vivienne sah in Heaths Augen Schmerz aufflackern. Er zuckte buchstäblich zusammen, als Sarah ihre Hand auf seinen Unterarm legte und wisperte: „Bitte!“

„Es tut mir leid, Sarah. Du kannst nicht nach draußen.“

„Nein, das können wir nicht“, fügte Vivienne mit fester Stimme hinzu. „Es ist zu gefährlich.“

Sarah wandte sich ihr zu. „Aber du bist hinausgegangen, um

Lord Blackmoor zu retten. Und dir ist nichts geschehen."

„Ich weigere mich, dich einem Risiko auszusetzen", mischte Heath sich wieder ein.

Sarah schob ihre Unterlippe vor. „Sie sagten, es sei nicht für immer. Wie kann das sein? Es fühlt sich an, als würden wir hier bis in alle Ewigkeit festsitzen."

Heath seufzte. „Dem Vampirrat unterstehen auch Wesen, die dich bei Tageslicht verfolgen könnten. Deine Mutter hätte nicht ihr Leben für mich riskieren dürfen. Es ist ein Wunder, dass der Rat sie nicht angreifen ließ."

Vivienne bemerkte, dass Heath sie während seiner Worte missbilligend musterte, aber es war jene Art von Blick, die ein Ehemann seiner geliebten Frau zuwarf. „Vielleicht hat Dimitri irgendeine Lösung, wie du tagsüber wenigstens in den Garten gehen kannst", schlug er vor.

„Lord Dimitri hat mit mir gesprochen, als ihr beide fort wart", erzählte Sarah. „Er ließ mich in seinen Salon holen. Dann bat er mich, es euch nicht zu erzählen, aber ..."

„Dimitri holte dich in seinen Salon?", fragte Heath mit scharfer Stimme. „Und er wollte nicht, dass du es uns sagst. Was, bitte schön, hat er dort mit dir gemacht?"

Eiskaltes Entsetzen schnürte Vivienne die Kehle zu, sodass sie keinen Ton herausbrachte. Heaths barsche Worte ließen Sarah zurückweichen.

Vivienne eilte an die Seite ihrer Tochter. „Schrei sie nicht an, Heath." Doch ihre Beine zitterten. Was hatte Dimitri mit Sarah gemacht? Eine unerwünschte Berührung konnte Sarah für immer verstören. „Was hat er getan?"

„Er hat nur mit mir geredet." In Sarahs großen blaugrünen Augen stand Unsicherheit. „Ich wollte es euch nicht verschweigen."

Vivienne war inzwischen bereit, Lord Dimitri zu töten. Dem Unhold einen Pflock ins Herz zu treiben. „Worüber hat er mit dir gesprochen?" Sie wusste, wie Männer vorgingen. Sie machten zweideutige Scherze und benutzten verführerische Worte, um die unterschiedlichsten erotischen Ideen in den Kopf eines unschuldigen Mädchens zu pflanzen.

Doch Heath griff nach ihrem Handgelenk. „Mach dir keine Sorgen, meine Blume. Wenn Dimitri einen Pflock im Herzen verdient hat, werde ich das erledigen."

Und sie wusste, er würde es tun. Ihr wurde bewusst, dass sie ihm diese Gedanken nicht gesandt hatte, und doch hatte er sie gehört.

„Ein ... Pflock im Herzen? Er hat mich nur nach meinem Vater gefragt", stotterte Sarah.

„Deinem *Vater?*", echote Vivienne.

„Er wollte wissen, wer mein Vater war. Ich musste ihm erklären, dass ich es nicht weiß. Und ich habe mich schrecklich geschämt ... weil ich es ihm nicht sagen konnte."

„Geschämt", wiederholte Vivienne, und ihr Herz wollte vor Schmerzen zerspringen. „Du solltest dich nicht schämen. Es ist nicht deine Schuld, dass ich unverheiratet war, als ich dich zur Welt gebracht habe. Du bist perfekt und wunderbar und schön, und es sollte dir nicht peinlich sein!" Plötzlich wurde ihr klar, dass ihre eigene Mutter sich ebenso verhalten hatte. Obwohl sie im Elend lebten, und obwohl Rose, ihre Mutter, angefangen hatte zu trinken und nicht für sich selbst einstand, hatte sie Vivienne immer verteidigt.

Heaths Hand glitt über ihren Rücken, als wollte er ihr mit dieser Berührung Kraft und Rückhalt geben.

„Wer war er?", rief Sarah. „Warum hast du es mir nie gesagt?"

Vivienne konnte ihr keine Antwort geben. Sie wollte Sarah nicht belügen, wie ihre Mutter sie belogen hatte. Rose hatte behauptet, Viviennes Vater sei ein Gentleman gewesen, doch da sie ein Sukkubus war, musste ihr Vater ein Dämon gewesen sein. Es war falsch, ihre Tochter zu belügen, aber sie wollte Sarah beschützen ...

„Es muss einer deiner Liebhaber gewesen sein", stellte Sarah fest. „Ich weiß, er ist ein adliger Gentleman. Ich werde nicht zu ihm gehen und es ihm sagen, falls es das ist, was du befürchtest.“

Ein bitteres Schuldgefühl stieg in Vivienne auf. Natürlich musste Sarah denken, sie sei das illegitime Kind eines Edelmannes. „Ich kann es dir wirklich nicht sagen, Sarah.“ Sie hätte erklären können, sie wisse es nicht, aber das hätte furchtbar geklungen. Es hätte sie als Hure dastehen lassen.

„Ich muss es wissen!“, schrie Sarah.

Ihr war klar, dass es Sarah gegenüber nicht fair war, ihr die Wahrheit zu verweigern.

Plötzlich machte Heath einen Schritt nach vorn. „Pst, Sarah. Vielleicht kann Vivienne …

„Nein, Sarah hat recht. Es steht ihr zu, es zu erfahren.“ Vivienne wusste, er dachte, dass sie keine Ahnung hatte. Und er wollte ihr den Schmerz ersparen, es ihrer Tochter sagen zu müssen und damit Sarahs Herz zu brechen.

„Es ist nicht richtig von mir, ein Geheimnis daraus zu machen.“ Sie umklammerte Sarahs Hände. Nie zuvor hatte ihr Herz so schnell geklopft. Nicht einmal, als sie sich in der Gewalt des Vampirrats befunden hatte und um ihr Leben fürchten musste. Sie würde ihre Tochter dazu bringen, sie zu hassen; und das erschien ihr in diesem Moment schlimmer als der Tod.

Heath war hinter sie getreten und legte nun seine Hände auf ihre Schultern. Er hatte ihr erzählt, dass er ein Mann gewesen war, der seine Familie häufig allein gelassen hatte. Und doch war er jetzt hier bei ihr und stand ihr bei.

Verzweifelt wandte sie sich in ihren Gedanken an ihn. *Ich weiß nicht, was ich machen soll, Heath. Sarahs Vater war ein Adliger, aber er … hat mich gezwungen.*

Er hat dir Gewalt angetan?

Nein, nicht direkt.

Sag es ihr. Ich glaube, deine Tochter ist stark genug.

Er hatte recht. Sie hielt Sarahs Hände fest, führte sie zur Bettkante und zog sie hinunter, sodass sie nebeneinander saßen. „Als Erstes musst du wissen, Sarah, dass ich in einem Freudenhaus in der Nähe von Whitechapel geboren wurde. Und meine

Mutter hat mir nie gesagt, wer mein Vater war. Ich wollte es immer wissen. Ständig versuchte ich, mir auszumalen, wer es sein könnte. Ich stellte mir einen reichen und adligen und gut aussehenden Mann vor. Aber ich vermute, in Wirklichkeit war es ganz anders, als ich es mir damals ausmalte. Dein Vater war ein Adliger. Er war ein Duke, aber er zählte nicht zu meinen Liebhabern. Die Wahrheit ist, dass er mich verfolgte, obwohl ich sein Angebot abgelehnt hatte, seine Mätresse zu werden. Er war ein sehr hochmütiger und mächtiger Mann, und als Duke war er es gewohnt, zu bekommen, was immer er wollte. Er wollte mich und er … nahm mich."

Entsetzt starrte Sarah sie an. „Er hat dich vergewaltigt? Mein Vater hat dich vergewaltigt?"

„Er übte keine körperliche Gewalt aus." Nein, dem Duke bereitete es besondere Lust, sich einer unwilligen Frau nicht aufzudrängen. Ihm gefiel es, seine Opfer in eine Falle zu locken, aus der sie nicht entrinnen konnten, bis sie ihn anbettelten, für ihn tun zu dürfen, was auch immer er wollte, damit er ihnen die Freiheit schenkte. Der Duke hatte sie verfolgt und beobachtet. Dann hatte er ein Dutzend Detektive beauftragt, ihre Vergangenheit zu durchleuchten. Sie hatte stets behauptet, als Tochter eines Gentlemans auf dem Lande geboren worden zu sein. Ihren Liebhabern gefiel es, in ihr ein hübsches Ding mit einer hübschen Vergangenheit zu sehen. Der Duke hatte die Wahrheit herausgefunden und sie damit unter Druck gesetzt. Damals war sie siebzehn gewesen – sehr jung und voller Angst vor einem so mächtigen Mann. Schließlich hatte sie ihn in ihr Bett gelassen, nur damit er sie irgendwann satthatte und die Wahrheit über ihre Vergangenheit nicht bekannt machte.

Diese Geschichte erzählte sie Sarah so behutsam wie möglich. Sie versuchte, seine Besessenheit klingen zu lassen, als ginge es um leidenschaftliche Liebe und nicht um die Lust an Macht und Unterwerfung.

Doch Sarah war viel zu scharfsinnig. Ihr Gesicht wurde kreidebleich. Schmerz und Wut flammten in ihren Augen auf.

„Aber … aber mein Vater war ein Ungeheuer. Er war schrecklich. Und ich bin sein Kind."

„Sein Charakter hat nichts mit dir zu tun", erklärte Heath mit leiser Stimme.

„Wie können Sie das sagen? Sie sind ein Earl wegen ihrer Abstammung! Wenn ich die Tochter eines solchen Mannes bin …"

„Du bist die Tochter einer starken, mutigen Frau."

Heaths leidenschaftliche Worte legten sich wie warme Finger um Viviennes Herz und hielten es fest.

Er legte Sarah sanft die Hände auf die Schultern. „Du wurdest von dieser Frau großgezogen. Du wirst nicht durch deine Geburt zu der, die du am Ende bist. Du triffst die Wahl, wer du sein möchtest. Es mag sein, dass ich ein Earl bin, aber ich war nie ein edler Mann."

„Das stimmt nicht, Heath", widersprach Vivienne. „Du bist edel."

Er senkte seinen Kopf. „Ich musste erst in einen Vampir verwandelt werden, um zu begreifen, was Edelmut bedeutet. Es sind die Ereignisse in deinem Leben, die dich formen, Sarah. Und es sind die Menschen, die dich von ganzem Herzen lieben."

Impulsiv stellte Sarah sich auf die Zehenspitzen und hauchte einen süßen Kuss auf Heaths Wange.

Und plötzlich lächelte sie wie eine kleine Elfe. „Gütiger Himmel, sind das Tränen in Ihren Augen, Lord Blackmoor? Ich wusste gar nicht, dass Vampire so etwas können."

16. KAPITEL

Vivienne schloss die Tür zur Bibliothek auf und tastete sich im Dunkeln zum Fenster. Als sie die Vorhänge öffnete, sah sie, dass es regnete, aber es fiel dennoch so viel Licht ins Zimmer, dass sie etwas sehen konnte. Dimitri hatte ihr den Schlüssel gegeben.

An diesem Morgen war sie in Dimitris Zimmer gestürmt …

„Sie hatten kein Recht, mit Sarah über ihren Vater zu sprechen“, hatte sie wütend erklärt.

Ihr Gastgeber war wie häufig nur mit einem seidenen Morgenmantel bekleidet. „Ich habe versucht, herauszufinden, ob Sarah ebenfalls ein Sukkubus sein könnte. Wenn sie einen sterblichen Vater hat, bedeutet das, dass sie wahrscheinlich menschlich und sterblich ist.“

Vor Erleichterung wurde Vivienne schwindelig. Aber sie erwiderte knapp: „Sie hätten mit mir sprechen sollen, nicht mit ihr.“

„Ihre Tochter ist eine erwachsene Frau, Miss Dare. Und dies ist mein Haus. Sie haben mein Wort, dass ich Ihrer Tochter niemals etwas Böses antun würde. Aber ich kann nicht versprechen, dass ich nicht versuchen werde, ihr dabei zu helfen, zu verstehen, was mit ihr geschieht.“ Er warf Vivienne einen ahnungsvollen Blick zu. „Sie müssen ihr sagen, welche Art von Wesen Sie sind.“

„Ich weiß selbst nicht genau, was ich bin.“

Lässig hatte er ihr den Schlüssel zur Bibliothek zugeworfen. „Dann finden Sie es heraus, Miss Dare. In den Regalen ganz hinten neben dem Fenster stehen meine Bücher über Sukkuben.“

Hier war sie nun also und ließ ihren Zeigefinger an den Rücken der ledergebundenen Bücher entlanggleiten. Sie zog eines davon heraus. *Anatomie der Sukkuben.* Doch es stellte sich heraus, dass dieses Werk ausschließlich Bilder nackter Frauen enthielt – zahllose Brüste, Schenkel und Hinterteile. Nach einer Stunde wusste sie nur wenig mehr als zuvor. Viele der Bücher waren gefüllt mit erotischen Geschichten über schamlose Frauen, die Männer verführten. Einige dieser Geschichten waren so haarsträubend – wie die über einen Adligen, der mitten im House of Lords verführt worden war –, dass sie erfunden sein mussten.

„Mutter? Was machst du hier drinnen?"

Vivienne riss den Kopf hoch. Sie war so in das Buch vertieft gewesen, dass sie Sarahs Eintreten in die Bibliothek nicht bemerkt hatte. „Puh." Sarah blätterte in einem der Bücher. „Warum liest du diese grässlichen Dinge?"

Ihr Herz zog sich zusammen, aber sie wusste, Dimitri hatte recht. „Es gibt etwas, das ich dir sagen muss, Sarah. Zunächst wirst du es vielleicht nicht glauben. Ich weigerte mich auch, es zu tun. Aber es ist wahr."

Sie war nicht in der Lage, Sarah in die Augen zu sehen, aber sie sprudelte alles hervor – alles, was sie über das wusste, was sie war.

Und als Vivienne fertig war, warf Sarah das Buch auf den Tisch. „Das ist lächerlich, Mutter!" Sie zitterte, während sie eines der Bilder anstarrte – es zeigte eine nackte Frau mit spitzen Eckzähnen, die am Hals eines Mannes saugte.

„Ich weiß, dass ich nicht so bin. Aber ich …" Vivienne fand keine Worte. Doch sie versuchte es. „Wenn ich keinen … Geschlechtsverkehr habe, bekomme ich starke Schmerzen. Ich bin dann dem Tode nah. Es sieht so aus, Sarah, als würden auch in Wirklichkeit Dinge existieren, von denen wir früher dachten, es gäbe sie nur in Gruselgeschichten." *Und ich bin eines dieser Dinge.*

Sarah sprang auf. „Nein, das ist vollkommen verrückt."

„Aus diesem Grund ist der Rat der Vampire hinter mir her."

„Bin ich auch ein Sukkubus?"

Vivienne hatte keine Antwort auf diese Frage, außer der, die Dimitri ihr gegeben hatte. Mit einer kleinen Veränderung. „Lord Dimitri glaubt nicht, dass du einer bist."

Sie streckte die Hand nach Sarah aus, doch ihre Tochter wich zurück. Dann raffte Sarah ihre Röcke, wirbelte herum und lief flink wie eine Gazelle aus der Bibliothek.

Vivienne wollte ihr folgen, doch sie wusste, dass Sarah Zeit brauchte. Also ließ Vivienne sich auf einen der Lehnstühle sinken. Es war, als würde sie eine schwere Last auf ihren Schultern tragen. Ihr Herz schlug schwerfällig und langsam. Es war furchtbar, die eigene Tochter in Angst und Schrecken zu versetzen.

Sarah war wahrscheinlich kein Sukkubus. Vivienne schloss die Augen und wiederholte diesen Satz wieder und wieder …

Warmes, blendend helles Sonnenlicht fiel auf ihre geschlossenen Lider, und sie schlug die Augen auf. Anstelle von Bücherreihen sah sie saftige grüne Felder, einen leuchtend blauen Himmel und gepflegte Hecken. Sie war *draußen,* irgendwo auf dem Land und saß auf einem Damensattel, welcher auf dem Rücken einer grau gefleckten Stute lag. Ein Rock aus smaragdgrünem Samt bedeckte ihre Beine, und vor ihrem Gesicht hing eine Pfauenfeder.

Vivienne befand sich mitten in einem Traum. Neben sich hörte sie ein Pferd schnauben und Hufe über den Boden traben. Sie wandte den Kopf, obwohl sie Angst hatte, den Mann zu sehen, der auf dem Pferd neben ihrem saß, den Mann, den sie in ihrem Traum würde verführen müssen.

Dann durchliefen Erleichterung und Verlangen sie gleichzeitig. Unter einem hohen Kantorhut hervor blendete Heath sie mit seinem strahlenden Lächeln. Die lässige Arroganz, mit der er sie anlächelte, entfachte ein loderndes Feuer in ihr. Er weckte in ihr den Wunsch, etwas Verrücktes zu tun. Sie hatte nie zuvor auf einem Pferd gesessen, doch hier, in ihrer Fantasiewelt, zog sie die Zügel stramm und trieb ihre graue Stute zum Galopp an.

Heath folgte ihr. Wilde, ausgelassene Freude stieg in ihr auf, während ihr Pferd über die Wiese galoppierte. Sie beugte sich vor, die Mähne der Stute peitschte ihr ins Gesicht, und sie hatte das Gefühl, als sei sie diejenige, die mit großen Sprüngen über den Boden eilte. Es war wie segeln. Wie fliegen.

Sie raste auf eine niedrige grüne Hecke zu, flog hinauf in den

Himmel und fühlte sich einen atemberaubenden Moment lang leicht wie eine Feder, bevor sie wieder landete und die wilde Jagd weiterging.

Heath galoppierte hinter ihr her. Sein Kantorhut segelte ihm vom Kopf. Er tauchte an ihrer rechten Seite auf, griff nach dem Zaumzeug ihrer Stute und brachte beide Pferde zum Stehen. Die Tiere keuchten, ebenso wie sie.

Sie wandte sich ihm zu, er legte die Finger unter ihr Kinn und zwang sie, sich zu ihm hinüberzubeugen. Dann presste er seine Lippen auf ihren Mund. Ihr Herz galoppierte mindestens so schnell, wie sie eben noch dahingeflogen war. Unter dem Korsett und dem Samt ihres Kleides richteten sich ihre Nippel auf.

Heath lehnte sich zurück und murmelte: „Das wollte ich schon immer tun. Und es mit dir zu machen, ist die Verwirklichung eines Traumes."

„Was wolltest du tun? Reiten? Küssen?" Vielleicht meinte er auch, draußen im Sonnenschein zu sein …

„Dich auf dem Rücken eines Pferdes vögeln."

Seine Hände legten sich um ihre Taille, und noch einmal hatte sie das wunderbare Gefühl, durch die Luft zu gleiten. Er setzte sie mit dem Rücken zu sich vorne auf den Sattel zwischen seinen warmen, festen Körper und den langen, elegant geschwungenen Hals des Pferdes.

„Wie?", keuchte sie, aber er zog ihre Röcke hoch, entblößte halbhohe Lederstiefel, hauchdünne Strümpfe und schließlich ihre nackten Schenkel. Die Sonne wärmte ihre plötzlich unbedeckte Haut. Als das Pferd sich unter ihr bewegte, schrie sie auf. „Dir ist hoffentlich klar, dass dieses Ding ziemlich groß ist." Sie wandte sich um und schaute ihn an.

Er grinste, während er sich an seiner Hose zu schaffen machte. „Vielen Dank."

„Das Pferd. Ich meinte, das Pferd ist riesig, und wir sitzen hoch über der Erde …"

Er öffnete seine Hose und holte seinen Schwanz hervor,

der natürlich prächtig, hart und sehr groß war. „Keine Angst, Liebste, ich sorge dafür, dass dir nichts passiert. Sei versichert: Wenn du erst einmal auf meinem Schwengel sitzt, lasse ich Dich unter keinen Umständen herunterfallen."

„Du bist … unverbesserlich. Schrecklich. Wir können es nicht auf einem Pferd tun."

Er lachte, und seine Augen funkelten im Sonnenlicht. „Es ist deine Aufgabe, mich zu verführen, meine Blume. Zu diesem Zweck wäre es hilfreich, wenn du dafür sorgst, dass ich verrückt vor Verlangen werde. Dann kletterst du auf mich und verschaffst mir so verdammt viel Lust, dass ich dir meine Seele gebe, wenn ich komme. Etwa so …"

Er drückte seinen Schaft nach unten, um sie mit seiner Eichel zu streicheln. Dann hob er sie mit seinen starken Armen hoch und ließ sie wieder herunter. Sie schrie auf, als er sich Stückchen für Stückchen in ihren sprudelnden Schoß bohrte. Sie rutschte tiefer und tiefer, bis ihre Hinterbacken sich an seine Hoden pressten, die außen auf seiner Hose ruhten. Ihre Klit rieb sich an den Löckchen zwischen seinen Schenkeln. Er küsste sie – schenkte ihr einen Kuss, der sie dahinschmelzen ließ –, und sein Pferd bewegte sich unter ihnen, tänzelte auf dem Gras. Gemeinsam ging es für sie nach oben und wieder abwärts, und sein Schwanz reizte sie an den empfindsamsten Stellen.

„Und jetzt reiten wir, Liebste."

Eine Berührung mit seinen Absätzen, und sein Pferd fiel in einen leichten Trab. Er wiegte sich im Takt mit den Schritten des Tiers, und aufgespießt auf seinem heißen, herrlichen Schwanz, bewegte sie sich ebenfalls. Hoch und höher stieg sie, wenn er es tat, und wenn er seine Hüften wieder senkte, verharrte sie für einen atemlosen Moment, bevor sie an seinem harten Schaft wieder nach unten glitt.

In seiner rechten Hand hielt er die Zügel und umfasste mit der Linken ihre Taille. Dann zwang er sein Pferd in den Galopp. Bei jedem Aufprall stieß sein Schwanz tief in sie hinein. Sie seufzte vor Entzücken. Jetzt galoppierten sie sehr schnell. Ihr Hut flog davon, und ihre Haare lösten sich und flatterten im Wind. Dann sah sie eine weitere Hecke rasch näherkommen.

Himmel, er hatte vor, sie zu überspringen, während sie auf seinem Schwanz saß! Sie schloss die Augen, als sie spürte, wie er die Schenkel eng an den Leib des Pferds presste, die Zügel anzog und sich im Sattel aufrichtete. Sie tat es ihm gleich. Und während sie über die Hecke segelten, schrie sie auf und kam mit der Wucht einer Explosion.

Die Pferdehufe berührten wieder den Boden, und sie schluchzte vor Wonne. Dann fiel das Pferd wieder in den Galopp, und sie lachte, weil sie immer noch die wunderbaren Zuckungen ihres Orgasmus spürte und gleichzeitig die Freude, überlebt zu haben. Da kam auch er.

Heath stieß ein herzhaftes Lachen aus und brachte sein schönes schwarzes Tier zum Stehen. „Du, Sex und Sonnenschein", murmelte er. „Eines Tages werde ich diese drei Dinge besitzen, meine Blume ..."

Dann war er fort. Das grüne Gras verschwand, der Himmel wurde dunkel, und die Traumbilder lösten sich auf. Sie versuchte, sie festzuhalten. Aber sie landete wieder auf dem harten Boden – oder zumindest erwachte sie in ihrem Sessel. Regen prasselte gegen die hohen Fenster.

Vivienne.

Leise und rau drängte sich die unheimliche Männerstimme in ihre Gedanken. Es war nicht Heaths Stimme, obwohl er ähnlich heiser klang, wenn er erregt war. Sie weigerte sich, von einem anderen Mann zu träumen. Die Sukkuben in Dimitris Büchern gingen zu vielen Männern, jede Nacht zu einem anderen, und stahlen ihnen kleine Stückchen ihrer Seelen. Doch ihr war es egal, welche Art von Wesen sie war. Sie wollte nur Heath.

Vivienne.

Sie versuchte, aus dem Sessel aufzustehen. Warum hatte sie einerseits das Gefühl, wach zu sein, fühlte sich andererseits aber an den Stuhl gefesselt, gefangen in einem schwarzen Nebel? Hinter sich hörte sie ein leises Geräusch – jemand bewegte sich in Stiefeln über den Teppich auf sie zu.

Und der Sessel ließ nicht zu, dass sie fortlief. Verzweiflung stieg in ihr auf. Sie würde auf gar keinen Fall einen anderen Mann verführen.

Es geht nicht um Sex, Vivienne. Der andere Mann sprach in ihren Gedanken zu ihr. *Ich bin kein sterblicher Mann, nicht eines deiner Opfer. Ich bin dein Vater. Ich habe sehr lange warten müssen, bis es mir möglich war, zu dir zu kommen. Mein Name ist Nikolai. Jetzt dreh dich um und schau mich an, Vivienne.*

Vor Angst schlug ihr Magen Purzelbäume. Wie konnte sie von ihrem Vater träumen, wenn sie keine Ahnung hatte, wie er aussah? Doch der Zauber – oder was auch immer sie an den hochlehnigen Sessel fesselte – verschwand. Plötzlich konnte sie aufspringen. Sie wirbelte herum.

Eine dunkle Gestalt stand im Schatten und verschmolz fast vollständig mit der Dunkelheit. Sie konnte nichts erkennen. Weder sein Gesicht noch seine Kleidung. Sie hatte den Eindruck, dass er sehr groß war, viel größer als sie. Doch sie sah kaum die Umrisse seines Umhangs und den hohen Kantorhut auf seinem Kopf.

Es ist mir nicht möglich, näherzukommen, meine Liebe. Nicht so nah, dass du mich sehen kannst. Ich kann nicht in dieses Haus eindringen. Es ist ringsum von Schilden geschützt. Du musst zu mir kommen, Vivienne. Ich möchte dir erklären, welche Art von Wesen du bist und was in deiner Vergangenheit geschehen ist. Folge mir jetzt, und dann wirst du mich sehen können. Ich habe so ungeduldig auf diesen Moment gewartet, mein geliebtes Kind.

Geliebtes Kind. „Ich bin nicht dein geliebtes Irgendwas“, fauchte sie. „Ich habe keine Ahnung, wer du bist. Du hast uns verlassen. Damals waren wir dir egal, und jetzt schere ich mich nicht im Geringsten um dich.“ Ihr war klar, dass sie das besser nicht hätte sagen sollen. Sie musste herausfinden, wer ihr Vater war und was ihre Ursprünge waren. Es war dumm, ihn wegzustoßen, aber der Schmerz so vieler Jahre, in denen sie sich von ihm im Stich gelassen gefühlt hatte, trieb sie dazu.

„Ich habe dich niemals im Stich gelassen, mein Liebling." Seine Stimme umfloss sie tief und schmeichelnd. „Aber die Regeln, nach denen mein Dasein abläuft, sind streng. Ich konnte dich nicht mit mir nehmen. Ich konnte dich nicht wissen lassen, was du bist; dadurch hätte ich dich der Gefahr ausgesetzt, von den Vampirköniginnen vernichtet zu werden. Indem ich dich bei deiner Mutter zurückließ, indem ich deine Macht schlummern ließ, sorgte ich für deine Sicherheit. Ich beobachtete dich aus der Ferne, sah dich aufwachsen und schön und stark werden." Seine Stimme war heiser und beruhigend. In ihr schwang schmerzliches Bedauern mit.

„Ich bin ein Vampir", fuhr er fort. „Eigentlich sollten wir keine Kinder mit sterblichen Frauen zeugen. Es widerspricht den Vorschriften. Aber nun, nachdem du deine wahre Natur offenbart hast, kann ich bei dir sein.

„Wie konnte ich all die Jahre ein Sukkubus sein und es bis jetzt nicht bemerken?"

„Komm zu mir, Vivienne, dann erkläre ich dir alles." Er zog sich zurück, schwebte langsam rückwärts zum Fenster.

Die Vernunft sagte ihr, dass es besser war, sich nicht zu rühren, aber ihre Füße gehorchten ihrem Verstand nicht. Sie machten einen hastigen Schritt in seine Richtung. Dann rannte sie ihm hinterher, und ihre Röcke flatterten um ihre Beine. Die Wand kam immer näher, aber sie konnte nicht stehen bleiben …

Plötzlich war sie umgeben von unergründlicher Schwärze.

Starke Arme legten sich um ihre Taille. *Du kannst direkt in deine Träume gehen und dich bewegen, wohin du möchtest. Ich habe so lange auf den Augenblick deiner Erweckung gewartet. Nun wirst du endlich begreifen, wie mächtig du bist.*

Verzweifelt sandte sie eine Gedankenbotschaft, während sie spürte, wie sie sich rasend schnell durch eiskalte Leere bewegte. Vielleicht würde ihr Vater die Nachricht ebenfalls hören, aber sie hatte keine Wahl. *Dimitri. Mein Vater hat mich mit sich genommen. Ich weiß nicht, wohin ich unterwegs bin. Aber ich werde versuchen, Heath mitzuteilen, wo ich mich aufhalte, sobald er erwacht. Falls es mir möglich ist.*

Vivi, kannst du mich noch hören?

Heath lief die Whitechapel High Street hinunter. Er drängelte sich zwischen müden Arbeitern, betrunkenen Männern und zerlumpten Dirnen hindurch. Das Licht der Straßenlaternen durchdrang nur schwach den Nebel. Am liebsten hätte er Dimitri mit seinen bloßen Händen erdrosselt. Wie hatte der verdammte Vampir zulassen können, dass Viviennes Vater zu ihr gelangte? Nun ja, der Dämon hatte Vivienne in ihren Träumen erreicht, und vom Verstand her war ihm klar, dass Dimitri daran keine Schuld trug. Doch die Wut brannte lichterloh in ihm.

Heath? Deine Gedanken sind so leise. Es ist, als wärst du viele, viele Meilen weit weg.

Er betete, dass es nicht so war. Ihre Anweisungen hatten ihn hierher geführt, in das Dirnenviertel, wo er Nikolai in der vergangenen Nacht begegnet war. Seine Nervenenden prickelten, während ihn dunkle Ahnungen durchliefen.

Ich erinnere mich an einen Straßennamen, flüsterte sie in seinen Gedanken.

Heath blieb stehen. Das hier war eine der Straßen, in denen ein Mord stattgefunden hatte. Er fand die schmale Gasse und bog in sie ein. Im Nebel schimmerten die Pflastersteine feucht. Hufgetrappel war zu hören. Irgendwo im Dunst machten Frauen mit heiseren Stimmen unflätige Bemerkungen und brachen gleich darauf in lautes Gelächter aus.

Das Gebäude war groß und schmal und bestand aus braunen Ziegeln, fuhr sie fort.

Er stand vor einem Bauwerk, auf das die Beschreibung passte. Seine Nackenhaare richteten sich auf wie bei einem Hund, der Gefahr witterte. Das musste …

Ein greller Bolzen aus silbernem Licht durchfuhr ihn in exakt dem Moment, in dem er das weißblonde Haar und das schöne Gesicht seines Meisters erkannte. Was zum Teufel …? Wie war

Nikolai so dicht an ihn herangekommen, ohne dass er ihn gerochen hatte? Das konnte nur geschehen sein, weil er all seine Sinne auf Vivi gerichtet hatte.

Ein weiterer Lichtbolzen traf seine Brust, und er taumelte zurück. Sterne tanzten vor seinen Augen, dann wurde um ihn herum alles schwarz.

Als Heath erwachte, sah er direkt in silbergrüne Augen. Diese Augen, die ganz genauso aussahen wie seine eigenen, starrten ihn an. Er fuhr hoch, und aus dem Sofa, auf dem er lag, stieg eine Staubwolke auf. Fadenscheinige, zerrissene Vorhänge umrahmten die dreckigen Fenster. Ein Kronleuchter hing von der Decke. Er kniff die Augen zusammen und erkannte in dem Ort, an dem er sich befand, ein früheres Bordell, das offensichtlich verlassen war.

Sein Bruder fixierte ihn misstrauisch. Dann sah Heath etwas, das sein Herz bis in die Kniekehlen rutschen ließ. Raine zielte mit einer Armbrust auf ihn.

„Raine, um Himmels willen, was auch immer Nikolai dir versprochen hat – welchen Reichtum und welche Macht –, es ist eine Lüge." Sein Bruder zuckte mit keiner Wimper, sondern starrte ihn mit einem so gefühllosen Blick an, dass Heaths Angst noch größer wurde. „Lass mich dir erzählen, was er in den Karpaten mit mir gemacht hat …"

Er hatte mit Raine nie darüber gesprochen. Nicht einmal, nachdem er gezwungen worden war, seinen Bruder in einen Vampir zu verwandeln. Nicht einmal, als er Raine den Fluch erklärt hatte. Er hatte seinem Bruder nicht berichtet, dass Nikolai ihn im Dreck gefunden, gebrandmarkt und gefoltert und in einen Kerker gesperrt hatte. Nun erzählte er ihm alles.

„Raine", flehte er. „Er will einen von uns beiden in einen Dämon verwandeln, in ein Ungeheuer, das in der Lage ist, die ganze Welt zu zerstören. Ich weiß, dass du das nicht willst. Du bist nicht so. Ich erinnere mich daran, wie du als kleiner Junge warst."

Himmel, warum starrte Raine ihn einfach nur stumm an? „Erinnerst du dich, wie wir zusammen auf dem Bach hinter unserem Haus Boote schwimmen ließen? Weißt du noch, wie wir Salamander fingen? Ich setzte meinen in Vaters Bett, aber du hieltest deinen als Haustier."

Während er redete, fiel ihm ein, was für ein strenger Bruder er nach dem Tod ihrer Eltern gewesen war. Kein Wunder, dass er seinen Bruder fortgetrieben hatte.

Heath, ich glaube, mein Vater hat irgendetwas mit deinem Bruder gemacht. Er kontrolliert seine Gedanken. Du musst vorsichtig sein. Du musst versuchen zu fliehen. Mein Vater hat geschworen, dich zu vernichten. Ich verstehe nicht, warum. Er behauptet, er müsse es tun, um mich zu schützen …

Er hörte Vivis verzweifelte Stimme und wandte seine Aufmerksamkeit von Raine ab. Da Nikolai nun Macht über Raine hatte, konnte er Heath vernichten, denn er brauchte ihn nicht mehr unbedingt. Und Nikolai war Viviennes Vater. *Ist alles in Ordnung mit dir, Vivi?*

Er konnte seine Nachricht an sie nicht beenden. Raine schlug ihm gegen sein Kinn. Und zwar so heftig, dass sein Kopf nach hinten fiel. Was zum Teufel …?

Während er mit geballten Fäusten locker auf und ab sprang, wie sie es beide im Boxring von „Gentleman Jackson's Saloon" in London gemacht hatten, sah Raine ihn mit leerem Blick an. Dann ging ein Trommelfeuer von Schlägen auf Heath nieder, und er versuchte, jedem dieser Hiebe auszuweichen. Dennoch traf ihn einer an der Schulter, ein anderer krachte gegen seine Wange. Da Raine die Kräfte eines Vampirs einsetzte, war es, als würden ihn Kanonenkugeln treffen.

Heath konnte nicht zurückschlagen. Und Vivi hatte recht, Nikolai besaß die Kontrolle über Raines Verstand. Doch Heath würde seinen Bruder nicht verprügeln. Ganz gleich, was geschah.

Raine drängte ihn in die Ecke. Was würde passieren, wenn er zuließ, dass sein Bruder ihn tötete? Würde Nikolai versuchen, Vivi zu benutzen, um Raines Fluch zu beschwören?

Ein weiterer Schlag knallte gegen sein Kinn, und er geriet ins Taumeln.

Die Haut an seiner Wange war aufgeplatzt, und er blutete. Seine Wunden heilten nicht. Und er fühlte sich schwach. Wenn Raine so weitermachte, war es möglich, dass er ihn totschlug. Er spürte, wie ihn seine Kräfte verließen.

„Ja, du dummer, junger Vampir, du verlierst deine Kräfte, und zwar wegen Vivienne.“ Nikolai schlenderte ins Zimmer. Dabei umklammerte er mit einer Hand Vivis Arm. Als sie Heath sah, flammte Entsetzen in ihren Augen auf. Er nahm an, dass er zahlreiche Beulen und blaue Flecke hatte. Dass an der rechten Seite seines Gesichts das Blut hinablief, konnte er spüren …

„Aufhören!“, rief Vivienne. „Du bringst ihn ja um.“

„Nein, meine Liebe. Sein Verlangen nach dir bringt ihn um. Es schwächt ihn. Es zerreißt ihn innerlich, weil er dich so sehr will, dich aber nicht haben kann.“

Vivi hatte geweint; auf ihren Wangen waren Tränenspuren zu sehen. Wenn Raine endlich aufhören würde, ihn zu schlagen und ihm, verdammt noch mal, den Weg freimachte, würde er Nikolai zerstückeln.

Sein Meister war Vivis Vater. Diese Erkenntnis schockierte ihn. Da sie wusste, was für ein schreckliches Ungeheuer Nikolai war, musste die Wahrheit Vivi umbringen. Wie konnten ihr gutes Herz und ihre Fähigkeit, zu lieben, die Erkenntnis verkraften, dass sie das Kind eines durch und durch bösen Vampirs war? Er musste sie hier hinausschaffen.

Doch Nikolai hatte den Arm um ihre Schultern gelegt. Diese Geste wirkte wie die Übelkeit erregende Parodie der Art und Weise, wie ein liebevoller Vater sein Kind umarmt.

„Du bist so stark, Vivienne. Erkenne deine Stärke in seinen Schmerzen“, säuselte Nikolai.

„Aufhören!“, wiederholte sie. „Ich will niemandem wehtun. Und hör auf, seinen Bruder zu zwingen, ihn zu schlagen. Das ist grausam und böse. Heath wird sich nicht wehren. Er liebt seinen Bruder.“

„Und das ist es, was die Sache so amüsant macht."

„Amüsant?", schrie sie.

Nikolai packte ihr Kinn und starrte ihr in die Augen. „Du bist nicht so, wie ich es mir vorgestellt habe", erklärte er nachdenklich. „Offenbar liegt viel Arbeit vor mir. Ich dachte, du würdest nach Macht hungern. Hast du nicht gelernt, Vivienne, dass du Macht brauchst, wenn du kein Opfer sein willst, wie du es früher in den Slums warst?"

„Nicht diese Art von Macht. Was du vorhast, ist verrückt. Und böse. Wie kannst du einen von diesen beiden Männern in einen Dämon verwandeln wollen?"

„Bist du in der Lage, mir in die Augen zu sehen und mit voller Überzeugung zu erklären, dass ich die Sterblichen verschonen soll? Indem ich sie vernichte, sorge ich dafür, dass sie für ihre Brutalität und Grausamkeit bezahlen. Du solltest mir für das, was ich tun werde, dankbar sein."

„Ich werde dir ganz sicher nicht dankbar sein", wisperte sie. „Lass Heath gehen. Lass uns alle gehen."

„Das hier ist deine Bestimmung, Vivienne. Du bist die Erste einer neuen, perfekten Art von Sukkuben. Du bist stärker als irgendein weiblicher Dämon, der jemals existiert hat. Natürlich werde ich dich nicht gehen lassen."

Sie befreite sich im selben Moment aus Nikolais Griff, in dem Heath von seinem Bruder einen Schlag in die Magengrube bekam. Nun reichte es! Heath packte Raines Arm, zog ihn hinter den Rücken seines Bruders und hielt ihn dort fest. Er nahm den metallischen Geschmack seines eigenen Bluts wahr. „Lass sie gehen", knurrte er in Nikolais Richtung.

„Nein. Sie gehört mir." Die schwarzen Augen des alten Vampirs leuchteten rot auf. „Ich habe sie erschaffen, und nun hast du dich in sie verliebt. Aber du bist viel stärker als dein Bruder. Viel stärker, als ich erwartet hatte. Doch jetzt werde ich dir zeigen, wie viel Stärke ich ihr verleihen kann, wenn ich will."

Fremdländische Worte kamen aus Nikolais Mund, und plötzlich wurde Heath von Vivis einzigartigem weiblichem Duft überwältigt, dem köstlichen Geruch ihrer Haut, dem vollen, erdigen Aroma ihres Schoßes. Ihre Düfte zogen ihn an wie einen Wolf in der Paarungszeit. Sein Schwanz schwoll an und richtete sich auf. Seine Eckzähne schossen hervor. Verlangen traf ihn wie ein Pfeil.

Nein! Er musste dagegen ankämpfen.

Nikolai schnippte mit den Fingern, und ein Angst einflößend aussehender Mann in schmutzigen Kleidern trat aus dem Schatten. „Sie woll'n sie jetzt? Soll ich sie ihm geben? Wie ich Ihnen die anderen gegeben habe?" Der Mann schubste eine Frau nach vorn. Sie wirkte verwahrlost in ihrem dreckigen Kleid und mit der schmuddeligen Haube auf dem Kopf.

Heath konnte das Blut der sterblichen Frau riechen. Ihm wurde schwindelig vor Hunger. Er schubste Raine so heftig zur Seite, dass sein Bruder zu Boden fiel. Die Frau kreischte und versuchte zu fliehen, aber sie lief gegen die verschlossene Tür. Als ihr klar wurde, dass sie in der Falle saß, trommelte sie mit den Fäusten gegen das Holz.

„Sieh ihn dir an!", rief Nikolai mit triumphierender Stimme Vivienne zu. „Das hast du aus ihm gemacht. Es ist dein Duft, der das Ungeheuer in ihm zum Vorschein bringt. Du hast ein einziges Mal Sex mit ihm gehabt, und das hat dem Fluch mehr Macht über ihn gegeben."

Verschwommen sah Heath, wie Nikolai nach Vivis Armen griff und sie zwang, ihn anzusehen. „Er trinkt nie das Blut von Menschen. Niemals. Er hat sich selbst monatelang jeden Tropfen Blut verweigert. Aber deinetwegen wird er nun zu dem Ungeheuer, das er die ganze Zeit bekämpft hat. Ein gedankenloses Tier. Er wird sich wie der Dämon verhalten, der zu werden seine Bestimmung ist."

„Nein. Sorge dafür, dass das aufhört. Bitte."

Heath konnte nichts dagegen tun, dass er sich der entsetzten Frau immer weiter näherte. Ihr Blut lockte ihn. Sein Körper pochte vor Verlangen, von dem Blut zu trinken.

„Lass es aufhören!", schrie Vivienne.

„Das ist es, was du willst?", erkundigte sich Nikolai, und der

Teil von Heaths Verstand, der noch klar war, konnte den hochzufriedenen Klang seiner Stimme hören. Was, um alles in der Welt, hatte sein Meister vor?

„Ja. Bitte, ja!“, stieß Vivi verzweifelt hervor. Ihre blauen Augen waren vor Angst weit aufgerissen. Und auch Schuldgefühle waren in ihnen zu lesen.

Mit einem fröhlichen Lachen zog Nikolai einen großen Holzpflock aus der Tasche seines weiten Umhangs. „Nur auf diese Weise ist er aufzuhalten.“ Heath wusste, dass er sich beherrschen musste, aber der Geruch des Bluts umnebelte seine Sinne. *Denk nach. Denk wie ein verdammter Mensch, nicht wie ein Ungeheuer.*

Nikolai kam auf ihn zu. Doch Heath konnte sich nicht von der entsetzten Frau abwenden, nicht einmal um sich selbst zu schützen. Er wollte sie nehmen …

Also tat er es. Er zog sie in seine Arme wie ein Retter, und diese Bewegung ließ für einen Moment seinen Kopf klar werden. Lange genug, um seine Selbstbeherrschung wiederzufinden und direkt auf Nikolai zuzulaufen. Er überrannte seinen verblüfften Meister und lief zu Vivienne.

Sie stand schwankend da und schloss die Augen, als er sich ihr näherte. „Nein“, murmelte sie. „Nein. Ich will aufwachen.“

Verdammt! Nikolai hatte sie mithilfe eines Traums hierher gebracht, auf die gleiche Weise, wie Sukkuben nachts zu Männern gelangten. Konnte er die Kontrolle übernehmen? Er musste sie hier herausschaffen. Er wusste jetzt, was Nikolai vorhatte: Er wollte ihm den Pflock ins Herz treiben, ihn vernichten und anschließend Vivienne zwingen, mit Raine zu schlafen und auf diese Weise seinen Fluch freisetzen.

Vivi, rief er in ihre Gedanken. *Übernimm wieder selbst die Kontrolle. Träum, dass wir draußen sind, dass wir in meiner Kutsche sitzen. Wir werden fliehen.*

Plötzlich drehte sich das Zimmer um ihn. Vivi schrie auf, und die Frau in seinen Armen tat es ihr nach. Während um ihn herum Schreie ertönten, hatte Heath das Gefühl, in die Dunkelheit gesogen zu werden. Im nächsten Augenblick spürte er harte Pflastersteine unter seinen Füßen, und vor ihm standen schnaubende Pferde. Dimitris Kutscher hielt die Tür auf. Heath selber hatte immer noch die sterbliche Frau in den Armen. Und Vivienne sah ihn mit großen, erstaunten Augen an.

„Du hast es geschafft, meine Blume." Er ließ die fremde Frau los und umarmte Vivi fest. „Du hast uns alle gerettet."

17. KAPITEL

Ihr Vater war der Vampir, der Heath erschaffen und mit dem Fluch belegt hatte.

Heath umschlang sie mit seinen Armen, aber Vivienne entzog sich ihm. Scham und Schrecken brodelten in ihr und bildeten eine ätzende Mischung aus Säure und Bitterkeit. Sie glitt in den Schatten dicht bei der Kutschenwand und drückte ihre Schulter gegen das getäfelte Holz, während in ihr Zorn und Verzweiflung kämpften.

Ihr Vater war nicht einfach nur ein Dämon; er war ein brutaler, skrupelloser Mörder, und sie hatte den Beweis mit eigenen Augen gesehen. Er hatte vorgehabt, Heath einen Pflock ins Herz zu treiben. Nikolai hatte gewollt, dass Heath eine unschuldige Frau biss und tötete. Sie hatten diese arme Frau nach Hause gebracht, und Heath hatte sie mit einer Handvoll Sovereigns getröstet.

Nikolai hatte ihr gesagt, dass er Heath vernichten wollte, um sie zu schützen; weil Heath mit ihr schlafen, sich dann verwandeln und sie töten würde. Sie glaubte Nikolai nicht. Ihr Vater war von dem Plan berauscht gewesen, den Mann, den sie liebte, vor ihren Augen zu töten. Niemals würde sie ihm abkaufen, dass er es für sie tat.

Wie konnte Heath sie anschauen, ohne daran zu denken, was für ein abscheuliches Ungeheuer ihr Vater war? Kaum standen die Pferde, sprang Vivienne aus der Kutsche. Als Heath versuchte, ihr Handgelenk festzuhalten, befreite sie ihren Arm.

„Vivi, Liebste, warte …“

Doch sie hörte nicht auf ihn. Die Steine flogen unter ihren Füßen dahin, während sie die Stufen hinaufrannte, an den Dienern vorbeilief, die als Wachen vor Dimitris Tür standen, und in die kühle Dunkelheit eintauchte.

Sie stolperte durchs Haus, tastete sich blind durch die Flure. Dimitris Gäste unterbrachen ihre Gespräche und wandten die Köpfe, um sie anzustarren. Ein an eine Wand gelehntes Paar unterbrach sogar einen wilden Akt sexueller Vereinigung. Der Vampir und seine Gefährtin waren offensichtlich verblüfft über den Anblick einer tränenüberströmten Frau, die rannte, als ginge es um ihr Leben.

Vivienne erreichte ihr Zimmer und warf die Tür hinter sich zu.

Ihr Vater war ein Ungeheuer. Was war dann sie?

Sie wusste, was sie war. Eine furchtbare, zerstörerische Dämonin, das weibliche Gegenstück zu Nikolai. Sie würde Heath vernichten, einfach nur indem sie ihn dazu brachte, sie zu lieben. Ihr Vater hatte sie genau zu diesem Zweck erschaffen. Sein Plan war gewesen, das unwiderstehliche Böse zu formen, um sterbliche Männer zu vernichten. Sie hatte die Erste einer ganzen Armee von Sukkuben sein sollen.

Tränen liefen ihr über die Wangen. Dies waren genau dieselben Qualen, die Sarah erleiden musste …

„Alles ist gut, Liebste."

Sie wusste, es war Heath, und seine tiefe, raue Stimme ließ ihre Kehle eng werden. Seine Lippen glitten über ihren Nacken. Sofort durchlief sie ein heißer, erregender Schauer.

„Wie kannst du es ertragen, mich zu berühren?", rief sie. Schuld legte sich schwer auf ihre Schultern und zerrte an ihr, als wollte das bittere Gefühl sie in den Schlund der Hölle befördern. „Der Vampir, der dein ganzes Leben zerstört hat, ist mein Vater. Er hatte dir das Einzige genommen, was du wolltest. Die Hoffnung auf Liebe."

Heath umarmte sie einfach nur fester. Er zog sie an seine breite Brust und stützte sein Kinn auf ihren Scheitel. Niemand hatte sie jemals so gehalten. Kein Liebhaber. Ganz sicher nicht ihr teuflischer Vater. Niemand außer Heath.

„Es ist nicht ganz allein seine Schuld, meine Blume. Als ich in die Karpaten fuhr und versuchte, meinen Schmerz zu betäuben, indem ich ununterbrochen trank, wollte ich mein Leben zerstören. Dein Vater half einfach nur einem Mann, die ewige Verdammnis zu finden, nach der er suchte. Das hat nichts mit dir zu tun, Vivi. Du hattest keine Macht über das, was er tat. Du wusstest nicht einmal, wer er war."

Heath öffnete die Verschlüsse ihres Kleids. Sein Atem kitzelte sie am Ohr, als er ihr ihre Kleidung mit sanften Bewegungen abstreifte. Nicht wie ein gieriger, leidenschaftlicher Liebhaber, sondern wie ein Mann, der sie lieben könnte.

Er hatte es verdient, jemanden zu lieben, aber nicht die Person, die ihn vernichten konnte. „Nein, das darfst du nicht tun."

„Vivi, du gleichst deinem Vater ebenso wenig, wie Sarah dem ihren ähnelt."

„Aber ich werde dich vernichten! Mein Vater hat mir alles erklärt. Ich bin der Grund, weshalb deine Wunden nicht mehr heilen, und ich bin schuld daran, dass du fast über die arme Frau hergefallen wärst, um ihr Blut zu trinken. Schon allein meine Nähe vernichtet dich. Dadurch, dass ich ein einziges Mal mit dir geschlafen habe, habe ich dem Fluch mehr Macht über dich gegeben. Und nun bringt er dich um."

Sie bedeckte ihr Gesicht mit den Händen. „Mein Vater hat versucht, dich zu töten, und ich habe schreckliche Angst, dass er mich benutzen könnte, es zu tun."

„Mein Engel ..." Seine Stimme war unendlich sanft. „Du musst vor dem, was du bist, keine Angst haben."

Sie wandte sich halb um und begegnete durch den schützenden Vorhang ihrer gespreizten Finger seinem silbernen Blick. „Aber ich habe Angst. Ich bin eine Dämonin. Es ist meine Schuld, dass die fünf Männer tot sind, die ich verführt habe. Ich habe es nicht absichtlich getan, denn ich hatte keine Ahnung, was ich anrichten kann. Aber das ändert nichts an dem, was geschehen ist. Wäre die Welt kein besserer Ort, wenn ich vernichtet würde? Aber dann denke ich an Sarah; ich darf sie nicht verlassen.

Heath legte die Hand unter ihr Kinn. Seine Augen schienen goldene Funken zu sprühen wie ein loderndes Feuer. „Nein. Sag nie wieder, dass du vernichtet werden solltest."

„Aber es ist die Wahrheit. Ich habe meinem Vater gesagt, dass ich nie wieder die Seele eines Mannes stehlen werde." Sie errötete. Sie hatte Nikolai diesen Entschluss entgegengeschrien, und seine Reaktion war ein hämisches Lachen gewesen.

„Er erklärte mir, ich würde noch böser werden. Die Schmerzen würden schlimmer und schlimmer werden. Ich werde nicht altern, sondern immer so bleiben wie ich jetzt bin. Hübsch genug, um die Männer zu verführen. Aber ich muss das nicht machen! Ich werde es nie wieder tun.“ Ihr Vater hatte nicht gesagt, sie sei unsterblich.

Sie nahm an, dass Nikolai vorhatte, sie zu vernichten, wenn er sie nicht mehr brauchte, um seine Pläne in die Tat umzusetzen.

Heath streichelte ihren zitternden Arm, dann zog er sie an sich. „Du musst es nicht tun.“

„Aber verstehst du denn nicht? Ich habe nur überlebt, weil du mir Befriedigung geschenkt hast. Aber das vernichtet *dich.*“

„Du zitterst.“ Geschickt zog Heath ihr Kleid bis zu ihren Knöcheln hinunter und sie stieg hinaus. Im nächsten Moment stand Heath mit einem dicken Morgenmantel aus Samt vor ihr, den er aus ihrem Kleiderschrank geholt hatte.

Er legte ihr den Morgenmantel um, und gerade als sie ihm sagen wollte, dass sie sich selbst um sich kümmern konnte, presste er seinen Mund auf den ihren. Sie versuchte, sich zu befreien, weil sie kein Recht hatte, ihn zu küssen. Aber er umspannte ihre Taille viel zu fest. Und der Kuss verwandelte ihre Kälteschauer in Schauer des Begehrens.

Ich will dir beweisen, wie liebenswert du bist, flüsterte er in ihrem Kopf.

„Du … du darfst nicht mit mir schlafen.“

„Nein. Aber ich darf das hier tun …“

Seine Zunge glitt an ihrem Hals entlang und zeichnete dann die Linie ihres Nackens nach. Diese Liebkosung fühlte sich warm und fest an und hinterließ eine Spur aus Hitze und Feuchtigkeit auf ihrer kribbelnden Haut. Seine Zungenspitze schlängelte sich aufwärts und abwärts, sie brachte sie zum Beben und löste Sehnsucht und Begehren in ihr aus.

Wieder versuchte sie, sich zu befreien, aber seine Hände umklammerten immer noch ihre Taille. „Du musst damit aufhören“, flüsterte sie. „Je länger du das hier machst, umso weiter geht deine Verwandlung in einen Dämon voran. Wenn wir uns weiter küssen, heißt das, dass mein Vater gewonnen hat.“

Doch er schüttelte den Kopf. „Ich kann jetzt auf gar keinen Fall aufhören, dich zu berühren, Vivi.“ Er strich mit seinen Handflächen an ihren Seiten entlang und folgte den Falten, die der Stoff des Samtmantels warf. Sie musste stöhnen, als sie den festen, köstlichen Druck seiner Hände spürte.

„Ich brauche das hier“, murmelte er, schob den Stoff des Morgenmantels beiseite und umfasste ihre Brüste, die bei seiner Berührung anzuschwellen schienen. Seine Handballen glitten über ihr weiches Fleisch und rieben über ihre Nippel. Ihr Schoß hungerte nach ihm.

„Hör auf“, keuchte sie. Sie stemmte sich gegen seine breite, muskulöse Brust und versuchte, ihn wegzuschieben. Aber er rührte sich nicht von der Stelle.

„Ich darf es nicht tun“, beteuerte sie atemlos. „Es würde nur beweisen, dass mein Vater recht hat. Ich bin ein Ungeheuer. Ich habe gerade eben geschworen, dass ich nie wieder mit einem Mann schlafen werde, doch hier stehe ich und brenne für dich. Ich kann dir nicht widerstehen …“

„Dann lass es sein. Ich weiß ganz genau, was ich tue, Vivi. Hier geht es um Liebe. Du glaubst, du hättest keine Liebe verdient. Aber ich beabsichtige, dir zu zeigen, wie sehr du sie verdienst.“

Er neigte den Kopf, hob ihre Brüste und ließ seine Zunge über ihre Nippel tanzen. Dann saugte er heftig an ihrer rechten Knospe. Lust durchfuhr sie und ließ ihre Knie weich werden. Als er ihre Brustspitze freigab, leuchtete sie in glücklichem Scharlachrot. Sie sah nicht mehr wie ein runder kleiner Fingerhut aus, sondern hatte sich aufgerichtet, war dicker und härter. Ihre Nippel beteten ihn an.

Genau wie ihr Herz …

Liebe.

Ein Wort, kürzer als das Wort Hoffnung, aber doch ähnlich,

wenn auch mit einer noch gefährlicheren Bedeutung.

Sie umklammerte Heaths Schultern und flehte ihn in ihren Gedanken an. *Hör auf. Hör auf. Hör auf.* Aber er tat nicht, worum sie ihn bat. Und sie war nicht stark genug, ihn wegzustoßen, denn er war groß und so unbeweglich wie eine Ziegelmauer. Und auch ihr Herz war nicht stark genug.

Heath wechselte von einer Brustspitze zur anderen. Leckte. Liebkoste. Saugte heftig. Sie ließ ihren Kopf in den Nacken fallen. Und schluchzte vor überwältigender Lust auf. „Es ist hoffnungslos. Ich will nicht, dass du aufhörst."

„Ich habe gerade erst angefangen, Vivi."

Er ließ sich vor ihr auf einem Knie nieder. Dann hob er ihren Fuß und schob seine Handfläche darunter. In dieser Haltung bot sich ihm ihr Schoß offen dar, und ihre feuchten Schamlippen lösten sich voneinander.

Lächelnd reckte er sich vor und presste seinen Mund auf ihre goldenen Löckchen. Er küsste sie dort zwischen ihren Schenkeln.

Sie musste sich an seinen Schultern festklammern, sonst wäre sie zu Boden gesunken. Alles andere wurde unwichtig. Angst. Schuld. Die Zukunft. Stattdessen schloss sie fest die Augen und *fühlte.*

Mit seiner Zungenspitze übte er festen Druck aus und reizte ihre empfindlichsten Stellen. Als er seine Zunge der Länge nach flach über ihre Klitoris gleiten ließ, brachte die sanfte Reibung ihre Seele zum Zittern. Sein Atem war wie eine heiße Brise. Er ließ sie dahinschmelzen. Er machte sie so heiß, dass die eisige Furcht schmolz, die ihr Herz umklammerte.

Sie packte seine Schultern, rieb sich an ihm … und ergab sich der Lust.

Dann spürte sie seine Lippen auf ihrem Mund, und sie schmeckten salzig und erdig. Er unterbrach den Kuss und lehnte seine Stirn an ihre. An ihren Wimpern hingen Tränen. Tränen, die aus ihren Augen tropften und nicht aufhören wollten, zu fließen.

Er hielt sie in seinen Armen. „Ich könnte mit dir schlafen", stieß er mit rauer Stimme hervor.

Nackte Angst bohrte sich eiskalt in ihr Herz, und die Tränen versiegten. „Nein, das darfst du nicht! Du darfst den Fluch nicht vergessen."

„Ich könnte hinterher mein eigenes Herz in Stücke schneiden; könnte meinen Körper zerstören, bevor ich zum Dämon werde."

„Das darfst du nicht, Heath!" Sie würde es nicht zulassen. Sie würde ihm nicht erlauben, mit ihr zu schlafen.

„Das wäre es mir wert. Um noch ein einziges Mal mit dir vereinigt zu sein."

Nun begann sie, sich zu fürchten.

Er trug sie zum Bett, und in ihren Ohren klang ihr Herzschlag wie Trommelwirbel. Doch er schüttelte den Kopf. „Hab keine Angst, Liebste. Ich werde keine Dummheiten machen. Fass mich einfach nur an, Vivi. Ich brauche deine Berührungen."

Er brauchte ihre Berührungen, obwohl sie ihn vernichteten.

„Ich brauche sie, um zu überleben, meine Blume. So einfach ist das. Mein Leben bedeutet mir nichts, wenn ich dich nicht fühlen kann. So erscheint es mir." Er stieg aus dem Bett und zog seine Kleider aus. Und während er das tat, wandte er keine Sekunde den Blick von ihr ab.

Er war so schön. Nie zuvor hatte sie den Anblick eines Männerkörpers so sehr genossen. Doch Nikolai hatte gesagt, jeder Moment der Lust zwischen ihnen würde Heath schwächer machen.

„Mein Herz braucht deine Berührung, Vivi", erklärte er. „Du sprachst davon, dass du dich selbst vernichten wolltest, um die Welt zu schützen. Das ist es, was ich tun sollte. Und ich würde es tun, wenn ich nicht …"

Gütiger Himmel, wollte er etwa sagen, wenn ich dich nicht lieben würde?

„Wenn ich nicht unbedingt Nikolai aufhalten müsste. Es tut mir leid – ich weiß, er ist dein Vater –, aber ich muss ihm Einhalt gebieten. Ich darf nicht zulassen, dass er entweder Raine oder mich als Dämon auf die Welt loslässt."

„Es gibt nichts, was du bedauern müsstest. Er ist ein Ungeheuer. Das weiß ich. Und ich weiß, was du tun musst."

„Deine Berührung", fuhr er mit sanfter Stimme fort, „schenkt mir Hoffnung. Ich weiß, es ist hoffnungslos ..." Er lächelte sie schief an. „Aber für einen kurzen Moment gelingt es mir, die Zukunft zu vergessen, wenn ich dir Lust verschaffe. Bitte, Liebste. Gib mir, wonach ich mich so sehr sehne."

Ihre Hand zitterte ein wenig, während ihre Finger die Haut seines Unterarms streiften. Sie streichelte seine Arme und folgte den Linien seiner Venen. Er hatte so wunderschöne Arme. Sie kniete nieder, presste ihren Mund auf seinen rechten Bizeps, ließ die Lippen an der harten Wölbung entlanggleiten und spürte, wie er erschauderte.

„Was schlägst du vor?", wisperte sie. „Hast du vor, mich zu Dimitris Orgie zu begleiten und mir wieder zuzusehen?"

„Ich weiß nicht." Tiefe, strenge Furchen gruben sich rechts und links von seinem Mund in die Haut.

Sie strich mit den Fingern über die Rundung seiner Schultern und ließ dann die Hände über seine Brust gleiten. Kühn kniff sie ihn in eine seiner Brustwarzen und musste die aufsteigenden Tränen hinunterschlucken. Inständig wünschte sie sich, sie wären beide normal. Sterblich. Sie wünschte sich, sie würde seine Nippel reizen, um ihn zu erregen, und dann würde er sie auf die Matratze betten und mit ihr schlafen ...

Sie ließ ihre Hände über seine sich deutlich abzeichnenden Bauchmuskeln wandern. Dann umfasste sie mit beiden Händen seinen Schwanz.

Doch er schob ihre Hände weg, und als sie ihn losließ, wippte sein Penis aufwärts. „Ich weiß, was wir tun können, um eine Nacht voll Lust zu genießen. Nur wir beide."

„Du hast nicht etwa vor, mit mir zu schlafen und dann ... einen Pflock in dein Herz zu treiben? Das werde ich nicht zulassen."

„Nein, meine Schöne. Wir werden gemeinsam Freude haben, aber mein Schwanz wird dich nicht berühren."

Vivienne hatte den scharlachroten Morgenmantel übergeworfen, doch Heath schlenderte nackt den Flur entlang. Mit seinen langen Schritten und seiner entspannten Haltung wirkte er, als würde er Abendkleidung tragen. Vivienne wusste, dass sie selber niemals eine so natürliche Haltung zum Sex und zur Nacktheit haben würde wie er.

Er blieb vor einer Tür stehen und rüttelte am Knauf. Dann flüsterte er einige Worte, und auf geheimnisvolle Weise klickte das Schloss und die Tür schwang auf.

Sie blinzelte verwirrt. „War das Zauberei?“ Sie dachte an Guidons Tür. „Oder ein Trick?“

Ein listiges Grinsen legte sich um seine Lippen. „Beides. Ich nehme an, dies war Guidons Erfindung für Dimitri, die er bereits vor hundert Jahren machte. Das Metall im Schloss reagiert auf die Schwingungen von Stimmen.“

Heath zwinkerte ihr zu wie ein unartiger Junge. Ein nackter, muskulöser, schöner, unartiger Junge. Er krümmte seinen Zeigefinger. „Wir müssen uns hineinschleichen. Dimitri wird nicht gerade erfreut sein, wenn er uns erwischt. Dieser Raum ist eigentlich seinen weiblichen Eroberungen vorbehalten.“

Nun war sie schrecklich neugierig. Sie schaute den Flur auf und ab, doch nach allem, was sie wusste, konnte Dimitri sie ohnehin auch vom anderen Ende des riesigen Herrenhauses aus beobachten.

Heath zog sie ins Zimmer und schloss die Tür hinter ihnen. Wieder klickte das Schloss. Der Raum wurde vom goldenen Schein eines niedrig brennenden Feuers im Kamin erhellt. Das Licht tanzte auf den polierten Türen von sechs geschlossenen Schränken. Es fiel auf zwei Sofas im griechischen Stil, zwei Ohrensessel und einen niedrigen Tisch, der vor dem Kamin stand. Außerdem gab es ein großes Bett.

Sie hatte erwartet, dass das Zimmer nur vom bläulichen Mondlicht beleuchtet sein würde. Stattdessen gab es zusätzlich zum Feuer mehrere Lampen, die ebenfalls goldenes Licht verbreiteten. Heath schenkte ihr ein Lächeln, das ihre Beine zum

Zittern brachte und in ihrem Schoß ein Pochen auslöste. „Ich glaube, unser Gastgeber hat vor, den Raum später noch zu benutzen.“ Er ging auf einen der großen Schränke zu.

„Was ist da drinnen?“

„Dimitris Sammlung von Sexspielzeug.“ Seine Augen funkelten sie neckisch an.

„Du nimmst mich auf den Arm“, stellte sie fest.

„Das tue ich nicht. Es stimmt, was ich sage.“

„Er sammelt sie?“ Die sechs Wandschränke waren riesengroß. Wie viele Peitschen und Reitgerten und Handschellen brauchte ein einziger Mann? Sie musste kichern. „Es sind ... benutzte Spielzeuge?“

„Ich gehe davon aus. Allerdings gewaschen oder repariert, bevor sie einen ehrenvollen Platz in seiner Sammlung erhalten.“

„Repariert? Himmel, wie macht man denn Sexspielzeuge kaputt?“

Sein Grinsen funkelte vor Anzüglichkeit. „Durch wildes Zustoßen?“

„Vermutlich.“ Sie kicherte, als sie versuchte, sich vorzustellen, wie das vor sich gegangen sein mochte. „Kann man auf diese Weise so ein Spielzeug in der Mitte durchbrechen? Vielleicht indem man versucht, darauf zu balancieren, bevor es vollständig drinnen steckt?“

„Darauf balancieren? Was für unartige Dinge hast du denn schon gemacht, meine Blume?“

Darauf konnte sie ihm nicht antworten. Sie hatte sich schon allein mit einem Dildo vergnügt. Dazu hatte sie ihn hineingeschoben, sich auf ihr Bett gelegt und die Matratze als Widerstand benutzt, um ihn tiefer und tiefer in sich hineinzustoßen.

Heaths leises Lachen brachte ihre Nervenenden zum Schwingen. Köstlich. Nie zuvor hatte sie so offen und frei mit einem Mann gelacht.

Heath öffnete die Türen, vor denen er stand. Er griff in eines der oberen Fächer, und seine Hinterbacken zogen sich bei dieser Bewegung zusammen und wurden zu zwei harten, runden Halbkugeln. Sie musste heftig schlucken.

Als er sich umwandte, hielt er in den Händen ein riesiges, geschnitztes … Ding. Lang, elfenbeinfarben und schimmernd. Er reckte es in die Höhe. „Ein Phallus, geschnitzt aus dem Stoßzahn eines Elefanten."

„Aber das muss zwei Fuß lang sein! Ganz sicher möchte niemand dieses Ding in sich haben."

„Ich weiß, dass dieses Spielzeug ganz sicher benutzt wurde. Dimitri ließ eine Frau damit masturbieren – auf dem Tisch in seinem Speisezimmer, während seine Gäste ihr Dessert aßen."

Sie schlug sich die Hand vor den Mund. „Dieses Mal scherzt du aber wirklich! Es kann gar nicht anders sein."

„Nein. Die Frau, um die es geht, hatte eine Menge Spaß."

„Nun, *ich* werde das jedenfalls nicht ausprobieren. *Du* kannst es ja machen." Dann errötete sie. Weil sie wusste, was Männer mit solchen Dingern machten. Vielen Männer gefiel es, wenn ihr Hintereingang gereizt wurde.

Heath lehnte sich gegen den Bettpfosten und kreuzte die Beine an den Knöcheln, während seine Erektion sich in die Luft reckte. „Würdest du das gerne sehen?"

„Ich sollte dich beim Wort nehmen und dir befehlen, es zu tun. Was, wenn ich dir sage, dass ich heute Abend keinen Orgasmus mit dir haben werde, wenn du dir dieses riesige Ding nicht in den Hintern schiebst?"

Plötzlich stand er vor ihr und umfasste mit seinen Händen energisch ihren Po. Er zog sie an sich und ließ seine Lippen über ihren Mund gleiten.

Dieser Kuss hätte einen Steppenbrand entzünden können, ein Feuer, das halb England versengte. Mit einem Ruck öffnete er ihren Gürtel, und ihr Morgenmantel fiel auseinander. Die glatte, runde Spitze des Elfenbeinpenis in seiner Hand strich über ihren Bauch. Ebenso wie die feuchte, glitzernde Eichel seines harten Schwanzes. Der Elfenbeinschwengel streichelte sie und glitt tiefer. Sein Penis blieb, wo er war, und sie spürte, wie heiße dickflüssige Tropfen über ihre Haut perlten.

Heath schob den falschen Schwanz zwischen ihre Schenkel. Bewegte ihn vor und zurück, bis sie zitterte und spürte, dass sie nass und glitschig wurde.

„Nur die Spitze“, flüsterte er an ihren Lippen. „Nur die Spitze, um dich zu erregen. Schau mir dabei zu.“

Sie blickte nach unten. Und keuchte beim Anblick seiner großen Hand, die sich um den elfenbeinernen Schaft legte. Dann sah sie den hellen Stab zwischen ihren Beinen verschwinden, zwischen den scharlachroten seidigen Falten.

„Ich wünschte, es wäre mein Schwanz, der das mit dir macht.“

Himmel, Heaths Stimme war angespannt. Sie hob den Kopf und schaute ihm ins Gesicht. Sein Kiefer wirkte verkrampft, und rechts und links von seinen Mundwinkeln waren senkrechte Falten. Die Lust hatte seine Lider schwer werden lassen. Sie waren halb geschlossen, und seine dichten Wimpern verbargen seine Augen.

Er sah verwegen und sehr erfahren aus, doch gleichzeitig erstaunlich unschuldig und verletzlich.

Sie begehrte ihn. Es war ihr egal, ob sie einen Dämon erschuf. Oder die Welt zerstörte. Sie brannte lichterloh.

„Es fühlt sich an wie dein Schwanz. Ebenso breit und lang, wie du bist“, wisperte sie. Er hatte seinen Kopf gegen ihre Schulter gelehnt, während er den Schaft zwischen ihre Schenkel und wieder hervorgleiten ließ. Glattes Elfenbein streichelte ihre Schamlippen wie ein Bogen, der einer Violine eine Melodie entlockt.

Bei jeder Vorwärts- und Rückwärtsbewegung strich er an ihrer pochenden Perle entlang. Sie krümmte die Zehen; ihre Beine verwandelten sich in Windeseile in Gelee.

„Sieh nur, Liebste, wie nass du es gemacht hast. Ich wünschte, ich könnte in dich hineintauchen und auch so feucht werden.“

Das Elfenbein glänzte von ihren Säften. Sie griff nach unten, berührte ihre zuckende Öffnung und benetzte ihre Finger. Dann legte sie ihre feuchte Hand an seine Hoden. „Ich will dich nass machen. So. Mit meinen Fingern.“

Sie hörte, wie er die Luft anhielt und schaute ihm ins Gesicht. Seine dichten Wimpern waren über seine funkelnden Augen gesenkt. Er sah aus, wie sie sich fühlte: so tief gefangen in seinem Verlangen, dass er kaum die Augen offenhalten konnte.

„Gut, Vivi, meine Liebste. Streichle dich selbst. Und dann mach mich nass."

Sie zitterte, als sie ihre Finger an dem Dildo vorbei schob, der dort immer noch steckte. Gütiger Himmel, ihre Säfte strömten nur so aus ihr heraus. Sie war so unglaublich nass. Und im nächsten Moment waren ihre Finger feucht und glitschig. Sie strich mit ihnen am heißen, erstaunlich langen Schaft seines Penis entlang, genoss das samtige Gefühl unter ihren Fingerkuppen und die Härte, die darunter zu spüren war.

„Gott, ja", ächzte er. Er beobachtete jede Bewegung ihrer Finger. Offenbar hatte er vergessen, dass er es sich zur Aufgabe gemacht hatte, sie mit dem riesigen Spielzeug zwischen ihren Schenkeln zu reizen. Doch das war ihr egal. Sie wollte ihn nun für eine Weile erregen. Dann konnte sie ihn immer noch anstupsen und ihn daran erinnern, ihr Lust zu verschaffen …

Seine Finger schoben ihre Hände weg. Mit lautem Geklapper fiel der Dildo auf den Holzfußboden.

Er umschloss seinen Schwanz fest mit der Faust. Die Venen auf seinem Handrücken, seinem Unterarm und dem Schaft traten deutlich hervor. „Ich kann dir nicht länger widerstehen", keuchte er. „Ich will dich *jetzt.*"

„O nein. Nein. Nein." Vivienne wich tänzelnd vor Heath zurück und trat dabei fast auf den am Boden liegenden Dildo. Würde er seinen Dämon zum Leben erwecken, wenn er nur seinen Schwanz in sie hineinschob?

Sie hatte keine Ahnung, wie viel nötig war, um den Fluch auszulösen. Ein einziger Stoß? Musste er einen Orgasmus haben? Was verstand man in der Welt der Dämonen darunter, miteinander zu schlafen? Den Versuch oder die Vollendung?

Sie durfte kein Risiko eingehen. Wenn Heath auch nur annahm, er hätte den Fluch ausgelöst, würde er sich selbst einen Pflock ins Herz stoßen. Sie kannte ihn gut genug, um zu wissen, dass er keinen Augenblick zögern würde.

Vivienne hielt ihre Hände vor ihren Schoß, bereit, sich gegen ihn zur Wehr zu setzen. Doch er drehte sich um, und während er langsam an seinem erigierten Schwanz auf und ab strich, ging er zu dem offenen Schrank. Als er zurückkam, brachte er zwei weitere Spielzeuge aus Elfenbein mit, eins in jeder Hand.

Sie tat mehrere rasche Atemzüge, während sie sich bemühte, ihren nächsten Gedanken in Worte zu fassen: „Einer für mich, einer für dich?"

Er schüttelte den Kopf. „Beide für dich."

„Wie …?" Doch sie konnte sich denken, welche Antwort er ihr geben würde.

„Vertrau mir", bat er sie. „Geh hinüber zum Sofa. Knie dich darauf und stütze dich mit den Händen ab. Warte in dieser Haltung auf mich."

Heath sprach mit einer tiefen, leidenschaftlichen, energischen Stimme. Sie hätte sich weigern müssen; niemals nahm sie von einem Mann Befehle entgegen. Das war das Gute daran, wenn man die begehrteste Kurtisane in ganz London war: Sie konnte Regeln aufstellen, Grenzen setzen, Verantwortung übernehmen. Doch dieses Mal …

Dieses Mal wollte sie die Kontrolle abgeben.

Sie wollte alles Heath überlassen. Sie war bereit, sich das zu nehmen, was sie sich immer gewünscht hatte.

Einen Mann, mit dem sie ihre Lust teilen konnte. Einen Mann, der nur ihr gehörte. Einen Mann, der ihr keine Geschenke machte, um sie zu kaufen. Der keine Verträge mit ihr abschloss, um sie zu beherrschen. Der sie nicht mit seinem Hochmut unterdrückte.

Heath behandelte sie als seine Partnerin. Als Gleichgestellte. Nicht als Spielzeug, das man besitzen konnte, mit dem man herumtändelte und das man dann fortwarf.

Ihre Hände und ihre Knie sanken in die weichen Polster des Sofas. In dieser Haltung reckte ihr Po sich hoch in die Luft und war auf unanständige Weise entblößt und dargeboten. Ihre vollen Brüste hingen herunter und wackelten, wenn sie sich bewegte.

Schritte näherten sich, gedämpft vom Aubusson-Teppich. „Das hier wird sich warm anfühlen." Hinter ihr erklang Heaths Stimme. Etwas Heißes, Nasses ergoss sich auf ihr Steißbein. Sofort lief die Flüssigkeit in das Tal zwischen ihren Hinterbacken.

Von unten tauchte er seine Finger ebenfalls dort hinein und fing die Tropfen auf. Ganz langsam massierte er die feuchte Wärme in ihre enge Rosette. Der gekräuselte, empfindsame Eingang schien sich an seine Berührung zu erinnern; es fühlte sich an, als würde er sich für ihn öffnen wie eine Blüte.

Sanft glitt einer seiner Finger in sie hinein, befeuchtete sie mit der warmen Flüssigkeit, sorgte dafür, dass sie nass und glitschig wurde. Bereitete sie vor. Keuchend, voller Erwartung darauf, dass im nächsten Moment die Erregung sie scharf wie ein Messer durchfahren würde, wiegte sie sich in den Hüften, rückwärts gegen seinen Finger. Langsam ließ er ihn hinein- und wieder herausgleiten. Und dann, als sein Finger tief in ihr steckte und sie stöhnend das kribbelnde, herrliche Gefühl genoss, beschrieb er da drinnen einen Kreis. Ihr Schoß zog sich heftig zusammen.

„Wenn es wehtut, sag es mir. Dann höre ich sofort auf."

Sie verkrampfte sich, aber er legte seine Hand auf ihren Rücken. „Entspann dich. Versuch es zu genießen."

Sie wünschte sich, sie könnte sehen, was er mit ihr machte. Aber vielleicht war es besser, dass sie es nicht konnte. Wenigstens lag der riesige Zwei-Fuß-Dildo noch auf dem Fußboden. *Das Ding* konnte sie jedenfalls nicht in ihren Hintern aufnehmen.

Etwas strich an ihren Pobacken entlang und suchte sich seinen Weg zwischen den beiden Rundungen. Eine glatte Spitze drückte sich gegen ihre nasse, gut geölte Öffnung. Und der lange, dünne Gegenstand schob sich in sie hinein.

Oh! Instinktiv kniff sie die Pobacken zusammen, um das Eindringen zu verhindern. Sie wagte es, sich halb umzudrehen. Über ihren gewölbten Rücken und ihr fließendes Haar sah sie, dass Heath einen langen Penis aus Elfenbein in der Hand hielt. Die Spitze deutete auf ihr Hinterteil und verschwand zwischen den beiden Halbkugeln. Sehr langsam zog er ihn wieder heraus.

Sie stöhnte. Der Anblick des spitz zulaufenden Schafts in seiner Hand war so erregend, dass sie mehr davon wollte. Aber sie war zu … schüchtern, es ihm auch nur in ihren Gedanken zuzuflüstern.

Dennoch schien er es zu wissen. Er drückte wieder gegen den Dildo, und sie nahm einen tiefen Atemzug. Versuchte, sich zu entspannen. Bemühte sich, mehr von der beachtlichen Länge in sich aufzunehmen. Oh ja! Er glitt hinein, und ihr fester Muskelring dehnte sich mit einem schmerzhaften Ziehen weiter aus, als Heath die geschnitzte Eichel hindurchzwängte.

Sie stieß mit der Hüfte rückwärts, während er vorwärts schob. Und sie nahm mehr und mehr von dem Elfenbeinschaft auf. Tiefer und tiefer glitt der Dildo Stückchen für Stückchen in sie hinein. Der Druck war erstaunlich. Das Gefühl war überraschend gut – wirklich köstlich.

Zart berührte er ihre Perle mit den Fingern, während er vorsichtig tiefer hineintauchte, den Dildo zurückzog und erneut zustieß. „Deine Muskeln sind fest", erklärte er ihr. „Du wehrst dich gegen mich. Lass einfach locker und atme."

Er stieß erneut zu, und sie senkte den Kopf. Es fühlte sich

so gut an. Heath lachte leise in sich hinein. „Es sieht so erotisch aus … der Elfenbeinschaft, eingerahmt von deinem üppigen Hinterteil."

Es fühlte sich erotisch an. Sie kam sich aufregend unanständig vor und wackelte direkt vor ihm mit dem Po. Nur mit Heath wagte sie es, das hier auszuprobieren, und ihr Lohn war herrliche Lust.

Sie fühlte sich so wunderbar, mit ihrer zum Zerreißen gespannten und ausgefüllten Rosette und ihrem Hinterteil, das sie ihm direkt vors Gesicht hielt. Dann – das war so unglaublich schockierend – nahm er das Ende des Elfenbeinschafts in den Mund. Er hielt den Stab mit seinen Zähnen fest, um ihn in sie hineinzustoßen und wieder herauszuziehen. Bei diesem Anblick begann ihre Perle zu pochen. Ihre Nippel wurden hart, während sie ihm zusah und immer weiter zusah und ihre Erregung unaufhaltsam wuchs.

Seine Finger glitten zwischen ihre Schamlippen, und er streichelte ihre feuchte Klit. Dann stupste er, so wie sie es erwartet hatte, die Spitze des zweiten Dildos gegen ihre noch freie Öffnung. Sobald er das Spielzeug in die Nässe dort getaucht hatte, wollte der Schaft in ihrem Hintereingang herausrutschen. Doch er hielt ihn mit seinen Zähnen fest und schob ihn wieder hinein.

Ihre Lustschreie hallten durch den Raum. Inzwischen war sie viel zu verlegen, um noch etwas zu sagen. Sie war nun vollkommen ausgefüllt. So wunderbar ausgefüllt.

Und als er damit fertig war, die beiden Elfenbeinstäbe tief in sie hineinzuschieben, nahm er ein Seil, wickelte es um das Ende des Dildos, der in ihrer Rosette steckte, bildete aus den Enden Schlaufen um ihre Schenkel und befestigte sie mit einem Knoten. So wurde der dicke Schaft nun an Ort und Stelle gehalten. Sie stöhnte laut auf. Ihre geschwollene Perle pochte immer heftiger. Doch aus irgendeinem Grund wollte sie noch nicht kommen. Sie wollte das schwindelerregende Gefühl genießen, wie die Erregung größer und größer wurde.

Der Dildo, der tief in ihrem Schoß steckte, war an seinem

Ende ebenfalls mit geschnitzten Rillen verziert, sodass Heath auch dort ein Band befestigen konnte, um es ebenfalls um ihre Schenkel zu binden. Die herabhängenden Enden des Bands reizten ihre empfindliche Haut.

Sie wand sich vor Lust, was sie gefährlich nah an einen Orgasmus brachte.

Heath streckte ihr die Hand hin. Obwohl er nichts sagte, wusste sie, was er vorhatte. Sie sollte sich hinstellen. Das tat sie, und bewegte sich dann auf den Spiegel zu. Bei jedem Schritt schoben sich die Elfenstäbe tiefer in sie hinein. Sie konnte sich kaum vorwärtsbewegen. Doch schließlich erreichte sie den Spiegel. Ihr Herz klopfte inzwischen so schnell, als wollte es im nächsten Moment zerspringen. Sie beugte sich vor und hörte Heath leise ächzen, als sich ihm ihr Hinterteil – und die falschen Schwänze – entgegenreckten. Sie war so erregt, dass ihre Knie zitterten.

Vivienne drehte den Oberkörper herum, um nachzuschauen, wie sie aussah. Ihre Kehle wurde trocken, als sie die dicken Elfenbeinstäbe sah, die aus ihrer Rosette und ihrer Muschi herausragten, und darunter die Bänder, die sich um ihre Schenkel wanden.

Heath musste rasch zum Schrank gegangen und ebenso schnell zurückgekehrt sein. Mit einem Blick, in dem die Vorfreude funkelte, zeigte er ihr weitere geschnitzte Dildos. Sie wurde nervös. Doch hier ging es um Vertrauen, und sie war überrascht, wie leicht es ihr fiel, Heath zu vertrauen.

Er trat vor sie und hielt einen der Stäbe an ihre Lippen. Es war ein kleines Exemplar. Sie atmete tief durch, öffnete den Mund und nahm den Dildo vollkommen auf. Dann ließ sie ihn ein Band darum wickeln und die Enden an ihrem Hinterkopf zusammenknoten.

Sie war erneut gefangen, wieder geknebelt, doch dieses Mal mit einem Elfenbeinpenis, an dem sie saugen und lecken konnte.

Dann tat er direkt vor ihren Augen etwas absolut Skandalöses. Er leckte an seinem Finger und befeuchtete die Spitze eines weiteren gekrümmten Dildos. Zu sehen, wie eine Männerhand damit herumspielte, ließ ihr den Atem stocken. Ihre Säfte sprudelten um den falschen Penis herum, der ihre Möse ausfüllte. Heath hielt den künstlichen Penis fest, stützte das Ende gegen die Lehne des Sofas und lehnte sich mit Schwung dagegen. Ihre Augen weiteten sich, als der Stab mit einer einzigen raschen Bewegung in seinem festen Hintern verschwand.

Ihr Herz hämmerte. Ihre Brust wurde eng.

Dann griff er nach einer kleinen Glasphiole, träufelte goldenes Öl auf die Spitze eines weiteren Spielzeugs und machte ihr ein Zeichen, sich umzudrehen. Sie tat es, hielt aber den Kopf so, dass sie sehen konnte, wie er auf sie zukam. Ihre Knie zitterten, als sie daran dachte, dass er in seinem Hintereingang denselben erotischen Druck spürte wie sie.

Er hob ihre Hände, sodass sie sich am oberen Rand des Spiegels festhalten konnte. In dieser Haltung musste sie die Beine spreizen, dadurch schoben sich die Dildos noch tiefer in sie hinein.

Himmel!

Er nahm das andere Spielzeug, das ölig glänzte, und presste es sanft gegen ihre Rosette. Sie stellte sich auf die Zehenspitzen, um das Eindringen zu verhindern. Aber er machte langsam weiter. Vorsichtig. Hörte für einen Moment auf, wenn sie sich zu sehr anspannte. Dann war ihr Hintereingang locker, offen, aufnahmebereit. Und schon stieß sie rückwärts gegen ihn. Wollte zum Bersten ausgefüllt werden. Wollte gedehnt werden und unermessliche Lust empfangen.

Ihre Perle fühlte sich an, als würde sie im nächsten Moment platzen, dabei war sie nicht einmal berührt worden. Das Gefühl war unglaublich. Sie würde nicht mehr lange durchhalten.

Nun nahm er ihre Hand und führte sie daran durchs Zimmer. Dabei musste er die Spielzeuge festhalten, die in ihr steckten.

Kurz vor der Entladung, wie ein Fass Schießpulver, dem sich die brennende Lunte nähert, schaute sie in den Spiegel. Einer der Elfenbeinstäbe war am unteren Ende mit Edelsteinen besetzt. Rubine, Diamanten und Smaragde funkelten ihr entgegen.

Oh gütiger Himmel, sie konnte es nicht mehr aushalten. Sie beugte sich vor und reckte ihr Hinterteil in Richtung Spiegel. Dann fasste sie nach hinten und legte ihre Hände um die Spielzeuge. Sie stieß heftig mit den Hüften rückwärts und schob gleichzeitig die Dildos nach vorn. Hemmungslos masturbierte sie mit den beiden dünnen Schwänzen ihren Hintereingang. Gleichzeitig saugte sie wild an dem Stab in ihrem Mund, während sie ihre Pussy um den Schwanz krampfte, der tief in ihr steckte.

Und dann kam sie.

So stark, dass ihre Beine unter ihr nachgaben und Heath sie auffing. Ihr ganzer Unterleib pulsierte. Eine mächtige Welle nach der anderen durchlief sie. Sie sog wie besinnungslos an dem Dildo in ihrem Mund, und dadurch kam sie noch einmal.

Heath hob sie hoch, während ihr Orgasmus sie immer noch schüttelte. Er drückte sie an sich und hielt ihren Hintern fest. Dann legte er seine Hand gegen die Enden all der Elfenbeinstäbe, die in ihr steckten, und schob sie tiefer hinein. Sie explodierte ein weiteres Mal.

Sie schlang die Beine um seine Hüften, die Arme um seinen Hals. Dabei schaute sie ihn an und wurde schwach vor Lust, weil sie wusste, dass er den Schwanz anstarrte, der von einem Band in ihrem Mund festgehalten wurde. Seine Augen funkelten silbern. Sein Mund war schmal und angespannt. Immer noch stieß er mit dem Bündel Stäbe in sie hinein. Sie strengte sich an, streckte sich, und schließlich gelang es ihr, mit ihren Fersen gegen das Spielzeug in seinem Hintern zu treten. Wild rieb er seinen Schwanz an ihrem Bauch. Vor Lust schluchzend kam sie schon wieder.

Inzwischen wusste sie nicht mehr, wie viele Höhepunkte sie schon erlebt hatte.

Heath sank auf den Boden. Sie sackte neben ihm in sich zusammen und ließ sich auf den Rücken fallen. Wodurch noch einmal alle falschen Schwänze tief in ihren Unterleib geschoben wurden. Zuckend lag sie neben ihm, schon wieder wild vor

Lust. Wie oft konnte sie kommen? Ein weiteres Mal. Und dann schon wieder. Bis sie zu schwach war, sich zu bewegen. Doch selbst ihre Atemzüge sorgten dafür, dass die Stäbe sich tief in ihren Hintern bohrten und wieder zurückglitten, und so kam sie noch einmal.

Ihre Schenkel waren nass von ihren Säften. Ihre Nippel waren scharlachrot und hatten sich hoch aufgerichtet.

Schließlich stieß sie ein letztes Mal heftig mit den Hüften gegen den Boden, einfach nur zum Spaß, und die Explosion, die sie damit auslöste, war betäubend.

Um sie herum wurde es schwarz.

Nie zuvor hatte er erlebt, dass eine Frau sich selbst zu derart vielen Orgasmen trieb, dass sie das Bewusstsein verlor. Heath grinste auf Vivienne hinab, als sie sich bewegte, blinzelte und dann den Blick auf ihn richtete.

„Guter Gott", flüsterte sie.

„Sehr gut, finde ich."

„So etwas habe ich noch nie erlebt", gestand sie ihm wispernd.

Er schwoll vor Stolz an – sein Herz und sein Schwanz. Die Spielzeuge hatte er aus ihr herausgezogen und in eine Schüssel gelegt, damit sie gewaschen werden konnten. Auch den Dildo, den er benutzt hatte, um sich selbst zu stimulieren, hatte er zu den anderen getan. Doch er war noch nicht gekommen. Sein Schwanz bildete einen Bogen bis hinauf zu seinem Nabel. Er war eisenhart und so stark angeschwollen, dass er tiefrot schimmerte.

Langsam richtete Vivi sich auf und setzte sich auf ihre nackten Hinterbacken. Ihre vollen Brüste bildeten zwei verlockende Hügel, und ihre Nippel waren lang und fest. Er genoss den herrlichen Anblick, den sie bot.

Das weiche Licht des Feuers zuckte über ihre Haut und umspielte ihre gekräuselten Lippen. Sie betrachtete ihn mit einem nachdenklichen Blick und ließ dabei die Zunge über ihre Unterlippe gleiten. Sein Schwengel zuckte, während er die sinnliche Bewegung ihrer kleinen rosa Zunge beobachtete.

„Worüber denkst du nach?“ Er stieß die Worte mühsam hervor. Vor Erregung war seine Kehle eng.

„Ich möchte dir Vergnügen bereiten, aber ich habe Angst, dir wehzutun, wenn ich es versuche.“

„Ah, Liebste, das ist nicht nötig.“ Er grinste sie an und legte die Hand um seinen pochenden Schaft. Er war dicker als je zuvor in seinem Leben – sowohl während seiner Zeit als sterblicher Mann als auch in der als Untoter. „Ich bin zufrieden damit, wenn ich es mir selbst mache.“

Auf diese Art hatte er sein Verlangen beherrschen können. In seine eigene Faust zu stoßen, verschaffte ihm wenigstens kurzfristig Erleichterung, sodass er es jede Nacht mehrmals getan hatte. Doch nachdem er gekommen war, wenn sein Körper nicht mehr unter der intensiven Lust seines Orgasmus zuckte und der heiße Samen nicht mehr in seine Hand spritzte, fiel er jedes Mal zurück in die Kissen seines Betts und dachte an Vivi. Und sobald er auch nur die kleinste Vorstellung von ihrem Gesicht oder ihrem Körper zuließ, wurde er sofort wieder hart wie Eisen.

„Mein Mund“, hauchte sie. „Kann mein Mund dich in einen Dämon verwandeln?“

Verflucht. „Nein, das kann er nicht“, behauptete er und wunderte sich, wie leicht ihm die Lüge über die Lippen kam. Falls es geschah, würde er sich selbst vernichten. Er konnte dieses Angebot nicht ablehnen.

Da hielt sie auch schon seinen Schaft in der Hand. Ihre Finger fühlten sich viel weicher an als seine, aber ihr Griff war fest. „Ich weiß nicht, ob ich dich mit meinem Mund zum Höhepunkt bringen kann.“

Ja, das kannst du. Wenn ich nur den Worten lausche, die aus deinem Mund kommen, bin ich schon fast so weit.

„Es ist schwierig, erfahrenen Männern zum Orgasmus zu verhelfen. Ich war nie in der Lage …“ Schüchtern senkte sie den Kopf. „Es ist eine Sache, die ich nicht besonders gut kann.“

Er begriff, dass sie bereit war, seinetwegen eine Grenze zu

überschreiten. Sie war verletzlich und unsicher. „Kunstfertigkeit auf diesem Gebiet wird überschätzt. Schon allein dein heißer Mund wird mich vollkommen wild machen."

„Aber du wirst nicht befriedigt sein. Ich will dich nicht ... enttäuschen."

„Enttäuschen? Gütiger Himmel, ich könnte niemals von dir enttäuscht sein. Niemals. Und jetzt sollten wir in eines von unseren Zimmern gehen, Vivi."

Er hob sie hoch und trug sie zurück in ihr Schlafzimmer, wobei sein Schwanz sich wie eine Turnierlanze vor seinem Körper in die Luft reckte. Dennoch nahm er die Verzögerung auf sich, denn er befürchtete, dass Dimitri sie unterbrechen würde, wenn sie sich nicht zurückzogen. Und er wollte verdammt sein, wenn er irgendwelche Störungen zuließ, während Vivi ihn mit ihrem Mund befriedigte.

Konnte sie seine Verwandlung auslösen, indem sie ihn mit dem Mund saugte? Er wusste es nicht. Doch er würde es bald herausfinden.

Es konnte sein, dass er gleich seinen letzten Orgasmus erleben würde.

„Also gut, leg dich auf mein Bett", befahl Vivienne. „Jetzt bist du derjenige, der gehorchen muss."

Natürlich lachte er, denn offensichtlich ging er davon aus, dass sie ihn nur neckte. Doch Heath streckte sich nackt auf ihrem Bett aus. Und Vivienne blieb die Luft weg, als sie feststellte, wie sinnlich der Anblick seines muskulösen nackten Körpers auf ihrer zierlich bestickten Bettdecke war.

Er sah sie mit einem Ausdruck voll ... jungenhafter Erwartung an.

Sie nahm all ihren Mut zusammen, atmete tief durch, beugte sich hinab und küsste den rotbraunen Kopf seines langen Schwanzes. Bei ihrer Berührung sprudelte silbrige Flüssigkeit aus der kleinen Öffnung an der Spitze. Sie leckte die Tropfen auf. Der Geschmack war auf ihrer Zunge erstaunlicherweise gleichzeitig süß und sauer. Sie strich mit ihren Lippen über das winzige Auge, und als sie die feuchte, samtige Haut spürte, kribbelte ihr Mund. Seine sprudelnden Säfte überzogen ihre Lippen mit einer klebrigen Schicht, die sie ganz langsam ableckte, während sie ihm in die silbernen Augen schaute.

Seine mächtige Brust hob sich, als er tief und zischend die Luft einsog.

Es gefiel ihm.

So weit, so gut.

Noch einmal küsste sie seine Eichel. Hauchte einen spielerischen Kuss auf die samtweiche Spitze. Dann senkte sie die Wimpern, öffnete weit den Mund und nahm seinen Schwanz darin auf.

Ihre Lippen glitten über Härte und Glätte seines Schafts. Ihre Zunge schmeckte sein Aroma – salzig, sauer, erdig. Er stöhnte aus der Tiefe seiner Kehle. Lauter als sie je zuvor einen Mann hatte stöhnen hören. Unter dem dichten Vorhang seiner Wimpern hervor sah Heath sie mit bewundernden, lustvollen, ehrfürchtigen Blicken an.

Sie ließ ihre Zunge um den mächtigen Schaft kreisen und schmeckte seinen frischen Schweiß, seine herben Säfte, die Süße seiner Haut. Dann saugte sie.

Seine schmalen Hüften hoben sich mit einem Ruck vom Bett, und sein Schwanz tauchte tiefer in ihren Mund. Zuerst war sie überrascht, dann begriff sie, dass er die Beherrschung verloren hatte. Seine Hände waren zu Fäusten geballt, seine Arme angespannt, seine Augen fest geschlossen. Und im selben Moment, in dem eine heiße Flüssigkeit in ihren Mund schoss, stieß er einen lauten Schrei aus.

Gütiger Gott.

Sie hatte gedacht, er würde viel zu sehr an die raffiniertesten Liebesspiele gewöhnt sein, um es ihr so leicht zu machen, ihm Lust zu verschaffen. Und doch war er fast sofort gekommen, als sie ihn in den Mund genommen hatte.

Tief in ihrem Inneren war sie sehr zufrieden mit sich. Wärme erfüllte sie. Ein Glühen. Tiefe Freude.

Plötzlich warf er sie auf den Rücken. „Jetzt bist du an der Reihe", flüsterte er.

Stunden später lag Vivienne entspannt quer über Heaths nacktem Körper. Seine linke Hand ruhte auf ihrem Hinterteil und umfasste die volle Rundung. Die Vertrautheit, die in dieser Geste lag, ließ sie schwer atmen.

Vielleicht war sie aber auch noch atemlos von den drei weiteren Orgasmen, die sie gehabt hatte, seit sie in ihr Schlafzimmer zurückgekehrt waren.

Sie presste ihre Wange an das seidige Haar, das Heaths Brust bedeckte, und nie zuvor in ihrem Leben hatte sie sich sicherer und wohler gefühlt. Als sie sich mit der Zunge über den Mund leckte, schmeckte sie seinen Samen auf ihren geschwollenen Lippen – würzig, ein wenig sauer und köstlicher als Schlagsahne. Jedes Mal, wenn er sie zum Höhepunkt gebracht hatte, war er prompt wieder hart geworden. Dann hatte sie an ihm gesaugt, und er war ebenso rasch und bereitwillig gekommen wie beim ersten Mal, als sie ihn in den Mund genommen hatte.

Das hatte sie wirklich erstaunt. Sie war sich verrucht und verwegen vorgekommen, weil sie ihm so häufig einen heftigen Orgasmus bescheren konnte. Sie fühlte sich stark und … unbesiegbar. Als könnte sie ihre Arme weit ausbreiten und ebenso wie Heath fliegen, wenn sie es nur wollte.

Aber natürlich konnte sie das nicht. Dennoch waren die Gefühle, die sie durchliefen, berauschend.

Heath bewegte sich unter ihr. „Ich glaube, es ist Zeit, dich zu baden, Vivi."

Sie stieß einen wohligen, erschöpften Seufzer aus. Am liebsten wollte sie sich gar nicht von der Stelle rühren. „Baden?", wiederholte sie müde.

„So ist es. Ich werde ein paar von den Hausmädchen herbeirufen, damit sie dir zur Hand gehen können." Er hob sie hoch, legte sie auf den Rücken und stieg selber aus dem Bett.

Für diese Nacht war es offenbar mit der Nähe vorbei. Ihre Enttäuschung musste deutlich in ihrem Gesicht zu lesen sein.

Lässig zuckte er mit den Schultern. Diese Geste verletzte sie sehr. Wie konnte er sich so rasch verändern? Sich von einem Mann, der sich nichts anderes wünschte, als sie in seinen Armen zu halten, in jemanden verwandeln, der einfach nur fort wollte?

„Es tut mir leid, Liebste. Ich muss gehen“, erklärte er. „Du solltest nun problemlos die Nacht überstehen können.“

Gehen? Dann wusste sie plötzlich, was er vorhatte. „Du willst meinen Vater verfolgen, nicht wahr?“ Sie richtete sich auf und spürte, dass ihr vom Sex noch ein wenig schwindelig war. Als er sich von ihrem Bett entfernte, folgte sie ihm, obwohl ihre Knie von all der Lust ganz weich und zittrig waren.

„Leg dich wieder ins Bett“, befahl er ihr.

„Nein!“, rief sie. „Mein Vater hätte dich fast getötet.“ Sie brauchte Kleider, in denen sie sich frei bewegen konnte, um ihn zu begleiten. Ein praktisches Kleid, in das sie rasch hineinschlüpfen konnte.

„Du wirst nicht mit mir kommen!“

Auf halbem Weg zu dem großen Kleiderschrank blieb sie stehen und fuhr zu ihm herum. „Ich dachte, du kannst meine Gedanken nicht lesen.“

„Es ist offensichtlich, was in deinem hübschen Kopf vor sich geht. Warum sonst solltest du dich zum Kleiderschrank bewegen? Du willst mich begleiten, um mir zu helfen.“ Er funkelte sie mit seinen grünen Augen an und verschränkte die Arme vor seiner nackten Brust. „Das werde ich nicht erlauben. Du bleibst hier!“

„Warum?“, rief sie und stemmte die Hände in die Hüften. „Weißt du nicht, wie gefährlich es …?“

Von einer Sekunde auf die andere stand er direkt vor ihr und ragte wie ein Turm über ihr auf. Automatisch erstarrte sie. Er wirkte so aggressiv. Glich so wenig dem Heath, den sie kannte.

Mit unerbittlicher Härte packte er ihren Arm. „Was machst du da?“, keuchte sie.

„Ich werde nicht zulassen, dass du dich in Gefahr bringst."

Sie versuchte, sich loszureißen, aber er umklammerte ihren Oberarm nur noch fester. So fest, dass sie vor Schmerz wimmerte. Er war so stark, und er war entschlossen, sich durchzusetzen. Plötzlich wurde ihr klar, dass sie keine Ahnung hatte, was er bereit war zu tun, um seinen Willen zu bekommen. Angst durchfuhr sie wie ein eisiger Pfeil.

„Hör mir zu, Vivi", brummte er. In seinen Augen loderte Zorn, der wirkte wie Blitze, die vor smaragdgrünen Bäumen niedergehen. Er war anders als jeder Mann, dem sie bisher begegnet war – außer wenn es ihm darum ging, seinen Willen durchzusetzen. Dann hatte er plötzlich jenen harten, hochmütigen Blick, den sie nur zu gut kannte.

„Lass mich los!", fauchte sie. Doch er dachte nicht daran.

„Du musst das verstehen, Vivi." Seine Stimme war leise und weich wie ein Flüstern in einer schwülen Nacht. Er versuchte, in ihren Kopf einzudringen und sie auf diese Weise zu bezwingen. „Dein Vater weiß, dass mein Bruder ein ebensolcher Dämon ist wie ich. Was auch immer Nikolai plant, dazu ist es offenbar notwendig, den Fluch freizusetzen. Er wird es nun bei Raine tun."

„Ich weiß", rief sie. „Deshalb wollte er dich töten. Um stattdessen deinen Bruder zu benutzen."

„Ich muss meinen Bruder retten, auch gegen seinen Willen. Muss ihn Nikolai entreißen. Deshalb kannst du mich nicht begleiten. Ich werde gegen Raine kämpfen müssen, und … verdammt, falls es so weit kommen sollte, werde ich ihn nicht töten können."

„Dann brauchst du mich, damit ich dich beschützen kann", erklärte sie wütend. „Lass mich endlich los." Zu ihrem Erstaunen gehorchte er diesmal. Sie wirbelte herum und lief zu ihrem Kleiderschrank. Im Unterschied zu den meisten Schränken in diesem Haus befand sich tatsächlich Kleidung darin. „Es ist nicht deine Schuld, dass dein Bruder sich Nikolai angeschlossen hat. Raine ist grausam und dumm, wenn er bereit war, zum Spielball meines

Vaters zu werden, obwohl er weiß, in welches Ungeheuer er sich durch den Fluch verwandeln kann. Ich werde nicht zulassen, dass du stirbst, weil du dich weigerst, die Hand gegen deinen Bruder zu erheben."

Sie riss die Schranktüren auf. Dahinter befanden sich einige Kleider und zusätzlich drei Kleidungsstücke, die sie noch nie gesehen hatte. Dimitri hatte sie wohl geschickt. Sie zog eine braune Reithose hervor. Das war eine wunderbare Idee, viel besser als ein Kleid. Hastig schlüpfte sie in die Hose.

„Ich werde mich nicht einfach so umbringen lassen", brummte er.

„Ich fürchte doch, das wirst du tun", widersprach sie. „Du glaubst, du hättest es verdient, mit deinem Leben zu bezahlen." Im Schrank hing auch ein weißes Leinenhemd, und sie zog es sich über den Kopf. Als sie den Saum in die hautenge Hose steckte, schossen Heaths Augenbrauen nach oben. Ihre vollen Brüste dehnten den Stoff. Das Hemd war für einen jungen, schlanken Mann gedacht. Durch das helle Leinen waren die dunklen Höfe um ihre Brustwarzen zu erkennen, und ihre harten Nippel drückten sich von innen gegen das Gewebe.

„Nun, ich versuche ja nicht, die Tatsache zu verbergen, dass ich eine Frau bin. Diese Sachen eigenen sich einfach besser für einen Kampf." Neben den Kleidern hing auch eine dunkelblaue Frackjacke, die zumindest ihre Brustwarzen verbergen würde.

„Reithosen und ein fast durchsichtiges Hemd sind also die passende Kleidung, um mächtige Vampire zu bekämpfen, die uns beide besiegen können?" Er hatte erneut die Arme vor seiner nackten Brust verschränkt und sah sie so finster an wie der Teufel höchstpersönlich.

Ihr tat das Herz weh. All die wunderbare Freude der vergangenen Nacht war verschwunden. Nun waren sie Gegner.

„Ich komme mit", erklärte sie mit tonloser Stimme. „Entweder begleite ich dich oder ich folge dir."

Er fuhr sich mit beiden Händen durchs Haar. Inzwischen hatte sie hohe schwarze Lederstiefel angezogen. „Ich muss Sarah sagen, dass ich mit dir fortgehe“, stellte sie fest. Sie würde sich nicht mehr mit ihm streiten. Stattdessen würde sie genau das tun, was sie für richtig hielt, ob ihm das passte oder nicht. Er hatte vor, Raine zu retten, ganz gleich, wie der Bursche dazu stand. Sie würde dasselbe für ihn tun. Entschlossen ging sie zur Tür. „Du solltest aufhören, zu lamentieren und dich anziehen, Heath.“

„Verflucht und zugenäht!“, brüllte er.

Sie schloss die Tür hinter sich. Als Heath neben ihr auftauchte, stand sie bereits vor Sarahs Zimmertür. Er hatte sich in den wenigen Augenblicken angezogen, die sie gebraucht hatte, um zum Zimmer ihrer Tochter zu gelangen, und war dann mit Vampirgeschwindigkeit hinter ihr her geeilt.

Die Tür zu Sarahs Zimmer öffnete sich, und ein erstauntes Hausmädchen stand auf der Schwelle. „Oh! Miss Dare. Eure Lordschaft. Miss Sarah ist nicht hier. Sie ist ins Musikzimmer gegangen. Mit Lord Julian.“

Verwirrt zog Heath die Brauen hoch. „Julian? Julian hört einer jungen Dame beim Musizieren zu?“ Sein Zorn verrauchte. Nun sah er höchst misstrauisch und seltsam schuldbewusst aus, während er nachdenklich sein Kinn rieb.

Was wusste er über Julian, das ihn nun dreinblicken ließ, als hätte er einen Fehler begangen? Viviennes Herz schlug plötzlich schneller. „Vielleicht gibt er nur vor, Musik zu mögen, und es handelt sich dabei um einen Teil seiner Verführungsstrategie.“ Sie drehte sich auf dem Absatz um. „Falls das sein Plan ist, wird er ihn schon bald bereuen.“

Leise, melodische Harfenklänge schwebten durch die einen Spaltbreit offenstehende Tür zum Musikzimmer – einem Raum, in dem Vivienne noch nie gewesen war. Dann hörte die Musik auf, und eine leise Frauenstimme sagte: „Es gefällt mir, dich zu küssen. Ich habe vorher noch nie jemanden geküsst.“

Vivienne verharrte bewegungslos. Die Stimme hörte sich sehr nach Sarah an. Aber viel … heißblütiger.

„Ich will der erste Mann sein, der dich küsst“, war nun die

heisere, sehnsüchtig klingende Stimme eines Gentlemans zu vernehmen. „Und ich will der Letzte sein. Ich möchte, dass du die Meine wirst, Sarah. Für immer."

Vivienne stieß einen leisen Schrei aus, aber Heath erreichte vor ihr die Tür und riss sie auf. Der Türknauf krachte so heftig gegen die Wand, dass der ganze Flur bebte und der Putz herunterrieselte.

Viviennes Herz schlug bis in ihre Kehle. Sie bemühte sich, jede Einzelheit zu erfassen und nicht in Panik zu geraten. Sarah küsste soeben Julian. Sie trug ein Kleid in dunklem Rosa, das ihre Haut schimmern lies wie eine Perle, und ihr Haar leuchtete wie die Sonne. Ihre Tochter hatte die Arme um Julians Nacken geschlungen und die Lippen fest auf seine gepresst. Er hatte kein Hemd an.

„Aufhören!", rief Vivienne. „Berühren Sie Sarahs Mund, und ich kastriere Sie auf der Stelle, ganz gleich, ob Sie ein Vampir sind oder nicht."

Doch wieder reagierte Heath schneller, als sie es konnte. Er tauchte direkt hinter Julian auf, umklammerte mit seiner Hand die Schulter des jungen Mannes und zog ihn von Sarah fort.

Sarah taumelte nach vorn. Sie errötete so heftig, dass das Rosa ihrer Wangen dunkler war als das ihres Kleides. „Mutter! Wie konntest du nur?"

Angst, Entsetzen und noch mehr Angst wirbelten durch Viviennes Brust. Was hätte Julian getan, wenn sie nur einen Augenblick später gekommen wären? „Wie konnte ich was?" Sie klang wie eine erschrockene Xanthippe. „Wie konnte ich dich nur beschützen? Ich habe nicht vor, dazustehen und zuzusehen, wie du von einem lüsternen, verabscheuungswürdigen Vampir verführt wirst." Sie sah, wie Heath zusammenfuhr.

„Er *verführt* mich nicht. Er hat mich geküsst."

„Dieses Haus ist kein Ort, an dem du einfach so herumstreifen kannst. Hier geschehen Dinge, die du nicht sehen solltest."

Sarah stemmte die Hände in die Hüften. „Um Himmels willen, Mutter. Ich weiß, was Sex ist. Das bedeutet aber nicht, dass ich welchen haben werde.“

Sex. Allein das Wort sorgte dafür, dass Viviennes Brust zu eng zum Atmen wurde. Sie errötete noch heftiger als ihre Tochter. Sie hatte nicht gewollt, dass Sarah auch nur irgendetwas über Sex wusste. Sie wollte, dass Sarah für immer unschuldig blieb.

„Julian wird mehr als einen Kuss erwarten“, bemerkte sie ohne Umschweife.

„Das tue ich nicht“, widersprach Julian. Er versuchte erfolglos, sich aus Heaths Griff zu befreien. „Ich beabsichtige, Miss Dare den Hof zu machen. Wie es sich für einen Gentleman gehört.“

„Mutter, das hier ist lächerlich. Ich weiß, was du getan hast. Ich weiß, dass du eine … Affäre mit Lord Blackmoor hast, und ich bin *glücklich* darüber. Alles, was ich wollte, war ein Kuss! Julian wusste das.“

„Sarah“, mischte Heath sich mit sanfter Stimme ein. „Vivi versucht nur, dich zu beschützen.“

„Und Julian ist halb nackt. Wenn er nur einen Kuss wollte, warum hat er dann sein Hemd ausgezogen?“, begehrte Vivienne zu wissen. Sarah war erst achtzehn. Und trotz ihrer kühnen Bemerkungen naiv. „Die Sache ist die, dass er ein Vampir ist. Und du nicht. Eine Liebe zwischen ihm und dir ist nicht möglich. Und dieses Haus ist ein … Sündenpfuhl.“

„Mutter.“ Sarahs Lachen hallte durchs Zimmer. „Es ist nichts Böses. Oder Schlechtes. Es geht nur um Sex und Lust. Leidenschaft … und Liebe.“

„Du kannst alles Nötige über Leidenschaft lernen, wenn du verheiratet bist.“ Sie klang schrecklich prüde. Aber sie konnte nichts dagegen tun. „Das ist es, was ich mir für dich wünsche. Das, was ich niemals haben konnte. Eine gute Heirat, einen zuverlässigen Ehemann – Sicherheit, gesellschaftliche Stellung, Glück.“

Ein erschreckend weiser Ausdruck trat in Sarahs blaugrüne Augen. „Wen soll ich denn heiraten, Mutter? Ganz egal, wie wohlerzogen ich bin, ich werde doch immer die Tochter einer Kurtisane bleiben.“

Viviennes Herz brach. Es zerschellte einfach. Sarah hatte die schreckliche Wahrheit über ihren Vater erfahren. Und nun hatte sie Sarah die Worte sagen hören, vor denen sie sich immer gefürchtet hatte. Sarah wusste, dass ihre Mutter schon vor ihrer Geburt ihr Leben zerstört hatte.

Dann ging Heath zur Tür. „Julian", sagte er in eisigem Ton. „Ich muss mit dir reden."

Und Vivienne erkannte, welche Rolle Heath übernommen hatte: die des zornigen Vaters.

Heath zog Julian in ein Schlafzimmer am Ende des Flurs, bevor er selbst begriff, was er da tat: Er benahm sich dem jüngeren Vampir gegenüber genau so, wie er mit Raine umgegangen war. Abrupt ließ er Julian los. „Ging es wirklich nur um einen Kuss von einem hübschen Mädchen? Oder hattest du vor, sie zu verführen?"

Der jüngere Vampir fuhr sich mit beiden Händen durch sein helles Haar. „Ich würde ihr nie etwas Schlimmes antun. Ich liebe Sarah."

Heath seufzte. „Du kannst sie nicht lieben, weil sie deine Liebe nicht erwidern darf. Vivienne mag ein Sukkubus sein, doch soweit wir wissen, ist Sarah sterblich."

„Soweit wir wissen! Himmel, Blackmoor, du *weißt* es nicht. Alles, was wir wissen, ist, dass sie krank ist. Dass sie wahrscheinlich sterben würde, wenn du ihr nicht dein Blut gäbest. Ich will …" Seine silberblauen Augen waren voll Schmerz. „Ich möchte versuchen, ihr mein Blut zu geben. Ich möchte, dass das Band zwischen Sarah und mir entsteht. Ich will nicht, dass du noch länger mit der Sache zu tun hast."

Der Junge war wirklich verliebt. Doch Heath schüttelte den Kopf. „Ich habe vor, Sarah zu beschützen." Das schuldete er Vivi, aber er hatte auch das drängende Gefühl, Sarah beschützen zu *müssen.* Er hatte so viel falsch gemacht. Er hatte Ariadne, Meredith und Raine verletzt. Sarah zu retten war das Einzige, was er tun konnte, um seine Fehler auszugleichen.

Julian packte ihn bei der Schulter. „Bitte, Heath! Wenn sie wieder krank wird, will ich sie retten. Ich möchte derjenige sein, der das für sie tut. Ich werde sie nicht sterben lassen."

Nun verstand Heath. „Du darfst sie nicht in einen Vampir verwandeln."

Trotzig verschränkte Julian die Arme vor der Brust und starrte ihn an. „Um ihr Leben zu retten, würde ich es tun."

„Du hast kein Recht, sie zu einer Existenz wie der unseren

zu verdammen, Julian, nur weil du sie haben willst. Und es ist nicht einmal erwiesen, dass es ihr Leben retten würde. Denn wir wissen nicht genau, was Sarah ist. Ob sie wirklich sterblich ist oder nicht. Es könnte ihren Tod bedeuten, sie in einen Vampir zu verwandeln."

Tiefe Trauer trat in Julians blaue Augen. „Was soll ich denn nur machen, Heath? Ich liebe sie. Ich würde alles für sie tun. Wie kann ich herausfinden, was Sarah für ein Wesen ist? Wer könnte es wissen? Wem, zum Teufel, können wir trauen, Heath? Ich möchte dafür sorgen, dass Sarah in Sicherheit und gesund und frei ist. Aber wie können wir das erreichen?"

Mitgefühl stieg in Heath auf. „Ich weiß es noch nicht, Julian. Aber wir werden einen Weg finden." Er maß Julian mit jenem selbstherrlichen Blick, mit dem er früher immer Raine angeschaut hatte. „Aber solltest du Sarahs Herz brechen und dich ihr gegenüber schlecht benehmen, werde ich höchstpersönlich dein Herz mit einem Pflock durchbohren. Wenn du sie liebst, bedeutet das für dich, dich fortan von Bordellen fernzuhalten. Du musst ihr treu sein."

„Das werde ich", schwor Julian. „Ich würde sie niemals verletzen. Aber falls sie sterblich ist ..."

„Dann wirst du am Ende mit gebrochenem Herzen dastehen", erklärte Heath mit leiser Stimme. Damit verließ er Julian und traf Vivienne an, als sie soeben Sarahs Zimmer verließ.

Sie schaute ihn kummervoll an. „Sarah verabscheut mich jetzt von ganzem Herzen, weil ich ihr gesagt habe, dass sie nicht mit Julian zusammen sein kann. Ich hatte schon immer Angst, sie würde mich dafür hassen, dass ich ihr Leben zerstört habe, bevor es überhaupt begonnen hatte. Sie hat recht; sie wird immer darunter leiden, die Tochter einer Kurtisane zu sein."

Heath erinnerte sich an Sarahs trotzigen Gesichtsausdruck. Aber er hatte in ihren ausdrucksvollen blauen Augen auch ihr Bedürfnis nach der Zustimmung ihrer Mutter gesehen.

Vivi umschlang ihren Oberkörper mit den Armen und entfernte sich von ihm. Er begriff, was sie tat: Sie versuchte, vor dem

Schmerz in ihrem Herzen zu fliehen. Langsam folgte er ihr bis zum Ende des Flurs, dann griff er nach ihrem Arm und zog sie in ein leeres Schlafzimmer, um mit ihr zu reden.

Mit zwei Fingern hob er ihr Kinn und sah ihr fest in die großen blauen Augen. „Sarah verabscheut dich nicht. Du hast als Mutter alles richtig gemacht, wenn deine Tochter dich anschreit und keine Angst hat, dich zu verlieren, weil sie bestimmte Dinge zu dir sagt."

Vivi blinzelte verwirrt. „Willst du behaupten, dass deine Tochter Angst hatte, mit dir zu reden?"

„Ja. Ich war so hochmütig und egoistisch. Ich bemerkte nicht einmal, dass sie befürchtete, ich würde sie verlassen, wenn sie mich verärgerte. Ich ließ sie ja dauernd allein, um durch die Welt zu reisen. Wenn Sarah genug Selbstbewusstsein hat, um dich anzuschreien, liebt sie dich und weiß, dass du sie liebst."

Er küsste Vivis vor Staunen geöffnete Lippen. „Im Musikzimmer habe ich kein Mädchen erlebt, das seiner Mutter grollt. Ich sah eine junge Frau, die ihre Mutter respektiert. Aber ich denke, Sarah möchte sich jetzt auf ihre eigene Weise entfalten."

„Ich weiß; sie sehnt sich nach Liebe und Leidenschaft. Aber mit Julian? Ich habe den besorgten Ausdruck in deinem Gesicht gesehen. Befürchtest du, er könnte sie … beißen? Oder sie in einen Vampir verwandeln?"

„Nein, es ging darum, dass ich weiß, was für ein Leichtfuß Julian ist. Aber ich habe mit ihm gesprochen, und ich glaube ihm, dass er Sarah anbetet und ihr niemals etwas zuleide tun würde. Ein Vampir ist zur Liebe fähig, Vivi. Er kann aus tiefstem Herzen lieben." Grimmig schüttelte er den Kopf. „Vampire dürfen es auch. Ein Dämon wie ich darf es nicht wagen."

„Heath …"

Aber er legte den Finger auf seine Lippen. Vivienne konnte ihm kaum mit dem Blick folgen, als er geräuschlos zum Fenster huschte. Er zog die Vorhänge zurück, und Mondlicht fiel ins Zimmer. Dann legte er den Kopf schief und lauschte angestrengt. Vivienne bemühte sich ebenfalls, etwas zu hören, während ihr

Herz heftig klopfte.

Schließlich drehte Heath sich wieder um und kehrte so rasch zu ihr zurück, dass sie die Bewegung nicht sah. „Flieh mit mir", brummte er und hob sie hoch. Die Tür raste so schnell auf sie zu, dass sie die Augen schloss.

„Was ist los? Was passiert gerade?", rief sie. Sarah … wenn etwas nicht in Ordnung war, musste sie zu ihrer Tochter.

Bevor Heath antworten konnte, zerbarsten hinter ihnen die Fenster des Schlafzimmers. Um sie herum flogen Glassplitter, funkelnd wie Diamanten. Sie drehte den Kopf, um zu sehen, was geschah. Eine schwarze Masse ergoss sich wie eine dicke Flüssigkeit durchs Fenster. Die dunkle Form teilte sich plötzlich in viele kleine Flecke auf, wie es auch in ihrem Haus gewesen war, und wurde zu Hunderten von kleinen Fledermäusen. Ihre Flügel durchschnitten die Luft, und der Lärm war ohrenbetäubend.

Es ist der Rat. Heath gab ihr in ihren Gedanken nur eine knappe Erklärung.

Sarah, rief sie. *Du musst mich zu Sarah bringen.*

Genau dorthin bin ich unterwegs. Wir müssen Sarah holen und sehen, dass wir aus diesem Haus kommen …

„Und wohin sollen wir gehen?" Sie schrie die Frage laut heraus. „Dies hier war unser Zufluchtsort. Wir sind davon ausgegangen, dass es unmöglich ist, in diesem Haus angegriffen zu werden." Dann kamen die Worte über ihre Lippen, die sie niemals hätte sagen dürfen. „Du hast es versprochen."

Heath wirbelte mit ihr den Flur entlang in ein großes, vom Mondlicht erhelltes Zimmer, wo sie erstaunt eine seltsame Szene vor sich sah. In dem Raum standen lange Tische, und ein Dutzend Vampire liefen dazwischen herum. Auf den Tischen lagen Waffen – Schwerter, Armbrüste und Köcher mit Bolzen. Einer nach dem anderen nahmen die Vampire sich je eine Waffe.

Heath lehnte Vivienne mit dem Rücken gegen eine Wand. *Warte hier. Ich bewaffne mich, und dann bringe ich dich zu Sarah.*

Sie fühlte sich furchtbar schuldig wegen dem, was sie gesagt hatte. Doch es gab keinen Zweifel, dass sie entführt und wieder zum Rat gebracht werden würde. Dort würde sie auf dem Altar geschändet und getötet werden. Und was sollte dann mit Sarah geschehen?

Während sie darüber nachdachte, stieg Übelkeit in ihr auf. Das hier war nicht Heaths Schuld. Aber sie würde nicht tatenlos dastehen. Sie würde um ihr Leben und um das ihrer Tochter kämpfen.

Am Ende des lang gestreckten Raums klirrte das Fenster, und die Fledermäuse flogen herein. Die Vampire hoben ihre Waffen, wandten sich in Richtung der herbeifliegenden Fledermäuse und feuerten. Aber die schwarze Masse wirbelte um einen der Vampire herum, einen Mann, der dicht beim Fenster stand. Sie umgaben ihn wie eine dunkle Wolke, und niemand wagte zu schießen. Als die Fledermäuse aufstiegen, schwebte Staub durch die Luft, und der Vampir war verschwunden.

Dimitri stand neben einem der Tische, eine Armbrust in der Hand. Er warf die Waffe zu Boden, hob die Hände und stieß einen Fluch aus. Ein blendend heller Strahl goldenen Lichts schoss aus seinen Handflächen und hüllte die flatternden Fledermäuse ein. Die kleinen Kreaturen stießen Schreie aus, die laut durch den Raum gellten, dann schlugen sie wild mit den Flügeln und verschwanden durchs Fenster.

„Sie werden zurückkommen", murmelte Heath.

Dimitri ließ die Hände sinken. Er sah Heath an, der nach einer Armbrust gegriffen hatte. „Sie haben recht. Sie werden aus einer anderen Richtung angreifen. Und wir brauchen andere Waffen."

Dimitris schwarze Augen wirkten noch seelenloser als zuvor. Trostlos. Resigniert. Und Vivienne verstand. Dimitri glaubte nicht, dass dieser Kampf gewonnen werden konnte.

Es gab einen Weg, sie alle zu retten. Sarah zu retten.

Sie stieß sich von der Wand ab und ging zu den beiden Männern. „Diese Kreaturen wollen mich. Sie sind hier, um mich zu holen. Wenn ich mit ihnen gehe, werden sie niemandem sonst etwas tun. Sie werden Sarah nicht verletzen ..."

„Nein!“, riefen Heath und Dimitri wie aus einem Mund.

Sie nahm sich eine Armbrust. Nie zuvor in ihrem Leben hatte sie eine Waffe benutzt. Doch all die Jahre, die sie um ihr Überleben gekämpft hatte, wären vergebens gewesen, wenn sie das hier jetzt nicht tat. „Werden sie mir folgen, wenn ich hinausgehe? Würden dadurch nicht alle anderen geschützt? Sollte es uns gelingen, sie vom Haus wegzulocken, werden hier drinnen alle in Sicherheit sein. Vielleicht kann ich dann … ich könnte fliehen.“ *Wohin? Wie?*

Doch Heath trat direkt hinter sie. „Es ist zu gefährlich. Du kannst ihnen nicht entkommen. Das Haus ist der sicherste Ort. Sie müssen erst einmal hier hereingelangen, um gegen uns zu kämpfen.“

Heath dachte nur daran, wie er *sie* beschützen konnte. Er dachte an niemanden sonst. Falls es tatsächlich so war, bedeutete das, dass er den Edelmut vergaß, den er hatte erringen wollen. Und zwar ihretwegen.

Die Schreie einer Frau unterbrachen ihre Gedanken. *Sarah.* Vivienne rannte blind zur Tür, doch Heath war sofort an ihrer Seite. Eine Vampirfrau lag im Flur auf dem Boden und wand sich vor Schmerzen, während die Fledermäuse ihren Körper zerfetzten.

Wie gelähmt vor Entsetzen blieb Vivienne stehen. Dann spürte sie, wie sie durch die Hose etwas Spitzes ins Bein stach. Es war die Armbrust in ihrer Hand. Sie hob die schwere Waffe, doch Heath stellte sich vor sie.

Er hielt ein riesiges Schwert in der Hand, das er im Zimmer mit Lichtgeschwindigkeit vom Tisch genommen haben musste, bevor er ihr gefolgt war. Rücksichtslos schwang er es über dem Körper der am Boden liegenden Frau. Die Fledermäuse schlugen wild mit den Flügeln und versuchten zu entkommen. Einige wurden von der Klinge getroffen und in Stücke geschnitten.

Wieder stieg Übelkeit in ihr auf. Sie ging zu der verletzten Frau, doch das Opfer zuckte heftig und löste sich plötzlich in Staub auf.

Vivienne wich zurück. Mit der schweren Armbrust in der Hand und ihren vor Grauen völlig gefühllosen Beinen wäre sie beinah gefallen. Doch Heath zog sie an seinen warmen Körper. Und sie liefen los.

Durch das zerbrochene Fenster flogen weitere Fledermäuse ins Haus. Es war, als würde jemand schwarze Tinte in die Luft schütten, die sich überall verteilte. Vivienne kam sich vor, als wäre sie in einem Albtraum gefangen. „Was sind das für Wesen?", gelang es ihr atemlos hervorzustoßen.

„Eine Art von Dämonen. Vom Rat versklavt, der sie als Kundschafter ausschickt", erklärte Heath.

„Und um Sukkuben zu jagen?" Die Worte kamen in bitterem, scharfem Ton über ihre Lippen. Ihretwegen waren schon zwei Vampire vernichtet worden.

Ein Schwarm Fledermäuse kam ihnen auf dem Flur entgegen. Die vorderen Tiere flogen nicht weiter vorwärts, sondern flatterten auf der Stelle mit den Flügeln, und die kleinen Körper wanden und drehten sich und wuchsen dabei. Schließlich verwandelten sie sich in schwarze menschenähnliche Gestalten, die jedoch große Fledermausflügel besaßen. An den Spitzen der Flügel befanden sich weiße Krallen.

Vivienne erstarrte. Eine der Kreaturen sprang in die Luft und flog auf sie zu.

Heath zerteilte sie säuberlich mit seinem Schwert. Schwarze Flüssigkeit spritzte aus dem Körper, doch Heath hatte sie mit seiner freien Hand nach hinten gezogen, und der Dämon stürzte vor ihren Augen zu Boden.

Der zweite Dämon griff sie an, dann ein dritter und immer mehr. Eisige Furcht machte sich in ihrem Herzen breit. Sie hatten keine Chance gegen so viele dieser Ungeheuer.

Heath schob sie nach hinten. „Bleib an der Wand stehen." Dann griff er die Dämonen an. Dimitri war an seiner Seite. Die Schwerter der beiden Vampire zerteilten die Ungeheuer, die ihnen entgegenstürmten, aber es kamen immer mehr Fledermäuse durchs Fenster, sodass Heath und Dimitri sich schließlich zurückziehen mussten. Schwer atmend lehnte Heath sich neben ihr gegen die Wand.

Ihr Magen hob sich, als sie sah, dass Heaths Gesicht mit tintenschwarzem Blut bespritzt war. Dimitri war ebenso besudelt mit der furchtbaren schwarzen Flüssigkeit. Er hielt ein breites, sechs Fuß langes Schwert in der Hand. Und selbst als er sich ihr zuwandte, schwang er es noch durch die Luft und schnitt einen angreifenden Dämon in zwei Hälften.

Sie konnte nicht tatenlos dort herumstehen. Ungeschickt versuchte sie, die Armbrust mit einem Bolzen aus ihrem Köcher zu laden. Der Bolzen fiel zu Boden. Sie bückte sich, um ihn aufzuheben, aber Heath packte ihren Arm und zog sie hoch.

Lass ihn liegen, rief er in ihrem Kopf. *Bleib einfach hier hinten stehen.*

Ohne auch nur hinzusehen, schwang er sein Schwert durch die Luft. Ihr Herz blieb fast stehen, als er ein weiteres Ungeheuer enthauptete und es irgendwie schaffte, Dimitri dabei nicht zu treffen. Dann schob Heath sie in Dimitris Richtung. *Passen Sie auf sie auf. Irgendwo in diesem Durcheinander muss der Anführer stecken. Wenn ich ihn erwische, kann ich für Verwirrung sorgen.*

„Ein Anführer?“, keuchte Vivienne. „Willst du damit sagen, dass eine dieser Kreaturen der Befehlshaber ist?“

Zu ihrem Entsetzen sprang Heath mitten zwischen die transformierten Fledermäuse und bewegte sein Schwert dabei heftig von links nach rechts. Er schlug eine Schneise durch die Menge der Kreaturen.

Sie musste zu Sarah. Was für eine Mutter war sie, wenn sie sich nicht durch die Dämonen kämpfte und alles riskierte, um zu ihrem Kind zu gelangen? Sie lud die Armbrust. Dieses Mal blieb der Bolzen in der Halterung stecken. Dann rannte sie los.

Dimitri packte sie bei der Schulter und zog sie zurück. Er tötete rasch zwischendurch einen weiteren Dämon, dann sah er sie mit seinen unheimlichen dunklen Augen an. „Wenn Sie der Armee des Rates entfliehen wollen, ist die einzige Möglichkeit, bei Ihrem Vater Schutz zu suchen. Er ist so mächtig, dass Adder und die anderen niemals wagen würden, ihn anzugreifen."

Das war verrückt. „Aber … aber mein Vater ist unser Feind."

„Ja", stimmte Dimitri ihr zu. „Aber er braucht Sie. Er würde Ihnen niemals etwas antun."

Sie sah, wie Heath sich wieder zu ihnen durchkämpfte, indem er eine Schneise zwischen den sich verwandelnden Fledermäusen schlug. Andere Vampire nahmen jetzt ebenfalls am Kampf teil. Von überallher hörte sie Rufe, Schreie und das laute Klirren der Waffen durchs Haus hallen. An allen Ecken fanden Schlachten statt.

Zwei kreischende Dämonen schossen auf Heath hinab. Vivienne hob die schwere Armbrust, doch ihre Arme wurden schwach, während sie den Abzug betätigte. Die Sehnen ließen sich jedoch leicht spannen. Der Bolzen flog durch die Luft. Ihr Schuss durchbohrte das Bein eines der Dämonen.

Das Untier schaute nach unten.

Im nächsten Moment war sein Kopf verschwunden.

„Ihr Vater wird nicht wollen, dass die Ratsversammlung Sie bekommt. Es ist in seinem eigenen Interesse, Sie zu beschützen, Miss Dare. Wir können die Dämonen lange genug aufhalten, bis Sie und Heath geflohen sind …"

„Ich gehe nicht ohne meine Tochter."

„Natürlich nicht. Nehmen Sie sie mit. Gehen Sie zu Ihrem Vater. Diese Dämonen sind hartnäckig, aber nicht sonderlich intelligent. In der Hitze des Gefechts könnte es eine Stunde dauern, bis diese Kreaturen entdecken, dass Sie verschwunden sind."

Eine Stunde Zeit, um zu ihrem Vater zu gelangen. Und er würde ihnen keinen wirklich sicheren Unterschlupf bieten. Er wollte Heath vernichten. Er wollte sie benutzen.

„Was wird er Heath antun? Und Sarah? Und mir?"

Sie erwartete keine Antwort von Dimitri. Aber er blaffte: „Sie sind eine sehr kluge Frau, Miss Dare. Sie wissen, dass er Ihnen nichts tun wird; also haben Sie Zeit, ihn zu überlisten. Wenn Sie aber hierbleiben, werden Sie gefangen genommen und zurück zum Rat geschafft werden."

„Und sie werden auch Sarah mitnehmen", flüsterte sie angstvoll.

„Möglicherweise. Oder aber sie wollen Sie brechen, Sie in große Angst stürzen, sodass Sie Ihren Kampfwillen verlieren. Diese Dämonen könnten hier sein, um Sie mitzunehmen – und Ihre Tochter zu töten."

Schwarze klebrige Flüssigkeit besudelte Heath, und er fluchte. Es gab nichts Schlimmeres als den Gestank der Körperflüssigkeit des Gegners. Doch er musste seinen Weg zwischen den Dämonen freischlagen, wie ein Bildhauer sich durch Marmor schlagen muss.

Dann sah er, wie Vivi kreidebleich wurde und anfing zu schwanken. Ihre Beine gaben unter ihr nach. Dimitri nahm sein Schwert in die linke Hand und umschlang stützend ihre Taille.

Mit einem wütenden Knurren durchschnitt Heath fünf flatternde Dämonen mit einem Schlag. Er schoss an Vivis Seite, indem er einen Salto machte. „Was ist mit ihr geschehen?", fuhr er Dimitri an.

Vivi umklammerte seinen Arm. In ihre Wangen kehrte die Farbe zurück. „Wir müssen Sarah hier herausbringen. Die Dämonen wollen sie."

„Woher weißt du das?"

„Dimitri glaubt, dass es so ist", schrie sie. „Ich muss zu Sarah. Wir müssen fliehen."

Beim Klang von Sarahs Namen hielten die Fledermäuse im Korridor für einen Moment inne, als würden sie lauschen. Dann wandten sich alle um und rasten den Flur entlang auf Heath, Vivienne und Dimitri zu. Es war, wie Dimitri es vermutete. Adder hatte seinen Fledermäusen den Namen ihres Opfers beigebracht, und als sie diesen Namen hörten, griffen sie an.

„Was, zum Teufel, wollen die Ungeheuer denn mit Vivis Tochter?", bellte er Dimitri an. Er hielt sein Schwert hocherhoben in der Hand, bereit, auf die fliegenden Ungeheuer loszugehen.

„Sie wollen der jungen Miss Dare etwas antun, um den Willen ihrer Mutter zu brechen und sie in Kummer und Verzweiflung zu stürzen. Sie müssen Viviennes Gefühle anstacheln. Adder weiß inzwischen, dass er sie nicht dazu bringen kann, Lust zu empfinden. Aber er kann Hass in ihr auslösen. Dadurch wird ihre Macht wachsen, und dann kann er ihre Kraft für sich nutzen. Sie ist eine Waffe, Heath. Eine mächtige Waffe."

Während er sprach, enthauptete Dimitri ununterbrochen Dämonen mit seinem Schwert. An seiner Seite tat Heath dasselbe. „Wenn wir fliehen, werden Vivi und Sarah draußen im Freien sein, wo Nikolai und der Rat sie angreifen können." Heath kniff nachdenklich die Augen zusammen. „Was wollen Sie wirklich erreichen, Dimitri?"

Dimitri verzog sein dunkles Gesicht zu einem bösen Grinsen. „Die Wahrheit? Ich möchte erreichen, dass beide, Nikolai und der Rat, vernichtet werden. Sie und Vivienne könnten sie besiegen. Ich habe die Kämpfe zwischen Vampiren satt. Wenn ich schon für immer lebe, möchte ich meine Zeit mit Orgien verbringen und nicht mit Kämpfen."

Heath starrte Dimitri an. Er und Vivienne sollten fähig sein zu siegen? Der ältere Vampir war vollkommen ernst. Doch bevor Heath ihn fragen konnte, wie zum Teufel sie das anstellen sollten, schrillte lautes Kreischen in seinen Ohren und übertönte alle anderen Geräusche. Noch mehr Dämonen flogen ihnen entgegen. Er schwang sein Schwert und tötete einen nach dem anderen. Doch selbst ein Vampir konnte nicht Tausende von Dämonen in Stücke schneiden. Sein Körper begann müde zu werden.

„Nehmen Sie Vivienne mit und fliehen Sie", rief Dimitri. „Wir werden weiterkämpfen, um Ihnen Zeit zu verschaffen. Ich habe ihr geraten, zu ihrem Vater zu gehen. Nikolai ist der einzige Vampir, der stark genug ist, sie zu beschützen."

Das stimmte. Dennoch war es gefährlich für Vivienne. Doch was auch immer ihr Vater vorhatte, er würde sie beschützen, wenn auch nur, weil er sie für seine Pläne brauchte. Heath nickte knapp. Doch Hunderte von Dämonen stürmten auf sie zu, und es gab keine Möglichkeit, an ihnen vorbeizukommen.

Dimitri rief den anderen Vampiren zu: „Hierher." Dann erklang Dimitris Stimme in Heaths Kopf. *Ziehen Sie sich zurück, packen Sie Miss Dare und holen Sie ihre Tochter. Bringen Sie die beiden durch den unterirdischen Gang aus dem Haus.*

Kurz nach Heath erreichte Vivienne das Schlafzimmer ihrer Tochter. Natürlich war er vor ihr da gewesen. Vivienne eilte an seine Seite, die Armbrust angelegt, den Finger am Abzug. Dann erstarrte sie vor Entsetzen.

Fledermäuse füllten den Raum von einer Wand zur anderen und flogen unter der Decke herum. Julian stand vor Sarah, die sich neben dem Kleiderschrank an die Wand presste. Der junge Vampir schwang einen Schürhaken durch die Luft und holte einen kleinen schwarzen Körper nach dem anderen herunter. Mit seinem Schwert tötete Heath Dutzende der Kreaturen.

„Es sind zu viele, Heath", schrie Vivienne.

Julian stürzte zu Boden, bedeckt von den kleinen, geflügelten Tieren. Sie krallten sich in seinen Körper. Sein Fleisch wurde zerfetzt.

Mit einem entsetzten Schrei stürzte Sarah hinter dem Wandschrank hervor und versuchte verzweifelt, Julian zu erreichen.

„Nein, bleib da hinten", rief Vivienne.

Und Julian brüllte: „Um Himmels willen, kümmert euch nicht um mich. Bringt Sarah hier raus."

Heath rannte durch die fliegenden Fledermäuse, und sie stürzten sich auf ihn, bissen und kratzten, bis das Blut sein Hemd tränkte und über sein Gesicht lief. Vivienne feuerte einen Bolzen nach dem anderen ab. Sie achtete darauf, keinen der Männer zu treffen, aber ihre Schüsse machten nicht einmal den Fledermäusen Angst.

Heath packte Sarah, warf sie über seine Schulter und lief zurück zu Vivienne und zur Tür. Doch Sarah trommelte mit den Fäusten auf Heaths Rücken und trat wild mit den Füßen um sich. „Julian!", kreischte sie. „Rettet Julian."

Neben Vivienne stellte Heath die immer noch schreiende Sarah wieder auf den Boden. Vivienne hielt ihre Tochter fest und versuchte, sie aus dem Zimmer zu ziehen. Julian war mit Fledermäusen bedeckt, so wie vorher die Vampirfrau. Vivi versuchte, Sarah den schrecklichen Anblick zu ersparen.

Heath bemühte sich, mit seinem Schwert die Fledermäuse von Julians Körper zu vertreiben, doch nach kurzer Zeit kam er zu ihnen zurück. Sein Gesicht war kreidebleich. „Wir müssen fliehen."

Viviennes Magen krampfte sich vor Übelkeit zusammen. Gütiger Himmel, nicht Julian …

„Nein!", schrie Sarah, doch Heath hob sie wieder hoch. Vivienne fiel fast um, als er ihr Handgelenk packte und sie aus der Tür zerrte.

Hinter ihnen stieß Julian einen Schmerzensschrei aus.

Nie zuvor hatte sie Heath so wütend gesehen. Wieder und wieder trat er mit seinen Stiefeln gegen die Tür, bis in dem dicken Eichenholz ein Loch klaffte. Überall flogen Splitter herum.

Sie verstand seinen Zorn, aber er machte ihr auch Angst. Sie fühlte sich innerlich ganz klein.

In ihr stieg die Erinnerung an jeden der Momente auf, die sie in Furcht verbracht hatte, weil sie glaubte, ein Mann könnte ihre betrunkene Mutter töten und sich dann ihr zuwenden. Instinktiv wollte sie zurückweichen, doch das hier war Heath, und er brauchte sie, um wieder Boden unter die Füße zu bekommen.

„Hör auf!", rief sie. „Du musst nicht noch länger dagegentreten."

Er fuhr herum. Silberne Blitze funkelten in seinen Augen, während er von Sarah zu ihr blickte. „Du hast recht", stellte er dann mit leiser Stimme fest. Und er öffnete die Tür.

Sie umklammerte Sarahs Arm noch fester und stützte ihre Tochter beim Gehen. Sarahs Gesicht war weiß wie ein Bettlaken. Tränen rollten über ihre Wangen, aber sie sagte kein Wort, schluchzte nicht einmal. Sie starrte nur mit leerem Blick vor sich hin und verhielt sich, als sei sie in Trance.

Viviennes Herz fühlte sich in ihrer Brust an wie ein Eiswürfel: klein, kalt und leicht zu zerstören. Sie hatte keine Ahnung, was sie jetzt tun sollte. Sollte sie wirklich versuchen, zu Sarah durchzudringen? Oder schützte dieser Schockzustand ihre Tochter vor dem Schrecklichen, das sie gerade gesehen hatte? Würde Sarah jemals das Entsetzen überwinden, das sie gespürt haben musste, als Julian direkt vor ihren Augen sein Ende gefunden hatte?

Vor ihnen erstreckte sich ein langer, dunkler Gang, und als Sarah sich weigerte einen weiteren Schritt vorwärts zu tun, nahm Heath sie wieder auf seine Arme. „Komm, meine Kleine, ich trage dich."

Es tut mir leid, Vivi. Ich habe den Anführer der Fledermäuse getötet, aber das hat sie nicht aufgehalten. Und wenn ich damit keine Zeit verschwendet hätte, hätte ich Julian retten können.

Du hast es versucht, Heath. Und du hast meine Tochter gerettet. Dafür werde ich dir bis in alle Ewigkeit dankbar sein.

Heath hat sich getäuscht, als er glaubte, ein Dämon wie er würde nicht wagen, zu lieben, ging es Vivienne durch den Kopf. Er mochte ein Vampir sein, der verflucht war, ein Dämon zu werden, doch er war zu einer Liebe fähig, deren Tiefe und Stärke sie mit Staunen erfüllte.

Sie musste sich an Heaths blutdurchtränktes Hemd klammern, um den Weg durch die tintenschwarze Dunkelheit des Ganges zu finden. Die Tür, die er aufgebrochen hatte, war die zweite in dem langen Tunnel gewesen. Die erste Tür befand sich im Keller von Dimitris Haus und bestand aus einer dicken Eisenplatte. Heath hatte diese schwere Tür hinter ihnen verriegelt. Die Tür aus Eichenholz war abgeschlossen gewesen, und offensichtlich hatte es keine andere Möglichkeit gegeben, als sie einzutreten.

„Du … du musst nicht mit zu meinem Vater kommen." Sie stieß die Worte atemlos hervor. Vivienne konnte nichts sehen, aber sie spürte, dass der gepflasterte Boden des Tunnels abwärts führte. Ins Innerste der Hölle, dachte sie und spürte ihr kummervolles Herz.

Er ging schneller. „Ich muss mich überzeugen, dass ihr beide in Sicherheit seid.“

„Ich werde dafür sorgen, dass mein Vater dir nichts tut …“ Sie stockte und atmete schwer.

„Ich fürchte mich nicht vor ihm. Ich werde mich ihm entgegenstellen. Denn ich will sichergehen, dass Sarah und du frei und sicher und ohne Angst leben könnt.“ Er verlangsamte seine Schritte, sodass sie ihn einholen konnte. „Es ist nicht dein Vater, vor dem ich mich fürchte, Vivi. Ich habe Angst vor mir selber. Dein Leben und Sarahs Leben liegen in meiner Hand. Und ich habe in so einer Lage schon einmal versagt.“

„Du hast nicht versagt. Du hast uns beide heute Nacht gerettet! Du musst endlich einsehen, dass du gut und stark und edel bist, Heath.“

Doch sie wusste, dass er gerade wegen seines Edelmuts und seiner Güte die Schuld und den Schmerz über den Tod seiner Frau und seiner Tochter nicht vergessen konnte.

Plötzlich blieb Heath stehen. Er stellte Sarah auf den Boden und entfernte sich einen Schritt von ihr und Vivienne. Dann schlug er die Hände gegen seinen Kopf und stieß einen lauten, schmerzlichen Schrei aus.

Vivienne lief zu ihm und schlang die Arme um seine Brust. „Was ist passiert? Stimmt etwas nicht?“

Er schubste sie weg und fiel auf die Knie. Seine Gesichtshaut legte sich in Falten, und sein Körper verbog sich und zuckte unter seiner Kleidung. „Änderst du deine Gestalt?“, schrie sie.

Er schüttelte den Kopf und warf ihn gleich darauf mit einem entsetzten Aufschrei, der ihr einen Schauer über den Rücken jagte, in den Nacken. Seine Eckzähne schossen hervor. Seine Gesichtszüge schienen zu zerfließen.

„Das ist mir schon einmal passiert“, keuchte er. „Als Nikolai mir einen Vorgeschmack darauf gab, was der Fluch bedeutet und zu was ich werden würde. Ich bin dabei, mich in einen Dämon zu verwandeln.“

20. KAPITEL

Entsetzt sah Vivienne zu, wie Heaths Kiefer sich heftig nach rechts und dann nach links bewegte, und zwar mit solcher Gewalt, dass sie es krachen hörte. Seine Stirn schwoll an und sank wieder ein, und sie musste sich die Hand vor den Mund schlagen, um einen Schrei zurückzuhalten. Seine kräftigen, glatten Armmuskeln ringelten sich unter seinem Leinenhemd wie lebende Schlangen.

Das alles ertrug er mit zusammengebissenen Zähnen. „Zum Teufel, jetzt passiert es", krächzte er mit geschlossenem Mund.

„Warum?" Vivienne schnappte nach Luft. „Ich habe nicht wieder mit dir geschlafen. Wir haben es nicht zwei Mal getan." Sarah wimmerte vor Angst, aber Vivienne konnte nicht zu ihr gehen, um sie zu beruhigen. Sie musste zu Heath laufen. Sie fiel vor ihm auf die Knie. Ihre Röcke sogen sich voll Matsch, aber sie achtete nicht auf die Feuchtigkeit. Sie liebkoste sein Gesicht und spürte, wie seine Wangenknochen unter ihren Fingern pulsierten.

„Nein." Er riss sich los und wich zurück. „Fass mich nicht an. Das ist zu gefährlich."

„Es ist meine Schuld. Mein … mein Vater hat gesagt, dass der Fluch wirksam wurde, als wir Sex miteinander hatten", flüsterte sie. „Wir haben ihn ausgelöst, obwohl du kein zweites Mal mit mir geschlafen hast."

Sein Oberkörper klappte nach vorn, sein Rückgrat wölbte und streckte sich, und es wirkte, als wollten die Knochen Haut und Kleidung durchbohren. „Ich habe mich in dich verliebt. Alles, was du mit mir getan hast, ließ mich dich noch mehr lieben. Und das reichte aus, um den Fluch auszulösen", krächzte er mühsam.

Seine Worte durchfuhren sie wie ein Speer.

„Nein. Nein, du darfst nicht in mich verliebt sein, Heath. Das erlaube ich nicht." Nicht, wenn es sein Ende bedeutete. Guidon hatte ihr erklärt, Heath müsse gegen die Bedingungen des Fluchs ankämpfen. Doch wie sollten sie das tun?

Ein Schatten tauchte neben ihr auf, und Vivienne schnappte erschrocken nach Luft und fuhr herum. Doch es war Sarah. Ihr Gesicht war bleich und angsterfüllt, und sie legte die Hand auf Heaths gekrümmten Rücken. „Wir müssen irgendetwas tun, Mutter."

„Ich weiß." Doch was? Die Stärke ihrer Tochter beschämte sie. Sarah hatte soeben den Mann verloren, den sie liebte, doch sie fand den Mut, ihren Schockzustand zu durchbrechen, zu Heath zu kommen und zu versuchen, ihm zu helfen. Sie beide, Vivienne und Heath, mussten ebenso stark sein.

Er musste gegen den Fluch ankämpfen. Doch er glaubte, er habe die Strafe verdient. Er glaubte, er müsse verflucht werden.

Sie legte ihre Hände auf Heaths Schultern. Unter ihren Fingern bewegten sich Muskeln und Knochen und knirschten dabei. Es war schrecklich, doch sie nahm ihre Hände nicht fort. „Kämpf dagegen an, Heath. Wir lieben dich beide. Wir werden dich nicht gehen lassen. Wir sind jetzt eine Familie."

Sie hörte Sarah nach Luft schnappen. Sah, wie eine Träne über die Wange ihrer Tochter rollte. „Ja", wisperte Sarah. „Wir sind deine Familie. Du hast mich gerettet, und du hast meine Mutter gerettet. Ich werde dich immer lieben."

Heaths Gesicht verzog sich zu einer schmerzlichen Grimasse. „Gott, nein", stöhnte er. „Ich werde nicht zulassen, dass es geschieht." Dann fügte er so leise hinzu, dass Vivienne es kaum hören konnte: „Ihr braucht mich – ich werde euch nicht im Stich lassen."

Die Krümmung seiner Wirbelsäule wurde nicht mehr stärker, seine Muskeln hörten auf, unter der Haut zu zucken. Sein Gesicht verzog sich nicht mehr. Seine Kleider waren zerfetzt, die Säume von den heftigen Bewegungen seines Körpers aufgerissen, aber es schien vorüber zu sein. Er senkte den Kopf und atmete mehrmals tief durch.

Vivienne legte die Hand um sein Kinn und hob es, sodass sie ihn im Dämmerlicht ansehen konnte. Er umklammerte ihre Handgelenke. „Es hat aufgehört", flüsterte er mit heiserer Stimme. „Danke, Vivi." Er wandte sich an Sarah und lächelte ihr zu. „Danke auch dir, Sarah. Du weißt nicht, wie viel es mir bedeutet, deine Liebe gewonnen zu haben."

„Es ist mir egal, wer mein Vater war", erklärte Sarah. „Ich möchte, dass du ein Teil meiner Familie bist, Lord Blackmoor." Dann flossen wieder Tränen über Sarahs Gesicht.

Heath nahm Sarah fest in die Arme und flüsterte ihr zu: „Ich liebe dich", bis Sarah aufhörte zu schluchzen. Mit bebenden Gliedern stand er auf. Er hielt Vivis Hand und Sarahs Hand und zog sie beide daran ebenfalls auf die Füße. „Ich fühle mich geehrt. Und beschämt. Und ich verspreche, dass ich niemals eine von euch im Stich lassen werde."

Dann zog er Sarahs Arm unter seinen und trat in die bedrohliche Dunkelheit des Tunnels. Doch Vivienne konnte sich nicht bewegen. „Bist du sicher, dass alles mit dir in Ordnung ist?"

Seine Mundwinkel sanken. „Du fürchtest dich vor mir, nicht wahr?"

„Ich habe keine Angst vor dir", erklärte sie mit fester Stimme. „Ich habe Angst *um* dich." War es ihnen wirklich gelungen, seine Transformation aufzuhalten? War damit der Fluch gebrochen? Hatte es ausgereicht, ihm zu sagen, dass sie ihn liebten? Er hatte versprochen, sie nie im Stich zu lassen. Sie befürchtete, dass er noch nicht daran glaubte, dass ihre Liebe bedingungslos war. Oder vielleicht fürchtete er sich vor bedingungsloser Liebe, weil er sie schon einmal besessen hatte. Womöglich war bereits das Angebot, ihn zu lieben, eine Qual für ihn.

„Komm, Vivi." Sie konnte ihn im Dunkeln nicht sehen, aber es war unmöglich, sich seiner Aufforderung zu widersetzen – und der Angst, die in seiner Stimme mitschwang. „Wir müssen weiter."

Das war ihr klar. Sie musste voraneilen und sich ihrem Vater ausliefern, einem Mann, den sie fürchtete und hasste.

Heath hatte Sarah auf die Schultern genommen, so wie ein Mann ein kleines Kind trägt. Nun streckte er Vivienne seine

Hand hin. Sie eilte an seine Seite und lief mit ihm los.

Irgendwie musste sie Heath klarmachen, dass er es nicht verdient hatte, verflucht zu werden.

Heath kannte den Geheimgang sehr gut. Er war als Fluchtweg gebaut worden, um sich vor dem Rat oder Vampirjägern in Sicherheit zu bringen. Der Tunnel führte abwärts bis zu einem Punkt, an dem er sich in drei Gänge aufteilte. Zwei Tunnel waren Sackgassen, die bei einer Falle endeten, welche mit einer Sprengstoffladung versehen war. Er kannte den richtigen Weg. Und während er vorwärtseilte, wusste er, dass er dafür verantwortlich war, auch nach dieser verzweifelten Flucht für Sarahs und Viviennes Sicherheit zu sorgen.

Er hatte wieder eine Familie. In Wahrheit war er jedoch noch nicht bereit für Frau und Kind. Er konnte weder Vivi noch Sarah geben, was sie wirklich brauchten. Sie hatten einem Mann ihre Liebe erklärt, der keine andere Wahl hatte, als sich selbst zu vernichten. Er hatte sie praktisch gezwungen, ihm ihr Herz zu öffnen; und nun würden sie die Erfahrung machen, wie sich ein gebrochenes Herz anfühlte.

Sarah war so leicht, dass er sie auf seinen Schultern kaum spürte, während ihre Fersen gegen seine Brust schlenkerten. Sie hatte die Arme um seinen Hals geschlungen. Sarah vertraute ihm und liebte ihn. Zwei Dinge, die er vor zehn Jahren weggeworfen hatte, als er Meredith verlor. Sarah ahnte nichts von seiner Vergangenheit. Aber Vivi wusste Bescheid. Wie konnte sie sagen, dass sie ihn liebte, da sie doch wusste, was er getan hatte?

Er konnte Nikolai vernichten und auf diese Weise Vivienne vor jedwedem bösen Plan behüten, den sein Meister vielleicht verfolgte. Doch wie sollte er sie vor dem Rat schützen? Wie konnte er Vivienne geben, was sie wirklich verdiente – wahre Freiheit?

„Es muss einen anderen Weg geben."

Vivis sanfte Stimme riss ihn aus seinen Gedanken. „Einen anderen Weg? Nein, Liebste, dies ist der einzige Weg nach draußen.

Dieser Tunnel verzweigt sich in drei Gänge; wir werden die Gabelung bald erreichen. Aber vertrau mir, ich weiß, welchen Weg wir nehmen müssen."

„Nein, ich fragte mich, ob es nicht eine andere Möglichkeit gibt, wie wir uns ohne Nikolais Hilfe verstecken können. Das hier ist vollkommen verrückt. Ich muss nicht tun, was Dimitri sagt. Ich muss mir von niemandem etwas sagen lassen." In der Dunkelheit sah er, wie sie ihre Brauen hochzog. „Außer vielleicht von dir, weil ich dir vertraue."

„Dimitris Idee ist, dich unter den Schutz eines Vampirs zu begeben, der mächtiger ist als irgendein Mitglied der Ratsversammlung. Er weiß, dass dein Vater dir nie etwas antun würde. Dimitri versucht, uns Zeit zu verschaffen. Zeit für mich, einen Weg zu finden, euch beide zu retten."

„Und das sollte nicht allein deine Aufgabe sein, Heath. Ich habe nicht vor, wie eine Idiotin dazustehen und darauf zu warten, gerettet zu werden. Können wir nicht einfach fliehen und immer weiter fliehen? Wir könnten England verlassen."

„Die Vampire der Ratsversammlung können rund um die Welt fliegen, wenn sie wollen." Ein kräftiger Geruch stieg vom Boden auf, und seine Stiefel machten im Matsch ein schmatzendes Geräusch. Vivis Schuhe antworteten mit einem *Patsch.* Sie zog die Nase kraus und machte *„Ihhh"*, was ihn zum Lachen brachte. Verdammt, er betete diese Frau an.

Sie hatten den tiefsten Punkt des Tunnels erreicht und standen jetzt an der Stelle, wo er sich in drei Gänge teilte. Heath nahm Viviennes Hand, um sie in die pechschwarze Dunkelheit zu führen.

Hinter sich konnte er ein schwaches Hämmern hören. Das mussten die Dämonen sein, die versuchten, die Eisentür zu durchbrechen, die den Eingang zu den Tunneln sicherte. Er betete – soweit ein Vampir das konnte –, das Geräusch möge nicht bedeuten, dass sämtliche Vampire im Haus vernichtet worden waren.

Vivi folgte ihm, tauchte neben ihm ohne jedes Zögern in den Tunnel ein. Hätte er noch einen Beweis gebraucht, wie sehr sie ihm vertraute, so wäre es ihr Verhalten gewesen.

„Wenn der Rat früher nicht in Dimitris Haus eindringen konnte“, flüsterte sie, „warum konnten sie es dann heute Nacht?“

„Dimitri schützt sich mit alten Zaubersprüchen. Jemand muss ihn verraten und dem Rat erzählt haben, welche Sprüche er benutzt.“

Könnte es Julian gewesen sein? In seinen Gedanken klang ihre Stimme unsicher und fragend.

Ich glaube nicht, dass er es war. Julian ist für Sarah gestorben. Er hat sie wirklich geliebt.

Vivi schluchzte leise auf. „Was ist mit Guidon? Könnte er alte Zaubersprüche kennen?“

„Es ist möglich. Und falls es Guidon war, ist es meine Schuld.“

„Das kann nicht sein.“

„Guidon kehrte aus den Karpaten nach London zurück. Niemand außer Dimitri wusste davon oder ahnte etwas von seinem Buchladen. Ich habe den Rat direkt dorthin geführt.“

„Oder ich war es. Aber warum hat Dimitri nicht dafür gesorgt, dass Guidon bewacht wurde?“, erkundigte sich Vivi.

„Ich weiß es nicht.“ Aber er war ihrer Meinung. Warum hatte Dimitri keine Wache zu Guidon geschickt und auf diese Weise auch sein Haus geschützt?

„J…Julian“, fing Sarah auf seinen Schultern an, aber ihre Stimme brach, und sie brachte nur noch ein Schluchzen hervor.

„Es ist in Ordnung, Sarah. Pst. Du musst nicht darüber sprechen“, beruhigte er sie.

„Ich muss nicht getröstet und zum Schweigen gebracht werden.“ Plötzlich klang das Mädchen kämpferisch. „Es ist schwierig für mich, seinen Namen zu sagen, aber ich *kann* ihn aussprechen. Julian hat mir erzählt, dass es Vampirköniginnen gibt. Sie sind die mächtigsten Wesen von allen. Er sagte mir, dass der Vampirrat gegründet wurde, weil die männlichen Vampire es nicht ertragen konnten, von diesen starken Frauen regiert zu werden. Würden die Königinnen uns nicht helfen?“

„Die Königinnen helfen nur selten anderen weiblichen Dämonen“, erklärte Heath freundlich. „Normalerweise sind sie sehr eifersüchtig. Ich hatte Angst, dass sie Vivienne vernichten wollen; sie ist zu schön.“

Die Vampirköniginnen hatten früher die älteren Vampire wie Dimitri und Nikolai als ihre Gemahle gehalten. Aber wie die meisten Männer, denen man unermesslichen Reichtum, Macht und gutes Aussehen gibt, wurden sie untreu. Sie betrogen die Königinnen. Und so begannen die Königinnen, sie zu hassen. Aber sie konnten die starken alten Vampire nicht vernichten. Und da Nikolai sein Meister war, würden die Königinnen Heath nicht helfen wollen.

Sie stiegen zum Ausgang hinauf. Er lag dicht bei der Themse auf Dimitris Besitz. Heath hinderte Vivi am Weitergehen. In der Dunkelheit konnte sie die Eisentür nicht sehen, die direkt vor ihr war. „Wir sind am Ende des Tunnels.“

Sie streckte die Hand aus und fühlte die Tür. „Es gibt keine Klinke.“

„Ein Zauber“, erklärte er. „Sie öffnet sich durch eine Beschwörungsformel.“

Doch bevor er die Worte aussprechen konnte, glühte die Tür plötzlich feuerrot. Er zog Vivi zurück, als sie sich öffnete.

„Ich dachte, ich sollte kommen und dich abholen, meine Liebe.“ Mit einem Grinsen auf den Lippen stand Nikolai im Türrahmen, an jeder Seite einen riesigen Mann in einem Gewand aus grobem braunem Stoff. Nikolai lächelte Sarah an. „Meine entzückende Enkelin. Wie hübsch. Komm, Vivienne, du bist jetzt in Sicherheit. Wenn du tust, was ich dir sage, wird dir nichts Schlimmes geschehen.“ Er winkte die Riesen nach vorn. „Überwältigt den Vampir. Er steht kurz vor seiner Transformation. Wir dürfen kein Risiko eingehen. Nehmt ihm meine Enkelin weg.“

Sarah schrie auf, und Heath wich zurück, aber mit Sarah auf den Schultern konnte er nicht kämpfen. Einer der großen Kerle zog Sarah von seinen Schultern.

Vivienne wollte sich dazwischenwerfen, doch Nikolai hob die Hand, und sie sank zu Boden. „Ich … ich kann mich nicht bewegen“, schrie sie.

Heath stieß seinen Stiefel in den Schritt des Mannes, der ihn festhielt – wenn er kämpfte, kannte er keine Tabus –, und dann bohrte er seinen Finger in eines der Augen des anderen Untiers. Beide heulten auf, ließen ihn aber nicht los.

Ein Lichtpfeil kam von dort, wo Nikolai stand. Heiß wie Feuer traf er Heaths Brust. Heath versuchte, seinen Meister anzugreifen, aber seine Beine gaben unter ihm nach. Und er fiel zu Boden.

Ihre Hände waren mit Ketten gefesselt, und die Riesen trieben sie durch Nikolais Versteck, das verlassene Bordell. Die meisten Zimmer waren staubig und verwüstet, aber Nikolais Arbeitszimmer war verschwenderisch ausgestattet. Männer in Hosen aus fließendem Stoff und mit Turbanen auf den Köpfen standen rechts und links von der Tür. Sie waren mit Krummsäbeln bewaffnet. Und Nikolai rekelte sich in einem riesigen Stuhl hinter einem mit Blattgold überzogenen Schreibtisch.

In der Kutsche hatte sie versucht, mit ihrem Vater zu sprechen. Sie hatte ihm erklärt, dass sie Schutz vor dem Rat der Vampire brauchten. Und er hatte ihr versprochen, dass sie bei ihm in Sicherheit sein würden. Doch dann hatte er ihr befohlen, den Mund zu halten und nicht mehr über die Sache zu reden. Stattdessen begann er heiter und höflich mit Sarah zu plaudern, als wären sie Gäste einer Gartenparty. Und als sie das Bordell erreichten, wurde Sarah ihr entrissen und in ein hübsches Schlafzimmer mit Gittern vor den Fenstern gebracht, aus dem es kein Entrinnen gab.

Ihr Vater war mindestens so selbstherrlich wie jeder einzelne der englischen Adligen, die ihr früher nachgestellt hatten. Das durfte Vivienne nicht vergessen. Und sie musste es sich zunutze machen.

Nikolai schnippte mit den Fingern, und durch eine zweite Tür brachten weitere Männer mit Turbanen eine Trage ins Zimmer. Darauf lag Heath.

Vivienne versuchte, zu ihm zu rennen, aber die Wachen hielten sie fest.

„Was hast du mit Heath gemacht?"

Hochmütig zog Nikolai eine Braue hoch. „Nichts, was man nicht wieder rückgängig machen könnte." Er murmelte ein paar Worte, und auf seiner geöffneten Handfläche lag plötzlich eine Kugel aus wirbelndem Licht. Diesen funkelnden Ball ließ er durch die Luft fliegen und auf Heaths Brust landen.

Als das Licht ihn traf, richtete Heaths Körper sich zuckend auf. Seine Lider flatterten und öffneten sich.

Nikolai lächelte Vivienne an. „Du weißt, was du zu tun hast. Es ist deine Aufgabe, Lord Blackmoor zu verführen."

„Nein", kam es als heiseres Krächzen aus ihrer Kehle. Dann hob sie ihr Kinn und rief laut und deutlich: „Nein!"

Die Augen ihres Vaters leuchteten plötzlich rot. Alles in ihr wollte zusammenzucken und sich ducken, wie ihre Mutter es immer getan hatte. Doch sie straffte ihre Schultern und stellte sich so aufrecht hin, wie sie nur konnte. Sie sah Heath an, der mit Wunden von seinem Kampf mit den Fledermäusen übersät war. Er stand jetzt schwankend auf seinen Füßen, und einer der Riesen packte ihn bei der Schulter.

„Lass ihn gehen!", schrie sie Nikolai an, obwohl sie wusste, dass Heath sie dafür hassen würde, wenn sie ihren Willen bekam und er freigelassen wurde.

„Es tut mir schrecklich leid, dich enttäuschen zu müssen, meine entzückende Tochter, aber das kann ich nicht tun."

Ihr fiel auf, dass Nikolai sie nicht aufforderte, Raine zu verführen. Was war mit Heaths Bruder geschehen? Doch bevor sie fragen konnte, näherte sich einer der Turban-Männer ihrem Vater. Der Mann stieß einen unverständlichen Laut aus und verbeugte sich dann tief.

Nikolai lächelte. „Natürlich. Öffne die Tür und lass ihn eintreten."

Sie wirbelte herum, als der Diener tat, was sein Herr ihm befohlen hatte. Ein riesiges schwarzes … Ding füllte den ganzen

Türrahmen aus. Die Kreatur senkte den Kopf und watschelte langsam ins Zimmer. Das Wesen war so groß wie die Riesen, doch aus seinen Schultern wuchsen gigantische Flügel. Diese gefiederten Flügel waren um seinen Körper geschlagen, sodass sich die Spitzen vorne trafen.

Der Dämon öffnete die Flügel. An seine Brust gedrückt hielt er einen kleinen, sich windenden Mann. Viviennes Herz krampfte sich zusammen. Es waren erst zwei Tage vergangen, seit dieser kleine Gnom von einem Vampir ihr Tee und Hoffnung gegeben hatte, als er ihr erklärte, Heath könne den Fluch brechen.

Das Ungeheuer lockerte seinen Griff, und Guidon rutschte mit einem hohen, überraschten Aufschrei zu Boden. Wieder versuchte Vivienne nach vorn zu stürzen, aber erneut hielt einer der Riesen sie fest. Als sie sah, wie Guidon sich duckte, war ihr klar, dass er Dimitri nicht freiwillig verraten hatte. Sein faltiges Gesicht war kreidebleich.

Sie musste mit Guidon sprechen und ihn dazu bringen, ihr zu erklären, wie Heath den Fluch brechen konnte.

Nikolai kam hinter seinem Schreibtisch hervor. Seine Gewänder wallten um seine langen Beine, und er ging immer weiter, bis er fast auf die Finger des Bibliothekars trat. Nikolai machte eine Handbewegung, und Guidon wurde hochgehoben und auf seine Füße gestellt.

„Es war sehr ungehorsam von dir, dem Handel, den du abgeschlossen hast, entgehen zu wollen, Guidon. Die Abmachung lautete, du stellst mir dein Wissen zur Verfügung und dafür lasse ich dich am Leben. Ich werde dich brauchen, um den Dämon zu beherrschen. Ich schlage vor, dieses Mal tust du, was ich dir sage."

Guidon wimmerte und sah Vivienne flehend an.

Aber Nikolais kaltes, triumphierendes Lachen ließ sie zusammenfahren. „Wenn du mir nicht gehorchst, Vivienne, werde ich Heath töten. Auf der Stelle. Genau hier."

Sie schluckte mühsam. „Ich darf es nicht tun. Ich darf nicht noch einmal mit ihm schlafen. Du kannst mit mir machen, was du willst, aber tu Heath nichts."

„Du wirst es dir noch anders überlegen, meine Liebe. Aber es wäre hilfreich, wenn dein Geliebter ein bisschen … fester auf seinen Beinen stünde.“ Er warf einen weiteren Lichtball in Heaths Richtung, und dieses Mal fuhr das Licht in seinen Mund und versickerte in seinen Händen.

Plötzlich wurde Heath munter. Er wehrte sich gegen den Riesen, der ihn festhielt.

„Und nun mach, was ich dir gesagt habe, Vivienne. Oder du wirst furchtbar leiden.“

„Nein“, brüllte Heath. „Du darfst ihr nicht wehtun. Such eine andere Frau. Mit ihr werde ich dann zweimal hintereinander schlafen, wenn du es unbedingt willst. Lass Vivi und Sarah gehen.“

„Es ist Pech für dich, Blackmoor, dass ich Vivienne brauche, um den Fluch zum Leben zu erwecken. Nur auf diese Weise kann ich sicher sein, dass du die Macht besitzt, die ich für meine Pläne benötige. Und die fünf Männer, die sie schon verführt hat, haben ihr noch mehr Kraft verliehen. Diese Männer haben ihr durch ihre besonderen Fähigkeiten Stärke gegeben. Einer war ein Kämpfer. Einer ein leidenschaftlicher Liebhaber. Einer hatte einen scharfen Verstand und den Mut, mit hohen Einsätzen zu spielen. Die übrigen beiden besaßen große körperliche Kraft. Und du warst der Abenteurer. Du hast sie erst richtig stark gemacht.“

„Ich besitze keine Macht“, rief sie.

Die perfekten Gesichtszüge ihres Vaters verzogen sich zu einem höhnischen Grinsen. „Glaubst du, ich verschwende meinen Samen, um etwas Schwaches zu erschaffen? Deine Stärke ist in deinem Inneren verborgen. Da drinnen leuchtet sie hell wie die Sonne. Während all der Jahre hat die Leidenschaft, die du entfacht hast, diese Kraft immer weiter wachsen lassen. Wie Kohle, die ins Feuer geworfen wird. Aber deine Macht war sorgfältig verborgen, damit andere Wesen sie nicht entdecken – andere Dämonen oder die Vampire. Schließlich habe ich dafür gesorgt, dass ihr beide zusammenarbeitet. Du besitzt die Kraft, die Blackmoor die Macht verleihen wird, die Welt zu zerstören. Er ist der einzige Mann, der die Stärke, die in dir verborgen ist, freisetzen kann."

Füreinander geschaffen.

„Das ist unmöglich", mischte Heath sich ein. „Ich wurde erst vor ein paar Jahren in einen Vampir verwandelt. Lange nachdem Vivi geboren worden war."

Und Vivienne verstand. Ihr Vater hatte das alles seit ihrer Geburt geplant. Vielleicht schon vorher. „Ich wurde nur aus einem einzigen Grund erschaffen, nicht wahr? Um das Ende der Welt herbeizuführen."

Nikolai nickte. „Ich musste warten, bis ich den richtigen Mann für diese Aufgabe gefunden hatte."

Sie wandte sich ihrem Vater zu, trat dem Vampir entgegen, von dem sie wusste, dass er sie töten konnte. „Du hast Sarahs geheimnisvolle Krankheit ausgelöst, um mich zu zwingen, zu Mrs Holt zu gehen und ihren Preis für die Medizin zu bezahlen. Sarah war niemals wirklich krank. Sie litt unter etwas, was *du* ihr zugefügt hattest. Obwohl sie deine *Enkelin* ist." Sie meinte fast, die Kälte zu spüren, die aus Nikolais schwarzen unergründlichen Augen strömte.

Er lächelte hochmütig. „Aber sie ist nicht gestorben, nicht wahr? Du, meine gehorsame Tochter, hast getan, was man dir sagte."

„Du hast dafür gesorgt, dass Heath mir begegnete und mich rettete, war es nicht so? Irgendwie hast du uns zusammengebracht und uns gezwungen, uns ineinander zu verlieben."

Nikolai verzog seine dicken dunkelroten Lippen zu einem Grinsen. „Du bist ein dummes, romantisches Kind. Es war nicht mehr nötig, als dass du mit Blackmoor herumhurtest. Und das hast du getan. Du bist wie deine Mutter. Ich habe damals sofort ihren unersättlichen Hunger nach Liebe erkannt, als ich anfing, um sie herumzuschleichen. Zu jener Zeit war sie immer noch ziemlich schön."

„Du bist um sie herumgeschlichen?" Angst und Ekel

schwangen in ihrer Stimme mit. „Was meinst du damit?"

„Ich beobachtete sie. Ich folgte ihr. Ich spürte das Licht in ihrem Inneren. Deine Mutter Rose war anders als die anderen Frauen, denen ich begegnete. Einzigartig. Ich hatte in Erwägung gezogen, eine Frau aus einer höheren Gesellschaftsschicht zu schwängern. Aber keine von ihnen besaß diesen wunderbaren goldenen Glanz. Rose war eine so mitfühlende Seele. Ich wusste, dass sie perfekt für meine Zwecke war, als ich sah, wie rührend sie sich um einen Jungen kümmerte, der seinen Fuß verletzt hatte. Und das, obwohl sie selber Wunden von den Fäusten eines Mannes am Körper trug. Mir war klar, mit ihr konnte ich eine Frau erschaffen, die die fleischgewordene Versuchung sein würde."

„Und diese Frau war ich?" Seine Worte trafen sie in ihrem Innersten. Der schöne goldene Glanz ihrer Mutter. „Das ist ihr also widerfahren. Das war der Grund, weshalb sie jede Hoffnung verlor und verzweifelte. Du ... du hast diesen Glanz ausgelöscht, nicht wahr?"

„Ich brauchte ihn, um dich zu erschaffen, meine Liebe. Ich nahm Roses Güte und Schönheit und verband sie mit meiner Macht und Stärke. Bei deiner Geburt erlosch die Seele deiner Mutter, und sie wurde zu einem schwachen Wesen. Deshalb griff sie zum Gin."

Gütiger Gott, sie hatte ihre Mutter vernichtet. Allein durch ihre Existenz.

„Hör auf damit, Vivi."

Die tiefe, beherrschte, tröstende Stimme gehörte Heath. „Er versucht, dein Herz und deine Seele zu verletzen. Er versucht, dich dazu zu bringen, das zu tun, was er von dir will. Hör ihm einfach nicht zu. Du hast deiner Mutter nicht ihre Lebenskraft gestohlen. Wenn du irgendetwas getan hast, dann hast du dafür gesorgt, dass sie nicht all ihre Kraft und Hoffnung verlor. Das glaube ich. Dessen bin ich mir sicher."

„Ruhe!", brüllte Nikolai. Der geflügelte Dämon bohrte eine seiner scharfen Flügelspitzen in Heaths Brust.

Vivienne fuhr entsetzt zusammen. „Aufhören", flehte sie. „Bitte, sag ihm, er soll aufhören."

„Genug." Nikolai machte eine lässige Handbewegung.

Blut strömte aus der Wunde, als die scharfe Spitze herausgezogen wurde. Ein blutiges Rinnsal floss langsam über Heaths Haut.

Heath zuckte mit keiner Wimper. Stattdessen nutzte er die Tatsache, dass er nicht mehr festgehalten wurde, um auf Nikolai loszugehen. Aber der Vampir schleuderte ihm einen Lichtpfeil entgegen, der ihn zu Boden warf.

Vivienne eilte an Heaths Seite. Sie riss einen Streifen von ihrem Leinenhemd ab und presste den Stoff auf die blutende Wunde. Heath lag mit geschlossenen Augen bewusstlos auf dem Boden. Sie spürte, dass Nikolai sie von oben anstarrte. Es war ein Gefühl, als würde ein Käfer über ihre Haut kriechen.

„Warum küsst du ihn nicht, Vivienne? Küss den Mann, den du liebst."

Sie zögerte. Rotbraune Wimpern ruhten auf Heaths Wangen. Sein Mund war leicht geöffnet, weich und verlockend. Sie sehnte sich danach, Heath zu küssen. Aber sie traute Nikolai nicht. Und sie hasste ihn. Sie wagte nicht, auch nur das kleinste Zeichen von Zuneigung zu zeigen, weil sie befürchtete, sie könne Heath damit seiner Verwandlung in einen Dämon näherbringen.

Stattdessen drückte sie weiter das Tuch auf die Wunde. Mit dieser Berührung sorgte sie dafür, dass er am Leben blieb, damit würde sie ihm sicher nicht schaden. Sie schaute Heath an, den Mann, den sie liebte, doch sie sprach mit dem Mann, den sie verabscheute. „Was wird geschehen, wenn er sich in einen Dämon verwandelt? Wenn du willst, dass ich tue, was du von mir verlangst, sagst du es mir besser."

„Mein Plan ist ganz einfach. Ich werde ein Wesen beherrschen, das zweihundert Fuß groß sein wird. Eine Kreatur, die die St. Paul's Cathedral mit ihren Zähnen aus ihren Verankerungen reißen kann."

Das konnte auf keinen Fall wahr sein. Sie wandte sich um

und fuhr zusammen, als sie das Leuchten in Nikolais Augen sah.

„Ah, Vivienne, mit einem Flügelschlag kann er die See so aufwühlen, dass das Wasser eine ganze Stadt verschlingt. Er würde in der Lage sein, ein Dutzend Sterblicher in Sekundenschnelle zu verspeisen. Als Dämon wird er nicht aufzuhalten sein. Ein unzerstörbares Wesen."

„Aber warum willst du unschuldigen Menschen so etwas antun?"

„Was will ein Mann, der viele hundert Jahre lebt, erreichen? Er will immer mehr Macht. Ich habe beschlossen, die Welt nicht zu zerstören. Ich werde meinen Dämon spielen lassen. Er soll den dummen Sterblichen eine Zeit lang Angst machen. Dann werde ich Heath davon abhalten, sein Zerstörungswerk fortzuführen. Welcher König wird sich mir noch widersetzen, wenn ich ihn mit einem Fingerschnippen vernichten kann?"

Nikolai wedelte mit den Händen. Seine Lakaien stürzten nach vorn und zogen Vivienne von Heath weg. Sie wehrte sich, doch es gelang ihr nicht, sich zu befreien. Zwei der Diener warfen ihn auf die Trage, wodurch wieder Blut aus der Wunde sprudelte. Dann hasteten sie mit ihm davon.

„Wohin lässt du ihn bringen?"

„In seine Zelle. Du wirst bald in deine geführt werden."

„Das kannst du Heath nicht antun. Du kannst ihn nicht zwingen, auf diese Weise zu töten."

„Er hat bereits getötet."

„Du meinst … als Vampir."

„Und auch schon vorher, als er leichtfertig seine hübsche Frau und seine zarte kleine Tochter ermordete."

„Das war ein *Unfall.*"

„Dennoch hat er mir Ariadne weggenommen."

Ariadne? Sie verstand nicht. „Du kanntest seine Frau. Du …?" Wie konnte ein Vampir, der in den Karpaten lebte, Ariadne gekannt haben?

Nikolai schlenderte zur Wand. Dort hing eine Kordel mit Fransen am Ende. Er zog daran, und Vorhänge glitten zur Seite.

Hinter den Stoffbahnen aus dichtem purpurrotem Samt war kein Fenster, sondern dort hing ein gemaltes Porträt.

Von der Leinwand blickte eine Frau herab. Mit ihrem weißblonden Haar, ihren großen blauen Augen und ihrer Pfirsichhaut leuchtete die Frau wie ein Engel. „Das war Blackmoors Ehefrau. Die Frau, die er in den Tod getrieben hat, weil sie ihn liebte und ihn das einen Dreck gekümmert hat."

Vivienne starrte in die blauen Augen der jungen Frau. Lady Blackmoor hatte eine verblüffende Ähnlichkeit mit Viviennes Mutter, als Rose noch jung gewesen war. So hatte Vivienne sie aus der Zeit in Erinnerung, bevor die Härte des Lebens sie zerbrochen hatte.

Nikolais Blick wurde weicher, und um seinen Mund legte sich ein schmerzlicher Zug. „Du hast sie geliebt", stellte Vivienne fest. „Aber wie hast du sie kennengelernt?"

„Ja", bellte er. „Ich habe sie geliebt. Sie verehrt. Sie war die Sonne, die ich niemals besitzen würde. Der Himmel, den ich nie berühren durfte. Ich widerstand der Versuchung, sie zu transformieren. Ich wollte sie bis in alle Ewigkeit bei mir haben, aber ich gestattete mir nicht, ihr das anzutun. Und dann warf Blackmoor achtlos ihr Leben weg."

„Aber du lebtest in den Karpaten."

„Vor hundert Jahren kam ich nach England, Vivienne. Nach dem Tod deiner Mutter erlegte mir eine ihrer Freundinnen aus den Slums einen Fluch auf, die dumme Hexe. Falls ich mich jemals in eine sterbliche Frau verliebte und mich ihr näherte, würde ich sterben, wenn ich nicht in die Karpaten zurückkehrte. Deshalb musste ich Ariadne verlassen, und ich beschloss, sie nicht mitzunehmen. Aber ich konnte sie beobachten. Und ich sah, wie er sie unglücklich machte."

„Wenn du Ariadne geliebt hast, was ist dann mit meiner Mutter? Hast du auch sie geliebt?"

Sein Gesichtsausdruck wurde abweisend. „Als ich Rose verführte, war sie eine reizende Frau. Aber sie ermüdete mich rasch, als sie mit dir schwanger war. Sie klammerte sich an mich. Sie bettelte. Sie war verzweifelt und schrie herum. Und sie war schwach. Anstatt stolz und mutig zu sein, fing sie an, zu trinken. Sie erstarrte innerlich. Ich kehrte nie wieder zu ihr zurück. Ich war angeekelt."

„Wie kannst du es wagen, so von ihr zu sprechen!"

„Als ich Ariadne begegnete, begriff ich, warum ich ein Vampir geworden war. Ich hatte fast fünf Jahrhunderte gewartet, bis ich sie endlich fand. Ich legte ihr die Welt zu Füßen. Doch sie hatte Angst vor mir. Angst! Obwohl ich sie bis in alle Ewigkeit geliebt hätte, wandte sie sich dem verfluchten Bastard Blackmoor zu, und ich musste in die Karpaten zurückkehren."

Nikolai – sie konnte an ihn nicht als an ihren Vater denken – kam zu ihr und legte die Finger unter ihr Kinn. Mit einem rücksichtslosen Ruck schob er ihren Kopf nach oben, sodass sie gezwungen war, ihm in die kohlschwarzen Augen zu sehen. Es sind die Augen des Todes, schoss es ihr durch den Kopf, seelenlos und unendlich kalt. „Du wirst noch einmal mit ihm schlafen. Wenn du dich weigerst, werde ich deine Tochter Sarah vernichten. So einfach ist das."

„Du … wie könntest du das tun? Sie ist unschuldig. Und sie ist deine Enkelin!"

„Ein Mann, der für immer lebt, muss keine Brut zurücklassen, um fortzubestehen. Kinder sind dazu da, ihren Eltern zu dienen. Und sie wird mir auf diese Weise dienen. Ich weiß, Vivienne, ich könnte dir mit jeder beliebigen Strafe oder jedem Schmerz drohen, du würdest dich weigern, mir zu gehorchen, um Blackmoor zu schützen. Du liebst ihn. Du wirst dich entscheiden müssen. Zwischen deiner geliebten Tochter und deinem geliebten Vampir." Sein Lächeln sorgte dafür, dass ihr speiübel wurde. „Meine liebe Tochter, ich habe keine Sorge, dass ich gezwungen sein könnte, meine Enkelin zu töten. Ich weiß, welche Wahl du treffen wirst."

Guidon. Er wusste genug über Heaths Fluch, um zu glauben, dass er gebrochen werden konnte. Würde er ihr sagen, was sie tun musste? Wusste er es? Doch es gab keine Möglichkeit, aus diesem Schlafzimmer zu fliehen und ihn zu suchen. Ihr Handgelenk war an den Bettpfosten gefesselt und die Tür abgeschlossen und verriegelt.

Wenn sie nur mit Guidon in seinen Gedanken reden könnte, so wie es ihr bei Heath möglich war …

Himmel. Vivienne dachte daran zurück, wie sie mit Guidon Tee getrunken hatte. Sie erinnerte sich nur verschwommen, was er zu ihr gesagt hatte, denn sie hatte es eilig gehabt, von ihm wegzukommen und nach Heath zu suchen. Als sie ihre Tasse abgestellt hatte, bestand Guidon darauf, dass sie trank. „Ich habe ihn extra für Sie gekocht", hatte er stolz erklärt. „Ich habe ihn genau so gemacht, wie ich dachte, dass Sie ihn mögen. Fast so, als könnte ich Ihre Gedanken lesen."

Der kleine Mann war errötet. Obwohl sie unruhig auf ihrem Stuhl hin und her gerutscht war, hatte seine Schüchternheit sie berührt. „Ich hoffe, wir werden noch einmal Gelegenheit haben, miteinander zu reden. Es gibt vieles, was ich Ihnen sagen kann. Sie müssen mich nur fragen."

War es möglich, dass der kluge kleine Bibliothekar einen weiteren Trick ersonnen hatte? Hatte der Tee etwas enthalten, das es ihr möglich machte, ihn in Gedanken zu erreichen?

Sie schloss die Augen. *Guidon?*

Nichts.

Guidon? Können Sie mich hören? Bitte sagen Sie etwas, wenn Sie können. Ich muss mit Ihnen über den Fluch reden. Wir müssen ihn brechen, Guidon.

Miss Dare? Die hohe, begeisterte Stimme erklang in ihrem Kopf. *Sie haben die Sache mit dem Tee verstanden, nicht wahr? Ich habe so lange darauf gewartet, dass Sie mit mir sprechen. Seit Sie fortgegangen sind, sind mir noch so viel mehr Dinge eingefallen – Dinge, die in den Büchern standen, welche ich verloren habe. Ja, meine Liebe, der Fluch kann gebrochen werden. Aber es wird nicht einfach sein, das zu vollbringen.*

Sagen Sie mir, wie es geht, Guidon, flehte sie in ihren Gedanken. *Ich würde alles tun, um Heath zu retten. Um uns zu retten. Ich würde die Welt aus den Angeln heben, wenn es sein muss.*

Nein, Miss Dare. Es wird schwieriger sein als das. Sie müssen dafür sorgen, dass Lord Blackmoor sein Herz der Liebe öffnet.

Wir beide, meine Tochter und ich, haben ihm gesagt, dass wir ihn lieben. Aber es hat sich dadurch nichts geändert. Seine Wunden heilen immer noch nicht.

Es wird nicht funktionieren, Miss Dare, bis er sein Herz öffnet.

Sie wusste, was Guidon meinte. Sie hatten Heath gesagt, dass sie ihn liebten, doch sein Herz war noch immer verschlossen.

21. KAPITEL

Seine letzte Erinnerung war der Anblick von Nikolai, wie er ihm einen Lichtball entgegenschleuderte, der ihn traf. Schmerz durchfuhr wie ein scharfer Pfeil Heaths Kopf, als er das Bewusstsein wiedererlangte. Seine Arme waren nach hinten gezogen, seine Beine gespreizt, und alle vier Gliedmaßen waren an schwere Metallringe in der Wand gekettet.

Schwache, rosig schimmernde Lichtstrahlen drangen durch die Fenster des Schlafzimmers. In einer Stunde oder noch früher würde das Licht auf ihn fallen und ihn verbrennen ...

Rosen.

Der süße Duft wehte Heath entgegen. Verschwommen nahm er die Umrisse eines Frauenfußes wahr. Über diesem Fuß flatterte schwarze Seide. Der Stoff raschelte, und der Körper einer Frau schob sich in sein Gesichtsfeld, als sie sich neben ihn kauerte. Sanfte Hände legten sich um sein Gesicht, weich und samtig wie Blütenblätter. „Was hat das Ungeheuer mit dir gemacht, um Himmels willen? Dein ganzes Gesicht ist blau und geschwollen. Und du bist so schwach."

Es war Vivi. Das wusste er genau, obwohl er nicht klar sehen konnte und nur verschwommene Umrisse erkannte. „Geht es dir gut, Vivienne? Was hat er mit ...?" Die Worte blieben ihm in der Kehle stecken. „Warum bist du hier, verdammt?"

Der schwarze Morgenmantel aus Seide glitt von ihrer rechten Schulter und enthüllte glatte, cremefarbene Haut. Er erhaschte einen Blick auf das tiefe, verlockende Tal zwischen ihren Brüsten, als sie neben ihm niederkniete. Er atmete tief und heftig.

„Er will, dass ich dich verführe", erklärte sie mit einer Stimme, die steinerne Statuen in Versuchung geführt hätten. „Wenn ich es nicht tue, tötet er Sarah."

„Hölle und Verdammnis, ich werde den Bastard in Stücke reißen." Solange ihre Tochter in Lebensgefahr schwebte, würde Vivi keinen Sex wollen. Sie zur Verführung zwingen zu wollen war grausam, ganz besonders weil sie so lange gezwungen gewesen war, Männer zu Diensten zu sein. Er wusste, was Nikolai bezweckte und warum das Ungeheuer Sarah als Geisel benutzte. Seinem Meister war klar, dass Heath alles tun würde, um Sarah zu retten – selbst wenn es darum ging, mit Vivienne zu schlafen und den Dämon zum Leben zu erwecken. Und der Zorn auf Nikolai, der in ihm brannte, würde in dem Moment, in dem er sich verwandelte, explodieren. Diese Wut würde ihn zu dem brutalen, bedenkenlosen Killer machen, den sein Meister brauchte.

Schwarze Seide breitete sich um Vivi aus, als sie sich vor ihm auf den Boden setzte. „Ich haben den Schlüssel zu deinen Ketten. Nikolai dachte, es sei einfacher für uns, Sex zu haben, wenn du nicht gefesselt bist.“ Ihre weiche Stimme klang bitter. „Er war der Meinung, wenn wir das Bett benutzen können, ist es für uns … bequemer.“

Die Ketten, mit denen seine Arme gefesselt waren, rasselten. Es waren keine normalen Handschellen, denn die hätte er mit Leichtigkeit zerbrechen können. Vivienne angelte nach dem Schlüssel, der an einem Kettchen zwischen ihren Brüsten hing, und in seinen schmutzigen Hosen richtete sich sein Schwanz so rasch auf, dass er ihm gegen den Bauch schlug. Ein leises Klicken ertönte, dann öffnete sich die Handschelle. „Ich erinnere mich, dass ich dich in meiner Kutsche gefesselt habe, Vivi. Gegen deinen Willen. Es tut mir leid, Liebste.“

Sie schüttelte den Kopf. „Mach dir keine Gedanken. Wenn du das damals nicht getan hättest, wäre es mir nie in den Sinn gekommen, dich zu bitten, mich zu fesseln.“

Während er seine Finger krümmte und wieder streckte, um die Durchblutung anzuregen, schenkte er ihr ein schiefes Lächeln. Vivi war seine Sonne. Heiß, leuchtend und wunderschön. Ihm war gelungen, was er gehofft hatte zu erreichen: Er hatte die Tür zu ihrer angeborenen Sexualität aufgestoßen und ihr gezeigt, wie körperliche Liebe sein konnte. Er war furchtbar wütend, dass Nikolai sie zwang, das hier zu tun, sodass Sex wieder etwas Angsteinflößendes, Herzzerreißendes für sie wurde.

„Ich verspreche dir, Vivienne, Sarah wird nichts geschehen.“

„Ich glaube nicht, dass er ihr etwas tut, solange ich mache, was er sagt. Oder wenigstens *bis* ich mache, was er sagt. Danach … Ich weiß nicht, was er mit Sarah und mir vorhat. Er ist wirklich ein Ungeheuer, Heath. Es gibt so vieles, was ich dir erzählen muss.“ Sie beugte sich über ihn, um den Schlüssel in das Schloss der anderen Handschelle zu schieben. Ihre Brüste streiften seine Brust, und ihr vorstehender Nippel zeichnete selbst durch das Hemd und die Seide ihres Morgenmantels eine prickelnde Spur auf seine Haut.

Anschließend hockte sie sich hin und befreite seine Fußgelenke. Seine Stiefel waren fort. Das Sonnenlicht schien an ihrem Po lecken zu wollen, als sie sich bückte. Sobald die Fesseln von seinen Knöcheln verschwunden waren, nahm er sie auf die Arme und trug sie zum Bett.

„Werden wir … es wirklich tun?“, wisperte sie.

„Wir müssen. Ich werde es dir leicht machen.“

„Du hast vor, dich zu opfern, nicht wahr? Ich will nicht, dass es leicht für mich ist.“ Sie öffnete ihren Gürtel, und der Morgenmantel glitt von ihren Brustspitzen zur Seite und umrahmte ihren Körper. Sie bot sich ihm dar: ihre schwellenden Brüste, die schmale Taille, die großzügige Rundung ihrer Hüften. „Du darfst nicht aufgeben. Ich weiß genau, du kannst den Fluch brechen.“ Rasch wiederholte sie, was Guidon gesagt hatte.

„Er sagte, du hättest den Fluch akzeptiert. Ich glaube …“ Sie hielt sich die Hand vor den Mund, als wollte sie die Worte daran hindern, ihr zu entschlüpfen. „Verdammt, ich will ehrlich zu dir sein, Heath. Ich denke, du hast zugelassen, dass der Fluch dich beherrscht, weil er dich vor der Liebe schützt. Du hast Angst davor, noch einmal zu lieben. Du glaubst, du verdienst keine Liebe. Nun, die Wahrheit ist, Heath, du hast nicht die Wahl, wer dich liebt. Es sind die Dinge, die du tust, die Menschen dazu bringen, dich zu mögen. Sarah und ich lieben dich, ganz gleich, ob du diese Liebe willst oder nicht.“

„Ich will nicht …“

Er stockte, als sie die Hand um seinen Schwanz legte, der hoffnungsvoll auf die weichen goldenen Löckchen zwischen ihren Schenkeln zielte.

„Es tut mir leid, Liebste", entschuldigte er sich, weil sie nun fühlte, wie steif er war. „Mir ist klar, dass du schreckliche Angst haben musst, und ich sollte nicht erregt sein. Aber du hast diese Wirkung auf mich. Wann immer du lächelst. Bei jedem Atemzug, den ich in deiner Nähe nehme, wenn ich den Duft nach Rosen und Seide und dir rieche."

„Ich glaube, wenn du dich nur stark genug nach Liebe sehnst, kannst du Nikolais Fluch brechen. Du musst bereit sein, dein Herz zu öffnen." Während sie sprach, zog sie an seinem Hemd.

„Nein, Liebste. Ich kann das schneller erledigen." Da sein Hemd schon in Fetzen von seinen Schultern hing, war es leicht, es einfach herunterzureißen. Ebenso schnell zerrte er seine Hosen nach unten. Wann würde die Verwandlung beginnen? Er wusste es nicht. Alles, was er wusste, war, dass seine Zeit knapp war.

Er rollte sich auf Vivi und stützte sich mit den Armen ab. Es brach ihm das Herz, zu sehen, wie schön sie war und wie ihre Augen vor Hoffnung leuchteten. Er senkte den Kopf und liebkoste ihre Brüste sanft mit den Lippen.

„Wenn ich den Fluch nicht brechen kann", murmelte er heiser, „musst du mich vernichten."

„Nikolai sagte, du würdest unzerstörbar sein."

„Das kann nicht stimmen. Jeder Dämon hat eine Achillesferse. Frag Guidon, und er wird dir sagen, wo meine Schwachstelle liegt."

Aber sie schüttelte den Kopf. „Das wird nicht nötig sein. Wir werden den Fluch besiegen."

Er wollte es tun. Aber wie sollte das möglich sein, indem er einfach nur Vivis Liebe annahm? Er wollte ihre Liebe. Sollte das schon ausreichen, den Fluch zu brechen? Er leckte ihre Brüste. *Köstlich*, murmelte er in seinen Gedanken und sandte ihr das Wort.

Sie lächelte sanft. *Ich möchte, dass du das jede Nacht tust. Dass du jede Nacht meine Brüste küsst.*

Sie sprach von der Zukunft. Er kämpfte gegen die Angst an, die in ihm hochstieg. Früher hatte er Brüste, die Brüste sämtlicher Frauen, unglaublich verführerisch gefunden. Doch nun interessierten ihn nur noch Vivis. Ihre kessen, weichen Titten waren die verführerischsten von allen. *Ich verspreche dir, deine Brüste zu küssen, meine Königin. Tatsächlich denke ich, wenn ich sehr gründlich vorgehe, kann ich dafür sorgen, dass du kommst, wenn ich einfach nur an deinen Nippeln sauge.*

Ihre blauen Augen wurden groß wie Untertassen. *Ich glaube nicht, dass ich das kann …*

Entspann dich, meine Blume. Und lass mich spielen.

Er leckte, benetzte, reizte und streichelte ihre Knospen und machte weiter mit Zwicken und Zupfen und einem sanften Biss. Dann ging er ernsthaft an seine Aufgabe heran. Er saugte an ihrem rechten Nippel und kniff gleichzeitig sanft in ihre linke Brustspitze. Schließlich nutzte er seine Vampirschnelligkeit, um von einem Nippel zum anderen zu wechseln und abwechselnd an beiden heftig zu saugen.

Sie bäumte sich unter ihm auf. Sie krallte sich in die Laken. Zerrte daran. Riss sie von der Matratze hoch. Zuckte heftig. Und stieß schließlich einen lauten Schrei aus.

Hitze stieg in ihm auf, eine feurige Wärme, die sich anfühlte, als würden Flammen an seinem Herzen lecken. Es konnte Liebe sein – oder es war der Beginn seiner Transformation. Zum ersten Mal seit so langer Zeit spürte er vielleicht Liebe, aber er konnte nicht sicher sein; er konnte das Gefühl nicht genießen. Und er verdammte Nikolai dafür, dass er ihm diese Möglichkeit gestohlen hatte.

Vergiss den Fluch, du Idiot, befahl er sich selbst. Vergiss alles außer Vivi. Vergiss alles außer der Liebe.

Keuchend ließ sie sich zurückfallen und lächelte ihn an; sie strahlte wie die Sonne.

Heath, flüsterte sie in seinen Gedanken. *Du hast es tatsächlich geschafft, dass ich komme. Ich werde nie wieder an dir zweifeln.*

Doch eine andere Stimme erhob sich in seinem Kopf, eine

tiefe, bittere Stimme aus seiner Vergangenheit. Eine Stimme, die ihn mit Anschuldigungen und kalten, scharfen Worten gequält hatte. *Du bist leichtsinnig. Verantwortungslos. Verdammter Idiot.* Diese Worte hatte sein Vater ihm an den Kopf geworfen, als er noch jung gewesen war. Denn sein hochmütiger, stolzer Vater war wegen Heaths Interesse an Flora und Fauna wütend gewesen. Es war verdammt unziemlich für den Erben eines Earls, herumzulaufen, Pflanzen auszugraben und Skizzen zu machen. „Was ist das für ein dummer Junge, der auf einer Wiese herumläuft und Schmetterlinge jagt?“, hatte sein Vater geschrien. „Welcher Junge presst Blumen in einem Buch? Himmelherrgott, du wirst noch zu einem verdammten Homosexuellen werden.“

Er hatte vor Scham gezittert. Noch als er schon selber Earl gewesen war, hatte er immer noch das Gefühl gehabt, den Demütigungen und Verletzungen, mit denen sein Vater ihn überschüttet hatte, etwas entgegensetzen zu müssen. Deshalb war es ihm so wichtig gewesen, für seine Bücher und Studien berühmt zu werden. Er hatte eine Last auf seinen Schultern getragen, die schwer genug war, ein Segelschiff zu versenken. Und die arme Ariadne und die bedauernswerte Meredith hatten unter der sturen Entschlossenheit gelitten, mit der er einem toten Mann seinen Wert beweisen wollte.

Wie konnte er angesichts all der Fehler, die er begangen hatte, sein Herz öffnen?

Versuch es einfach, murmelte Vivienne in seinem Kopf. Es war, als könnte sie seine Gedanken lesen. Doch er erkannte an dem Vertrauen, welches immer noch in ihren Augen leuchtete, dass sie nichts gelesen hatte, sondern einfach wusste, was er dachte.

Ganz gleich, ob er es vorgehabt hatte oder nicht, er hatte sich in Vivi verliebt. Mehr noch, er hatte sie in sein Herz gelassen. Er hatte bereits getan, wovor er sich am meisten gefürchtet hatte. Als er sie gebissen hatte, war er überzeugt gewesen, dass er sie schließlich doch von sich gestoßen und verloren hatte. Aber Vivi war zu stark für ihn. Anstatt ihn zu verlassen, anstatt ihn zu hassen und sich vor ihm zu fürchten, hatte sie ihn aus seiner selbstsüchtigen Trauer herausgeholt. Sie hatte ihm ihre Liebe angeboten.

„Ich liebe dich, Vivi." Er sprach die Worte laut aus, sodass sie in dem Schlafzimmer widerhallten. Obwohl sie allein auf dem Bett lagen, schrie er sie heraus, um sicherzugehen, dass die Welt ihn hörte. „Ich liebe dich, mein Engel, meine Göttin. Mein Licht."

Ich liebe dich auch, Heath. Sie rieb ihren Körper an seinem. Sofort wurde er noch härter. Blut strömte in seinen Schwanz und ließ ihn steif wie einen Laternenmast werden.

Vivis vertrauensvolles Lächeln war wie eine Flamme, die seine Vergangenheit erhellte. Er hatte Angst gehabt, Ariadne würde sich über ihn lustig machen, wie sein Vater es getan hatte. Er hatte gefürchtet, sie und Meredith zu enttäuschen. So war er geflohen und hatte sich eingeredet, es zu tun, um sich selbst etwas zu beweisen. Er würde nie wieder davonlaufen.

Heath hob Vivis Hand an seine Lippen und küsste jeden ihrer langen, schlanken Finger. Sie kicherte leise.

Und sein Herz – es öffnete sich. Es war, als hätte Vivi die Mauer, die er gebaut hatte, um sich vor Liebe zu schützen, einfach eingerannt.

„Warte hier, meine Liebste. Ich muss noch etwas erledigen."

Sie blinzelte verwirrt. Doch sie wartete vertrauensvoll. Er ging in die Mitte des Zimmers. Ihm blieb noch ein einziger Versuch, eine letzte Chance. Eine letzte Hoffnung … solange Nikolai und die Mitglieder des Rates ebenso blind und hochmütig waren, wie er es sein Leben lang gewesen war.

Sarah ging in ihrem Schlafzimmer auf und ab. In ihr brodelten so viele Emotionen, dass sie sie am liebsten unter einem Deckel verbergen wollte. Angst. Die Liebe zu ihrer Mutter und zu Heath. Ihre Liebe zu Julian, den sie für immer verloren hatte. Trauer. Das war das schlimmste Gefühl von allen. Es schien an ihrem Herzen zu zerren und es in Stücke zu reißen.

Ihr Leben lang hatte ihre Mutter erwartet, dass sie eines Tages heiraten würde. Mutter hatte gewollt, dass sie sich verliebte. Aber Sarah hatte Angst davor gehabt. Sie wusste, ihre Mutter mochte keine Männer, und deshalb hatte sie sich immer davor gefürchtet, ihr Herz einem Mann zu schenken. Doch dann war Julian in ihr Leben getreten. Ein Retter. Er war ein Vampir, doch ein sanfter Vampir, der so gut und freundlich zu ihr gewesen war. Und sie hatte sich so rasch und so heftig verliebt, dass sie sich wunderte, warum die übrige Welt nicht gehört hatte, wie der Donnerschlag ihr Herz traf. Doch Liebe war so schrecklich. Es tat tief im Inneren so furchtbar weh.

Es klopfte an der Tür. Sarah wandte sich ab, verschränkte die Arme vor der Brust und erschauderte. Sie war eine Gefangene. Wenn jemand hereinkommen wollte, würde er das tun.

Wie sie es erwartet hatte, schwang die Tür auf.

Er war es. Der Vampir namens Nikolai. Der gut aussehende Mann, der angeblich ihr Großvater war. Aber er war böse und hasserfüllt. Er wollte Heath vernichten und ihre Mutter dazu benutzen, es zu tun. Er hatte sie in dieses Zimmer eingesperrt. Sie wich vor ihm zurück, doch er glitt auf sie zu, als würden seine Füße den Boden nicht berühren.

Schließlich blieb er stehen und verbeugte sich elegant. „Du hast deine große Liebe verloren, Kleines. Das tut mir sehr leid für dich."

Sie prallte zurück. Woher wusste er, dass sie Julian liebte? „Ich will dein Mitleid nicht. Ich will meine Freiheit."

„Ich bin gekommen, um mit dir zu reden, Sarah. Du sollst wissen, dass ich die Dämonen in Dimitris Haus geschickt habe. Ich habe alles kontrolliert, was sie taten."

Seine Worte ließen etwas in ihr zerbrechen. Sie sprang nach vorn und griff nach dem Schürhaken neben dem Kamin. Als sie ihn als Waffe über dem Kopf schwang, fühlte sie sich stark. Zum ersten Mal in ihrem Leben.

Sie zielte mit dem Eisenstab auf den Kopf des Vampirs.

Nikolai packte die Eisenstange und entwand sie ihr. „Ich kann spüren, wie groß deine Wut ist." Er lächelte. Es war grässlich, wie schön sein Gesicht war, obwohl in seiner Brust anstelle eines Herzens eine dunkle, eklige Masse brodeln musste. „Endlich ist der entscheidende Teil deines Charakters zum Leben erwacht. Meine liebe Sarah, du bist genau wie ich.“

Ihre Brust bebte vor Anstrengung, aber nicht vor Angst. Sie hasste es zu sehr, Angst zu haben. „Ich bin *kein bisschen* wie du. Du willst einen Dämon erschaffen, um die Welt zu zerstören. Du willst meine Mutter zwingen, etwas Furchtbares zu tun. Und du hast Julian getötet …“

„Halt den Mund und hör mir zu, du dummes Mädchen“, bellte er. Vor ihren Augen schien Nikolai größer zu werden. Er schaute sie finster an. „Ich habe dir von den Dämonen erzählt, um dir etwas zu erklären. Ich habe die Macht, dir Julian zurückzugeben. Er ist nicht tot oder vernichtet. Die Staubwolke – das war ein amüsantes Trugbild, wie ich zugeben muss. Auf diese Weise wirkt es, als würden die Vampire alle sterben. Doch sie sind nicht tot. Ich habe sie nur in ein Gefängnis geschafft, und zwar mithilfe schwarzer Magie.“

Schwarze Magie? Die Gedanken wirbelten durch ihren Kopf. Das war etwas, was es in Schauerromanen gab, die bei Minerva Press erschienen. Mittlerweile hatte sie sich in einen Vampir verliebt und glaubte, dass etwas wie Magie wirklich existierte. „Du könntest ihn zurückbringen“, wiederholte sie. Sie redete mit ausdrucksloser Stimme und wagte nicht zu hoffen. Sie wusste, was mit ihrer Mutter geschehen war, obwohl Vivienne ihr nicht alles verraten hatte. Dimitri hatte ihr jedoch sämtliche Einzelheiten erzählt: dass Nikolai ihre Krankheit verursacht hatte und von der Medizin und dem Preis, den ihre Mutter gezwungen worden war, zu zahlen. Sie wusste, was für ein Ungeheuer Nikolai war.

„Du hast mich krank gemacht“, beschuldigte sie ihn. „Du wolltest, dass ich sterbe.“

Er schüttelte mit ernster Miene den Kopf. „Nein, meine Liebe. Ich hätte dir niemals ernsthaft etwas zugefügt. Was dich vergiftet hat, war dein starrsinniger Kampf gegen deine wahre Natur. Die Medizin sollte deine Vampirqualitäten zum Vorschein bringen, die Eigenschaften, die du von mir geerbt hast. Aber du hattest Angst vor deiner Erweckung, vor körperlichem Begehren, vor deiner Abenteuerlust, deiner Vorliebe für die dunklen Nachtstunden. Ich las in deinen Gedanken. Ich sah, dass du all diese Dinge verbargst und versuchtest, sie zu verdrängen, um deiner Mutter zu gefallen. Sie wollte, dass du ein liebes Mädchen und eine anständige Dame bist."

Sarah erstarrte. Wenn er nicht ihre Gedanken gelesen hätte, woher sollte er dann all das wissen? „Willst du damit sagen, dass ich ein Vampir bin, obwohl ich nie gebissen wurde?"

„Lass uns ganz offen sein, ja?" Ihr Großvater lächelte. Die Schlange, die Eva den Apfel gegeben hatte – sie hatte ganz sicher genauso ausgesehen wie Nikolai in diesem Moment. „Ich gebe dir Julian wieder, wenn du dich von mir transformieren lässt."

„Mich transformieren? Du meinst, du willst mich beißen!"

„Ich meine, dass ich einen Teil deines Blutes durch mein Blut ersetzen will, um dich zu einem richtigen Vampir zu machen."

„Und das ist der Preis dafür, dass ich Julian zurückbekomme …?"

„Preis? Es ist ein Geschenk. Sag Ja, und du wirst Liebe, Macht und Freiheit besitzen. Alles, was deine Mutter sich für dich gewünscht hat. Alles, wovon du heimlich geträumt hast."

Auf der Kante des riesigen Bettes sitzend, sah Vivienne zu, wie Heath die Augen schloss und den Kopf senkte.

Sie hielt den Atem an. Was tat er? Was sollte sie tun? Ihn drängen, ins Bett zu kommen? Dort, wo das große Bett mit den vier Pfosten stand, fiel das Sonnenlicht noch nicht hin. Aber ihnen blieb nicht mehr viel Zeit, bis das ganze Zimmer strahlend hell sein würde. An den Fenstern hingen keine Vorhänge, mit deren Hilfe sie das Licht davon abhalten konnten, in den Raum zu dringen.

Er bewegte die Lippen, aber es gelang ihr nicht, seine stummen Worte zu lesen. Und er sprach nicht in Gedanken mit ihr. Dann erschauderte er, als würde er sich im nächsten Augenblick verwandeln. Er warf den Kopf zurück und starrte hinauf zur Decke.

Sie ließ sich vom Bett gleiten und ging zu ihm. Aber schon nach dem ersten Schritt berührte sie etwas Warmes, Hartes, das doch samtweich war: seine Brust. Er hatte sich so rasch durch das Zimmer bewegt, dass sie es nicht gesehen hatte.

Als sie in ihren Gedanken mit Guidon gesprochen hatte, hatte er ihr stotternd und stockend erklärt, wie sie Heath dazu bringen konnte, sein Herz zu öffnen. Eine Möglichkeit war, mit ihm zu schlafen. Vielleicht war es sogar der einzige Weg, den Panzer zu durchbrechen, den er um sein Herz gelegt hatte. Der einzige Weg, seine Schuldgefühle und seinen Glauben, er dürfe nicht hoffnungsvoll in die Zukunft blicken, zu vertreiben. Sex würde ihn verletzlich machen, und dann konnte sie versuchen, ihn zu verändern.

Das hatte sie noch nie bei einem Mann versucht.

Sie musste kühn sein. Und wagemutig und wild. Mit einem verheißungsvollen Lächeln auf den Lippen beugte sie sich vor und nahm einen seiner Nippel in den Mund. Er keuchte, dann stöhnte er, als sie ganz leicht in die steife Brustwarze biss.

Nie zuvor war sie *so* verwegen gewesen. Nicht im Traum hatte sie jemals daran gedacht, einen Mann zu beißen.

Doch seine Reaktion – wie sein Schwanz zuckte und sich senkrecht in die Luft reckte – gab ihr Selbstvertrauen. Sanft biss sie in seinen anderen Nippel, und gleichzeitig nahm sie seinen Schaft in die eine Hand, die Hoden in die andere, streichelte beides und spielte voll rauer Zärtlichkeit damit.

„Gott, Vivi, du schaffst es noch, dass ich vor dir niederknie“, krächzte er.

„Das ist genau meine Absicht, Mylord“, versprach sie mit heiserer Stimme.

Dann machte sie genau das, was sie in dem Traum getan hatte, in dem sie und Heath im Hyde Park gewesen waren. Sie arbeitete sich küssend an seinem Körper abwärts, strich mit ihren Lippen über die harte, muskulöse Oberfläche seines Bauchs und ließ sich dabei auf die Knie sinken. Sie starrte die Spitze seines aufwärts gebogenen Schwanzes an. Dann streckte sie langsam die Zunge heraus und leckte die hervorsprudelnden Säfte auf.

Sauer. Herb. Wunderbar.

Indem er anschwoll und noch größer wurde, verriet sein Schwanz ihr unmissverständlich, wie sehr ihm gefiel, was sie tat.

Sie hatte keine Ahnung, wie groß er tatsächlich war, aber seine Erektion ragte weit in die Luft und musste viel länger als der gewaltigste Schwengel eines sterblichen Mannes sein. Nie zuvor hatte sie einen so riesigen Schwanz gesehen. Sie liebte es, an ihm zu saugen, aber es gelang ihr kaum, die Hälfte in ihren Mund zu bekommen. Ihre Lippen kamen nur bis zu der Stelle hinab, wo er breit und dick wurde.

Dann gab sie ihn frei und leckte mit ihrer Zunge am Schaft abwärts. Unten angekommen, ließ sie ihre Zunge gegen die Hoden schnalzen.

Seine Knie beugten sich.

Sie hörte auf, seine Hoden zu bearbeiten, weil sie in Sorge war, er könne fallen, doch er hielt sich an einem der geriffelten Bettpfosten fest. „Dein geschickter Mund saugt alle Kraft aus mir heraus. Du bist sehr, sehr gut darin. Aber ich werde nicht mehr lange durchhalten, wenn du das machst, Vivi. Und ich will meinen Orgasmus haben, wenn ich tief in dir stecke. Natürlich erst, nachdem du viele, viele Male gekommen bist."

Er wollte sie hochheben, aber sie entzog sich seinem Griff und stand auf. „Du legst dich aufs Bett, Heath. Ich will, dass du machst, was ich dir sage. Vertrau mir."

Er zog eine Braue hoch. Doch eine Sekunde später lag er ausgestreckt auf dem weißen Laken und wartete auf sie. Seine Beine waren leicht gespreizt, seine Hoden hingen schwer zwischen seinen muskulösen Schenkeln. Sein Schwanz erhob sich stolz aus seinem Nest aus kastanienbraunem Haar. Er legte die Finger um die Wurzel und hielt den riesigen Schwengel senkrecht in die Luft.

Bei diesem Anblick stockte ihr Atem. Sie durfte ihn nicht verlieren. Irgendwie, auf irgendeine Weise würde es ihr gelingen, ihn zu behalten.

Sie ging zum Bett und war sich dabei des Schwungs ihrer Hüften und des Wogens ihres Busens sehr bewusst. Nie zuvor war sie sich so sinnlich vorgekommen. Die Liebe machte jeden Augenblick ihres Zusammenseins mit Heath atemberaubend und wunderschön.

„Wenn du so auf mich zukommst, siehst du aus wie eine der Jungfrauen, die im Paradies warten", murmelte er. Er umklammerte seinen dicken Schaft noch fester. Himmel, selbst seine Finger konnten die Peniswurzel kaum umspannen.

Ihre Nervenenden vibrierten, als sie aufs Bett kletterte. Nie zuvor hatte sie seinen Schwanz so riesig anschwellen sehen. Konnte die Liebe dafür sorgen, dass er so groß wurde? Oder geschah das, weil er anfing, sich in einen Dämon zu verwandeln?

Augenscheinlich wollte er, dass sie auf ihm saß. Er hatte eine seiner Hände unter seinen Kopf geschoben. Wie er so dalag, mit einem Lächeln auf den Lippen, das seine Grübchen zum Vorschein brachte, wirkte er viel zu gelassen.

Es kommt mir vor, als hätte ich mein Leben lang auf das hier gewartet, Vivi. Auf dich gewartet.

Diese Worte … sie hatte schon viele schöne Worte gehört. Aber seine waren ganz besonders. Wahrhaftig und ehrlich. Sie schwang ihr Bein über seinen Körper und setzte sich mit gespreizten Schenkeln auf ihn, direkt unter seinem herrlichen Schwanz, der schon bald in ihr stecken würde.

Doch zunächst ging es darum … ihn zu locken.

In ihrem Schoß spürte sie brennende Hitze. Doch sie stützte sich mit den Handflächen auf seine Brust und strich mit ihren Schamlippen sanft an seinem Schaft auf und ab. Dabei wippten ihre Brüste heftig vor seinem Gesicht.

Seine Augen leuchteten wie der Mond, silbern und hell.

Nimm mich in dich auf. Ich brauche das. Ganz gleich, was geschieht, ich weiß, ich kann nicht weiterleben, ohne mit dir zu schlafen. Selbst wenn es mein letzter Tag auf Erden ist, ich möchte ihn mit dir im Bett verbringen.

Ihr Herz setzte für einen Schlag aus, doch sie zwang sich zu lächeln. *Dies wird unsere erste Nacht,* widersprach sie. *Es gibt so viele Dinge, die ich nie gewagt habe, zu tun. Und ich will das alles mit dir ausprobieren.*

Sie legte ihre Finger um seine Hand, die immer noch seine Peniswurzel umklammerte. Dann hielt sie den Atem an und strich mit seiner Eichel über ihre Klit. Als seine feste Spitze ihre sehnsüchtig pochende Perle berührte, erschauderte sie. Ihre Säfte sprudelten, sodass sie sie mit seiner Eichel verteilen konnte. Sie malte Kreise und reizte sich und streichelte sich.

Sie konnte nicht mehr warten. Doch ihr war klar, dass sie es musste. Sie musste dafür sorgen, dass ihr Liebesspiel noch andauerte. Um ihn zu retten, musste sie sein Verlangen nutzen, um ihn noch verletzlicher zu machen. Und jede Sekunde dieses herrlich quälenden Vorspiels war ein weiterer gemeinsamer Augenblick.

Doch es war einfach zu gut. Tief in ihrem Schoß zuckte es. Sie wollte ihn tief in sich spüren und ihn nie wieder loslassen. Ihr Herz krampfte sich zusammen. Ihre Rippen waren wie Eisenbänder. Es fühlte sich an, als würde die Sehnsucht sich unaufhaltsam in ihr ausdehnen, und sie konnte sie nicht mehr beherrschen. Sie hatten schon so viele wunderbare, erotische Dinge miteinander getan, aber am schönsten war es für sie, ihn in sich zu haben.

Sie hielt die Spitze seines Schwanzes direkt vor ihre nasse Öffnung. Er hob seine Hüften und schob sich ganz leicht bis zur Hälfte in sie hinein.

Oh Gott. Er war so dick, dass es fast zu viel war – und doch nicht genug.

Sie atmete tief durch. Und ließ sich hinab. Ihr enger Schoß leistete zunächst Widerstand, aber sie war so feucht, dass er weiter in sie hineinglitt. Tiefer, tiefer und tiefer senkte sie sich hinab. Verschlang ihn. Sie musste die Augen schließen. Es war eine unwiderstehliche, über die Maßen köstliche Qual.

Ihr Stöhnen stieg hinauf zum Sonnenlicht, zu den funkelnden

Strahlen, die nahe beim Fußende des Betts auf den Boden trafen.

Tiefer, meine Blume. Bitte!

Sie nahm ihn bis zur Wurzel auf, sodass ihr Schoß seine braunen Locken berührte. Ihre Hinterbacken ruhten auf seinen Hoden.

Reite mich, Vivi. Zähme mich.

Ihn zähmen? Sie wusste nicht, was er damit meinte. Aber sie schob sich nach oben und glitt wieder nach unten. Als sein Schwanz tief in ihr gegen ihren Muttermund stieß, hielt sie erschrocken inne. Sie musste nach Luft schnappen. Nun konnte sie jeden Zentimeter seiner Erektion spüren. Ganz sicher war sein Penis noch länger als beim ersten Mal, als er sie ausgefüllt, sie gedehnt und sich an ihrer heißen, empfindlichen Haut da drinnen gerieben hatte.

Sie stemmte sich hoch, bis sie nur noch seine Spitze in sich hatte. Dann ließ sie sich wieder fallen, bis ihr Po gegen seine Hoden stieß, und dabei schluchzte sie vor Lust.

Sie tat es wieder und wieder. Heath sah ihr lächelnd dabei zu. Genoss den Anblick. Aber er war nicht verletzlich. Sie musste mehr tun …

Doch sie war so erregt. So angespannt. So dicht davor, dass sie nicht aufhören wollte.

Sie musste etwas anderes versuchen … Sie musste dafür sorgen, dass er sein Herz öffnete, bevor er kam. Aber jetzt kam sie, und sie konnte nichts dagegen tun.

Heath streckte den Arm aus und presste seinen Daumen gegen ihre Spalte, als sie sich wieder auf ihn hinunterfallen ließ. Er bewegte die Hand, seine Fingerkuppe glitt über ihre Klit, und sie schrie zum Baldachin hinauf, der sich über dem Bett spannte. Das überraschende Gefühl schwoll zu einer Wonne an, die ihren Körper von den Zehen bis zu den Haarspitzen durchlief.

Wieder strich er über ihre geschwollene Perle. Umkreiste sie, schlenzte dagegen, streichelte sie, reizte sie und stürzte Vivienne schließlich mit dem heftigen Druck seines Daumens in den Abgrund.

Der Orgasmus überrollte sie wie eine riesige Welle der Lust. Ihr Körper schien dahinzuschmelzen, als hätten ihr Herz und ihre Seele an diesem Mann Feuer gefangen. Sie brach über seiner Brust zusammen, schweißbedeckt, mit zitternden Gliedern.

Der Fluch konnte nur gebrochen werden, wenn er verletzlich wurde, wenn er sein Herz der Liebe öffnete. *Sie* fühlte sich verwundbar, aber er lachte leise und wirkte immer noch beherrscht, während er steif und dick in ihr steckte.

Was sollte sie tun?

Goldenes Licht strömte durchs Fenster. Die Luft im Zimmer schien feucht zu sein und duftete herrlich nach dem Schweiß sich aneinander reibender Körper, den Säften, die ihre Stöße weich und gleitend machten. Dann entdeckte sie sie … Es gab keine Vorhänge, doch die Kordeln mit den Quasten an den Enden waren noch da.

Sie musste ihn verwundbar machen. Und nun wusste sie auch, wie.

Heath stöhnte, als Vivi sich über ihm hochstemmte. Ihr Schoß glitt fort, sein Schwanz fiel heraus und klatschte auf seinen Bauch. Sie ging rasch zum Fenster, und ihre üppigen Hinterbacken bebten bei jedem Schritt. Dann zerrte sie heftig an den Vorhangschnüren und riss sie herunter.

Er schluckte mühsam, als sie zum Bett zurückkehrte. Es hatte ihm gefallen, sie zu fesseln. Sehr gern würde er es wieder tun. Doch es durfte nicht sein.

Ich kann es nicht tun, meine Blume. Ich weiß nicht, wann ich mich verwandele; und wenn es geschieht, musst du frei sein, damit du fliehen kannst.

Mit gespielter Unschuld schob sie sich einen Finger in den Mund und saugte daran. *Ich bin nicht diejenige, die gefesselt wird. Du wirst es sein.*

Die Erregung traf ihn wie ein schwerer Stein. Im selben Moment richtete er sich hastig im Bett auf. Doch Vivienne legte die letzten Schritte zu ihm laufend zurück und kletterte auf die

Matratze. Vorfreude leuchtete in ihren Augen. Sie packte seine Handgelenke.

Nie zuvor hatte er sich von einer Frau fesseln lassen, doch er musste sich eingestehen, dass es ein erotisches Gefühl war, die Kordeln auf seiner Haut zu spüren. Verdammt, er hätte sie bitten sollen, es mit ihm zu tun, um ihre Sinnlichkeit zu erkunden. Vielleicht musste auch er noch mehr über seine Gefühle herausfinden, und wenn dies das Letzte war, was er tat, bevor er starb, konnte er sich nicht beklagen.

Während er darüber nachdachte, hatte Vivi bereits mit einer der Kordeln seine Handgelenke zusammengebunden und das Band um einen Bettpfosten geschlungen. Nun zerrte sie daran, sodass seine Arme nach oben gezogen wurden. Als sie sich vorbeugte, um die seidige Kordel am Pfosten festzubinden, hingen ihre Brüste über seinem Gesicht. Er streckte sich, um daran zu saugen, aber er lernte sehr schnell die Qualen kennen, die es bedeutete, gefesselt zu sein. Etwas zu wollen, es sich aber nicht nehmen zu können.

Er erwartete, dass sie mit der zweiten Kordel seine Knöchel festbinden würde. Doch sie schlängelte sich hinunter zu seinen Hüften und wickelte das Band um seinen rechten Schenkel. Dann schlang die kleine Hexe das Band um seine Hoden, wo sie es mit einer Schlaufe sicherte, bevor sie es um seinen linken Schenkel wickelte und schließlich einen festen Knoten machte, sodass nichts verrutschen konnte.

Sein Schwanz zuckte aufgeregt und er wurde immer dicker und härter und pochte höllisch. Niemals hätte er erwartet, dass es sich so gut anfühlen würde, wenn seine Hoden fest umschlungen waren.

Es kostete ihn seine ganze Beherrschung, sich gegen den Orgasmus zu wehren, als Vivi sich auf ihn setzte und ihn wieder tief in ihren Schoß aufnahm. Er wollte ihre Hüften packen und sie auf und nieder bewegen, doch seine Arme waren gefesselt. Und jedes Mal, wenn sie ihren runden Hintern fallen ließ, zog sich die Kordel um seine Hoden fester zusammen. Lust und

Schmerz tanzten durch seinen Körper, und er stieß zischend die Luft durch die Zähne aus. Vivi führte ihn in ein neues Gebiet ein, auf dem er vollkommen unschuldig war. Nun entdeckte er, wie aufregend es für sie gewesen sein musste, Neues zu entdecken.

Als die Bänder sich strafften, warf er den Kopf in den Nacken. Himmel, er war tatsächlich ihr Gefangener. Sie konnte an der Kordel ziehen, welche sie um seine Hoden geschlungen hatte, und ihm so innerhalb von Sekunden Schmerz bereiten. Diese Gefahr machte das Spiel, das sie spielten, verdammt erregend. Er musste genau das tun, was er von ihr verlangt hatte. Er musste ihr vertrauen.

Und sie machte niederträchtige Dinge mit ihm. Erst bewegte sie ihre Hüften so langsam auf und ab, dass es eine reine Qual war. Und im nächsten Moment ließ sie sich so hart und rasch auf ihn fallen, dass ihm der Atem wegblieb. Sie war so süß und eng, und er ging in ihrer seidigen Hitze unter. Er biss die Zähne aufeinander, fest entschlossen, nicht zu kommen. Er wollte, dass es ewig dauerte.

Der Moment, in dem er den Höhepunkt erreichte, würde sein letzter sein.

Sie gab sich große Mühe, ihn vollkommen verrückt zu machen. So schlang sie ihren Arm direkt unter den Brüsten um ihren Oberkörper, sodass sie zu großen, runden Kugeln wurden. Bei jedem Stoß gegen seinen Schwanz stießen die Brüste gegen ihren Arm. Ihre Nippel hüpften auf und ab.

An seinem Gesichtsausdruck war sicher zu erkennen, wie fasziniert er war. Nun legte sie die Hände auf ihre Brüste, deren Fülle sich über ihre Handflächen ergoss. Er kämpfte hart mit sich, um sich nicht auch zu ergießen.

Schließlich glitt sie von seinem Schwanz herunter und richtete sich auf. Sein Herz raste. Sie rutschte an seinem Körper entlang, und ihre klatschnasse Spalte schob sich dichter und dichter an seinen Mund heran. Schließlich war sie da, ihre glänzenden rosa Schamlippen gerade so weit entfernt, dass er sie nicht erreichen konnte. Er reckte den Hals, um sie zu lecken, zu saugen, zu schmecken, aber sie schwang ein Bein seitlich über seinen Körper und entzog sich ihm.

Dann zog sie an den Knoten, die sie gebunden hatte, und mühte sich ab, sie zu lösen.

Ich habe das sehr genossen, meine Blume.

Sie zwinkerte ihm anzüglich zu. „Ich auch. Doch für das, was ich nun tun möchte, musst du dich frei bewegen können."

Was konnte das sein? Er ächzte vor lustvoller Vorfreude. Mit einem Ruck zerrte er seine Arme auseinander, und die Kordel riss. Dann löste er das Band, welches um seine Hoden geschlungen war.

Vivi rollte sich auf den Bauch, sodass ihr runder Po in die Luft ragte. *Ich möchte, dass du … dass du meinen Hintereingang ausfüllst.*

Selbst in seinen Gedanken klang ihre Stimme schüchtern. Er musste sich vergewissern, ob sie sich sicher war.

Möchtest du wirklich, dass ich das tue? Wir haben schon mit Dildos gespielt …

Und es hat mir gefallen. Doch dieses Mal möchte ich, dass es dein Schwanz ist, der tief in mir steckt.

Bei ihren Worten schwoll sein Schwengel an und zuckte. Und als das Blut in seinen Schwanz strömte, wurde ihm schwindelig. Er fühlte sich verletzlich, denn sein Herz öffnete sich, während Vivienne auf ihre Unterlippe biss und ihn mit vertrauensvollen, bodenlosen blauen Augen ansah.

Sie lag auf dem Bauch und schmiegte ihre Wange an die Tagesdecke, sodass sie ihn anschauen konnte. Ihr goldenes Haar fiel über ihren Rücken und reflektierte das Sonnenlicht, welches den Rest des Zimmers erhellte. Ganz langsam spreizte sie einladend ihre Beine. Sie war so schön, dass er einen Moment innehalten und den Anblick genießen musste.

Aber sie wackelte mit dem Po und rief: „Bitte, jetzt! Ich kann nicht länger warten."

Sein Herz schien als feste Kugel in seiner Kehle zu stecken. Auch er konnte nicht mehr warten. Nun würde er seinen Orgasmus nicht länger hinauszögern können.

Doch obwohl sie wusste, was er war und in welches Wesen er sich seiner Bestimmung nach verwandeln sollte, vertraute Vivi ihm. Ihr tief empfundenes Stöhnen und die Art, wie sie ihm ihr Hinterteil entgegenreckte, bewiesen es.

Hinter ihm war es hell. Das Licht fiel nicht auf seine ungeschützte Haut, aber der Widerschein malte die Umrisse ihrer Kurven nach – die kleine Vertiefung unten an ihrem Rücken, die Hügel ihrer üppigen Hinterbacken, die geschmeidigen Linien ihrer Beine.

Sie war vollkommen. In jeder Hinsicht. Außen und innen. Nun schob sie ihren Po noch höher in die Luft und ließ ihn verführerisch kreisen. Heath starrte sie an und spürte, wie seine Kehle trocken wurde, als sie die Hand zwischen ihre Schenkel schob. Ihre Finger tauchten zwischen ihre glänzenden Schamlippen. Ihr Keuchen konnte nur eines bedeuten: Sie streichelte ihre Perle. Sie fühlte sich mit ihm so wohl, dass sie vor seinen Augen mit lustvoller Unbekümmertheit an sich herumspielte.

Sein Herz raste wie bei einer nervösen Jungfrau. Jeden Herzschlag spürte er als heftiges Pulsieren in seinem Penis. Doch dieses Mal wurde bei jedem Blutschwall, der in seinen Schwanz gepumpt wurde, sein Appetit auf Blut größer. Das Verlangen setzte seine Verwandlung in Gang. Seine Eckzähne wurden länger. Sie wuchsen, ebenso wie sein Schwengel.

Es war Zeit, sie zu verlassen. Aufzustehen, sich ins Sonnenlicht zu stellen und zu sterben. Doch bevor er das tat, wollte er das hier, diesen wunderbaren, intimen Moment, mit ihr teilen.

Er konnte den Fluch lange genug beherrschen, um ihr Vergnügen zu verschaffen. Und auch so lange, darum betete er, dass Vivi anschließend aus diesem Zimmer fliehen konnte.

Heath leckte an seinem Zeigefinger, benetzte ihn mit seiner Spucke und strich sanft durch die Ritze zwischen ihren Hinterbacken, wo er ihre enge, kleine Rosette fand.

Vivi wand sich vor Lust. Ihre Haare fielen zur Seite und entblößten ihren Hals. Er konnte nicht aufhören, die glatte, helle Haut anzustarren, während er spürte, wie seine Eckzähne noch länger wurden.

Nein! Zum Teufel, nein! Hier ging es um Sex, nicht um Blut. Er mochte ein Vampir sein, doch in seinem Innersten war er immer noch ein Mann. Er wollte Vivi, er wollte seinen Schwanz in sie hineinstecken, und er wollte dafür sorgen, dass sie kam.

Ganz langsam erregte er sie mit seinen Fingern. Und sie stöhnte vor Lust. Dann griff sie nach hinten und zog ihre Hinterbacken auseinander, sodass sein Finger schließlich durch den engen Muskelring ihrer Rosette stieß. Der Anblick ihrer Hände, die sich in das Fleisch ihres Hinterns krallten und ihn auseinanderzogen … Er hatte das Gefühl, als wären seine Beine schwach wie Grashalme. Das war die Wirkung, die sie auf ihn hatte. Sie beschämte ihn. Sie sorgte dafür, dass er vor Verlangen verletzlich wurde.

Ich fürchte, ich werde in Flammen aufgehen, wenn du es jetzt nicht tust, wisperte sie in seinen Gedanken. *Ich liebe dich. Ich will für immer bei dir sein. Aber das hier ist … Ich brauche dich genau jetzt!*

Und ich brauche dich, erwiderte er. Er packte seinen Schwanz und hielt die Spitze vor ihre Öffnung. Ihre runden Backen umgaben den Schaft mit Hitze. Er atmete scharf ein. Und schob sich vorwärts.

Sie keuchte laut und zog ihre Hinterbacken wieder auseinander.

Er erhaschte einen Blick auf ihre Rosette – eng, rosig, runzlig, und winzig klein. Würde er dort hineinpassen? Er wusste, dass es ging, aber er fürchtete, ihr wehzutun. Während er seinen Schaft fest umklammerte, drängte er vorwärts, jedoch sehr sanft. Sie öffnete sich ihm. Weit genug – und er spürte, wie der enge Muskelring nachgab, und ihn gleich darauf ihr Fleisch fest umschloss.

Gott, Gott, Gott …

Ihre Finger bearbeiteten mit raschen, heftigen Strichen ihre Klit. Er zog sich zurück, bis er fast wieder draußen war, und stieß dann langsam erneut zu. Ein weiteres kleines Stückchen seines Schwengels tauchte in das Feuer und die Enge ein.

Sie stöhnte und hob ihm ihren Hintern entgegen. Sie bemühten sich gemeinsam, bis er vollkommen in ihr steckte. Seine kastanienbraunen Löckchen reizten ihren Po, seine Leiste stieß gegen ihre runden Backen, und jeder seiner Stöße ließ ihren üppig gerundeten Hintern erbeben.

Keuchend reckte sie sich ihm entgegen. Ihre Wangen leuchteten rosig. Ihre Hand bewegte sich wie wild. Ihr Mund öffnete sich zu einem stummen Schrei. Und so kam sie, unter ihm zuckend, mit einem wortlosen Aufschrei.

Ihr Hintern nahm ihn tief auf, und ihre Muskeln zerrten an ihm, packten ihn, verschafften ihm die wunderbarsten Gefühle. Er schloss die Augen. *Lass es noch dauern …*

Das war sein letzter Gedanke, bevor sein Körper explodierte. Ein Feuerball aus Lust wirbelte um sein Herz und schoss hinunter in seinen Schwanz. Hitze durchfuhr seinen zuckenden Schaft, und er wusste, es war sein Samen, der herausspritzte.

Seine Empfindungen waren so intensiv, dass seine Arme nachgaben. Er sackte nach vorn, fing sich jedoch mit den Ellbogen ab. Gleichzeitig zog er seinen Schwanz heraus. Er unterdrückte seinen Hunger und küsste Vivis erhitzten, geröteten Nacken. Sie schmeckte salzig und süß.

Mit einem Laken, das er entzweiriss, säuberte er mit unendlicher Sorgfalt ihren Po. Kleine Tröpfchen von seinem Samen perlten noch über ihre Hinterbacken, und er wischte sie fort.

Vivi sagte nichts; sie war immer noch atemlos. Doch plötzlich rollte sie sich auf die Seite und schaute ihn forschend an. „Heath …"

Sein Rücken wurde steif. Sein Rückgrat wölbte sich, und sein Körper begann ohne sein Zutun, sich zu verdrehen und zu strecken. Die Hitze des Orgasmus wurde von einem lodernden Feuer tief in seinem Inneren verdrängt, von den Qualen seines Leibes, der sich wand und verwandelte, sich krümmte und verbog.

Sein rechter Arm zuckte, ohne dass er etwas dagegen tun konnte. *Knack!* Das schreckliche Geräusch hallte im Zimmer wider. Sein Schultergelenk war herausgesprungen, während seine Muskeln wuchsen und sich in verschiedene Richtungen streckten. Mit einem Aufschrei packte er seinen schlaffen Arm und schob das Gelenk wieder zurück.

„Geh raus, Vivi! Du musst hier raus. Ich weiß nicht, was ich tun werde, während ich mich verwandele. Ich will dich nicht verletzen." Er rutschte von der Matratze und taumelte zur Wand, die immer noch im Schatten lag, außerhalb des Sonnenlichts.

Mühsam richtete Vivienne sich auf. Jetzt geschah es. Heath lehnte an der im Schatten liegenden Wand und verwandelte sich. Aber warum? War es ihr trotz allem nicht gelungen, ihn dazu zu bringen, sein Herz zu öffnen?

„Geh weg, Vivi!" Seine Stimme war heiser. Sein Körper drehte und wand sich so heftig, dass ihr übel wurde. Sein Gesicht verzerrte sich, und er glitt an der Wand hinunter. „Ich liebe dich. Und ich will nicht, dass etwas dich verletzt."

„Ich liebe dich, Heath. Und ich werde nirgendwohin gehen." Sie eilte an seine Seite. Er wandte sich von ihr ab, und kehrte ihr den Rücken zu. Sein Rückgrat krümmte sich und knirschte unter der Haut.

Brich den Fluch, dachte sie fieberhaft. *Liebe mich. Öffne dein Herz. Glaub daran. Glaub daran.*

Hoffnung. Treue. Vertrauen – all diese Gefühle, die sie versucht hatte, in sich zu töten und die Heath in ihr wieder zum Leben erweckt hatte. Jetzt loderten sie wie knisternde Flammen in ihr. Und sie wusste, dass auch er diese Empfindungen in sich wiederbeleben musste.

Doch es funktionierte nicht. Er hatte ihr seine Liebe gestanden. Er hatte sie fortschicken wollen, damit sie in Sicherheit war, weil sie ihm wirklich etwas bedeutete. Warum genügte das nicht?

Nikolai wollte ihn bestrafen und ihn für Ariadnes Tod bezahlen lassen. Der Fluch war so ausgewählt, dass Heath niemals wahre Liebe finden konnte. Wie sollte er das Herz einer Frau gewinnen, wenn er nur ein einziges Mal mit ihr schlafen durfte und sie dann verlassen musste? Vielleicht ging es gar nicht darum, dass er die Liebe einer Frau annahm. Vielleicht konnte er den Fluch nicht besiegen, indem er gegen die Liebe ankämpfte. Was, wenn die Liebe trotz seines Widerstands triumphierte? Was, wenn er trotz des Fluchs das Herz einer Frau gewann?

Vielleicht war es ihr nicht gelungen, den Fluch zu brechen, weil sie ihm zwar gesagt hatte, dass sie ihn liebte, ihm aber nicht *bewiesen* hatte, dass sie ihm ihr Herz schenkte. Doch wie sollte sie das tun?

Ihr Blut hatte schon einmal seine Wunden geheilt. Konnte ihr Blut ihn wieder heilen? Und ihn von dem Fluch befreien, der ihn beherrschte? Doch beim letzten Mal war es ihm kaum gelungen, wieder aufzuhören, von ihrem Blut zu trinken.

Was, wenn sie ihr Leben in die Waagschale werfen musste, um ihn zu retten? War sie bereit, das zu tun? Es bedeutete, dass sie Sarah verlassen musste. Aber sie würde Heath retten, und sie wusste, dass er Sarah beschützen würde. Sie wusste, sie konnte ihm den kostbarsten Menschen anvertrauen, den sie besaß. War das kein Liebesbeweis?

Vivienne beugte sich über Heath, der sich auf dem Boden wand. Sein Rückgrat war vollkommen gekrümmt, und große Beulen drückten sich von innen gegen die Haut seines Rückens. Sein Körper war größer als vorher. Er wuchs und streckte sich, und die Schmerzen mussten schrecklich sein. Sie drückte ihr Handgelenk gegen seinen Mund. Dann kniff sie die Augen fest zusammen und schrammte an seinen Eckzähnen entlang. Die Spitzen waren so scharf, dass sie mit Leichtigkeit ihre Haut aufschlitzten.

Vivi, nein!

Sie hörte Heaths verzweifelten Aufschrei in ihrem Kopf, doch sie ignorierte ihn. Ihr Blut strömte.

Sie *vertraute* ihm, dass er sie nicht töten würde. Sie *verließ sich darauf,* dass er den Fluch brechen und überleben würde. Sie *hoffte* – und sie beschützte die Hoffnung in ihrem Herzen, wie sie Sarah als Baby beschützt und ernährt hatte. Denn sie würde die Flamme der Hoffnung niemals erlöschen lassen. Nicht noch einmal.

Ohne diese Hoffnung konnte sie nicht leben.

Als sie spürte, wie er an ihrem Handgelenk saugte, stöhnte sie auf. Sie musste sich neben ihn auf den Teppich legen. Nicht wegen es Blutverlusts, sondern wegen der schwindelerregenden Lust, die sie durchlief.

Und nun hoffte sie nicht mehr. Sie *wusste es.* Sie wusste, was es bedeutete, zu lieben. Das hier war Liebe. Und sie *wusste,* dass ihre Zukunft voll Liebe sein würde …

Vivis Blut ergoss sich auf seine Zunge. Heath schluckte heftig. Da war der vertraute metallische Geschmack, aber auch ihr ganz eigenes Aroma. Ihr Blut schmeckte nach Zimt, Vanille und etwas Erdigem und Süßem, das typisch für sie war.

Sie hätte das hier nicht tun dürfen.

Sie tat es, um ihn zu heilen. Aber ein Fluch war keine Wunde …

Himmel, jetzt verstand er: Er war wegen seiner Wunden verflucht worden. Sie versuchte, eine Seele zu heilen, die er nicht besaß. Er musste aufhören, von ihrem Blut zu trinken. Aber das konnte er nicht. Sein Körper dehnte sich aus, und sein Geist vertrocknete. Ihr Blut nährte seine primitivsten Instinkte, und er verlangte mit einer fiebrigen Gier nach mehr, die er nie zuvor gekannt hatte.

Vor seinem Blick lag ein roter Schleier, als er versuchte, sie anzusehen. Sie lag neben ihm. Ihre Lider waren geschlossen. Sie rührte sich nicht. Und ihr Arm ruhte schlaff auf seinem Mund.

Er war dabei, sie umzubringen.

Der verdammte Fluch! Er war nicht bereit, sich von irgendetwas davon abbringen zu lassen, Vivienne zu beschützen. Sein Körper schrie nach mehr Blut, aber er kämpfte dagegen an. Er löste seine Zähne aus ihrem Handgelenk und hielt ihre leblose Hand. Ihre Haut fühlte sich schon kalt an. Nackte Angst durchfuhr ihn. Mit einem wütenden Schrei hob Heath sein Handgelenk an seinen Mund und ritzte mit seinen Zähnen die Haut auf.

Alles in ihm schrie danach, sie fortzustoßen. Sie nicht zu beschützen, sondern sie zu verlassen, sodass er jagen und töten konnte. Der Dämon in ihm übernahm das Kommando.

Doch er zwang sich, seine Instinkte zu unterdrücken. Schmerzen quälten seinen sich wandelnden Körper, während er sich neben ihr niederkniete. Er presste sein Handgelenk an ihre Lippen.

Nichts geschah. Ihre Lippen bewegten sich nicht. Sie saugte nicht. Sie versuchte nicht, von seinem Blut zu trinken.

Lieber Gott, lass nicht zu, dass ich sie getötet habe. Lass sie leben.

Da geschah das Wunder. Ganz langsam begann Vivienne zu trinken.

Er drückte sie an seine Brust, während sie saugte. Mit seinen ungeschickten Fingern, an deren Spitzen nun Krallen wuchsen, schob er ihr mühsam das feuchte Haar aus der Stirn.

Vor seinen Augen begannen die Klauen an seinen Händen zusammenzuschrumpfen. Seine Finger zuckten und pochten, als die scharfen Krallen sich zurückzogen, doch er hielt sein Handgelenk weiter an Viviennes Lippen. Sie brauchte genug Blut, um wieder zu Kräften zu kommen. Viel mehr Blut, als er Sarah gegeben hatte. Es würde genug sein, um sie zu transformieren, sie in einen Vampir zu verwandeln, aber dann würde sie in Sicherheit sein und ewig leben.

Sein Rücken bog sich mit einem so heftigen Ruck, dass er Vivi fast losgelassen hätte. Aber er weigerte sich, sie freizugeben, weigerte sich, ihr wehzutun. Sein Rückgrat krümmte sich und begann dann zu schrumpfen.

Verwandelte er sich wirklich von einem Dämon wieder zurück in einen Vampir? Er durfte sich nicht gestatten, zu hoffen, dass es tatsächlich so war …

Nein, verdammt, er würde hoffen, was immer er wollte! Hoffen, dass sie überlebte. Hoffen, dass sie in Sicherheit war. Hoffen, dass ihm eine Zukunft mit Vivienne und Sarah beschieden war.

„Oh", stöhnte Vivienne leise. „Ich fühle mich seltsam …" Ihre Lider flatterten und öffneten sich, und die zwei schönsten, blausten, leuchtendsten Augen sahen ihn an. „Gütiger Himmel, ich *fühle* etwas. Ich bin am Leben und du auch, und du bist kein Dämon. Das ist das Wichtigste von allem."

Er nahm sie in die Arme und ließ sein Kinn sanft auf ihren zerzausten Haaren ruhen. Sie roch nach Schweiß, nach Lust, nach Blut. Und er hatte ihr auch seinen Geruch gegeben. Er floss durch ihre Adern und prägte sie. Machte sie zu der Seinen. Doch wenn er ihr erst einmal gesagt hatte, was er getan hatte, um sie zu retten – würde er sie dann für immer verlieren?

„Ich muss dir etwas gestehen, Vivi. Um dich zu retten, habe ich etwas gemacht, was ich nicht hätte tun dürfen, ohne dich vorher zu fragen …"

Sie war entsetzt gewesen, als sie entdeckt hatte, dass sie ein Sukkubus war. Nun hatte er sie in einen Vampir verwandelt. Er hatte sie zu einer Existenz verdammt, die weit schlimmere Dinge mit sich brachte, als Sex haben zu müssen, um Seelen zu stehlen. Nun würde sie ebenso nach Blut lechzen wie er. Und sie würde entweder Sterbliche jagen oder einen endlosen Kampf gegen ihre wahre Natur führen müssen.

Weil er sie so sehr liebte, hatte er sie gerettet, ohne über die Folgen nachzudenken.

Er hielt sie umschlungen und wusste, dass es zum letzten Mal war. Er küsste ihre Wangen, ihre Lippen, ihre Nasenspitze, ihre Stirn, stahl sich so viele Küsse, wie er nur konnte, um sie für immer in seinem Herzen zu bewahren.

„Was ist los, Heath? Verwandelst du dich noch immer? Du siehst aus, als seist du krank vor Angst."

„Ich habe dir mein Blut gegeben", gestand er abrupt. „Als du mir dein Blut angeboten hast, nahm ich es. Dadurch wurde meine Verwandlung abgebrochen. Aber ich trank zu viel …" Sie würde ihn bis in alle Ewigkeit für das hassen, was er getan hatte. „Ich hätte dich fast getötet, Vivi. Gütiger Himmel …"

„Aber du hast aufgehört zu trinken. Du hast dich beherrscht. Das bedeutet, dass du nicht zum Dämon geworden bist, Heath." Sie straffte ihre Schultern. „Du hast nie zugelassen, dass der Fluch die Kontrolle über dich erlangte. Selbst als dein Körper sich verwandelte, warst du in deinem Herzen immer noch der ehrenhafte Gentleman, den ich liebe."

Ihre Worte trafen ihn wie scharfe Klingen. „Ich musste dir mein Blut geben, um dich zu retten, Vivi. Es tut mir so verdammt leid, aber es war die einzige Möglichkeit. Sonst wärst du gestorben."

Sie sah ihn so unschuldig an, dass er sich am liebsten sein Herz aus der Brust gerissen hätte. Sie verstand nicht.

Er legte die Hände um ihr Gesicht. Schroff verkündete er: „Das bedeutet, dass ich dich verwandelt habe. Ich habe dich zu einem Vampir gemacht."

Sie nickte. Immer noch sah sie ihn mit ihren großen blauen Augen an, in denen nichts als Liebe zu sehen war. „Mir war klar, dass ich mein Leben riskierte, als ich dir mein Blut zu trinken gab, Heath. Aber du hast mich nicht getötet. Du hast mich gerettet."

Himmel! „Vivi, du verstehst nicht. Ich habe dich zu einem Vampir gemacht, wie ich einer bin. Du wirst nach Blut dürsten, und du wirst entweder bis in alle Ewigkeit gegen dieses Verlangen kämpfen oder Menschenblut trinken müssen. Und ich weiß, dass du das nicht willst. Du wirst nie wieder hinaus in die Sonne gehen können."

Nie wieder würde sie mit Sarah im Sonnenschein spazieren gehen. Nie mehr mit ihrer Tochter einkaufen oder bei Gunter's ein Eis essen oder nach Brighton ans Meer fahren. Vor seinem inneren Auge sah er, wie Meredith über eine sonnenbeschienene Wiese auf ihn zulief. Das war die kostbarste Erinnerung seines Lebens, und seit zehn Jahren litt er, weil er so etwas nie wieder erleben würde: die Sonnenstrahlen auf seiner Haut, den Duft von Blumen im Nachmittagswind, das Funkeln des Sonnenlichts in den Augen seiner Tochter. Nun hatte er Vivienne die Möglichkeit genommen, ihr Leben mit Augenblicken wie diesen zu füllen.

„Ich habe dafür gesorgt, dass du überlebst, doch du musst dafür einen so hohen Preis bezahlen ..."

Vivi legte ihm die Hand auf den Mund. „Heath, ich *war* bereits eine Dämonin. Du hast mir nichts weggenommen, du hast mir unendlich viel gegeben. Du hast mir Liebe geschenkt. Du hast mein Leben gerettet." Sie liebkoste ihn mit ihrem Blick und setzte seine Haut in Flammen. „Dem Himmel sei Dank, dass dein Körper sich wieder zurückverwandelt hat. Du siehst aus wie ... nun ja, wie du."

„Ist das gut, Liebste?"

„Du bist das Wunderbarste, was ich jemals gesehen habe – abgesehen von Sarah direkt nach ihrer Geburt."

Sein Herz schwoll an, sodass er das Gefühl hatte, seine Brust würde platzen. „Du hast den Fluch besiegt, Vivienne."

„*Wir* haben den Fluch besiegt. Verstehst du nicht? Wir haben die Liebe gefunden, etwas, wovon ich glaubte, ich würde es niemals erleben. Du hast mir etwas geschenkt, wovon ich nicht zu träumen gewagt hätte.“

Er hob sie hoch, obwohl seine Beine zitterten, seine Knochen schmerzten und seine Muskeln sich anfühlten, als hätte man sie bis zum Zerreißen gedehnt und dann wieder zusammenschnurren lassen. Er lehnte seine Stirn gegen ihre. Seine Augen brannten, und in den Augenwinkeln sammelten sich Tränen. Er erinnerte sich, wie Sarah ihn damit geneckt hatte, dass Vampire niemals weinten. Doch über Viviennes Wange rollte eine Träne und tropfte auf ihre lächelnden Lippen. Und er musste die Tränen aus seinen Augen blinzeln. Offensichtlich konnten Vampire doch weinen – vor Glück.

Er machte einen unsicheren Schritt in Richtung Bett, um Vivi dort niederzulegen, damit sie sich ausruhen konnte. Da wurde das Fenster mit solcher Heftigkeit aufgestoßen, dass das Glas klirrte. Sechs schwarze Schatten flogen herein.

Schließlich war der Rat der Vampire da.

Vivienne schrie auf, als die geflügelten Kreaturen auf dem Teppich mitten im Schlafzimmer landeten. Sofort stellte Heath sie hinter sich auf den Boden. Er bewegte sich mit erstaunlicher Geschwindigkeit, hängte ihr ihren Morgenmantel über die Schultern und stellte sich wieder schützend vor sie.

Sie betrachtete die Gestalten, die nun im Schatten standen, und ihre Kehle wurde trocken. Es waren nicht die Fledermaus-Dämonen, sondern die Mitglieder des Rats persönlich. Sie würde sich nicht hinter Heath verstecken. Entschlossen trat sie vor und stellte sich neben ihn. In dieser Sache waren sie Verbündete. Sofort legte Heath seinen Arm um sie und zog sie eng neben sich an seine linke Seite. Sie konnte den langsamen, schweren Schlag seines Herzens hören.

Einer der hochgewachsenen Männer schob die Kapuze zurück, unter der sein Gesicht verborgen gewesen war. Entsetzen durchfuhr Vivienne. Es war Adder, der Anführer der Vampire, der sie an den Altar gefesselt hatte, um sie zu vergewaltigen und anschließend ihr Blut zu trinken. Sie brauchte all ihre Beherrschung, um nicht zurückzuweichen, als er langsam auf sie zukam. Sein Blick ruhte unverwandt auf Heath, doch er streckte seine Hand nach ihr aus.

„Nun also, Blackmoor", knurrte er. „Wir sind gekommen, wie Sie es gewollt haben. Wenn Sie Miss Dare vor Nikolai schützen wollen, müssen Sie sie uns übergeben."

Sie erstarrte. Hatte Heath den Rat hierher gerufen? Fassungslos starrte sie ihn an.

Heath stand splitterfasernackt da, den Arm fest um sie geschlungen. Dennoch wirkte er nicht eingeschüchtert oder gar verängstigt. „Nikolai hat uns angeboten, uns vor Ihnen zu beschützen. Ich werde Ihnen Vivienne nicht einfach so übergeben. Sie müssen mir einen Grund liefern, Nikolai zu hintergehen."

„Ihn hintergehen?", höhnte Adder. „Er hat vor, Ihren Fluch auszulösen und Sie dann als Zerstörungswerkzeug zu benutzen. Sie sind so ein verdammt weichherziger Idiot, Sie wollen ganz sicher nicht, dass das geschieht …" Adder stockte, schaute prüfend erst sie, dann Heath und schließlich das zerwühlte Bett an. „Sie waren schon einmal mit ihr zusammen, und Sie haben es wieder getan. Sie verdammter Dummkopf, Blackmoor. Der Fluch …"

„… ist gebrochen. Er existiert nicht mehr. Ich habe mich nicht in einen Dämon verwandelt. Vivienne hat mir geholfen, den Fluch zu überwinden."

„Sie haben mit ihr geschlafen und haben sich nicht verwandelt?" Das Gesicht des Vampirs verzog sich zu einer Miene voll Erstaunen und nacktem Entsetzen.

„Wie ich bereits sagte, wir haben den Fluch gebrochen. Es ist nicht mehr nötig, mich zu vernichten, Adder. Es ist nicht nötig, mich zu töten, um Sterbliche und Vampire zu schützen."

Adder schnaubte. „Es bedeutet, dass Nikolai keine Verwendung mehr für Sie hat. Er wird Ihnen einen Pflock ins Herz treiben und Sie zu Staub zerfallen lassen. Und stattdessen Ihren Bruder für seine Zwecke benutzen."

„Das nehme ich auch an", erwiderte Heath kühl, ohne die geringste Angst zu zeigen. „Also muss ich Nikolai vernichten. Allerdings ist mir klar, wenn ich ihn töte, was ja durchaus in Ihrem Sinne ist, werden Sie mir zum Dank Vivienne wegnehmen. Das werde ich nicht zulassen."

Adder wedelte ungeduldig mit der Hand. „Sie wollen einen Handel mit uns abschließen? Es gibt nichts, worüber wir verhandeln könnten. Sie haben Nikolai für uns aufgespürt und uns in sein Haus geführt. Ich kann ihn auf der Stelle selbst vernichten. Mit einem Fingerschnippen kann ich meine Dämonen zusammenrufen. Wie viele Lakaien hat Nikolai in seinem Haus, ein paar Dutzend? Ich kann gegen ihn kämpfen und siegen."

Vivienne ließ ihren Blick von einem wütenden, störrischen Vampir zum anderen wandern. Gütiger Himmel, sie hatten sich in einen Krieg der Vampire gestürzt. Und sie hatte keine Ahnung, wo Sarah sich aufhielt. Sarah würde in Gefahr sein. Warum hatte Heath das getan? Sie konnte die Vorfreude in Adders Augen sehen. Der Mann würde angreifen. Er betrachtete Heath hämisch. Adder glaubte, er könne Heath töten und dann mit ihr tun, was immer er wollte.

Was wollte er von ihr? Nikolai hatte ihr erklärt, sie sei erschaffen worden, um Männer in Versuchung zu führen. Als Erste einer ganzen Armee von Sukkuben. Aber warum wollte ein Vampir die Sterblichen vernichten, wenn er doch ihr Blut brauchte?

Die anderen Männer – außer Adder waren es fünf, alle in schwarze Umhänge gehüllt – bildeten rasch einen Kreis, sodass alle sechs Vampire sie und Heath umringten. Ihr Blick begegnete dem von Heath. Seine silbrig grünen Augen wirkten ruhig. *Vertrau mir,* sagte er in ihrem Kopf.

Dir vertrauen! Sie werden dich angreifen. Und wir haben nichts, womit wir uns verteidigen können. Ich müsste über Adder hinwegspringen, um den Schürhaken zu erreichen.

Du hast mich gerettet, indem du mir Hoffnung und Liebe schenktest. Hab nun selber Hoffnung. „Sie können Nikolai nicht besiegen", erklärte er gelassen.

Adder stieß ein grelles Lachen aus. „Das werde ich sehr wohl tun. Es gibt nichts, was Sie mir anbieten können."

Aber Heath hatte sie. Wenn sie zustimmte, mit Adder zu gehen, konnte sie Heath retten. Vielleicht war es ihre Bestimmung zu sterben und ihn und Sarah für immer zu verlassen …

Sie wurde aus ihren Gedanken gerissen, als sie bemerkte, wie Heaths Augen sich plötzlich weiteten und hell wurden. Sie kannte diesen Blick. Er bedeutete Hoffnung. „Aber Sie wollen sie nicht mehr, Adder", erklärte Heath. „Sie kann Ihnen nicht geben, was Sie haben wollen."

W…was meinst du?" Als ihre Stimme die unvermittelt eingetretene Stille unterbrach, klang sie in ihren eigenen Ohren fremd.

Heath antwortete ihr, ohne Adder aus den Augen zu lassen. „Als du mir geholfen hast, den Fluch loszuwerden, wurdest auch du befreit. Nikolai erschuf dich als eine … eine Versuchung, um seinen Fluch auszulösen. Du hast deine Arbeit getan, doch indem du den Fluch besiegtest, hast du dich auch aus deinen Diensten für Nikolai befreit. Wir haben seine Magie zerstört. Was bedeutet, dass du kein Sukkubus mehr bist."

Seine Worte überraschten sie. Heath und Adder starrten einander an wie Tiere, die sich umschleichen, während sie auf den richtigen Moment zum Angriff warten.

Konnte das wahr sein? Oder versuchte Heath zu bluffen? Sie schmeckte noch das herrliche Aroma von Heaths Blut auf ihren Lippen. Verschwommen erinnerte sie sich, dass sie versucht hatte zu widerstehen, dann aber aufgegeben hatte. Es war ein so intimer Moment gewesen. Er hatte von ihr getrunken und sie von ihm. Nun fühlte sie sich mit Heath verbunden.

Bedeutete das, sie würde nicht mehr zu anderen Männern gehen, um sie zu verführen, weder in deren Träumen noch in der Wirklichkeit?

Doch Adder heulte auf. Er fuhr herum, stieß seine Faust gegen die Wand und hinterließ ein Loch in der Größe seiner Hand. „Das ist unmöglich, Blackmoor", bellte er. „Und unmöglich zu beweisen."

„Sie wissen, dass es die Wahrheit ist", konterte Heath. „Sie ist jetzt ein Vampir. Und sie gehört *mir.*"

Es durchfuhr Vivienne wie ein Blitzschlag, als sie hörte, wie besitzergreifend Heath von ihr sprach. Sie fuhr sich mit der Zunge über die Schneidezähne und stellte fest, dass sie keine spitzen Eckzähne besaß. Doch als die Sonne durchs Fenster fiel und den Fußboden direkt vor ihr aufleuchten ließ, sprang sie instinktiv zurück und zog Heath mit sich.

Adder verzog den Mund zu einem ekelerregenden Lächeln. „Ich werde sie mitnehmen müssen, um die Wahrheit herauszufinden. Falls Sie recht haben, lassen wir sie frei, das versichere ich Ihnen. Aber wenn es so ist, haben Sie ihre Vernichtung besiegelt. Denken Sie daran, dass Nikolai Ihren Bruder Raine in seiner Gewalt hat. Miss Dare war nützlich für Nikolai, solange sie entweder in Ihnen oder in Ihrem Bruder den Dämon zum Leben erwecken konnte. Nun, da Miss Dare an Sie gebunden ist, könnte sie zwar mit Raine Sex haben und den Dämon in ihm entfesseln, aber sie würde Ihrem Bruder nicht die Macht verleihen, die er braucht, um Nikolai von Nutzen zu sein. Aus Zorn und um sich an Ihnen zu rächen, wird Nikolai Miss Dare vernichten. Lassen Sie sie mit mir gehen, und ich werde dafür sorgen, dass sie in Sicherheit ist."

Die anderen Vampire traten vor und streckten die Hände nach Vivienne aus.

Um nichts in der Welt würde sie mit Adder gehen. Aber wie sollten sie sich gegen sechs mächtige Vampire zur Wehr setzen?

Heath schlang beide Arme um Viviennes Taille. „Seien Sie kein verdammter Narr, Adder. Nikolai weiß nicht, dass Miss Dare von seinem Zauber befreit ist. Er wird es nicht erwarten, und das können wir nutzen, um ihn zu verwirren. Wenn Sie ihn vernichten wollen, ist das Ihre Chance. Aus diesem Grund wollten Sie Vivienne schon die ganze Zeit in Ihre Gewalt bringen, nicht wahr? Um ihr ihre Macht zu nehmen und auf diese Weise Nikolai Einhalt zu gebieten?"

Heath hatte keine Ahnung, ob das stimmte. Doch als er sah, wie Adder zusammenfuhr, wusste er, dass seine Vermutung richtig gewesen war. Es war für Adder von größter Wichtigkeit gewesen, Nikolai zu vernichten, bevor der mächtige Dämon zum Leben erweckt wurde. Zweifellos hatte Nikolai vor, mithilfe seines Dämons auch den Vampirrat zu zerstören.

Vivi war Nikolais Kind. Sie war von seinem Blut. Wenn Adder ihr Blut in seinen Körper aufnahm, würde ihre Macht Adder die Kraft verleihen, ihren Vater zu bekämpfen.

An dieser Stelle stockten Heaths Gedankengänge. Es musste noch mehr dahinterstecken. Adder hätte schon vor langer Zeit mit Leichtigkeit Nikolais Plan zunichtemachen können, indem er die beiden mit dem Fluch belegten Vampire vernichtete, ihn und seinen Bruder.

Ihm kam eine weitere Idee. Vivis Vater war einer der ältesten Vampire, erschaffen von einem gefallenen Engel … Rasch stellte er Vivi in Gedanken eine Frage. *Du hast mir von deiner Mutter erzählt, Vivi. Was machte sie in deinen Augen zu etwas Besonderem?*

Vivi schaute ihn an, als sei er verrückt geworden. Doch ihre Gedanken flossen in seinen Kopf. *Ihr Name war Rose. Sie war stark und mutig, und sie kümmerte sich um alle Frauen im Freudenhaus. Sie dachte sich Geschichten für mich aus, die davon handelten, dass ich eines Tages einen Prinzen heiraten würde …*

Er sah, wie Vivi mühsam schluckte. *Ich weiß, das ist nicht unbedingt das, was du hören möchtest. Aber es ist alles, was ich weiß. Sie war eine ganz normale Frau.*

Das kann sie nicht gewesen sein, widersprach er sanft. *Sie muss besonders gewesen sein – auf irgendeine Weise anders als andere Frauen.*

Du meinst, sie war ein Dämon. Sie äußerte diese Worte in ausdruckslosem Ton. Adder beobachtete sie und versuchte, herauszufinden, welche Sätze sie in ihren Gedanken austauschten.

Nein, das glaube ich nicht. Dann wäre sie keine Frau gewesen, die andere heilte. Ich glaube, Nikolai wählte sie, weil sie wie du gewesen sein muss – schön, gut, stark – und er wusste, diese Eigenschaften würden dich unwiderstehlich machen.

Vivienne starrte ihn hilflos an. *Nikolai hat mir erzählt, meine Mutter hätte von innen heraus geleuchtet. Da sei ein ganz besonderer Glanz gewesen. Könnte das wahr gewesen sein? Ich muss es dir sagen, Heath: Deine Frau sah genauso aus wie meine Mutter, als sie noch jung war. Nikolai war in Ariadne verliebt, und aus diesem Grund wählte er dich für den Fluch aus.*

„Aufhören!“, brüllte Adder. „Sie hören sofort auf, in Gedanken miteinander zu reden, oder ich zerstöre Blackmoor auf der Stelle.“

Heath hatte nur wenige Augenblicke Zeit, das Rätsel zu lösen. Hatte Vivis Mutter zum Gin gegriffen, weil sie ein gebrochenes Herz gehabt hatte? Hatte Nikolai sie gezwungen, sich selbst zu zerstören, weil er sie nicht mehr brauchte? Oder hatte Rose getrunken, weil sie herausgefunden hatte, dass sie keine Sterbliche war und ihre Macht ihr unerträgliche Angst machte?

War es möglich, dass Rose ebenso stark gewesen war wie Nikolai, jedoch gute und heilende Mächte besaß, während seine dunkel und böse waren?

Eines wusste Heath über Männer: Das, was sie am meisten begehrten, war in der Regel das, was am gefährlichsten für sie war. Er hatte gegen seine Liebe zu Vivienne und seine Sehnsucht nach einer liebevollen Familie angekämpft, weil das bedeutete, dass er sein Herz öffnen musste. Damit riskierte er nicht nur den Tod, sondern auch Schmerzen und ein gebrochenes Herz. Wollte Adder möglicherweise Vivi, weil sie die Macht besaß, ihn und die anderen Ratsmitglieder zu vernichten?

Vivi hatte verhindert, dass er ein Dämon wurde. Besaß Vivi die Macht, Dämonen zu töten – oder vielleicht die Kraft, sie zu heilen und zu retten? Konnte sie Vampire retten?

Hatte er ihr ihre Macht genommen, indem er sie in einen Vampir verwandelte? Offensichtlich war Adder sich dessen nicht sicher, denn er wollte sie immer noch in seine Gewalt bringen.

Der Rat war nur deshalb mächtig, weil er aus Vampiren bestand. Wenn Vivi in der Lage war, die Nosferatu zu heilen, indem sie sie in ihren menschlichen Zustand zurückführte, konnte sie der Welt der Untoten ein Ende bereiten. Damit wurden Männer wie Adder zu nutzlosen Sterblichen.

Hatte Dimitri das etwa gewusst? Kein Wunder, dass der ältere Vampir ihm gesagt hatte, er solle Vivienne nicht zu den Vampirköniginnen bringen. Wenn Vivi die Königinnen „heilen" könnte, konnte sie sie vernichten. Sie würden sie tot sehen wollen. Er konnte nur beten, dass er ihr tatsächlich ihre Macht genommen hatte, indem er sie in einen Vampir verwandelte. Und er musste hoffen, dass Sarah diese Fähigkeiten nicht geerbt hatte. Sonst würden sie bis in alle Ewigkeit gejagt werden. Sie würden niemals frei sein.

Doch zunächst musste er sich um das Hier und Jetzt kümmern. Er grinste Adder frech an. Sein Selbstbewusstsein erstaunte den anderen Vampir offensichtlich. „Ich helfe dabei, Nikolai zu töten, wenn Sie mir Sarahs und Viviennes Freiheit garantieren. Was mit mir geschieht, ist mir egal."

Was tust du da? Vivi sah ihn verzweifelt an.

Ich muss dafür sorgen, dass sie euch nicht verfolgen. Dass du und Sarah frei und sicher seid. Wenn Adder sein Wort gibt, wird er sich daran halten. Er hat keinen Grund, euch zu jagen.

Er belog sie, obwohl sie ihm vertraute. Doch er musste es tun, weil er auf keinen Fall zulassen würde, dass Vivienne etwas geschah.

Aber was ist mit dir? Ich liebe dich. Du hast vor, alles für mich zu riskieren. Ich will dich nicht verlieren.

Vivienne versuchte, an Heaths Seite zu bleiben, aber er schob sie entschlossen zurück. Dann warf Adder direkt vor ihren Augen den Kopf in den Nacken und stieß mit lauter Stimme eine Zauberformel hervor.

Gleich darauf schien die Tür in ihrem Rahmen zu erzittern, dann leuchtete sie rot und flog schließlich auf. Licht blitzte auf Klingen, und Vivienne sah entsetzt, wie sich zwei von Nikolais Wachen mit gezogenen Krummsäbeln auf Heath stürzten.

Nun begriff sie, warum er sie hinter sich geschoben hatte. Sie hielt den Schürhaken in der Hand und wollte nach vorn stürzen. Doch einer der Vampire der Ratsversammlung hielt sie fest.

Heath wurde rasch mit dem ersten Diener fertig. Er schlug dem Mann mit der Handkante gegen den Hals, und der mächtige Körper sank leblos auf den Teppich. Die zweite Wache schlitzte Heaths Arm auf, sodass Blut hervorquoll. Doch Adder zerrte den Mann von Heath fort und brach ihm das Genick, indem er seinen Kopf mit einem Ruck nach hinten bog. Das knirschende Geräusch war eindeutig.

Sie konnte die langsamen Atemzüge der Wache hören, die Heath zu Boden geworfen hatte. Er hatte den Mann nicht getötet, Adder hatte es getan. Die Wunde in Heaths Arm hörte auf zu bluten. Vor ihren Augen heilte der tiefe Schnitt. Ein weiterer Beweis dafür, dass der Fluch nicht mehr wirksam war.

Plötzlich fiel ihr auf, dass die Wachen nicht ins Zimmer gekommen waren, als die Fensterscheiben zerborsten waren, sondern erst, als Adders laute Stimme erklungen war. Sie flüsterte diese Beobachtung in ihren Gedanken Heath zu. *Haben sie denn vorher nichts gehört?*

Er schüttelte den Kopf und machte ein grimmiges Gesicht. *Nein, die Ratsmitglieder müssen ihre Wahrnehmung umnebelt haben. Die Diener hier sind keine Vampire. Und das bedeutet, Adder ist stärker, als ich gedacht habe.*

Was wirst du tun? Ängstlich suchte sie seinen Blick.

Die hochmütigen Männer gegeneinander ausspielen, lautete seine gelassene Antwort.

Sie hatten erst wenige Schritte den Flur entlang zurückgelegt, als weitere von Nikolais Dienern sie angriffen. Die Mitglieder des Vampirrats stürzten sich sofort auf diese Männer. Die Wachen hatten Heath schlecht behandelt, dennoch brach es ihr fast das Herz, als sie sah, mit welcher Leichtigkeit die Vampire töten konnten.

Heath griff nach ihrer Hand. Welcher Weg führte ins Freie? Konnten sie fliehen, während Nikolai und die Ratsmitglieder einander bekämpften? War das Heaths Plan?

Komm zu mir, Vivienne. Du hast mich verraten. Aber ich habe Sarah.

Als sie Nikolais Stimme in ihrem Kopf vernahm, blieb sie wie erstarrt stehen. Hilflos starrte sie Heath an. „Nikolai hat eben mit mir gesprochen. Er weiß, was ich getan habe, und er wird Sarah etwas antun."

Heath trat die Tür zum Salon mit dem Fuß auf und lief ins Zimmer. Die Ratsmitglieder waren ihm auf den Fersen. Vivienne folgte, und der Anblick, der sich ihr bot, ließ ihr Blut eisig durch ihre Adern strömen. Sarah stand Nikolai gegenüber. Der große blonde Vampir hielt Sarahs Kinn fest und schob ihren Kopf langsam nach hinten. Dann strich er ihr helles Haar zurück, um ihren Hals zu entblößen.

„Nein!", schrie Vivienne.

Heath stürzte nach vorn und rammte Nikolai seine Faust ins Gesicht. Von einem solchen Schlag wäre ein sterblicher Mann bewusstlos zusammengebrochen. Nikolai hob nur seine Hand, und ein weißer Blitz ließ Heath rückwärts zu Boden fallen.

„Aufhören", keuchte Sarah. „Ich habe zugestimmt. Ich bin bereit, ein Vampir zu werden, weil mein Großvater mir zur Belohnung Julian wiedergeben wird. Und dann werden Julian und ich gleich sein. Ich kann mit ihm zusammen sein. Und Nikolai hat versprochen …" Tränen stiegen in ihre blauen Augen. „Er hat versprochen, dass er dich und Heath gehen lässt, Mutter."

Sie glaubte nicht daran. Heath sprang gerade rechtzeitig wieder auf seine Füße, um Adder aufzuhalten, der auf Nikolai zulief.

„Verdammt noch mal, greifen Sie ihn nicht an", blaffte er den Vorsitzenden des Rates an.

„Sehr gut, Blackmoor", schnarrte Nikolai. „Sie wollen nicht, dass ich versehentlich meine Enkelin verletze, weil die Ratsmitglieder so dumm sind." Er sah Adder finster an. „Der Rat will Vivienne und Sarah tot sehen, weil die Mitglieder dann in Sicherheit sind."

„Ich weiß", erklärte Heath, doch Vivienne hatte keine Ahnung, wovon er sprach. Wie konnten Sarah oder sie dem Rat der Vampire etwas tun?

„Ich habe lange darauf gewartet, endlich das Blut zu trinken, das für mich bestimmt ist. Roses Blut war nicht stark genug. Viviennes Blut ist stärker, denn es hat Roses Mut und ihre Leidenschaft aufgenommen. Und nun, in diesem schönen Kind, enthält das Blut die Macht der Liebe und des Mutes und die Leidenschaft der Jugend.

„D...du willst unser Blut?" Vivienne begriff nicht, was er meinte. Sie näherte sich Nikolai unauffällig. Seine Aufmerksamkeit galt den Männern.

Sarah versuchte, zurückzuweichen. „Du hast gesagt, dass du mich transformieren wirst."

Nikolai umklammerte fest das Handgelenk seiner Enkelin. „Und um das tun zu können, muss ich erst dein Blut trinken. Ich muss dich in die Nähe des Todes bringen."

Vivienne konnte erkennen, wie in Sarah die Angst aufstieg. Wurde ihr nun klar, auf welch furchtbaren Handel sie sich eingelassen hatte? Vivienne musste Nikolai davon abhalten, Sarah zu transformieren. Sie wollte nicht, dass Sarah ihr Leben als Sterbliche aus irgendeinem Grund aufgab, nicht einmal für die Liebe. Sarah war zu jung, um eine solche Entscheidung zu treffen ...

Ein heftiger Schmerz durchfuhr ihren Kiefer. Erschrocken

taumelte Vivienne rückwärts durchs Zimmer. Eine scharfe Spitze durchbohrte fast ihre Zunge. Sie besaß nun lange, spitze *Eckzähne.*

Aber sie hatte keinen Appetit auf Blut. Ein Gefühl von Stärke durchströmte ihren Körper. Sie war eine Mutter, und es war die Pflicht jeder Mutter, ihr Kind zu beschützen. Plötzlich schwebte sie durch die Luft auf Nikolai zu, packte ihn bei den Schultern und zerrte ihn von Sarah weg. Sie stürzten beide auf den Holzfußboden, doch Vivienne spürte den Schmerz des Aufpralls nicht.

Sie hielt Nikolai fest.

Sein Blick bohrte sie in ihren. „Wie?", brüllte er. „Wie hast du den Fluch gebrochen?" Dann sah er ihre Zähne, und seine schwarzen Augen weiteten sich vor Schreck.

„Ich brach den Fluch mit Liebe. Und ich werde meine Tochter mithilfe jeder Waffe retten, die ich besitze. Auch mit dieser." Sie beugte sich vor und hieb ihre Eckzähne in Nikolais Kehle. Sie hatte keine Ahnung, wie man Blut trank; ihr Instinkt leitete sie. Blut sprudelte in ihren Mund. Alles in ihr lehnte sich gegen das auf, was sie tat.

„Mutter, nein! Er wollte Julian zu mir zurückbringen. Er darf nicht sterben."

Die schreckliche Angst und der Schmerz, die in Sarahs Stimme mitschwangen, ließen sie innehalten. Ihr Zögern genügte. Sofort schleuderte Nikolai sie von seinem Körper hinunter, und sie schlidderte über den Fußboden. Sie fiel gegen Heaths Bein, und natürlich bückte er sich, um ihr zu helfen. Im selben Moment sprang Nikolai auf. Aus seinem Hals sprudelte Blut. Es hatte keine normale rote Farbe, sondern war so dunkel, dass es fast schwarz aussah.

Heath lief zu Sarah, doch Nikolai erreichte sie vor ihm. Die Augen des älteren Vampirs loderten vor Zorn, während er die entsetzte Sarah mit einem heftigen Ruck an seine Brust zog. Eine Klinge blitzte im Licht des Kaminfeuers auf. Nikolai hielt sie an Sarahs Kehle.

Heath bewegte sich langsam vorwärts. In ihren Gedanken hörte sie die Warnung, die er den Ratsmitgliedern sandte. *Nicht bewegen. Ich erledige ihn für Sie. Wenn Sie angreifen, töten Sie das Mädchen. Und dann werde ich jeden Einzelnen von Ihnen umbringen. Ich weiß jetzt, wie das geht.*

Was sollte das bedeuten? Doch ihr war vor Angst so schlecht, dass es sie nicht weiter interessierte.

„Bleiben Sie sofort stehen, Blackmoor!", blaffte Nikolai.

Heath gehorchte. Doch er sagte in ruhigem Ton: „Vivienne hat mich dazu gebracht, mein Herz der Liebe zu öffnen. Letztendlich war der Fluch nicht besonders wirkungsvoll, Nikolai. Ich musste mir nur eingestehen, dass die Liebe mir wichtiger ist als alles andere. Dass Sarahs und Viviennes Liebe es mir wert sind, dafür mein Herz zu riskieren. Mir wurden die Augen für die wahren Schätze geöffnet. Das sind nicht Macht oder Ruhm oder Reichtum. Sondern es ist die Liebe. Und Sie verdammter Idiot haben jede Möglichkeit weggeworfen, Liebe und Erlösung zu finden."

Nikolai zischte wie eine wütende Schlange. Sie wusste, was Heath vorhatte: Er wollte die menschliche Seite in dem alten Vampir ansprechen. Doch Vivienne sah, wie Nikolai die Klinge gegen Sarahs Kehle presste, und sie bezweifelte, dass in ihm noch irgendwelche menschlichen Gefühle vorhanden waren.

Ängstlich suchte Sarahs Blick den ihren. Plötzlich waren ihre Gedanken in Viviennes Kopf. *Er hat gelogen, und ich werde Julian nie zurückbekommen. Ich werde sterben. Aber ich wollte kein Vampir werden. Ich wollte nicht, dass er mich transformiert. Ich war zu schwach und hatte zu viel Angst, und ich habe Julian für immer verloren.* Gütiger Himmel, sie konnte die Gedanken ihrer Tochter lesen!

Nikolai hatte einen Befehl in einer fremden Sprache gerufen, und die Türen wurden aufgestoßen. Noch mehr Diener stürmten ins Zimmer, und sein geflügelter Dämon füllte den Türrahmen.

Es gab keinen Ausweg mehr für sie.

Heath wandte den Blick nicht von der Klinge ab, die Nikolai an Sarahs Kehle hielt. Hinter ihm klopfte Vivis Herz wie Kanonenschläge, und ihr Körper bebte vor Entsetzen. Er musste dafür sorgen, dass sie nichts Unbesonnenes tat, um ihre Tochter zu retten.

Nikolai atmete mühsam. Sein Gesicht hatte einen bläulichen Schimmer, und seine Lippen waren fast violett, obwohl das Blut aufgehört hatte zu fließen und die Wunde geheilt war.

Offenbar wurde Nikolai dennoch immer schwächer. Warum? Weil Heaths Fluch gebrochen war?

Heath hoffte inständig, dass die verdammten Ratsmitglieder warten würden. Sie bewegten sich nun langsamer. Schoben sich nur mühsam vorwärts. Mit einem Ruck zog Heath seine geliebte Vivienne in seine Arme. Die Liebe hatte ihm die Kraft gegeben, den Fluch zu brechen. Nun musste sie ihm die Kraft verleihen, Vivi aus ihrer Knechtschaft Nikolai gegenüber zu befreien. Sein Meister, der Vampirrat – das waren nicht nur schlichte Vampire; sie zehrten von der Dunkelheit.

Er musste sie weiter schwächen. „Mach dir keine Sorgen", flüsterte er in Viviennes erschrockenes Gesicht. „Sarah wird nichts geschehen. Alles wird gut. Ihr werdet beide in Sicherheit sein, die Freiheit genießen und bis in alle Ewigkeit glücklich leben."

„Mit dir", erwiderte sie, doch ihre Stimme zitterte.

Er küsste sie. Ihre Lippen lagen hart und starr auf seinen, wie er es erwartet hatte. Sie war in Panik. Doch Nikolai stieß einen erschütterten Ruf aus. Und die Ratsmitglieder schrien vor Schmerzen.

Er küsste Vivis Hals und ließ seine Lippen über ihre Kehle gleiten. Nun zitterte Nikolai am ganzen Körper, und auf Adders Stirn standen Schweißperlen, was außergewöhnlich für einen Vampir war. „Ich liebe dich", sagte Heath wieder und wieder, jedes Mal, wenn er Luft holte. „Ich liebe dich, Vivienne, und ich werde dich immer lieben."

„Ich liebe dich, Heath. Aber hier ist …"

Er brachte sie mit einem Kuss zum Verstummen. *Liebe.* Er hatte solche Angst davor gehabt, doch nun würde die Liebe sie alle retten.

Die Spitze von Nikolais Klinge hatte sich von Sarahs Kehle entfernt. Heath ließ Vivi los, rannte zu Sarah und zog sie von Nikolai weg. Der große, mächtige Körper des alten Vampirs begann heftig zu beben. Er krümmte und wand sich ebenso wie Heath, als er sich in einen Dämon verwandelt hatte.

Doch plötzlich begann Nikolais Körper, sich zu verändern. Seine Gesichtshaut löste sich auf, und seine weißen Schädelknochen wurden sichtbar. Der Kiefer war zu einer schmerzlichen Grimasse verzogen. Aus Nikolais Brust schoss ein blendend heller Lichtblitz. Eine Explosion erschütterte das Zimmer. Dann stieg eine Spirale aus Staub zur Decke auf, wo die feinen Dreckpartikel verschwanden.

„Er … er ist fort", keuchte Vivienne. „Wieso?"

„Weil du ihn gebissen hast. Deine Güte und dein Leuchten begannen, die Dunkelheit in seinem Inneren zu zerstören. Er besaß nichts außer einem schwarzen Herzen."

Sarah begann zu weinen, und Vivienne wandte sich von Heath ab und umarmte ihre Tochter. Nikolais Verschwinden bedeutete, dass auch Julian für immer fort war.

„Ich konnte es nicht tun, Mutter", schluchzte Sarah. „Ich habe versucht, mich gegen meinen Großvater zu wehren. Ich wollte kein Vampir werden, aber wenn ich nicht so viel Angst gehabt hätte, wäre Julian zurückgekommen."

Ein weiteres Heulen erklang, dieses Mal kam es von der Tür her. Der geflügelte Dämon begann, sich aufzulösen. Schließlich drang ein Lichtstrahl aus seiner Brust, und das Ungeheuer zerbarst in funkelndem Staub und Asche. Nikolais Diener ließen ihre Waffen fallen und brachen zusammen. Sie waren noch am Leben, doch es schien, als hätten sie unter der Macht eines Zauberspruchs gestanden und Nikolais Tod habe sie befreit.

Aus dem Augenwinkel sah sie Adder. Er bewegte sich unsicher wie ein Betrunkener, doch es gelang ihm, einen Holzpflock unter seinem Umhang hervorzuziehen. Er machte einen Sprung auf Heath zu.

Zorn und das Bedürfnis, ihn zu beschützen, überwältigten Vivienne. Sie flog durch die Luft, wie sie es auch bei Nikolai getan hatte, und hieb ihre Zähne in Adders Hals. Eine intensive Wärme durchfuhr sie. Adders Körper leuchtete von innen heraus golden. Sie ließ ihn fallen, taumelte zurück und landete direkt in Heaths Armen.

„Habe ich ihn getötet?"

„Nein, meine Blume", murmelte Heath und umschlang ihre Schultern. „Du hast ihn zurück ins Leben geholt."

Adder stürzte zu Boden. Er zuckte, dann stöhnte er. Die Eckzähne, die über seine Unterlippe hingen, zogen sich zurück. Sein Herzschlag wurde schneller.

„Du hast ihn wieder in einen Sterblichen verwandelt. Du besitzt die besonderen Heilkräfte deiner Mutter. Das bedeutet, dass du Vampire wieder zu Sterblichen machen kannst."

Die Ratsmitglieder stießen alle gleichzeitig einen Angstschrei aus. Sie stolperten zur Tür. Doch zu Vivis Schreck stand dort nun Dimitri. Er war makellos gekleidet wie ein Gentleman vor fünfzig Jahren. Und er lachte die Ratsmitglieder aus. „Zu spät", bemerkte er leise.

An seiner Seite erschien eine Frau. Dann eine weitere. Und noch eine. Die erste hatte dunkles Haar, welches zu einer kunstvollen Lockenfrisur hochgesteckt war. Die zweite besaß blondes Haar mit silbernen Strähnen und war schwarz gekleidet. Die Haare der dritten Frau waren rot und fielen lose bis auf ihre Taille hinab. Sie trug ein weißes fließendes griechisches Gewand.

Die drei Frauen erhoben ihre Stimmen zu einem Sprechgesang, ähnlich wie die drei Hexen in Macbeth. Die Mitglieder der Ratsversammlung sanken auf die Knie, weinten und stießen verzweifelte Schreie aus, doch sie lösten sich in fünf Staubwolken auf.

Die blonde Frau lächelte. „Na bitte! Diese Dummköpfe sitzen nun im Kerker. Einer von ihnen auf einer anderen Bewusstseinsebene, in einem anderen Bereich seiner Welt. Ihr machthungriges Treiben hat nun ein Ende."

Dimitri zog eine Braue hoch. „Und Ihr, meine Königinnen, hungert nicht nach Macht?"

„Frauen gehen verantwortungsbewusst mit ihrer Macht um", erklärte die dunkelhaarige Frau.

Vivienne schnappte erschrocken nach Luft, als Dimitri plötzlich neben ihr stand. Doch als sie sah, dass er sie angrinste, erwiderte sie sein Lächeln. Er nahm ihre Hände in seine. „Meine liebe Miss Dare, Sie sind wirklich eine bemerkenswerte Frau. Sie haben Heath davor bewahrt, sich in seinen schrecklichsten Albtraum zu verwandeln, in einen mörderischen Dämon. Sie haben Nikolai mit der Kraft Ihrer Liebe vernichtet. Und Sie haben Adder, den aufgeblasenen, brutalen Dummkopf, auf jene Weise bestraft, die er am meisten fürchtete: Sie haben ihn in einen schwachen, sterblichen Mann verwandelt. Und nun ist es an mir, Sie dafür zu belohnen, dass Sie Hoffnung und Frieden in meine Welt gebracht haben."

Sie blinzelte verwirrte. Heaths tiefe Stimme erklang. „Wovon reden Sie, Dimitri?"

„Da nun der Rat nicht mehr existiert und Nikolai fort ist, hoffe ich, alle Vampire zu überzeugen, friedlich miteinander zu leben. Die Königinnen haben zugestimmt." Er machte eine Handbewegung in Richtung der Frauen. „Dies sind die drei mächtigsten Königinnen. Sie haben sich nie zuvor einem Sterblichen gezeigt, doch sie sind gekommen, um deine reizende Vivienne zu sehen. Sie wünschen, dass alle Vampire ihre Machtkämpfe untereinander beenden."

„Ja", stimmte die rothaarige Königin lachend zu. „Dimitri möchte alle Vampire dazu bringen, ihre gesamte Existenz einer endlosen, glücklichen Orgie zu widmen."

„Nicht ausschließlich", berichtigte Dimitri sie. Dann nickte er Heath zu. „Nun musst du Vivienne erzählen, was du über sie in Erfahrung gebracht hast. Und anschließend verrate ich euch allen, wie ihr glücklich werden könnt. Doch zuallererst sollten wir deinen Bruder Raine befreien. Und auch Guidon, der Ihnen hilfreich zur Seite gestanden hat, soweit ich weiß, Miss Dare?"

„Das hier hätte ich ohne Guidons Hilfe nicht erreicht", erklärte Vivienne. Sie bemerkte, wie in Heaths Augen Angst aufflackerte und fragte rasch: „Ist alles in Ordnung mit Raine?"

„Was ist mit ihm geschehen, als Nikolai vernichtet wurde?", erkundigte Heath sich schroff.

„Er ist jetzt frei, wie alle anderen Sklaven Nikolais. Zwar ist er immer noch ein Vampir, doch der Fluch wurde von ihm genommen. Vielleicht könnt ihr zwei nun eure Zwistigkeiten aus der Vergangenheit vergessen und euch wie die Brüder verhalten, die ihr schließlich seid."

„Das würde ich gern tun", erklärte Heath. „Ich hoffe, auch Raine ist dazu bereit."

Zwei Stunden später befanden sich alle in Dimitris Haus, wohin sie gemeinsam zurückgekehrt waren. Die Vampirköniginnen rekelten sich auf den Chaiselongues im Ballsaal. Vivienne saß zwischen Heath und Sarah auf einem großen Sofa, Guidon hockte in einem Ohrensessel. Raine war noch sehr schwach und ruhte in einem der Schlafzimmer, um wieder zu Kräften zu kommen.

Mitten im Ballsaal, zwischen ihnen allen, ging Dimitri auf und ab. „Sie werden immer in Gefahr sein, Vivienne, weil Sie die Macht besitzen, Vampire in Sterbliche zu verwandeln."

Sie schaute ihn verwundert an. „Aber wollen Vampire denn nicht zurückverwandelt werden?" Ein Seitenblick hinüber zu den Königinnen beantwortete ihre Frage. Die drei Frauen sahen entsetzt aus.

„Aber ich würde niemals jemanden verwandeln, der es nicht will. Dessen können Sie sich sicher sein", beteuerte Vivienne erschrocken.

Die blonde Königin, Ophelia, schüttelte den Kopf. „So einfach ist das nicht. Sie sind ein Risiko. Und wir Königinnen können nicht zulassen, dass Risiken existieren. Allerdings könnten Sie auf Ihre besondere Fähigkeit verzichten. Wir könnten sie Ihnen fortnehmen, wenn Sie sie uns willig überlassen."

Viviennes Blick wanderte zu Heath. Sie waren beide Vampire, doch er hatte ihr gesagt, es sei eine furchtbare Existenz. „Könnte ich nicht Heath und mich wieder zu Sterblichen machen?" Wollte er das überhaupt?

„Wenn du es möchtest, meine Blume, bin ich dazu bereit. Ich will immer bei dir sein."

Ihr Herz bekam Flügel. Doch es wurde sofort schwer, als die drei Königinnen gleichzeitig die Köpfe schüttelten. „Sie können eine Person zurückverwandeln. Und während Sie das tun, nehmen wir Ihnen Ihre Macht fort."

„Verwandle dich selbst", riet Heath schnell. „Dann kannst du mit Sarah zusammen sterblich sein."

Fragend schaute sie die Königinnen an. „Wissen Sie … ist meine Tochter sterblich? Ich war ein Sukkubus. Bedeutet das, dass sie auch einer ist?"

Die dunkelhaarige Königin, Cardiamillion, bewegte verneinend den Kopf hin und her. „Ihre Tochter ist sterblich. Sie können sich selbst zurückverwandeln, wenn Sie es wünschen."

Doch Vivienne erhob sich und sah die drei Frauen lächelnd an. „Ich bin bereit, Ihnen meine Macht zu überlassen, wenn Sie die Vampire zurückholen, die Nikolai mit seinen Dämonen angegriffen hat. Er sagte, sie würden sich jetzt in irgendeiner anderen Dimension befinden. Können Sie sie retten? Der Vampir, den ich in einen sterblichen Zustand zurückführen möchte, ist Julian."

„Julian Tremaine", fügte Heath erklärend hinzu.

Sarah schlug sich die Hand vor den Mund.

Ophelia schaute die beiden anderen Königinnen an, Cardiamillion und die rothaarige Lausanne. „Ist das möglich?"

Lausanne nickte. „Natürlich. Wir besitzen die Macht, jeden Zauber, der von einem männlichen Vampir verhängt wurde, rückgängig zu machen."

Die drei begannen zu singen, und inmitten eines goldenen Lichtkegels erschien Julian, nackt, benommen und verwirrt. Er sah die Königinnen und hielt sich die Hand vor seine Blöße.

Dann entdeckte er Sarah, und Vivienne wusste, dass der leuchtende Glanz in seinen Augen zweifellos seine Liebe widerspiegelte.

Dimitri erklärte Julian rasch, was geschehen war und welchen Plan sie gefasst hatten. Der junge Mann blickte äußerst konfus drein. „Ich kann also wieder zu einem Sterblichen werden, wenn Miss Dare mich beißt? Und dann können Sarah und ich … dann kann ich um Sarah werben?“

Nach allem, was sie durchgestanden hatten, reizte die höfliche Formulierung Vivienne zum Lachen. „Ja“, stimmte sie zu. „Du hast die Erlaubnis, um meine Tochter zu werben.“

Mit strahlenden Augen sah Julian sie an. „Dann verwandeln Sie mich bitte zurück.“

„Ich will nicht, dass du dein ganzes ewiges Leben damit verbringst, mich zu hassen, Raine. Ich weiß, ich verdiene deinen Zorn, aber ich weiß auch, es hat keinen Sinn, die Ewigkeit mit Hass zu vergiften – ganz gleich, ob er sich gegen dich selbst oder jemand anderen richtet.“

Heath beobachtete seinen jüngeren Bruder, der durchs Fenster in den Nachthimmel sah. „Ich hasse dich nicht“, murmelte Raine. „Ich habe mich über dich geärgert. Und Nikolai gelang es irgendwie, meinen Geist zu umnebeln. Er machte mich glauben, du würdest mich hassen. Ich weiß, dass das nicht stimmt, aber ich sehnte mich nach deinem Respekt, den du mir immer verweigert hast.“

Heaths Kehle wurde eng. War es nicht genau das, was er von seinem Vater gewollt, aber nie bekommen hatte?

„Aber natürlich habe ich dich immer respektiert! Ich liebe dich.“

„Nein. Ich konnte es dir nie recht machen. Immer redetest du auf mich ein, ich solle fleißiger lernen, weniger trinken und weniger spielen. Ich war stets im Unrecht.“

„Genauso ging es mir mit unserem Vater. Ach Raine, ich habe alles falsch gemacht. Ich meinte, ich müsse dir ein Vater sein, aber ich hatte keine Ahnung, wie ich das anstellen sollte. Ich wollte dich nur beschützen. Aus irgendeinem Grund meinte ich, als guter Vater müsse ich versuchen, dich zu einem besseren Menschen zu machen. Ich war immer eine Enttäuschung für Vater gewesen. Deshalb hatte ich Angst, auch bei dir alles falsch zu machen."

„Und ich hatte immer das Gefühl, dir gegenüber nur Fehler zu begehen, Heath."

Heath machte einen Schritt nach vorn und umarmte seinen Bruder auf typisch männliche, flüchtige Art. „Wir waren beide Dummköpfe, Raine. Beide kämpften wir gegen Dämonen, die gar nicht existierten." Er schaute in die silbergrünen Augen seines Bruders. „Es tut mir leid, dass ich dich in einen Vampir verwandelt habe."

„Du hast mich gerettet, Heath. Und ich war ein verdammter Idiot, Nikolais Lügen zu glauben. Kannst du mir verzeihen?"

„Wie seltsam, ich wollte dich gerade das Gleiche fragen."

Sie lachten gemeinsam, was sie zwanzig Jahre lang nicht getan hatten. Heath zerzauste seinem Bruder die Haare. „Wir haben eine ganze Ewigkeit lang Zeit, Freunde zu werden."

„Wirklich?" Raine legte den Kopf schief. „Ich dachte, wir wären längst Freunde. Immerhin sind wir schließlich Brüder."

Ein Gefühl des Friedens hielt Einzug in Heaths Herz.

„Dimitri hat mir alles erzählt, was geschehen ist", fuhr Raine fort. „Dass du mich wochenlang gesucht hast. Wie sehr du meinetwegen in Sorge warst. Und er erklärte mir, du seiest verliebt. Ich weiß, wie schrecklich der Verlust von Meredith und Ariadne für dich war. Dimitri sagt, dass Vampire heiraten können. Natürlich nicht in der Kirche, aber wir wählen Gefährten für die Ewigkeit. Hast du vor, Miss Dare zu heiraten?"

„Wenn sie mich will."

„Wie bitte, du hast sie noch nicht gefragt? Geh sofort zu ihr und mach ihr einen Antrag, bevor irgendein anderer Vampir in diesem Haus versucht, ihr Herz zu gewinnen."

Heath verbeugte sich vor Raine. Nun verstand er das Bild,

welches er in dem Teich im Moor gesehen hatte. Die Vision hatte ihm gezeigt, dass sein Bruder glücklich über die Wahl seiner Braut sein würde. „Einverstanden. Was, um alles in der Welt, würde ich ohne dich tun, Bruder?"

Und er ging, um Vivienne zu suchen. Er wollte sie heiraten, wollte sie bitten, seine Gefährtin für die Ewigkeit zu werden. Er wollte, dass sie seinen Ring trug und ihn ihren Ehemann nannte. Er wollte all die Verpflichtungen, die mit der Liebe einhergingen. Sie hatte gesagt, dass sie ihn liebte, obwohl er sie in einen Vampir verwandelt hatte. Doch sie hatte immer großen Wert auf Unabhängigkeit gelegt. Wie konnte er eine Frau, die es nach Unabhängigkeit dürstete, dazu bringen, seinen Antrag anzunehmen?

Es war ein seltsames Gefühl, unter dem Nachthimmel dahinzuspazieren und dabei ein sicheres und ruhiges Gefühl zu haben. Vivienne lächelte, als Sarah zu den hell leuchtenden Sternen hinaufsah.

„Wie wunderschön", hauchte Sarah. Dann errötete sie. „Ich glaube, ich sollte mich bei dir entschuldigen. Ich habe einige nicht sehr nette Dinge zu dir gesagt."

„Ich erinnere mich an nichts dergleichen", erwiderte Vivienne mit fester Stimme. „Und ich begreife jetzt endlich, dass du erwachsen bist. Ich habe versucht, dich immer noch wie mein Kind zu behandeln, anstatt zu erkennen, was für eine starke und mutige Frau du längst bist. Du bist zu einer wunderbaren Frau erblüht, Sarah."

Sie wischte sich eine Träne fort, während sie an die Zeit dachte, als sie sich so sehr gewünscht hatte, ihre eigene Mutter würde sich verändern. Doch nun verstand sie, dass Rose wegen Nikolai so verzweifelt gewesen war. Und sie wusste nun, ihre Mutter war eine ganz besondere Frau mit einer einzigartigen Gabe als Heilerin gewesen. Es machte sie stolz, ebenfalls diese Fähigkeit zu besitzen, wenn sie auch nur zwei Mal Gelegenheit gehabt hatte, sie zu nutzen. Und sie wusste, Rose wäre sehr stolz auf ihre mutige Enkelin gewesen.

„Du hast Julian das Leben gerettet", flüsterte Sarah. „Er ist so glücklich, dass er kein Vampir mehr ist. Und er ist erleichtert, dem Vampirrat nicht mehr dienen zu müssen. Zwar redet er mit mir nicht viel über diese Sache, aber er sagt, die Räte waren schreckliche, grausame Herren. Adder war derjenige, der ihn in einen Vampir verwandelt hat. Gegen seinen Willen."

„Ich freue mich sehr, dass er jetzt glücklich ist. Aber er ist bei dir nicht zu weit gegangen, oder etwa doch?" Sie zog neckend die Brauen hoch und spielte die strenge Mutter. Sie und Heath hatten festgestellt, dass Julian im Grunde seines Wesens sehr ehrenhaft war.

„Nur Küsse. Wunderbare Küsse." Sarah ließ Viviennes Arm los und drehte sich im Mondschein um sich selbst. „Würdest du zustimmen, wenn er um meine Hand anhielte?"

„Er war bereit, sein Leben für dich zu opfern, Sarah. Offensichtlich liebt er dich. Ich wäre dumm, würde ich Nein sagen. Und ich vermute, das würde Julian ohnehin nicht aufhalten. Er würde dich wahrscheinlich nach Gretna Green entführen und dich dort heimlich heiraten."

Sarah errötete noch tiefer, was wohl bedeutete, dass sie und Julian bereits über eine übereilte Hochzeit nachgedacht hatten.

„Ich bin vollkommen mit ihm einverstanden, Sarah. Und Heath auch."

„Wirst du Lord Blackmoor heiraten, Mutter?"

Vivienne seufzte. Sie erinnerte sich an die Geschichten ihrer Mutter. Dass sie eines Tages das Herz eines reichen, adligen Mannes gewinnen würde, dass sie den Slums entkommen und als vornehme Dame in einem schönen Haus leben würde, umgeben von Dienern, schönen Kleidern und Schmuck. „Er hat mich noch nicht gefragt. Ich glaube nicht, dass Heath wieder heiraten möchte."

„Er liebt dich!", stellte Sarah fest.

„Wir können uns lieben, ohne zu heiraten. Immerhin scheinen Vampire höchst unkonventionell zu leben." Wie die, die in Dimitris Haus an den Orgien teilnahmen. Dimitri hatte ihr erzählt, unter ihnen seien Vampirfrauen, die gleichzeitig mit mehr als einem Mann verheiratet waren. Und die Männer teilten die Frau gern.

„Würdest du denn eine Ehe wollen?", erkundigte Sarah sich plötzlich. „Ich erinnere mich, dass du immer gesagt hast, du würdest niemals heiraten, obwohl du hofftest, ich würde es tun."

„Ich weiß es nicht", gab Vivienne widerwillig zu. In der Ferne sah sie vor dem Licht des Mondes weit ausschreitende lange Beine und darüber die Umrisse von breiten Schultern. Sarah rannte los und rief: „Julian!"

Als Julian ihre Tochter in die Arme nahm, stiegen Vivienne Tränen in die Augen. Er küsste Sarah, als wäre sie die Sonne, ein Schatz, den er für den Rest seines Lebens anbeten würde. Sarah hatte das Glück gefunden. Konnte sie sich als Mutter für ihr Kind mehr erhoffen?

„Ich kann an deinem Gesichtsausdruck nicht erkennen, ob du glücklich oder unglücklich bist."

Der sinnliche Bariton setzte ihr Herz in Flammen. Vivienne wandte sich um und stellte fest, dass Heath neben ihr stand – nackt. Er hatte seine Gestalt verändert und sah aus wie in der Nacht, als sie gemeinsam aus dem Haus des Vampirrats geflohen waren. Er hatte das Äußere eines menschlichen Mannes, allerdings mit Flügeln, die träge hinter ihm durch die Luft flatterten.

Vivienne konnte ebenfalls die Gestalt verändern, sie hatte es bereits einige Male versucht. Doch Heath griff rasch nach ihrer Hand. „Verwandele dich heute Nacht nicht. Reite auf mir."

„Wie genau soll ich auf dir reiten?" Sein zweideutiges Lächeln brachte ihr Blut zum Kochen, in ihrem Schoß zuckte es, und ihre Nippel drückten sich von innen gegen ihr Unterkleid.

„Auf genau die Art, wie du denkst", erwiderte er grinsend.

„Wenn du *das* meintest, warum hast du dann Flügel?"

„Vertrau mir."

Er zog ihre Röcke hoch, und Vivienne warf einen besorgten Blick zu Sarah und Julian hinüber. Doch die beiden waren über das Gras zum Ufer der Themse geschlendert, sodass Heath und sie allein waren.

Vivienne raffte ihre spitzenbesetzten Rocksäume hoch und stöhnte, als Heath mit seinem steifen Schwanz durch ihre Spalte strich. Sofort war sie nass vor Verlangen, und er glitt mit Leichtigkeit in sie hinein. Sogar nach zwei Nächten, die sie gemeinsam mit intensivem, köstlichem Sex verbracht hatten, war das hier neu und aufregend. Vielleicht weil der Fluch durch das Verbot diese Vereinigung so kostbar gemacht hatte.

Sie schnappte nach Luft, als sein Schwanz tiefer in sie hineinglitt und sie vollkommen ausfüllte.

„Leg die Arme um meinen Hals, meine Blume", brummte er.

Sie gehorchte, und mit einem mächtigen Flügelschlag stiegen sie in die Luft auf. Höher und höher flogen sie, bis die Erde unter ihnen nur noch aussah wie ein Flickenteppich aus blauweißem Mondlicht und samtiger Dunkelheit. Über ihnen funkelten die Sterne. Heath drehte sich in der Luft, sodass er beim Fliegen auf dem Rücken lag. Und sie ritt ihn. Mutig richtete sie sich auf, stützte sich mit den Händen auf seine Brust und glitt an seinem herrlichen Schaft auf und ab. Seine Flügel bewegten sich langsam, und es fühlte sich an, als würden sie sich auf einer Wolke lieben.

Als sie tatsächlich über eine wattige Wolke flogen, musste sie lachen. Er stieß seine Hüften nach oben, und ihr Kichern verwandelte sich in ein keuchendes Schluchzen.

„Vivi, ich liebe dich", sagte er leise. „Nur mit dir kann ich so hoch fliegen. Ich wollte etwas Ungewöhnliches und Kühnes tun, damit ich dich leichter zu einer Verrücktheit verführen kann. Damit du Ja sagst, wenn ich dich frage, ob du mich heiratest."

Sie erstarrte. „Fragst du …" Er steckte tief in ihr, und sie war dem Höhepunkt nahe. Obwohl sie sich nicht mehr bewegte, zuckte es in ihrem Schoß. „Fragst du mich tatsächlich, ob ich dich heiraten will?"

„Ja, Vivi. Willst du meine Frau werden? Nimmst du mich so, wie ich bin, lässt mich dich bis in alle Ewigkeit lieben und verleihst mit jedem Lächeln meinem Herzen immer wieder aufs Neue Flügel?“

Lachend ließ sie sich auf seine Brust fallen. Er umschlang sie fest und wirbelte sie beide mit spielerischen Flügelschlägen durch die Luft. „Ja“, rief sie. „Natürlich will ich dich heiraten. Ich liebe dich.“

„Ich kann nicht glauben, dass ich so ein glücklicher Vampir bin!“, jubelte er lachend.

Schließlich hörte er auf, Spiralen zu fliegen, und sie hielt die Luft an. Sie waren immer noch vereinigt.

„Und ich kann nicht glauben, dass ich soeben einen Heiratsantrag bekommen habe, während wir in luftiger Höhe Sex haben“, stellte sie atemlos fest.

Sie küsste Heath, und ihre Zunge tanzte mit seiner. Wild küssten und kniffen und liebkosten sie sich, und ihre Erregung wurde größer und größer. Bis sie schließlich seinen Namen in den Himmel schrie, so laut, dass ganz London es hören musste. Er bäumte sich unter ihr auf. „Vivi!“, brüllte er. „Gott, Vivi, ich liebe dich.“

Sie kamen beide gleichzeitig. Aneinandergeklammert, nass vom Schweiß und geschwächt von der Lust, segelten sie mit dem warmen Frühlingswind dahin. Vivienne hätte sich niemals träumen lassen, dass sie einmal beim Fliegen gemeinsam mit einem Mann einen Orgasmus haben würde. Aber das war das Schöne daran, mit Heath zusammen zu sein: Er machte das Unmögliche möglich.

„Auf eine Ewigkeit voller Magie und Glück“, murmelte er, als hätte er ihre Gedanken gelesen.

Sie küsste seinen schönen Mund. „Auf die Magie der Liebe“, flüsterte sie zurück. „Wie wäre es, wenn wir jetzt ausprobieren, ob wir hier oben auch multiple Orgasmen hinbekommen?“

– ENDE –

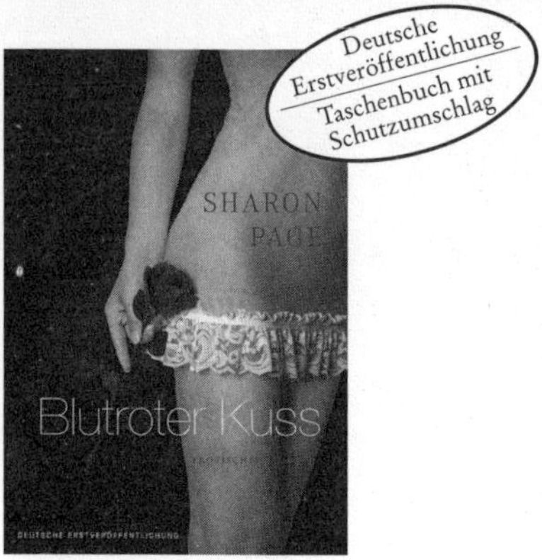

Sharon Page
Blutroter Kuss
Band-Nr. 35038
9,50 € (D)
ISBN: 978-3-89941-880-4
eBook: 978-3-86248-088-4
448 Seiten

Sharon Page
Blutrot –
Die Farbe der Lust
Band-Nr. 35022
8,95 € (D)
ISBN: 978-3-89941-548-3
eBook: 978-3-86278-014-3
416 Seiten

Riccarda Blake
Schwingen der Lust
Band-Nr. 95030
8,95 € (D)
ISBN: 978-3-89941-890-3
eBook: 978-3-86278-088-4
384 Seiten

Riccarda Blake
Himmel der Sünde
Band-Nr. 35041
9,99 € (D)
ISBN: 978-3-86641-974-0
eBook: 978-3-86278-142-3
320 Seiten

Sandra Henke
Jenseits aller Tabus
Band-Nr. 35039
9,99 € (D)
ISBN: 978-3-89941-895-8
448 Seiten

Sandra Henke
Die Maske des Meisters
Band-Nr. 35027
8,95 € (D)
ISBN: 978-3-89941-665-7
eBook: 978-3-86278-022-8
384 Seiten

Sandra Henke
Opfer der Lust
Band-Nr. 35021
8,95 € (D)
ISBN: 978-3-89941-504-9
eBook: 978-3-86278-012-9
464 Seiten

Megan Hart
Tiefer – Im Sog der Lust
Band-Nr. 35035
9,50 € (D)
ISBN: 978-3-89941-815-6
eBook: 978-3-86248-030-3
432 Seiten

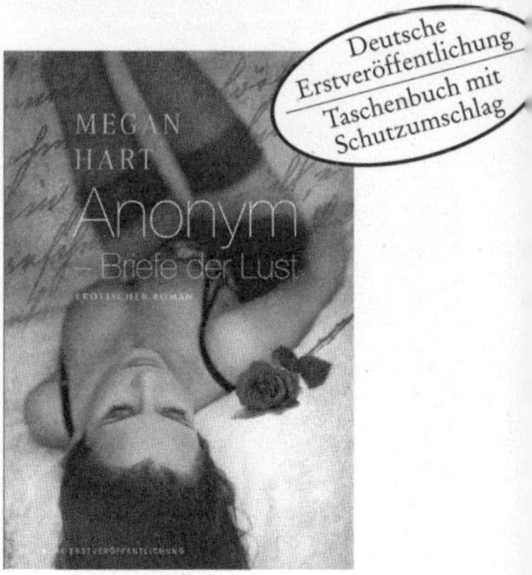

Megan Hart
Anonym – Briefe der Lust
Band-Nr. 35040
9,99 € (D)
ISBN: 978-3-89941-958-0
eBook: 978-3-86248-120-1
432 Seiten

Alison Kent
Sündige Sommernächte
Band-Nr. 35042
9,99 € (D)
ISBN: 978-3-86278-308-3
eBook: 978-3-86278-392-2
288 Seiten

Alison Kent
Sex oder Lüge
Band-Nr. 35036
9,50 € (D)
ISBN: 978-3-89941-843-9
eBook: 978-3-86278-038-9
256 Seiten